CW01624881

Circolo MIE di Londra

MUSEO DELLA GRANDE GUERRA
1914 REDIPUGLIA 1918

Sentieri di Pace

CON IL PATROCINIO DEI COMUNI E DELLE CITTÀ DI

Aquileia · Asiago · Borso del Grappa · Cervignano del Friuli · Maserada sul Piave

Minervino di Lecce · Motta di Livenza · Nervesa della Battaglia · Rovereto · Valli del Pasubio

Prima edizione 2024
© Copyright 2024 by Damiano Luigi - Damiano Eleonora - Damiano Elisa
ISBN 978-88-8466-885-1

Gli autori, consapevoli che refusi, errori ed imprecisioni non possono mai essere completamente evitati, particolarmente per gli eventi datati, ringraziano anticipatamente quanti vorranno far pervenire segnalazioni, rettifiche, ed ogni ulteriore informazione sull'argomento alla seguente mail:

dham.aviator@gmail.com

Proprietà letteraria e artistica riservate per tutti i Paesi. Nessuna parte di questo libro può essere riprodotta o trasmessa in qualsiasi forma o con qualsiasi mezzo elettronico, meccanico o altro, senza autorizzazione dei proprietari dei diritti. L'acquisto della presente copia dell'opera non implica il trasferimento dei suddetti diritti né li esaurisce.

Foto copertina fronte: Fanti in trincea sul Piave (Archivio: Riccardo Carbonera)
Foto copertina retro: Fante Ottaviano Mauro

A chi, malgrado le avverse sorti,
non si arrende mai e ad Alfetta la mia
instancabile collaboratrice!

Luigi Damiano
Eleonora Damiano
Elisa Damiano

LA DURA VITA DELLA TRINCEA

Silenzi e Grida nella Grande Guerra

DARIO DE BASTIANI
EDITORE

I luoghi dove venne combattuto l'immane
conflitto, in quelle località di mattanza umana,
la terra trasuda di sangue innocente!
(Luigi Damiano)

PREFAZIONE

«Avete presente – una volta si chiamava tapis roulant – il nastro trasportatore dei bagagli all'aeroporto? Mi figuro il viaggio delle memorie molto simile a quello proprio come valigie e borse, le memorie di un popolo vengono caricate dagli addetti, messe in movimento e poi spariscono per tunnel misteriosi, ricompaiono, compiono tratti diritti, traiettorie e curve visibili o segrete: magari – se non le afferriamo al volo – tornano a sparire, per riaffiorare in un altro punto dove qualcuno ne anticipa la riapparizione e altri, meno esperti non se le aspettano … Adoperato questo paragone perchè le memorie di cui in quest'opera ci siamo voluti occupare hanno anch'esse compiuto un viaggio – talvolta anche un lungo viaggio – che, muovendo da punti di partenza differenti, le ha riunite e associate a un bagagliaio dello stesso aereo, per poi magari suddividersi, prendere direzioni diverse o rifarsi – da gruppo riconoscibile – separate e private».

Inizia così la presentazione del volume, pubblicato nel 1996, "I luoghi della memoria – simboli e miti dell'Italia Unita" a cura di Mario Isnenghi, che è stato docente nelle Università di Padova, Torino e Venezia, dove ha insegnato specificatamente Storia contemporanea. Il testo da lui curato raccoglie scritti di vari autori come: Il tricolore di Gianni Oliva, Inni e Canzoni di Emilio Franzina, Monte Grappa di Livio Vanzetto, Redipuglia di Patrizia Dogliani ecc. ecc…, sono tutti riconducibili ad un unico scopo: conservare la memoria.

Nel 2018, centenario della fine della "Grande Guerra", veniva pubblicato "1915-1918 – Aneddoti, scritti e immagini dal fronte" un corposo testo, frutto di ricerche storiche di Luigi Damiano, su particolari aspetti del conflitto mondiale che sconvolsero in particolare le patrie terre italiche, anche questo con l'intento di "conservare la memoria".

Nel corrente 2024 la famiglia Damiano, papà Luigi e le figlie Elisa (psicoterapeuta) ed Eleonora (musicoterapeuta e cantante) ci donano "come su un nastro trasportatore" una ricca serie di capitoli di storia, nel nuovo testo "LA

DURA VITA DELLA TRINCEA – Silenzi e Grida nella Grande Guerra”. È un lavoro a *sei mani* che indaga gli aspetti dell’immane conflitto.

L’autore e le autrici, in base ai propri personali studi, esperienze, ricerche e conoscenze, rielaborano nei capitoli realtà, avvenimenti, circostanze, eventi e vicende che sono accaduti in quegli anni di guerra e nel periodo immediatamente successivo. Anche se il testo si intitola “La Dura Vitta della Trincea”, diversi argomenti riguardano aspetti che non concernono direttamente la “prima linea” quali: Il ruolo delle donne nella Grande Guerra, Spionaggio, Profughi, La medicina nella Grande Guerra, La sofferenza dei soldati e le strategie di adattamento, L’influenza spagnola, I canti dei soldati, I reduci, I mutilati, I recuperanti, I sacrari ecc…

Grazie a tutta la famiglia Damiano per il recupero di queste memorie.

Lazzaro Marini

«Non vi è al mondo nulla di più stupido di una guerra mondiale giacché ognuno si troverà al punto di prima, in più solo i suoi debiti. Io credo che dopo questa guerra molte teste coronate perderanno la loro corona, se non la testa. Luigi XVI aspetta i suoi colleghi e se avesse la testa riderebbe!»[1]

INTRODUZIONE

Sono passati 7 anni da quando è stato pubblicato il mio primo libro sulla Grande Guerra dal titolo «1915-1918 – Aneddoti, Scritti e Immagini dal Fronte» e dal secondo «1914-1918 – Un Mondo in Subbuglio». Considerato il notevole materiale avuto a disposizione e non utilizzato nella stesura di quei volumi, ho riaperto il mio piccolo contenitore di memorie e mi sono ritrovato seduto a ricominciare a scrivere, ma questa volta non da solo perché la stesura del presente libro è stata sviluppata unendo tre competenze diverse. In questo lavoro, in effetti, ho avuto la collaborazione di Elisa Damiano (psicologa – spec. in psicoterapia) e di Eleonora Damiano (cantante – spec. in musicoterapia), le quali si sono occupate rispettivamente degli aspetti esistenziali e di quelli artistici: nello specifico dei capitoli relativi al canto, all'arte, alla corrispondenza come mezzo di terapia, alle malattie psichiche.

In questo libro, infatti, non si fa riferimento al solo personale in uniforme, ma anche ai civili e alla funzione avuta dalle donne nel sostituire gli uomini nei vari settori lasciati vuoti con la partenza alle armi; donne che hanno dato un contributo importante negli uffici, nei trasporti, nelle fabbriche e in tutti quei posti lasciati vacanti, che andavano dall'agricoltura all'industria e persino nel lavoro in miniera.

Per tornare al tema principale del libro, con l'entrata in guerra l'Italia mobilitò milioni di uomini e di questi una infinità di contadini che abbandonarono la forca, il badile, la zappa, per essere vestiti in uniforme grigioverde, inastare la baionetta sul moschetto modello '91 e confluire in luoghi dove la mescolanza dei dialetti era difficile da interpretare e quindi gli stessi soldati si sentivano stranieri nell'identico patrio confine. Tutto questo per andare a combattere un nemico che a moltissimi era sconosciuto in

---

[1] Dal diario di un ufficiale Austro-Ungarico rinvenuto sul Carso dal fante Ottaviano Mauro.

nome di una Patria, che per loro – fino a quel momento – era sinonimo del paese natio o del luogo dove avevano forzatamente lasciato i propri cari.

Gli improvvisati guerrieri non potevano far altro che ubbidire a chi imponeva ordini, talune volte assurdi, e subire inutili massacri. Questi uomini si aggiunsero agli impiegati, agli studenti, agli operai di tutt'Italia e persino a quelli giunti dall'estero. Tutti speravano in un conflitto di breve durata, che invece si prolungò per quattro lunghi anni e che provocò la morte di milioni di esseri umani, oltre alla distruzione di interi paesi e città.

Di questa immane catastrofe, però, nei loro rapporti epistolari non si doveva far menzione: il fante non poteva informare famigliari, parenti o amici di ciò che accadeva al fronte, perché le lettere erano sottoposte a censura. Qualcosa comunque giunse alle persone care, tramite lettere o diari portati a mano da soldati che si recavano in licenza, o tramite degli stessi soldati quand'essi si trovavano in licenza. A ciò si aggiunsero le storie narrate dai reduci al termine del conflitto.

Anche in questo libro, come per i precedenti, non si parla di tattiche, di spostamento o dislocazione di Armate, Divisioni, Brigate, Reggimenti, Battaglioni o Compagnie, ma di vita quotidiana. Si narrano fatti di vita vissuta al fronte come nelle retrovie, si pongono in evidenza le fatiche inumane che venivano generate dai corpi dei giovani come pure negli anziani soldati, oltretutto malnutriti. Si mette in risalto il coraggio frammisto alla paura nel momento in cui andavano all'assalto o bisognava difendere un avamposto oppure una trincea.

Non solo di soldati si parla, ma anche di gente inerme che, alla pari di quella in uniforme, in alcuni casi, subì analoghi trattamenti, come pure di animali che, ugualmente agli umani, presero parte a fianco dei soldati e che, senza scelta, vennero utilizzati per motivi bellici. E poi ancora di saccheggi, privazioni, carestie, sofferenze, malattie e di tutto quello che una guerra elargisce e che lascia nella disperazione chi si è visto portare via tutto, magari subendo più di un lutto. I campi di battaglia, infatti, erano popolati di un'infinità di corpi di soldati uccisi ai quali non veniva data immediata sepoltura e spesso capitava di non poter neppure riconoscere il caduto e quindi di dargli un nome.

Anche i civili, che non erano riusciti a fuggire dai luoghi di residenza, venivano a loro volta bombardati o uccisi dal fuoco nemico e talune volte, purtroppo, anche per mano amica. Altra causa di morte era la malattia, tra cui la devastante *febbre spagnola*, che non fece distinzione tra soldati, anche di fronti opposti, prigionieri o popolazione civile.

Al termine del conflitto la nostra Patria, sebbene uscita vincitrice, non ampliò i territori oltre quelli che avrebbe ottenuto dalla Triplice Intesa se si fosse astenuta dall'entrare in guerra contro l'Austria-Ungheria. Quindi non vi fu alcuna espansione territoriale, ma certamente una guerra inopportuna, devastante e sanguinosa come tutte le guerre.

Luigi Damiano

ANNO XLVIII MATTINO [redacted] TORINO, Lunedì 29 Giugno 1914 [redacted] MATTINO NUM. 177

LA STAMPA

L'Arciduca ereditario d'Austria e la sua consorte assassinati

a Serajevo a colpi di rivoltella dopo il lancio di una bomba

Gli assassini sono di nazionalità serba

La dolorosissima impressione a Vienna - Il cordoglio del mondo civile

(Per telefono e per telegrafo alla "Stampa")

SERAJEVO, 28, sera.

L'arciduca Francesco Ferdinando e sua consorte la duchessa di Hohenberg si recavano al Municipio per il ricevimento delle autorità, quando fu lanciata una bomba. Questa cadde sulle braccia dell'arciduca, che la respinse con un movimento del braccio stesso.

La bomba esplose dopo che l'automobile dell'Arciduca era passata.

Due persone che si trovavano in un'automobile che seguiva rimasero leggermente ferite, mentre furono gravemente ferite altre sei persone che erano fra la folla.

L'autore dell'attentato è un tipografo nativo di Trebinje, (Erzegovina), certo Cabrinovich, di nazionalità serba. Esso è stato subito arrestato.

Dopo il solenne ricevimento in Municipio, l'Arciduca continuava a percorrere le vie della città, quando avvenne un secondo at-

Le prime notizie a Vienna

L'Arciduca Francesco Ferdinando d'Austria e la consorte duchessa di Hohenberg.

Lo sfondo politico dell'assassinio

La tragica notizia al vecchio Imperatore

"È orribile! Non mi si risparmia nulla!.."

L'inizio di un'immane tragedia (Fonte: terzaclasse.it)

I fanti contadini passarono dalle braccia dei proprietari terrieri a quelle degli ufficiali, dai campi agricoli si ritrovarono inconsapevolmente nei campi di battaglia e al posto della zappa venne dato loro un fucile, che per la scarsa preparazione all'uso molti non seppero convenientemente utilizzare!

(Luigi Damiano)

CAPITOLO I

DALLA BELLE ÈPOQUE ALLA INUTILE STRAGE

Nel 1914 in Europa era in atto un periodo florido e nulla faceva pensare che nell'era definita della *Belle Époque*, momento di una notevole espansione economica, potessero esserci elementi da poterlo oscurare o quantomeno minacciare, anche se tutti gli Stati non avevano mai smesso di alimentare la produzione di armi, perché ritenevano non doversi trovare impreparati nel caso di un conflitto bellico che nessuno auspicava visto che da mezzo secolo, dai tempi della guerra di Crimea, in Europa si viveva nella pace. Le mire espansionistiche però sono sempre state, e mai assopite, e di conseguenza i vertici delle forze armate di ogni Stato erano continuamente impegnati ad elaborare piani strategici per una presunta guerra nonostante la fase di prosperità che si stava attraversando. Evidentemente i timori di poter essere attaccati erano considerati così reali che bisognava essere pronti ad ogni evenienza: soprattutto vi era grande preoccupazione dell'area balcanica poiché fucina di disordini e proprio da quel territorio, da una mano armata di pistola, partirono i colpi che provocarono la scintilla per accendere la miccia che fece esplodere l'enorme ordigno che coinvolse il mondo intero con milioni di morti, soprattutto europei.

Il 28 giugno 1914, a Sarajevo, l'anarchico serbo-bosniaco Gavrilo Princip ferì mortalmente l'erede al trono dell'Impero austro-ungarico Francesco Ferdinando e sua moglie Sofia. L'uccisione della coppia reale fu il pretesto per porre fine al quel mezzo secolo di pace.

Il 23 luglio 1914, l'Austria presentò una serie di richieste alla Serbia con un *ultimatum* che prevedeva delle proposte sicuramente inaccettabili, spingendosi addirittura a chiedere di aprire delle indagini nei riguardi del terrorismo sul territorio serbo con la partecipazione, come investigatori, di inquirenti austriaci «in violazione a qualsiasi norma internazionale, potessero recarsi in Serbia a partecipare alle inchieste sul complotto, che già era stato ai danni dell'Austria e culminato appunto con la morte dell'Arciduca Francesco Ferdinando»[2].

Il termine concesso all'*ultimatum* per accettare o meno le condizioni fu di appena 48 ore. Alla scadenza del termine la Serbia consegnò le sue risposte e con la quasi totalità delle richieste accolte, tranne quella relativa alla partecipazione dei funzionari austriaci alle investigazioni, rimettendosi al giudizio della Corte Internazionale dell'Aja[3], ma che la controparte non ritenne sufficienti. Era apparente che l'Impero austro-ungarico aveva deciso, a prescindere, di dichiarare guerra alla Serbia.

Il 28 luglio 1914, esattamente un mese dopo quel tragico evento, l'Austria-Ungheria, supportata dalla Germania, dichiarò guerra alla Serbia, senza però prevedere che quell'atto avrebbe scatenato una guerra mondiale. Infatti ne scaturì che la Russia si mobilitò in favore della Serbia, la Germania dichiarò guerra alla Russia prima e alla Francia poi. Quest'ultima decisione, che avrebbe portato la Germania ad attraversare il Belgio, nazione neutrale, spinse l'Inghilterra a chiedere alla Germania che venisse rispettata la neutralità belga. I tedeschi, il 4 agosto successivo, non curanti della richiesta inglese, dichiararono guerra al Belgio ed iniziarono l'invasione di quei territori. L'Inghilterra, di conseguenza, dichiarò guerra alla Germania e da lì a poco quel fuoco che si riteneva circoscritto al confine serbo – austriaco divampò a livello mondiale.

Soldati belgi in partenza per il fronte (Fonte Hobby & Work)

[2] E. D'Antoni, *Storia della Prima Guerra Mondiale,* M. Stavolta Editore, I, Pordenone, 1978, p. 14.
[3] *Ivi*, p. 15.

4 agosto 1914 – Truppe tedesche occupano Liegi (Fonte: I Grandi Fatti)

Partenza di profughi belgi (Fonte: europeana.eu)

I soldati francesi raggiungono il fronte in taxi (Fonte: I Grandi Fatti)

"THE DAILY NEWS & LEADER" Football Annual NOW READY. 1d. everywhere.

Daily News & Leader

BRAND'S ESSENCE OF BEEF AND OF CHICKEN For Exhaustion and Weak Digestion. OF CHEMISTS AND GROCERS.

No. 21,343. LONDON & MANCHESTER. WEDNESDAY, AUGUST 5, 1914. ONE HALF-PENNY.

GREAT BRITAIN AT WAR WITH GERMANY.

WAR WITH GERMANY.

Reported Sinking of a British Ship.

OUR ULTIMATUM.

Demand for Withdrawal from Belgium.

KING'S MESSAGE TO NAVY.

AT 11.17 LAST NIGHT IT WAS ANNOUNCED THAT A STATE OF WAR EXISTS BETWEEN GREAT BRITAIN AND GERMANY.

Late last night it was reported that the Government had received news of the sinking of a British mine-laying vessel by the German navy. The destroyer Pathfinder was chased, but eluded her pursuers.

Great Britain delivered an ultimatum to Germany yesterday, and demanded a reply by midnight. This action followed Germany's declaration of war on France and Belgium and the receipt of official news during the forenoon of the invasion of Belgian territory.

The Premier, in announcing the Government's momentous action to the House of Commons, stated that early yesterday morning Germany was asked for an assurance that her demand upon Belgium would not be proceeded with, and that her neutrality should be respected.

An immediate reply was asked for, and a message was received from the German Foreign Secretary to the effect that no Belgian territory [illegible] Belgian neutrality owing to fears of a French attack through that country.

News also reached London that the German Army was marching into Belgium.

Thereupon the British Government repeated its request for an assurance of Belgian neutrality on the same lines as that given by France, demanding that a satisfactory reply should reach London before midnight.

This grave announcement was received with loud cheers.

First news of Germany's declaration of war on Belgium reached London yesterday in a telegram from Mr. Ernest W. Smith, the special correspondent of "The Daily News" at Brussels. The German action was a reply to Belgium's firm refusal to allow the Kaiser's troops to cross her frontiers.

Great Britain is prepared for war. The Navy is mobilised and at sea; the Army is being mobilised. Men and youths are flocking to the colours, and crowds besiege the recruiting offices.

Admiral Jellicoe has been appointed to the supreme command of the Home Fleet, with Rear-Admiral Madden as his Chief of Staff. Sir John French has been reappointed to his former post as Inspector-General of the Forces.

The Lobby Correspondent of "The Daily News" says that Lord Haldane, the Lord Chancellor, is acting as Assistant Secretary for War, Mr. Asquith retaining the office of Secretary. Lord Kitchener's services, it is believed, will be available in this country.

The British railways have been taken over by the Government for military purposes, and it is notified that the ordinary services may be dislocated for some time.

A scheme for the distribution of food is under the consideration of the Government; and yesterday Mr. Lloyd George announced details of an important scheme to insure our merchant ships against war risks, so that foodstuffs for the people and raw material for our industries may continue to come to our shores.

There has been panic buying of foodstuffs in large centres, and many shops have been compelled to close temporarily. Municipalities are beginning to take action to conserve the supplies.

Our military correspondent deals (on Page Three) with the question of invasion and the methods in which the fleet would oppose the transports of an enemy.

There is a division in the Cabinet on the question of British intervention. Lord Morley, Mr. John Burns, and Mr. C. P. Trevelyan have tendered their resignations to the Prime Minister.

News of Britain's promise to guard the northern and western coasts of France has been received with enthusiasm in Paris. French papers denounce Germany for "committing an outrage not simply against Belgium, France, England, and Russia, but the civilised world."

GERMAN ADVANCE.

Reported Entry into Belgium at Three Points.

BRUSSELS, Tuesday.

The Germans have entered Belgium at three places—Dolhain, Francorchamps, [illegible]

MOVING INTO FRANCE.

Three Columns Pressing Forward from Luxemburg.

BRUSSELS, Tuesday, 9.30 a.m.

The German forces are advancing from Luxemburg in three columns, one towards [illegible]

GERMANS SINK BRITISH SHIP.

Reported Loss of a Mine-Layer.

A DESTROYER'S ESCAPE.

CALL TO DOCTORS.

KING'S MESSAGE TO ADMIRAL JELLICOE.

The Navy, the Sure Shield of the Empire.

THE GERMAN FLEET.

Bombardments in Baltic and Mediterranean.

IN THE BALTIC SEA.

NEW HEADS OF ARMY AND NAVY.

Admiral Jellicoe to Command the Fleet.

A MAP OF THE NORTH SEA, SHOWING THE GERMAN NAVAL BASES.

WAR DECLARED ON BELGIUM.

German Army Enters Her Territory.

KING'S SPEECH IN THE BELGIAN CHAMBER.

From Our Own Correspondent. ERNEST W. SMITH.

THE BRITISH DEMAND.

Sir Edward Grey's Request to German Ambassador.

100,000 GERMAN TROOPS

Preparing to Advance from Luxemburg.

KING ALBERT'S CALL.

Every Citizen Required to Do His Duty.

The "Daily News" War Telegrams arriving during the day will be published in "The Star."

NO REPLY EXPECTED TO ULTIMATUM.

Lord Haldane Assisting at War Office.

LIBERAL AND LABOUR FEELING.

CABINET RESIGNATIONS.

WAR ON FRANCE.

German Ambassador Leaves Paris.

ULTIMATUM

PREMIER INFORMS THE COMMONS.

MIDNIGHT FIXED FOR A SATISFACTORY REPLY.

BELGIUM INVADED.

THE GERMAN REPLY.

TO-DAY'S WEATHER.

Reproduced by kind permission of the Daily Mail

Il Daily News riporta la dichiarazione di guerra della Gran Bretagna alla Germania

Rispetto agli altri eserciti europei continentali, l'esercito della Gran Bretagna era inferiore a quello delle altre forze armate ed era composto unicamente da volontari che fecero ben comprendere il loro patriottismo accorrendo in massa ad arruolarsi per solidarietà nei confronti degli alleati francesi, anche se dovettero attendere alcuni mesi prima di essere inviati al fronte perché fossero sufficientemente addestrati, ben armati ed equipaggiati[4]. La nuova armata francese raggiunse il fronte della Marna per affrontare l'esercito tedesco a bordo dei taxi. Vennero trasportati circa seimila uomini mentre i soldati britannici vennero caricati sugli omnibus di Londra ed accompagnati alle frontiere[5].

Giovani britannici che accorrono ad arruolarsi (Fonte: BBC)

Quel conflitto che per tutte le nazioni belligeranti doveva essere una guerra lampo e di breve durata, andò avanti per ben oltre i quatto anni, ma non solo. Quel conflitto che avrebbe coinvolto il mondo intero causerà oltre 10 milioni di morti tra i soldati e quasi altrettanti nella popolazione civile, con l'aggiunta di una infinità di feriti, mutilati e storpi.

Il Pontefice Pio XII si prodigò oltremodo per cercare di porre fine a quel massacro che indicò come la *Inutile Strage*, ma servì a poco se non alla dissoluzione dell'Impero austro-ungarico e della Germania. Infatti ad oltre un secolo da quella catastrofe, le parole di quel Papa, come la disfatta di Caporetto, continuano ad echeggiare, supportate dalla diaristica dei combattenti. Questi con le loro testimonianze affermarono della brutalità di quel conflitto a partire dai loro comandanti che non perdevano

---

[4] C. MESSENGER, *Il Secolo delle Guerre, Time Life Books, Amsterdam, 2000,* p. 14.
[5] *Ivi, p. 12.*

occasione di mandare al sacrificio migliaia e migliaia di uomini per conquistare qualche decina di metri per poi perderle con la controffensiva del giorno dopo, senza dimenticare la snervante vita di trincea tra fango, sporcizia, ratti, pidocchi e sotto l'incessante bombardamento nemico che qualche volta era da *fuoco amico*. Se poi qualcuno biasimava quelle azioni veniva processato e fucilato, senza parlare delle decimazioni che, almeno sul fronte italiano, hanno scritto una pagina aberrante di quell'insensato conflitto dove la vita dei soldati era considerata *Carne da Cannone*. Le immagini di quei cantieri della morte, dove spesso si vedevano i campi di battaglia disseminati di centinaia di corpi di giovani soldati esamini sulle pianure, sui monti, oppure stesi come dei panni sui reticolati, magari smembrati da una granata, il sentire il grido di aiuto dei feriti, senza poi dimenticare i soldati impazziti, chiamati volgarmente *Scemi di Guerra*, che oltre ai mutilati furono un'altra regalia di quella *Inutile Strage*, danno l'essenza di quella che fu una guerra insensata, causata da pochi e divenuta incontrollabile a causa della tecnologia delle armi e dello stesso modo di concepire la battaglia. La mitragliatrice, i gas venefici, l'artiglieria sempre più potente e devastante e la nascente aviazione, portarono a modificare ulteriormente quelli che furono i piani di invasione preparati, magari con dovizia di particolari, solo qualche anno prima dell'immane catastrofe dai tutti Capi di stato maggiore.

Soldati caduti (Archivio: R. Carbonera)

IL GIORNALE D'ITALIA

ANNO XIV — MARTEDI' 1 SETTEMBRE 1914 — QUARTA EDIZIONE — MARTEDI' 1 SETTEMBRE 1914 — N. 240

ABBONAMENTI — Italia: Anno L. 18 - Sem. L. 9 - Trim. L. 4.50 - Mese L. 1.50 — Estero: Anno L. 34 - Sem. L. 18 - Trim. L. 9 - ROMA - PALAZZO SCIARRA

I TEDESCHI A SETTANTA CHILOMETRI DA PARIGI

I francesi ripiegano dopo aver annientato un reggimento tedesco

PARIGI, 30 agosto.

Il comunicato ufficiale delle ore 23 dice:

"La situazione nell'insieme è la stessa di stamane. Dopo un breve periodo di calma la battaglia è stata ripresa nei Vosgi e in Lorena.

Sulla Mosa, a Sassey, presso Dun, un reggimento di fanteria nemica che aveva tentato di passare il fiume, è stato quasi completamente annientato.

Alla nostra ala sinistra i progressi dell'ala destra nemica ci obbligano a cedere terreno".

I tedeschi sono a Compiègne a 70 chilometri da Parigi

PARIGI, 31 agosto.

All'ultim'ora si annuncia che i tedeschi sono giunti a Compiègne nella valle dell'Oise, a settanta chilometri da Parigi.

Sono le grosse masse, che rotta la sinistra francese dalla Sambre sono passate alla valle dell'Oise avvicinandosi al bacino di Parigi.

Lilla abbandonata dai francesi

Una sezione francese di sanità sconfina ed è tradotta a Basilea

Da 15 giorni ignoriamo tutto

L'offensiva francese nell'Alta Alsazia

BASILEA, 31 agosto.

L'azione tedesca contro la frontiera di Belfort, pare abbia avuto oggi una sosta. I tedeschi ritengono di aver compiuto il primo periodo delle loro operazioni con lo sgombero completo dell'Alta Alsazia da parte dei francesi e la cattura di un reparto di superstiti della brigata francese accerchiata a Dannerkirch.

E' probabile pure che i tedeschi abbiano bisogno di riposarsi dopo la faticosa rapidissima marcia eseguita nei giorni scorsi, ammassandosi dietro Belfort, per prepararsi alla ripresa dell'attacco.

All'ultima ora però mi giunge notizia che l'esercito francese ha iniziata una vigorosa controffensiva; si ignora lo svolgimento di questa nuova operazione guerresca.

Frattanto i prigionieri francesi di ieri sono stati avviati in ferrovia verso Müllheim.

RAINERI.

L'assedio di Belfort

F. RAINERI.

La Russia alle prese con la Germania e l'Austria

NELLA PRUSSIA ORIENTALE

La battaglia dei Laghi Masuriani (29 agosto)

BERLINO, 31 agosto.

Poche notizie giungono dalla Prussia orientale. Il silenzio, che da alcuni giorni durava sulle operazioni delle forze germaniche operanti nell'Est, è stato rotto dalla improvvisa notizia che il generale von Hindenburg in una battaglia di tre giorni tra Gildenburg e Ortelsburg ha respinto un sopravveniente esercito russo che si è ritirato oltre il confine avendo i tedeschi alle calcagna.

Si aggiunge che questo esercito russo — diverso da quello che opera a nord della Prussia orientale — *si dice ammonti a 240 mila uomini.*

Sarebbe dunque l'ala sinistra delle forze russe che invadono la Prussia. Il centro è a Insterburg e l'ala destra investirebbe Königsberg. Si attribuisce importanza al successo del gen. Hindenburg, perchè l'indebolimento dell'ala sinistra russa porterà seco anche un indebolimento del resto, già provato alle battaglie di Eydtkuhnen, Stallupönen e Gumbinen, a meno che il Comando russo non abbia subito inviato altre truppe fresche per rinsaldare le fila dei russi. Si dice che solo a Gumbinen i russi abbiano avuto ottomila uomini fuori combattimento.

E' da notarsi che il terreno della battaglia ai Laghi Masuriani si presentava in particolar modo difficile per ambo i combattenti. Era una linea di circa 70 chilometri in regione in parte montuosa e in parte intersecata da una miriade di laghetti. C'erano dunque tutti gli ostacoli possibili per dar modo ai comandanti di far sfoggio della loro scienza tattica. Naturalmente chi era padrone del paese aveva la superiorità della minuziosa conoscenza del paese, la facilità e sicurezza delle informazioni, la maggior prontezza nel prevenire le mosse dell'avversario.

Un audace piano fallito

Perchè, si domanderà, una mossa così grande come quella di questo esercito russo è andata a cacciarsi in un dedalo così indiavolato? Il piano russo non era privo di genialità. Mentre un esercito russo a Nord mirava a Königsberg e a Allenstein un altro entrando da Sud giungendo a Osterode avrebbe isolata la Prussia orientale o tutta o in gran parte.

Senonchè la riuscita del piano supponeva un colpo di sorpresa da parte russa.

Non potendosi credere che lo Stato Maggiore russo ignorasse le condizioni geografiche e stradali della Masuria o, come dicono i tedeschi, Masurenland, bisogna supporre che il Comando russo avesse calcolato sulla scarsezza della difesa in quel settore e della rapidità delle sue mosse. Fare un salto oltre la pericolosa zona dei Laghi Masuriani pol battere il nemico era una trovata, perchè ragionevolmente non s'aspettava un attacco da quella parte considerandosi naturalmente difeso dalla natura.

Come la sorpresa russa fallì? O per dir meglio, la sorpresa era possibile attraverso quel dedalo? Il Comando tedesco pensa di trarre profitto da questa vittoria ai Laghi Masuriani per isolare l'ala destra dell'esercito russo.

G. CABASINO-RENDA.

Trentamila prigionieri

L'"Agenzia Stefani" comunica:

BERLINO, 31 agosto.

Nei combattimenti, nei quali l'esercito russo nella Prussia orientale venne respinto fra Ortelsburg, Hohenstein e Tannenburg, sono stati fatti prigionieri, secondo i primi calcoli, oltre trentamila russi, con molti ufficiali superiori.

I russi furono accerchiati da tre parti dalle truppe tedesche e ricacciati nelle paludi e nei Laghi Masuriani.

IN POLONIA E IN GALIZIA

Le posizioni degli alleati contro i russi

QUARTIER GENERALE AUSTRIACO, 30.

Siamo alla quinta giornata di battaglia che impegna le forze russe contro l'armata tedesca al nord e l'austriaca a sud.

La battaglia continua accanita su tutto il fronte che va dalla Prussia orientale fin giù al Dniester, una linea di fuoco che supera i 1000 chilometri.

Nei continui spostamenti di linea è impossibile segnare con precisione la fisonomia attuale.

Nella Prussia orientale i tedeschi hanno riattaccati i russi alla frontiera sicchè la linea di combattimento segue la frontiera prussiana che dal distretto russo di Suwalki, discende traversando la Polonia russa, girando ad ovest di Varsavia e proseguendo verso Kutno ed abbassandosi sino a Petrokov.

Su questa linea si trovano di fronte ai russi i tedeschi.

Più al sud contro i russi stanno gli austriaci, che approssimativamente da Konskik, si volge ad est fin sotto Lublino, con le truppe del generale Dankl, che inseguono dieci divisioni russe.

Le grandi masse dei russi

VIENNA, 30 agosto (ore 21).

Il "Correspondenz Bureau" pubblica in data 30 agosto mezzogiorno:

"Le battaglie sul teatro della guerra russa continuano con violenza non diminuita.

Ad Est dell'esercito del generale Dankl, che avanza irresistibilmente verso Lublino, malgrado le varie posizioni fortificate del nemico, le nostre forze condotte innanzi tra il fiume Bug e il fiume Wieprz hanno cominciato il 26 corrente l'attacco del forte esercito russo che si era avanzato loro incontro dalla regione di Cholm.

Dopo la battaglia altri combattimenti accaniti che si svolgono vittoriosamente per le nostre truppe desiderose di attaccare, sono impegnati presso Zamosc, come pure a nord-est di Tomaszow, nei quali intervenne con successo il 28 corr. dalla regione di Belz un corpo austro-ungarico che avanza ora anche esso sul suolo russo.

In questi combattimenti sono state fatte, come nella battaglia di Krasnik, migliaia di prigionieri.

Nella Galizia orientale le nostre truppe si mantengono con notevolissimo valore e tenacia contro le forze nemiche in numero grandemente superiore.

Sul teatro della guerra meridionale (Serbia) nessun combattimento notevole è avvenuto negli ultimi giorni.

Firmato: Maggior Generale HOEFER aiutante del Capo dello Stato Maggiore Generale".

Un'altra versione

PARIGI, 31 agosto.

Il "Daily Mail" ha da Pietroburgo:

"Gli austriaci hanno fatto un ardito tentativo ieri per avvolgere il fianco sinistro delle posizioni russe in Polonia con lo scopo evidente di rallentare la pressione enorme che le truppe russe stanno facendo a nord-est della Prussia.

Due o tre corpi d'armata avanzarono verso Kielce ove s'incontrarono con masse russe. Si impegnò una viva battaglia che terminò con la completa disfatta degli assalitori che ebbero perdite gravi.

Le operazioni nella Galizia continuano. L'esercito tedesco di Allenstein è in piena ritirata verso Elbing e Marienburg.

Non è confermata la caduta di Königsberg, ma si sa da fonte autorevole che essa è completamente investita".

Il Giornale d'Italia del 1° settembre 1914 (Archivio: R. Carbonera)

Soldati prussiani *(Fonte: I Grandi Fatti)*

Soldati francesi che fronteggiano i tedeschi nelle Ardenne (Fonte: Pubblico Dominio)

Soldati francesi e inglesi (Fonte: linkesta.it)

Per quanto concerne l'Italia, essa ritenne di non partecipare alla guerra con la Triplice Alleanza della quale faceva parte l'impero Austro – Ungarico e la Germania, perché il trattato prevedeva che si sarebbe intervenuti a reciproco sostegno solo nel caso si fosse aggrediti, ma questo non avvenne e quindi, di buona ragione, decise di rimanere neutrale; per questa sua decisione l'Italia fece pressione per ottenere il Trentino e gli altri territori irredenti sotto il dominio austriaco e anche una espansione sull'Adriatico. La risposta ricevuta non fu del tutto soddisfacente per l'Italia alla quale venivano proposte Trento e sul suo territorio e libertà di azione in Albania, ma le venivano negate Bolzano e Trieste, come pure le isole sulla costa adriatica. Nel frattempo l'Italia non rimase inoperosa, ma iniziò a prendere contatti con Inghilterra, Francia e Russia che le promisero, in caso di vittoria, il Trentino e l'Alto Adige, Trieste, l'Istria, la costa della Dalmazia settentrionale, le isole adriatiche e Valona, ma questo significava non rimanere neutrale, ma entrare a far parte della *Triplice Intesa* con tutto quello che ne conseguiva, compreso entrare in guerra. Così tra il 25 aprile e il 4 maggio 1915, data in cui accettò di combattere contro l'Austria, l'Italia faceva parte sia della Triplice Intesa che della Triplice Alleanza. Era quindi alleata e nello stesso momento nemica di entrambe. Quando l'Austria-Ungheria comprese che l'Italia sarebbe entrata in guerra si ammorbidì rispetto al diniego precedente, ma l'Italia oramai aveva deciso di combattere a fianco dei francesi e degli inglesi e così il 23 maggio 1915 l'Italia dichiarò guerra all'Austria-Ungheria, tanto era convinta che la guerra sarebbe durata solo qualche mese. C'era l'illusione che prima di Natale si sarebbero occupate Trento e Trieste, illusione che durò soltanto il primo mese di guerra. Da lì a poco tutti compresero che sarebbe stata lunga, ma soprattutto dolorosa e luttuosa.

ANNO XXXVII — N. 143

Il Messaggero

EDIZIONE DEL MATTINO

Lunedì 24 Maggio 1915 s. Robustiano - Martedì 25 s. Urbano I papa

Il testo della dichiarazione di guerra dell'Italia all'Austria

La partenza di Cadorna e Porro - Le prime notizie sulle ostilità - I Savoia al campo

La guerra è

La notte, a Roma

Una requisitoria dell'on. Sonnino contro l'Austria

La comunicazione del duca Avarna al barone Burian

Cadorna e Porro raggiungono il quartiere generale

Macchio parte questa sera

I preparativi militari dell'Austria nel Trentino

Tutti i principi reali in prima linea

I servizi postali con l'Austria sono cessati

L'on. Marcora a Milano

Il Messaggero del 25 maggio 1915 (Archivio: R. Carbonera)

L'Italia, tra le potenze belligeranti, era la meno preparata ad affrontare la guerra e si ritrovò decisamente non all'altezza della situazione. Il Capo di Stato Maggiore, Generale Alberto Pollio, che si occupava della riorganizzazione dell'esercito italiano, venne a mancare proprio alla vigilia dell'entrata in guerra dell'Italia e di conseguenza il Re Vittorio Emanuele III fu costretto alla nomina di un nuovo capo di Stato Maggiore che venne individuato nella figura del generale Luigi Cadorna, il comandante delle *spallate*, dello *scontro frontale*. Il Comandante supremo decise fin dall'inizio di attaccare verso Trieste, sull'Isonzo, per conquistare il Carso e occupare la città giuliana, ma quel piano strategico, quel progetto velleitario portò solo ad una estenuante guerra di posizione, ad una guerra da trincea; l'unico prodotto tangibile fu quello della perdita di migliaia di soldati caduti, feriti o fatti prigionieri sui campi di combattimento.

Lo sventurato metodico piano, solamente nelle sole prime 9 *Battaglie dell'Isonzo*, portò al massacro di mediamente 100.000 soldati tra morti e feriti di ogni sortita e con la *Disfatta di Caporetto* abbandonarono tutto il terreno che avevano conquistato in due anni e mezzo di guerra, il quale era costato mezzo milione di perdite tra morti, feriti e soldati fatti prigionieri. Quel Capo di Stato Maggiore fu il comandante dei *processi sommari*, delle *decimazioni* e colui che individuava nelle *sue sconfitte* l'ufficiale al quale attribuirne la paternità. Durante il suo periodo di comando vennero destituiti 217 generali, 255 colonnelli e 355 ufficiali fino al grado di capitano[6].

Per quanto riguarda l'esercito italiano si parla dei nostri Fanti come degli eroi, ma questi soldati che parlavano una lingua diversa, anche sotto lo stesso tricolore, ai quali venivano impartiti ordini in dialetto, specialmente a quelli di provenienza dal meridione d'Italia, perché la maggior parte erano analfabeti, loro non potevano essere degli eroi, perché si trovavano a combattere una guerra a loro assurda e il fatto di dover sparare contro il nemico era soltanto un modo per poter sopravvivere.

Se poi si guarda a tutto ciò che dovettero subire, allora sì che in loro c'era dell'eroico. Vivere in luoghi angusti, restare coi piedi in trincee piene di fango e con scarpe di cartone, arrampicarsi e trasportare sulle montagne cannoni, restare sotto la neve e il gelo con vestiario inadatto, rimanere a digiuno e/o senz'acqua, essere sottoposti alla decimazione senza aver commesso un reato, non poter scrivere ciò che accedeva perché la censura non lo permetteva, allora sì che si può parlare di eroismo. E per usare un tono

---

[6] S. MIRIJELLO, *1914-18 Parole dal Fronte*, Attilio Fraccaro Editore, Bassano del Grappa (VI), 2014, p. 107.

crudo ma estremamente realista, quei Fanti subirono lo scempio della vita umana nel corso delle battaglie, dai giovani ai meno giovani, fino agli imberbi *Ragazzi del '99* sradicati dalle loro famiglie, dai loro interessi per essere catapultati in quei luoghi impervi e intrisi di sangue. In quei giovani, come pure in quelli più anziani, albergava soltanto la voglia di vivere e sperare in una agognata pace il prima possibile.

La tradotta – Partenza per il fronte (Archivio: R. Carbonera)

La situazione comunque non era dissimile negli altri eserciti. Il fatto stesso che la notte di Natale del 1914, di cui si parlerà in modo più approfondito nel capitolo dedicato a quell'evento, i francesi e i tedeschi abbandonarono le trincee per abbracciarsi nella *terra di nessuno* è l'espressione massima di cosa fosse la guerra per i soldati, una terribile e inutile carneficina.

Il loro desiderio era quello di tornare dai propri cari e vivere la quotidianità in pace, senza il timore di essere denunciati o magari passati per le armi persino per alcune opinioni espresse nel corso delle epistole che nel corso del conflitto mondiale erano soggette a censura.

Il conflitto invece continuò e il 19 aprile 1917, in soccorso alla Triplice Intesa, arrivarono gli americani che avevano dichiarato guerra alla Germania e che cambiarono le sorti del conflitto anche perché le forze sul campo erano diminuite a seguito del ritiro della Russia per disordini interni. Non pochi furono gli italiani che si arruolarono nell'esercito degli Stati Uniti d'America. Si trattava perlopiù di uomini tra i 17 e i 35 anni che avevano lasciato l'Italia in cerca di fortuna e far parte della spedizione per tornare in Italia aveva per loro un doppio obiettivo, quello di combattere e vincere l'invasore e l'altro «sicuramente di carattere utilitaristico: un periodo al fronte assicurava la carta di lavoro e un passaggio facile verso la cittadinanza, per sé e per la propria famiglia. [...] Qualsiasi modo per velocizzare il processo di integrazione era ben accetto, fosse anche il caso di mettere a rischio la propria vita per un Paese di cui ancora non si conosceva bene la lingua»[7].

Oltre a quelli che entrarono a far parte dell'esercito americano, ce ne furono molti altri residenti all'estero che fecero rientro in Patria per la chiamata alle armi italiana e molti non si pentirono della scelta fatta, testimoniandola negli scritti inviati ai famigliari o agli amici.

Linea del Piave – Soldati italiani utilizzano la buca di una granata come postazione per mitragliatrice (Archivio: R. Carbonera)

---

[7] G. D'Antona, *Soldati d'Italia di Stanza a New York, in* https://www.linkiesta.it/2015/05/soldati-ditalia-di-stanza-a-new-york/.

Propaganda per l'arruolamento degli americani

Soldati statunitensi sul fronte occidentale (Fonte: I Grandi Fatti)

Corrispondenza

Si trascrive la suggestiva lettera, a firma Bepi, inviata da S. Maria La Longa (Udine) il 21 febbraio 1916, luogo tristemente famoso per la decimazione della Brigata Catanzaro, reparto nel quale era incorporato l'allievo ufficiale di fanteria italo-argentino che lasciò la terra di adozione per raggiungere il fronte.

«Carissima Antonietta. Ti ho annoiata parlandoti molto di Oslavia ma, cosa vuoi che ti avessi scritto? Posso parlarti di vita cittadina mentre mi trovo in una baracca? Posso parlarti di avventure amorose e di conquiste mentre sono in lotta, più che con gli austriaci, con i pidocchi?!!! Ti ho parlato perciò della guerra, di questa guerra che tante energie distrugge, che tanti cuori di madri schianta! Voi che siete all'estero – e un po' anche i grassi borghesi che son in Italia – della guerra sapete solo quello che leggete nei giornali... Sono così belli gli articoli dei nostri corrispondenti di guerra.... quasi quasi, fan venire la voglia di combattere anche alle donne! ... Infatti una stupida – che si crede colta – signorina, mi scriveva da Napoli: "Portatemi, a guerra finita, un pezzo dell'orecchio destro di Francesco Giuseppe! ... – Se io, donna, potessi trovarmi al vostro posto, sarei orgogliosa di soffrire per la Patria! "E ti par poco per una donna? Ma quella signorina, pur essendo stupida, se avesse visto qualche testa volare, qualche grappolo di uomini sparire, allo scoppiar di un obice, senza che se ne possa ritrovare neppure un osso...allora mi avrebbe scritto altrimenti! Si parla della guerra e la si chiama: "Igiene della razza", e chi così parla della guerra non ha tutti i torti. A furia di leggere sui giornali cose che riguardano la vita del soldato, chi da questa vita vive lontano, si forma la convinzione che la guerra sia una gran palestra di ginnastica [...] Ma purtroppo nella guerra moderna ci si muove o eccessivamente, o niente! Quel ch'è vero, è l'umidità, è l'acqua che gonfia le gambe ai soldati e popola gli ospedali! ... Quel ch'è più certo ancora è l'arrivo di una pallottola, lo scoppio d'una granata che tengono il soldato continuamente coi nervi tesi facendogli pensare alla morte mille volte in un giorno [...] In tutto questo inferno che è la guerra moderna, non devi immaginarti, cara Antonietta, un Peppino eternamente imprecante alla nequizia umana! Tutt'altro... il mio buon umore non mi ha mai abbandonato e, pur senza esser stato un eroe, nel senso leggendario della parola, posso dirti di aver fatto tutto il mio dovere di soldato non ricorrendo mai ad alcun strattagemma per salvare la pelle. Ho avuto la forza di ridere anche quando veniva dato l'ordine di assaltar la trincea. Infatti, è inutile addolorarsi soverchiamente... le pallottole vengono anche quando si è preda del dolore! Bepi»[8].

---

[8] E. Franzina, *Corrispondenze popolari fra le Americhe e l'Italia durante la prima guerra mondiale*, in https://www.asei.eu/it/2016/01/corrispondenze-popolari-fra-le-americhe-e-litalia-durante-la-prima-guerra-mondiale/.

La guerra

«In una tempesta di parole false / Inghirlandato di vano rimbombo, / Insonne di menzogna, / Recintato d'azioni egocentriche, / Sfoggiando le vittime, / Sgradito e orrido al cielo, / Così tu trascorri, / Tempo / Entro il frastuono d'un sogno, / Che Iddio con mani fatali / Strappa al suo sonno / E respinge. / Sarcastiche, spietate, / Prive di misericordia ci fissano le pareti del mondo! / E le tue trombe, / E squallidi tamburi, / E il furore delle tue marce, / E i rampolli del tuo orrore, / S'infrangono afoni e puerili / Contro l'inesorabile azzurro, / Che si corazza, / E s'avvolge bronzeo e lieve, / Intorno al cuore eterno. / Pietosamente nell'orrida sera / Furono nascosti i naufraghi. / Il bimbo depose la catenina dorata / Nella tomba dell'uccello morto; / Ancora s'agita l'eroismo della madre, / L'eterna ignara. / Il santo, l'uomo, / S'è donato con giubilo e tutto di sé ha versato. / Il saggio impetuoso possente, Vedi, Si riconobbe nel nemico e lo baciò. / Il cielo allora s'è aperto. / E dallo stupore non poté tenersi, / E in confusione cadde / E sopra i tetti degli uomini Entusiasta, dorato, aleggiante, / Lo stormo d'aquila delle divinità / Discese. Per ogni piccola bontà / Traboccano gli occhi di Dio. / E ogni piccolo atto d'Amore / Pervade tutto l'universo. / Ma guai a te, / O tempo scalpitante! / Guai all'orribile bufera / Della parola vana. / Non tocca il tuo assalto l'intima essenza, / Né le montagne infrante, / Né le vie ansanti, / Né i morti a mille, sui margini, inutili. / E la tua verità non è Il ruggito del drago, / Né il diritto vano, avvelenato, / La loquace comunità! / Tua sola verità / È la follia e il suo dolore / La piaga e il cuore sfinito, / La sete e la melmosa bevanda, / Stridore di denti, / E il baldo furore / Del mostro estroso. / La povera lettera da casa / La corsa per le vie / Della madre, la saggia / Che non può darsi ragione. / Ora che ci siamo perduti / Gettando via l'Aldilà / E alla miseria siamo impegnati, / Ossessionati dalle imprecazioni... / Che ne sarà di noi, / Che ne sarà dell'angelo infinito, / Che dolente fra le dita, / Aereo intollerabile piange calando / Sulle nostre notti piange / Con lacrime prodigiose?! Scritta il 4 agosto 1914».[9] *(Franz Werfel)*

Franz Werfel, cecoslovacco, si arruolò nell'esercito austriaco e combattè sul fronte orientale.

---

[9] A. Amerio, M. P. Ottieri, *La Guerra d'Europa 1914-1918 Raccontata dai Poeti*, Nottetempo, Roma, 2014, pp. 165-171.

La trincea (Archivio: R. Carbonera)

Il fronte del cielo – Squadriglia del Magg. F. Baracca (Archivio: R. Carbonera)

Il fronte del mare – Flotta della Regia Marina (Archivio: R. Carbonera)

Regia Marina – Pontoni sulla riva dell'Isonzo (Archivio: R. Carbonera)

Artiglieria italiana (Fonte: Istituto Savio Montalcini di Capurso - Bari)

Agosto 1916 – Soldati inglesi nei pressi del bosco di Thiepval durante la battaglia della Somme (Fonte: Pubblico Dominio)

La dura vita della trincea (Fonte: CAI Veneto)

«È accaduto un fatto straordinario: alcuni tedeschi sono usciti dalle loro trincee e hanno iniziato a portare via i loro feriti e così noi siamo subito usciti dalle trincee e abbiamo cominciato a portare dentro i nostri morti. È davvero ironico: la notte scorsa abbiamo avuto uno scontro tremendo e la mattina dopo eccoci qui con loro che fumano le nostre sigarette e noi che fumiamo le loro»

(Tenente inglese Geoffrey Heinkey)

CAPITOLO II

LA TREGUA DI NATALE

La tregua di Natale e la rotta di Caporetto resteranno nei capitoli di storia come due eventi incancellabili del primo conflitto mondiale, con una differenza cioè che il Natale del 1914 sul fronte occidentale, più precisamente nelle trincee delle Fiandre, nella zona di Ypres, viene ricordato come momento di fratellanza tra gli eserciti belligeranti, mentre quello della disfatta di Caporetto, avvenuto sul fronte orientale il 24 ottobre nel 1917, ebbe un epilogo ben diverso: distruzione e morte sia di soldati che di civili, tanto da portare il nostro esercito a divisioni interne e gettare sui soldati la colpa di quella mal gestita operazione militare.

Leggere ciò che accadde in quei territori nel Natale 1914 ha veramente dell'incredibile. I due eserciti belligeranti, il tedesco da una parte e l'anglo-francese dall'altra, nella notte della ricorrenza della nascita di Gesù Bambino, intonarono in contemporanea una canzone natalizia che fu il preludio per il momentaneo abbandono delle relative trincee per andarsi incontro e abbracciarsi nella *terra di nessuno.* Fraternizzare dopo mesi di aspra lotta con migliaia di morti, molti dei quali disseminati ed ancora insepolti sui campi di battaglia, era un qualcosa di inimmaginabile. Giungere allo scambio di doni e persino allo scambio di indirizzi di casa per un futuro rapporto epistolare sembrava incredibile potesse accadere, come irrealistico e irrealizzabile l'incontro di calcio che gli eserciti belligeranti, spontaneamente, disputarono con un pallone di stoffa. Alcuni racconti lasciano nel lettore un qualcosa di sorprendentemente indelebile, come pure gli esiti finali di quella splendida esperienza vissuta nel fango della terra di Francia e che da lì a poco, non solo non sarebbero più stati tollerati dai vertici militari di entrambi gli schieramenti, ma brutalmente repressi a partire proprio dal momento in cui venne dettato l'ordine di tornare in trincea e sparare nuovamente contro il nemico con il quale poco prima si era fraternizzato. Ecco, allora, rispuntare l'odio e il sangue dei contendenti, tornare ad intridere i campi di battaglia come testimoniano alcuni racconti che seguono e che fecero anche da spunto per la realizzazione del film Joyeux Noel. Un soldato britannico raccontò che un sottufficiale tedesco intonò una marcetta alla quale fecero eco *The Boys of Bonnie Scotland, Good King Wenceslas* per poi terminare con *Auld Lang Syne*. Prussiani, inglesi, bavaresi, scozzesi ed irlandesi, tutti si unirono in coro. Lo stesso soldato riferì che se tutto ciò l'avesse visto in un film *«avrebbe giurato che non poteva essere vero!»*[10].

Invece quei soldati non solo cantarono tutti insieme quelle nenie, ma ci fu qualcosa ancora di più interessante, c'era stata una esternazione alla fratellanza tra i due eserciti che fino a quel momento si stavano massacrando. Quanto esposto dal soldato britannico trova conferma in altre testimonianze ancor più ricche di particolari. «Si racconta che nel dicembre del 1914 tedeschi e inglesi (per loro era già guerra), si fronteggiassero, ognuno trincerato nelle proprie postazioni, in una non meglio precisata località delle Fiandre. Gli scontri a fuoco erano continui. Gli assalti, da una parte e dall'altra, per quanto cruenti, e al di là delle perdite reciproche, non si traducevano in azioni tattiche risolutive che consentissero un sia pur minimo avanzamento, né per l'uno né per l'altro dei contendenti. Era una situazione di stallo da cui sembrava non fosse possibile trovare una via d'uscita. La notte di Natale, tuttavia, i fucili e le mitraglie tacquero come per incanto. Un silenzio irreale scese sui soldati. Un silenzio sinistro, che sembrava promettere proprio nulla di buono. Poi, alcuni soldati tedeschi intonarono un canto di Natale. Gli fecero eco le voci dei soldati inglesi. E poi le voci si unirono, all'unisono, ed un unico canto si diffuse sulle trincee e "sulla terra di nessuno" che divideva i due fronti, come una carezza surreale di effimera pace. Qualcuno si prese coraggio, e timidamente si alzò dalla cavità della trincea. Lo stesso circospetto movimento fu fatto da alcuni soldati nemici del settore opposto. Infine, tutti i soldati si alzarono dalle trincee e – da una parte e dall'altra – cominciarono ad avvicinarsi tra loro. E si sorridevano. E fraternizzavano. Qualcuno si abbracciò. Fu una tregua insperata, breve, ma solida, perché scaturita dai cuori. Poi qualcuno tirò fuori – chissà da dove – un pallone di pezza. Lo gettò sulla "terra di nessuno" e furono 50, 100 soldati con le divise di due colori diversi tra

---

[10] AA.VV. *La Grande Guerra, Verso il Conflitto*, Hobby & Work Publishing, Centro Grafico Ambrosiano, San Donato Milanese (Milano), 2002, p. 32,

loro a rincorrerlo, e a calciarlo. E ne nacque una partita di calcio, tra inglesi e tedeschi, in una mischia furibonda e gioiosa, tra le esultanze, le grida e il tifo di chi si era schierato tutt'intorno al campo improvvisato in nome di una pace invocata e anelata, che però durò solo lo spazio di una notte»[11].

«Come potevamo resistere dall'augurarci buon Natale, anche se subito dopo ci saremmo presi di nuovo alla gola? Così è cominciato un fitto dialogo con i tedeschi, le mani sempre pronte sui fucili. Sangue e pace, odio e fratellanza: il più strano paradosso della guerra. La notte si vestiva d'alba – una notte allietata dai canti dei tedeschi, dal cinguettio degli ottavini e risate e canti di Natale dalle nostre linee. Non è stato sparato un colpo, eccetto giù alla nostra destra, dov'era al lavoro l'artiglieria francese. Non c'era più smania di uccidere, ma solo il desiderio di un pugno di semplici soldati (e nessuno è tanto semplice quanto un soldato) che nel giorno di Natale, a ogni costo, si arrivasse a un cessate il fuoco. Ci siamo passati sigarette e scambiati una quantità di piccoli oggetti. Abbiamo scritto i nostri nomi e indirizzi sulle cartoline di servizio, per poi scambiarle con quelle dei tedeschi. Abbiamo strappato i bottoni delle nostre giubbe e avuto in cambio quelli dell'armata imperiale tedesca. Ma il regalo più bello è stato il pudding di Natale. Al sol vederlo gli occhi dei tedeschi si sono spalancati in bramosa meraviglia, e dopo il primo morso erano nostri amici per la vita. Se avessimo avuto abbastanza pudding di Natale, ogni tedesco nelle trincee di fronte a noi si sarebbe arreso»[12].

«Il mattino di Natale stavo facendo colazione in trincea, quando è passata la voce: "I tedeschi sono fuori dalle trincee!". Gli ufficiali tedeschi hanno detto di volere un armistizio per seppellire i caduti. Dopo una breve discussione si sono accordati per una tregua, perché anche noi avevamo dei morti da seppellire. In realtà credo che ci siano state anche ragioni sentimentali, dopotutto non era forse Natale, giorno di pace e fratellanza tra gli uomini? Il nostro cappellano, che per un caso fortunato era arrivato in trincea quella mattina per farci gli auguri di Natale, ha potuto celebrare una breve messa. Il cappellano ha letto il servizio funebre. Un soldato tedesco, credo uno studente di teologia, ha tradotto per la parte tedesca. Non capivo cosa stesse dicendo, ma ascoltarlo era bellissimo. Finita la messa abbiamo iniziato a fraternizzare con i tedeschi, come se fossimo vecchi amici. Qualcuno parlava molto bene inglese – uno era stato cameriere

---

[11] http://www.piemontetopnews.it/cento-anni-fa-dalle-casacche-azzurre-al-grigioverde-dai-campi-di-calcio-alla-trincea/.

[12] http://www.comprensivosavio.gov.it/index.php/attivita-alunni/scuola-secondaria/629-la-prima-guerra-mondiale-nelle-parole-dei-soldati.

all'Hotel Cecil di Londra – e abbiamo capito che sono davvero esausti di questa orrenda situazione»[13].

«Stamattina abbiamo fatto la comunione in una fattoria a mezzo miglio di distanza. Siamo partiti prima che facesse giorno per stare tranquilli. È stato assurdo. La fattoria era stata bombardata, ed era praticamente distrutta. Dove abbiamo fatto la messa, il tetto era mezzo crollato. Credo che non mi capiterà più di assistere a una messa del genere, una situazione così riverente e intorno tutto così brutale. Al ritorno abbiamo deciso di rimanere sulla strada, anche se saremmo stati in piena vista del nemico. Siamo arrivati sani e salvi, e poco dopo alcuni dei nostri hanno fatto due tiri a pallone appena fuori dalla trincea. I tedeschi si sono fatti vedere, e, per farla breve, è finita che ci siamo incontrati a metà strada, per darci la mano e scambiare sigarette e piccole cose, e ci siamo salutati come migliori amici. Uno mi ha lasciato il suo indirizzo per scrivergli, dopo la guerra. Erano proprio dei bravi ragazzi, davvero. Immagino che possa sembrare una storia incredibile ma è andata proprio così. Sono certo che se la decisione stesse agli uomini, non ci sarebbe nessuna guerra»[14].

«Verso le 5 di giovedì stavamo tutti pensando a casa e alla Vigilia di Natale, e abbiamo cominciato a intonare canti natalizi. Ai tedeschi è piaciuto molto, tanto che hanno iniziato a cantare anche loro gridandoci: "Buon Natale!". Per tutta la notte non è stato sparato un colpo da entrambe le parti. La mattina dopo, il giorno di Natale, abbiamo fatto una breve messa in trincea e poi siamo arrivati fino a metà strada per incontrare i tedeschi. Meno di mezz'ora dopo stavamo conversando animatamente, e ci hanno rivelato di essere impazienti che la guerra finisca. Due di loro con i quali ho conversato più a lungo erano davvero bravi ragazzi. Erano due fratelli del 107° sassoni, ed erano stati chiamati perché arruolati tra le riserve. Uno aveva con sé un biglietto per Londra, e ci ha raccontato che stava andando in vacanza proprio a Londra quando è stato chiamato. Entrambi erano molto dispiaciuti di doverci combattere»[15].

«Questo sarà il Natale più indimenticabile che abbia mai passato, e probabilmente che mai passerò. Da ieri all'ora del tè non è stato sparato un colpo da entrambe le parti. La notte scorsa è stata una fredda e gelida notte

---

[13] http://www.comprensivosavio.gov.it/index.php/attivita-alunni/scuola-secondaria/629-la-prima-guerra-mondiale-nelle-parole-dei-soldati.
[14] http://www.comprensivosavio.gov.it/index.php/attivita-alunni/scuola-secondaria/629-la-prima-guerra-mondiale-nelle-parole-dei-soldati.
[15] http://www.comprensivosavio.gov.it/index.php/attivita-alunni/scuola-secondaria/629-la-prima-guerra-mondiale-nelle-parole-dei-soldati.

di luna piena, così poco dopo il tramonto abbiamo acceso dei grandi fuochi e abbiamo cantato canzoni di Natale. Oggi sono venuti a trovarci alcuni tedeschi. Hanno anche mandato una squadra a seppellire un cecchino che avevamo abbattuto una settimana fa. I nostri ragazzi sono usciti e hanno aiutato a scavare la fossa. Verso le 10.30 abbiamo fatto una breve processione e la messa si è tenuta in trincea. Come abbiamo cantato! Prima di cena ho avuto il piacere di stringere la mano a diversi tedeschi: un gruppo è arrivato a metà strada verso di noi, e così alcuni di noi sono andati a raggiungerli. Ci siamo scambiati da fumare e abbiamo fatto quattro chiacchiere. Dopo esserci scambiati i nomi e augurati felice anno nuovo ci siamo salutati e siamo tornati in trincea. Non possiamo credere che abbiamo passato le ultime due settimane a spararci. Sembra tutto così strano»[16].

«I fuochi erano spenti nelle linee inglesi, e solo lo sguazzare di stivali fradici sul terreno fangoso, gli ordini sussurrati degli ufficiali e dei graduati e il lamento del vento rompevano il silenzio della notte. Lo scrigno dei ricordi ci ha trascinati in un incanto di malinconico silenzio. Nel mio sogno sentivo le risate e le mille melodie della cena di Natale. Col mantello appesantito dal fango, le mani spaccate e piagate dal freddo, stavo in piedi contro il bordo della trincea, e attraverso uno spiraglio lanciavo sguardi stanchi alle trincee tedesche. Pensieri furibondi mi affollavano la mente; ma non c'era un ordine, non un filo conduttore. Pensieri d'infanzia e casa, di come erano stati tutti gli anni che mi avevano portato a questo. Mi sono chiesto come potevo essere finito in una trincea umida, infelice, quando avrei potuto essere in Inghilterra, al caldo e soddisfatto. Mentre osservavo il campo ancora sognante, i miei occhi hanno colto un bagliore nell'oscurità. A quell'ora della notte una luce nella trincea nemica è una cosa così rara che ho passato la voce. Non avevo ancora finito che lungo tutta la linea tedesca è sbocciata una luce dopo l'altra. Subito dopo, vicino alle nostre buche, così vicino da farmi stringere forte il fucile, ho sentito una voce. Ho teso le orecchie, rimanendo in ascolto, ed ecco arrivare lungo tutta la nostra linea un saluto mai sentito in questa guerra: "Soldato inglese, soldato inglese, buon Natale! Buon Natale!". Dopo gli auguri quelle voci profonde sono esplose in un invito: "Venite fuori, soldati inglesi, venite qui da noi!". Per un po' siamo rimasti diffidenti, senza neanche rispondere.

---

[16] http://www.comprensivosavio.gov.it/index.php/attivita-alunni/scuola-secondaria/629-la-prima-guerra-mondiale-nelle-parole-dei-soldati.

Gli ufficiali, temendo un agguato, hanno ordinato agli uomini di restare in silenzio. Ma ormai su e giù per la linea si udivano i soldati rispondere agli auguri del nemico. Così è cominciato un fitto dialogo con i tedeschi, le mani sempre pronte sui fucili. Sangue e pace, odio e fratellanza: il più strano paradosso della guerra. Il Natale aveva trasformato in amici gli acerrimi nemici»[17].

Il Sergente britannico Frederick Goodman, del reparto sanità britannico, operante in Francia, racconta di un temporaneo armistizio: «Una volta ci fu una piccola tregua. Contavamo così tanti morti sul campo – e anche i tedeschi – che dichiarammo un armistizio temporaneo. Avevamo un paio d'ore per uscire dalle trincee e recuperare i cadaveri per seppellirli. Portammo a termine il lavoro poi qualcuno ricominciò a sparare e finì lì. Il quartier generale ci inviò un messaggio specificando che avevano saputo dell'accaduto e non l'approvavano. Stavamo fraternizzando con il nemico»[18].

Il Caporale inglese Frederick Francis racconta che un suo amico venne scaraventato in un cratere dove si trovava già un soldato tedesco. Iniziarono una lotta per la sopravvivenza. Ad un certo punto smisero e si strinsero la mano. Decisero di non ammazzarsi e si misero a conversare[19].

Il soldato Leonard Gordon Davies, raccontava che le trincee tra i due schieramenti erano molto vicine. Il crinale di Vimy era un importante punto di osservazione sia per i tedeschi che per loro. Quando non combattevano dialogavano e in alcuni momenti si incontravano nella terra di nessuno fumando in compagnia. Poi tornavano in trincea e riprendevano a spararsi[20].

Il caporale Leon Harris del 13 °Battaglione del London Regiment inviò una lettera alla sua famiglia a Exeter che riportava: «È stato il Natale più meraviglioso che io abbia mai passato. Eravamo in trincea la vigilia di Natale e verso le otto e mezzo di sera il fuoco era quasi cessato. Poi i tedeschi hanno cominciato a urlarci gli auguri di buon Natale e a mettere sui parapetti delle trincee un sacco di alberi di Natale con centinaia di candele.

Alcuni dei nostri si sono incontrati con loro a metà strada e gli ufficiali hanno concordato una tregua fino alla mezzanotte di Natale. Invece poi la tregua è andata avanti fino alla mezzanotte del 26, siamo tutti usciti dai

---

[17] http://www.comprensivosavio.gov.it/index.php/attivita-alunni/scuola-secondaria/629-la-prima-guerra-mondiale-nelle-parole-dei-soldati.

[18] J. LEVINE, *Somme, Voci dall'Inferno*, Giunti Editore, Firenze, 2016, p. 242.

[19] *Ivi*, p. 344.

[20] *Ivi*, p. 345.

ricoveri, ci siamo incontrati con i tedeschi nella terra di nessuno e ci siamo scambiati souvenir, bottoni, tabacco e sigarette. Parecchi di loro parlavano inglese. Grandi falò sono rimasti accesi tutta la notte e abbiamo cantato le carole. È stato un momento meraviglioso e il tempo era splendido, sia la vigilia che il giorno di Natale, freddo e con le notti brillanti per la luna e le stelle»[21].

Uno di quegli ufficiali era il capitano britannico Robert Hamilton, del I Battaglione Warwickshire che nel suo diario rilegato in pelle, il 25 dicembre 1914, annotò: «Un giorno unico nella storia del mondo. Ho incontrato questo ufficiale e abbiamo organizzato un armistizio locale di 48 ore. I soldati di entrambe le parti si sono incontrati a centinaia e si sono scambiati saluti e doni»[22]. L'ufficiale venne rimpatriato nel 1915 in quanto divenne sordo a causa dei bombardamenti.

Ci fu pure chi dedicò una poesia a ricordare quel particolare giorno dell'anno che vide affratellarsi i contendenti di quell'assurdo conflitto.

Natale 1914

«La vigilia di Natale, nel 1914, / le stelle ardevano, ardevano luminose, / e lungo tutto il fronte occidentale / le armi giacevano immobili e silenziose. / Gli uomini sonnecchiavano distesi nelle trincee, / al freddo e al buio, / e lontano, dietro le linee, / il cane del villaggio iniziò ad abbaiare. / Alcuni stavano distesi pensando alle loro famiglie, / alcuni cantavano canzoni, / mentre altri erano silenziosi, / arrotolavano sigarette e giocavano a brag / per passare quella notte di Natale. / Mentre guardavano le trincee tedesche, / qualcosa si mosse nella terra di nessuno, / e attraverso il buio arrivò un soldato / che portava una bandiera bianca in mano. / Poi, da entrambe le parti, / gli uomini arrivarono di corsa, / addentrandosi nella terra di nessuno, / attraverso il filo spinato, il fango e i crateri delle bombe. / Stettero lì a stringersi la mano timidamente. / Fritz tirò fuori sigari e brandy, / Tommy portò carne in scatola e sigarette. / Rimasero lì a parlare, a ridere timidamente, / mentre la luna risplendeva sopra la terra di nessuno. / Poi, il giorno di Natale giocammo tutti a calcio / nel fango della terra di nessuno. / Tommy portò del pudding di Natale, / Fritz tirò fuori una band tedesca. / Quando ci batterono a calcio, / ci dividemmo tutto il mangiare e il bere, / e Fritz mi mostrò una foto sbiadita / di una ragazza castana a

---

[21] A. Sanfrancesco, *In Viaggio nei Luoghi della Tregua di Natale*, in https://www.famigliacristiana.it/articolo/in-viaggio-nei-luoghi-della-tregua-di-natale.aspx.

[22] M. Stote, Revealed*: Secrets of 1914 Christmas truce,* Daily Express, 28 aprile 2009, p. 29.

Berlino. / Nei quattro giorni successivi nessuno sparò, / non una bomba disturbò la notte. / Perché il vecchio Fritz e Tommy Atkins / avevano entrambi perso la voglia di combattere. / Quindi ci trasferirono dalle trincee, / ci mandarono ben distanti dalle linee, / mandarono ragazzi freschi a prendere il nostro posto, / dissero ai tiratori "Pronti al fuoco". / E la notte successiva, nel 1914, / i bengala ardevano, ardevano luminosi. / Arrivò l'ordine "Preparate l'offensiva! / Stasera uscirete in campo aperto". / E gli uomini rimasero in attesa nelle trincee, / guardarono al di là del nostro campo da calcio, / e lungo tutto il fronte occidentale, / i fucili di Natale iniziarono ad abbaiare»[23].

La tregua di Natale sul Col del Rosso e sul Monte Zebio

Tre anni dopo lo storico *incontro* in terra belga, anche in Italia si colse l'occasione per fraternizzare nella notte di Natale del 1917. Due episodi conosciuti si verificarono sul Col del Rosso e sul Monte Zebio, entrambe località dell'Altopiano dei Sette Comuni o Altipiano di Asiago (Vicenza). Per quanto riguarda l'evento del Monte Zebio per il fante coinvolto intervenne severamente la Giustizia militare italiana. Analoghi trattamenti subirono nel corso del conflitto i soldati che intrattennero con il nemico rapporti poco inclini alla guerra.

Quello che segue è il racconto di un soldato del 78° Reggimento Fanteria *Lupi di Toscana*. L'evento si verificò nella notte tra il 24 e il 25 dicembre 1917, sul Col del Rosso. Per tre giorni continuamente il suo reparto si trovò ad affrontare gli austro-ungarici e quegli scontri fecero molte vittime da parte di entrambi gli eserciti. In quella gelida, nevosa e ventosa notte di Natale lui ed altri quattro suoi commilitoni furono inviati in servizio di pattuglia sul versante nord di Col del Rosso. Mentre si muovevano con circospezione e con il timore di incontrarsi con il nemico, il caporale, sottovoce, disse: «È nato! – Eh, fece uno di noi senza afferrare l'allusione. – Dev'essere mezzanotte passata. La Notte, perbacco di Natale! Al mio paese mia madre e mia moglie sono già in chiesa... Un altro mio compagno osservò: Guardate là c'è una grotta. Andiamo dentro un momento. Saremmo riparati dal vento. Entrammo nella grotta e il nostro compagno più giovane (un ragazzo ancora) si tolse l'elmetto, si sfilò il passamontagna e si inginocchiò in un cantuccio. Il caporale rimase sull'entrata e voltò le spalle all'interno con fare superiore: ma era perché aveva gli occhi pieni di lacrime. Fu allora che togliendomi i guanti di ruvida lana raccolsi un

[23] https://lyricstranslate.com/it/christmas-1914-natale-1914.html-0.

po' di terra umida sull'imboccatura della grotta e, manipolandola qualche minuto, le diedi la forma approssimativa di un bambinello da presepio. Poi stesi il fazzoletto nell'elmetto del mio compagno e vi posi il Bambinello Gesù. Si scorgeva appena nella fioca luce delle stelle riflessa dalla neve. Il caporale allora trascurando ogni prudenza tolse di tasca una candela che usava nel rifugio della trincea. L'accese e la pose vicino alla culla più insolita in cui l'Uomo potesse essere posto. Io sottovoce presi a recitare: – Padre nostro che sei nei cieli… Gli altri pregavano con me; col pianto in gola e il cuore grosso da far male.

Il nostro raccoglimento durò ancora dopo la preghiera. Per quanto tempo? Chissà! Col cuore e con la mente eravamo molto lontani dal fronte… E quando alle nostre spalle, risuonò improvvisamente una voce che disse: – Frohliche Wehinachten! – (Buon Natale!) sussultammo come bambini spaventati. La realtà ci aveva colti alla sprovvista. Una pattuglia nemica era là all'imboccatura della grotta, con le armi puntate contro di noi; e mentre stavamo in piedi pur sapendo che non avremmo più fatto in tempo ad opporre la minima resistenza la stessa voce ripeté, quasi con dolcezza: Frohliche Wehinachten! – (Buon Natale!). I nostri nemici abbassarono i loro fucili, guardarono la piccola culla, con occhi affascinati. Erano tre; erano giovani come noi e avevano tanto bisogno di un presepio, anche povero come il nostro. Ci guardammo confusi ed increduli. I tre austriaci che ci avevano augurato "Buon Natale" nella loro lingua, si fecero il segno della croce e poi, in sordina, cominciarono a cantare 'Stille Nacht', la bella melodia natalizia che noi conoscevamo.

A poco a poco ma sempre con maggior entusiasmo, ci unimmo al coro di questi nostri avversari che sentivamo intensamente fratelli; in due lingue diverse, su un terreno che già nei giorni precedenti era stato teatro di durissime lotte, che forse anche all'indomani ci saremmo contesi sanguinosamente, levammo un canto a Colui che era nato fra gli uomini perché potessero conoscere la pace e l'amore.

Quando si spense l'ultima nota del nostro coro, il nostro caporale si avvicinò a quello degli austriaci che sembrava il più anziano e augurando "Buon Natale" gli tese la mano che l'altro strinse con impacciata commozione. Anche noi stringemmo la mano agli altri componenti della pattuglia; poi uno dei tre tedeschi infilò la mano dentro il pastrano e ne trasse una babbuccia da neonato.

Doveva esser del suo bambino, se la teneva nel cuore; dopo averla baciata la depose accanto al Bambino Celeste rimanendo un attimo in preghiera. Poi si voltò di scatto e seguito dai compagni, si allontanò voltandoci le spalle senza timore, scomparendo nella notte di quel gelido Natale di guerra»[24].

La testimonianza che segue riguarda il dialogo con scambio di informazioni che costò caro al malcapitato fante: «La notte dal 24 al 25 dicembre scorso [1917], fra i soldati italiani ed austriaci appostati nelle trincee fronteggiantisi sul monte Zebio ebbe luogo, qua e là, qualche scambio di auguri e di saluti. Ad un certo punto gli austriaci esposero un cartellone con su scritto a grandi caratteri «Buon Natale» in lingua tedesca. Il caporale M. E. rispose, gridando nella stessa lingua, un ringraziamento ed un contraccambio. Una voce allora domandò dove fosse andato a finire un austriaco che era stato fatto prigioniero quello stesso giorno: il M. rispose che non lo sapeva. La notizia di tali scambi di cortesia fra i combattenti giunse al comando del battaglione, il quale, essendovi state proprio nei giorni precedenti precise istruzioni del comando del corpo d'armata, per evitare rigorosamente siffatte deplorevoli manifestazioni, provvide alla denunzia M.»[25].

Per questi fatti il caporale M. E. del 129° Reggimento Fanteria venne condannato ad 1 anno di reclusione militare per disobbedienza e conversazione con il nemico.

La tregua di Pasqua

Sempre sul fronte italiano e sempre nel 1917 si era verificato un evento di fratellanza tra i soldati del Regio esercito e quelli dell'Impero e pure il motivo era lo stesso: soldati esausti per il protrarsi della guerra. Lo storico evento si concretizzò in occasione della ricorrenza della Pasqua ed anche in quella circostanza vennero instaurati rapporti *confidenziali* con il nemico. Di questo avvenimento il soldato portaferiti toscano Nello Lorenzi lo comunicò con una lettera al padre.

«Zona di guerra 11/4/'17 Carissimo babbo, eccomi prono a raccontarti che mi trovo in trincea, e ci si sta discretamente. Ora ti racconterò quello che è accaduto in questa Pasqua ai miei compagni: hanno parlato con gli Austriaci, e i' Tedeschi il giorno di Pasqua hanno messo fuori una bandiera e ci era scritto: "Italiani Bona Pasqua! E non sparate, che passeremo la Pasqua contenti, che non spariamo, e siemo tutti fratelli e abbiamo le famiglie che ci aspettano, e tutti abbiamo moglie e figli cercàmo la pace, e

[24] A. Baù, *Tre storie lunghe cento anni*, in "*Asiago ieri, oggi, domani...*", n. 141-142, novembre-dicembre 2017 in http://www.inutilestrage.it/fratelli-non-solo-a-natale-a-bau/.

[25] E. Forcella, A. Monticone, *Plotone di Esecuzione. I Processi della Prima Guerra Mondiale*, Editori Laterza, Bari,1968, p. 102.

se noi si spara siemo forzati dai nostri ufficiali!". Ce n'era di diversi che parlavano italiano e erano tutti fori dalla trincea e come pure i nostri; ma dopo è venuto gli ufficiali e allora si sono ritirati. Ma né i' sabato e né la domenica non hanno tirato neppure una fucilata. Ma ora hanno ripreso i' corso e hanno ritirato la bandiera che ci era scritto "Bona Pasqua", e hanno ricominciato la solita funzione e pare che vogliano rimettere i' tempo perso!»[26].

Innumerevoli furono i casi di fraternizzazione nel corso della guerra e nei confronti dei soldati scoperti il Tribunale Militare non esitò a condannare i colpevoli a pene esemplari.

Un albero per due

Sulle Tofane, nell'inverno del 1916-1917, le trincee presidiate dagli italiani erano a una cinquantina di metri da quelle austro-ungariche. Tra le vedette c'era il tacito accordo di non spararsi.

Il freddo era tanto e non c'era legna per scaldarsi in quanto i bombardamenti da entrambi i fronti avevano praticamente distrutto tutti gli alberi di abete, tranne uno e questo si trovava proprio fra le due trincee. Due austriaci tentarono di raggiungerlo ma delle scariche di fucileria per aria li fece desistere. Poco dopo, però, un alpino, armato di una pesante sega, e strisciando nella neve raggiunse l'albero con l'intento di tagliarlo. Considerato che si trattava di una sega a due mani, l'alpino non riusciva nell'intento. Allora dalla trincea nemica uscì un robusto e barbuto austriaco che raggiunse l'alpino e insieme abbatterono il grande albero. Decisero di tagliarlo a metà: una per gli italiani e l'altra per gli austriaci. Con delle corde lanciate dalle rispettive trincee, in brevissimo tempo tronco e rami vennero recuperati. Poco dopo si videro levare verso il cielo due esili fumate. In questo modo quei poveri soldati riuscirono a scaldarsi. Fu solo l'inizio, perché gli ufficiali spesso si invitavano a vicenda a consumare del caffè e scambiare convenevoli. Questo insolito *armistizio separato* andò avanti per molto tempo, sino a quando un incidente *diplomatico* incrinò la tranquillità della cengia. Mentre un ufficiale austriaco si trovava nella trincea italiana per ordini superiori, venne fatto prigioniero e da lì la guerra riprese con tutte le sue tragiche sfaccettature[27].

Mario Rigoni Stern in un'intervista raccontò di un episodio accaduto nella zona di Asiago e riferito alla fredda stagione invernale del 1916-1917

[26] M. ISNENGHI, *"Le Guerre degli Italiani"*, Arnoldo Mondadori Editore, Cles (TN), 1990, p. 266.
[27] L. VIAZZI, *Le Aquile delle Tofane 1915-1917*, Mursia, Milano, 1976, pp. 257-258.

ed anche in quella circostanza si trattò di una tregua: «In quell'inverno c'era tanta e tanta neve che non si udì un colpo di fucile, niente. Erano in linea montanari altopianesi e montanari austriaci della Stiria e si scambiarono gli attrezzi per andare nel bosco a tagliare la legna per riscaldarsi. Chissà, questo è un piccolo fatto che è successo e che rimarrà nella storia. Forse i generali non vorrebbero sentirlo raccontare, ma dato che si parla di pace in guerra è giusto saperlo. Dunque c'era un reparto di stiriani che ce l'aveva su con una compagnia del Battaglione Bassano per l'uso della legna. Loro che avevano attrezzi per segare molto più buoni dei nostri, gli stiriani erano bravi a fare attrezzi per il bosco, li prestavano agli avversari, ai nemici per andare a fare legna a quelli di due compagnie del Bassano, ma non li prestavano alla terza compagnia perché, chissà per quale ragione, non andavano d'accordo. Andò a finire che una notte, un nostro compaesano, che si chiamava Piero Stivaldi, era un mattacchione, uscì dalle nostre trincee, andò nelle trincee austriache, nella compagnia che ci prestava i segoni e ne rubò uno per andare a tagliare i larici e fece tanta legna, poi ad un certo momento questi qui si sono arrabbiati: "Chi ha portato via il segone? Ma chi lo ha preso? Se i nostri non sono stati, chi è stato?". Era stato un alpino del Battaglione Bassano che aveva rubato il segone agli austriaci per andarsi a fare la legna. Andò a finire che fecero la pace anche col segone e si scambiarono gli attrezzi per andare a tagliare la legna, ed erano nemici»[28].

Il fante Giuseppe Fabris di Santa Maria La Longa raccontava che, oltre alla durezza, c'era pure senso di cavalleria tra gli avversari. In particolare ricordava che mentre si trovava al fronte per fissare dei reticolati, la stessa identica attività era svolta dagli austro-ungarici ed essendo molto vicini i luoghi in cui svolgeva il lavoro, arrivavano addirittura a prestarsi le pinze a vicenda. Tale collaborazione, seppur notata dalle sentinelle, non veniva in alcun modo interrotta dalle fucilate perché rischiava a sua volta di essere ucciso dagli stessi soldati del reparto di appartenenza[29].

Il soldato Giona Del Mestre, raccontava che, non di rado, c'era pure uno scambio di cortesie per quanto riguardava la corrispondenza. Si passavano le lettere da far pervenire ai famigliari rimasti oltre confine, oppure di chiedere se tra i soldati ci fosse un compaesano. Almeno in una circostanza, un soldato italiano si avvicinò ad una sentinella austriaca chiedendo se tra i suoi compagni ci fosse un *salisburghese*. Gli rispose di sì e

---

[28] https://www.pietredellamemoria.it/pietre/lastra-a-ricordo-della-tregua-nellinverno-1916-17-monte-forno/

[29] A. Pitamitz, *Plotone d'Esecuzione Italiano per gli Eroi della "Catanzaro". A Colloquio con gli Ultimi Testimoni,* in "Storia Illustrata", n. 279, Arnoldo Mondadori Editore, Milano,1981, p. 35.

glielo chiamò. Si trattava di un sergente che conosceva la famiglia del soldato italiano. Scrisse una lettera, la consegnò al sottufficiale che la fece giungere alla famiglia. Qualche giorno dopo, un sergente austriaco recapitò a quello italiano la lettera di risposta della moglie. Di questa vicenda si accorse un tenente che volle conoscere il contenuto della lettera che passò dapprima al capitano e poi al maggiore. Risultato, dieci minuti dopo il soldato italiano si ritrovò in partenza per la Val Fiorenza a svolgere servizio con gli arditi[30]. Pure i soldati austro-ungarici che avevano combattuto nei Carpazi avevano fraternizzato con quelli russi, tanto da giungere ad organizzare delle feste. L'inviato di guerra francese Robert Vaucer, impegnato per conto della rivista settimanale *L'Illustration-Journal Universel*, scrisse un articolo in cui riportava un'intervista fatta a degli ufficiali austro-ungarici che dopo essere stati fatti prigionieri dagli italiani, furono contenti per la loro fine della guerra: «Da mesi – mi racconta un capitano – non sentivamo un colpo di fucile; bevevamo vodka con i soldati russi, e insieme organizzavamo spesso feste di ballo con tutte le graziose donne dei dintorni. Ahimè! Tutto ha una fine. Così, ci siamo imbarcati per il fronte italiano e, dopo sette giorni di treno, siamo giunti ad Adelsberg [Slovenia]; da lì, a piedi abbiamo raggiunto Gorizia, e siamo stati inviati a combattere lungo il Piave»[31].

Invece quattro soldati del 140° Reggimento di fanteria, vennero condannati a pene variabili tra 5 e 20 anni di reclusione militare per violata consegna e agevolazioni dolose con il nemico. Nel corso del 23 e 24 giugno 1917 si erano messi in contatto con militari nemico, scambiando con essi parole, oggetti (pane, limoni, tabacco) e intrattenendosi in amichevoli conversazioni. Il fatto venne portato a conoscenza del Comando che emanò delle precise e severe direttive per scoraggiare i militari dal ripetere analoghi fatti, disponendo che in caso di violata consegna si provvedesse a sparare contro chiunque si allontanasse senza autorizzazione verso le linee nemiche. Malgrado ciò, il giorno a seguire, il contatto con il nemico ci fu ugualmente. Su invito di un soldato austriaco, i nostri soldati raggiunsero la linea nemica e scambiarono il pane con delle sigarette[32].

Analogo fatto avvenne il 3 marzo 1918 tra due soldati del 32° Reggimento di Fanteria e degli austriaci. Dopo uno scambio da parte degli italiani che lanciarono alcuni pezzi di pane, vennero ricambiati con del

---

[30] *Ibidem,* p. 35.

[31] A. BENINATTO, A. MERLO, *Molino della Sega 16-17 novembre 1917 – La prima vittoria sul Piave dopo Caporetto*, Grafiche Tintoretto, Treviso, 2007, p. 123.

[32] E. FORCELLA, A. MONTICONE, *Plotone di Esecuzione*, op. cit., pp. 166-167.

tabacco. Per tale violazione furono condannati a 3 anni di reclusione militare[33].

Il fante G. C. di 28 anni della provincia di Messina, di professione carrettiere nella vita civile, analfabeta, incensurato, vedovo con prole, venne condannato dal Tribunale Militare di Guerra a 5 anni di reclusione militare per il reato di agevolazione al nemico. Si trattava semplicemente di un dialogo avuto con una vedetta austriaca nel mese di aprile 1918: «L'austriaco ripetutamente chiamava la vedetta italiana e gli rivolgeva le parole: "Italiano, italiano, ti metti paura di parlare?", il G. C.: "Non ho paura di parlare", e l'austriaco: "Come stai?", e la vedetta: "Come stai piuttosto tu che ieri ti lamentavi e come te l'hai passata la notte?", e l'austriaco: "L'ho passata male, avevo un po' appetito, hai da buttarmi una pagnotta? E per fumare come la passate?", e il G. C.: "Bene, ho avuto la mia razione di 13 sigarette e 14 sigari»[34].

Il Tribunale, pur tenendo in considerazione che si era trattata di una leggerezza da parte di «un ottimo soldato, scrupoloso nell'esecuzione del proprio servizio, di sani sentimenti patriottici sempre compreso del suo alto mandato di servizio a difesa del proprio Paese [...] le conseguenze possono essere anche fatali; si impone adunque, come vera e propria necessità di difendere in ogni modo la patria, la repressione di ogni fatto che possa agevolare comunque al nemico il modo di meglio difendersi o maggiormente nuocere»[35], lo condannò a pena esemplare.

Il 7 aprile 1916, il bersagliere C. G. della provincia di Brescia, appartenente al 13° Bersaglieri, spediva una lettera ad un conoscente di Brescia, ma veniva intercettata e censurata. Il soldato si lamentava della ferrea disciplina che vigeva al fronte: «...uno che sbaglia un po' lo portano subito davanti ai reticolati e lo fanno stare lì magari 3 o 4 ore e magari tutta la notte, secondo quello che ha fatto. Immaginati tu che crudeltà che adoperano dopo che uno è già esposto al pericolo della sua propria vita, adoperano ancora quella crudeltà lì. Ti dico la verità che trattano più bene le bestie che noialtri poveri soldati. Ti dico la verità che invece di venire qui dall'America, è meglio andare ancora più in là, ovvero buttarsi in un mare, invece di venire qui a fare questa vita schifosa ed a vedere queste cose qui»[36]. A causa di questa lettera ritenuta denigratoria, il 29 luglio 1916, a

[33] *Ivi*, p. 298.
[34] *Ivi*, p. 309.
[35] *Ivi*, p. 310.
[36] *Ivi*, p. 51.

Feltre (Belluno), il Tribunale di Guerra, lo condannò a 6 mesi di carcere militare.

Diaristica

Ma ci fu pure chi incontrò un congiunto

In considerazione del breve spazio di terra intercorrente le opposte trincee, come già ampiamente documentato, c'è pure chi riconosce dal tono della voce uno suo parente incorporato nell'esercito nemico. Ecco allora che due cognati si incontrarono e condivisero il pranzo.

Un soldato italiano di nome Giuseppe scambiò delle parole con un soldato austroungarico che riconobbe essere Vittorio, suo cognato. Gli chiese se avesse mangiato. Gli rispose di no, allora Giuseppe lo invitò ad entrare nella trincea italiana. Logicamente il cognato declinò l'invito temendone le conseguenze ma lui insistette e gli disse di non preoccuparsi. Al momento dell'incontro è immaginabile la commozione che ci fu tra loro.

Giuseppe lo presentò al suo superiore e questi gli chiese se l'avesse fatto prigioniero. Spiegò che il soldato era suo cognato e che lo aveva invitato a consumare il rancio[37].

O come accadde a due fratelli che si trovarono a combattere negli opposti eserciti. Questo è il racconto tratto dal settimanale n. 28 *La Domenica del Corriere*, periodo 14 – 21 Luglio 1918: «Fratelli! Fratelli! gridavano, nella lotta, sul Valbella[38], i czecoslovacchi.

Cercavano in mezzo alle file austriache la gente del loro sangue. Risposero voci d'odio, voci magiare. Presto furono rantoli. Ma qualcuno cercava ancora, chiamando: Fratelli! Fratelli!

Ad un tratto, nel fragore della battaglia, un grido ripose, un grido che era di gioia sovrumana. Da una buca un soldato austriaco balzò in piedi, si lanciò verso un soldato czeco.

A quel grido un altro rispose e si spense in muto abbraccio. Due fratelli non solo di patria ma di sangue, due nati dalla stessa madre si erano trovati nel mezzo della battaglia».

---

[37] RAI. *Voyager, Centenario della Vittoria, Le 52 Gallerie del Pasubio*, puntata del 28 agosto 2017, tratto dalla tesi di laurea sostenuta alla Cà Foscari di Venezia da ROMINA DARMAN.

[38] Monte che si trova sull'Altipiano dei Sette Comuni, in provincia di Vicenza, che tra novembre del 1917 e giugno 1918, fu teatro di sanguinosi combattimenti.

Arte poetica

Quelli del Sughero

«A causa della guerra mortale e sacrilega / Schiaccia il nostro paese dalla lotta per combattere, / Mai, sotto il sole, un'anima dimenticherà / Coloro che sono morti per il mondo laggiù, / A Liegi. / Così come una montagna / Chi camminerebbe e lascerebbe a bocca aperta / I suoi blocchi, / In città e in campagna, / La Germania pesante e feroce avanzò. / Oh momento tragico / La gente è fuggita verso l'ignoto, follemente / Solo quelli di Liegi hanno resistito / A questo sinistro crollo / Uomini e armi sulla terra. / Se lo facessero, / È che sapevano che nelle loro mani era stato dato / il destino / Gran Bretagna e Francia libera; / E che i loro sforzi dovevano, / Dopo essere stato / Implacabile, persisteva ancora / In sforzi più sanguinari. / Non importa / Che in questi tempi bui / Contro gli innumerevoli imperi che hanno dovuto affrontare, / Erano solo un piccolo numero; / Ad ogni ora del giorno, / Difesa e la loro città, e i suoi forti a loro volta, / Combatterono cento combattimenti tra gli intervalli; / Hanno ucciso mentre correvano e non sono mai stanchi / Sanguina il terreno ad ogni passo / E sii veloce sotto le raffiche / Bullets. / Anche quando di notte, nel cielo solforoso, / Uno Zeppelin aggirante li superò, / Indicandoli dalla sua luce improvvisa, / Nessuno fece un passo indietro, nemmeno un passo indietro, / Ma tutti sono saltati con un tale slancio / In avanti / Che il posto che occupavano rimase vuoto / Quando c'è stata la morte rapida. / Sull'attacco, sul glacis, / Quando i nemici si sono presentati, riga per riga, / Sotto il lampo curvo e regolare delle mitragliatrici, / Un tiro stretto, che improvvisamente si espanse, / Immensamente respinti, / E, riga per riga, li ha massacrati / Sulla terra silenziosa. / Chaudfontaine e Loncin, e Boncelle e Barchon, / Il rumore d'acciaio delle loro cupole risuonò; / Presumevano la notte, il giorno, sulle loro spalle, / La carica e il tuono e il terrore dei cannoni. / Alle nostre truppe mentite, / Nelle trincee, / Bambini e ragazzi / Pane distribuito / E ha riportato la birra / Con buon umore indomito e bellicoso. / Abbiamo parlato di exploit realizzati semplicemente / E come, in quel momento, / Il meglio dei reggimenti / Era tanta furia, carneficina e fulmini, / Mai una truppa di guerra / Non era più fermo e più terribile sulla terra. / Tutta la città era euforica / Vivere sotto un fulmine; / L'eroismo respirava lì, / Come polvere; / Il cuore umano ne era costituito / Di una nuova sostanza / E la meraviglia è cresciuta lì / Ogni esistenza: / Tutto è accaduto lì in un ordine intenso e sovrumano. / O voi, gli uomini di domani, / A causa della guerra mortale e sacrilega / Persino schiacciarci in un ultimo combattimento, /

Mai, sotto il sole, un'anima dimenticherà, / Coloro che sono morti per il mondo laggiù, / A Liegi».[39] (Emile Verhaeren)

Emile Verhaeren era un poeta belga pacifista, scrisse molte poesie sulla guerra. Egli, dopo l'occupazione belga da parte dei tedeschi, si rifugiò in Inghilterra ma non ebbe la possibilità di scrivere una poesia per la fine del conflitto in quanto il 27 novembre 1916, alla stazione ferroviaria di Rouen (Francia), finì sotto le rotaie di un treno in movimento mentre stava tendando di salire su una carrozza.

La tregua (Fonte: storico.beniculturali.it)

[39] https://centenaire1418hautlimousin.jimdofree.com/lettres-des-poilus/lettres-de-poilus-et-des-familles/.

Soldati tedeschi e inglesi (accaddeoggi.centenario1914-1918.it)

Soldati inglesi e tedeschi che fraternizzano (Fonte: tempi.it)

Inglesi e tedeschi che giocano a calcio (Fonte: it.churchpop.com)

La "pace natalizia" (giornaledibarga.it)

AN HISTORIC GROUP: BRITISH AND GERMAN SOLDIERS PHOTOGRAPHED TOGETHER.

Foes become friends on Christmas Day, when the British and Germans arranged an unofficial truce. The men left the trenches to exchange cigars and cigarettes, and were even photographed together. This is the historic picture, and shows the soldiers of the opposing Armies standing side by side.

Lo storico evento riportato dal The Daily Mirror (Fonte: vita.it)

THE POWER OF PEACE IN THE TIME OF WAR

THE TRUCE IN THE TRENCHES THAT BROUGHT IN THE NEW YEAR

British and German soldiers fraternising during the Christmas and New Year truce, which, though unofficial, was welcomed on both sides. "At this point," writes the officer who sent us the photograph, "a crowd of some 100 Tommies of each nationality held a regular mothers' meeting between the trenches. We found our enemies to be Saxons."

Scatti dell'inatteso incontro (Fonte: twitter.com/Johannes Buckler)

THE GRAPHIC

AN ILLUSTRATED WEEKLY NEWSPAPER

No. 2331. Vol. XCI. Registered as a Newspaper.

SATURDAY, JANUARY 9, 1915

Price Sixpence By Post, 6½d.

THE CHRISTMAS TRUCE IN THE TRENCHES: FRIEND AND FOE JOIN IN A HARE-HUNT

DRAWN BY GILBERT HOLIDAY FROM A [illegible] BY A RIFLEMAN

L'evento riportato da The Graphic (giornaledibarga.it)

Daily Express Tuesday April 28 2009 29

Revealed: Secrets of 1914 Christmas truce

By **Martin Stote**

IT WAS one of the most poignant moments of the Great War - with British and German soldiers emerging from the trenches to share a fleeting peace.

And now one of the architects of the First World War's Christmas Day truce has been revealed in a new account.

Captain Robert Hamilton, of the 1st battalion Royal Warwickshire regiment, was at the heart of those magical few hours.

His grandson, former history teacher Andrew Hamilton, was inspired to collate his relative's diary and other illustrations and documents after his daughter visited the battlefields with her school.

He and historian Alan Reed have drawn on more than 100 photographs, cartoons, maps and sketches to write a book.

Mr Hamilton's daughter Alice took the diary with her on a school trip to the battlefields of France and Belgium.

Mr Reed was one of the tour organisers. "She gave him the diary to look at.

"We found we both shared a deep interest in the First World War and agreed to research my grandfather's experiences," Mr Hamilton from Walton, Warwickshire, said yesterday.

"For me it was fascinating following my grandfather's campaign footsteps and pinpointing the exact spot where he met a German officer, two miles from the Belgian hamlet of St Yvon on Christmas Day."

Writing in his small, leather-bound journal for December 25, 1914, Captain Hamilton wrote: "A day unique in the world's history. I met this officer and we arranged a local armistice for 48 hours."

He added: "The soldiers on both sides met in their hundreds and exchanged greetings and gifts."

Captain Hamilton returned to England in 1915 after being made deaf by shell fire.

The book, Meet at Dawn, Unarmed, has just been published.

The truce illustrated in this cartoon was also recorded by Captain Robert Hamilton, left, in his diary, below

Daily Express del 28 aprile 2009 (Fonte: bergamonews)

Monumento dedicato allo storico evento (Fonte: esquire.com)

Asiago - M. Forno – Lapide a memoria della tregua tra gli Alpini e i Soldati austro-ungarici (Archivio: G. Zanella)

«Un soldato vale quanto vale il popolo dal quale è estratto quindi porta sul campo di battaglia i difetti che aveva prima di essere arruolato, porta con sé il bagaglio delle superstizioni e degli errori che avevano costituito e costituiscono gran parte della sua vita»

(Padre Agostino Gemelli)

CAPITOLO III

CAPORETTO

Caporetto resta una delle pagine più tristi e tragiche del primo conflitto mondiale, tanto da venirne coniato il termine come sinonimo di disfatta. La battaglia di Caporetto, conosciuta anche come la dodicesima battaglia dell'Isonzo, si svolse il 24 ottobre del 1917 e fu una vera tragedia. Gli austro-ungheresi, stremati da undici offensive subite sul Carso, sapevano di non poter reggere ad un altro urto. Per questo avevano chiesto soccorso all'alleato tedesco, come era successo due anni prima in Serbia. Approfittando del cedimento dell'esercito russo, cui sarebbe seguito presto l'armistizio sul fronte orientale, in un paio di mesi i due alleati trasferirono sul fronte giuliano più di centomila carri ferroviari, uomini, armi e munizioni per la nuova armata, la quattordicesima, al comando del generale prussiano Otto von Below. L'aspettativa austroungarica era di riguadagnare il terreno perduto e quella tedesca di raggiungere il Tagliamento. L'impeto dell'attacco e il disorientamento della nostra difesa furono tali che, le terre conquistate palmo a palmo in due anni e mezzo di aspre lotte, andarono perdute in pochi giorni.

Il nostro Esercito che fino a quel momento, seppur con un grande tributo in termini di vite umane, era riuscito ad avanzare al di là dei sacri confini della Patria, dovette, dopo quello scontro, ripiegare oltre il Piave. Con loro si mescolarono sempre più numerosi gruppi di civili, anziani, donne e bambini che fuggivano dinanzi al nemico.

«Nel bollettino del 24 ottobre 1917 il Comando Supremo italiano comunicava: "L'urto nemico ci trova saldi e ben preparati". Si era convinti al nostro Quartier Generale che il nemico si stesse cacciando nei guai con un attacco sferrato alle due del mattino nell'Alto Isonzo. Ma ciò che accadde dopo due ore e mezza di bombardamenti a gas e quattro ore e mezza di fuoco di distruzione tra Plezzo e Tolmino aveva in qualche modo già fiaccato gli entusiasmi e fu l'inizio di un vero disastro per le nostre truppe che ricorderanno per sempre la data del 24 ottobre 1917. «Perché Caporetto è diventata proverbiale? si domanda Mario Isnenghi. Basta una partita persa della nostra squadra ed è una Caporetto. Avete mai sentito nominare una vittoria della nostra squadra come una di Vittorio Veneto? No. È paradossale, sembra che la guerra sia finita nel novembre del 1917, eppure è finita nel novembre 1918 ed è finita in modo capovolto rispetto a come avrebbe potuto finire un anno prima»[40].

Quella sconfitta fu la condizione chiave della guerra italiana, non solo per quanto concerne il morale dei soldati ma, anche, per mettere in evidenza i contrasti che si erano creati all'inizio del conflitto tra interventisti e neutralisti. Si conta che in quella circostanza i caduti siano stati pressappoco 10.000, i feriti 30.000 e i prigionieri 293.000, mentre gli sbandati furono circa 350.000. A tutto ciò si debbono sommare l'abbandono delle armi pesanti, fucili, munizioni e il vettovagliamento. Gravi furono le lacune dei vertici dell'esercito ma questi si chiamarono fuori dall'immane tragedia puntando l'indice contro gli incolpevoli fanti[41]. Non solo i soldati quindi, ma tutta la popolazione interessata ai luoghi oggetto di una probabile occupazione del nemico, oppure di territori di probabili scontri, lasciò frettolosamente tutto ciò che era loro caro, al fine di poter avere salva la vita. «Tutti in fuga chi su carri e chi a piedi, frammischiati a gruppi di soldati sbandati che avevano perso il collegamento con i propri reparti, fra bambini tenuti per mano o in braccio da genitori e parenti, muli, cavalli, carri militari, pezzi di artiglieria... In quella tragica catena in movimento c'era di tutto»[42].

In quel subbuglio dello sgombero molti bambini si allontanarono dai familiari, perché restii ad abbandonare i loro affetti, dai semplici oggetti di compagnia, agli animaletti, ai loro piccoli averi, venendo così a perdersi. Purtroppo, lungo il percorso questi poveri esuli si ammaleranno e alcuni malauguratamente periranno lontani dai luoghi natii. Una giovane mamma era stata vista vagare da giorni scalza e con il proprio bimbo al seno che era morto e lei non si era accorta. Molti raggiungeranno località italiane,

---

[40] Dalla prefazione di Lazzaro Marini al libro *1915-1918 Aneddoti, Scritti e Immagini dal Fronte,* di Luigi Damiano, Piave Editore, Ponte di Piave (Treviso), 2018, p. 12.

[41] L. DAMIANO, *1915-1918 Aneddoti, Scritti ed Immagini dal Fronte*, La Piave Editore, Ponte di Piave (Treviso) 2018, p. 82.

[42] S. GAMBAROTTO, E. RAFFAELLI, *Sognavo la mia Casa Lontana, La Grande Guerra del Soldato Antonio Silvestrini sui Fronti del Friuli e del Veneto 1915-1919,* ISTRIT, Treviso, 2008, p. 10.

più o meno lontane, ma altrettanti finiranno in terra straniera con l'ulteriore difficoltà della comprensione della lingua. Soprattutto, in questo marasma, i bambini cresceranno in fretta e finiranno a vivere da adulti; loro stessi si faranno carico di accudire i fratellini più piccoli quando – per malattia – perderanno anche la mamma o i familiari anziani.

Per tornare agli inizi di quella immane tragedia è doveroso precisare che il 20 settembre 1917 un ufficiale cecoslovacco disertò dal proprio comando e, consegnandosi al nostro esercito, informò gli *alti gradi* del piano particolareggiato, che coinvolgeva l'esercito tedesco, di una imminente operazione indicando località d'attacco, forze impiegate, tempi di azione dell'artiglieria, come pure dell'ampio uso di bombe a gas.

A confermare quanto detto dall'ufficiale cecoslovacco ci furono altri ufficiali e pure soldati che si fecero catturare nella terra di nessuno e fornirono tutti la stessa versione. Il nostro Capo di Stato Maggiore non credeva a quell'attacco, ma se così fosse stato, lui era convinto non solo che avrebbe fermato l'avanzata, ma avrebbe fatto molti prigionieri tedeschi da esibire al popolo.

Il tenente di fanteria Pio Rossi, nel suo diario annotava di aver accompagnato un ufficiale ungherese fatto prigioniero al comando di Divisione. Venne a sapere, poi, che l'ufficiale aveva informato i nostri Comandi che l'esercito austro-ungarico stava organizzando un poderoso attacco contro gli italiani per riprendersi i territori occupati dai nostri soldati, ma non fu preso in considerazione. Da lì a poco ci fu la rotta di Caporetto con le catastrofiche conseguenze, quindi tutto tornava con indicibile precisione. «Molini, 9 ottobre martedì. Ormai è finito tutto con nostro vantaggio: non si è però occupata tutta la vetta come si era prefissi, ma almeno quella famosa da dove gli austriaci vedevano tutta la vallata dell'Aucek, è in nostro potere. Stasera comincia di nuovo la calma dopo due giorni di piena battaglia. [...] molti prigionieri sono scesi ed io sono stato incaricato di portare un ufficiale ungherese alla Divisione perché desideroso di parlare al Generale: lungo la strada mentre sfilavano i nostri soldati di rinforzo di corsa e scendevano altri prigionieri laceri, affamati, ho avuto a fare molto perché non insultassero quel prigioniero: bisognava fare la strada di corsa poiché continuamente battuta dal tiro d'interdizione: il collega nemico che parla bene l'italiano mi dice che è contento, ma io non gli bado e non vedo l'ora di portarlo alla Divisione. [...] Ho saputo che il prigioniero ha rivelato cose importanti a quanto appreso sembra che stiano per giungere o che lì ci siano già truppe germaniche sul fronte di Tolmino e che al 22 notte cominci la loro offensiva ricacciarci al di là dell'Isonzo!!!»[43].

Grazie a questa scellerataggine e alla superficialità degli alti in grado accadde l'irreparabile e, purtroppo, fu un vero peccato non averlo tenuto in considerazione. Il resto lo conosciamo bene. «Nel complesso si sommarono una serie di errori da parte dei comandi italiani ed esattamente:
-errata valutazione dell'attacco nemico;
-errata dislocazione delle truppe e delle riserve;
-assenza quasi totale del concorso di fuoco dell'artiglieria italiana;
-mancanza di riserve strategiche in profondità;
-deficienza dei collegamenti tra i vari comandi;
-tutti questi elementi negativi favorirono l'attacco austro-tedesco che ebbe inizio nella notte tra il 23 ed il 24 ottobre»[44].

Il primo responsabile di quella storica sconfitta è da individuare nel Capo di stato maggiore Cadorna e a seguire nel generale Capello. «A Cadorna si deve imputare in primo luogo la mancata preparazione di una battaglia difensiva. [...] Egli non credeva possibile un'offensiva austriaca di grossa portata, ma soltanto attacchi di alleggerimento. Il secondo responsabile è certamente il generale Capello, comandante della II Armata, che ignorò deliberatamente gli ordini del generale Cadorna, non modificò lo schieramento offensivo delle sue truppe, non predispose riserve di settore efficienti e infine sottovalutò fino all'ultimo le notizie sull'attacco in preparazione. [...] probabilmente non voleva rinunciare al ruolo di sostenitore dell'offensiva a oltranza che giocava contro Cadorna»[45]. Si deve necessariamente tenere in considerazione una terza figura, non secondaria alle altre due: il generale Pietro Badoglio. Questi e il generale Capello, in quel periodo bellico, erano tra gli ufficiali generali che ebbero la meglio sugli austro-ungarici. Il primo fu lo stratega per la conquista del Sabotino, monte sul quale si erano infrante diverse ed inutili offensive che portarono alla morte di migliaia di soldati italiani, ma anche la conquista del monte Kuk e il Vodice, mentre il secondo vantava due vittorie: la presa di Gorizia e la conquista della Bainsizza. Il generale Cadorna, malgrado il suo scetticismo, preparò comunque un piano di difesa, piano comunque che solo sulla carta era condiviso dagli altri due alti ufficiali, perché entrambi avevano

---

43 AA.VV., *La Prima Guerra Mondiale di Pio Rossi,* Edizioni Biblioteca dell'Immagine, Pordenone, 2014, p. 221.

44 E. D'ANTONI, *Storia della Prima Guerra Mondiale 1914-1918*, op. cit., p. 668.

45 M. ISNENGHI, G. ROCHAT, *Le Guerre degli Italiani,* La Grande Guerra 1914-1918, RCS Mediagroup, 2019, p. 358.

un loro piano segreto: attaccare e non difendersi, seppur con intenti diversi. «In caso di avanzata dell'esercito nemico il Generale Capello avrebbe attaccato, mentre il generale Badoglio non avrebbe sparato un colpo malgrado gli ottocento cannoni a disposizione, ma gli avrebbe teso un agguato e quindi, una volta colto di sorpresa il nemico, avrebbe utilizzato tutta la macchina bellica a disposizione e così diede disposizioni ai suoi ufficiali che nessun colpo di cannone avrebbe dovuto essere sparato senza il suo ordine. Era talmente sicuro che il suo piano fosse infallibile che girava tra le truppe sprigionando euforia da tutti i pori e per nulla impressionato per il numero delle divisioni austro-tedesche che stavano per scendere lungo l'Isonzo. Era talmente tranquillo che diceva: "Dunque, ci saranno anche i tedeschi. Niente paura. Gliele daremo. Così avremo anche le loro mostrine, nei nostri campi di concentramento. Io sono Badoglio, il vostro comandante. State tranquilli, gli austriaci hanno chiesto aiuto ai tedeschi perché con noi non ce la possono più fare, ma io ho tante artiglierie che li stermino appena escono dalle loro trincee. Allegri ragazzi!»[46]. Invece il suo Corpo d'Armata, il XVII, facente parte della II Armata, rimase inattivo, sempre. Non fu sparato un solo colpo di cannone e così l'intera artiglieria a sua disposizione venne catturata dal nemico. Lui che doveva agire di sorpresa, con altrettanta sorpresa e stupore non riuscì a mettersi in contatto con i suoi subalterni e le bocche di fuoco tacquero e così anche lui si frammischiò tra i fuggiaschi. Il generale Capello, invece, il giorno prima di quel fatidico attacco fu a sua volta *attaccato* da una nefrite che lo costrinse ad abbandonare il comando che venne affidato interinalmente al Generale Luca Montuori, il quale si trovò a reggere l'Armata che, secondo gli ordini impartiti dal Generale Cadorna, si sarebbe dovuta attestare sulla destra dell'Isonzo ma che era posizionata in zona avanzata rispetto ai piani prestabiliti. Per questo scollamento ci furono immense perdite sia di uomini che di materiale bellico. Intanto che l'onda umana, quello sciame di soldati frammischiati ai civili, lasciava le trincee e le retrovie per dispiegarsi altrove, non mancarono gli ordini di distruggere tutto ciò che poteva essere utilizzato dagli invasori e allora iniziarono a rendere inservibile tutto ciò che veniva trovato durante la ritirata. Vennero dati alle fiamme magazzini di vettovagliamento, locomotive, vagoni, stazioni ferroviarie, case. Nei parchi dov'erano recintati dei buoi per il fabbisogno alimentare della truppa, non essendoci la possibilità di ucciderli uno ad uno, vennero cosparsi di benzina e dati alle fiamme e così quei poveri animali vennero fatti

[46] S. BERTOLDI, *Badoglio*, Gruppo Editoriale Fabbri, Milano, 1983, p. 11.

ardere vivi. Non pochi dei soldati in fuga di quella Armata che avrebbero dovuto affrontare il nemico si resero responsabili di atti di violenza: «*S*accheggiarono diversi paesi del Friuli e alcuni si resero anche autori di violenze sulle donne. Molti altri, in stato di ubriachezza, abbandonarono le armi malgrado gli ordini di tenerle con sé e si avviarono verso il Tagliamento. Il nemico ha inghiottito tutto in 48 ore. Pare incredibile. Cinque brigate in un colpo hanno alzato le mani. Poi è stata la fuga pazza. Si dice che Cadorna abbia già fatto fucilare qualche generale»[47]. Malgrado l'impegno di molti soldati guidati da validi ufficiali che non intendevano abbandonare i territori conquistati in due anni di lotta, tutto si stava sgretolando. «Le brigate di copertura contendono eroicamente il terreno, ma ormai l'esercito ha perduto ogni coesione; il vecchio corpo vittorioso, colpito nella spina dorsale, si decompone, si dissolve. Sembra uno scheletro disarticolato. Vi è la crisi nei comandi, si dice dovunque. Troppi ufficiali hanno perduto la testa e soprattutto la fede [...]. La demoralizzazione, più che la paura aveva vinto ogni spirito, uccisa la fede. Sul ponte di Cervignano, il 28 mattina non c'era né un carabiniere né un ufficiale che regolasse il passaggio. [...] La Terza Armata che teneva le posizioni conquistate con tanto sangue aveva ricevuto l'ordine di ritirata così improvviso, che il comando dovette trasmetterlo precipitosamente alle truppe in linea. Molti soldati piangevano; ciò che maggiormente li feriva era di lasciare i bianchi cimiteri del Vallone in mano al nemico»[48].

È in quel clima di incertezza che i fanti brancolavano e il «movimento verso il Piave è sempre caotico, il frammischiamento dei soldati appartenenti alle varie armi non è scemato, però la massa incomincia ad essere divisa in reparti; non si segnalano casi di ribellione: questa gente è battuta e sfinita, si lascia comandare, ma è senza vita, senza spirito combattivo. [...] C'è chi spera molto sulla nostra resistenza al Piave; io non ho ancora fede: le divisioni non s'improvvisano con l'entusiasmo, figuriamoci poi con lo stato d'animo in cui si trovano i quattro quinti delle nostre forze armate. La realtà è quello che è; in ogni modo anche le illusioni magnanime hanno il loro diritto di esistere, purché ci sia chi, nel duro terreno della realtà, operi presto, con tutti i nervi e tutti i muscoli. Noi dobbiamo considerare il Veneto come perduto; sopporterà il Paese questa sciagura con la stessa calma onde la sopportano i profughi?»[49].

---

[47] R. ALESSI, *Dall'Isonzo al Piave*, Arnoldo Mondadori, Verona, 1966, pp. 141-146.
[48] L. GASPAROTTO, *Rapsodie – Diario di un Fante,* Treves, Milano, 1925, pp. 171-173.
[49] R. ALESSI, *Dall'Isonzo al Piave,* op. cit., p. 150.

C'è lo sdegno frammisto allo stupore per tutto quello che accadde. «Ciò che avviene ha qualcosa dell'incredibile tanto è enorme e mostruoso! Io non posso ancora farmi concetto preciso di ciò che avviene. Il fatto certo è questo: che noi siamo in ritirata! Purtroppo e che disastro! I soldati che passano a fiumana non capiscono ancora di cosa si tratta: tutti hanno avuto ordine di ritirarsi. [...] Ogni tanto arrivano ordini di sgomberare e di non lasciare agglomeramenti di uomini, ma è lo stesso che ordinare al vento poiché la disciplina non esiste più. Tutta stanotte il bombardamento è stato incessante e le continue fiammate illuminano sinistramente tutto ciò che avviene [...] il Colonnello dei Carabinieri ci ha ordinato stamane di piazzare le mitragliatrici vicino alla stazione ciò che abbiamo fatto con gli uomini... pochi che ancora hanno la testa a posto! Proprio così: a tutt'oggi non è ancora visto un ufficiale superiore: ma dove sono andati tutti? Eppure dovrebbero passare di qui»[50].

La confusione alimenta le notizie dell'immane disastro e in quel marasma «arriva un ardito lacero e macchiato di sangue che dice che gli austriaci sono a Cividale e si combatte nelle vie: basta quello per mettere in allarme la popolazione che vediamo scappar via con scene terribili! Povere vecchie che si portano i piccini (forse i loro nipoti) sotto l'acqua dirotta (anche il tempo ci è ostile) donne doloranti, vecchi che si trascinano a stento e tutti in preda al terrore scappano per la strada di Udine»[51].

Le dichiarazioni e le impressioni sono unanimi da qualsiasi parte provengano, ciò che si vede sono come le immagini di un film visto da diverse prospettive e che riguardano lo stesso evento: «mi volto e vedo una colonna di chilometri e chilometri di gente di tutte le classi, di tutte le età e tutti si accalcano all'ingresso del ponte tenuto a stento dai soldati, poi a tratti la barriera si spezza ed il torrente umano precipita lungo il ponte e come arrivano di là stracciati, irriconoscibili! E ciò che dura da giorni e pensare che fra poche ore i ponti saranno fatti saltare: che ne sarà di tutta quella povera gente che rimarrà di là? [...] Attraversando il ponte ho visto con raccapriccio una scena terribile che rimarrà sempre impressa in mente: ad un tratto ho visto in uno degli sfondamenti della corrente umana nel ponte precipitare giù nel fiume dei corpi umani accompagnati da grida altissime! Poveri disgraziati! La corrente è anche forte e difficilmente si potranno salvare: vedo una povera donna strapparsi i capelli dalla

---

[50] *Ibidem*, pp. 252-253.

[51] AA.VV., *La Prima Guerra Mondiale di Pio Rossi,* op. cit., p. 279.

disperazione e spingere dal ponte per vedere giù nella corrente, ma nulla appare più: il fiume questo tragico fiume si è tutto inghiottito»[52].

Come se questo non bastasse sul ponte del Tagliamento, dove la calca umana di soldati e civili aveva creato un imbuto e quindi non c'era più possibilità di avanzare o tornare indietro, le autorità militari decisero di far saltare il ponte e in questo modo rallentare l'avanzata del nemico.

La cosa più devastante fu che coloro che si trovarono sul ponte ebbero la percezione della propria fine, in quanto un ufficiale con un megafono scandiva i tempi di quanto mancasse all'esplosione e, purtroppo, coloro che erano rimasti intrappolati, saltarono in aria e fu una carneficina di soldati e di inermi civili: anziani, donne, bambini. Tutto questo per permettere a chi aveva oltrepassato il ponte di ripiegare verso il Livenza, poi verso il Piave e lì attestarsi per fronteggiare il nemico.

Anche sulla parte montana, nella zona delle Tofane, si dovette ripiegare. Pure quei reparti dovettero abbandonare i territori conquistati, tenuti strenuamente a costi di gravi perdite umane e alle sofferenze che la montagna elargiva col suo clima inclemente dell'inverno ma l'ordine anche lì fu quello di ripiegare; questo un puntuale ricordo che rievoca così quel tragico giorno: «Immenso represso frastuono, senza canti, senza soste, incalzati da un'ansia che fa scrutare a ogni svolta di strada, in ogni macchia d'abeti, come se potesse d'improvviso di lì scorgere il nemico. È buio: i riflettori frugano da ogni parte la montagna e i razzi si accendono in cielo inquieti e inquietanti. A fianco dei soldati, quasi frammischiata, una colonna ancor più triste di vecchi e donne con carretti carichi di povere masserizie e gerle colme di biancheria e abiti. Una vecchia leva il suo volto scarno di madre e grida strozzata dall'emozione: "Viva l'Italia!". Alcuni piangono»[53]. E questo per due lunghe settimane, la *Via Crucis* di quella folla sembrava non finire mai.

Anche Don Domenico Nena, Parroco di Cavriè, fa una disanima sul quel triste esodo: «Si incominciò a vedere passare da tutte le strade pattuglie, compagnie, reggimenti di soldati; erano gli sbandati di Caporetto ma la notizia era per noi confusa, incerta, non si poteva avere la visione dello stato delle cose, tanto più che i soldati sembravano prigionieri di guerra, erano sfigurati, scalzi, pezzenti, macilenti, abbronzati dal sole, sfiniti, avviliti, scoraggiati, sdraiati lungo le strade. Dava lo spettacolo, la sensazione di essere tra gli appestati di Milano. [...] Le notizie andavano sempre più

---

[52] *Ivi*, p. 305.

[53] L. Viazzi, *Le Aquile delle Tofane 1915-1917*, Mursia, Milano, 1976, p. 278.

concretizzandosi, chiarendosi, impressionando… dovremo partire tutti? Era uno scambiarsi la parola; il parroco prospettando la vita del profugo che abbandona averi, sostanze, focolare, come vita raminga e sorgente di grandi dolori, raccomanda ai parrocchiani che nessuno parta lontano dal paese e pur dovendo abbandonarlo si attenga nelle vicinanze»[54].

Se chi aveva ricevuto le puntuali e dettagliate notizie fornite dai prigionieri su ciò che sarebbe accaduto da lì a poco, invece di canzonarli e considerare quelle notizie oltre che inattendibili pure fantasiose, avesse dedicato il proprio tempo a preparare una risposta adeguata all'imminente avanzata nemica, probabilmente le nostre truppe avrebbero scritto una gloriosa giornata di storia, mentre adesso si era impegnati a individuare a chi dare la colpa ed ecco, quindi, puntuale il piano, che fu quello di addossare ai soldati la responsabilità di quel disastro. Il capo di Stato Maggiore Cadorna, considerata la catastrofe, diede l'ordine alle truppe di ritirarsi e per non assumersi la colpa di quel disastro fece pubblicare un ordine del giorno con il quale – tra l'altro – attribuiva la colpa ai soldati che si erano vigliaccamente arresi senza combattere. Questa cosa non accadde, non era vera, era un'assurda bugia, ma come disse il drammaturgo greco Eschilo: *«In guerra, la verità è la prima vittima»* e in quel modo il mondo intero venne a conoscenza della viltà del nostro esercito per mano dello stesso Capo di Stato Maggiore. «I comandi militari italiani […] erano abituati a coprire i propri errori e le palesi incapacità strategiche addossando la colpa alle truppe combattenti con le più vergognose accuse, usavano la stampa di regime per diffamare i soldati, privi di una voce a difesa, di non aver fatto il proprio dovere e addirittura di essersi arresi senza motivo o disertando, senza tener conto che in tanti casi gli ufficiali, anche di grado elevato, aveva abbandonato per primi i loro posti […] usando anche i veicoli militari necessari ai reparti, dando in aggiunta un pessimo esempio a quanti erano impegnati nei combattimenti. […] Per questi fuggiaschi sembravano non valere le severe norme di Cadorna previste per quanti si rendevano responsabili del reato di diserzione in faccia al nemico, che venivano invece applicate per i soldati di truppa con la fucilazione sul posto»[55].

La gravità di tante fatiche, la vista di tanto sangue, l'ombra di tanti inganni appesantirono il cuore dei soldati. Il ritiro disordinato provocò nei fanti amarezza e svilimento e non pochi furono i casi di diserzione o di ribellioni alla guerra che vennero repressi duramente, anche con pene

---

[54] A. Beninatto, A. Merlo, *Molino della Sega...*, op. cit., p. 49.

[55] A. Perin, *I fronti dell'inutile strage*, Voll. 2, II, Dario De Bastiani Editore, Godega di Sant'Urbano (Treviso), 2017, p. 420.

capitali. Di questi ultimi episodi si parlerà in modo più articolato nel capitolo dedicato alle punizioni e di come la *giustizia militare* le disciplinava a *Motu Proprio*. Quella giustizia valeva solo per i poveri fanti mentre le responsabilità di quel generale che doveva cogliere di sorpresa e annientare ed esibire i soldati dalle mostrine tedesche in campi di concentramento, invece di essere punito, venne promosso e dato l'incarico di riorganizzare l'esercito sotto la guida del nuovo Capo di Stato Maggiore, il Generale Armando Diaz. Lo stesso generale Badoglio, in qualità di vice comandante e presidente della Commissione Italiana d'Armistizio, firmò pure il documento che poneva fine alla guerra. Una stranezza tutta italiana della quale non c'è motivo di vanto, se non di riflessione.

Il resto lo conosciamo bene, esattamente un anno dopo quella tragedia, gli stessi Fanti additati come *vigliacchi*, affiancati dai giovanissimi e imberbi ragazzi del '99, misero in evidenza tutto il loro valore e diedero sfogo alla controffensiva che si concluse il 4 novembre 1918, giorno in cui ricacciarono gli occupanti oltre confine e giunsero così al riscatto di Caporetto e all'agognata pace. Di tutto questo, però, resta comunque l'onta di quel tragico evento conosciuto nel mondo non come la località lasciata cadere in mano nemica per i grossolani errori di una parte della scala gerarchica militare italiana, ma come il luogo dove i nostri soldati si sarebbero macchiati della peggiore qualità soldatesca: quella della vigliaccheria, l'essersi arresi senza combattere perché così il loro Capo di Stato Maggiore li aveva presentati al mondo con il suo perfido comunicato.

Diaristica

Il tenente di fanteria Luigi Merlini, fiorentino, classe 1896, racconta la sua triste esperienza del ritiro del suo reparto in concomitanza della disfatta di Caporetto. «Lasciare quelle terre ridivenute nostre a prezzo di tanti sacrifici, bagnate col sudore della nostra fronte, colle lacrime dei nostri occhi, col sangue delle nostre vene, quelle terre di cui ogni metro possedeva il cadavere di chi l'aveva conquistato coll'olocausto della propria esistenza. [...] Per miglior consolazione alle nostre fatiche, ecco un bel rovescio d'acqua, come poche volte mi era capitato di vedere e... sentire. [...] Il terreno era così pantanoso, che si sguazzava e si affondava a meraviglia. E sempre giù acqua per tutta la mattina. [...] Traversammo il ponte sull'Indrio, portandoci sulla riva destra del fiume che, con le piogge della notte e della giornata, andava gonfiandosi spaventosamente. [...] Il livello dei campi nei quali stavamo era molto più basso di quello del fiume in piena; l'acqua minacciava di momento in momento di sorpassare gli argini e allargare i campi, già melmosi e viscidi per conto proprio. I soldati stavano nei campi fra l'acqua e il fango; le vedette fra i canneti sguazzando nell'acqua e nella nebbia foltissima. Poche vedette stavano nella testa di ponte oltre il fiume. Noi giravamo, abbattuti, stanchi e fradici da un posto all'altro, senza posa, senza requie, vigilando».[56] Anche il fante Giuseppe Bassignana, classe 1896, dà una sua testimonianza riguardante la disfatta di Caporetto. «La ritirata di Caporetto è stata un grande disastro. I nostri ufficiali che ci gridavano: «Vigliacchi, avete buttato le armi ...». Io l'avevo conservato il fucile, l'avevo in mano. E i nostri ufficiali? Il mio colonnello si era messo una benda su un occhio, fingeva di essere ferito, viaggiava a cavallo, e col frustino cercava di colpirci perché camminassimo lesti. Oh, ci trattavano male i nostri ufficiali, eravamo solo contadini, i contadini non hanno mai contato niente»[57].

Opera poetica

Di rincalzo, coi territoriali

«Ad uno ad uno / su per la stradella / larga non più di un passo / c'incamminiamo verso la montagna: / ultimo dopo l'ultimo son io / per guardar che qualcuno più esitante / non si fermi tra il bosco e si nasconda. / Innanzi a me si snoda / nel pomeriggio grigio / su tra le grigie rocce / una fila d'uomini curvi / in grigi mantelli ravvolti / che lentamente va / verso il combattimento di cui nulla sa... / Crosci di mitragliatrici, / schianti di bombarde; / sembrano scuri scagliate contro le rocce / da invisibili giganti folli / che al sibilo delle schegge / sghignazzano sconciamente / in fondo ai valloni. / Invano si anela / intender quello che esprime / il linguaggio dei cannoni. / Si vince? Si perde? / Vengono avanti? / Sono fermati? / Chissà...».[58] *(Piero Calamandrei)*

Piero Calamandrei fu un fervente interventista. Egli partecipò volontario alla Prima Guerra Mondiale come ufficiale di Fanteria; ebbe modo di raccontare la guerra attraverso la corrispondenza e la macchina fotografica che gli servì per immortalare soldati e luoghi del conflitto. Malgrado la promozione a Tenente Colonnello, rinunciò alla carriera militare per tornare ad insegnare nelle università dove era titolare di cattedre prima della partenza per il fronte.

---

[56] AA.VV., *L'Alfabeto della Grande Guerra*, 1915-2015. Cento anni dopo, in Primapersona, semestrale della Fondazione Archivio Diaristico Nazionale – Onlus, Pieve Santo Stefano (Arezzo), n. 28, 2014, p. 42.

[57] L. DAMIANO, *Aneddoti, Scritti e Immagini dal Fronte,* op. cit., p. 281.

[58] S. CALAMANDREI, A. CASELLATO (a cura di), *Zona di Guerra,* Laterza, Bari, 2006, p. 97.

Interrogatorio di prigionieri (Archivio: R. Carbonera)

Soldati italiani fatti prigionieri (Fonte: Rai.it)

Rivignano (Udine) – Austro-ungarici in sosta (Fonte: Inediti della Grande Guerra)

«Continua l'esodo. Carri, carretti, bestiame, donne, bambini, cose. Così fugge il corteo dolorante. Passa un carro carico di masserizie. Il padre incita il cavallo magro. La piccina segue, tutto preoccupata del gattino che serra tra le braccia. Costei ancor più forte si allaccia alla vita...»[59].

CAPITOLO IV

I PROFUGHI

Il 24 maggio 1915 gli italiani varcarono il vecchio confine e da lì al 3 novembre 1918 ci furono centinaia di migliaia di morti, un numero ragguardevole di feriti e tanta distruzione, coinvolgendo anche la popolazione civile che con l'ingresso dell'Italia in guerra prima e con la rotta di Caporetto poi, dovette abbandonare le proprie case e trasferirsi i luoghi lontani ed anche oltre confine. Tutto questo provocò il venir meno di un popolo che, a causa di quell'arco di tempo trascorso in mezzo a persone sconosciute, nel fare rientro nelle proprie case si rese conto che nulla era più come prima e non solo perché al posto delle abitazioni trovò cumuli di macerie, ma anche perché molti di quelli che furono costretti a lasciare il proprio paese non fecero più ritorno in quanto passati ad altra vita. I letterati, come pure le persone che sapevano appena scrivere, trasferirono sui diari le loro emozioni, turbamenti e tutto ciò che generava e si consolidava lontani dalla loro casa: dall'addio ai propri averi che rimanevano in balia del nemico occupante, ai nuovi luoghi raggiunti dopo lunghi viaggi, al convivere e condividere spazi con persone sconosciute.

Le nuove condizioni modificheranno il loro modo di vita, costringendo questa massa di esseri umani a contemperarsi a situazioni che mai avrebbero pensato accadere e per questo volutamente vergati su carta, quasi a futura memoria, ma anche per dare segni tangibili a chi li avrebbe letti e, convincerli, dell'inutilità delle guerre e delle atrocità che queste producono.

I profughi vennero utilizzati anche come forza lavoro a basso costo, non di rado furono impiegati in luoghi in cui la manodopera era carente a causa degli uomini partiti per il fronte. Non sporadicamente si ritrovarono a lavorare in fabbriche in cui si produceva materiale bellico che poi sarebbe stato utilizzato per colpire anche i propri i famigliari combattenti. L'impiego, comunque,

---

[59] A. Frescura, *Diario di un imboscato*, Edizioni Trabant, Brindisi, 2015, p. 58.

aveva anche il lato positivo, perché permetteva di racimolare qualche soldo per poter acquistare viveri pe sé e per i propri famigliari internati. Solo in Italia ci furono circa 600 mila profughi civili tra veneti e friulani, provenienti principalmente dalle provincie di Treviso, Venezia, Vicenza e Udine, ma anche trentini.

Ultima notte in casa

Il 13 settembre 1915, la maestra Filomena Boccher, profuga trentina, annota il saluto alla sua cameretta. Il giorno a seguire partirà e per oltre tre anni sarà *ospite* nell'accampamento di Mitterndorf (Austria). «Ultima sera. Silenziosa cameretta, addio! Pallido Crocefisso sanguinolento che sai la mia croce, e dall' alto della tua, col capo chino su me, ascoltasti miei singulti disperati, addio! Caro tavolino che invitandomi al lavoro mi rendesti meno triste qualche ora, addio! Povero letto, che sai le ore insonni del mio esilio, i sogni angosciosi, addio! Ancora una notte passerò fra queste pareti; domani me ne andrò sulle tracce dei miei genitori, per la via dei profughi. Afers, addio!»[60].

La profuga trentina Melania Moiola descrive il suo forzato pellegrinaggio: «Era l'ultimo di dicembre quando ci siamo messi in viaggio fummo invagonati peggio che le bestie, il viaggio durò parecchi giorni senza poter adagiarsi a prendere un po' di riposo finalmente siamo arrivati alla stazione di Rovereto verso sera pioveva dirottamente e abbiamo dovuto passare la notte alla stazione. Alla mattina diversi autocarri ci condussero i bagagli nella fabbrica di Sacco e nei vasti saloni senza vetri senza letti fummo condotti a centinaia come tante mandrie di pecore e ci lasciarono tre giorni senza mangiare. Benché il tempo era cattivissimo gli uomini andarono a visitare le loro dimore colla speranza di trovare le case in buono stato per poter abitarvi ma invece trovarono un mucchio di rovine, le case che erano in buon stato avevano le muraglie e qualche pezzo di coperto, le soffitte e i travi sono stati asportati, le soglie delle finestre e delle porte demolite, le strade erano tutte coperte di proiettili pericolosissime, ancora i primi giorni due ragazzetti prendendo da terra un nastrino rimasero sfracellati. Malgrado le molte difficoltà che s'incontrava ci decidemmo a partire alla volta del paese. Ci siamo rifugiati in una stalla seduti sopra le foglie di quercia che ci serviva di sgabello e anche di letto»[61].

---

[60] http://www.anaroncegno.com/1915.html.

[61] Q. ANTONELLI, D. LEONI, A. MIORELLI, G. PONTALTI (a cura di), *Scritture di guerra*, n. 5, Museo storico in Trento, Museo Storico Italiano della Guerra, 1996.

Profughi in viaggio (Archivio: R. Carbonera)

Anche con la spedizione punitiva, la Strafexpedition, avvenuta nell'aprile del 1916, gli austro-ungarici raggiunsero gli altipiani vicentini costringendo quella povera gente ad abbandonare le proprie case e iniziare il calvario dell'esodo. «Già nel 1916 le popolazioni dell'Altipiano dei Sette Comuni e delle valli contigue dovettero abbandonare focolari e beni alla furia distruttrice della guerra; ora, a seguito della rottura del fronte dell'Isonzo, con l'invasione del Friuli e del Veneto fino al Piave e con l'occupazione delle montagne dalla Carnia al Grappa, furono decine di migliaia le famiglie costrette ad abbandonare città e paesi, altre decine di migliaia scelsero di restare ma anche costoro per un anno soffrirono e penarono fame, malattie, isolamento, incomprensione e derisione. Molti erano poi gli alpini e i fanti che, costretti a lasciare quel fronte, avevano al di là i loro cari»[62].

Tra coloro che si unirono agli esodati c'era anche Don Titta *"Lepre"*, così chiamato per la sua passione per la caccia, che dovette lasciare la sua casa di Asiago. «Sotto la tonaca, contro il petto villoso, aveva la pisside con le Sacre Specie e, attaccati alla tonaca due bambine e un bimbo orfani seguiti dai suoi cani. Corsero via sotto le bombe e tra gli incendi: dopo ore di cammino giunsero che era notte ai piedi delle montagne e trovarono

---

[62] M. Rigoni Stern, *I Racconti di Guerra,* Einaudi, 2018, Torino, 2018, p. 49.

rifugio in una stalla abbandonata. Si stese tra lo strame e a lui si strinsero attorno i tre bambini, i suoi cani e alcune povere persone che aveva raccolto lungo la strada. Vegliò e pregò per loro mentre riposavano e quando venne l'alba ripresero il cammino verso Marostica»[63].

In virtù della rotta di Caporetto molti sacerdoti si trovarono ad accompagnare i parrocchiani nella tortuosa via per il profugato. Uno di questi fu don Giovanni Gallina, parroco di Fossalta di Piave (Venezia). Nel suo diario impresse i fatti che accaddero nel periodo di occupazione che costrinse i suoi parrocchiani a lasciare le proprie case e a trasferirsi a Prato, in Toscana. Questo un breve ma significativo passaggio di un suo scritto: «Di quando in quando uomini e cavalli stramazzavano nel fango e venivano abbandonati in mezzo ai campi. Raccapricciant scene di terrore, di madri sfinite dalle sofferenze, di bambini innocenti invocanti pietà, di animali gettati a morire nei fossati, di carri sfasciati, abbandonati sulla pubblica strada stringevano il cuore e strozzavano il singulto»[64].

Tra quelli che non partirono per accompagnare i parrocchiani ci fu anche chi, come il Monsignor Luigi Saretta del Duomo di San Donà di Piave, rimase con i suoi fedeli nella propria terra e che per un anno fu sotto il controllo del nemico austro-ungarico che l'aveva occupato. Questi, infatti, con gli alleati tedeschi erano giunti l'8 novembre 1917, si insediarono presso la Villa Ancillotto nella frazione di Mussetta, divenendo quel luogo il primo comando nemico nella sinistra Piave, alle dipendenze del Feldmaresciallo croato Svetozar Boroević Von Bojna, comandante della Sventolar Quinta Armata austro-ungarica, molto stimato dalle sue truppe, tanto da essere soprannominato *Leone dell'Isonzo*.

Il prelato, oltre all'opera meritoria di tenere aperti l'asilo infantile e l'ospedale, si adoperò a tenere rapporti epistolari con le famiglie e i soldati al fronte o fatti prigionieri e lo fece mettendo a repentaglio la propria vita per salvare alcuni di questi che erano evasi mentre stavano per essere portati nei lager a loro destinati nella lontana terra di Germania. In quel di Portogruaro (Venezia) venne creato un ufficio segreto dove venivano redatti dei lasciapassare su carta intestata nemica e timbrati con un sigillo trafugato da un ufficio militare[65].

---

[63] *Ivi*, pp. 46-47.

[64] S. Cancian, *Fossalta nelle pagine di Monsignor Chimenton*, in Inpiazza, San Donà e Dintorni: un arcipelago da scoprire, anno 6, numero 20, dicembre 2019, pp. 12-13.

[65] Aa. Vv., *San Donà di Piave, Storia Immagine Costume,* Casa Editrice Legal, Padova, 1979, pp. 230-239.

Maria Brunetta, di Azzano Decimo (Pordenone), donna facoltosa in fuga dal paese dopo la disfatta di Caporetto, annota nel diario le sue emozioni nel lasciare la sua casa. «30-10-17 [...]. Nelle case un dolore immenso, uno spavento cupo. Che avverrà? Prepariamo i bagagli, Antonia ne ha l'incarico. Raduniamo i nostri contadini che in quest'ora di lutto si dimostrano sinceramente affezionati. Essi rimarranno, non possono partire, sono famiglie numerose, vi sono troppi bimbi piccini. Essi rimangono, affidandosi al destino e mettono a disposizione nostra tutti i loro cavalli. La nostra casa è piena di ufficiali e soldati; la mamma piange inginocchiata davanti all'immagine miracolosa della scala, piange e inutilmente invoca dalla pietà divina l'arresto del nemico al Tagliamento. Valentino ci supplica di partire prima che gli avvenimenti precipitino [...]. È sera, la pioggia è cessata, i bagagli sono pronti, i servi ci scongiurano di condurli con noi. Si parte [...]. Apre il corteo la carrozza col papà, la mamma, Natalia e Bruno. Antonia in bicicletta, una "charrette" piena di bagagli ed un carro che io seguo con Vico a piedi [...]. Addio casa adorata, salotti che conoscevate tutti i miei segreti, Madonnina dell'Oratorio che sapevi i miei piccoli dolori, addio camera bianca e verde che fosti testimone di tante fantasie bizzarre, di tante meditazioni, di tanti sogni dolci. Addio crisantemi del giardino, – fiorite, fiorite a dispetto della malvagità dei tempi sulla tomba dei miei ricordi sacri, dei miei affetti perduti. [...] Poi le case si perdono nella semioscurità, si dileguano come fantasmi che inutilmente abbiano rincorso e tentato di arrestare il nostro esodo»[66].

Una giovane di 21 anni, scappa dalla sua Pordenone e così descrive quel tragico momento conseguente alla *Disfatta di Caporetto*. Questa cadenza scandisce le innumerevoli storie dei profughi di quel triste periodo. «I bagagli non si possono spedire, con tutti i cavalli non si può andare avanti ed è doveroso rimandare i contadini alle loro famiglie, che attendono con ansia disperata. Che si fa? Bisogna lasciare qua tutta la roba e caricare su una carretta il puro indispensabile. Ben poco salviamo. Io guardo con tristezza le valigie che i contadini riportano a casa loro e li supplico di salvarle, di nasconderle. È mezzogiorno... ed io non ho fatto nulla, non sono nemmeno stata alla messa»[67].

Pochi giorni dopo Caporetto, le genti del Piave, tra lo stupore e l'angoscia, vedevano sfilare lungo le strade colonne interminabili di profughi friulani diretti verso ovest, in fuga dall'invasore che scendeva come

---

[66] AA.VV., *L'Alfabeto della Grande Guerra...*, op. cit., p. 102.
[67] http://www.allacciatilestorie.it/2018/11/07/profughi-della-prima-guerra-mondiale/.

un'orda barbarica dalle alture del Carso. Passavano le colonne interminabili di soldati sbandati reduci dalla disfatta del fronte isontino.

Don Domenico Nena, Parroco di Cavriè (Treviso) descriveva così le immagini pietose degli ultimi giorni di ottobre: «Si incominciò a vedere passare da tutte le strade pattuglie, compagnie, reggimenti di soldati; erano gli sbandati di Caporetto ma la notizia era per noi confusa, incerta, non si poteva avere la visione dello stato delle cose, tanto più che i soldati sembravano prigionieri di guerra, erano sfigurati, scalzi, pezzenti, macilenti, abbronzati dal sole, sfiniti, avviliti, scoraggiati, sdraiati lungo le strade. Dava lo spettacolo, la sensazione di essere tra gli appestati di Milano. [...] Le notizie andavano sempre più concretizzandosi, chiarendosi, impressionando...dovremo partire tutti? Era uno scambiarsi la parola; il parroco prospettando la vita del profugo che abbandona averi, sostanze, focolare, come vita raminga e sorgente di grandi dolori, raccomanda ai parrocchiani che nessuno parta lontano dal paese e pur dovendo abbandonarlo si attenga nelle vicinanze. Immagini efficaci, che rendono l'idea di quale presagio balenasse nelle menti dei tranquilli contadini del Piave e delle loro famiglie, per solito poco avvezzi ad abbandonare la loro amata terra, ma presto costretti a lasciarla, e immaginarla martoriata dalla furia delle artiglierie e dalla barbarie della guerra»[68].

Un'altra attenta e minuziosa disamina di quel tragico epilogo la pone in evidenza lo scrittore Mario Rigoni Stern: «L'ordine di partire cadde come un castigo biblico tra le donne e i bambini che non si erano mai mossi dal posto e tra i vecchi emigranti che si erano abbarbicati. Fra il vicino martellare delle artiglierie, eludendo le pressioni dei Carabinieri, si tentò di mettere in salvo le poche cose di valore, specie i rami, seppelliti in tutta fretta negli orti. Si supplicarono i malati di alzarsi; ci si disperò con i vecchi, una decina, incapaci di reggersi in piedi e li si dovette infine abbandonare al proprio destino»[69].

Nelle sue memorie Ines Zanghielli annotò: «Alla mattina del ventisette ad ore quattro antimeridiane c'inviamo per la seconda volta verso il nostro destino con i nostri fagotti. La strada che conduce da Mori a Rovereto si trova in mezzo a vigneti, ma in quel giorno le povere campagne erano in sfracello, le piante rase al suolo. Uomini, donne, vecchi, bambini tutti col loro fardello in ispalla s'avviavano verso la stazione. Gli uomini

---

[68] A. Beninatto, A. Merlo, *Molino della Sega...*, op. cit., p. 49.
[69] M. Rigoni Stern, *Nanòlo*, T.E.T., Treviso, 1986, Einaudi, Torino, 2018, p. 110.

conducevano il bestiame per consegnarlo al militare, le donne avevano sulle braccia e per mano i loro piccoli che piangevano e strillavano, i vecchi seduti sui piccoli carri piangevano, pregavano e salutavano la patria, che forse non avrebbero più riveduta»[70].

Dal racconto di Melania Moiola: «C'era ordine di prendersi mangiare solo per cinque giorni e di non avere con sé più di un pacchetto di cinque chili. Non è certo possibile descrivere la costernazione e la confusione di tutti a quell'improvvisa sciagura. La gente era quasi fuori di sé non sapeva neppure quello che si faceva. Abbiam trascinato in qualche modo la roba negli avvolti credendo che fosse sicura poi ci abbiamo preparato in qualche modo un po' di mangiare poi col nostro fagotto sulle spalle come tanti pellegrini»[71].

Il 2 Agosto 1914 l'infermiera canadese Agnes Warner, che si trovava a Divonne-les-Bains, un villaggio della Francia orientale, scriveva alla mamma: «Cara madre, la terribile guerra che tutti noi stavamo temendo è alle porte, la Francia si sta mobilitando. Alle 5 è suonata la campana d'allarme del municipio e uomini donne e bambini sono accorsi per ascoltare il proclama letto dal sindaco. Esso chiamava alle armi tutti gli uomini in età militare tra i 20 e i 50 anni, e nell'arco di 24 ore 500 uomini erano partiti, senza sapere la propria destinazione. Il coraggio di questi paesani – uomini e donne - è notevole, e non va dimenticato. Nessun mormorio, nessuna lamentela, solo "Ma patrie" mentre legavano il loro piccolo fagotto, solo quello, e poi via, nessuno escluso, tranne donne, vecchi e bambini»[72].

C'è chi parte ma pure chi rientra come accadde, nell'ottobre del 1917, alla signora Emilia Della Pietra. Ella lasciò Rigolato (Udine) con un piccolo carro su quale adagiò le poche masserizie e i figli Divina di 6 anni e Bepi di un anno. Si unì a quella fiumana di persone che scappavano dall'arrivo degli invasori, ma essendo incinta, lungo il percorso venne colpita da doglie. Giunta a Tramonti di Sopra (Pordenone) partorì il terzo figlio a cui diede nome Candido. A questo punto la signora dovette rinunciare alla migrazione e, dopo aver battezzato il bimbo, rientrò al paesello di montagna da dove era partita[73].

---

[70] https://www.museodellaguerra.it/wp-content/uploads/2015/12/Profughi_Museo-Storico-Italiano-della-uerra.pdf.
[71] https://www.museodellaguerra.it/wp-content/uploads/2015/12/Profughi_Museo-Storico-Italiano-della-uerra.pdf.
[72] http://alternativity66.rssing.com/chan-58547037/all_p1.html.
[73] G. CESCUTTI, *La Grande Guerra nello Spilimberghese*, Tipografia Menini, Spilimbergo (Pordenone), 2014, pp. 38-39.

Nel 1915, ad Asiago (Vicenza), un ufficiale siciliano in servizio presso il Comando collocato all'interno dell'*Osteria al Termine*[74], conobbe una ragazza del luogo e nacque una bella storia d'amore, che venne interrotta nella primavera 1916 quando ci fu l'esodo dei cittadini di quella ridente località e anche quella giovane dovette lasciare la sua casa e il suo amato. «Non seppe più nulla di lui e nel 1917, in un paese del Biellese dove era profuga, si lasciò morire. L'ufficiale sopravvisse a ogni battaglia e quando, finita la guerra, ritornò quassù per cercare il suo amore, seppe invece della sua morte»[75].

Lo sfollato Luigi Pizzolitto, classe 1910, da Cesarolo (Venezia), racconta il suo esodo in Basilicata: «Mia madre raccolse i pochi soldi che aveva dentro il fazzoletto, prese dei sacchi e li riempì coi nostri vestiti e partimmo sopra un carro con mio zio Abele, che non aveva ancora vent'anni, e mia zia con i suoi figli. [...] Pioveva a dirotto e viaggiammo nel carro, sotto una coperta, per molti giorni diretti verso il Piave. Per strada incontrammo lunghissime file di soldati che marciavano, cannoni e carrette ferme, mucche e cavalli morti e immondizie di tuti i tipi dentro i fossi. Finalmente raggiungemmo una stazione [...]. In treno, dopo una decina di giorni di viaggio, durante i quali ci fermammo varie volte, tra cui una in Toscana, raggiungemmo il Sud Italia, [...] in Basilicata, paese che accoglieva "sfollati" del Veneto»[76].

Alcuni profughi di San Donà di Piave (Venezia) raggiunsero Firenze. In quel capoluogo, in via Vecchietti n. 6, venne sistemata la sede comunale della cittadina veneta, mentre i suoi abitanti lì giunti furono dislocati nei vari comuni toscani. Come per gli altri profughi distribuiti in tutta Italia, ci furono alcuni cittadini che guardavano con sospetto *gli stranieri* e non mancavano occasioni per additarli come i protagonisti cattivi delle fiabe dell'infanzia. Alcune mamme toscane per far desistere i figli da comportamenti capricciosi gli intimorivano dicendo: «Se non fai il bravo ti faccio mangiare dal profugo»[77], un modo aberrante per mettere in evidenza una caratteristica non propria di quella povera gente costretta ad abbandonare il proprio focolare a causa dell'invasione e quindi alla disperazione si aggiungeva lo sgomento.

---

[74] Fu dapprima sede del Comando italiano dopo la Strafexpedition, luogo di soggiorno degli imperatori Francesco Giuseppe e Carlo I d'Asburgo.
[75] M. Rigoni Stern, *I Racconti di Guerra*, op. cit., p. 38.
[76] A. Petacco, M. Ferrari, *Caporetto, 24 ottobre-12 novembre 1917: Storia della più grande disfatta dell'esercito italiano,* Oscar Mondadori Editore, Milano, 2017, p. 163.
[77] Aa.Vv., *San Donà di Piave, Storia Immagine Costume,* op. cit., p. 234.

Questa invece la testimonianza di una nonna costretta a lasciare la sua casa del vicentino: «16 maggio. Appare la maschera tragica della guerra. Donne, uomini e bambini fuggono precipitosamente per Gallio ed oltre, fuori dall'incubo del cannone. L'aeroplano nemico, in alto, spia. Una vecchia lascia le chiavi di casa a un soldato e implora: "Mi raccomando di dare acqua ai fiori!". C'è un vecchio, in disparte, solo. La sua casa è frantumata. La vecchia compagna gli è morta, sfracellata da una granata. Ha un figlio alla guerra. Sale per ultimo su un carretto, come un automa. Fissa lo sguardo ai suoi momenti su cui infuria il cannone e stringe le labbra tremule e sporge il mento. Poi ha un gesto d'ira: stende il pugno verso il cannone che romba...»[78].

In viaggio verso l'ignoto (Archivio: G. Anzanello)

Vita in campo profughi

All'inizio del primo conflitto mondiale, l'impero austro-ungarico dislocò nei campi profughi tutti i cittadini sfollati. Le persone alloggiavano in baracche e gli occupanti erano lì giunti privi di bagagli e cibo. La signora

---

[78] S. BATTISTELLO, in *Forte Rivon,* Numero Unico, Tipografia Operaia Menin, Schio (Vicenza), 2009, p. 23.

Maria Graziadei, di origini italiane, venne inviata profuga nel campo di Mitterndorf (Austria) e questa è la sua lettera con cui lamenta le condizioni di vita in quel campo che ella definisce *lager*: «Sono stata inviata nel Lager il 30 agosto e sono stata trattata da quel momento come le bestie. Soprattutto i bambini soffrono molto, per la mancanza di latte.

I pianti e le preghiere delle madri rivolte all'amministrazione non vengono ascoltate. Chi non ha visto il trattamento pessimo cui sono soggetti i profughi non può farsi un'idea della miseria che regna in questo luogo d'esilio. All'arrivo siamo stati concentrati in 500 sotto una tettoia, con poca paglia in terra; un gruppo non ha trovato posto, tra cui io e mio figlio. Ho passato l'intera notte con lui seduta su una piccola cassetta. Ora abbiamo una stanza per 16 persone, con 12 paglericci [...]. Per quanto concerne la pulizia è meglio non parlare perché non si può descrivere. Il cibo è insufficiente ed immangiabile.

La scorsa settimana, per tre giorni di fila, come cena abbiamo ricevuto un pugnetto di farina di mais; peccato che nessuno di noi avesse gli utensili per cucinarla. Le lamentele quotidiane finora non han portato ad alcun miglioramento. Mio figlio è ormai gravemente malato da giorni ed io ho perso 5 kg in 8 giorni. Ben più volentieri sarei andata sulla linea del fuoco piuttosto che marcire lentamente in questa palude»[79].

Bortolo Ceccon, nel suo diario descrive la sua passione: «Landeck 18 gennaio 1916. Col salario di Cor. 121.25 mensili non potendo vivere, dovetti sobbarcarmi ad un lavoro faticoso e malsano in questo cotonificio, ma ciò nonostante non mi riuscì finora di potermi acquistare un solo capo di vestiario, di modo che ora i vestiti leggeri d'estate che abbiamo potuto portare con noi attraverso il passo di Sadole, ci cadono di dosso a brandelli e le scarpe fanno acqua da mille parti»[80].

La profuga Rosina Bonvecchio pose l'accento sulla difficoltà di interloquire a causa della non conoscenza della lingua. Essere profughi tra persone di lingue diverse faceva sì che non ci fosse integrazione se non addirittura rifiuto e quindi doppia sofferenza: «La lingua mio Dio era un martirio specialmente il primo tempo, si faceva come i muti si lavorava a motti a gesti e tante volte tutto inutilmente. Quali avvilimenti si trovavano quando col denaro in mano si andava a domandare qual cosa e ci

[79]https://www.unive.it/pag/fileadmin/user_upload/dipartimenti/DSLCC/documenti/DEP/numeri/n31/012_Frizzera_modello.pdf.

[80] https://www.museodellaguerra.it/wp-content/uploads/2015/12/Profughi_Museo-Storico-Italiano-della-Guerra.pdf.

rispondevano il loro "nemonne" (Non ne ho). Quando nelle botteghe ci servivano sempre gli ultimi facendoci attendere delle ore e ore colla solita scusa: "Vi mate caco dost" (Voi avete tempo abbastanza)»[81].

Feste pasquali

Un'altra testimonianza è quella della signora Dominica Daldoss, nelle sue memorie scrive: «[...] con tutte queste comodità, a noi poveri fuggiaschi manca il più necessario, cioè il vivere. Sotto questo crudo cielo e inospitale, quasi senza accorgerci, passiamo amaramente e miseramente per la seconda volta le feste Pasquali. Si impossessa di noi una mestizia lugubre e fallace, cerchiamo e tentiamo di liberarci, ma invano, siamo poveri profughi e vuol dir molto per poter poco»[82].

Ricongiungimento famigliare

La maestra Filomena Boccher racconta della sua partenza da Gnigl per raggiungere Mitterndorf e a Pottendorf incontra casualmente il padre, anch'egli sfollato: «Linz - Vienna - Pottendorf. Sono partita da Gnigl ieri alle 3 pomeridiane e sono giunta a Linz alle 9 di sera. [...] Giunta a Pottendorf verso le 9, domandai dove fosse l'accampamento dei profughi. In quel mentre, vidi il mio papà che traversava la strada, senza avvedersi di me. Camminava svelto, un po' curvo, ma sempre fiero. Chiamai: "Papà, papà!" Si volse, mi vide, mi corse incontro. Io credevo di sognare. Piangevo, ridevo, guardavo il povero vecchio, esule. Corremmo dalla mamma. Pallida e triste la povera cara sedeva sul suo lettuccio, nella baracca. Fu felice di vedermi, si rianimò tutta. Signore Iddio, Vi ringrazio!»[83].

Ancora la maestra Filomena Boccher, dà la sua testimonianza circa la qualità del cibo nel campo di Mitterndorf: «Stasera abbiamo ricevuto alcune briciole di formaggio, e una scodella di caffè che non è altro che broda sudicia. I bimbi però, che hanno mangiata la pagnotta scussa, son avidi anche di quella broda, e qualcuno di essi s'è presentato per riceverne ancora»[84].

Purtroppo ci fu pure chi venne *spedito* in quello tristemente conosciuto con il nome di Mauthausen (Austria): «Il rancio che ci davano era composto la mattina il te con radici e erba. Impossibile berlo. A mezzogiorno tre

---

[81] https://www.museodellaguerra.it/wp-content/uploads/2015/12/Profughi_Museo-Storico-Italiano-della-uerra.pdf.
[82] https://www.trentinograndeguerra.it/gg100_detail.jsp?ID_LINK=320&id_context=11809.
[83] http://www.anaroncegno.com/1915.html.
[84] https://www.lagrandeguerrapiu100.it/puntate/la-vita-nei-campi-profughi.

cucchiai non più di acqua e fave o farina di granoturco. Due volte la settimana la carne nel brodo impossibile a trovarla nella gavetta. Tre volte la settimana una renga e due volte il baccalà. E poi la sera un brodino con dentro la farina di castagnacce selvatiche. Il pane era metà di granoturco e metà di castagnaccio e poco 2 grammi. Immaginiamoci se qui non si deve morire per forza. Con di più si vede un camposanto dei Serbi che si trovavano già morti ben 7 mila. La mattina ti tocca alzarti per forza e lì si passava tutti in rango destinati alla pulizia, a trasportare del carbone e se non si andava erano legnate sacrosante. Lì tutti i giorni arrivavano prigionieri. [...] Ci toccava andare. Si cadeva per terra della fame e i lavori che si faceva chi di falegname, di sarti, di calzolai, di muratori, fabbri e tutti gli altri manovali a portare le assi della stazione delle baracche stavano costruendo e altri materiali i quali servivano.

Tante volte succedeva di andare a scaricar patate e farine o altri generi e lì si poteva mangiare qualche cosa per sfamarsi come patate crude, come farina in caso che qualche sacco fosse rotto o carote per non morire di fame. Un giorno mi tocca di andare a prendere delle tavole alla stazione e vedo che dismonta del treno dei prigionieri italiani e ne vedo a strappostare sui carri i nostri feriti prigionieri che m'han fatto una impressione straordinaria come il giorno 17 settembre e pensavo tra me: Come potranno vivere a guarire con quelle medicine che hanno e pensai che gli sfortunati ce n'è di peggio di me ancora.

Un giorno andavo a casa cioè in baracca a mezzogiorno che nevicava vedo una 40 di compagni che sotto il comando di un sergente austriaco e di 4 sentinelle come siamo sempre accompagnati che li facevano andar di corsa in giro a una baracca e dimando a un mio compagno cosa fanno. Lui mi risponde che li hanno visti gli austriaci a mangiare delle patate crude e ne avevano messe anche in tasca e così li fanno correre tutto il giorno senza mangiare nella neve. Poverini cosa li tocca e cadevano per terra degli svanimenti e così tutto il giorno li lasciarono senza mangiare. La sera viene un ufficiale alle sei ore e li manda a dormire dicendo impareranno per un'altra volta»[85].

La signora Giuseppina Filippi Manfredi, profuga trentina, in una lettera ad una parente, racconta la sua triste disavventura in quel di Braunau (Austria): «Raminghi, derubati di tutto... Sabato scorso siamo partiti da Sacco a ore 1 ½ di dopopranzo; viaggiammo tutto il dopopranzo, la notte, la domenica e lunedì restammo fermi a Braunau am Inn. Impossibile mi riesce

[85] http://espresso.repubblica.it/grandeguerra/index.php?page=estratto&id=156.

a descriverti tutti i dolori di questa partenza, di questo viaggio interminabile. Di viveri non si trova niente e non si sa come campare. In certi momenti non so più cosa penso, mi sembra d'esser pazza. Sola con quattro figli e cola tema di saperti morto un dì o l'altro, povero caro! Se tu sapessi quanto soffro! Siam qui tutti in una casa; una stanza è cucina, le altre con quattro bracciate di paglia sono pel riposo, sono le nostre stanze da letto! Non abbiamo nessuna differenza di militare, solo il rancio, che lo facciamo noi»[86].

La profuga Teresa Ponticello di Salisburgo, così scriveva al marito prigioniero in Russia: «Qui ci va male, dobbiamo giacere con i bambini piccoli sulla paglia, come le bestie. Conduciamo una vita da martiri, qui in mezzo ai tedeschi che non ci possono soffrire, e se non vi fossero stati costretti, non ci avrebbero neppure dato alloggio. Io starei piuttosto nel nostro Tirolo, in mezzo alla pioggia di Shrapnell»[87].

Anche la signora Anna Zanfagnon lamentava il trattamento che le veniva riservato in quanto profuga a Tetschen, in Cecoslovacchia: «Dobbiamo girare tutto il giorno in città per comprare un pezzo di pane; tutti dicono, che noi siamo Italiani, perciò non ci vogliono dare né pane né farina. Ci sono cose che possono far impazzire»[88].

La signora Angelina Beretta Rosa pose l'accento sugli angusti spazi nei quali venne costretta a vivere insieme ad un nutrito gruppo di sfollati: «Entrati nella stamberga a noi destinata ci guardammo attorno, un sito appiano terra questo ci servirà per camera e cucina e tutto il fa bisogno per 11 persone. Ora siamo qui, viene sera e cosa mangeremo? e quale attrezzo porremo sulla cucina per cuocere le vivande? di tutto siamo sprovvisti fin ora non ci abbiamo pensato ora sentiamo il peso della nostra sventura pensando che tutto abbiamo abbandonato...»[89].

La profuga Erminia Malfatti, come tante altre persone che si trovavano nella medesima condizione, veniva utilizzata per svolgere attività lavorativa retribuita: «Noi continuiamo a lavorare, ritorniamo a casa soltanto la sera, abbiamo la comodità del treno. È un lavoro leggerissimo, pare di maneggiare giocattoli e si guadagna di che vivere con la grande economia.

[86] F. JORI, *Il Centenario*, L'esodo disperato dei trentini, La Nuova Venezia, 30 gennaio 2015.
[87] P. MALNI, *Fra due Patrie, Profughi trentini e giuliani nella Grande Guerra*, p. 409, in http//media.agiati.orgt.
[88] *Ibidem*, p. 409.
[89] https://www.museodellaguerra.it/wp-content/uploads/2015/12/Profughi_Museo-Storico-Italiano-della-Guerra.pdf.

Nella fabbrica ci troviamo in alquanti patrioti si riuniscono tutti quelli dei paesetti d'intorno ma è tanto grande che ci vediamo soltanto la sera alla stazione. Per andare nella mia sala devo passare per altre due dove si può calcolare dentro duecento macchine per ciascuna e nella sala di Silvio ce ne son dentro 500. Tutto un miscuglio di gente, circa 6000 persone lavorano di notte 7000 dal giorno. Si vedon cose indescrivibili, le fornaci sono grandiose io credo che assomigliano a quelle dell'inferno e gli uomini che vi lavorano dentro sembrano tanti demoni»[90].

Nel settembre 1917, alla vigilia di Caporetto, tra i tanti sfollati di Possagno del Grappa (Treviso) c'erano pure la ventunenne Luigia *"Gigetta"* Perisello, con la mamma Maria e la sorella minore Rosalia. Dopo un lungo viaggio giunsero a San Marco in Lamis (Foggia). Considerato che c'era un posto vacante alle scuole elementari, perchè il maestro era partito per il fronte, la *"Gigetta"* occupò quella cattedra in quanto insegnante.

Verso la fine delle ostilità, la madre e la sorella tornarono a Possagno, mentre Gigetta rimase lì per concludere l'anno scolastico. Nel frattempo rientrò dal fronte il maestro Pasquale Masulli, titolare della cattedra, rimasto invalido dallo scoppio di una bomba nemica che gli aveva procurato la disarticolazione perenne di un ginocchio. I due insegnanti si incontrarono, nacque un'amicizia che sfociò in una frequentazione amorosa che ebbe come culmine il matrimonio dal quale nacquero due figli.

Ma anche questa bella storia d'amore, iniziata nel periodo di guerra, ebbe un tragico epilogo: Luigia *"Gigetta"* Perisello, alla soglia dei 30 anni, venne a mancare a causa di una broncopolmonite, malattia per quel tempo incurabile[91].

I profughi, a prescindere dai luoghi provenienza, come pure quelli di destinazione, ebbero quasi tutti lo stesso trattamento. Infatti non ci furono sostanziali differenze tra quelli emigrati forzatamente all'estero e coloro che restarono sul suolo italiano.

La profuga trentina Amabile Maria Broz di Vallarsa (Trento) e alloggiata per mesi in una tendopoli vigilata dalla guardie annotò nel suo diario: «Vecchi, bambini, ammalati, tutti abbiamo dovuto dormire su un po' di paglia sparsa sulla terra e molti come i martiri morire, e poi a Vicenza dove siamo stati tutta la notte in piazza senza ricevere neppur una tazza di acqua, i bambini piangevano di fame ma nessuno ha potuto avere un po' di latte

---

[90] https://www.museodellaguerra.it/wp-content/uploads/2015/12/Profughi_Museo-Storico-Italiano-della-uerra.pdf.

[91] G. Fulano Squeri, *I Profughi,* in mensile OGGI, numero da collezione, RCS Periodici Editore, Milano, 2018, p. 70.

neppure pagando; sul far del giorno ci hanno fatto montare in treno, quel treno era abbastanza comodo al confronto di quello che da Schio ci à condotti a Vicenza che era un treno delle bestie che puzzava come una sfronda (latrina) senza avere nei vagoni neppure una panca per sedersi, vi era solo sparsa un po'di paglia e su quella noi abbiamo dovuto sdraiarci... Siamo partiti da Vicenza digiuni ancora, nei vagoni eravamo messi come le sardelle che tanti doveva stare in piedi. Siamo arrivati a Verona gli ci anno fatto smontare e cambiare treno poi subito partiti senza ricevere neppure una goccia d'acqua»[92].

Maria Boso racconta il suo disagio nel sentirsi considerata *una diversa* all'interno dello stato territorio italiano e il lungo peregrinare per la penisola: «Ci fanno sfilare tutti davanti e ci consegnano ogni uno un pezzo di pagnoca con in mezzo do fete di mortadella per il viaggio e se camminiamo verso la stazione accompagnati da guardie carabinieri e vigili come fossimo rei chissà di quali delitti erano poi tanto gentili che aiutavano a portare i bagagli ai più carichi e bisognosi. Ecco al treno, si parte sempre colla speranza di fermarsi in Romagna. Qualche tempo dopo che lasciamo Firenze ci viene annunciato da una delle guardie che ci accompagnavano che la nostra meta era destinata la provincia di Trapani in Sicilia»[93].

Maria Dorigo di Monfalcone annotò nel suo diario: «Eravamo in fila che passavamo per Livorno, e la gente che era di qua e di là della strada: "Tedescacci, siete venuti a mangiare il nostro pane", e ci sputavano...»[94].

Adone Tomaselli, facente parte dell'opera assistenza ai profughi, scrisse: «Da molte colonie (Vergato, Oleggio, Mondolfo, Romino, Chiaravalle ecc.) mi giungono lettere desolate dei poveri nostri fratelli. [...] Quello che più offende gli sventurati è l'ambiente di freddezza e magari di aperta ostilità che vi trovano: si sentono dare delle spie o dei parassiti a tutto spiano»[95].

Questo, invece, il ricordo di Mario Stoffella. A lui andò decisamente meglio: «Ci assegnarono i letti entro grandi camerate, ben illuminata da grandi finestre. Forse sarà bello qui, dormire sui letti, ci daranno anche le lenzuola? Si domandava, pure quelle dicevano certi. E dopo portarono pure le lenzuola. I letti erano di ferro verniciato con la rete pure metallica

---

[92] F. Jori, *Il Centenario*, L'esodo disperato dei trentini, La Nuova Venezia, 30 gennaio 2015.
[93] https://www.museodellaguerra.it/wp-content/uploads/2015/12/Profughi_Museo-Storico-Italiano-della-Guerra.pdf.
[94] P. Malni, *Fra Due Patrie, Profughi Trentini...*, op. cit., p. 417.
[95] *Ibidem*.

che faceva elastico. Dovevano pensarci prima a condurci qui dissi fra me, senza lasciarci otto mesi nelle temperie. In quel luogo chiamato Celle Ligure per la prima notte dormì come un principe»[96].

Enrica Capra Briatel, profuga al campo di Mitterndorf, annotava nel suo diario: «Infine arivamo al posto; Che preparativi!!! Un baraccone di tela, con entro un pavimento di tutto pezzo di paglia; lì tutti a mandra uomini donne bambini ecc: tutto una mandra, qual greggie di bestie, lì tutti per terra, infangati fino ale orecchie lì per terra pogiati sui bagagli perchè la paglia èra troppo umida, eppure; adove andare? A chì rivolgersi? Bisognava rimanere lì. Stanchi del viaggio, abiamo dovuto acovacchiarci lì a qualche verso io per buona sorte aveva il mio mantel unico vestiario che presi meco da casa; unico ricordo del compianto mio marito; ed involsi questi due poveri figlioletti, li diedi qualcosa di chè solicitarli mà fredda, perchè non cèra modo di poter riscaldare nulla, e poi essi picini, essi pure stanchi s'addormentarono presto. Finalmente verso le 2 dopo la meza note ci portò un ¼ di pane per persona ed un bel pezzetto di lardo; povera gente! Niuno lanno mangiato; eravamo tutti infangati e pres[i] dal freddo e lì sulla paglia così umida tutti si avrebbe gustato un pò di roba calda mà, impossibile! Dio mio io al vedermi arivata a queste miserie la compassione che aveva per i miei teneri figli, in verità mi pareva che mi si spezasse il cuore, essi poveri innocenti dormivano lieti ed inconsapevoli di quanto ci si stava dinanzi; Mà, il cuor di una mamma! Il cuor mio! Il mio cuore! Dio mio! quanto soffriva!!! In un momento mi salì nella mia testa tristi presentimenti, mi venne in mente tutta la bella vita, le belle ore passate con il mio caro marito, le belle e splendide giornate passate assieme con il mio buon marito! Ora, lui Dio sappra qual fossa lo corrode in terre irriconoscibili come pur io, con qual cuore io potrei aver un momento di quiete, un momento di riposo, di pace? Oh notte! Notte dolorosa, notte fatale!»[97].

Mitterndorf

Questa cittadina austriaca, nel 1915, contava poco più di 150 abitanti che con il giungere dei profughi trentini divennero 12 mila. Domenica Daldoss così descrisse la sua penosa permanenza: «Arrivati nelle baracche stanchi e sudati deponemmo i bagagli, qui un pianto dirotto scoppiò dai nostri occhi, guardatici attorno la baracca era deserta senza porta, senza

---

[96] https://www.museodellaguerra.it/wp-content/uploads/2015/12/Profughi_Museo-Storico-Italiano-della-Guerra.pdf.

[97] E. Monte (a cura di), *Memoria*, 1914-1917, Fondazione Museo Storico del Trentino, Trento, 2015.

finestre, non un giaciglio. Da più di 22 mesi che abitiamo in queste lande non abbiamo goduto ancora un giorno felice. Dio mio, e quando porrete termine a questo flagello? Nell'inverno del 1916 il termometro giunse a toccare i 26 gradi sotto zero. Le malattie quali il tifo, morbillo, tisi, dissenteria fecero numerose vittime, soprattutto tra vecchi e bambini che per poterli seppellire si fece ricorso alla costruzione di un nuovo cimitero. Quando i profughi lasciarono quel comune si contarono oltre 1.900 morti di cui quasi la metà di quali bambini con meno di 10 anni. Dicono i versi scritti da uno dei profughi: «Or sono qui solitario / con fier dolore in petto; / O Dio, fa che non muoia / lungi dal patrio tetto»[98].

Altre note su quel triste luogo sono ancora quelle della maestra Filomena Boccher che sul suo diario, tra l'altro, annotava: «È terribilmente freddo: nei nostri paesi non avremmo mai saputo idearci un tal gelo. E siamo coperti insufficientemente: io indosso il vestito che indossavo in giugno. [...] Su di un paglierìccio, che posa sul pavimento è coricata una ragazza del mio paese. È malata, forse molto. Di parenti, non ha qui che il padre, ottantenne. Suo fratello è convalescente in un ospedale militare. L'angoscia e le privazioni struggono la povera ragazza. E lì immobile, e suo padre le gira attorno, accorato e silenzioso. Non hanno un soldo, né una speranza. [...] Stamattina nella stanza dove siamo installati, non c'era un metro quadrato su cui non piovesse: sul letto, sulle suppellettili, addosso, dappertutto pioveva. È venuto il medico accompagnato dal capobaracca e da un altro. Alle sue domande, d'altronde cortesi, abbiamo risposto esasperati. Qual è la missione del medico in questo baraccamento? Mistero! Il medico viene e interroga, ma i poveri profughi rimangono sui miseri sacconi poverissimi di paglia e stesi sul pavimento; vi rimangono, benché ammalati, nell'umido e nel freddo, affamati. [...] Nella stanza c'è un bimbo di 9 anni gravemente ammalato. La sua mamma lo tiene nascosto al medico perché non lo faccia trasportar all' ospedale, ove non potrebbe stargli vicina. [...] Stasera il bimbo sta più male. Il medico stava già per uscire dalla stanza, quando il nostro piccolo ammalato mise un gemito. Quegli udì, cercò, scoperse l'infermo e lo fece tantosto portare all'ospedale da due uomini della Croce Rossa. La mamma sua era disperata, come lo portassero al cimitero. Egli è morto oggi alle 4 pomeridiane. Povero bimbo! Povera mamma sua! L'infelice non sa darsi pace, si fa mille rimproveri, e disperata. È morto di doppia polmonite. Oh il dolore della

[98] F. JORI, *Il Centenario*, L'esodo disperato dei trentini in poche ore l'addio a tutto, La Nuova Venezia, 30 gennaio 2015.

madre, le sue lacrime, i singhiozzi, gli urli di belva ferita! Avrebbe dato il suo sangue per salvare la vita del suo figlioletto, e non valse. Se l'era allevato sano, forte, eccezionalmente robusto, e questo "Lager" fatale glielo ha ucciso. Ucciso! Ucciso! Per quattro giorni e quattro notti freddissime, con un vento violento, la nostra baracca mancava di quattro vetri alle finestre, e nell'uscio c'era un buco così grande che qualche persona ci passava per scherzo. E proprio in quei giorni il nostro fanciulletto accusò per la prima volta un malessere che non sapeva esprimere. Stette a letto. Ogni giorno era più aggravato. Lo portarono all'ospedale. Ed oggi è morto. Ho accompagnato alla sepoltura il nostro piccolo compagno. Non ho avuto fiori; non ho avuto che lacrime, da versare sulla piccola fossa»[99].

Lavori nei campi

Amelia Vivaldelli, profuga trentina, così testimoniava il suo trascorso nei campi della Boemia: «Ai 25 maggio incominciamo a lavorare dietro al fieno. [...] Costì c'è una grande prateria che vi fu lavoro per quindici giorni e più. Costi vi sono due grandi baracche ed il fieno viene condotto tutto la. [...] Verso i 15 di luglio incominciano a tagliare la segalla e a formare i pagnache. Dai 28 luglio s'incomincia a condure a casa i cereali nel quale ce un lavoro da matti a scaricare ed ammucchiare bene or da una parte or da l'altra questa ammassa di cereali. [...] Questi boemi lavorano molto per lo più le donne [...] e lavorano di qualunque mestiere meglio degli uomini sanno ben segare arare coi cavalli dietro ai carri ecc..»[100].

Una internata trentina in Austria, in una lettera descriveva ciò che aveva potuto osservare e che era rimasta molto turbata: «Quando il tempo era bello, nelle domeniche venivano quelli di Linz a passeggiare oltre i reticolati e a guardarci come bestie rare di un serraglio! Ci guardano con terrore: i traditori, i nemici della loro nazione, i briganti trentini, come ci chiamano essi»[101].

Fine di un incubo

La fine del tormento al campo profughi di Mitterndorf avvenne il 6 novembre 1918, quando giunsero i soldati italiani a portare una lieta notizia. La maestra Filomena Boccher annotò nel suo diario quel sogno divenuto

[99] http://www.anaroncegno.com/dal 1 gennaio al 4 giugno 1916.html.
[100] Q. Antonelli, D. Leoni, A. Miorelli, G. Pontalti (a cura di), *Scritture di guerra*, n. 5, Museo storico in Trento, Museo Storico Italiano della Guerra, 1996.
[101] C. Pasquali, *Irredenti in Tirolo*, Società Storica della Grande Guerra Bolzano, Bolzano, 1999, pp. 69-70.

realtà. La sua esperienza di *forzata detenzione* si accomuna a quelle di tantissimi profughi che constatando lo sventolio dell'italica bandiera, vedevano realizzarsi le possibilità di un prossimo, se non immediato rientro al proprio paese, pur consapevoli che al posto delle case potrebbero trovare solo macerie. «Ore 3/4 di notte. Vorrei poter scrivere questa data a caratteri d'oro! Tanto è bella, tanto è gentile, tanto mi è sacro il ricordo di questo giorno. Fino a mezzanotte vegliai in cucina colla mamma, in compagnia di quattro soldati italiani, belli come fiori, buoni come angioli, cari come fratelli. Regalarono a papà, a mamma e a me pane bianco, formaggio, limoni, carne, brodo, vino, caffè: tutta roba che da quando è guerra non abbiamo mai visto. E prima della guerra neppure mangiammo mai nulla di così buono. Dopo tanto patire, dopo tanta fame, quella cortesia e quei cibi mi parevano un sogno. Proprio un sogno, tanto che non so indurmi a coricarmi per paura di pigliar sonno e nello svegliarmi dover persuadermi che la felicità d'oggi non è stata che un sogno. Ma no, è realtà! È vero, è proprio vero che i nostri valorosi fratelli son venuti a liberarci, a portarci pace e pane. Ho pianto di commozione e di riconoscenza; nell'intimo del cuore ho invocato loro dal cielo le cose più belle; son volata col pensiero nelle case benedette ove son nati; e ho baciato coll'anima le loro madri, le loro sorelle, le ragazze del loro cuore e ho detto loro: "Gloria ai vostri cari, ai vostri bravi, buoni soldati!". Ma ora che vorrei? Vorrei che fossero giunti qui vittoriosi sì, ma stanchi, trafelati, affamati, e aver io potuto offrir loro riposo, ristoro; avrei voluto dormire sul pavimento per offrir ad essi un letto, rinunciare all'ultimo tozzo di pane per saziare con esso uno di quei fratelli che ci ha redenti! Invece son venuti baldi, forti, lindi, ben vestiti, ben pasciuti, provvisti d'ogni ben di Dio: hanno visto la fame che presto ci ha consunti e hanno diviso con noi il loro cibo: e io non posso far altro che inginocchiarmi e dire: "Grazie, fratelli! Voi ci avete redenti, voi ci salvate dalla fame! Voi ci fate riamare la vita. E noi, finché vivremo, canteremo col cuore l'inno della riconoscenza al soldato italiano". I soldati che furono qui ieri appartenevano alla brigata Chieti e i primi venuti, quelli di lunedì, erano della brigata Valtellina. Stasera son venuti nella mia camera tre giovani tenenti. Uno d'essi mi disse: "Abbiamo saputo ch'Ella è una maestra veramente italiana, e ci siamo permessi di farLe una visita". Io ringraziai, confusa, imbarazzata. Offrii loro da sedere. Essi si fermarono circa un'ora, e mi parlavano con gran bontà, con squisita gentilezza. Desideravano ch'io raccontassi loro ciò che avevo patito in questi ultimi anni in patria e nell' esilio. "Non mi ricordo più nulla" dissi. "Son tanto felice!" E mostrai loro un fascicolo della Scuola Italiana Moderna (annata 1915), ch'io avevo conservato come una reliquia. C'era in essa una poesia intitolata: "Il Salmo del Lavoro e della Speranza". Lessi con voce tremante i versi: "Per fratelli ancor schiavi, per l'ultimo suolo irredento, Patria, al tuo cenno trarremo le lucide spade. Florido arridi, o Maggio, a le fronti secure dei forti perché di nuovi allori le cinga la Vittoria". Viva l'Italia!" esclamò il tenente Riccardo Bevilacqua. "Viva l'Italia!" risposi coll'affetto con cui avrei detto "Viva la Mamma", riabbracciandola dopo una lunga dolorosissima separazione, piena d'angoscia e di trepidazione, nel giorno della sua festa»[102].

Diaristica

In conclusione di questo capitolo si riporta un ricordo di Erminio Ceschinelli che invece non voleva lasciare il luogo dove aveva vissuto da profugo, perché lì rimaneva il suo affetto più caro.

«Come Dio volle, la guerra finì il 4 novembre 1918. Io, con mia nonna Emilia, mio fratello Attilio e mia sorella Amalia ci trovavamo ancora a Mortaso[103] dove ci eravamo dovuti rifugiare poiché il nostro paese era zona di confine.

Mia mamma era morta un anno prima e riposava nel cimitero di Spiazzo. Tutti attendevano con ansia che giungesse l'ordine di ritornare nei nostri paesi, ma prima che ciò si verificasse dovettero passare parecchi mesi poiché i nostri paesi dovevano essere prima ripuliti da mine, reticolati e materiali bellici in genere.

Per noi di Strada l'ordine di rientrare ci venne dato appunto in uno dei "giorni della merla" [30 gennaio – 1° febbraio]. Io allora avevo cinque anni e consideravo Mortaso il mio paese, per cui non riuscivo a capire la grande eccitazione e la gioia che aveva invaso tutti.

La mattina della partenza mi caricarono sopra un carro, in una cassa insieme con una capretta che aveva il compito di scaldarmi un po' in quei gelidi giorni di gennaio del 1919.

Sulla salita di Coré la strada era fiancheggiata da una muraglia di neve e qui mi resi conto di quanto distante fosse ormai Mortaso e scoppiai in un pianto disperato. Mi si avvicinò la Ottilia dei "Fregoi" che con tanta dolcezza mi chiese che cosa avessi per piangere ed io, fra i singhiozzi: "Ma co' faròi mi a portar i fiùr sii la bilsa de la mia marna, se nom sì da lònc!" [Come faccio ad andare a portare dei fiori sulla tomba della mia mamma se sono così lontano!]. La buona Ottilia cercò di rincuorarmi ma lo strazio

---

[102] http://www.anaroncegno.com/1915.html.

[103] Frazione del Comune di Spiazzo (Trento).

di questo distacco lo porto ancora in me. Rientrammo nel nostro paese e riprendemmo possesso di quelle case che erano ancora agibili adattandoci a convivere in più di una famiglia per casa»[104].

Opera poetica

Dopo

«Non hai ancora dimenticato?... / Gli eventi del mondo continuano a scorrere anche dopo quei giorni difficili da accettare, / come il traffico bloccato ad un incrocio. / Ed il vuoto della mente / tormentata da spettri / si è riempito di pensieri che scorrono / nel cielo illuminato dalla vita; /e tu sei un uomo / a cui fu concesso di continuare a vivere / e puoi prendere la tua parte di tempo / e sperimentare la gioia. / Ma il passato rimane lo stesso / e la guerra è un gioco dannato... / Non hai ancora dimenticato?... / Guarda giù e giura sugli uomini uccisi dalla guerra / che non dimenticherai mai. / Ti ricordi i mesi bui in cui eri responsabile del settore a Mametz. / Le notti durante le quali eri di guardia, / installavi i cavi, / scavavi le trincee / e mettevi i sacchi di sabbia sui parapetti? / Ti ricordi dei ratti? / E la puzza di corpi che marcivano davanti alle trincee in prima linea. / E l'alba che arrivava, /di un bianco sporco, / e il freddo accompagnato da una pioggia senza speranza? / Ti fermi mai per chiederti "Succederà di nuovo?" / Ti ricordi il rumore prima di un attacco? / E la rabbia, la pietà cieca che ti prendeva e ti faceva tremare / quando guardavi le facce tirate e condannate dei tuoi uomini? / Ti ricordi i corpi sulle barelle / che cadevano indietro con gli occhi morenti / e le teste che ciondolavano / quelle maschere grigio cenere dei ragazzi / che una volta erano stati entusiasti e gentili e allegri»[105]. *(Siegfried Sassoon)*

Siegfried Sassoon entrò a far parte dell'esercito britannico come convinto patriota ma il conflitto gli fece mutare idea, nonostante assolvette ai suoi doveri militari. La poesia venne scritta a fine guerra.

[104] E. FILOSI, in Pieve di Bono Notizie 22, Anno IX, N° 1, Pieve di Bono (Trento), 1989, p. 52.

[105] https://www-poetryfoundation-org.translate.goog/poems/57368/glory-of-women.

Campo di Mitterndorf (Fonte Unsetirol24)

Profughi *nel campo di Mitterndorf (AF MISGR, fondo Anna Maria Pala 2.1/2359)*

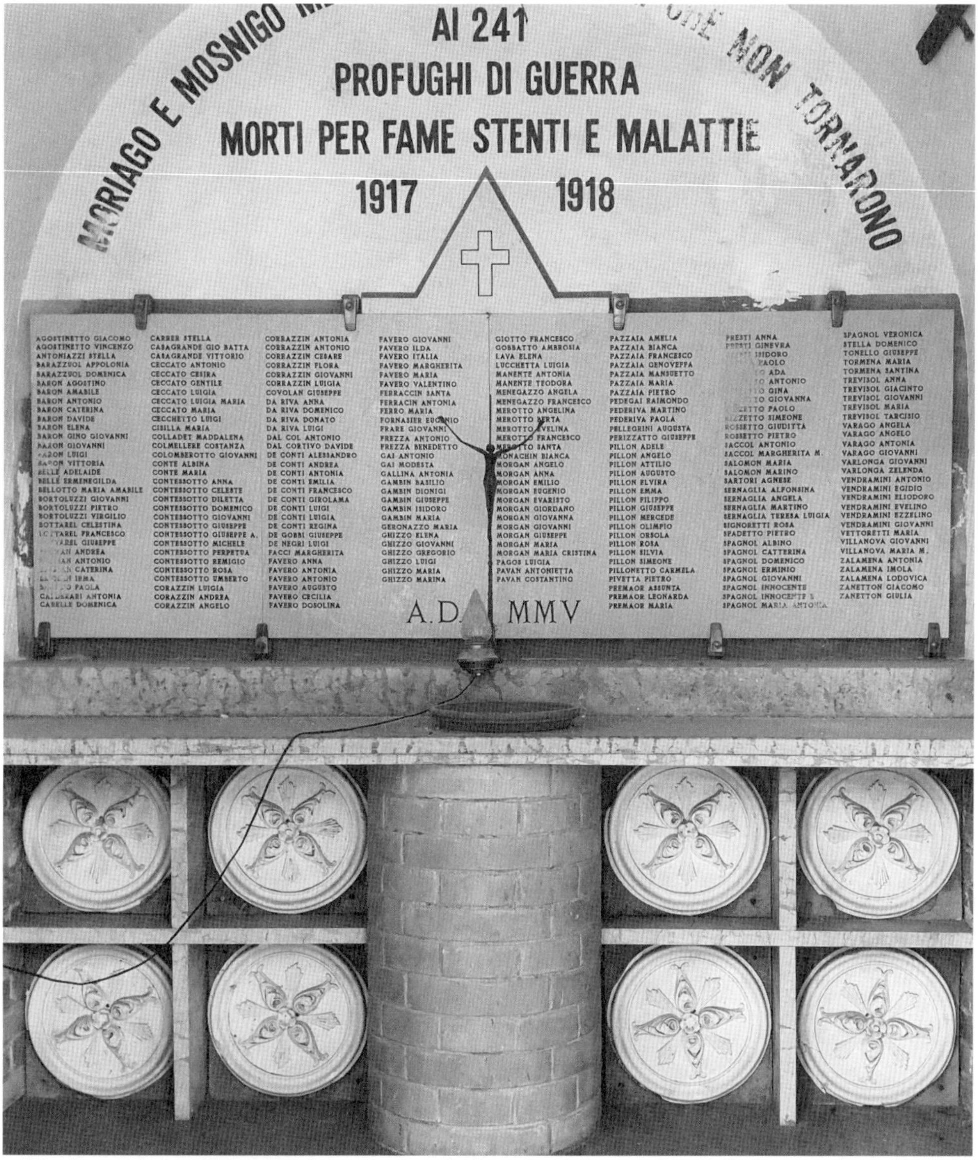

Moriago della Battaglia (Treviso) – A ricordo dei concittadini che non tornarono (Ph. L. Damiano)

I milioni di uomini che furono costretti a lasciare il lavoro per andare a combattere permisero alle donne l'ingresso nel mercato del lavoro e da lì iniziò per il genere femminile una nuova era e che avrebbe favorito l'uguaglianza tra i sessi!
(Luigi Damiano)

CAPITOLO V

IL RUOLO DELLE DONNE NELLA GRANDE GUERRA

Le donne nel corso della Grande Guerra non hanno combattuto come i soldati, ma hanno fatto comunque la loro parte. Nei territori occupati dal nemico, le figure maschili presenti (le truppe nemiche) non potevano sopperire alla mancanza di manodopera maschile e spesso si appropriavano dei pochi beni presenti in casa, usando violenza qualora non fossero state esaudite le loro richieste.

Con l'ingresso in guerra dei propri cari, sia essi padri, mariti o figli, le donne si ritrovarono ad assumere ruoli finora inusuali che aggravavano la loro situazione. Oltre a svolgere il lavoro casalingo (in assenza dei dispositivi odierni) dovevano sopperire ai lavori maschili nei campi, nelle fabbriche e in ogni altro luogo dov'era carente la manodopera maschile partita per il fronte.

Molte donne, anche le contadine, al fine di tenere i contatti con i propri cari impegnati in guerra, furono costrette anche a impegnarsi nella scrittura. Queste esigenze indussero la donna ad acquisire ulteriore consapevolezza della propria condizione e la spinsero anche a relazionarsi alle autorità per ottenere sussidi o agevolazioni (licenze ai soldati per gravi motivi di famiglia o per la conduzione dei campi).

La donna ebbe una visibilità sociale maggiore, in alcuni casi anche del tutto insolita rispetto al passato. L'accesso a luoghi prima esclusivamente occupati dal genere maschile, come gli enti pubblici, trasformò l'immagine tradizionale vincolata al *focolare domestico* in soggetto forte e coraggioso capace di attività e ruoli di cui ben presto, anche i soldati al fronte, avrebbero beneficiato (le madrine di guerra, le crocerossine, le dame di carità, solo per citarne alcune): le donne divennero le *«madri di tutti»*.

Tra chi prese parte come *volontaria* ci fu anche la scrittrice Agatha Christie, pseudonimo di Agatha Mary Clarissa Miller, che allo scoppio della Grande Guerra, sposato il pilota della Royal Air Force, Archie Christie, combattente in Francia, offrì la propria opera nella Croce Rossa britannica, impiegata presso l'ospedale di Torquay per assistere i soldati britannici feriti oltre Manica.

Giornaliste al fronte

Il giornalismo durante la Grande Guerra fu svolto anche da donne coraggiose che, come inviate di guerra, fornivano informazioni alle redazioni alla pari dei colleghi. Sul fronte italiano Stefania Turr fu l'unica giornalista ad essere ammessa al fronte e le fu permesso di raggiungere la prima linea. Ricevette il permesso direttamente dal generale Cadorna e in occasione del loro primo incontro definì quest'ultimo: "*Condottiero di eserciti, esperto conoscitore della psicologia dei soldati e del popolo italiano*"[106].

Corrispondente sanguigna si batteva quotidianamente per ottenere dei sussidi a favore delle vedove e degli orfani di guerra, per evitare che finissero in orfanotrofi. Inoltre, si lasciò coinvolgere dagli scritti e dalle lettere dei soldati che divulgava tramite *La Madre Italiana* un'importante testata giornalistica dell'epoca. Al rientro dalla tragica esperienza al fronte, capì che le donne dovevano fare un passo avanti nella gerarchia della società italiana. E allora le parole chiave diventarono *emancipazione* e *parità tra i sessi*, cambiando anche lo stile: meno retorica, meno faziosa, ma più convinta e più decisa perché sapeva di avere un seguito[107].

Sul fronte austriaco venne accreditata Alice Therese Emma Schalek, foto corrispondente di guerra dal fronte dell'Isonzo. Ella, infatti, seguì le truppe dell'Impero dal Carso alle Alpi Giulie e a ridosso degli avamposti di Cosich, del Sabotino, del San Michele, di Oslavia, di Plava, di Santa Lucia di Tolmino, del Podgora, del Vodil, del Mrzli e fino al Krn Plateau. Del Carso e del San Michele si riportano due articoli da lei redatti. «A San Martino del Carso è diverso che a Peuma o nel villaggio di Podgora. Qui, di una casa di tre piani, resta in piedi solo un angolo che si erge verticalmente, là, di un'altra, resta solo la parete delle finestre.

Le scure linee si profilano in modo grottesco contro il cielo luminoso, una creazione di fantasia infernale e artistica insieme. Mentre riempio di immagini una lastra dopo l'altra, i soldati accorrono da ogni angolo vorrebbero essere fotografati insieme a quelle rovine. Il San Michele è, per così dire, simile a un balcone dal quale si vede in tutta la sua estensione.

---

106 P. Cervone, *La Grande Guerra, Le cause, gli eventi, i protagonisti*, in Quaderni di Storia n. 2, Arti Grafiche Boccia S.p.A., Salerno, 2019, p. 56.
107 *Ibidem*, p. 56.

Presso la località, completamente distrutta di San Martino del Carso, gli Italiani si sono conquistati un tratto di circa cento passi. Da qui in alto, si vede quanto siano vicine le contrapposte trincee, che in un punto non distano tra loro cinque passi. Una rapida uscita e la memorabile fotografia è scattata»[108].

La Schaleck diede una sua interpretazione su come il giornalista doveva inquadrare le battaglie dalle retrovie e la racchiuse in questa frase: «Il corrispondente vede soltanto, non soffre, ed è tra questi due concetti che risiede la guerra»[109].

Al termine della guerra, fu insignita della Croce di Guerra per meriti civili di seconda classe.

Alice Therese Emma Schalek al fronte (Fonte: triesteallnews.it)

---

[108] I.A.T. Sentieri di Pace, *Donne nella Storia sul Carso della Grande Guerra*, pieghevole, Fogliano Redipuglia (Gorizia).

[109] https://www.armietiro.it/alice-schalek-una-eroina-nella-prima-guerra-mondiale-armi-6953.

Soldati speciali

Con l'entrata in guerra non furono poche le donne che desiderarono essere parti integranti dell'esercito. Alcune si arruolarono nella Croce Rossa, altre si adoperarono per la raccolta di fondi a favore degli orfani di guerra, altre prestarono la loro opera trasportando con gerle carichi di armi, munizionamenti e viveri ai soldati al fronte, ma ci fu pure chi volle – sotto falsa identità – raggiungere i soldati in prima linea ed essere parte attiva nei combattimenti. Il soldato Viktor Savs, nacque a Bad Reichenhall, in Baviera, il 27 giugno 1899. La madre morì giovane e fu il padre Peter a Merano che si occupò della sua crescita. Il 10 luglio 1915 entra a far parte dell'esercito austro-ungarico, per seguire il padre al fronte. Come soldato fu destinato a condurre muli e fungere da portaordini. Il 1° dicembre 1916, fu inviato sul settore italiano, nella zona delle Tre Cime. Nel corso delle numerose azioni di guerra, prese anche parte a una dell'11 aprile 1917, che portò alla cattura di una ventina di soldati italiani, che scortò personalmente nelle retrovie sotto un incessante fuoco dell'artiglieria italiana. Circa un mese dopo, però, la sua guerra ebbe termine. Il 27 maggio, a causa dello scoppio di una granata, un enorme masso si staccò da una parete rocciosa e lo travolse, maciullandogli il piede destro e intrappolandolo sotto centinaia di chili di pietre. Sotto al fuoco nemico, prese una decisione difficile e coraggiosa: con il coltello d'ordinanza, tagliò i tendini della gamba che ormai da soli tenevano il piede attaccato al resto dell'arto. Di quel gesto l'unico sconforto fu quello di non poter tornare a combattere al fronte. Fin qui può apparire la solita storia di un soldato che ama così tanto la sua Patria, da apparire – senza ombra di dubbio – un eroe non comune. In ospedale però, al momento del ricovero, i sanitari scoprirono con sommo stupore che il soldato Viktor Savs non era altro che Viktoria Savs. Le venne amputata la gamba destra fino all'altezza del ginocchio. Una volta guarita continuò a servire la Patria con la divisa delle infermiere volontarie della Croce Rossa nello stesso ospedale dove venne operata e dove condivise le sofferenze con centinaia di altri suoi commilitoni. La Savs, in via del tutto eccezionale, venne autorizzata a vestire l'uniforme dell'esercito austro-ungarico dall'Arciduca Eugenio d'Asburgo e inserita nel Battaglione di Fanteria Innsbruck II del Landsturm, con il nome di Viktor Savs. Solo pochissimi ufficiali conoscevano la realtà del suo segreto e la sua vera identità. La sua storia colpì così tanto la popolazione e la stessa casa reale, che venne insignita da numerose onorificenze, tra cui la Medaglia di Bronzo al Valor Militare, la Croce al Merito dell'Imperatore Carlo

I d'Austria, la Medaglia d'Argento di Prima Classe al Valor Militare e la Croce d'Argento della Croce Rossa. Si spense a Salisburgo il 31 dicembre 1979, dove le vennero tributati i massimi onori militari[110].

Anche in Italia ci furono donne chi aspiravano a far parte dell'esercito e a combattere al fronte travestendosi da soldato, ma vennero individuate e allontanate. Questa la storia della maestra Luigia Ciappi di Rosarno (Reggio Calabria). La sua iniziativa ebbe risonanza a livello mediatico sia sui giornali italiani che su quelli oltre confine. Questo quanto riportato dal Resto del Carlino del 26 maggio 1915: «Luigina era una maestra elementare di origini calabresi nativa di Rosarno (Rc) ma residente in Toscana che al momento della dichiarazione di guerra, tentò infatti di arruolarsi nel 127° Reggimento Fanteria travestita da soldato con indosso la classica divisa grigio-verde. Dopo alcuni giorni di addestramento in una caserma fiorentina, la donna venne spedita al fronte, ma fu presto scoperta dai commilitoni che la consegnarono ai carabinieri della stazione di Bologna dove venne a lungo interrogata»[111].

La ventottenne Gioconda Sirelli di Genova, ma nativa di Acqui Terme (Alessandria), era una pollivendola e pur di andare al fronte a combattere cedette il suo banco del mercato che utilizzava anche per la vendita di frutta e la verdura. Con i soldi ricavati poté acquistare una divisa da soldato. Verso la fine di maggio 1915, tagliò le lunghe trecce, si travestì da fante e da Genova prese il treno per Milano. Per non far vedere i lobi delle orecchie sui quali erano visibili i fori degli orecchini legò attorno alla testa un fazzoletto, a mo' di bendaggio, tanto da far credere di essere un soldato ferito. Più di qualcuno domandò infatti se fosse ferito e a questi rispondeva con un cenno della testa e un sorriso. Quel soldato, però, ebbe un inatteso incontro, quello con un Carabiniere che gli chiese dove stesse andando, il reparto di appartenenza e il numero di matricola.

Il Carabiniere, non avendo ricevuto plausibili risposte, la accompagnò negli uffici del suo comando e lì si svelò la sua vera identità. Per quella violazione venne trasferita in carcere dove rimase rinchiusa per 9 giorni e poi rispedita a Genova. La notizia ebbe vasto eco sui giornali dal Secolo XIX, al Caffaro, al Corriere della Sera, fino al settimanale britannico *«The Spectator»* che riportò un articolo sulle *Amazzoni Italiane*: *«The sturdy soldier proved to be a certain Signora Gioconda Sirelli, a seller of chickens at Genova. She says that she means to try again, and that next time*

---

[110] https://www.combattentiereduci.it/notizie/viktoria-savs-la-donna-soldato-dell-esercito-austriaco.

[111] L. DAMIANO, *1914-1918 Un Mondo in Subbuglio - Curiosità, orrori e idiozie nella Grande Guerra,* Skillpress, Fossalta di Portogruaro (Venezia), 2022, p. 124.

she will not be caught trembling [...]. Il robusto soldato si rivelò essere una certa signora Gioconda Sirelli, una venditrice di pollame a Genova. Dice che intende riprovare, e che la prossima volta non sarà colta da tremore [...]»[112]. Il «soldato Gioconda» in qualche modo si adoperò per i colleghi al fronte, confezionando maschere antigas e fu pure una promotrice per la raccolta di fondi per i profughi.

Ritagli di stampa che riportarono il caso di Gioconda Sirelli (F.: cazzullo.altervista.org)

Ma ci fu pure a chi venne conferito il compito di organizzare un battaglione di solo genere femminile da avviare al fronte. La russa Marija Leont'evna Bočkarëva, classe 1889, nel novembre del 1914, grazie a una speciale concessione dello Zar riuscì ad ottenere l'arruolamento nell'esercito. Inizialmente, fu trattata duramente dai compagni d'armi, ma affrontando il combattimento e le privazioni della vita di trincea la Bočkarëva riuscì rapidamente a farsi accettare dalla comunità militare. Ferita quattro

[112] M. CAZZULO, *La Gioconda di Salita San* Rocco in https://cazzullo.altervista.org/la-ragazza-di-salita-san-rocco-a-genova-dalle-lunghe-trecce-e-con-un-desiderio-nel-cuore/.

volte e decorata in tre diverse occasioni per il coraggio dimostrato, nel marzo del 1917 – dopo la caduta dello Zar e l'instaurazione del governo provvisorio – il presidente della Duma Rodzjanko le affidò l'incarico di creare un'unità di combattimento femminile detta *Battaglione femminile della morte*. «Fu uno scandalo al quale i russi reagirono addirittura con violenza. Alla fine della campagna di reclutamento, che lei stessa aveva condotto, la Bochkareva riuscì a schierare circa 2 mila donne tra i 18 e i 35 anni. Dopo i primi combattimenti, però, il loro numero si ridusse a 250 unità circa»[113].

I battaglioni femminili vennero inviati sul fronte centrale e si distinsero per la loro determinazione. In soli tre giorni, le soldatesse della Bochkareva riuscirono a respingere 14 attacchi tedeschi. Ferita per la quinta volta, Marija venne brevemente ricoverata in ospedale. La stessa ottenne tre medaglie al valore. Andò anche negli Stati Uniti d'America «dove incontrò il presidente Wilson al quale chiese sostegno: voleva creare un esercito per proseguire la lotta contro i tedeschi. Nel 1919, tornata in Siberia, venne catturata dai rossi, ancora impegnati nella sanguinosa guerra civile. L'anno dopo fu condannata a morte da un tribunale rivoluzionario e giustiziata»[114]. L'eroina aveva appena 30 anni.

May Senta Wolf Hauler, crocerossina tedesca «si fece passare per uomo pur di arruolarsi nel Württemberg Gebirge Battaillon il 2 novembre 1917. Fu un sergente di sanità a svelare il mistero. Egli fissò un controllo ai piedi per la compagnia trasmissioni alla quale apparteneva anche la Wolf Hauler e dopo spiegò al medico del battaglione: "Signor dottore, ogni uomo sull'alluce ha i peli, ma donne mai e Wolf Hauler non ne ha neanche uno"»[115].

Maria Abriani, ventiseienne di Besagno di Mori (Trento), nel maggio 1915, si offrì volontaria per accompagnare i soldati italiani su stradine secondarie e raggiungere Ala, dove si trovavano trincerate delle truppe austriache che facevano fuoco contro i reparti italiani del Generale Antonio Cantore, causando ingenti perdite.

Avuta l'autorizzazione da parte di quel comandante, fece da guida ai soldati che raggiunsero un'altura che li pose nelle condizioni di fronteggiare il nemico: «Il fuoco si faceva sempre più intenso e l'unico modo per riuscire a salvarsi era localizzare la posizione da dove sparavano gli

---

[113] https://www.giornalismoestoria.it/racconto-dal-fronte-guerra-versione-delle-donne/.
[114] https://www.corriere.it/extra-per-voi/2017/06/28/quelle-donne-soldato-russia-bianchi-95a6c6ea-5bd7-11e7-9050-dbcde4ab4109.shtml00.
[115] M. BRUNO, *Donne in Guerra*, in http://mariobruno.net/tag/donneinguerra.

Austriaci: la problematica maggiore, pero, era che i soldati non conoscevano la zona, le alture e gli eventuali camminamenti più riparati e sicuri. Fu allora che, ignorando i pericoli a cui andava incontro, la giovane Maria (all'epoca aveva 26 anni) si diresse verso le truppe italiane, offrendosi di accompagnarle per strade che lei conosceva, così da poter sorprendere i trinceramenti austriaci. Anzi, arrivò perfino a proporre agli ufficiali di acquartierare le truppe all'interno della sua abitazione, sia per offrire riparo sia perché da dove abitava si riusciva a vedere la linea nemica.

Solo dopo il rifiuto degli Italiani che volevano evitare danni maggiori alle abitazioni di Ala e perdite tra la popolazione, fece da guida ai soldati, marciando alla testa delle due colonne del Generale Cantore, arrivando fin sopra ad una altura: il combattimento che ne seguì, durante il quale i fanti italiani riuscirono a localizzare e annientare le postazioni austriache, durò per oltre cinque ore, con Maria Abriani sempre in mezzo ai soldati»[116].

Per questi fatti venne decorata di Medaglia d'Argento al Valor Militare e terminò la sua esperienza in guerra come infermiera volontaria in un ospedale da campo.

Invece, due giovani francesi, trascinate da turbine affettivo, si travestirono da soldati, ma prima di arrivare al fronte furono individuate e fermate dai Carabinieri: «La traumatica separazione dai loro innamorati, creò nelle due fanciulle (molto amiche tra loro) uno stato di notevole disagio che si aggravò con il passare del tempo.

Le struggenti lettere d'amore che arrivavano dal fronte (spesso censurate) più che attenuare i loro angosciosi patimenti d'amore, aumentarono il desiderio di "tenerezze". [...] Ciascuna, con ingegnosi sotterfugi, si procurò una divisa dell'Esercito francese, completa di elmetto e dopo averla indossata, entrambe si portarono in zone di operazioni, per tentare di raggiungere i fidanzati che sapevano in forza al contingente francese impiegato sul fronte italiano [...], ma la loro presenza non sfuggì all'attenta vigilanza di una pattuglia di Carabinieri, addetti alla sicurezza delle retrovie. È difficile descrivere quale fu la meraviglia trovandosi davanti due grandiose ragazze che, in lacrime, raccontarono la loro storia: quasi una favola! [...] Questo isolato fatto, che potremmo definire di cronaca "rosa", anche se avvenuto tra trincee, camminamenti e filo spinato, mette in luce tanti aspetti della natura umana...»[117].

---

[116] https://segretidellastoria.wordpress.com/2020/05/27/maria-abriani-e-la-presa-di-ala/.

[117] L. Damiano, *1915-1918 Aneddoti, Scritti ed Immagini dal Fronte*, op. cit., p. 80.

Le portatrici carniche (Archivio: R. Carbonera)

Molte altre donne, invece, si misero a disposizione per venire incontro alle necessità del personale impiegato in guerra o per causa di essa. Furono figure molto importanti, alcune divenute note, altre invece rimasero sconosciute. Alcune di esse pagarono con il più elevato tributo della vita oppure rimanendo ferite nel corso delle loro rischiose attività.

Maria Plozner Mentil (n. 1884 - m. 1916) fu una portatrice carnica che con la partenza del marito, mandato a combattere sul Carso, rimase sola con i suoi quattro figli e accettò l'invito dell'esercito a far parte di quel gruppo di donne impegnate a trasportare il materiale ai soldati. Il 15 febbraio 1916, durante un viaggio alle prime linee, venne gravemente ferita da un cecchino austriaco. Soccorsa e trasportata all'ospedale da campo di Paluzza (Udine), morì il giorno seguente. La sua figura divenne un esempio, tanto che le fu intitolata la caserma degli alpini di Paluzza e nel 1997 le fu conferita la Medaglia d'Oro al Valor Militare. Il suo corpo riposa nel Tempio Ossario di Timau (Udine)[118].

Il contributo dato dalle portatrici carniche è stato altrettanto notevole: donne straordinarie della Carnia, di età compresa tra i quindici e sessanta anni che, con le gerle, trasportavano, dal fondovalle alle montagne, viveri, munizioni, medicinali e quant'altro, per i soldati impegnati al fronte. Dovevano superare dislivelli che andavano dai 600 ai 1.200 metri, vale a dire dalle 2 alle 5 ore di marcia in ripida salita.

Ci fu pure chi in zona di guerra accettò la cattedra delle scuole elementari partendo da Milano per raggiungere la zona del Piave. Questa coraggiosa si identifica nella maestra Vittoria Biraghi, una ragazza del '99, che svolse servizio a Busco di Ponte di Piave (Treviso), cattedra vacante e poco appetibile, perché ubicata proprio in zona bellica.

«Vittoria, giovanissima, essendo nata il 2 febbraio 1899, con coraggio ed entusiasmo accettò la nomina. Aveva dalla sua la fierezza, l'ardimento dei suoi diciotto anni, la freschezza del suo diploma, un profondo desiderio di mettersi alla prova.

La classe avrebbe fatto trasalire qualunque insegnante: erano all'incirca una settantina di bambini, dalle età più varie. Dai piccoli, che oggi frequenterebbero un asilo, ai grandi di 10-11 anni. I bambini erano figli di famiglie modeste, spesso povere. Andavano a scuola vestiti alla meno peggio, le scarpe erano un lusso. Per loro la maestra era una figura di estrema importanza. Il compito della maestra era di insegnare a leggere, scrivere, far di conto, imparare a comportarsi con educazione, rispetto, timor di Dio, amor di Patria. Valori che Vittoria portava con fierezza nel suo cuore, in particolare l'attaccamento alla bandiera tricolore.

Così come per questi bambini rimase sempre nel cuore il viso della maestra Vittoria, così per l'insegnante rimase per tutta la vita il ricordo dei bambini di Busco»[119].

La maestra, oramai centenaria, volle consegnare ai suoi alunni la bandiera tricolore che lei teneva esposta in classe per farla così tornare a Busco. Il drappo attualmente si trova nella scuola primaria di Levada di Ponte di Piave (Treviso).

Le donne contribuirono in maniera decisiva al funzionamento del fronte interno. Nell'industria, lavorarono 651 mila donne nell'aprile 1916, a

---

[118] *Ivi*, p. 64.

[119] A. FREGONESE, *Maestra col Cuore sulla Linea del Fronte*, settimanale l'Azione Illustrata, n. 53, Vittorio Veneto (Treviso), 2008, p. 8.

ottobre dello stesso anno erano già 972 mila, per diventare 1 milione e 240 mila a metà del 1917.

Nell'industria bellica furono impiegate 23 mila donne a fine 1915, per arrivare a 198 mila tre anni dopo. La paga di un'operaia era di 5 lire al giorno (circa 7 euro di oggi). In totale, gli operai dell'industria bellica furono 902 mila, la produzione passò da 73 cannoni al mese nel 1913, ai 540 del 1918[120].

Altra attività svolta dalle donne durante la guerra fu quella della prostituzione, un'occupazione ad elevata redditività, come elevato era il rischio di ammalarsi a causa delle malattie veneree. Le professioniste del sesso si trasferirono a ridosso del fronte lasciando i precedenti luoghi dove svolgevano il meretricio, perché più conveniente. Gli eserciti, infatti, erano un serbatoio non indifferente di clienti e quindi in grado di far guadagnare abbastanza denaro.

Le pulsioni sessuali non erano diverse rispetto al periodo anteguerra e questo fu anche uno dei motivi per i quali i postriboli militari accompagnavano le masse di soldati, stazionando in carovane nelle retrovie che avanzavano e retrocedevano insieme ai fanti a seconda dell'esito delle battaglie o delle strategie militari.

La presenza della prostituzione nei luoghi della guerra fece sì che si limitasse il fenomeno degli stupri che la protratta astinenza sessuale avrebbe – senza ombra di dubbio – alimentato.

Ci furono donne che invece si misero al servizio dello spionaggio e del contro spionaggio e delle quali si parlerà più approfonditamente nel capitolo a loro dedicato, ma anche donne che dovettero subire il carcere come accadde ad Elisa Seppenhofer de Mulitsch di Palmemberg, austriaca di nascita (Gorizia faceva parte dell'Impero austro-ungarico), che sposò un italiano ed ebbe tre figli di cui due, allo scoppio della Grande Guerra si arruolarono volontari nell'esercito italiano, mentre il terzo rimase nascosto a Gorizia pur di non vestire l'uniforme austro-ungarica, rimanendovi fino alla liberazione di Gorizia il 9 agosto 1916.

Tra le donne poi un pensiero particolare è dovuto alle madri che perdettero i figli in guerra e a quelle madri che subirono la perdita totale o quasi dei figli partiti per il fronte. Per tutte si citano Maddalena Giovanna Carrara e Clelia Pizzigoni Calvi.

---

[120] F. JORI, *Il Sud del Nord*, in Dietro il Fronte i Borelli, in http:/www.tribunatreviso/archivio/tribunatreviso/2012/12/12.

Maddalena Giovanna Carrara di Aviatico (Bergamo) ebbe 6 figli maschi, 5 furono chiamati alle armi. Essi erano: Elia (classe 1883), Agostino (classe 1886), Fermo (classe 1896), Enrico (classe 1897) e Bernardino (classe 1899), un *Ragazzo del '99.*

Negli scontri e nelle operazioni connesse allo scontro con l'esercito austro-ungarico caddero in ordine cronologico: Fermo, alpino, il 2 agosto 1916 sulle Alpi Giulie, a 20 anni. Il secondo fu Enrico, anch'egli ventenne, fante, colpito da una granata sul Monte Santo il 14 maggio 1917. Poi toccò al trentaduenne Agostino, alpino, il 23 giugno 1918, colpito alla nuca da un cecchino austriaco nel parco dell'Adamello, mentre era impegnato al rifornimento di acqua, mentre Elia, sergente degli alpini, rimase gravemente ferito e al ritorno a casa, molto indebolito nel fisico e nella psiche per le ferite subite e la perdita dei tre fratelli, più giovani di lui, *salì in cielo* a 49 anni. L'unico ad avere salva la vita fu Bernardino, il *Ragazzo del '99,* anch'egli alpino, che morì nel 1986 all'età di 87 anni[121].

Anche Clelia Pizzigoni Calvi conobbe enormi lutti, era la madre di 4 alpini: Natale (classe 1887), Attilio (classe 1889), Santino (classe 1895), Giannino (classe 1889). Attilio cadde sull'Adamello, Santino sull'Ortigara, Giannino morì a Padova di *febbre spagnola*, mentre Natale lasciò la vita terrena sull'Adamello durante una scalata poco dopo la fine della guerra[122].

Un altro doveroso ricordo va a Maria Bergamas, di Gradisca d'Isonzo (Gorizia), madre dell'irredento sottotenente Medaglia d'Argento al Valor Militare Antonio Bergamas, arruolato con il grado di Sottotenente nel 137° Reggimento Fanteria della Brigata Barletta con lo pseudonimo di Antonio Bontempelli, poi caduto sul Monte Cimone.

La signora Bergamas venne scelta come la madre spirituale del Milite Ignoto, in rappresentanza di tutte le mamme che persero i loro figli sui campi di battaglia.

Toccò a lei individuare, tra le 11 salme di soldati sconosciuti deposte sull'altare della cattedrale di Aquileia (Udine), quella del Milite Ignoto che sarebbe stato poi tumulato all'Altare della Patria di Roma.

---

[121] L. Furia, *Scritti... con la divisa*, in l'Alpino, 2/2022, Rotolito, Cernusco sul Naviglio (MI), 2022, pp. 44-47.

[122] M. Cimmino, *Patria, Amore, Dolore Clelia, la Mamma di Calvi e di Tutti gli Alpini. http://www.bergamonews.it/.*

Il feretro del Milite Ignoto ad Aquileia (Udine)

Aquileia – Basilica di Santa Maria Assunta

Maria Bergamas

Non si possono dimenticare altre donne che furono parte attiva come Emily Carrow, cognata del presidente statunitense Roosevelt, Maria Roncali, Sita Campiero Mejer, Maria Navoni, Augusta Boniotti, Maria Adelaide Corso, Costanza Di Colloredo Mels, Sorella Erika, infermiera tedesca sepolta nel Cimitero di guerra di Gallipoli[123] o la britannica Freya Stark che operò sul fronte del Carso. Ma pure l'infermiera inglese Edith Cavell, fucilata in Belgio dai tedeschi il 12 ottobre 1915, la cui storia generò indignazione e proteste a livello internazionale e di cui si parlerà nel capitolo

---

[123] G. COTICHELLI, *Note Storiche sugli Infermieri durante la Prima Guerra Mondiale,* https://letteredallafacolta.univpm.it/note-storiche-sugli-infermieri-durante-la-prima-guerra-mondiale/.

dedicato allo spionaggio. Queste sono solo alcune delle oltre diecimila donne che prestarono servizio nel corso della Grande Guerra.

Tra queste è doveroso volgere un pensiero a Margherita Kaiser Parodi Orlando in rappresentanza delle crocerossine italiane e all'infermiera volontaria britannica Vera Brittain per la sua storia connessa con la guerra nei territori italiani.

Margherita Kaiser Parodi Orlando, a soli 18 anni entrò a far parte della Croce Rossa Italiana e con il grado di tenente svolse servizio in seno alla 3^ Armata comandata dal Duca d'Aosta. Si adoperò per tutto il conflitto senza risparmiarsi e, probabilmente per il fatto di essere sempre stata a contatto coi soldati feriti o ammalati, contrasse la *febbre spagnola* che la portò alla morte il 1° dicembre 1918, a guerra ormai conclusa.

Le sue spoglie dapprima vennero sepolte su Monte Sant'Elia sul cui loculo era scritto: "A noi, tra le bende, fosti di carità l'Ancella. Morte ti colse. Resta con noi sorella" per essere successivamente traslate nella tomba del sacrario di Redipuglia (Gorizia), unica donna a riposare tra i 100.000 fanti lì tumulati. La giovane venne insignita di Medaglia di Bronzo al Valor Militare.

Vera Brittain, nell'estate del 1915 abbandonò gli studi, per riprenderli poi a fine conflitto, per entrare nella Croce Rossa britannica dove svolse servizio in qualità di aiutante volontaria (V.A.D. *Voluntary Aid Detachment*) sul fronte occidentale francese, a Malta, in quel periodo appartenente al Regno Unito, e a Londra. Nel corso del conflitto perse il fratello, Edward Harold, veterano della battaglia della Somme, sul fronte francese, dove venne ferito e per questo decorato della *Military Cross*, una prestigiosa onorificenza inglese che veniva assegnata ai combattenti che si erano distinti in guerra. Egli cadde sull'Altopiano di Asiago, dove con il grado di capitano era incorporato nell'11° Reggimento Shervood Foresters della *British Expeditionary Force*. La Brittain perse anche il fidanzato, Ronald Leighton, caduto nella zona francese di Lovencourt e i carissimi amici Victor Richardson e Goffrey Thurlov, periti anche loro in Francia.

Al termine della guerra Vera volle recarsi a conoscere il luogo di sepoltura del fratello, che era stato tumulato nel Cimitero militare inglese di Granezza (Vicenza). A fianco alla sua tomba piantò tra l'erba ispida una felce acquistata a Venezia insieme a dei boccioli che posò sulla terra che copriva il corpo dell'eroe. In quel sacro luogo, pervasa dal dolore, dedicò a lui un pensiero: «Chi l'avrebbe potuto immaginare che il bambino nato in una tranquilla, normale famiglia provinciale britannica avrebbe finito brevemente i suoi giorni in una battaglia tra le alte foreste di uno sconosciuto altopiano italiano? Oh, Edward, tu sei così solo quassù... perché non posso rimanere qui per sempre e tenere compagnia alla tua tomba, su questa pianura dove ci sono soltanto dignità e pace, lontano dal mondo e dai suoi futili tentativi di ricostruire la civiltà?»[124].

Fortemente colpita per la perdita dell'amato fratello, la donna lasciò uno scritto testamentale in cui dispose che alla sua morte, avvenuta il 29 marzo 1970 a Wimbledon, venisse cremata e le ceneri sparse sulla tomba del congiunto, cosa che poi avvenne.

Diaristica

Quello che segue è uno stralcio tratto "Dal Diario di Una Samaritana" dell'aristocratica Antonietta Giacomelli (Treviso il 15 agosto 1857) pubblicato nel 1917 e che durante la Grande Guerra fu una fervente interventista "offrendo la sua concreta partecipazione per portare documenti segreti attraverso le linee nemiche: venne per ciò proposta dal comando supremo italiano per l'attribuzione della medaglia d'oro, da lei rifiutata"[125]. «24 gen 1917. Finalmente un rombo cupo si avvicina. È il primo camion. Il cancello si spalanca, suona la campana. Le samaritane balzano fuori, gli infermieri si precipitano dai reparti, tutte le accorrenti figure bianche si affollano intorno al gran carro chiuso, segnato della Croce Rossa, che s'è fermato alla porta della contumacia. Si aprono gli sportelli, e s'intravvede un'esile figura di fantaccino pallida, col capo fasciato. Scende quasi da sé, e così, il colossale artigliere da montagna che lo segue, e altri, quali con un braccio al collo, quali zoppicanti, quali incerti per la fasciatura del capo che scende sugli occhi. Uno ha entrambe le braccia fasciate e assicurate al petto. Quando sono scaricati tutti quelli che si reggono, un infermiere sale sul carro, e vengon calate le barelle, mentre noialtre accompagniamo sui soldati, reggendo i più malconci, salvo due che gli infermieri portano a spalle. Lungo le scale è un concerto di scarpe chiodate, che si trascinano sulle pietre, e di tossi in tutti i toni. I feriti parlano poco, solo qualcuno accenna alla lentezza del viaggio, al freddo, alla debolezza; ma son lamenti piani, rassegnati, senza amarezza. Vengono da Cormons, dove hanno passato due giorni, e dove erano scesi, quali dal Monte S. Gabriele, quali dal S. Marco. Oggi, giorno di medicazioni gravi. Quella povera grossa gamba di Sollini, alla quale è un affar serio togliere la ferula, e che non si tiene mai abbastanza ferma... Eppure son così bravi questi nostri buoni infermieri, che, oltre a saper fare, hanno anche il dono di distrarre i feriti con le loro barzellette e di persuaderli che tutto procede bene. Beppino fa

[124] V. BRITTAIN, *Generazione Perduta,* Giunti Editore, Firenze, 2015, pp. 527-528.
[125] Dizionario Biografico degli Italiani Treccani - Volume 54 (2000).

rintronare la sala dei suoi «benissimo!», e più uno grida, più gli fa cenni d'amore: «Tu sei una stella!», e qualche volta anche chissà perchè?: "Tu sei un cespuglio!". Quasi mai, però, da queste bocche spasimanti, si ode una bestemmia, o una imprecazione. Per lo più, è un continuo chiamare mamma! Anche gli uomini maturi, anche gli ammogliati, non hanno altra invocazione, salvo qualcuno, che chiama pure Madonna, l'altra madre. E quando hanno qualchecosa sul cuore, benché sappiano che siamo le «signorine», ci chiamano spesso, come le suore, sorelle. [...] Ma un altro camion è entrato nel cortile. Ci si precipita abbasso, con l'ansia di trovarne di più gravi. Infatti, stavolta son quasi tutti in barella. Ve ne sono di così immobili e pallidi, che quasi sembrano morti. Ma quando si trovano di sopra, nella luce, sul letto, fra mani delicate e sguardi fraterni, li vediamo sorridere. [...] Uno, sfinito, ha bisogno di un'iniezione di canfora. Noi, dalle tasche dei cappotti, delle giubbe, dei pantaloni, squallida roba stinta, sudicia, talora insanguinata, gualcita, spesso lacera, che testimonia delle intemperie e dei lunghi strapazzi della trincea, togliamo tutti i poveri tesori dei soldati: il portamonete, il portafogli, qualche volta l'orologio, la cartella clinica, che i soldati chiamano la base. Ma soprattutto si danno pensiero del portafogli: «Sorella, le mie cartoline!» Poi si caccia tutto nel rispettivo sacco, alla rinfusa, si lega col cartellino che porta il numero del letto, e si trascina via. Viene il registrante a interrogare ognuno: nome, paternità, luogo di nascita, classe, corpo ecc., per il biglietto d'ingresso. Poi viene il dottore, accorrono le suore, portando la cassetta del cotone e delle fasce, i pacchi delle garze e dei drenaggi, il vaso dei tubi, le bottiglie e i vasetti degli emollienti e dei disinfettanti, le bacinelle e i ripari, versano nei rispettivi catini l'acqua e l'alcool. Gli infermieri e le samaritane cominciano a sfasciare. [...] V'è un ginocchio sfracellato da una scheggia di granata, v'è una pallottola di shrapnell, rimasta in un torace, v'è una gamba crivellata da sedici ferite, v'è una testa nella quale si vede pulsare il cervello, v'è una mano deformata da una palla esplosiva, v'è un femore fratturato. E molte congelazioni di 1°, 2°, 3° grado, qualche contusione, qualche ustione. Si comincia dai più gravi. Il piccolo sardo morde il fazzoletto, si dimena un poco, ma tace. Quello del ginocchio urla disperatamente e mi chiama perchè lo tenga, perchè gli faccia schermo. Il dottore – il sig. tenente – lo conforta con voce di giovane papà. L'infermiere mastica un'imprecazione contro la guerra, che tronca ad una mia occhiata severa. Il ferito chiude gli occhi sul mio braccio, e geme piano. Ma tutta la sala, ormai, è in moto. Da parecchi altri letti si levano lamenti, gemiti, grida, suppliche, proteste; il triste mucchio multicolore delle medicazioni levate e buttate va crescendo; s'incrociano, fra il personale assistente, le richieste e i servizi, – il dottore è già da un altro – allunga la mano per scegliere un ferro, porge il batuffolo alla bottiglia della benzina jodica, alza gli occhi per chiedere la doccia; strumenti, recipienti, pacchi di garze, falde di cotone, fasce, passano da un letto all'altro, rapidamente. Poi, piano piano, tutto si va calmando. Si rimettono a posto gli archetti per i feriti alle gambe e i congelati di terzo grado, si rimboccano le coperte, si aggiustano i guanciali tormentati sotto le teste stanche e tranquille. Immaginando che il povero ferito ad entrambe le braccia e le mani (lo scoppio di una bomba a mano gli ha, fra l'altro, amputate tre dita e ha il viso tempestato di escare), avesse da scrivere a casa, gli offersi di farlo per lui. Egli accettò felice, tanto più che doveva dare ai suoi la notizia d'essere stato ferito. Volevo mi dettasse. Cominciava: "Miei amatissimi Genitori! Una buona signorina si degna..." – "Niente, niente, figliuolo, di questa roba". Allora facciamo, invece, una piccola combinazione, per non spaventare i genitori: "Ferito alle mani..." No, meglio: "Oggi non posso scrivere io stesso, perchè ferito alla mano. Ma non è nulla di grave ecc.". Quando abbiamo finito, mi viene in mente che non s'è detto un'altra bugia, (povero figliuolo, aveva gridato fino allora per la medicazione), da dedicare in modo speciale alla mamma. E si fa un poscritto dicendo: "La mamma stia tranquilla, perchè non ho forti dolori". – "Già, dice lui, perchè la mamma... è una donna che ci vuole molto bene". [...] Oggi, giorno di poche medicazioni in contumacia. Perciò stetti di più in reparto, dove sono i nostri anziani. Fratti, povero corpo martoriato, che si contende alla mutilazione e alla morte, ma sempre così muto e rassegnato. Sollini, che trema al solo toccargli le coperte. Piccoli, invece, va riprendendo, e oggi girava felice per i corridoi, con le sue stampelle. Dopo sette mesi dacché è qui, è diventato di casa, l'amico di tutti; e s'ingegna anche ad aiutare: rotola fasce, nel camerino dove Fanti fabbrica pantofole, facendo certe belle suole forti, a forza d'impunture in dieci strati di panno. [...]. Più sto coi soldati, più capisco che il loro contegno al fronte (almeno di gran parte fra essi), contegno che ci riempie d'ammirazione e d'orgoglio, è tanto più meritorio perchè questa guerra, nella grande maggioranza, non la sentono, non la possono sentire come noi. In parte sarà colpa di quegli ufficiali che non si son data la briga di efficacemente spiegarne loro le ragioni, e anche solo che non hanno saputo affezionarseli. (Oh! i soldati, come sanno amare i loro ufficiali, se questi li hanno amati, li hanno istruiti, li hanno educati... E quando rispettano ed amano i loro ufficiali, di che cosa non sono capaci?) In parte sarà anche perchè non erano preparati ad intenderle, le grandi, le alte, le sante ragioni della nostra guerra. E di questo abbiamo colpa un po' tutti. [...] A tutto ciò devo pensare quando odo espressioni che mi fanno dispiacere... Li sento pure spesso parlare di imboscati. Ah! se tutti facessero il loro dovere, se non vi fossero nelle retrovie tanti giovani forti, che si sono umiliati a chiedere favori vergognosi, senza pensare a quelli che portano quasi tutto il peso della guerra. Una delle cose che più mi piace è scrivere per quelli che non sanno, o non possono. Per lo più, li faccio dettare. Ma ciò non toglie che si possa anche fare da buone ispiratrici di qualche sentimento, che forse sonnecchia nell'animo loro. E come godono, gli analfabeti, nel farsi rileggere la lettera da casa... Vi sono specialmente lettere di mogli, che cominciano con: Mio caro sposo, e raccontano tanti semplici particolari, e fanno sentire l'umile ambiente, di campagna per lo più. Giacché i nostri bravi soldati, che vengono dalla trincea, sono in massima parte contadini Oh! la Patria non potrà dimenticarlo».

Opera poetica

Dulce et Decorum est

«Piegati in due, come vecchi straccioni, sacco in spalla, / le ginocchia ricurve, tossendo come megere, imprecavamo nel fango, / finché volgemmo le spalle all'ossessivo bagliore delle esplosioni / e verso il nostro lontano riposo cominciammo ad arrancare. / Gli uomini marciavano addormentati. / Molti, persi gli stivali, / procedevano claudicanti, / calzati di sangue. / Tutti finirono azzoppati; / tutti orbi; / ubriachi di stanchezza; sordi persino al sibilo / di stanche granate che cadevano lontane indietro. / Il GAS! IL GAS! Svelti ragazzi! – Come in estasi annasparono, / infilandosi appena in tempo i goffi elmetti; / ma ci fu uno che continuava a gridare e a inciampare / dimenandosi come in mezzo alle fiamme o alla calce... / Confusamente, attraverso l'oblò di vetro appannato / e la densa luce / verdastra come in un mare verde, lo vidi annegare. / In tutti i miei sogni, davanti ai miei occhi smarriti, / si tuffa verso di me, cola giù, soffoca, annega. / Se in qualche orribile sogno anche tu potessi metterti al passo / dietro il furgone in cui lo scaraventammo, / e guardare i bianchi occhi contorcersi sul suo volto, / il suo volto a penzoloni, come un demonio sazio di peccato; / se solo potessi sentire il sangue, ad ogni sobbalzo, / fuoriuscire gorgogliante dai polmoni guasti di bava, / osceni come il cancro, amari come il rigurgito / di disgustose, incurabili piaghe su lingue innocenti - amico mio, non ripeteresti con tanto compiaciuto fervore / a fanciulli ansiosi di farsi raccontare gesta disperate, / la vecchia Menzogna: Dulce et Decorum est / Pro patria mori»[126]. *(Wilfred Owen)*

Wilfred Owen era un ufficiale inglese caduto in battaglia in Francia, il 4 novembre 1918 quindi nell'imminenza della fine della guerra. Ironia della sorte, la madre venne informata della perdita del figlio il giorno in cui venne firmato all'armistizio.

Luigia Ciappi (Fonte: Pubblico Dominio)

Marija Bochkareva (Fonte: corriere.it)

[126] https://www.raicultura.it/webdoc/grande-guerra/battaglia-somme/pdf/WilfredOwen.pdf.

Margherita Kaiser Parodi Orlando

Sacrario di Redipuglia (Gorizia)
Tomba della crocerossina Kaiser Parodi Orlando

Vera Brittain (Fonte: notizie.comuni-italiani.it)

Dall'alto in basso, Edward Harold Brittain, Ronald Leighton, Victor Richardson e Goffrey Thurlov

Tomba del Capitano Edward Harold Brittain *(Ph. L. Damiano)*

Granezza (Vicenza) – Cimitero britannico *(Ph. L. Damiano)*

«Una spia al posto giusto sostituisce ventimila uomini al fronte»
(Napoleone)

CAPITOLO VI
LO SPIONAGGIO

Lo spionaggio e il controspionaggio da sempre sono elementi integranti dei conflitti bellici. Ogni nazione ha i suoi informatori con rispettivi e ineludibili intrighi. Clandestinamente, ogni stato arruola collaboratori per ottenere tutte quelle informazioni dirette a contrastare o eludere azioni violente o comunque dannose per il proprio paese. Ovviamente, le persone *arruolate* a questo scopo debbono essere dotate di particolari attitudini, fra le quali certamente non devono mancare scaltrezza e capacità di compenetrarsi in improvvise situazioni che si dovessero prospettare nell'arco della loro attività. Ogni paese, quindi, ha anche questo piccolo esercito clandestino a difesa dei propri interessi in eventi che nella loro quotidianità, possono essere tanti e variegati. Anche durante il Primo conflitto mondiale l'attività svolta dagli agenti segreti rivelò diverse persone che erano state *agganciate* dal nemico per svolgere attività dannose contro la propria nazione.

Una serie di sabotaggi avvenne nel porto di Genova, un altro nei pressi di Ancona, dove venne dato alle fiamme un hangar per dirigibili della Reale Marina, in una fabbrica di dinamite del Cengio e infine alla centrale elettrica di Terni. Nacque dunque la necessità di costituire dei reparti di controspionaggio nella Marina, mettendo sotto sorveglianza tutti i siti di interesse strategico militare e industriale. Malgrado ciò, una mano invisibile, riuscì ancora a far esplodere un carico ferroviario zeppo di proiettili da una nave in partenza da La Spezia. Le vittime furono 265.

Gli uomini del controspionaggio, malgrado gli sforzi, non riuscirono a individuare gli attentatori. Per puro caso, però, a Terni, nei pressi della cascata delle Marmore, una pattuglia di ronda individuò un uomo che stava per far esplodere una grossa mina installata per danneggiare la centrale idroelettrica. Se l'azione fosse stata portata a termine avrebbe causato un enorme disastro ai paesi sottostanti e ai loro abitanti. L'uomo fermato risultò essere un italiano, tale Giuseppe

Larese, che prima di essere ucciso, a seguito di condanna a morte, rivelò le sue relazioni che portavano in Svizzera. Qualche settimana dopo si scoprì che erano state minate anche le centrali elettriche del Chiamonte e del Sempione, salvate da un improvviso rimorso dell'attentatore al momento di accendere la miccia. Questi si allontanò e si costituì alla polizia: anch'egli era un italiano e anch'egli confessò che la sede spionistica aveva le basi a Zurigo.

Dalle successive investigazioni poste in atto dal servizio di controspionaggio, fu possibile verificare che il centro organizzatore dei sabotaggi si trovava proprio in Svizzera, all'interno del consolato Imperial-regio dell'Austria-Ungheria a Zurigo e che il capo della *rete* era il console in persona, ma che in realtà si trattava del Capitano di Corvetta della Imperial-regia Marina, Rudolf Mayer. I servizi segreti scoprirono che molti italiani avevano tradito la nazione, non per motivi ideologici ma per denaro, molto denaro: ai traditori italiani che avessero sabotato un sommergibile o un cacciatorpediniere sarebbero state consegnate 300.000 lire; 500.000 per un incrociatore; 500.000 per una corazzata e il pagamento dei traditori era in franchi svizzeri depositati su conti segreti di una banca di Lugano e aperti a nome dei sabotatori.

Il 27 settembre 1915, nel porto di Brindisi, l'incrociatore *Benedetto Brin* saltò in aria, uccidendo 455 uomini dell'equipaggio. L'attentato ebbe una vasta eco al punto di indurre il luogotenente del Re, Tommaso di Savoia, Duca di Genova, a promettere un premio di 200.000 lire a chi avesse aiutato a scoprire gli autori del massacro.

L'incrociatore Benedetto Brin (Fonte: Illustrazione Italiana)

A questo attentato, seguì quello alla corazzata *Leonardo da Vinci* che si inabissò nel Mar Piccolo a Taranto: era stata installata a bordo una bomba a tempo. In quella sciagura persero la vita 249 uomini tra ufficiali, sottufficiali e marinai, quindi a Livorno saltò in aria il piroscafo *Etruria*.

Grazie all'abilità degli uomini del controspionaggio, si riuscì a farne assumere uno dall'ambasciata austro-ungarica di Zurigo. L'agente segreto riuscì pure a ottenere dei calchi delle chiavi di 16 serrature delle porte che accedevano alla stanza in cui era custodita la cassaforte. In quella stanza c'era anche un'altra porta, la diciassettesima. All'operazione dell'apertura della cassaforte parteciparono il marinaio lodigiano Stenos Tanzini, il livornese Natale Papini, un abilissimo scassinatore di casseforti, il profugo triestino Remigio Bronzin, specializzato nel realizzare doppioni di chiavi e il fiorentino Livio Bini, che esercitava come avvocato. Il Papini riuscì ad aprire la cassaforte, la svuotarono e misero il contenuto dentro tre valigie. Dai documenti recuperati, emersero le pratiche personali, i rapporti di tutti gli agenti segreti, dei sabotaggi eseguiti e di quelli che sarebbero stati i futuri obiettivi. Tra il materiale trafugato: una busta piena di francobolli da collezione; una scatola di latta contenente gioielli femminili, fra i quali una medaglia recante dei numeri incisi. Il tutto venne custodito dalla Marina in cassaforte. L'11 dicembre 1922, due ufficiali della polizia italiana si recarono a Vienna e restituirono i francobolli al proprietario Franz Schneider, ex braccio destro del comandante Rudolf Mayer, spia austriaca a servizio degli italiani, e i gioielli allo stesso Mayer, poiché erano della sua consorte, la signora Frida. I numeri incisi sulla medaglia non erano altro che la loro data di matrimonio: Frida e Rudolf sposi, il 5 febbraio 1915[127].

Nella vicenda era anche coinvolto Monsignor Rudolph Gerlach che, presi i voti, dopo aver tentato la carriera di ufficiale nell'esercito tedesco, divenne Cameriere Segreto di Papa Benedetto XV e spia al servizio degli imperi centrali (Austria-Ungheria, Germania, Bulgaria e Impero Ottomano) all'interno del Vaticano. Da lì, il prelato gestiva un'importante rete spionistica. Grazie alla fiducia incondizionata del Pontefice era nelle condizioni di carpire i più rilevanti segreti militari del Regio esercito e passarli alla base operativa di Zurigo gestita dal Mayer. Quando fu scoperto l'intrigo, la Segreteria di Stato Vaticana tentò di bloccare il procedimento giudiziario nei confronti del prelato che venne condannato. La sentenza non poté essere eseguita perché in gran segreto fu scortato alla frontiera della neutrale Svizzera. Dopo qualche anno, Gerlach

---

127 M. BRAGADIN (a cura di), *Prima Guerra Mondiale, La più audace impresa del controspionaggio italiano,* Storia Illustrata, n. 142, Anno XIII, Mondadori, 1969, pp. 113-122.

abbandonò gli abiti talari per vestire quelli dello spionaggio, questa volta a favore della monarchia britannica.

Dall'esame delle carte emersero nomi di persone comuni, ma anche di politici, di militari, di industriali e di alti prelati. Si scoprì che le bombe sull'incrociatore *Benedetto Brin* erano state piazzate dai marinai italiani Guglielmo Bartolini, Giorgio Carpi e Achille Moschin. Il primo venne condannato all'ergastolo, mentre gli altri due furono condannati alla pena capitale, poi ridotta a 20 anni. Carpi venne liberato nel 1937 e Moschin nel 1942.

I nomi degli altri colpevoli si dispersero nel nulla. Alcuni documenti svanirono in modo misterioso dagli atti processuali, altri sparirono inspiegabilmente dai cassetti segreti delle scrivanie degli alti comandi militari. Ai processi, tenutesi nel 1920, le prove schiaccianti divennero solo ombre sospette. Il processo si concluse con l'assoluzione di tutti gli imputati per mancanza di prove.

La giustizia italiana per mostrare tutta la sua inflessibilità e non avendo l'opportunità di condannare gli autori dei disastri e della morte di innocenti che avevano portato la Nazione sull'orlo della sconfitta militare, condannò però l'avvocato Livio Bini, a cui era stata promessa l'immunità in cambio della sua collaborazione. Egli, appena giunto in Italia, venne arrestato per scontare una vecchia condanna per bancarotta, senza alcun sconto di pena.

Lo scassinatore Natale Papini, al quale era stato garantito tutto quello che era contenuto nella cassaforte, eccetto i documenti, venne compensato, a titolo di acconto, con la somma di lire 30.000. Egli morì in povertà senza neppure godere di una pensione sociale per l'alto contributo dato alla Patria, vitalizio che gli venne riconosciuto 37 anni dopo dall'operazione di Zurigo[128].

Nell'attività spionistica, nel corso della Grande Guerra, furono coinvolte anche diverse donne tra le quali spiccarono Mata Hari, Edith Cavell e Louise de Bettignies e la fantomatica Fräulein Doktor.

Mata Hari

Margaretha Geertruida Zelle, meglio conosciuta come Mata Hari, nacque il 7 agosto 1876 a Leeuwarden (Olanda). Ella può essere considerata – non a torto – la spia femminile per eccellenza. Donna bella, affascinante e intrigante, parlava perfettamente il nederlandese, il francese, l'italiano, l'inglese e il tedesco. Quella donna fece perdere la testa a molti uomini, fra i quali una schiera di persone potenti, mostrando una predilezione per gli ufficiali dell'esercito. Si sposò proprio con uno di questi, anche se dopo

[128] http://www.worldwebnews.it/colpo-di-zurigo-conferenza-di-gatani-sulloperazione-dei-servizi-segreti-italiani-nella-i-guerra-mondiale/.

5 anni il matrimonio naufragò. Da quel momento cambiò nome e si presentò con quello di Mata Hari. Iniziò a frequentare locali di lusso dove si esibiva quasi nuda in danze ammiccanti che le aprirono molte porte di alberghi di città come Parigi, Berlino, Milano dove si incontrava con i suoi amanti: alti ufficiali, diplomatici, uomini d'affari, aristocratici da cui riceveva denaro e regali di ogni genere. Questo le permise di viaggiare in lungo e largo per varie capitali europee.

Con lo scoppio del primo conflitto mondiale, Mata Hari, grazie alle sue qualità empatiche, ma soprattutto di amante, venne contattata sia dai servizi segreti francesi che da quelli tedeschi, per i quali operò in contemporanea. Ovviamente, i continui spostamenti insospettirono i servizi segreti di Francia e Germania che cominciarono a pedinarla e a controllarne la posta e le conversazioni telefoniche.

Il 12 febbraio 1917, l'autorità giudiziaria francese spiccò un mandato di cattura nei suoi confronti e fu arrestata con l'accusa di spionaggio a favore della Germania. Fu interrogata da Pierre Bouchardon, giudice istruttore del Terzo tribunale militare. Un uomo duro, considerato spietato con i sospetti criminali e particolarmente severo con le donne «dai costumi immorali». [...] la sottopose a un regime di isolamento nella più terribile prigione parigina, Saint-Lazare, dove la danzatrice fu costretta a dormire in una cella infestata dalle pulci e dai ratti, e non aveva sapone per lavarsi. Le fu negato l'accesso ai suoi effetti personali, medicine incluse, e fu privata di vestiti e biancheria pulita, nonché di soldi per compare cibo e di francobolli per le lettere. [...] Margaretha fu rinviata a giudizio con otto capi di accusa. Le udienze iniziarono il 24 luglio del 1917. [...] La giuria era composta da militari che giudicarono "immorale" lo stile di vita di Mata Hari. Nessuna delle prove emerse durante il dibattimento avrebbe confermato gli indizi. Le accuse contro di lei erano vaghe e non c'era alcun riferimento a segreti specifici che sarebbero stati trasmessi al nemico. Furono invece presentati svariati elementi del suo stile di vita "immorale": uno dei poliziotti incaricati di pedinarla a Parigi raccontò delle sue spese folli e dei suoi amanti altolocati. [...] L'avvocato chiamò a testimoniare alcuni personaggi importanti, i quali dichiararono che Mata Hari era una donna affascinante con cui non avevano mai parlato di temi di argomento militare. L'unico a difenderla strenuamente fu Henri de Marguerie, segretario del ministro degli affari esteri francese e amante di Mata Hari dal 1905: "Non si è mai verificato nulla che possa compromettere la buona opinione che ho di questa donna", dichiarò. Accusò anche il procuratore di aver istruito la causa, pur sapendo che si reggeva su menzogne.

Dopo due giorni di camera di consiglio i sette membri della corte condannarono a morte Margaretha Zelle per attività spionistica a favore della Germania. Dichiarata colpevole di tutti i capi di accusa, Mata Hari fu condannata a morte per fucilazione. I tentativi di commutare la pena capitale in una pena detentiva furono respinti, così come le richieste di grazia al presidente. La sentenza fu eseguita il 15 ottobre del 1917, di prima mattina, in gran segreto. Tra i presenti c'erano il suo avvocato, le suore che l'avevano accudita, il medico della prigione e un plotone del Quarto reggimento di zuavi in divisa cachi con fez rosso. L'esibizione di Mata Hari fu perfetta, forse una delle migliori della sua vita. Rifiutò di essere legata al palo e restò in piedi a testa alta, con orgoglio. Il sergente maggiore al comando del plotone dichiarò: "Per Dio! Questa donna sa come morire". Il Procuratore, a distanza di tempo, avrebbe confessato che non c'erano abbastanza prove»[129].

L'accusatore di Mata Hari era stato il suo stesso reclutatore, Georges Ladoux, capo dell'unità di controspionaggio del Ministero della guerra francese. Ladoux, poi, sarebbe stato arrestato con l'accusa di spionaggio, ma la sua detenzione giunse troppo tardi per salvare la donna.

Nel 2001, dal paese natale dell'affascinante spia, è stata inoltrata istanza al governo francese al fine di ottenere la riabilitazione, proprio perché condannata senza prove.

Mata Hari (Fonte: leccenews)

[129] https://www.storicang.it/a/mata-hari_14619.

Edith Cavell

Nel 1914, allo scoppio della prima guerra mondiale, l'inglese Edith Cavell, nata il 4 dicembre 1865, si trovava a Bruxelles, dove dirigeva la clinica da lei fondata. Con l'invasione tedesca del Belgio, la Cavell ebbe occasione di dare asilo al nipote di una vecchia amica che, in qualità di prigioniero di guerra, era sfuggito all'esercito occupante.

Quell'episodio generò in lei il desiderio di aiutare tutti coloro che si fossero trovati nelle medesime condizioni: albergava in lei l'idea di creare una rete organizzativa per aiutare i prigionieri fuggiaschi, sia essi alleati che quelli facenti parte dell'esercito tedesco. Una volta che l'organizzazione iniziò ad operare, i soldati fuggiaschi vennero nascosti dapprima nei sotterranei della clinica, dove venivano curati, rifocillati e successivamente aiutati a superare le frontiere per renderli liberi.

«La rete, tuttavia, venne scoperta nell'estate del 1915 dai tedeschi, che a quel punto arrestarono Edith Cavell e molti dei suoi collaboratori. Le perquisizioni eseguite nel suo ospedale non permisero di scoprire alcunché di compromettente, anche perché tutte le infermiere erano state tenute all'oscuro dalla stessa Edith, per evitare che potessero essere incriminate. La Cavell, però, alla fine fu indotta a confessare con l'inganno. Successivamente tenuta in prigione per molte settimane, senza sapere niente delle accuse che le furono rivolte. All'inizio di settembre le autorità tedesche si rifiutarono di concedere a Brand Whitlock, l'ambasciatore degli Stati Uniti in Belgio, la possibilità di difendere Edith. Questa, tenuta in totale isolamento fino all'inizio del dibattimento, arrivò dinanzi alla corte il 7 ottobre, incastrandosi da sola attraverso la confessione di tutte le azioni che aveva compiuto (molte delle quali sconosciute a chi la accusava). Edith Cavell fu quindi condannata a morte e fucilata da un plotone di esecuzione il 12 ottobre del 1915, alle due di notte, al poligono di tiro di Schaerbeek. Nonostante la riluttanza dei soldati del plotone, restii a spararle, l'esecuzione fu completata senza imprevisti. Il cadavere di Edith venne, poi, seppellito in loco in maniera frettolosa»[130].

«L'esecuzione della Cavell destò sdegno ed orrore in patria e nei paesi alleati e fu marcatamente usata come simbolo nella propaganda di guerra contro i barbari tedeschi, considerati "Unni" invasori.

Nei mesi immediatamente successivi alla morte dell'infermiera aumentarono le richieste di arruolamento nei paesi alleati. Molte neonate, non solo nel Regno Unito, ma anche in altri paesi, furono chiamate Edith. Una

[130] https://edithcavell-org-uk.

di queste, nata il 19 dicembre del 1915, sarebbe diventata una delle più celebri cantanti della Francia contemporanea: Edith Piaf. La Cavell non fu certamente l'unica infermiera vittima della guerra. Su entrambi i fronti centinaia furono i sanitari, dal medico al portantino, all'infermiere alla crocerossina, che caddero a causa della guerra. Da parte tedesca alcune fonti riportano della fucilazione da parte anglo-francese di alcune infermiere: Margaret Schmidt, Ottilie Moss e una presunta "Mrs. Phaad". Ma i dati scarni e contraddittori lasciano pensare più a un mal riuscito tentativo tedesco di controbilanciare la propaganda alleata che, sulla figura della Cavell, costruirà una narrazione fatta di medaglie, monumenti, francobolli e oggettistica commemorativa di ogni tipo. L'infermiera martire susciterà sdegno anche in un giovane socialista italiano, Antonio Gramsci, che in un articolo dell'edizione piemontese de L'Avanti del 17 gennaio 1916, auspica la vendetta proletaria in suo onore»[131].

A Londra, nel 1920, in St. Martin's Place, vicino Trafalgar Square, venne eretto un monumento, alla cui base sono riportate le parole che la Edith avrebbe pronunciato il giorno prima di morire: «Mi rendo conto che il patriottismo non è sufficiente. Non devo avere alcun odio o amarezza nei confronti di nessuno».

Edith Cavell e la sua tomba a Norwich (Inghilterra) (Ph. E. Damiano)

[131] https://www.nurse24.it/infermiere/professione/edith-cavell-testimone-di-una-storia-passata-troppo-presente.html.

Fräulein Doktor

Lo spionaggio tedesco durante l'occupazione del Belgio e della Francia a sua volta reclutò agenti segreti. Tra questi vi era una donna di cultura elevata, Elisabeth *"Elsbeth"* Schragmuller che risultò aver agito sotto il nome di Fräulein Doktor, visto che era laureata in Scienze Politiche. Lei non fu una spia sul campo, ma piuttosto un'istruttrice e tra le spie che addestrò vi fu anche Mata Hari.

«Elsbeth aveva studiato anche il francese che parlava piuttosto bene e l'inglese: quasi una poliglotta per l'epoca. Nella capitale belga riuscì a incrociare il *feld*maresciallo Colmar von del Goltz Pacha (così nominato perché era stato molto tempo al servizio del Sultano Ottomano) e chiese di esser impiegata in qualche ufficio. Von del Goltz apprezzò le sue conoscenze linguistiche e la immise nel Centro informativo tedesco di Bruxelles (il *Kriegsnachritchtenstelle*), costola del Centro informativo di Anversa.

Il suo primo incarico nel Centro fu la censura della posta nemica: leggeva le lettere dei soldati belgi al fronte indirizzate alle famiglie e agli amici per vedere se vi era qualche informazione interessante dal punto di vista militare e strategico. Elsbeth redigeva una relazione sulle informazioni che riteneva utili e le passava al Comando della zona operativa, tramite il suo superiore gerarchico, direttore del Centro. Il generale Besseler notando l'accuratezza delle informazioni, soprattutto dal punto di vista strategico, chiese notizie del "sottotenente Schragmueller", appreso che era una donna, dopo un primo sconcerto, pragmaticamente chiese che le venisse affidato un lavoro più consono alla sua intelligenza e perspicacia.

Così Elsbeth entrò in un servizio dell'Alto Comando tedesco, dove ancora una volta emerse fra i colleghi di lavoro, che, superato il primo impatto, la trattarono da pari, come un commilitone, rispettandone le competenze e il diploma universitario. Era inevitabile che fosse notata dal Capo del Servizio Informazioni in Belgio. Agli inizi del 1915, accompagnò, infatti, il suo Capo a Lille, dove le fu impartita una formazione intensiva nell'ambito dei servizi segreti. In seguito a questo addestramento Elsbeth lasciò Bruxelles per Anversa dove assunse la responsabilità della Sezione censura postale 'Francia'.

Fräulein *Doktor confermò* nelle sue memorie che non ebbe mai un incarico "coperto" da "spia", nonostante il mito avesse aleggiato attorno a lei, soprattutto in una filmografia non scientifica. Aveva anche una formazione di studi anche psicologici molto approfondita e aveva una sua teoria sugli individui che potevano essere incaricati di missioni segrete. Lo scrive anche nelle sue Memorie (*Aus dem deutschen Nachtrichtendienst* del 1929). Negli Archivi militari tedeschi di Freiburg im Breisgau si trova un documento che illustra le sue teorie sull'organizzazione degli agenti disertori che a suo dire era imprescindibile reclutare per ottenere informazioni indispensabili, visto il prolungarsi della guerra.

Nel Centro di Anversa, infatti le fu affidato l'incarico di formare soldati disertori o altri informatori possibili, facendone delle spie (molte donne), rinviandoli, ben indottrinati ai reparti di provenienza o nelle società dalle quali provenivano. Tra l'altro le fu affidato anche l'incarico di addestrare Margaretha Zelle cioè Mata Hari.

Comprese subito la natura della ballerina, valutandola come poco convinta del lavoro accettato, desiderosa di danaro, non molto intelligente e senza una ferrea volontà di condurre a buon fine l'incarico.

La addestrò per una settimana ma la giudicava pericolosa per la sua scarsa professionalità. Pare che quando seppe che la Zelle era morta giustiziata per spionaggio a Vincennes, commentò che la poveretta era morta per niente.

Sembra che i servizi informativi francesi, inglesi americani non abbiano mai conosciuto la vera identità di Fräulein *Doktor*: sapevano che era donna e non sposata. Quest'aurea di segreto fece crescere strane voci su di lei, sulla sua crudeltà, sulla sua omosessualità (sostenuta anche nel cinema). Poche sono le descrizioni e le fotografie che si hanno di lei. Non doveva essere bella ma aveva degli occhi magnetici e profondi, una parvenza 'glaciale' che di tanto in tanto si stemperava in un sorriso quando voleva essere amabile con qualcuno.

Alla fine della guerra Elsbeth rimase a Freiburg im Breisgau con la famiglia d'origine e iniziò la carriera universitaria, come assistente del professore, relatore della sua tesi, ancora una volta un incarico che poche donne allora ricoprivano in ambito accademico.

A mano a mano, il ricordo della sua figura cadde. Alcuni storici hanno ipotizzato che alla vigilia della seconda guerra mondiale fosse stata ingaggiata dalla *Sicherheitsdienst* (Servizio segreto delle SS), ma non ci sono prove documentali relative.

Muore a Monaco di Baviera nel 1940. Le sue Memorie sono interessanti ma certamente non rivelano tutta la verità. È stata di sicuro l'unica donna equiparata agli ufficiali del Servizio informativo militare tedesco, ma senza un grado, poiché allora le donne non potevano far parte delle

Forze Armate e quindi nemmeno ottenere (come si favoleggia) la "Croce di Ferro", importante onorificenza militare tedesca.

In sintesi, il suo mito ha scontato i pregiudizi dell'Ottocento: era intelligente, ma non pienamente compresa, secondo gli archetipi femminili di allora. Dinamica, avendo precorso di almeno cento anni i suoi tempi»[132].

Quella particolare attività di spionaggio e controspionaggio lasciò tracce indelebili. Quegli intrecci che coinvolsero decine e decine di agenti sono tutt'oggi oggetto di studi, di dibattito e di interessi cinematografici, ma molti di quei segreti resteranno blindati, perchè seppelliti unitamente ai protagonisti dell'epoca, alle altre loro storie intriganti e per le quali rimarranno solo supposizioni e dubbi, ed è giusto sia così.

Louise de Bettignies

Louise de Bettignies, detta la Giovanna d'Arco del Nord, proveniente da una famiglia nobile, era dotata di notevoli capacità intellettuali che seppe utilizzare per diventare una governante di famiglie inglesi e tedesche, e che le permise di imparare le lingue necessarie a scoprire l'Europa.

All'inizio del primo conflitto mondiale e con l'occupazione da parte dei tedeschi del nord della Francia, la de Bettignies si mise a disposizione per aiutare i compatrioti e partecipò attivamente al fabbisogno dei combattenti in difesa di Béthune. La stessa operò anche come agente segreto sotto il nome di Alice Dubois, a capo della rete di spionaggio anglo-francese.

«Nel febbraio 1915, durante una visita a Saint-Omer, Louise fu contattata da un ufficiale francese che le suggerì di servire il suo paese come agente dei servizi segreti. Subito dopo, la stessa proposta fu avanzata dal maggiore Kirke dei servizi segreti britannici.

Dopo aver discusso di queste proposte con il suo "consigliere spirituale" (padre Boulengé, autore del soprannome di "Giovanna d'Arco del Nord"), accettò e fu presto impiegata nel settore di Lille. Sotto la guida del duca di Charost, iniziò a gestire la rete di intelligence nota come "Alice", viaggiando attraverso il Belgio e i Paesi Bassi, Louise (ora nome in codice "Alice Dubois") e trasmettendo informazioni alla Gran Bretagna. Dalla primavera del 1915 fu assistita nelle sue funzioni da Marie-Léonie Vanhoutte, alias Charlotte Lamerón.

La signora Vanhoutte aveva lavorato all'installazione di ambulanze dall'agosto 1914 ed era quindi in grado di viaggiare abbastanza

[132] M. G. PASQUALINI, *Intelligence, Storie di Servizi Segreti, Fräulein Doktor, una donna avanti nei tempi*, in http://www.osservatorioanalitico.com/?p=8676.

liberamente nel territorio occupato dai tedeschi, utilizzando questo incarico per ottenere informazioni, sfruttò i suoi viaggi a Bouchaute, Gand e Roubaix, per trasmettere notizie alle famiglie dei soldati e consegnare la posta, tenendo aggiornato l'esercito britannico con informazioni sui movimenti delle truppe tedesche e su luoghi strategici.

La rete Alice era composta da 80 a 100 persone ed era così efficace che è stato stimato che durante il suo funzionamento siano state salvate oltre 1.000 vite britanniche. Furono causati anche molti disagi all'organizzazione delle retrovie tedesche (fino al bombardamento del treno reale che trasportava il Kaiser!).

Uno degli ultimi messaggi trasmessi si riferiva alla possibilità di un massiccio attacco tedesco vicino a Verdun previsto per l'inizio del 1916. Sfortunatamente, questo messaggio non fu creduto dai francesi.

Come prevedibile, l'intelligence tedesca fece di tutto per cercare di distruggere la rete Alice. Il 24 settembre 1915, Marie-Léonie Vanhoutte fu arrestata a Bruxelles e costretta a individuare Louise da alcune fotografie. Louise fu arrestata mentre attraversava il confine franco-tedesco con documenti falsi dopo essere tornata dall'Inghilterra per dirigere le operazioni il 20 ottobre 1915.

Incarcerata nella prigione di St Gilles, Louise fu, nel marzo 1916, condannata a morte per spionaggio (sebbene il Consiglio di Guerra non ha potuto provare che lei fosse il capo della rete), pena poi commutata in ergastolo. Nell'aprile 1916 fu trasferita nella prigione di Sieburg vicino a Colonia dove, nel 1917, fu messa in isolamento per essersi rifiutata di produrre armi per l'esercito tedesco e per aver incitato altri detenuti alla rivolta»[133].

Il 16 marzo 1920, gli Alleati organizzarono un tributo a Lille in cui *Giovanna d'Arco del Nord* fu insignita postuma della Legione d'Onore, la Croix de Guerre 14-18 With Palm medal, la decorazione militare britannica per l'eccezionale coraggio e fu nominata Ufficiale dell'Ordine dell'Impero Britannico.

Louise de Bettignies, in arte Alice Dubois, è sepolta nel Cimitero di Saint-Amand-les-Eaux. L'11 novembre 1927, su iniziativa del maresciallo Foch e del generale Weygand, fu inaugurata a Lille una statua in Boulevard Carnot[134].

---

[133] https://www-westernfrontassociation-com.translate.goog/on-this-day/27-september-1918-louise-de-bettignies-alias-alice-dubois-died-on-this-ay/?_x_tr_sl=en&_x_tr_tl=it&_x_tr_hl=it&_x_tr_pto=sc
[134] https://www.cheminsdememoire.gouv.fr/louise-de-bettignies.

Louise de Bettignies (Daily Mirror)

Elisabeth Schragmüller (scriiipt.com)

Corrispondenza

Lettera del Caporale francese Henry Floch alla moglie

«Mia cara Lucia, quando questa lettera ti sarà pervenuta, io sarò morto fucilato. Ecco perché: il 27 novembre, verso le 5 di sera, dopo due ore di violento bombardamento, in una trincea della prima linea, mentre stavamo finendo la nostra zuppa, dei tedeschi sono penetrati nella trincea e mi hanno fatto prigioniero con due miei compagni. Io sono riuscito ad approfittare di un momento di rissa e di disordine per scappare dalle mani dei tedeschi. Ho poi seguito i miei compagni e ho raggiunto le nostre linee. A causa di ciò. Sono stato accusato di abbandono di posto in presenza di nemici. Siamo passati in ventiquattro davanti al Consiglio di Guerra. Sei sono stati condannati a morte, tra questi sei ci sono io. Non sono più colpevole degli altri, ma c'è bisogno di un esempio. Il mio portafogli ti arriverà con quello che c'è dentro. [...] Muoio innocente del crimine di abbandono del posto che mi è imputato. Se invece di scappare fossi rimasto prigioniero dei tedeschi, avrei avuto la vita salva. È il destino. Il mio ultimo pensiero è a te, fino alla fine. Henry»[135].

135 L DAMIANO., *1915-1918 Aneddoti, Scritti ed Immagini dal Fronte*, op. cit., p. 135.

In battaglia

«La nuda terra è calda di Primavera, / E con erba verde e alberi rigogliosi / Si china allo sguardo del sole glorificandosi, / E trema nella brezza solare; / E la vita è colore, calore e luce, / E un impegno sempre maggiore per questi; / Ed è morto chi non combatte, / E aumenta chi muore combattendo. / Il combattente verrà dal sole / Prendi calore e vita dalla terra splendente; / Velocità con i venti leggeri per correre / E con gli alberi verso una nuova nascita; / E scoprirai, quando il combattimento sarà finito, / Grande riposo e pienezza dopo la morte. / Tutta la luminosa compagnia del Paradiso / Tenetelo nel loro luminoso cameratismo, / La star del Cane e le Sette Sorelle, / Cintura di Orione e fianco con la spada: / Gli alberi del bosco che stanno insieme, / Sono per lui ciascuno un amico; / Parlano dolcemente nel tempo ventoso; / Guidano verso la valle e la fine delle creste. / Il gheppio volteggia di giorno, / E le civette che chiamano di notte, / Digli di essere veloce e acuto come loro, / Tanto acuto d'orecchio, quanto rapido di vista. / Il merlo gli canta: "Fratello, fratello, / Se questa sarà l'ultima canzone che canterai, / Canta bene, perché potresti non cantarne un altro; / Fratello, canta." / Nelle ore di attesa tristi e dubbiose, / Prima che inizi la sfacciata frenesia, / I cavalli gli mostrano poteri più nobili; / O occhi pazienti, cuori coraggiosi! / E quando il momento ardente irrompe, / E tutto il resto è fuori di testa, / E ci vuole solo la gioia della battaglia / Lo prende per la gola e lo rende cieco, / Attraverso la gioia e la cecità egli saprà, / Non mi interessa molto saperlo, comunque / Né il piombo né l'acciaio lo raggiungeranno, quindi / Che non sia la Volontà Destinata. / La linea tonante della battaglia è ferma, / E nell'aria la Morte geme e canta; / Ma il Giorno lo stringerà con mani forti, / E la Notte lo avvolgerà in morbide ali»[136]. *(Julian Grenfell)*

Julian Grenfell, soldato e poeta della Prima guerra mondiale, allo scoppio del conflitto prestò servizio in Francia e si distinse sui campi battaglia per il suo coraggio tanto da essere premiato per la sua attitudine militare al combattimento con la Distinguished Service Order. Egli fu gravemente ferito durante la battaglia di Ypres e morì poco dopo in un ospedale a Boulogne. *Into Battle* è stato pubblicato insieme al suo necrologio sul *Times*[137]. Era il 26 maggio 1915 e aveva solo 27 anni.

---

[136] https://www.poetryfoundation.org/poems/47261/into-battle.

[137] https://www.poetryfoundation.org/poets/julian-grenfell.

Londra – Monumento a Edith Cavell (Ph. L. Damiano)

Lilla (Francia) – Monumento a Louise de Bettignies

«Essendo impossibile difendere con efficacia tutti i punti vulnerabili all'offesa aerea con la difesa passiva, la migliore politica è quella di attaccare i ricoveri dei sommergibili e le basi degli aerei nemici!»

(Winston Churchill)

CAPITOLO VII

IL FRONTE DEL CIELO – I DIRIGIBILI

Ancor prima dell'avvento dell'aereo il mezzo più utilizzato per spostarsi sui territori nemici, osservare dall'alto il movimento delle truppe e il conseguente posizionamento, fu il dirigibile.

Il dominio dell'aria inizialmente lo ebbero i prussiani con il dirigibile dal nome Zeppelin. Si trattava di un'aeronave che si muoveva lenta e silenziosa, ma che volava oltre le nuvole ad una quota di 4.800 metri che le permetteva di violare i cieli nemici senza essere scorta e di rovesciare il suo carico di morte sulle città. Volando a quella quota, almeno per il primo periodo del conflitto, le aeronavi non potevano essere raggiunte dagli aerei della nascente aviazione, né colpite dalla contraerea e neppure illuminate dai fari delle fotoelettriche in volo notturno, arco di tempo privilegiato per sganciare le bombe senza essere individuate, anche se difficilmente le bombe lasciate cadere colpivano gli obiettivi strategici oggetto della missione.

Di questi aeromobili erano dotate la Germania, la Francia e l'Italia, ma chi utilizzò le aeronavi per bombardare le città lontane dal fronte fu la Germania con i suoi temibili Zeppelin.

I bombardamenti tedeschi, più che per i loro effetti di distruzione, vennero ricordati dai cittadini britannici per le conseguenze psicologiche, visto che fino a quel momento il pericolo non era mai giunto dal cielo e questo fu devastante. Le bombe lasciate cadere producevano scarsi effetti rispetto alle loro potenzialità sia per la precisione che per la loro efficacia rispetto alla mole delle bombe sganciate. Non mancò tuttavia la distruzione di case con morti e feriti; i cittadini rimasero molto scossi e turbati da questo nuovo modo di fare la guerra.

La Germania utilizzò una serie di aeronavi della Marina e dell'Esercito per sorvolare e bombardare la città di Londra e altre località inglesi ed Edimburgo (Scozia). Si trattava dei dirigibili di classe *"L"* (dalla 13 alla 24) di prima generazione e quelli fino alla classe L70 di ultima generazione, sui quali la forza germanica riponeva maggiori speranze operative.

I primi bombardamenti furono eseguiti nella capitale inglese e consistettero in raid notturni che provocarono terrore tra la popolazione, anche a causa dell'imprecisione delle bombe sganciate che andarono a colpire obiettivi diversi rispetto a quelli prefissati.

Le azioni, oltre alla sorpresa, ebbero anche scarso contrasto da parte dell'aviazione inglese per il mancato ingaggio operativo, visto che le aeronavi volavano ad un'altitudine elevata.

Malgrado i bombardamenti non portarono ai risultati prefissati, i tedeschi li ritennero comunque formidabili, la loro imbattibilità li spinse a ulteriori raid. In uno di questi, quello avvenuto il 2 settembre 1916, un dirigibile venne abbattuto dall'aviazione britannica. Gli inglesi avevano lavorato a lungo per contrastare le offensive e avevano inventato un'arma combinata davvero potente. «Essa era costituita da un mix di due tipi di pallottole: le *"Pomeroy-Brock",* esplosive, che servivano per forare il rivestimento dei dirigibili e le *"Buckingham"* al fosforo che incendiavano l'idrogeno»[138].

In quel giorno venne abbattuta l'aeronave dell'esercito che ebbe anche il triste primato di essere la prima ad essere stata incendiata dopo due anni di guerra. La perdita di quel dirigibile venne considerata fisiologica e così tra il 23 settembre ed il 2 ottobre 1916 seguirono altri raid.

Dello stormo che partecipò all'ultima incursione faceva parte anche l'aeronave comandata dal leggendario asso dell'aviazione Henrich Mathy, che in quell'occasione venne abbattuto e pur di non bruciare vivo si lanciò nel vuoto da qualche migliaio di metri e il suo corpo esamine venne rinvenuto da alcuni contadini inglesi del basso Norfolk.

Dopo quella missione ne seguirono delle altre a quote molto superiori a quelle raggiungibili dagli aerei da caccia inglesi, ma l'operativa di quei dirigibili venne sospesa per l'imprecisione delle bombe sganciate, in quanto andavano a colpire obiettivi non strategici.

L'ultima missione ebbe luogo sul territorio inglese il 5 agosto 1918 che causò la morte del Capitano Peter Strasser, comandante in capo della

---

138 http://picocavalieri.org.

Marina imperiale tedesca, avvenuta a Welles-next-the-Sea, nella contea di Norfolk e dell'intero equipaggio[139].

Sulla base del rapporto fornito dalle navi e dai piloti inglesi della Royal Air Force che presero parte alla missione e all'abbattimento di una delle 3 aeronavi di quello che poi risultò essere l'ultimo raid tedesco su territorio britannico, così vennero riferiti i fatti dallo scorgere dei dirigibili fino al termine della missione: «Alle 18:30 lo squadrone si trovava a circa 60 miglia dalla costa inglese in pieno giorno. Alle 20:10 un messaggio dalla nave faro Leman Tail, a circa 30 miglia a nord-est di Happisburgh, sulla costa del Norfolk, riportava la presenza di tre Zeppelin. Ulteriori rapporti hanno confermato che un raid sembrava probabile e gli ordini impartiti ai piloti della RAF Home Defense di decollare.

Gli ex aeroporti RNAS avevano 14 aerei in volo intorno alle 21:00, con gli ex aeroporti RFC che inviavano i loro aerei più tardi. Alle 21:05, il maggiore Egbert Cadbury e il capitano Robert Leckie sono decollati da Yarmouth su un DH4 e quasi immediatamente hanno individuato tre Zeppelin nel cielo limpido a circa 40 miglia di distanza. Cominciarono a dare la caccia.

Cadbury, il pilota, in seguito riferì che gli Zeppelin si stavano dirigendo a ovest a bassa velocità. Alle 22:10 Cadbury e Leckie erano saliti a 15.000 piedi con L 70 ancora 2.000 piedi più in alto. Dieci minuti dopo si erano fatti strada fino a 16.400 piedi e avevano attaccato quasi frontalmente. Leckie ha puntato la sua pistola Lewis su un punto sotto L 70 a circa tre quarti del percorso lungo la maggior parte dello Zeppelin e ha aperto il fuoco.

Nel suo rapporto, Cadbury scrisse che i loro proiettili furono "visti aprire un grande buco nel tessuto e scoppiò un incendio che si diffuse rapidamente lungo l'intera lunghezza dello Zeppelin". Lo Zeppelin sollevò la prua come nel tentativo di scappare, poi si tuffò verso il mare in una massa infuocata. Il dirigibile è stato completamente consumato in circa tre quarti di minuto". [...] L 70 si è schiantato in mare a circa otto miglia al largo di Wells-next-the-Sea, sulla costa del Norfolk.

Non c'erano sopravvissuti; Peter Strasser, il capo architetto della campagna degli Zeppelin contro la Gran Bretagna, era morto. Non ci sarebbero stati più raid aerei sulla Gran Bretagna»[140].

[139] http:// Iancastlezeppelin.co.uk.
[140] https://www.iancastlezeppelin.co.uk/5/6-august-1918.

ZEPPELIN BOMBS!
£10,000 FREE COMPENSATION FUND.
SEE PAGE NINE.
82 Claims Paid.

The Daily News & Leader

LATE WAR EDITION

LONDON AND MANCHESTER. TUESDAY, JUNE 1, 1915. ½d.

YOU ARE SAFE IN DEALING WITH 555 Branches in Town and Country. Boots

ZEPPELIN RAID OVER OUTER LONDON.

"Many Fires Reported, but These not Absolutely Connected with Airships."

GERMAN AIRSHIPS' FIRST VISIT TO LONDON DISTRICTS

Raiders Also Observed on the Kent Coast.

BRIEF OFFICIAL ANNOUNCEMENT REPORTS MANY FIRES.

PRESS BUREAU,
1st June, 1.25 a.m.

Zeppelins are reported to have been seen near Ramsgate and Brentwood, and in certain outlying districts of London.

Many fires are reported, but these cannot be absolutely connected with visits of airships.

Further particulars will be issued as soon as they can be collected and collated.

The following notice was issued by the Press Bureau early this morning:—

The Press are specially reminded that no statement whatever must be published dealing with the places in the neighbourhood of London reached by aircraft, or the course supposed to be taken by them, or any statements or diagrams which might indicate the ground or route covered by them. The Admiralty communique gives all the news which can properly be published.

These instructions are given in order to secure the public safety, and the present intimation may itself be published by the Press as explaining the absence of more detailed reports.

SOUTHEND ZEPPELIN WRECKED.

Fell into Sea After Being Damaged.

PREVIOUS RAIDS.

UNDERGROUND FORTS.

CANADIAN MILITIA RESERVE.

SIR E. GREY'S EYE TROUBLE.

A Temporary Absence from Foreign Office.

LORD LANSDOWNE WITH LORD CREWE.

WHERE ITALIANS ARE PROGRESSING.

Formidable Obstacles Ahead.

GERMANY AND AMERICA.

INTENSE ANGER AT THE REPLY.

"AMAZING INSULT."

PRESIDENT ACTING PROMPTLY.

AIR RAID ON AN AUSTRIAN WAR PORT.

Daring Feat by Italian Dirigible.

MONFALCONE DOCKS SHELLED

Several Food Ships Destroyed by Returning Destroyers.

FIRST WEEK OF LAND OPERATIONS.

Effect of the Invasion of Austria.

PRE-WAR INTRIGUES

Efforts to Stir Up Italian Anarchists.

AUSTRIAN CLAIMS.

All Engagements Favourable to Their Arms.

QUEEN ELENA'S KINDLY ACT.

A SUCCESS IN GALLIPOLI.

TURKS ROUTED BY CROSS FIRE.

NIGHT FIGHTING.

ENEMY'S LOSS, 2,000; OURS ONLY 300.

CONTINUED ADVANCE.

LATEST WAR NEWS.

ZEPPELINS.

"THE DAILY NEWS" HAS PAID 82 CLAIMS.

German Zeppelin in Flight.

The Daily News - La notizia del raid su Londra (Fonte: engramma.it)

LA PATRIA

il Resto del Carlino

GIORNALE DI BOLOGNA

Anno XXXII — Mercoledì 29 Novembre — 1916 — Mercoledì 29 Novembre — Numero 334

I romeni abbandonano la linea dell'Olt e del Topologu

Due "Zeppelin„ incendiati e distrutti sull'Inghilterra

La situazione

IN ROMANIA
Tutta la linea dell'Olt in potere degli invasori

Gli austriaci occupano Cartea

Il bollettino bulgaro
L'avanzata al di là del Danubio

La ritirata nella versione romena

Il piano di Hindenburg contro la Romania

L'Olanda chiede nuove spiegazioni sulle deportazioni del Belgio

IN MACEDONIA
Il bollettino bulgaro

Gli zuavi occupano la quota 1050

Brillante "raid„ inglese

I bollettini russi

L'on. Carcano torna in Italia

Il comunicato di Cadorna

Un'interrogazione Marconi-Ferraris

620 interrogazioni

Un'opportuna interrogazione dell'on. Marazzi sulle indennità

Disgraziato "raid„ sull'Inghilterra
Due «Zeppelin» abbattuti dopo un epico inseguimento

Un aeroplano nemico getta bombe su Londra

L'accordo messico-americano

Le irrequietudini austriache in Carnia

(Dal nostro corrispondente di guerra)

Il Resto del Carlino – La notizia dell'abbattimento degli Zeppelin su Londra
(Fonte: badigit.comune.bologna.it)

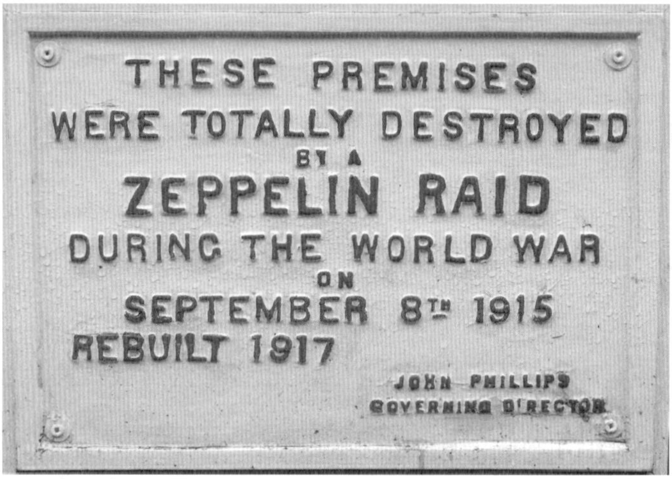

Londra – Targa commemorativa dell’incursione Zeppelin in Farringdon Road, 61 (Ph. Fabrizio Di Bello)

Anche Edimburgo subì il bombardamento dalle aeronavi tedesche. Accadde nella notte tra il 2 e il 3 aprile 1916. In un primo momento lo sgancio delle bombe doveva avvenire sul cantiere navale di Rosyth, a 12 miglia a nord-ovest di Edimburgo, ma non riuscirono a individuarlo; allora il comandante del dirigibile Zeppelin L14 decise di fare rotta sulla capitale scozzese per bombardarla. L’azione colpì obiettivi non strategici ma causò comunque diverse vittime tra la popolazione civile. Del raid le autorità cittadine ne avevano avuto notizia la sera di domenica 2 aprile 1916, ma malgrado le precauzioni che erano state prese quali l’interruzione del traffico cittadino e lo spegnimento di tutte le luci dei lampioni stradali, intorno alle ore 19.00 alcune di queste bombe esplodendo provocarono morti e feriti, la maggior parte sulla Marshal Street dove vennero coinvolte dalle esplosioni le case del civico 16, che subì maggiori danni, e quella di fronte, del civico 33. Delle bombe sganciate solo una non esplose ed è ora esposta al museo del volo di East Lothian nei pressi della città di Edimburgo. «Le prime bombe sono cadute dentro e intorno a Leith Docks, danneggiando i locali commerciali e le banchine e rompendo un gran numero di finestre di negozi, uffici e case di abitazione. Due bombe sono esplose in Commercial Street, una uccidendo Robert Love nel letto del suo appartamento all'ultimo piano al n. 2 e l'altro che cade dal tetto del n. 14 “in una stanza occupata da una donna anziana e attraverso il pavimento della sua casa nella casa sottostante dove ha preso fuoco. L'anziana donna si è alzata con calma dal letto, ha versato dell'acqua attraverso il foro principale praticato dalla bomba e ha spento il fuoco”.

Un'altra bomba esplosiva "cadde sul tetto di un'obbligazione di whisky appartenente a Innes & Grieve, commercianti all'ingrosso di alcolici, dando fuoco all'obbligazione, che fu completamente distrutta". Venti bombe sono cadute su Leith durante la notte, uccidendo due persone. [...] Sette bombe incendiarie e diciassette ad alto esplosivo furono sganciate sulla ... città, molte delle quali sul lato sud. Ciò includeva una bomba che è atterrata sulla carreggiata a circa 400 iarde dal Castello di Edimburgo e una bomba esplosiva che è caduta nel terreno del George Watson's College, rompendo una serie di finestre e danneggiando le pietre sui gradini.

Il White Hart Hotel nel Grassmarket e il County Hotel in Lothian Road hanno subito danni sostanziali, così come una serie di edifici popolari a Newington. Diversi civili sono rimasti feriti da vetri rotti o hanno subito uno shock, due dei quali sono morti in seguito per le ferite riportate durante notte. Durante il raid, sette residenti di Edimburgo sono stati uccisi, inclusi cinque uomini al 16 di Marshall Street a Newington. Il soldato Thomas Donoghue del 3/4 battaglione Royal Scots stava visitando la sua famiglia al 27 di Marshall Street la notte del 2 aprile. Ha ricevuto gravi ferite all'addome da un frammento di conchiglia ed è morto otto giorni dopo per peritonite e insufficienza cardiaca. Al di là delle morti immediate e dei feriti subiti durante il raid aereo, alcuni residenti di Edimburgo hanno continuato a soffrire per lo shock e lo stress per alcuni mesi dopo l'evento. Un appello al tribunale d'appello del servizio militare a nome di Peter Smith, un insegnante, ha invocato la continua cattiva salute di sua moglie dal raid aereo Zeppelin del 2 aprile. La signora Smith aveva partorito senza problemi una bambina nelle prime ore del 2 aprile, ma aveva perso i nervi durante l'incursione poche ore dopo, dovendo essere spostata dall'ultimo piano del caseggiato di quattro piani al passaggio sotterraneo del comune scala dove ha trascorso la notte. Quando la nascita della bambina è stata registrata, si chiamava Catherine O 'May Campbell Raida Smith – "Raida" non sembra essere un cognome e potrebbe forse riflettere le prime esperienze della bambina. Un appello simile fu fatto a nome di William Lauder nell'ottobre 1916. Sua moglie era incinta e lo shock e lo stress del raid aereo portarono alla nascita prematura del loro figlio, William Youngson Lauder, il 16 aprile 1916. William perorò i bisogni del bambino prematuro e i reumatismi cronici di sua moglie a sostegno del suo appello al tribunale d'appello del servizio militare»[141].

---

[141] https://www.nrscotland.gov.uk/research/learning/first-world-war/zeppelin-air-raid-on-edinburgh-1916.

Edimburgo (Scozia) - Marshall Street, civico 16. Esiti del bombardamento Zeppelin L14 la notte del 2 aprile 1916 (Fonte: capitallcolections.org.uk)

Edimburgo (Scozia) – Marshall Street civico 16 attualmente

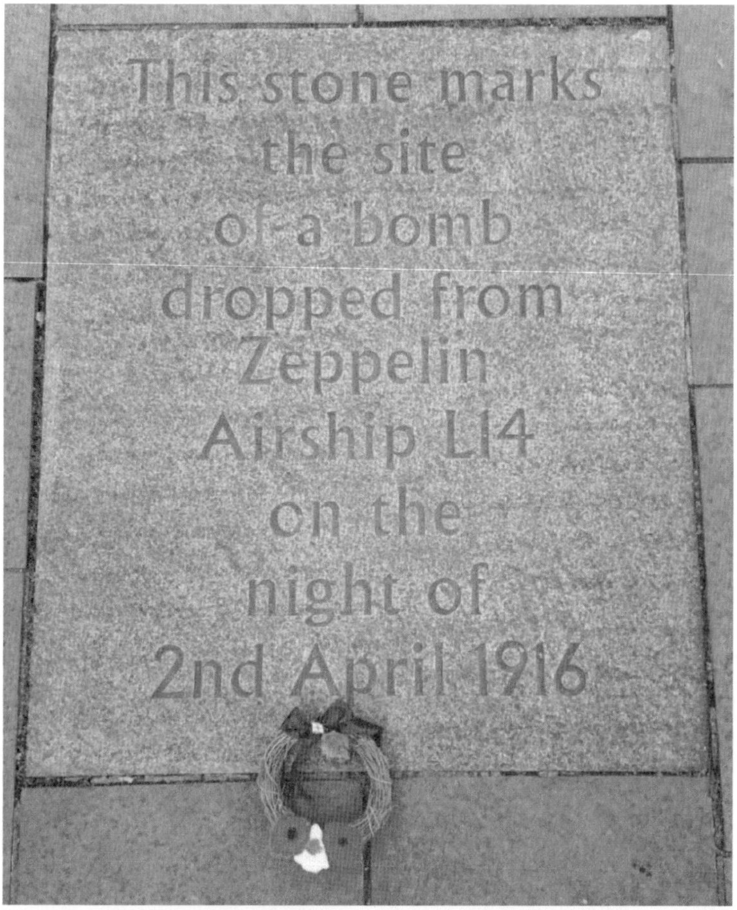

Edimburgo (Scozia) Lastra commemorativa

Bomba Zeppelin inesplosa. Museo del volo di East Lothian (Fonte: BBC News)

Non solo in Gran Bretagna, ma pure in Francia e in Italia operarono gli Zeppelin, dove bersagliarono e terrificarono considerevolmente i cittadini delle nazioni schierate con la Triplice Intesa. Sin dall'agosto del 1914 ci furono sulla capitale francese dei bombardamenti che poi si ripeterono nel tempo, procurando danni alle infrastrutture ma soprattutto morti e feriti. Gli Zeppelin della Marina tedesca operarono un primo raid su Parigi il 30 agosto 1914, poi ancora il 7 e il 20 marzo 1915 e in quell'occasione venne colpita la cattedrale di Notre-Dame e procurarono sette vittime. «Il 17 maggio un dirigibile venne attaccato dalla caccia e con difficoltà torna alla base. Il 17 giugno un pilota inglese in territorio francese "bombarda" volandoci sopra uno Zeppelin con sei piccole bombe e lo distrugge. Continuano gli attacchi anche su altre città francesi con morti e feriti»[142].

Dirigibile italiano (Fonte: Stato Maggiore Esercito)

[142] http://www.sulleormedeinostripadri.it/it/documenti-storici/l-economia-prebellica-e-gli-eserciti-in-campo/approfondimenti-tematici/226-il-bombardamento-strategico.html

Bombardamenti Zeppelin su Parigi (Fonte: vanillamagazine.it)

Vittime del bombardamento su Parigi (Fonte: Le Pays de France)

In Italia, invece, il dirigibile Zeppelin L-59 partito da Jambol in Bulgaria, giunse a Napoli nella notte tra il 9 e il 10 marzo 1918 e bombardò la città. Venne sganciato un enorme quantitativo di bombe che avrebbe dovuto colpire gli stabilimenti dell'Ilva di Bagnoli e gli stabilimenti meccanici dell'Armstrong di Pozzuoli in quanto aziende destinate alla produzione bellica, ma malgrado il cielo fosse limpido e illuminato dalla luna le bombe furono sganciate su obiettivi ininfluenti riguardo alla strategia bellica come la piazza del Municipio, Posillipo, Granili o i Quartieri Spagnoli. Le operazioni di soccorso vennero condotte in modo disordinato, tanto che alcune squadre di soccorso giunsero in quartieri che non risultarono colpiti dalle bombe. Il risultato di quell'attacco in termine di vite umane fu di 16 morti e 40 feriti, anche se si diffuse il sospetto che i dati ufficiali fossero stati sottostimati. Dopo qualche giorno vennero avviate indagini conoscitive per accertare le responsabilità di chi era deputato alla difesa della città e vennero destituiti i comandanti della difesa antiaerea di Napoli, Foggia e Termoli. Nel corso delle investigazioni si appurò che i posti di osservazione sull'Adriatico avevano avvistato l'aeronave ed avevano contattato il comandante della difesa antiaerea di Napoli, che però alloggiava distante dalla città. Allora tentarono di contattare il Comune del capoluogo campano perché si provvedesse ad oscurare la città, ma al centralino di Palazzo San Giacomo non rispose nessuno. Per quella triste sortita venne coniato un chiudilettera ed un poeta locale dedicò la seguente poesia: «Perché l'incanto del suo Cielo non fosse oltre violato, / Per la custodia de le sue case, / Napoli volle / Ed offri compagne, due ali, a quelle de la Madre, / Simboli e fiamme di fede incorruttibile / Nei destini de la Patria! / Vèliti del Cielo, vi invoca la Riscossa! / Vi canta la canzone / Del fervido presagio di vittoria, / La materna montagna e la marina. / Ondeggino le bandiere al vento de la Gloria! V. Papozzo»[143].

Il 7 aprile, un mese dopo l'incursione su Napoli, l'aeronave, in sorvolo sul canale d'Otranto, scomparve con tutto l'equipaggio, forse incendiata da un fulmine[144]. Al termine del conflitto si contarono 556 morti e 1357 feriti nel corso dei raid compiuti da quella macchina bellica, un triste primato che andò a sommarsi a quello causato nel corso delle missioni dell'imponente flotta di aeroplani che avevano iniziato l'attività come mezzo di ricognizione, per poi passare al bombardamento e infine all'impiego come aeromobili da *caccia*.

---

[143] https://www.vesuviolive.it /cultura-napoletana/262286-il-primo-bombardamento-aereo/.

[144] M. MOLTENI, *Zeppelin – I Giganti del* Cielo, in Storie di Guerre, n. 47, IBN Editore, Roma, 2023, p. 37.

Bollo chiudilettera (F: libero dominio)

Napoli – Scheggia di bomba del dirigibile Zeppelin L59 (Fonte: ilmattino.it)

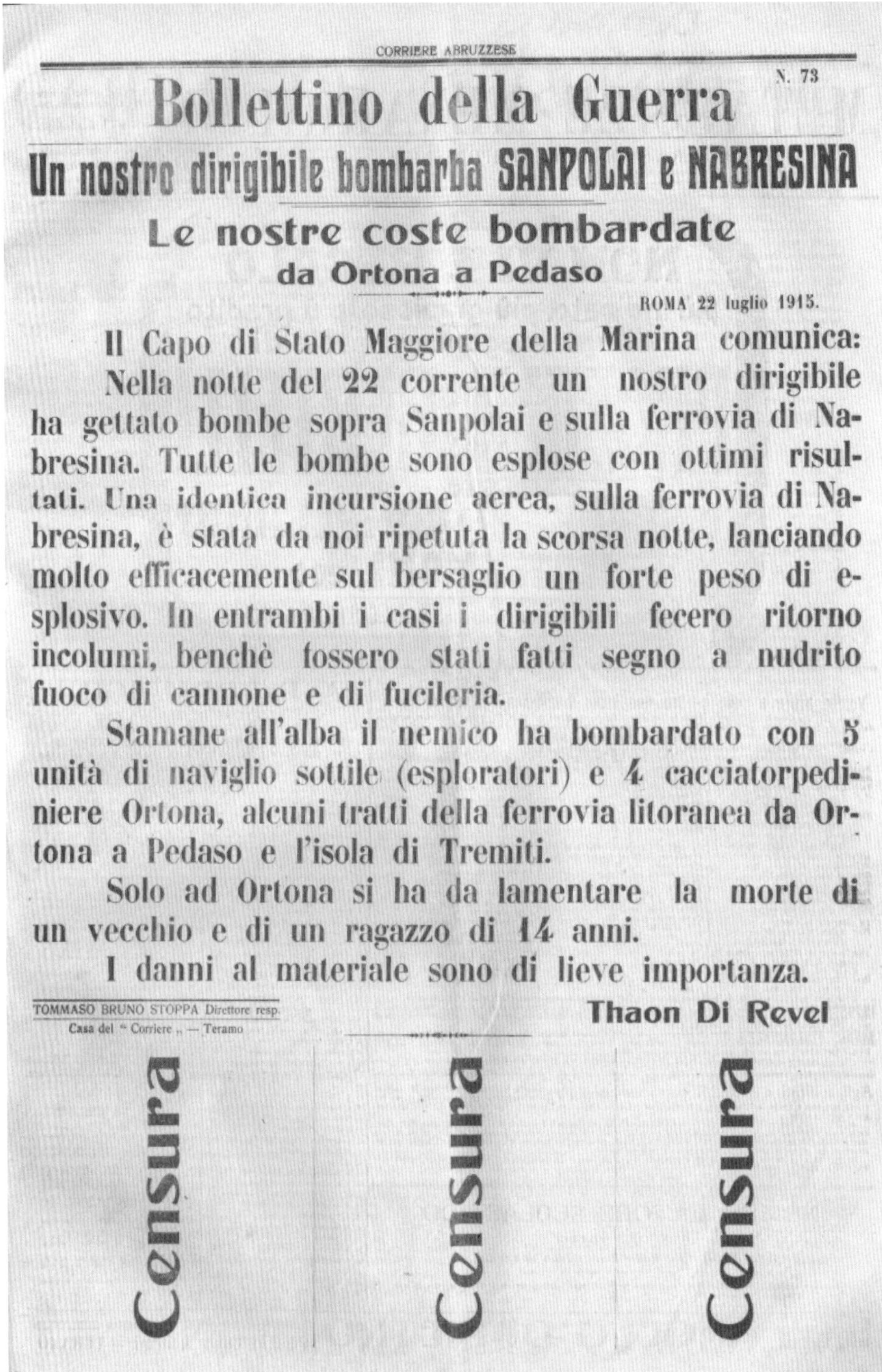

CORRIERE ABRUZZESE

N. 73

Bollettino della Guerra

Un nostro dirigibile bombarba SANPOLAI e NABRESINA

Le nostre coste bombardate
da Ortona a Pedaso

ROMA 22 luglio 1915.

Il Capo di Stato Maggiore della Marina comunica:

Nella notte del 22 corrente un nostro dirigibile ha gettato bombe sopra Sanpolai e sulla ferrovia di Nabresina. Tutte le bombe sono esplose con ottimi risultati. Una identica incursione aerea, sulla ferrovia di Nabresina, è stata da noi ripetuta la scorsa notte, lanciando molto efficacemente sul bersaglio un forte peso di esplosivo. In entrambi i casi i dirigibili fecero ritorno incolumi, benchè fossero stati fatti segno a nudrito fuoco di cannone e di fucileria.

Stamane all'alba il nemico ha bombardato con 5 unità di naviglio sottile (esploratori) e 4 cacciatorpediniere Ortona, alcuni tratti della ferrovia litoranea da Ortona a Pedaso e l'isola di Tremiti.

Solo ad Ortona si ha da lamentare la morte di un vecchio e di un ragazzo di 14 anni.

I danni al materiale sono di lieve importanza.

Thaon Di Revel

TOMMASO BRUNO STOPPA Direttore resp.
Casa del "Corriere" — Teramo

Censura

Censura

Censura

Bollettino di guerra di attacco di dirigibile italiano (Archivio: R. Carbonera)

I nostri dirigibili più vicini al fronte erano di base a Campalto (Venezia) dove assicuravano la tutela della città lagunare, garantivano supporto alle nostre truppe operanti sul fronte dell'Isonzo ed infine impiegati in missioni che colpirono ripetutamente obiettivi austro-ungarici sul fronte terrestre e su Pola e Trieste su quello marittimo.

Col passare del tempo le gesta dell'aviazione nella Grande Guerra mutarono radicalmente con l'avvento dell'aeroplano che ebbe funzioni di ricognitore, bombardiere e cacciabombardiere. Quel nuovo strumento di guerra creò stupore ed entusiasmo anche nei confronti degli stessi piloti, molti dei quali divennero leggendari. Quel loro modo cavalleresco di guerreggiare generò verso di loro un fascino inusuale rispetto a coloro che il nemico lo combattevano a terra. Francesco Baracca, l'*Asso degli Assi,* in una lettera alla madre scrisse: «*È all'apparecchio che miro, non all'uomo*» ed era un po' sentimento unanime quello dei piloti che sovente, dopo un abbattimento, atterravano per andare a sincerarsi delle condizioni del nemico e questa loro sensibilità fece in modo che si venisse a creare il mito del soldato-aviatore «dove valevano ancora l'uomo solo e la bravura personale, i codici dell'onore e della generosità»[145].

Con l'ingresso dell'aeroplano, novità assoluta di progresso e tecnologia, la guerra aerea divenne un valore aggiunto rispetto a come era stata concepita prima di allora e in diverse circostanze cambiò le sorti delle battaglie.

L'hangar dei dirigibili di Campalto (Venezia) *(Fonte: M. Rigato)*

[145] M. Isnenghi, G. Rochat, *Le Guerre degli Italiani,* op. cit., p. 213.

Bombardiere "Caproni CA4" (Archivio: M. Rigato)

Corrispondenza

Lettera del maggiore Francesco Baracca inviata alla madre il 19 novembre 1917: «Ora mi trovo a Padova assai bene, abbiamo occupato, vicino al campo, una ricchissima villa, dove abbiamo acceso il primo termosifone, notte e giorno, e vi abito da proprietario: tutti sono fuggiti da qua e Padova è spopolata, vi è più posto per noi. Le notizie dal fronte sempre più buone; i tedeschi attaccano a dense masse e se ne fanno mucchi di cadaveri e non riescono a sfondare le linee. Qui si crede che presto la loro offensiva sarà sospesa, e si spera di ricominciare poi noi di nuovo la marcia in avanti ed ho molta fiducia di ritornare in primavera al mio campo di Santa Caterina. Avete già avuto notizia della mia ultima vittoria: la 28^, tragico e spaventoso scontro. Ero in crociera il 15 sull'alto Piave, sulle colline di Montello. Vidi un punto nero lontano, sui 4.300 metri; veniva da Conegliano verso Susegana alle 12.30 e continuò su Treviso; era nemico, girai dietro e incominciai l'inseguimento. Mi avvicinavo e l'aeroplano ingrandiva; a una certa distanza riconobbi l'«Aviatik» tedesco; accostai con la mia solita rapidissima manovra sotto il suo fuoco; si difese bene, ma, dopo un 120 colpi, vidi le fiamme a bordo e incominciò a scendere; vidi l'aeroplano avvolto dalle fiamme a 4.000 metri; gli aviatori si gettarono fuori e l'Aviatik precipitò vicino al campo di Istrana (Treviso). Scesi subito e dopo pochi minuti ero sul luogo. Gli aviatori tedeschi erano due tenenti di aspetto molto distinto; uno di essi aveva anelli d'oro, la fede matrimoniale ed un ritratto di donna in un astuccio di pelle; aveva la croce di ferro, decorazione di guerra tedesca. Conservo dell'apparecchio le due mitragliatrici, i tubi del timone bruciato, la macchina fotografica. Vi è poca attività da qualche giorno; parto spesso guidando forti pattuglie di 4 e 5 piloti e percorriamo le linee: guai a chi ci capita in mezzo! C'è, dall'altra parte, la pattuglia del capitano Bramowshy che ha abbattuto 22 nostri aeroplani: vola su un «Albatros» da caccia a due mitragliatrici, tutto rosso; ma non c'incontriamo mai.

Francesco».[146]

Tra glia assi dell'aviazione italiana, indubbiamente vi è la figura del Maggiore Francesco Baracca, medaglia d'oro al valor militare, il più noto degli aviatori italiani della Grande Guerra. Abbatté 34 aerei nemici, il primo il 7 aprile 1916 sopra il cielo di Gorizia, località Medeuzza, (prima vittoria in assoluto dell'aviazione italiana) e gli ultimi due il 15 giugno 1918 a Borgo Malanotte (Treviso). Precipitò con l'aereo in fiamme nel corso di una missione di mitragliamento a bassa quota sul Montello il 19 giugno 1918, ma venne ritrovato il 23 in località «Busa delle Rane» di Nervesa (Treviso) accanto ai resti del velivolo. Il corpo era ustionato in più parti e presentava una ferita da pallottola alla tempia destra.

Opera in prosa

Notturno (1916)

Ho gli occhi bendati. / Sto supino sul letto, / col torso immobile, / col capo riverso, / un poco più basso dei piedi. / Sollevo leggermente le ginocchia per dare inclinazione alla tavoletta che v'è posata. / Scrivo sopra una stretta lista di carta che contiene una riga. / Ho tra le dita un lapis scorrevole. / Il pollice e il medio della mano destra, / poggiati su gli orli della lista, / la fanno scorrere via via che la parola è scritta. / Sento con l'ultima falange del mignolo destro l'orlo di sotto e me ne servo come d'una guida per conservare la dirittura. / I gomiti sono fermi contro i miei fianchi. / Cerco di dare al movimento delle mani una estrema leggerezza in modo che il loro giuoco non oltrepassi l'articolazione del polso, / che nessun tremito si trasmetta al capo fasciato. / Sento in tutta la mia attitudine la rigidità di uno scriba egizio scopito nel basalte. / La stanza è muta d'ogni luce. / Scrivo nell'oscurità. / Traccio i miei segni

[146] http://frontedelpiave.info/public/modules/Fronte_del_Piave_article/Fronte_del_Piave.

nella notte che è solida contro l'una e l'altra coscia come un'asse inchiodata. / Imparo un'arte nuova. / Quando la dura sentenza del medico mi rovesciò nel buio, / m'assegnò nel buio lo stretto spazio che il mio corpo occuperà nel sepolcro, / quando il vento dell'azione si freddò sul mio volto quasi cancellandolo e i fantasmi della battaglia furono d'un tratto esclusi dalla soglia nera, quando il silenzio fu fatto in me e intorno a me, / quando ebbi abbandonata la mia carne e ritrovato il mio spirito, / dalla prima ansia confusa risorse il bisogno di esprimere, / di significare. / E quasi subito mi misi a cercare un modo ingegnoso di chiudere il rigore della cura e d'ingannare il medico severo senza trasgredire i suoi comandamenti. / M'era vietato il discorrere e in ispecie il discorrere scolpito; né m'era possibile vincere l'antica ripugnanza alla dettatura e il pudore segreto dell'arte che non vuole intermediari o testimoni fra la materia e colui che la tratta. / L'csperienza mi dissuadeva dal tentare a occhi chiusi la pagina. / La difficoltà non è nella prima riga, / ma nella seconda e nelle seguenti. / Allora mi venne nella memoria la maniera delle Sibille che scrivevano la sentenza breve su le foglie disperse al vento del fato. / Sorrisi d'un sorriso che nessuno vide nell'ombra quando udii il suono della carta che la Sirenetta tagliava in liste per me, stesa sul tappeto della stanza attigua, al lume d'una lampada bassa»[147]. *(Gabriele D'Annunzio)*

Gabriele D'Annunzio fu un fervente interventista e allo scoppio della guerra non si risparmiò con le sue orazioni per indurre l'Italia ad essere parte integrante del conflitto.

Il poeta malgrado avesse compiuto 52 anni di età, chiese ed ottenne il reintegro in servizio. Il *poeta soldato* partecipò attivamente alle battaglie, prendendo parte alle operazioni militari: quelle più importanti sono certamente la Beffa di Buccari e il volo su Vienna, ma la missione di volo che invece resterà indelebile nel suo corpo è quella del 16 gennaio 1916 quando, a seguito di un ammaraggio, colpì violentemente con il viso l'impugnatura della mitragliatrice e rimase ferito agli occhi perdendo completamente l'occhio destro. Per evitare di perdere completamente la vista dovette restare a letto per due mesi. In quella circostanza scrisse, al buio, Notturno.

[147] https://edileteraria.wordpress.com/2018/03/03/gabriele-dannunzio-il-notturno/.

Caccia 28° Squadron inglese (Fonte: Storia Illustrata)

Albatros tedeschi (Fonte: Storia Illustrata)

Caccia italiani (Fonte: vicenzareport)

«Non la terra opaca li copre, li circonfonde la luce sempiterna del sangue che essi ristagnarono e taluni, prima di morire, ebbero una sorta di aureola dall'irradiazione stessa della ferita medicata. A taluni, prima di morir la fascia pietosa fu quasi diadema glorioso»

(Gabriele d'Annunzio)

CAPITOLO VIII

LA MEDICINA NELLA GRANDE GUERRA

Nel corso della Grande Guerra i soldati, oltre a combattere il nemico, furono costretti a fare i conti con i traumi che gli scontri con il nemico comportavano: ferite e malattie. Le infezioni erano all'ordine del giorno e la medicina non era al passo con quel genere di patologie. Le schegge delle granate procuravano ferite molto profonde e facilmente infettabili. Non erano da meno i colpi inferti con le baionette e le ferite da arma da fuoco causate nei luoghi insalubri in cui vivevano i soldati. Essi, infatti, combattevano in campi fangosi e vivevano in aree malsane. Molti dei soldati feriti vennero ricoverati oltre che nei nosocomi situati nelle retrovie anche su navi e treni ospedale. Per il trasporto furono impiegate autoambulanze, teleferiche, slitte e persino gli aerei con le barelle opportunamente agganciate alle carlinghe.

Nel giugno 1915 il Regio Esercito disponeva di 24.000 posti letto al fronte (ospedaletti someggiati da 50 letti, ospedali da campo da 100 e 200 letti) e di oltre 100.000 nelle retrovie e nel paese. Gli ufficiali medici erano circa un migliaio, ma questa organizzazione si rilevò subito tragicamente insufficiente[148].

Nel 1916 i medici militari in zona di guerra erano circa 8 mila e altri 6 mila operavano nelle retrovie; nel 1918 toccarono quota 18 mila. Per contro, l'esercito entrò in guerra con 770 ufficiali medici in servizio effettivo[149].

La carenza numerica dei quadri rappresentò una delle maggiori e più gravi difficoltà da sormontare e per questo nell'aprile del 1916 furono mobilitati ancora tutti i medici delle classi dal 1870 al 1875 e, dopo una

---

[148] M. Isnenghi, G. Rochat, *Le Guerre degli Italiani,* op. cit., p. 260.

[149] https://aemmedi.it/guerra-e-medicina-la-prima-sviluppa-la-seconda/.

scrupolosa revisione degli elenchi di quelli riformati, si fece ricorso a coloro che appartenevano a quelle del 1874, 1876, 1878, 1881 e 1884. Nel mese successivo, a causa delle carenze dovute al personale medico per malattie, ferite e decessi al fronte vennero assunti in servizio, col grado di aspirante ufficiale medico, gli studenti dell'ultimo biennio di medicina previo corso di istruzione all'Università castrense di San Giorgio di Nogaro (Udine). Presso quell'Università da campo venne organizzato un corso di quattro mesi al quale parteciparono 366 studenti[150].

Questi giovani fecero la triste esperienza medica nel grande mattatoio della guerra, nelle immediate retrovie dei campi di battaglia e così costretti ad intervenire su quei corpi martoriati a cucire, curare, salvare, perché serviva oltremodo carne da macello, masse di uomini da mandare all'assalto per argine e fermare *lo straniero*. Al termine del conflitto al fronte si trovavano 96 sezioni sanità, 234 ospedali da 50 letti, 167 da 100 letti, 46 da 200 letti, 9 ambulanze chirurgiche, 17 radiologiche e 38 sezioni disinfezione[151], certamente un passo, visto che agli inizi de '900 «la medicina era ancora cosa poco conosciuta e altrettanto poco si faceva per incrementarne gli studi. Solo in Germania si era passato, dal secolo precedente, ad una copertura assicurativa obbligatoria. In Gran Bretagna, invece, il controllo della medicina da parte dello Stato era appena cominciata: si incominciava a parlare della National Health Insurance, ma solo per gli uomini che guadagnavano meno di due sterline alla settimana. [...] Il campo della medicina non era stato ancora toccato dalla scienza. [...] I raggi X, quasi non si usavano, non esistevano antibiotici e il trattamento della malattia era ancora basato sulla tradizione dell'erboristica. Vi era una grande novità, ma non da tutti approvata, la trasfusione di sangue. [...] Quando il conflitto cominciò non c'erano mezzi adeguati a soccorrere i feriti. Basti pensare che in tutto l'impero britannico esistevano poco più di quindicimila posti letto per una guerra che, purtroppo, vide più di seicentomila ammalati e due milioni di feriti inglesi. [...] Alla fine della guerra, il Servizio Medico Britannico contava ben centocinquantamila persone e più di sei centotrentamila posti letto. Nei campi di Francia le piaghe spesso si infettavano, i casi di cancrena e di tetano erano frequenti. Solo dopo due anni si capì, finalmente, che la cura migliore consisteva nel trasferire rapidamente all'ospedale i feriti e amputare i tessuti morti. La radiografia delle ossa diventò prassi ricorrente e la chirurgia ortopedica fu una specializzazione

---

150 F. FERRAIOLI, *Giornale di Medicina Militare,* Anno 118, Fascicolo 6, Novembre-Dicembre, Servizio Sanitario dell'Esercito, Roma, 1968, p. 504.
151 M. ISNENGHI, G. ROCHAT, *Le Guerre degli Italiani,* op. cit., p. 261.

assai sviluppata, che portò alla fondazione della British Orthopaedic Society nel 1918. Il dieci per cento delle ferite era alla testa, nonostante la protezione degli elmetti di acciaio. La chirurgia degli occhi, della faccia, dell'orecchio, del naso e della gola, nonché la chirurgia del cervello e la chirurgia plastica ebbero rapido sviluppo sotto il punto di vista della guerra, e molti medici chirurghi davvero specializzati. Le infezioni uccisero più della metà dei feriti allo stomaco. Sarebbero state salvate molte persone, se si fosse creato un servizio per le trasfusioni di sangue. [...] Come nelle guerre precedenti, le malattie provocarono più perdite di quanto ne infliggesse il nemico. Grazie al controllo delle malattie portate dall'acqua (colera, tifo, dissenteria) pervenute con la clorazione dell'acqua potabile, si incominciava ad intravedere un miglioramento, si diede così inizio alla immunizzazione del tifo. [...] Non vi è da trascurare la percentuale dei casi di malattie veneree, la cui cura era primitiva. Poi erano molto frequenti i casi di epatite trasmessa da aghi non bene sterilizzati. [...] Ben diecimila furono i morti per l'inalazione del gas nervino. Dopo circa un'ora che si erano respirati questi gas, essi bruciavano la pelle oppure colpivano i polmoni e le vie respiratorie. Polmonite e pleurite provocavano la morte o la distruzione permanente del tessuto polmonare. La guerra chimica stimolò enormemente le ricerche, che contribuirono allo sviluppo della biochimica e della farmacologia. Furono scoperti nuovi farmaci tra cui lo iodobismutato di emetina, una delle cure più potenti della dissenteria amebica. Lo sviluppo dell'aeronautica stimolò fortemente lo studio di funzioni del cuore e dei polmoni»[152].

Ai soldati vennero dettate delle norme comportamenti e dotati di un kit nel caso fossero rimasti feriti «si trattava di curioso regolamento che veniva consegnato ad ogni combattente insieme al kit di medicazione che comprendeva garze sterilizzate, bende e tintura di iodio, ma che negli anni si completò di maschera antigas e occhiali protettivi a causa dell'uso massiccio di nuovi e orribili strumenti di morte, come le armi chimiche. [...] La grande guerra fu la causa di circa 26 milioni di vittime tra civili e militari e di quasi altrettanti feriti e mutilati. Senza contare quanti rimasero offesi da epidemie violente o da turbe psichiche.

La mortalità tra gli infermi era molto alta non soltanto per le scarse conoscenze mediche dell'epoca e l'impossibilità di sfruttarle appieno nella

[152] AA.VV., *La Prima Guerra Mondiale, Le Strategie del Generale Cadorna*, S. Di Fraia Editore, 2001, Brugherio (Milano), pp. 111-116.

zona del fronte, ma anche per le precarie condizioni igienico-sanitarie, spesso all'origine di infezioni ed emorragie.

Al tormento delle lacerazioni si sommavano la fatica e il freddo, che soprattutto in alta montagna non lasciava scampo ai corpi avvolti da un equipaggiamento inadeguato e questo aiutò la diffusione di germi, batteri, virus e il primo conflitto mondiale divenne ben presto fucina di nuove patologie, come la febbre da trincea, il piede da trincea e il tifo petecchiale trasmesso dai pidocchi che infestavano abiti e coperte, rendendo così necessario ai vari reggimenti l'adozione di un apposito manuale d'uso degli spidocchiatoi da campo»[153].

Nella relazione "I primi principi antisettici durante la grande guerra", Ada Fichera scrive: «Durante la Grande Guerra ad uccidere i soldati, più delle ferite riportate, erano le infezioni. Per tale ragione, la medicina in quel periodo ha registrato i primi passi verso l'uso di disinfettanti e antisettici ancora usati ai giorni nostri. I decessi, durante il conflitto, avvenivano soprattutto per l'infezione delle ferite provocate dalle schegge di granata. Tetano, setticemia, cancrena erano all'epoca tra le cause più diffuse di morte, proprio perché non esistevano ancora gli antibiotici e l'igiene nelle trincee e negli ospedali da campo era scarsa.

Inoltre molti combattimenti sul fronte si svolgevano in zone di campagna, in campi concimati con stallatico e un soldato ferito che cadeva a terra era quasi sicuro di infettarsi. [...] La prima forma di medicazione fu il cosiddetto Liquido di Dakin-Carrel dai nomi del premio Nobel il francese Alexis Carrel, chirurgo e biologo francese, che vinse il premio Nobel e del chimico americano Henry Dakin. Grazie a quella soluzione, la mortalità dei soldati feriti era passata dal 90 per cento al 10-15 per cento»[154].

Nel corso del Primo conflitto mondiale si utilizzarono fucili, baionette, tirapugni, pugnali, cannoni, bombarde, mortai, mine, mazze ferrate, lanciafiamme e quant'altro di micidiale per distruggere gli uomini al fronte, ma in quel periodo venne impiegata anche un'altra subdola arma, quella dei gas venefici e Giorgio Mantovani ne «Il centenario della guerra '14-18: una paradossale occasione per lo sviluppo della medicina...», ne fa menzione nell'interessante articolo che segue. «Durante la grande guerra furono sviluppati non pochi gas – lacrimogeni, irritanti, vescicanti, asfissianti; cloro, cianuro, fosgene, iprite – dagli effetti devastanti. [...]

[153]http://www.centenario1914-1918.it/it/2015/07/08/ferite-malattie-e-traumi-da-trincea#&gid=undefined&pid=1.

[154] https://www.difesa.it/Area_Storica_HTML/pilloledistoria/Pagine/I_primi_principi_antisettici_durante_la_Grande_Guerra.aspx.

L'iprite, il "gas mostarda", chiamato così per il caratteristico odore, descritto talvolta come puzza di aglio bruciato, talaltra di senape, venne utilizzato dagli imperi centrali contro le truppe britanniche a Ypres (Belgio) nella primavera del 1915; risultato: la British Expeditionary Force registrò, solo a Ypres, oltre 5 mila morti e oltre 10 mila furono gli intossicati dal 1915 al termine del conflitto.

La prima volta che l'esercito italiano subì gli effetti dei gas fu il 29 giugno 1916, durante l'offensiva austriaca sul Carso, a monte San Michele, quando ricevettero oltre 6 mila bombole di un composto di cloro e fosgene; e anche a Caporetto, il 24 ottobre del '17, l'offensiva austro-tedesca fu preceduta da un intenso bombardamento con proiettili caricati a gas, forse acido cianidrico.

Si stima che, in Europa, nel periodo '14-18 siano state diffuse circa 50 mila tonnellate di gas: oltre 1.200.000 coloro che ne subirono danni perpetui (enorme il numero dei ciechi), 85 mila i morti»[155].

Durante il periodo bellico si ebbe anche una ristrutturazione dell'Istituto Sieroterapico Vaccinogeno Toscano (Sclavo) con ampliamento della produzione di sieri e vaccini, specialmente per il tifo e il colera. Per quanto riguardava i combattenti, l'impegno dell'Istituto era particolarmente rivolto ai vaccini contro il vaiolo, il tetano e il tifo. Si intensificò anche la ricerca che si focalizzò sulla medicina preventiva e sulle esigenze della popolazione italiana. La carenza di medicinali, fra il 1915 e il 1918 fu paurosa e soprattutto legata al taglio dei rifornimenti di materie prime dalle fonti tradizionali. L'impegno generale era volto a produrre tutti i farmaci possibili. La Sanità Militare affidava anche a laboratori di farmacie alcune produzioni, come per esempio quella dei fialoni da ipodermoclisi. Si distinse in quel periodo la Farmacia Centrale Militare, fondata nel 1853 a Torino, che diverrà più tardi, fra le due guerre, nel 1935, l'Istituto Chimico Farmaceutico Militare con sede a Firenze. Anche gli Stati Uniti d'America si adoperarono non poco nella produzione di medicinali e prodotti ausiliari, mentre il Giappone, ad opera del dott. Katsuzaemon Keimatsu, lanciò l'antisifilitico Arsemin, un prodotto a base di arsenico contro la sifilide di cui molti militari erano infettati[156].

«Anche il pronto soccorso e la riabilitazione dei mutilati devono molto al primo conflitto mondiale. Presso l'Istituto Ortopedico Rizzoli di Bologna e l'Istituto Elioterapico Codivilla di Cortina d'Ampezzo si curava, si

---

155 https://aemmedi.it/guerra-e-medicina-la-prima-sviluppa-la-seconda/.

156 http://www.farmacista33.it/cont/download-center-files/28418/parte-medicine-grande-guerra-x31379allp1.pdf.

realizzavano protesi e si praticava la riabilitazione per i soldati mutilati tornati dal fronte. [...] In quegli anni Marie Curie (1867-1934) sostenne l'uso delle unità mobili di radiografia (le Pétites Curie, per i francesi) quale strumento di diagnosi e pronto intervento per i soldati feriti (in Italia ci furono le apparecchiature radiografiche someggiate; quelle motorizzate su ruote arriveranno solo nel 1917). [...] Pure la chirurgia plastica mosse i primi passi nella grande guerra: nacquero laboratori specializzati, a metà fra studio medico e atelier artistici, per ridare una fisionomia ai soldati deturpati realizzando maschere facciali.

Nell'ospedale di Sidcup, nel Kent, ove operava, durante la guerra e negli anni successivi migliaia di soldati sfigurati vennero ricoverati per essere curati e ritrovare un'identità. [...] Per quanto riguarda l'Italia, il Giornale di medicina militare, ricordando il grande conflitto (maggio 2015), rammenta che all'entrata in guerra la Croce Rossa italiana militarizzò immediatamente il suo personale, forte di 9500 infermieri e 1200 medici, con 209 apparati logistici tra ospedali territoriali, attendamenti, autoambulanze e treni ospedale. I medici impegnati al fronte sono spesso sottoposti agli stessi rischi dei soldati combattenti e non di rado i posti in cui operano sono stati oggetto di bombardamenti che inevitabilmente produssero ancora morti e feriti, molti dei quali furono quelli del personale della sanità. Ma la loro opera fu instancabile se si tiene anche in considerazione che si adoperarono non solo per medicare le ferite dei soldati del proprio esercito, ma si prodigarono anche per soccorrere il nemico rimasto ferito sui campi di battaglia. «Il dramma continuava nel posto di medicazione in trincea, una buca ancora sotto il fuoco nemico dove i feriti ricevevano le prime cure, poi, dopo un penoso trasporto a spalle o in barella, nell'ospedaletto più avanzato, dove i medici stravolti dalla fatica praticavano gli interventi più urgenti e facevano una selezione tra i feriti leggeri che potevano attendere, quelli che potevano essere operati subito e quelli per cui non c'erano speranze, lasciati a morire con un cappellano e una fiala di morfina (quando c'erano)»[157].

Gli angusti luoghi in cui operavano i medici e infermieri fungevano sia da astanteria che sala operatoria e, contemporaneamente, pure da farmacia in quanto vi erano medicinali, bende, seghe ma anche da punto di raccolta per la presenza di secchi di sangue e rifiuti di ogni genere.

In quei luoghi era facile anche infettarsi e l'organizzazione sanitaria fu costretta a realizzare un servizio igienico-profilattico che fosse all'altezza

[157] M. Isnenghi, G. Rochat, *Le Guerre degli Italiani,* op. cit., p. 233.

di contrastare le infezioni, ma soprattutto adeguato alle esigenze connesse con la prevenzione e la difesa contro le malattie che trovarono il nostro esercito impreparato, come avvenne verso la fine di luglio del 1915 quando si manifestarono i primi casi di colera «fra le truppe della III Armata sull'Isonzo e dovuti al contagio contratto nell'occupazione di trincee nemiche infette e furono il primo stimolo all'istituzione di quella difesa sanitaria dell'Esercito del Paese, che in breve si affermò come concezione del tutto italiana e che fu ammirata da tutte le missioni straniere. [...] Per assicurare il funzionamento sistematico e permanente del servizio di disinfezione, fu creata un'apposita unità mobile la Sezione di Disinfezione. [...] A completare l'organizzazione profilattica nelle prime linee, vennero pure istituiti Campi di Bonifica, con impianti di bagni, docce, attrezzature per disinfezione e disinfestazione, nei quali erano accolte le truppe al termine dei turni di trincea, o comunque, quando per ragioni particolari fossero da sottoporre a vigilanza igienica.

Un'analoga organizzazione profilattica funzionava per quelle altre collettività (operai, borghesi, profughi, prigionieri), che si venivano a trovare nella zona delle operazioni, a contatto con le truppe: particolarmente rigorosa, nei riguardi dei prigionieri di guerra. [...] Vaccinazioni di massa – oltre antivaiolose, per la prima volta nel nostro esercito, anche antitifo - paratifiche ed anticoleriche – vennero praticate alle truppe.

Una energica azione difensiva si rese necessaria contro la malaria, per un suo vivace risveglio tra le truppe combattenti dislocate sul litorale adriatico e specialmente fra quelle dei fronti macedone ed albanese che portò al 1918 alla denunzia di ben 85.032 casi, dei quali 29.382 rappresentati da forme primitive. [...] Per le truppe operanti in zona malarica vennero impiantate infermerie speciali nella stessa zona di guerra, onde non sottrarre al fronte notevoli contingenti di combattenti, insieme ad ospedali per malarici e a grandi convalescenziari; in zona territoriale, vennero istituite sezioni ospedaliere per malarici e depositi di convalescenza in zone alpestri e salubri»[158].

Il servizio chirurgico nei teatri di guerra ebbe dislocati unità e personale specializzato fino alle prime linee. Questo fece sì che si potesse intervenire con prontezza nei soccorsi. Le sezioni di sanità, le ambulanze chirurgiche e radiologiche furono portate a breve distanza dal fronte[159]. Infatti, a causa dei prolungati assalti il numero dei feriti aumentava in modo esponenziale

---

[158] F. FERRAIOLI, *Giornale di Medicina Militare,* op. cit., pp. 509-512.
[159] *Ivi*, p. 510.

e quindi si creava la necessità di un celere sgombero dei luoghi di raccolta dei colpiti e questo, per le località più impervie, avveniva con l'utilizzo di slitte e di teleferiche, ma non solo. Furono impiegati pure «mezzi fluviali, lagunari e più tardi anche mezzi aerei, utilizzando le carlinghe con barelle comode sospese opportunatamente. [...] Si moltiplicarono i treni attrezzati, sempre più trasformandoli in finiti treni ospedali»[160]. Alla conclusione del conflitto, poi, «il Servizio Sanitario Militare dette il suo più valido concorso negli aiuti alle popolazioni civili delle terre liberate dopo le tante sofferenze e privazioni patite, portando rapido ed efficace soccorso, con personale e con mezzi, a moltitudine di fanciulli, di donne, di vecchi, denutriti, colpiti dalla malaria, dal tifo, dalla dissenteria. Seguendo la ritirata del nemico, si irradiarono nelle terre redente le Sezioni di Sanità, gli Ospedali da Campo, le Sezioni di disinfezione, prodigando alle popolazioni i soccorsi più urgenti e più premurosi»[161].

Al termine della guerra si contarono le perdite del personale della sanità che andavano dagli ufficiali medici ai barellieri, dagli infermieri agli ambulanzieri e alle crocerossine. Tutti, mentre si donavano per il fratello ferito, mescolarono il loro sangue con quello del soldato che in quel momento era da loro accudito amorevolmente e che, seppur consapevoli del rischio a cui andavano incontro, non abbandonarono fino all'estremo sacrificio della loro stessa vita. Le trascrizioni che seguono sono relative ad alcuni appunti diaristici di soldati, medici ed infermiere.

Centrale di dolore

Giulio Bazini, mitragliere appartenente alla 577ª compagnia mitragliatrici Fiat, annotò: «L'ospedaletto in cui il ritmo non si era allentato che di poco durante la notte, cominciò a rianimarsi intensamente verso l'alba per l'assestamento e cura dei feriti giunti nella notte, mentre iniziavano le partenze, da quella "centrale di dolore", dei feriti smistati e indirizzati verso l'interno. [...] Di frequente, sopra una delle tante barelle allineate in terra veniva steso un lenzuolo a coprire l'infelice che vi giaceva immobile per sempre. Un disgraziato che non aveva resistito al male: era spirato solo, su quell'arsa rossa pietraia, fra tanta umanità dolorante e lungi dagli affetti che avrebbero potuto procurargli almeno un prezioso ultimo conforto. Non bastava certo il pietoso e coraggioso cappellano a rendere meno duro il

[160] A. Gibelli, *L'officina della guerra. La Grande Guerra e le trasformazioni del mondo mentale*, Bollati Boringhieri Editore, Torino, 2015, pp. 111-112.
[161] F. Ferraioli, *Giornale di Medicina Militare,* op. cit., p. 514.

trapasso per tanti moribondi. Cominciavano a giungere ambulanze di ogni genere e carri attrezzati per l'urgente sfollamento»[162].

Si spara anche sulla Croce Rossa

Don Giovanni Minzoni, riportava sul diario: «Per 30 metri dovetti passare allo scoperto a 250 metri davanti alle trincee nemiche. Mostrai la croce rossa al braccio ma a nulla giovò perché mi accolsero con fucilate che mi caddero a destra, a sinistra, sotto i piedi, sopra la testa senza toccarmi. Fui salvo proprio per grazia della Madonna. Ora sono convinto che gli austriaci sparano anche sulla Croce rossa»[163].

Ambulanze

Il Capitano medico britannico Maberly Esler riferisce che anche le ambulanze erano utilizzate come sale operatorie: «L'ambulanza da campo poteva arrivare in qualsiasi momento del giorno o della notte. [...] Su quei veicoli si potevano eseguire piccole operazioni. [...] Laggiù si decideva chi doveva tornare a casa, chi poteva rientrare alla sua unità e chi doveva essere trasferito in ospedale»[164].

Uno smisurato afflusso di uomini e materiali

Il Capitano medico Gregorio Soldani della Brigata Casale registra nel suo diario ciò che vide all'arrivo a Palmanova (Udine): «A Romans ho incontrato S.M.; a Versa ho cominciato a trovare il primo accampamento di una truppa e vicino al ponte sul Torre era un intiero reggimento di Fanteria (...). Dopo il ponte sul Torre la prima fila di carri di fieno; quanti saranno stati? Non so; certo non meno di 100. Subito dopo un intiero spedale da campo carreggiato, che veniva in zona di guerra. Poi un altro reggimento di Fanteria ed altri carri di fieno.

Tutto questo senza contare centinaia e centinaia di camions che andavano e venivano da Palmanova. Visco nuovo attendamento di un altro reggimento di Fanteria; poco più in là una lunga fila di carri di artiglieria carichi di proiettili. Così, fermandosi 100 volte per far posto, siamo giunti a Palmanova dove si è dovuto fare una lunga sosta, mettendosi in coda a

---

162 https://www.lagrandeguerrapiu100.it/testimonianze/" fuga" -dalla-trincea-le-retrovie-e-la-scrittura-tra-i-soldati.

163 https://www.lastampa.it/cultura/2017/12/03/news/cappellani-militari-nella-grande-guerra-1.34078662.

164 J. LEVINE, *Somme, Voci dall'Inferno*, op. cit., p. 261.

numerosi veicoli che aspettavano il loro turno per entrare nella stretta porta in città»[165].

Crocerossine

Tante sono le testimonianze delle crocerossine e volontarie che si prodigarono diuturnamente nell'accudimento dei soldati feriti. Alcuni dei loro racconti sono veramente commoventi: «Pochi giorni [fa] in corsia avevo appunto un settuagenario e nei primi giorni che ero a Caltrano ho avuto due maschietti, uno di 12 e l'altro di 15 anni; erano stati feriti dallo scoppio di una mina. Il primo era tanto tanto carino, e ogni tanto piangeva; bisognava proprio fargli da mamma. Io gli chiesi "ma quando sei guarito ci vuoi ritornare sul Paù a lavorare?" e lui tutto spaventato agitando la manina incolume mi rispose: "No no no! Voglio stare sempre a casa mia". È rimasto spaventato dallo scoppio»[166].

Augusta Boniotti, attiva presso l'ambulanza chirurgica di Pieris (GO): «I feriti giungono numerosissimi, alcuni impazziti, altri terrorizzati, tutti sgomenti, sconvolti, con gli abiti inzuppati di sangue e infangati»[167].

Maria Roncali e Maria Navoni, curando i colpiti da gas (8.000 soldati nella Strafexpedition): «Come ubriachi, con gli occhi stravolti, la schiuma alla bocca, il respiro affannoso»[168].

Sita Camperio Mejer, decorata nel 1935 con la prestigiosa Medaglia *Nightingale*, nel maggio 1917 scriveva: «Grande lavaggio di piedi e di gambe incrostate di terra del Carso. Ci vuole la benzina per giorni e giorni. Un padre di famiglia muore prima di essere portato in ambulanza, colpito al midollo spinale. Rami divelti dagli alberi per guanciale, visioni macabre; non ci sono letti sufficienti. Continuo arrivo di feriti gravissimi, quasi tutti padri di famiglia. Uno strazio. Ringraziano sempre. Pare che il nemico miri il ponte sull'Isonzo, poco lungi dall'Ospedale. I feriti sono terrorizzati. Molti arrivano irriconoscibili col viso imbrattato di sangue… i ratti entrati dalla finestra. Spirato un padre di sei figli, ferito all'addome. Un ferito da bomba a mano: accecato, senza mani, ustionato su tutto il corpo. 24 Maggio 1917. Terzo anniversario. Arrivo di molti feriti sporchi e laceri. Terra rossiccia e attaccaticcia del Carso. Calze attaccate come da colla. Estremità gonfie e piagate. Uno sfracellato muore dopo poche ore.

[165] https://www.lagrandeguerrapiu100.it/testimonianze/" fuga" -dalla-trincea-le-retrovie-e-la-scrittura-tra-i-soldati.

[166] AA.VV., *L'Alfabeto della Grande Guerra*, op. cit., p. 31.

[167] M. BRUNO, Donne in guerra 1915-1918, https://mariobruno.net/2021/10/13/donne-in-guerra-1915-1918/.

[168] M. BRUNO, Donne in guerra 1915-1918, https://mariobruno.net/2021/10/13/donne-in-guerra-1915-1918/.

27 Maggio 1917. Rimango sola con una quarantina di feriti, dei quali quattro gravissimi e condannati a morire. Un ferito tagliato nella schiena dalla nuca alle reni, cosciente di dover morire. Il tenente Bedoni peggiora: "Sorella, mi dia un revolver per finir presto". Urla di belve feroci in sala di medicazione: è finito il cloroformio! Mentre sostengo un moribondo di setticemia scoppiano cinque granate, una a pochi metri dall'Ospedale. Cascano sassi e schegge in reparto rompendo i vetri.
5 Giugno 1917. Scoppi: si teme sia la polveriera. I feriti sono terrorizzati, tentano di scappare, alcuni su una sola gamba: macabra visione di monconi, bende sfilate e imbrattate di sangue, camicie slegate che mostrano schiene magre e piagate. Si sente quel terribile puzzo di cancrena che vaga in corsia. Come potrò tornare nel mio mondo che balla e si diverte? No, non potrò mai più ballare dopo aver visto tanto soffrire; mi parrebbe una profanazione».

Margherita Adele dei marchesi d'Incisa di Camerano e Santa Giulia (nata nel 1879), dopo gli orrori visti negli ospedali, tornata da Villa Vicentina a Torino, scriveva sul suo diario: «La vita normale, le tonalità chiassose, le conversazioni futili, tutto mi urta. I teatri e i cinematografi sono gremiti. Non capisco come si abbia il cuore a divertirsi, mentre tanta gente soffre e muore e tante famiglie sono nel dolore.
29 Giugno 1917. Giornata torrida; i feriti sono divorati dalle mosche che vengono dalle stalle dei muli, dietro l'Ospedale.
30 Giugno 1917. Abele Sghizzi operato allo sterno, tenendomi stretta la mano, mi chiama, e io "Abele, son qui. Mi riconosci?". E lui: "Mamma, ti riconoscerò anche quando sarò morto!". Morirà dopo 16 giorni.
3 Luglio 1917. Calore torrido, mosche e zanzare a migliaia. "Uno di Varese ha la cancrena avanzata del braccio e glielo amputano subito appena tolto dalla barella; l'altro sarà amputato della mano destra, e molti altri, molti altri ancora. Non oso più scrivere!".
28 Ottobre 1917. Alle sei di sera arrivo a Mestre: la stazione è nera di truppa e di profughi. C'è un'aria cupa che spira ovunque, voci di donne parlano di piedi piagati, di roba abbandonata al nemico, i bambini piangono e chiedono pane».

Maria Adelaide Corso. Belluno, Ospedale n° 28 della 4ª Armata: «Il chirurgo incide, sonda, zaffa; il paziente prorompe in un alto lamento, le sue mani scarne s'attanagliano a quelle dell'infermiera "Signora, non mi lasci, la voglio sempre vedere, io muoio! Mi faccia arrivare a casa un giorno, un giorno solo per rivedere mia madre e mio padre e poi morire;

stia accanto a me, mi vedrà morire e poi dirà a mia madre e mio padre che mi ha benedetto lei!". E ancora, "C'è un povero ferito molto sofferente. Il povero corpo è invaso ormai dalla setticemia completamente. Sono stati avvertiti i genitori e deve giungere oggi il padre dalla lontana Sardegna. Un vecchietto tutto bianco in volto, con la lunga berretta sarda in capo. L'infermiera si avvicina piano, il malato la scorge: "Questa è la signora, la signora…" e addita con la mano scarna, ma non ha forza più. Poi guarda il padre: "Adesso posso morire". Sono le ultime parole; il vecchio piange sommesso, prende la mano dell'infermiera, gliela bacia. La signora si ritrae discretamente. La mattina seguente il lettuccio è vuoto»[169].

Maria Luisa Perduca sul suo diario riportato in *Un Anno di Ospedale Giugno 1915 - Novembre 1916. Note di un'infermiera*, Treves, Milano, 1917, annotava: «È la prima volta che lascio mia madre, la mia casa, che vivo una notte, così sola col mio dovere e con la mia giovinezza. [...] In noi, spontanea, infinita, sorge come un'angoscia, come un affanno di consolare, che ci fa male [perché siamo] ancora incerte, ancora timide, in questo improvviso contatto con la realtà. [...] Tutti abbiamo perduto la nostra individualità oggi, tutti non siamo che una cellula della nazione. [...] Noi non siamo che uno sterpo, un sasso, del gran suolo d'Italia [...]. Sì eravamo diverse, più giovani, più ignare, più egoiste; ora la guerra ci ha trasmutate, maturate prima del tempo, ci ha fatte consolatrici, mamme, educatrici prima del tempo. Sento che ci ha rivelato una parte di noi che non conoscevamo, sento che stancandoci la carne, ha affinato il nostro spirito».

Tra gli scritti di Ada Andreina Bianchi, di Cavaso del Tomba (Treviso) troviamo: «Da mesi mi trovavo infermiera volontaria all'ospedale da campo 064. Prestavo servizio al IV Reparto chirurgia. Al III era volontaria Clelia Parish professoressa in chimica nella città di Cuneo. Noi due andavamo tanto d'accordo forse perché una dose di stranezza l'avevamo entrambe. Accarezzavamo il bel pensiero di inoltrare domanda per essere inviate in un ospedale da campo più avanzato, magari al fronte. [...] Eravamo fermamente decise a sacrificare tutto pur di renderci utili alla patria. Ancor più e allo stesso tempo dar prova che anche le donne hanno del sangue italiano nelle vene. Ci sentivamo dotate di tanto altruismo che i disagi a cui andavamo incontro sarebbero stati nulla al confronto dell'utilità che potevamo portare ai nostri fratelli combattenti. Il buon generale si

---

[169] M. BRUNO, Donne in guerra 1915-1918, https://mariobruno.net/2021/10/13/donne-in-guerra-1915-1918/.

commosse alle nostre proposte. I suoi consigli affettuosamente paterni furono quelli non solo di rassegnarsi in uno degli ospedali avanzati e neppure di rimanere in quello dove eravamo ma di ritornare ai nostri comitati»[170].

Il 28 maggio 1914, l'infermiera canadese Agnes Warner, che si trovava in Francia, scriveva alla madre: «Abbiamo avuto dodici pazienti in più mercoledì - sei sono usciti. Ne ho ancora quindici; erano tutti malati. Uno degli uomini è davvero particolare. Il medico lo ha messo a dieta con il latte dal primo giorno - ma lui non approvava, così è andato al villaggio e ha comprato una pagnotta di pane e prosciutto. Tra il fioraio del villaggio e la moglie di uno dei soldati ricoverati sono sempre ben fornita di rose. Vorrei poter condividere le mie ricchezze con voi. [...] C'era grande eccitazione qui, quando finalmente l'Italia ha dichiarato guerra. È terribile pensare che quei bruti lanceranno bombe su Venezia. Spero che non faranno alcun danno. Ora devo dirti buona notte, perché sono stanca. Sono sveglia alle cinque e mezza ogni mattina e raramente finisco il servizio prima delle nove di sera»[171].

Un gattino tra feriti e sfollati

Tra gli scritti di Freya Stark ci sono pure quelli del periodo della Grande Guerra alla quale prese parte in qualità di crocerossina volontaria nelle file della Croce Rossa britannica. Svolse servizio sull'altipiano carsico ed ebbe modo, così, di essere parte attiva in quel conflitto. La sua opera, infatti, non era dissimile da quella degli altri operatori di sanità. Nel periodo di permanenza in Italia, alla quale era molto legata tanto che trascorse gli ultimi anni di vita ad Asolo (Treviso) dove riposano le sue spoglie, fissò sul suo diario alcuni appunti più significativi che vanno dal suo arrivo nelle retrovie fino alla partenza dopo il disastro di Caporetto che la portò a Padova e poi a Mantova, dove venne ricostituito un ospedale. Tra i suoi appunti ce n'è uno che riguarda un gattino di nome Gabriele: «8 ottobre [1917] Stamattina Santa Comunione [...] È entrato nella corsia il gattino "Gabriele", che è passato per i letti per farsi coccolare, senza che la caposala se ne sia accorta... Sessions cammina adesso con le grucce. Oggi, discendendo per le scale, ha fatto un passo con la gamba che non ha più, ed è cascato; per fortuna non si è fatto niente.
24 ottobre da mezzogiorno il bombardamento è continuato senza pausa, un persistente rumore assordante e indescrivibile. In ogni stanza, con le

[170] https://docplayer.it/12079489-Famiglia-trentina-profuga-in-boemia-mgr-fondo-anna-maria-pala.html.
[171] http://alternativity66.rssing.com/chan-58547037/all_p1.html.

finestre aperte, è come essere su una nave con le orecchie tutte le strutture che pulsano, scricchiolano, sbattono, e di tanto in tanto un forte colpo, come se una grande onda venisse a infrangersi sulla fiancata. L'attacco è principalmente a sud, sul Carso, ma dei bagliori sono anche nel nostro settore, e alcuni anche molto vicini.
25 ottobre ci hanno detto che Cormons è in rovina. Abbiamo camminato oltrepassando convogli di grossi cannoni trainati da trattori, famiglie intere dal passo stanco cariche dei loro averi, una povera donna con due secchi di rame che camminava con fatica e singhiozzava in mezzo alla strada. [...] La confusione regna sovrana. Sembra che Caporetto sia in mano agli austriaci. C'è una fiumana di gente disperata. Soldati, cannoni, ambulanze, donne, bambini, carri e carretti carichi all'inverosimile... tutti che si ritirano.
27 ottobre [...] Abbiamo fatto tutto quello che c'era da fare: circa una dozzina di soldati zoppicanti, inzaccherati, tutti stracciati, con gli scarponi senza calze, uno con un paio di scarponi che aveva raccattato per strada. Fasciamo le ferite, li adagiamo sui materassi, diamo il cibo che possiamo. [...] Nessuno viene svestito, solo gli scarponi, per far riposare i piedi.
28 ottobre [...] Si parte alle 17.15, una sera meravigliosa. L'Ospedale è completamente vuoto [...] Al crepuscolo spunta la luna verso Cividale si nota il frastuono delle granate. Il traffico sulla strada, altre colonne, è intasato, con carabinieri che mantengono l'ordine lungo il percorso; tutti parlano, gridano, tutti sono stanchi morti. Ora si comincia davvero a provare cosa sia una ritirata. [...] Il traffico continua su tre file, e dopo venti ore sulla strada la colonna è appena a sedici chilometri da Udine. [...] Durante la notte pioggia a catinelle e vento. [...] La marea umana è in preda al panico, Udine è evacuata e tanti feriti camminano penosamente sotto la pioggia con sulle spalle coperte di ospedale.
30 ottobre [...] la pioggia è ancora battente. Si arriva a Padova all'Hotel Savoia. Le auto e le ambulanze vengono lasciate in ordine davanti alla stazione e, dopo sessantaquattro ore sulla strada, un po' di riposo e di benvenuto. [...] 1° novembre [...] La nostra unità è in partenza per Mantova [...] Ho salutato tutti. [...] Gibby ha portato con sé in un cestello "Gabriele", il micetto di Villa Trento. Buona fortuna caro...»[172].

L'infermiera britannica Vera Brittain, annotava: «Ai primi di settembre ricevemmo la notizia della prima perdita nella nostra famiglia.

---

[172] A. VOLLMAN, M. CRESTANI, *Freya e Vera,* Priamo, Grafiche Basso, Cassola, 2014, pp. 34-52.

Un cugino irlandese era morto in seguito alle ferite riportate dopo lo sbarco nella baia di Suvla. In realtà la sua ferita dietro l'orecchio non era grave, ma era rimasto senza cure per una settimana a Moùdros, e quando venne operato da un chirurgo esausto sull'affollata nave Aquitania, l'infezione aveva già raggiunto il cervello. Conoscevo appena quel mio cugino, ma fui sconvolta dal constatare che le vite umane andavano perdute per l'inadeguatezza del servizio sanitario nel Mediterraneo»[173].

Il 5 dicembre 1916, in una lettera indirizzata alla madre scrisse: «Vorrei che chi scrive con tanta facilità che questa è una guerra santa potesse vedere almeno uno – per non dire dieci – dei soldati esposti al gas iprite nelle sue prime fasi... che potesse vedere quei poveri esseri bruciati, con il corpo ricoperto di grosse vesciche color mostarda e piene di pus, le palpebre incollate e appiccicose, che lottano continuamente per respirare, e le cui voci, ridotte ormai a un mero sospiro, rivelano che le loro gole si stanno chiudendo. E sanno che presto soffocheranno. L'unica cosa che si può dire è che casi tanto gravi non durano a lungo: o muoiono presto, oppure migliorano – ma in linea di massima muoiono. Di certo non raggiungono mai l'Inghilterra nello stesso stato in cui li abbiamo qui, eppure la gente insiste a dire che Dio ha voluto la guerra, quando ci sono invenzioni del diavolo»[174].

Vera Brittain (Fonte: redcross.org.uk)

---

173 M. GILBERT, *La grande storia della Prima Guerra Mondiale*, Mondadori, Milano, 1999, pag. 239.
174 V. BRITTAIN, *Generazione Perduta,* op. cit., p. 402.

Agatha Christie *(Fonte: corriere.it)*

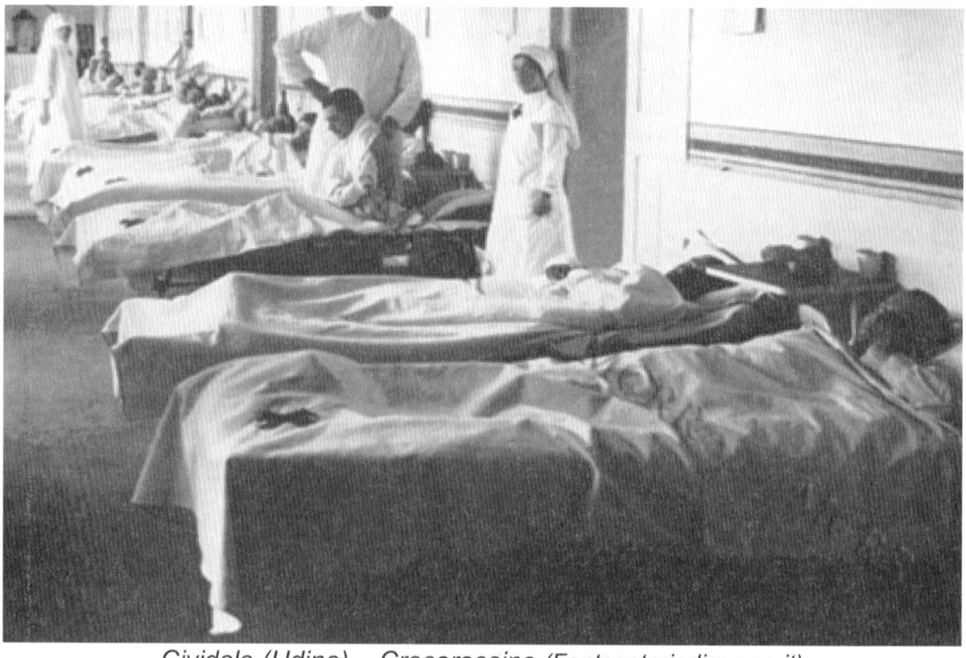

Cividale (Udine) – Crocerossine *(Fonte: storiediguerra.it)*

Lettera del Capitano Bellenden S. Hutcheson

L'ufficiale medico canadese di origine americana che faceva parte del Servizio di Sanità dell'Esercito americano impegnato in Francia sul fronte orientale curò sui campi di battaglia molti soldati a rischio della propria incolumità. Per i suoi atti di valore venne decorato della Croce Militare e la Victor Cross, il più alto riconoscimento delle onorificenze britanniche. Così riportava sul suo diario quei drammatici momenti: «Il bombardamento durò dalle 13:00 alle 22:00, con alcuni periodi di tregua, e apparentemente non fu un fuoco di risposta del nemico, dal momento che i nostri cannoni non erano in azione. [...] Furono usati gusci di gas ed esplosivi ad alto livello. Il mio compito era di curare i feriti, fermare l'emorragia, effettuare un'iniezione ipodermica di morfina, se necessario, e vedere che i feriti venivano evacuati all'indietro. Il gas usato quel giorno era fosgene, un gas mortale con un odore dolce. Era la prima volta che ho sperimentato i gas usati come arma in guerra e ho indossato una maschera durante la giornata e ho ordinato agli uomini di fare lo stesso non appena la concentrazione era pericolosamente alta. [...] è stato molto sconcertante cercare di curare i feriti mentre piovevano i gusci, facendo spuntare dappertutto covoni di detriti e, di tanto in tanto, ho pensato che era molto probabile che mi sottoponessero pochi secondi allo stesso destino degli uomini feriti in modo lancinante che ho cercato di curare. Il tutto sembrava piuttosto irreale, specialmente quando pensavo, impegnato come ero, che il massacro fosse completamente deliberato e sistematico. Mi dispiaceva molto per i giovani artiglieri (molti dei quali avevano circa 19 anni) che stavano subendo questo test. Ricordo un uomo che aveva subito una terribile ferita che non poteva non morire nel breve periodo e che mi implorava, nel rombo delle esplosioni, di abbatterlo»[175].

Sangue, sofferenze e lacrime

L'ufficiale medico Gaetano Boschi, raccontò la sua esperienza di sanitario al fronte: «Vita sotterranea, umido, freddo, disagi alimentari, patimento dello spirito provocati dalla estenuante asperità del soggiorno, così lungi dalle tenerezze familiari e tormentato dalla infernale paurosità degli strumenti guerreschi. E i gas asfissianti. [...] Ferite estese da sgomentare il chirurgo ancor più del ferito. [...] quasi invisibile la porta di entrata di una scheggia, entro il corpo del povero ferito; recisa in

175 https://www.veterans.gc.ca/fra/remembrance/those-who-served/diaries-letters-stories/first-world-war/west_xmas.

profondità al midollo spinale, un cordoncino esile come un dito, labile come una gelatina, in cui è tutta compendiata ogni possibilità di sentire e di muoversi di mezzo organismo».[176]

Essere in quei luoghi di sofferenza dev'essere stato traumatizzante per tutto il personale di sanità, dal medico, alla crocerossina, agli infermieri come ai barellieri. Osservare quei corpi informi e udire i lamenti e le suppliche di disperazione è indubbio che possano lasciare cicatrici profonde difficili da rimarginare. «Lo portavano a braccia e, dal bacino in giù, era come se fosse una poltiglia... Lui, implorava che lo si uccidesse. Raccogliemmo i pezzi più grossi del corpo umano li avvolgemmo in un telo di tenda. I più piccoli, scaraventati lontano, si raccoglievano con la paletta. [...] I soldati della sanità effettuavano la loro pietosa opera di recupero delle singole, membra fino a raschiare i tronchi degli alberi impiastricciati di schizzi di cervello»[177].

Lettera di un soldato francese inviata alla moglie dall'ospedale dove era stato ricoverato a seguito di ferite da combattimento: «16 aprile 1916, Mia cara Ginette, Ti scrivo per dirti che ho vissuto la morte da vicino ieri sera, ma ora va tutto bene. Ho visto passare tutta la mia vita davanti ai miei occhi. A causa di un fuoco di granata nella mia trincea, l'alcova in cui ho dormito è crollata, due dei miei compagni sono morti nel crollo. Ho ricevuto un raggio sulla mia gamba, la mia gamba si è infettata e i dottori sono costretti a tagliarmi una gamba. Ora, non rischio nulla perché mi hanno trasferito fuori dalla zona di combattimento. Posso dire di essere felice di aver lasciato questo inferno con topi, pidocchi, granchi, fango, morte, fuoco di artiglieria di ogni tipo. Anche se te lo avevo detto nelle mie lettere precedenti, qui è orribile, l'odore del compagno morto da tre giorni. Ma nonostante tutta questa sventura e tutto questo odio, continuo a pensare a te, Ginette. Illumini il mio cuore come il sole che sorge sul campo di battaglia ancora fumando dalle conchiglie del giorno prima.

Il tuo Jean Claude»[178].

Campi di battaglia

«Quando la morte è ovunque attorno a noi, la morte diventa un avvenimento poco importante», così sintetizza il Capitano medico inglese Charles K. McKerrow ciò a cui dovette assistere nei campi di battaglia in Francia in una lettera alla moglie.

---

[176] A. Gibelli, *L'Officina della Guerra*, op. cit., p. 66.
[177] L. Del Boca, *Maledetta Guerra*, Pickwich, Milano, 2015, op. cit., p. 132.
[178] https://centenaire1418hautlimousin.jimdofree.com/lettres-des-poilus/lettres-de-poilus-et-des-familles/.

«11 luglio 1916

Ho realizzato il mio posto di primo soccorso e ho avuto grande successo per questi miei quattro giorni, posso dire che abbiamo salvato molte vite. Oserei dire che altri avrebbero potuto fare bene ma non meglio di quel che ho fatto; nessuno avrebbe potuto eguagliare i miei barellieri.

Un vecchio veterano mi disse: "Stanno facendo quello che Cristo avrebbe fatto". È davvero bello vedere questi tizi che passano attraverso le tempeste di granate per aiutare i propri compagni. Sono molto orgoglioso e spero di poter ottenere dei riconoscimenti per loro, oltre a quelli interiori della loro coscienza. Dopo tutto qui non ci sono stragi come a Loos. Tra i feriti, circa solo un terzo è grave. Saresti molto più contenta di avermi a casa con un braccio rotto o una bella ferita che non vedermi tornare affatto, ma con buona probabilità io non sarò nemmeno graffiato. [...] Siamo stati fra i più fortunati, perdendo solo due ufficiali e 180 uomini o giù di lì. [...] Ho avuto un barelliere morto e cinque feriti. [...] Circa 1000 uomini sono stati trattati nel nostro posto di medicazione negli ultimi 3 giorni. Provengono da tutti i reggimenti: gallesi, inglesi, e un paio di scozzesi. [...] Credo che stiamo facendo abbastanza bene. Ho avuto un sergente maggiore della Croce Rossa (un prigioniero) che ha lavorato con me per un giorno. Era stato catturato nel posto di medicazione. Veniva da Karlsruhe. Non è una strana coincidenza? Ha pianto di gioia quando ho parlato con lui in tedesco. C'erano circa 15 Unni feriti nel posto di medicazione. Erano molto magri e sporchi. Li ho trasferiti il più presto possibile. [...] Non mi chiedere di conoscere o di scrivere o pensare a chi è un tedesco, in un futuro»[179].

Quello che segue è il racconto di un medico francese: «Appena tagliate con un colpo di forbici le fasciature frettolose appaiono le ferite raccapriccianti degli obici, delle torpedini delle granate, che scavano nelle carni fosse e mine, strappano i muscoli, stritolando le ossa, recidendo nervi ed i tendini. [...] Di questa mano non resta più che il mignolo appeso a un lembo; di questo viso non ci son più che rimasugli di naso e di bocca; [...] Polmoni perforati, cervelli schizzati fuori, vesciche lacerate, intestini scoperti: qui ci sono brandelli di tutto il corpo umano»[180].

E un altro ancora: «Mentre medico, vedo sbucare dal maledetto cespuglio e incamminarsi a passo largo verso il posto di medicazione un altro soldato, in maniche di camicia, il cui capo splende al sole tutto rosso di sangue; pare che una violenza inumana gli abbia strappato la cute del volto

[179] http://alternativity66.rssing.com/chan-58547037/all_p1.html.

[180] A. GIBELLI, *L'Officina della Guerra*, op. cit., p. 67.

e il cuoio capelluto. [...] ha gli occhi sbarrati, vitrei; [...] residuo ultimo di vita psichica, poi cade in preda a delirio, e canta a squarciagola [...] una canzone dialettale del suo paese»[181]. E ancora «Folgaria, villa Pasquali Oggi c'è un po' di calma e riprendiamo le forze. Abbiamo i piedi gonfi e doloranti e la testa stordita. È andata avanti giorno e notte. Non facevano a tempo a svuotarsi le baracche e noi a pulirle e sistemarle che erano già piene nuovamente di soldati gravemente feriti. Quando entriamo nella baracca ovunque urla e gemiti, infermiera, infermiera, e allungano le mani verso chi passa di fretta, mi ricorda una delle immagini del purgatorio»[182]. Ed anche «Tra i feriti che si "sgomberano" ve ne hanno di quelli a cui si dovrebbe medicare solo paura. [...] Il medico ha guardato con l'occhio esperto: nulla. Il ferito faceva il morto. "Ohè, amico, dove sei ferito?". L'altro se l'è fatto ripetere, poi, lentamente, s'è seduto sulla barella con molti lamenti e finalmente ha levato una mano fasciata con molti pacchetti di medicazione e molti fazzoletti. "Toh! E ti fai portare per una ferita alla mano?". E il medico ha cominciato a sfasciare. Sfascia, sfascia, sfascia: finalmente è comparsa la mano, leggermente scalfita da una scheggia. E il "ferito", appena la mano fu scoperta, aprì gli occhi, che teneva chiusi, e belò: "Aaaah!". "Ma è tutto questo, animale?" - urlò il medico fuori di sé – "È tutto questo? Torna subito indietro, o ti prendo a pedate!". E il ferito, rivolgendosi ai suoi portatori, con l'aria rassegnata di un uomo finito. "Be'! jammocene! Chiste vuole suicidare nu cadavere!", sacrificano la pelle per salvare la pelle»[183].

Diaristica

Quello che segue è tratto dal diario del Sottotenente di fanteria Giuseppe Salvemini. L'ufficiale nel corso della guerra venne ricoverato in ospedale perché intossicato dal gas sprigionato dalle granate nemiche esplose sul campo di battaglia, però subì anche l'umiliazione di non essere creduto e i sanitari insistettero per fargli firmare la lettera di dimissione dal nosocomio non ritenendo sufficientemente gravi le sue condizioni di salute. Una volta posto in congedo e tornato a casa, morì dopo un anno proprio a causa di quella fatale intossicazione. «Continuamente cadevano vicino e sopra noi membra spezzate, frammenti di corpo, materia calda e sanguinolente e ci macchiava gli abiti, il volto e ci terrorizzava dallo spavento. Il medico [...] continuava a tagliare ed a gettare davanti a sé, in un

---

[181] *Ivi*, p. 72.

[182] E. C. Gallas, Lettere dal fronte 1915-1918, Tipografia editrice Temi, Trento, 2015, p. 109.

[183] A. Frescura, *Diario di un imboscato*, op. cit., pp. 93-94.

mucchio, braccia, gambe, mani, pezzi di carne e ritagli di pelle sanguinanti. Poi i due aiutanti indoravano con la tintura di iodio la parte amputata e la impacchettavano di cotone, fasciandola strettamente con la garza. Quindi prendevano il misero e, come una balla di stracci, lo gettavano nel mucchio dei feriti fasciati! [...]. Da sotto a quei corpi umani colava il sangue, come cola l'acqua da un mucchio di stracci bagnati!»[184].

Arte poetica

Un incidente

«Non era che un ragazzo, lo vedevo / perché sedeva nella tenda vicino a me. / Tenevo la lampada dalla luce fioca / e sentii lacrime roventi che mi accecavano / quando il dottore tolse le bende insanguinate / da quelle mani coraggiose, lacerate dalle granate / quelle mani di ragazzo / ferite più dolorosamente / delle tue, Cristo sul Calvario».[185] *(Mary HJ Henderson)*

Mary Helen Jane Henderson, poetessa di guerra, amministrò gli ospedali scozzesi nei Balcani durante la Prima guerra mondiale e fu anche pluridecorata.[186]

Infermiere della Croce Rossa austriaca *(Fonte: Beni Culturali)*

---

[184] http://espresso.repubblica.it/attualita/2015/09/22/news/premio-pieve-saverio-tutino-ecco-il-vincitore-1.230813.

[185] R. Mullini, *Più del bronzo. Voci della poesia della Grande Guerra*, Oakmond Publishing, Deutschland, 2018, p. 102.

[186] https://en.wikipedia.org/wiki/Mary_H._J._Henderson.

Oltre al dramma del conflitto una misteriosa malattia aggredì i soldati, però l'imposizione della censura fece sì che la morte avesse il sopravvento non solo nelle trincee, ma anche tra la popolazione civile propagandosi in tutto mondo!

(Luigi Damiano)

CAPITOLO IX

L'INFLUENZA SPAGNOLA

Alla batosta di Caporetto si unì anche l'epidemia della febbre *«Spagnola»* che contribuì ad aumentare il numero di decessi. Gli strateghi militari, questa volta, potevano essere assolti per quelle ulteriori perdite. Milioni di persone furono coinvolte in quasi tutto il mondo. Una vera epidemia che non distinse tra chi era in guerra, chi lottava per la pace e la popolazione inerme. Fu un altro massacro che costò la vita a un'infinità di persone.

Non solo l'artiglieria con le sue bocche di fuoco, le bombarde, le mitraglie, le mine, i fucili, l'iprite, il fosgene e ogni altra sostanza tossica o utensile che procurava la morte ai soldati bastò a quell'immane massacro che per quattro lunghi anni accompagnò al fronte i soldati, ma pure *l'influenza spagnola*, un ulteriore strumento di morte, che poi si seppe aver avuto origine dall'Asia centrale. Infatti questa epidemia coinvolse quasi tutto il mondo e fece un numero impressionante di vittime stimate in qualche decina di milioni e questo in considerazione che la medicina, non possedendo una preparata conoscenza di questo nuovo fenomeno, si trovò nell'impossibilità di affrontarlo adeguatamente.

«L'epidemia si sviluppò a partire dalla primavera del 1918 in forma benigna ma dall'autunno dello stesso anno e poi per tutto l'inverno del 1919 si diffuse ovunque e iniziò a mietere sempre più vittime. Dopo il periodo di massima diffusione i numeri dei decessi influenzali iniziarono gradualmente a diminuire, in Italia, ad esempio vennero registrati 3.184 decessi per influenza nel 1917, 274.041 nel 1918 e 31.781 nel 1919. [...] Potevano occorrere ore o giorni, ma niente fermava il decorso infausto della malattia. Medici e infermieri avevano imparato a riconoscere i segni clinici: la faccia diventava violacea, cianotica, l'espettorato era venato di sangue, i piedi parevano quasi neri. Poi, quando la fine era vicina, il paziente, che aveva ormai i polmoni pieni, essudato, rossastro, boccheggiava nel disperato tentativo di respirare ed emettendo una bava sanguinolenta, moriva soffocato. Il contagio era estremamente facile, articolandosi per via aerea ed era ulteriormente incrementato dalla mobilità di enormi masse di persone, conseguente alla guerra.

Nelle trincee ogni più piccola patologia contagiosa si diffondeva con rapidità e i soldati in licenza o congedati portavano con sé il virus, contribuendo a diffonderlo in zone altrimenti sicure.

Davanti alla pandemia la popolazione non reagì, come nei secoli precedenti, interpretando gli eventi come un castigo divino o una metafora della morte (attribuita maggiormente al conflitto in corso) piuttosto si rivolse alla classe medica che aveva ormai raggiunto l'apice della propria popolarità e guadagnato la fiducia della popolazione. [...] Nonostante le premesse, la classe medica si trovò ben presto ad annaspare dinnanzi all'aggressività dell'influenza spagnola. I passi avanti compiuti nel secolo precedente non erano sufficienti a trovare una soluzione in tempi rapidi e mentre i medici si confrontavano il virus si diffondeva. Non esistendo ancora un protocollo stabilito per affrontare le pandemie, i medici si affidarono ben presto a ricerche e tentativi personali, spesso ricorrendo solamente alla propria personale esperienza, raramente riconducibile a reali conoscenze in materia di malattie infettive. Lo smarrimento portò nuovamente in voga rimedi antichi come salassi, coppette, esalazioni: metodi inutili quando non dannosi. Mentre le pagine delle riviste mediche registrano i tentativi sempre più disperati di arginare il virus influenzale, i quotidiani si riempiono dei resoconti dei ricoveri e dei decessi, delle cronache dalle corsie ospedaliere e delle critiche all'incapacità medica ma i giornali erano anche il mezzo prescelto dalle autorità pubbliche per fornire indicazioni alla popolazione. Da queste pagine traspare l'ossessivo incoraggiamento all'igiene di strade e case, appaiono poi pubblicità e articoli su maschere e strumenti per proteggere le vie respiratorie. Questi diventano veri e propri feticci contro il virus, pur senza avere una reale efficacia pratica»[187].

Una situazione rovesciata

La peste che stava mietendo centinaia di migliaia di vittime creò nei fanti una certa ansia per i loro familiari a casa. Mentre prima erano i

---

[187] https://www.lagrandeguerrapiu100.it/puntate/linfluenza-spagnola.

parenti, al paese, che si preoccupavano per i loro cari al fronte, adesso erano quest'ultimi ad essere in pena per i famigliari, tanto che li scongiuravano di non andarli a trovare in licenza, qualora fosse stata loro concessa, per evitare l'eventuale contagio.

La lettera che segue venne inviata dallo zio al nipote impegnato in trincea: «Caro Giulio ho ricevuto la tua lettera dalla quale apprendo con dispiacere che la domanda che ti ho fatto per la licenza non abbia ottenuto l'effetto desiderato.

Ebbene pazienza, e potrebbe essere anche un bene per te, perché adesso siamo in un mare di guai con la cosiddetta febbre spagnola che miete vittime a più non posso. Gli infermi non si contano più e di morti sono pure diversi al giorno.

Fino ad ora grazie a Dio io sono ancora libero, però la paura non è poca, perché anche in mia casa ho qualcuno malato, cioè l'Eufemia, che però sembra una cosa non grave. E la vendemmia! Con tutte queste malattie non si trova chi coglie né chi trasporti [...]. Auguriamoci bene e speriamo che presto verrà conclusa questa benedetta pace e che Dio benedetto avrà compassione di noi facendo cessare questo malanno...»[188].

Malgrado il suggerimento, il sergente telegrafista Giulio Compagnoni, ottenne la sospirata licenza, ma una volta giunto in paese venne colpito dalla *febbre spagnola* che lo obbligò a non raggiungere la casa della sua fidanzata, Giuseppa De Simoni, anch'ella ammalata.

Per entrambi, pur essendo di fatto a poche centinaia di metri distanza, l'unico contatto rimaneva la corrispondenza, come se fossero distanti e con il fidanzato al fronte. In una di quelle lettere il fidanzato scrisse: «Non ho avuto fortuna nemmeno questa volta e veramente vorrei un po' domandare quando verrà quel giorno che l'avrò. Essere così vicini e non poterci sentire, parlare, era ciò che la maligna sorte non ci aveva fatto provare...". La risposta non si fece attendere: "Nel momento in cui potevamo godere la vera felicità... bisogna che i miei pensieri... te li rivolga sia anche su un semplice foglio di carta... Come stai Giulio mio? La febbre quando è alla sera t'aumenta sempre? Le notizie che ho avuto oggi mi dicono che stai meglio e che anche la febbre ti ha diminuito, purché mi dicano la verità. Che brutta cosa stare alla carità degli altri!»[189].

Questa vicenda ebbe un lieto fine: entrambi guarirono da quella tremenda malattia. Ben diverso fu l'esito toccato alla signora Delfina Merlo,

---

[188] A. MATTEI, *L'amore al tempo della spagnola*, in La Loggetta, Notiziario di Piansano e Tuscia, Anno XXII, n. 1, Editore Associazione Culturale "La Loggetta", Piansano (Viterbo), 2017, p. 8.
[189] *Ivi*, p. 7.

moglie del Fante Agostino Mazzapicchio, morta un paio di giorni dopo aver dato alla luce una bambina. Fu battezzata e le diedero lo stesso nome della madre e appena dopo undici giorni morì anch'ella. Il marito e papà, anch'egli ammalato, venne mandato a casa dal fronte, ma poco dopo raggiunse moglie e figlia nella tomba: era il giorno di Natale[190].

Un toccante e macabro episodio avvenne nella cittadina di Piansano (Viterbo) e riguarda la morte della signora Emilia Pupeschi, originaria di Capannoli (Pisa), avvenuta a causa della *spagnola* il 23 ottobre 1917. Era la moglie del sergente Ruggero Bronzetti. Il marito venne informato della morte e mandato in licenza. Disperato per non aver avuto la possibilità di partecipare alle esequie dell'amata, volle comunque vederla per l'ultima volta. Di notte entrò in Cimitero, si calò dalla botola della cripta di famiglia e aprì la cassa dov'era custodito il corpo della moglie per darle l'ultimo saluto. Con questa terribile azione si sentì in qualche modo consolato[191].

Arte poetica

Bollettino di guerra

«Quarto anno di guerra. Verso sera / al bollettino mi spinge attraverso i castagni / in un'attesa ogni giorno più dolorosa. / "Niente di nuovo", dice il corriere. / Niente di nuovo: la morte prosegue il banchetto, / oggi come ieri lo stesso macello, / agonie, centinaia di migliaia di lamenti. / Quarto anno di guerra... Quando la pace? / Niente di nuovo – solo la morte mieterà per sempre; / e anche se per milioni di anni / l'umanità accumulerà lavoro, / niente di nuovo più potrà vedere il mondo; / solo chi oggi è stato colpito dalla palla / libero dal vecchio, / potrà guardare il nuovo».[192] *(Andrej Budal)*

Andrej Budal fu scrittore e giornalista goriziano, ma non partecipò al conflitto. Al momento dell'ingresso in guerra Gorizia faceva parte dell'Impero austro-ungarico, dove fece ritorno quando la città divenne italiana.

---

[190] *Ibidem.*

[191] *Ibidem.*

[192] A. Amerio, M. P. Ottieri, *La Guerra d'Europa 1914-1918...*, op. cit., p. 163.

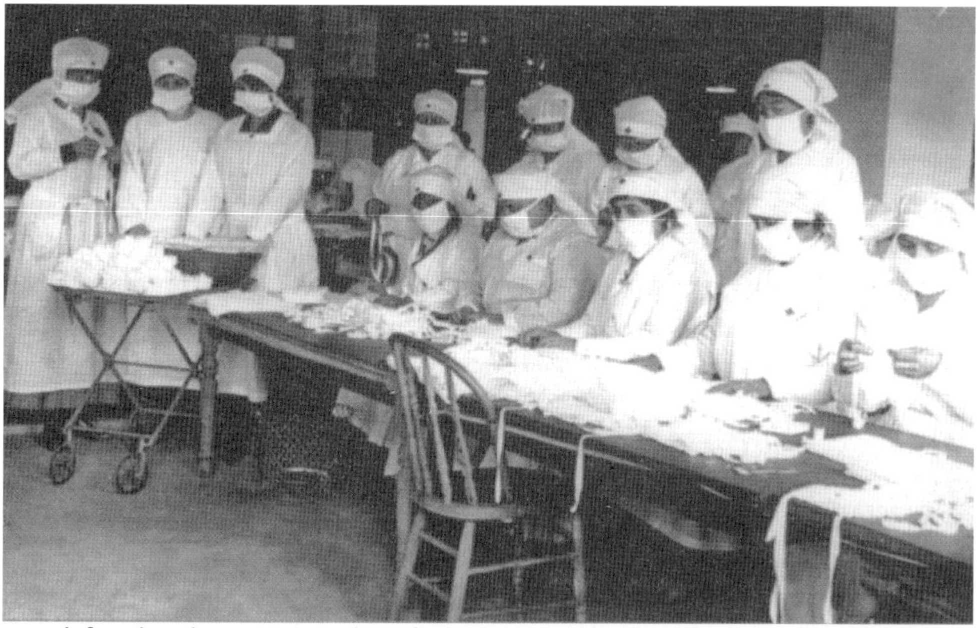

Infermiere impegnate nel confezionare mascherine (Fonte: Fameja Alpina)

Infermiere e addette alla distribuzione del cibo (Fonte: Fameja Alpina)

«Umanamente impossibile quello che succede qua. Teste, zaini, gambe, zolle di terra, viveri, pietre, tutto vola in aria. È un frastuono come se il mondo volesse ritornare al caos. I miei soldati sono come instupiditi e pallidi dal terrore»[193].

CAPITOLO X

LE SOFFERENZE DEI SOLDATI E LE STRATEGIE DI ADATTAMENTO

La Grande Guerra è stato un conflitto di posizione che tra le conseguenze prodotte ebbe lo sfiancamento dei combattenti, per questo motivo è da considerarsi anche la prima guerra psicologica[194].

Come effetto principale dello scontro bellico, sui soldati si identifica la spersonalizzazione degli stessi che, unita alla paura rispetto alle innumerevoli incognite che hanno costellato il confine tra la loro vita e la loro morte, ha prodotto un disagio di carattere clinico che ha definito tali protagonisti *scemi di guerra*[195].

Il primo conflitto mondiale impose agli uomini chiamati alle armi una revisione dei propri valori, l'annullamento della propria personalità nonché della dignità individuale. Tutto ciò provocò una indisposizione generale che venne manifestata attraverso la follia, la diserzione, agiti di mancata disciplina e obbedienza, ed in azioni di avvicinamento morale e fisico al nemico. Migliaia di militari faticarono a trovare un senso alle angosce, alle lacerazioni affettive e a far propri i cambiamenti che l'evento bellico aveva generato, compresi quelli relativi al mutamento del loro sociale.

Tale disagio, alimentato anche dal contatto quotidiano con la morte, si palesò sotto forma di manifestazioni di sofferenza psichica. Nello specifico in diversi casi i combattenti rinunciarono a udire, vedere, parlare e sentire, impoverendo la loro coscienza al fine di fronteggiare il dolore, la

---

[193] Dal diario di un ufficiale Austro-Ungarico rinvenuto sul Carso dal fante Ottaviano Mauro.

[194] AA.VV., *A cento anni dalla Grande Guerra Volume 3: Fra diplomazia e Stati Maggiori*, Firenze University Press, Firenze, 2017, p. 63.

[195] A. SCARTABELLATI, *Dalle trincee al manicomio. Esperienza bellica e destino dei matti e psichiatri nella Grande Guerra*, Marcovalerio editore, Torino, 2008, p. 145.

paura e lo smarrimento che li investiva. Essi possono essere definiti vere e proprie vittime di guerra[196].

Nella documentazione clinica conservata negli archivi degli ospedali psichiatrici si rilevano numerose annotazioni di carattere anamnestico, lettere alla famiglia e ai medici che raccontano quelle drammatiche esperienze, portando in rilievo le afflizioni dei singoli malati che hanno come caratteristiche comuni i seguenti tratti: «il ricorrere ossessivo dei ricordi, il desiderio di ribellione in doloroso contrasto con la sensazione di impotenza, la fuga nell'infanzia, l'angoscia di aver perduto la possibilità di reinserirsi nella vita civile e, negli ufficiali, il senso di colpa per aver mandato i propri uomini a morire».[197]

Le terapie scelte per la cura di tali condizioni furono di carattere disciplinare e contraddistinte da tecniche crudeli, inoltre verso i soldati che accusavano disturbi di carattere nevrotico e mentale, l'atteggiamento medico era di sospetto e diffidenza; per giunta i processi nei loro confronti si risolsero con la sentenza di piena responsabilità delle vittime.

Il pregiudizio sociale fece prevalere, soprattutto dopo Caporetto, le teorie antropologiche che riconducevano l'insorgere dei disturbi psichici all'incapacità di adattamento alla vita di guerra che veniva a sua volta tradotta come un segno di inferiorità, come ben riporta la Bianchi: «Durante il conflitto infatti alcuni settori della psichiatria giunsero ad invocare misure di eugenetica, quali la condanna a morte o la maggiore esposizione al pericolo, al fine di liberare la società dagli elementi antisociali, anormali e degenerati».[198]

In tutti i Paesi coinvolti nel primo conflitto mondiale si contano innumerevoli casi di sofferenza psichica e mentale causati dalla guerra stessa.[199]

"Fare il matto" era uno dei modi utilizzati dai soldati per sfuggire alla chiamata alle armi. Alle volte si trattava di simulatori, altre di vittime da *shock* da combattimento dovuto principalmente al fuoco, ai bombardamenti, all'ansia di morire e all'incubo di uccidere[200].

Erano militari che si dimostravano privati delle loro capacità motorie e linguistiche. Le persone in causa erano attraversate da un tremore costante,

---

[196] B. Bianchi, *La follia e la fuga. Nevrosi di guerra e disobbedienza nell'esercito italiano*, Bulzoni Editore, Roma, 2001, p. 15.

[197] *Ivi*, p.16.

[198] *Ivi*, p. 18.

[199] *Ivi*, p. 27.

[200] L. Fabi, *Gente di trincea. La Grande Guerra sul Carso e sull'Isonzo*, Mursia, Milano, 2014, p. 208.

cariche di una libido repressa, apparentemente mute, caratterizzate da passività totale e/o immobilità, tic nervosi, spavento alla visione del colore delle uniformi; esse non rispondevano ai normali stimoli se non quelli legati alla guerra. I mal capitati sono stati internati nei manicomi e poi reinseriti nella vita quotidiana quando questa ormai aveva perso qualsiasi sapore di normalità[201].

Altro fenomeno degno di nota, è quello riguardante il fatto che molti combattenti si procuravano volontariamente lo stato di infermità al fine di essere ricoverati nelle retrovie e lasciare così il fronte. Gli esempi tipici di questi strumenti e pratiche si possono identificare in: iniezioni di petrolio, benzina od olio di vaselina per provocare febbri elevate o stati di intossicazione generale, bruciature sul corpo dovute all'utilizzo di acqua bollente oppure di soda caustica, induzione parziale del blocco della circolazione sanguinea causata con lacci, cordini, fazzoletti che venivano stretti attorno polsi e/o caviglie, otiti determinate immettendo nell'orecchio sostanze corrosive, disturbi visivi conseguenti all'introduzione di tabacco o grani di sabbia negli occhi, mutilazioni o ferite dovute a spari di colpi di fucile o di pistola nella mano o nel piede, esposizione in trincea intenzionale di un arto superiore in modo da essere colpito dal nemico[202].

La patologia diviene il modo per praticare una fuga che altrimenti sarebbe impossibile. Il comune denominatore tra i folli è dato dall'esperienza di guerra: incessanti bombardamenti, esplosioni, seppellimenti sotto alle macerie, caduta di numerosi cadaveri accanto a loro.

Solitamente essi presentano un vivo eccitamento psicomotorio accompagnato da allucinazioni a contenuto bellico e spesso manifestano atteggiamenti animaleschi e di regressione allo stato infantile. Escluse le cause di predisposizione genetica, di inferiorità congenita e di insufficienza evolutiva, la nevrosi traumatica viene definita di origine emotiva.

Agli specialisti appare evidente il vantaggio della comparsa e del mantenimento del sintomo quindi gli psichiatri decidono di osservare ed intervenire precocemente in prossimità del fronte. Se da un lato, poi, la malattia psicogena nasce dal bisogno di allontanarsi dalla guerra, l'azione terapeutica è indirizzata a riabilitare ad essa il soldato immediatamente, in alcuni casi, però, punizioni, rimproveri e mancata considerazione da parte del corpo medico producono effetti ancora maggiori.

---

[201] E. J. LEED, *Terra di nessuno. Esperienza bellica e identità personale nella prima guerra mondiale*, Società editrice Il Mulino, Bologna, 1985, pp. 127-272.

[202] E. FORCELLA, A. MONTICONE, *Plotone di esecuzione...*, op. cit., pp. 95-96.

I metodi disciplinari si intersecano con quelli di cura e li sovrastano, il medico infatti non ha solo il compito di sanare ma anche di restituire al fronte il soldato attraverso pratiche di investigazione diagnostica e recupero caratterizzate da dolore e terrore.

Il manicomio rappresenta un'alternativa al plotone di esecuzione ed offre un'uscita dalla costrizione del conflitto, dando sollievo a momenti di forte insofferenza. Il modello più utilizzato nella cultura medica è quello che collega lo stato mentale del soldato a fattori di predisposizione e di ereditarietà, infatti, i soldati si fanno forti di questa posizione per simulare la malattia psichica, qualora non si fosse autonomamente sviluppata, inscenandola ed inventandosi dei precedenti in famiglia, costruendo così una vera e propria storia clinica *ad hoc* per avvalorare il loro stato di salute alterato. Nel tempo la psichiatria elaborerà altre teorie con conseguenti nuovi fondamenti diagnostici, ma i ricoverati terranno a far comunque sapere che sono stati da sempre squilibrati.[203]

I soldati, non potendo contare sull'ausilio dei sanitari, trovarono sostegno e sfogo nella tecnica terapeutica della scrittura, una sorta di metodo di automedicazione per la cura delle ferite dell'anima. Essa ha permesso loro di evadere mentalmente da una realtà inconcepibile e non calcolata, tramite la riflessione interiore prima che interlocutoria; oltre alle innumerevoli lettere spedite a casa, infatti, si contano molti diari personali in cui il soldato annotava le emozioni scaturite dai suoi vissuti e che dimostrano la consapevolezza di tanti del proprio stato mentale[204].

In Italia la presenza di questo importante ed invalidante disagio psicologico fu tenuta nascosta, quindi a tutt'oggi non si è in possesso di dati certi rispetto al numero di soldati affetti dal disturbo in questione che attualmente rientra, insieme ad altri *shock*, nella precisa definizione di *disturbo post traumatico da stress*.[205]

Focalizzandoci sulle strategie di adattamento esperite dai soldati, in questo contesto merita sicuramente attenzione approfondire il ruolo avuto dalla scrittura, la quale è da considerarsi la strategia più sana tra tutte quelle messe in atto dagli stessi.

In guerra ci si dedicava quasi quotidianamente alla stesura di lettere; a volte era proprio al fronte che si imparava a leggere e a scrivere, vista la

[203] A. GIBELLI, *L'officina della guerra...*, op. cit., pp. 123-163.

[204] *Ivi*, p. 53.

[205] A. E. PANERAI, *Che stress! Effetti sulla salute, consigli pratici, terapie*, Tecniche Nuove, Milano, 2002, p.145.

necessità di possedere questa abilità pratica al fine di mantenere vivo ed attuale il rapporto con i propri congiunti, amici e conoscenti.

Le missive incarnavano un vero e proprio ruolo taumaturgico: lenivano il dolore della lontananza, permettevano di evadere dalla mostruosità bellica, preservavano le relazioni sanguigne ed amicali ma soprattutto facevano sì che la personalità potesse conservarsi integra a fronte delle minacce ripetute di frammentazione che si presentavano ogni giorno e ogni notte. In esse sono rintracciabili contenuti replicati nel tempo, rispetto alla vita di trincea o al vissuto di mancanza delle persone care o dei luoghi di origine; qualche epistola riporta addirittura anche la soddisfazione per aver colpito o sconfitto il nemico, infatti, la popolazione era stata educata a considerare i familiari in armi come prodi valorosi e ad apprezzarne l'aggressività messa in atto o ricevuta in nome della Patria[206].

Oltre che per comunicare il proprio stato emotivo a volte, o per tenersi informati sulla vita domestica altre, si scrive a casa anche per chiedere generi di prima necessità, nonché per farsi recapitare della documentazione e delle attestazioni, come anche per ottenere raccomandazioni e permessi, per delegare i parenti stretti a seguire delle pratiche e suggerire loro modalità per poter raggiungere gli scopi legati alle licenze[207].

Nei loro scritti i militari denunciavano, inoltre, come importanti conoscenze servissero ad accelerare le pratiche per chi desiderava sottrarsi al conflitto e a come potessero ottenere il ricovero in ospedale, anche senza averne diritto, contraccambiando il favore verso infermiere e ufficiali, permettendo loro di appartarsi.

Coloro che affrontavano il tema della morte, riportavano espressioni di carattere anticipatorio come, ad esempio, che si può morire da un momento all'altro o che, se la morte non ti coglie oggi, lo farà domani. Altre volte si imprimevano su carta riferimenti ossessivi al trapasso imminente che spingeva il mittente a parlarne in modo premonitore, spronando i familiari a non soffrire quando sarebbe giunta la notizia e di pensare che era stato il volere di Dio e forse la cosa migliore in assoluto. Da sottolineare la maggiore difficoltà di coloro che già analfabeti, a causa delle conseguenze date dai bombardamenti sensoriali, non erano più in grado di profferire parola ed erano così incapaci di supplire alla comunicazione orale con quella scritta[208].

La corrispondenza ha giocato un ruolo decisivo anche nella dimensione del lutto, infatti, i commilitoni si scambiavano gli indirizzi e si incaricavano a

---

206 A. Gibelli, *L'officina della guerra...,* op. cit., pp. 51-59.
207 *Ivi*, p. 97.
208 *Ivi*, p.167.

vicenda di comunicare la loro eventuale morte alle rispettive famiglie; spesso queste lettere con valore di attestazioni di morte erano accompagnate da reliquie in qualità di prove che ne certificavano la reale appartenenza al defunto.

Nelle epistole redatte dai soldati si trova traccia altresì di alcune descrizioni macabre riferite alla convivenza con i cadaveri in putrefazione; esse sono però rarissime proprio per il fatto di essere indescrivibili. È possibile con certezza annoverare tra i traumi psicologici di entità più severa la vista della caduta in battaglia degli amici. Nelle annotazioni personali e nelle scritture più riservate se ne trovano in maggiori quantità a testimonianza della loro assurda combinazione tra vita quotidiana e morte[209].

Nelle loro memorie scritte i soldati fanno spesso riferimento al concetto di disciplina che erano costretti a subire, comprese le conseguenze a cui erano sottoposti qualora avessero disobbedito. Nelle epistole emergono anche le guerre interiori degli stessi: il conflitto tra l'entusiasmo di combattere per la Patria e i sentimenti di esimersi dal combattimento.

In guerra vengono redatti anche dei diari e stese delle memorie autobiografiche. Il conflitto è un'esperienza altamente spersonalizzante e lo scrivere di sé rappresenta uno strumento di resistenza all'evento imposto e di autodifesa nei confronti dell'omologazione.

Nelle scritture di tipo diaristico e autobiografico si ritrova sovente la commemorazione ricorrente del rischio evitato. Il soldato specifica che sta ancora scrivendo perché si trova ancora in vita e descrive la modalità con cui è stato sottratto alla morte o come il pensiero di essa lo accompagni costantemente o come piuttosto si sarebbe potuta consumare la tragedia.

Alla luce di ciò, ecco che la memoria autobiografica diviene una forma di diserzione mentale, a volte viene considerata come una patologia di guerra allo stesso modo della malattia mentale[210].

I diari e lettere dei combattenti riportano la testimonianza del fatto che i soldati si erano appropriati del sapere medico per procurarsi o fingere ferite e malattie più o meno invalidanti. Nello specifico: le fonti diaristiche confermano anche il fatto che i militari sfruttavano i momenti di confusione e di assalto o del bombardamento per farsi catturare dal nemico, mentre nelle missive essi raccontavano che, più che dalla paura per l'intervento disciplinare, il desiderio di diserzione era bloccato dalle possibili ritorsioni economiche e sociali contro le loro famiglie. Sia nelle epistole che nei diari, invece, i soldati

---

[209] *Ivi*, pp. 196-203.
[210] *Ivi*, pp. 62 – 63.

disertori narravano alla famiglia il loro rifiuto per la guerra, tale da giustificare il loro agito e si definiscono prigionieri.[211]

Altra strategia funzionale di tipo grafico, che veniva realizzata dai soldati per preservare la salute mentale e tenere in equilibrio il proprio assetto emotivo, era la dedizione alla poesia. Essi imprimeranno versi sia durante il conflitto che dopo il rientro a casa.

La poesia è stata utilizzata come specchio per riflettere su sé stessi e per dar voce a sentimenti contrastanti, nonché come produzione artistica e strumento che permette all'inconscio di palesarsi. Diversamente dalla prosa, la poesia possiede un potere più pregnante nel far attivare nel lettore i sensi, si concentra sulla semantica e sulla fonetica. L'autore sceglie con precisione le parole, selezionando quelle che lo aiutano ad esprimere esattamente quello che vuole. La poesia di guerra, in particolare, si sofferma su aspetti onomatopeici volti non a imitare i suoni ma ad esacerbarli[212].

Le tematiche principali della poesia del Primo conflitto mondiale riguardano gli aspetti caratteristici dello stesso: la guerra di trincea, le difficoltà da sopportare i pesi emotivi, le estenuanti attese prima dell'attacco, la dura quotidianità, le novità tecnologiche nocive, la distruzione della natura, le ferite, le menomazioni, la morte, la consapevolezza dell'inutilità del conflitto, la colpevole compromissione delle alte sfere militari e la derisione delle autorità, il rapporto non sempre conflittuale con il nemico, l'economia di guerra con le sue restrizioni e privazioni[213].

Ponendo i riflettori, invece, sulle conseguenze somato-psichiche del conflitto, è constatabile che furono per lo più permanenti nei reduci. Alle ferite e alle malattie che i soldati si arrecavano in autonomia, si aggiunsero gli effetti generati dall'impatto con le esplosioni e le ferite da arma da fuoco, le quali finirono per privare i soldati degli arti o di parte di essi, dando così vita a svariate patologie[214].

Le mutilazioni peggiori furono quelle che interessarono il volto, esse trasformarono completamente la percezione di sé del singolo; tali prodotti vennero definiti *smorfie di guerra*[215].

A livello statistico, il numero maggiore di casi di depressione seguiti da episodi di tentato suicidio si svilupparono nei soggetti affetti da

---

[211] L. FABI, *Gente di trincea...,* op. cit.,193-212.
[212] R. MULLINI, *Più del bronzo..., op. cit.,* pp. 22-24.
[213] *Ivi*, pp. 34-38.
[214] G. GALLON – M. CONTE, *La mente e la trincea. La malattia mentale nella Grande Guerra. Il manicomio di San Servolo*, Edizioni Gino Rossato, Valdagno (VI), 2020, p. 251.
[215] N. PERSEGATI, *Il volto di Medusa, Vol. I. L'abisso quotidiano delle trincee*, Gaspari, Udine, 2005, pp. 46-47.

sfigurazione del volto[216]. Risulta inimmaginabile la sofferenza psichica nel non riconoscersi e nel non poter mostrarsi in quanto, non solo irriconoscibili, ma anche fonte di paura allo sguardo altrui; si trattava di un conflitto nel conflitto. È in questo periodo che si gettano le basi per la nascita della branca medica specialistica della chirurgia plastica; infatti, per poter arginare le sofferenze si cominciarono a sperimentare nuove tecniche rispetto alla ricostruzione maxillofacciale, tant'è che nel 1915 venne fondato in Inghilterra, all'interno del Cambridge Military Hospital, un reparto di medicina ricostruttiva. I ricoverati per psicopatologie insorte a causa della guerra permasero a lungo nei manicomi e, anche una volta dimessi, non smisero di farsi accompagnare nella quotidianità della vita rimasta dalle immagini e dai vissuti riguardanti il periodo in armi, tanto da tenerli agitati anche durante il sonno notturno a causa degli incubi ascrivibili ai traumi subiti in servizio i quali prendevano vita oniricamente, quando appunto l'inconscio poteva manifestarsi liberamente. Le menti degli ex combattenti, per preservare ciò che di sano rimaneva, misero in atto alcuni meccanismi di difesa psichici, primi tra i quali la rimozione e la regressione[217].

Sulla base di quanto appreso ed esposto, appare evidente ed inequivocabile che la Grande Guerra obbligò queste persone ad una profonda mutazione dell'assetto psicologico e personologico al fine di poter sopravvivere all'interno del conflitto prima e durante il ritorno alla vita civile poi.

Diaristica

«Siamo pronti, gli uomini sono schierati, sempre in silenzio con il soggolo dell'elmetto al mento e appoggiati con una statuaria immobilità ai loro fucili.

Lo sguardo e i loro volti contratti, pallidi, gravi. Non sono soldati: sono uomini. Non sono degli avventurieri, né dei guerrieri fatti per il macello.

Sono lavoratori e operai, che si riconoscono dalle uniformi. Sono civili sradicati. E sono pronti. Essi attendono il segnale della morte e della carneficina: ma si vede, osservando i loro volti illuminati dai gelidi metallici riflessi delle baionette, che non sono eroi di un altro mondo votati al sacrificio estremo, bensì semplicemente uomini.

Ognuno sa che offrirà la propria testa, il proprio petto, l'intero proprio corpo, nudo, ai fucili già puntati, alle granate, alle bombe, ma soprattutto alla metodica e quasi infallibile mitragliatrice prima di trovare altri soldati che dovrà uccidere. Essi comunque non sono incuranti della propria vita come banditi, né accecati di collera come i selvaggi. Malgrado la propaganda, che

216 G. Gallon – M. Conte, *La mente e la trincea…*, op. cit., p. 257.
217 *Ivi*, pp. 260-262.

tende in tutti i modi a condizionarli, non sono eccitati: sono al disopra di ogni spinta irrazionale, istintiva. Non sono ubriachi, né materialmente, né moralmente. È in piena coscienza che essi si ammassano là per svolgere ancora una volta una specie di folle ruolo, imposto ad ogni uomo dalla follia del genere umano. È facile intuire tutto ciò che di sogno, di paura e di commiato v'è nel fondo del loro silenzio e della loro immobilità, nella maschera di calma che stringe sovrumanamente il loro viso. Non sono il genere di eroi che si crede, ma la loro consapevolezza del sacrificio che si accingono a compiere ha più valore di quanto potranno mai immaginare coloro che non li hanno visti.

La fine del giorno spande ormai una luce cupa su questa massa immobile di viventi, di cui solo una parte sopravvivrà fino a notte».[218]

Arte poetica

Al poeta prima della battaglia

«Adesso, giovinezza, giunge l'ora della passione che temi; / Devi deporre tutto quanto di bello possiedi; / E, come gli altri, devi affrontare il giorno lacerato / Non scosso dal frastuono di tamburi rullanti, / O stridulo grido di trombe. / Quando quel solo rumore ottunde / Il sentimento di esistere e l'anima turbata tentenna, / Ricorda l'onore della tua grande arte, che nessuno / Possa gettar disonore sui poeti. Allora le briciole / Di lode che erano la gioia dei piccoli versificatori / Saranno dimenticate; allora si saprà che, / Per la nostra bravura con le parole, per intensità / e forza di coraggio siano all'altezza dei nostri eroi; e rendi / Il nome del poeta terribile in una giusta guerra / E simile a una corona d'onore della battaglia».[219]
(Ivor Gurney)

Ivor Gurney si arruolò nell'esercito britannico e venne impiegato sul fronte francese. Fu ferito agli inizi del conflitto ma, una volta guarito, ritornò a combattere. Verso la fine della guerra fu colpito da esaurimento nervoso e venne congedato. La malattia gli causò importanti disturbi mentali, ultimando il periodo della sua vita in ospedale psichiatrico. Ivor Gurney è considerato uno dei più grandi compositori della canzone d'arte inglese del XX secolo e uno dei più significativi poeti della Prima guerra mondiale. Anche durante il suo ricovero nei diversi istituti psichiatrici, tuttavia, nei limiti delle sue condizioni mentali, continuò a scrivere musica e poesie. Egli morì di tubercolosi il 26 dicembre 1937 all'ospedale psichiatrico di Londra.

---

[218] Documents d'histoire vivante de l'antiquitè à nos jours, 1848-1917, Editions Sociales, Paris, 1971.

[219] P. TONUSSI, *War Poets - Nelle trincee della Prima guerra mondiale*, Edizioni Ares, Industrie Grafiche Geca, San Giuliano Milanese (Milano), 2022, p. 141.

Venezia – Ex manicomio di San Servolo (Fonte: San Servolo Servizi)

Ex manicomio di San Servolo (Venezia)

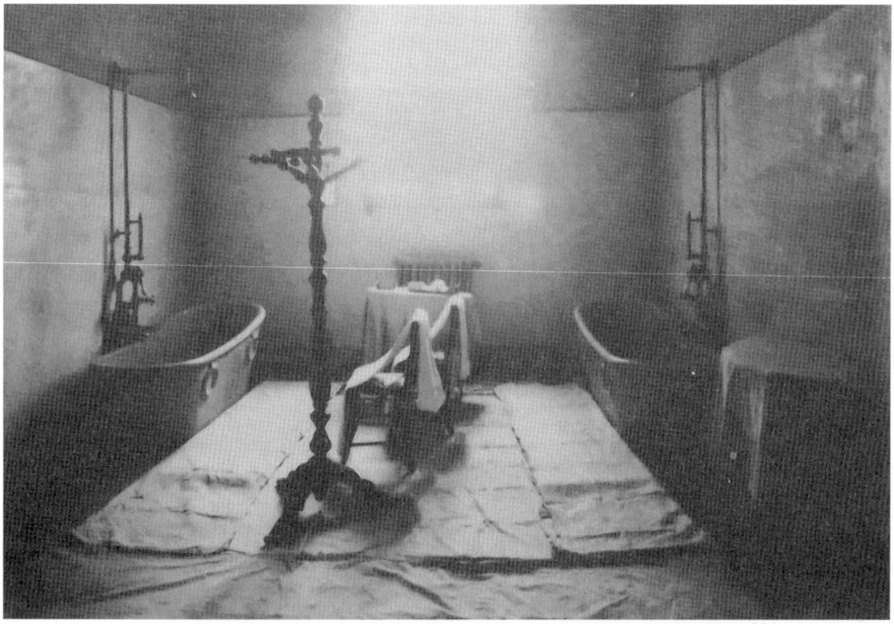

Ex Manicomio di San Servolo – Stanza da bagno[220]

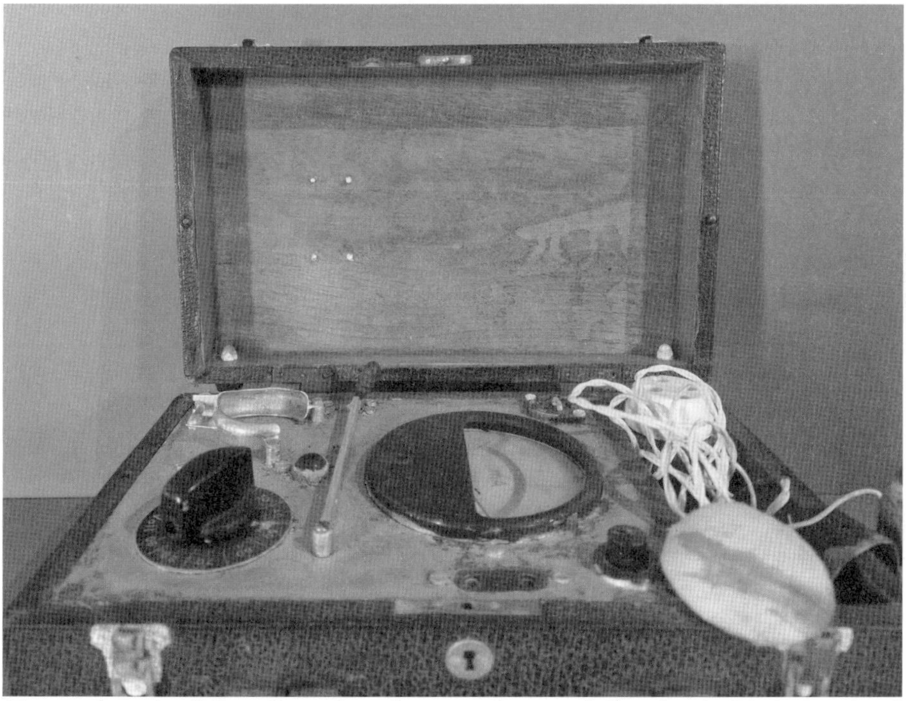

Ex manicomio di San Servolo – Accessorio per elettroshock (Ph. L. Damiano)

[220] La docciatura coatta di acqua fredda era un *"mezzo di repressione"* utilizzato per *"calmare il furore"* e indurre il malato *"all'obbedienza"*.

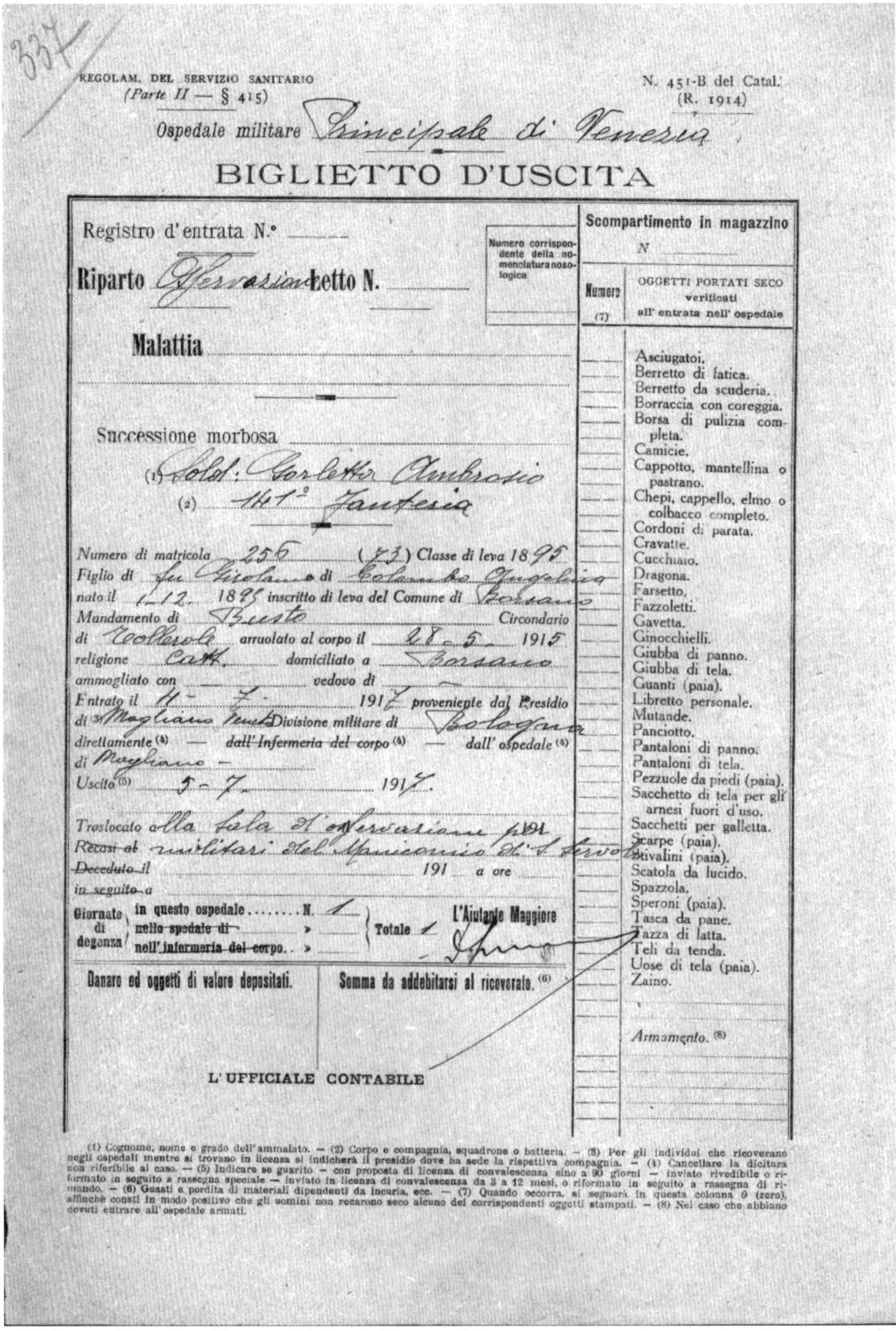

337

REGOLAM. DEL SERVIZIO SANITARIO
(*Parte II* — § 415)

N. 451-B del Catal.
(R. 1914)

Ospedale militare Principale di Venezia

BIGLIETTO D'USCITA

Registro d'entrata N.° ....

Riparto Osservazione Letto N. ....

Numero corrispondente della nomenclatura nosologica

Malattia ....

Successione morbosa ....

(1) Sold.: Gorletta Ambrosio

(2) 141° Fanteria

Numero di matricola 256 (73) *Classe di leva* 1895
Figlio di fu Girolamo *e di* Colombo Angelina
nato il 1-12- 1895 *inscritto di leva del Comune di* Borsano
Mandamento di Busto *Circondario*
di Gallarate *arruolato al corpo il* 28-5- 1915
religione Catt. *domiciliato a* Borsano
ammogliato con — *vedovo di* —
Entrato il 4-7- 1917 *proveniente dal Presidio*
di (3) Magliano Sesto *Divisione militare di* Bologna
direttamente (4) — *dall'Infermeria del corpo* (4) — *dall'ospedale* (4)
di Magliano —
Uscito (5) 5-7- 1917.
Traslocato alla sala d'osservazione per
Recasi al militari del Manicomio di S. Servolo
Deceduto il .... 191 ... *a ore*
in seguito a ....

Giornate di degenza: in questo ospedale .... N. 1; nello spedale di .... »; nell'infermeria del corpo .. » — Totale 1

L'Aiutante Maggiore

Danaro ed oggetti di valore depositati.

Somma da addebitarsi al ricoverato. (6)

L'UFFICIALE CONTABILE

Scompartimento in magazzino
N ....

Numero (7)	OGGETTI PORTATI SECO verificati all' entrata nell' ospedale
	Asciugatoi.
	Berretto di fatica.
	Berretto da scuderia.
	Borraccia con coreggia.
	Borsa di pulizia completa.
	Camicie.
	Cappotto, mantellina o pastrano.
	Chepì, cappello, elmo o colbacco completo.
	Cordoni di parata.
	Cravatte.
	Cucchiaio.
	Dragona.
	Farsetto.
	Fazzoletti.
	Gavetta.
	Ginocchielli.
	Giubba di panno.
	Giubba di tela.
	Guanti (paia).
	Libretto personale.
	Mutande.
	Panciotto.
	Pantaloni di panno.
	Pantaloni di tela.
	Pezzuole da piedi (paia).
	Sacchetto di tela per gli arnesi fuori d'uso.
	Sacchetti per galletta.
	Scarpe (paia).
	Stivalini (paia).
	Scatola da lucido.
	Spazzola.
	Speroni (paia).
	Tasca da pane.
	Tazza di latta.
	Teli da tenda.
	Uose di tela (paia).
	Zaino.
	Armamento. (8)

(1) Cognome, nome e grado dell'ammalato. — (2) Corpo e compagnia, squadrone o batteria. — (3) Per gli individui che ricoverano negli ospedali mentre si trovano in licenza si indicherà il presidio dove ha sede la rispettiva compagnia. — (4) Cancellare la dicitura non riferibile al caso. — (5) Indicare se guarito — con proposta di licenza di convalescenza sino a 90 giorni — inviato rivedibile o riformato in seguito a rassegna speciale — inviato in licenza di convalescenza da 3 a 12 mesi, o riformato in seguito a rassegna di rimando. — (6) Guasti e perdita di materiali dipendenti da incuria, ecc. — (7) Quando occorra, si segnerà in questa colonna 0 (zero), affinchè consti in modo positivo che gli uomini non recarono seco alcuno dei corrispondenti oggetti stampati. — (8) Nel caso che abbiano dovuti entrare all'ospedale armati.

Biglietto di uscita di un soldato dall'ospedale per essere ricoverato al manicomio di S. Servolo di Venezia (Fonte: Museo Manicomio San Servolo)

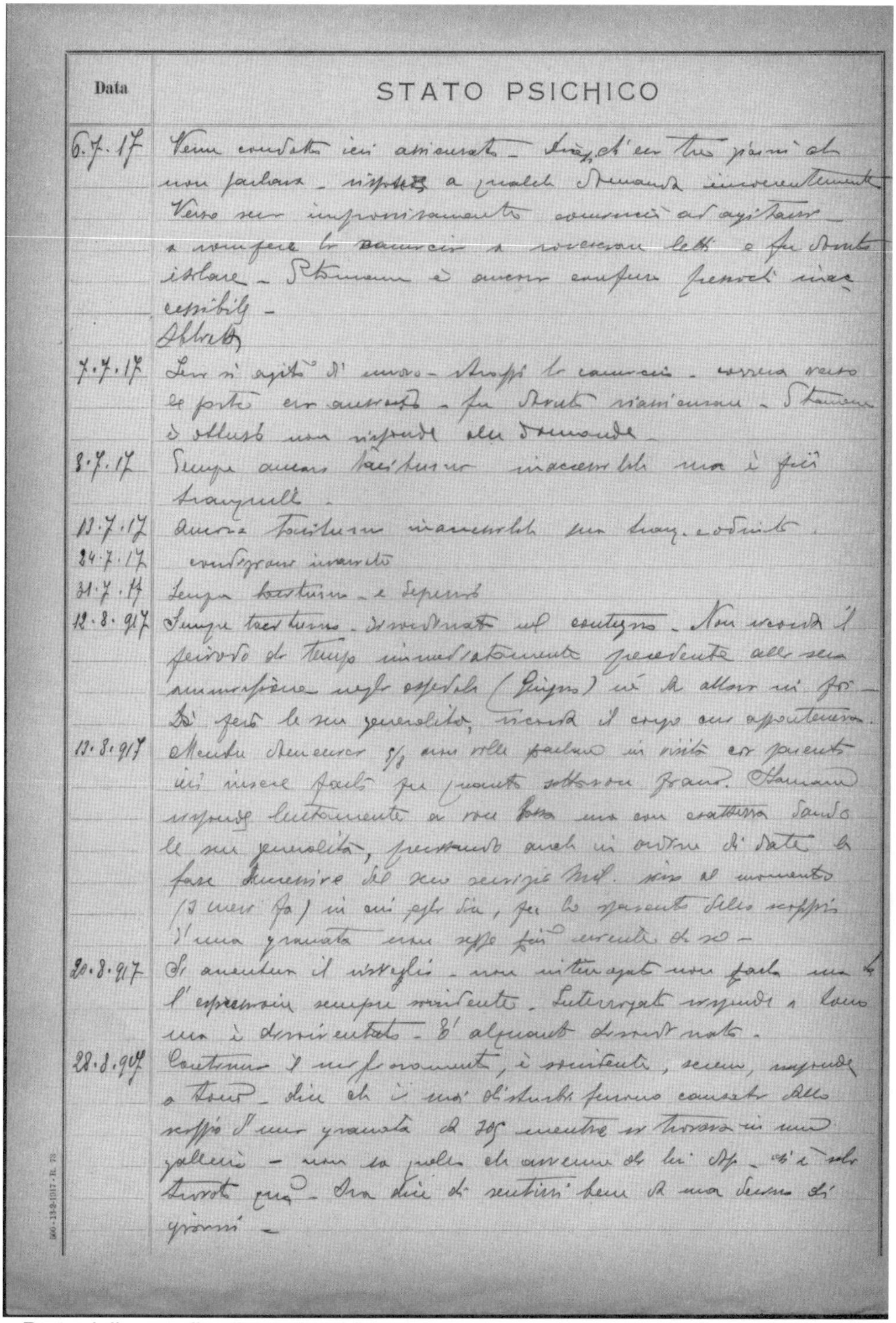

Data	STATO PSICHICO
6.7.17	Venne condotto qui ammanettato – disse ch'era tre giorni che non parlava – rispose a qualche domanda incoerentemente. Verso sera improvvisamente cominciò ad agitarsi e rompere le camicie e rovesciare letti e fu dovuto isolare – Stamane è ancora confuso e quasi inaccessibile – Abbattuto
7.7.17	Ieri si agitò di nuovo – stracciò la camicia – cercava verso le porte ed era ansioso – fu dovuto riammanettare – Stamane è ottuso non risponde alle domande –
8.7.17	Sempre ancora taciturno inaccessibile ma è più tranquillo.
13.7.17	Ancora taciturno inaccessibile ma tranq. e ordinato.
24.7.17	condizioni invariate
31.7.17	Sempre taciturno – e depresso
12.8.917	Sempre taciturno – disorientato nel contegno – Non ricorda il periodo di tempo immediatamente precedente alla sua ammissione negli ospedali (Giugno) né da allora in poi – Sa però le sue generalità, ricorda il corpo cui apparteneva.
13.8.917	Mentre domenica s/g non volle parlare in visita coi parenti ieri invece parlò per quanto sottovoce piano. Stamane risponde lentamente a voce bassa ma con esattezza dando le sue generalità, precisando anche in ordine di date le fasi successive del suo servizio mil. sino al momento (3 mesi fa) in cui egli dice, per lo spavento dello scoppio d'una granata non seppe più niente di sé –
20.8.917	Si accentua il risveglio – non interrogato non parla ma l'espressione sempre sorridente. Interrogato risponde a tono ma è disorientato – E' alquanto disordinato.
28.8.917	Continua il miglioramento, è sorridente, sereno, risponde a tono – dice che i suoi disturbi furono causati dallo scoppio d'una granata da 305 mentre si trovava in una galleria – non sa quello che avvenne di lui dopo – si è solo trovato qui – Ora dice di sentirsi bene da una decina di giorni –

Parte della cartella clinica di soldato ricoverato nel Manicomio S. Servolo (Venezia)
(Fonte: Museo Manicomio San Servolo)

Il dramma della trincea (Archivio: R. Carbonera)

Soldato colpito da shellshock (Fonte: Rocolor)

Conseguenze belliche

«Non c'è cosa che tocchi il cuore come la visione di una bestia amica, morente!»
(Cap. Lebel Bruschelli)

CAPITOLO XI

GLI ANIMALI NELLA GRANDE GUERRA

Non solo milioni di soldati combatterono nella Grande Guerra, ma altrettanti furono gli animali che si ritrovarono loro malgrado al fronte e che, come accadde per molti uomini in uniforme, pure loro non sfuggirono alla carneficina di quell'immane conflitto. Quell'esercito parallelo fornì agli umani un apporto considerevole e in alcuni casi vennero sottoposti a sforzi sovrannaturali.

Si calcola che al fronte furono impiegati circa 11 milioni tra quadrupedi e bipedi. Molti di questi erano animali domestici, quindi esemplari che da sempre avevano convissuto con l'uomo, dai cavalli ai muli, agli asini, ai suini, dai cani ai gatti, dai piccioni ai canarini, ma furono impiegati anche elefanti, cammelli, dromedari e perfino babbuini, api, aquile e falchi.

Ognuna di quelle povere bestie si ritrovò, come per i combattenti, ad essere impiegata in specifiche mansioni e proprio come i soldati avevano un libretto e un numero di matricola. Gli equini, almeno all'inizio del conflitto, oltre che come reparti di cavalleria, venivano utilizzati per il traino di carri di materiale bellico, i cammelli e dromedari vennero inquadrati nel Corpo cammellato dell'esercito inglese[221] operante in Egitto nel 1916 ed erano adoperati come mezzi da soma per il trasporto di materiali; i bovini, gli ovini, i suini e il pollame in genere per l'approvvigionamento della carne, i cani per il traino di piccoli carretti per il trasporto di munizioni, oppure per fungere da porta ordini o per il soccorso e la dislocazione dei feriti dai campi di battaglia verso i punti raccolta per il trasporto alle infermerie da campo o agli ospedali; quelle bestiole venivano dotate di una «mantellina con croce rossa sul dorso su cui veniva caricato l'occorrente in medicinali e bende. E anche di carta e matita, per eventuale messaggio

[221] Imperial Camel Corps (ICC).

del ferito»[222], ma anche per portare cibo e acqua, come pure trasportatori di bobine scorrevoli di filo telegrafico che venivano collocate sul dorso, ma anche utilizzati per il rilevamento dei gas asfissianti, molto adoperati in quel particolare periodo bellico. In particolar modo nelle gallerie i gas si depositavano verso la parte bassa del pavimento e quindi i cani erano i primi che lo inalavano e di conseguenza morivano avvelenati. Purtroppo molti cani, inoltre, vennero immolati sui campi di battaglia imbottiti di dinamite e utilizzati «per aprire varchi nelle difese passive avversarie, facendoli esplodere in prossimità dei reticolati»[223].

Anche i gatti e i canarini furono impiegati per segnalare la presenza dei gas e non pochi furono quelli che rimasero avvelenati, in particolar modo i canarini che venivano messi su un trespolo e se cadevano stecchiti voleva significare che in quel luogo era stato liberato del gas venefico, ma anche interi alveari di api che appena percepivano la presenza del veleno si mettevano in fuga e quindi erano un prezioso segnale per i soldati che indossavano subito la maschera antigas.

Gli amici a quattro zampe, con riferimento a cani e gatti randagi, furono anche adottati dai soldati i quali divennero per qualcuno l'amico fedele fino a diventare uno di famiglia, tant'era il legame che si era instaurato tra l'uomo e l'animale.

Tra queste *speciali truppe*, come già anticipato, c'erano pure bovini, pecore, capre, conigli e pollame vario e quelle creature che popolavano la fauna selvatica dai cervi ai caprioli, dai camosci ai daini ai cinghiali, alle volpi che furono sacrificati per l'alimentazione dei soldati.

Si calcola che «gli stabilimenti militari italiani confezionarono 173 milioni di scatolette di carne suina e bovina, altri 62 milioni ne confezionò l'industria privata»[224].

Al pari dei soldati anche loro vennero obbligati a mettere a repentaglio la loro vita e non poche decine di migliaia furono quelli che trovarono la morte sui campi di battaglia e mai vennero dimenticati dai combattenti per il loro prezioso servizio, specialmente nelle lunghe notti al freddo di montagna, perché gli amici a quattro zampe sapevano come restituire ai soldati un briciolo di calore e conforto psicologico.

---

[222] F. Quilici, *Umili Eroi, Storia degli Animali nella Grande Guerra*, Mondadori Libri, Elcograf S.p.A., Cles (Trento), 2016, p. 60.

[223] *Ivi,* p. 56.

[224] R. Roveda (a cura di), *I Numeri della Grande Guerra*, in Focus Storia N° 145, Mondadori Editore, Verona, 2018, pp. 48-49.

Non pochi sono i racconti dei soldati che furono testimoni di fatti anche molto commoventi, come pure di episodi di eroismo di questi semplici quadrupedi, tanto da essere decorati ed anche esposti a fine vita nei musei di guerra a perenne ricordo delle loro operazioni belliche. Molti animali al fronte, soprattutto cani e gatti, vennero adottati come mascotte dei reparti, ma ci furono anche mucche e perfino una scrofa.

Un reggimento di Guardie scozzesi impegnate nelle Fiandre, in zona di Ypres, trovarono 2 mucche sopravvissute ad una esplosione di granate che aveva ucciso l'intera mandria. Alle due vacche vennero dati i nomi di Bella e Bertha. Vennero adottate dai sudditi di sua Maestà e a fine conflitto furono portate in Scozia e quando «le Guardie scozzesi sfilarono per Londra nella parata per la vittoria furono accompagnate da Bella e Bertha»[225].

Adamello – Cani da traino (Fonte: quibrescia.it)

[225] T. DEARY, *Brutte Storie*, Salani Editore, Milano, 2022, p. 37.

Militari italiani a Valona (Albania) – *(Archivio: R. Carbonera)*

Soldati tedeschi e mulo con maschere antigas (Fonte: sorrisi.com)

Una mascotte dei marinai in località Caposile di San Donà di Piave (Venezia) (Archivio: R. Carbonera)

Anche i colombi ebbero un ruolo determinante nel corso della Grande Guerra in quanto, grazie allo spiccato senso dell'orientamento e alla loro eccezionale capacità intellettiva, furono impiegati per portare messaggi dai comandi alle truppe e viceversa. I loro *Colombigrammi* furono di vitale importanza per la salvaguardia della vita dei soldati al fronte e in più di un'occasione la meritoria opera di messaggeri servì ad invertire le sorti di una battaglia. Furono utilizzati anche come operatori fotografici perché muniti di minuscole macchine fotografiche dotate di autoscatto, effettuavano delle foto aeree che permettevano ai vari eserciti di poter ottenere informazioni circa la dislocazione dei reparti nemici.

Nel giugno del 1917 venne emanata un'ordinanza da parte dell'Esercito italiano con cui si disponeva, tra l'altro, che chi fosse stato in possesso di colombi domestici avrebbe dovuto provvedere al taglio delle penne delle ali per renderli inefficaci al volo, delegando le stazioni dell'Arma dei Carabinieri a verificare periodicamente che quella specie di volatili avessero le penne corte[226], mentre pochi mesi dopo la rotta di Caporetto l'occultamento o l'uccisione di un

[226] F. JORI, *Ne Uccise Più la Fame*, Edizioni Biblioteca dell'Immagine, Pordenone, 2014, p. 51.

colombo viaggiatore da parte di un civile erano puniti alla stregua di un attentato contro un soldato in divisa. Il Generale Boroeviç, invece, considerato il pericolo circa l'utilizzo dei piccioni, era giunto a «diffidare gli abitanti del Veneto orientale invaso a nascondere colombi lasciati dagli italiani in ritirata: chi non li consegnava ai soldati ungheresi veniva processato per alto tradimento»[227].

Autocolombaia (Fonte: Calendesercito 2008)

Uno di questi eroi piumati, *Cher Ami*, fece parte di quell'esercito silenzioso che grazie alla sua opera salvò la vita a molti combattenti, ma la sua ultima missione sarà legata per sempre alla storia di quel tragico conflitto mondiale che si stava combattendo in terra di Francia.

Un battaglione della 77^ Divisione della Fanteria Americana, il 3 ottobre 1918, nel corso della battaglia delle Argonne, in Francia, venne accerchiato dall'esercito tedesco. I soldati furono attaccati dai nemici, ma anche bombardati dal fuoco amico. Non essendoci altra possibilità di comunicare con gli

[227] P. ANTOLINI, in *Animali al Fronte. Protagonisti oscuri della Grande Guerra.* Museo Civico del Risorgimento di Bologna.

alleati, utilizzarono i tre piccioni viaggiatori che avevano con loro in trincea. Al primo legarono un biglietto alla zampa in cui c'era scritto: *«Molti feriti, non possiamo evacuare»*, ma il piccione venne ucciso dai tedeschi. Allora si fece ricorso ad un secondo piccione a cui venne allegato il messaggio: «Gli uomini stanno soffrendo. Potete spedire supporto?», ma anche questo fu colpito dai nemici. L'ultimo piccione a disposizione era Cher Ami, al quale venne legato un messaggio che riportava: «Siamo lungo la strada parallela alla 276. La nostra artiglieria sta facendo uno sbarramento direttamente su di noi. Per l'amor di Dio, fermatelo». L'uccello, appena alzatosi in volo, venne anch'esso colpito dalla fucileria nemica e cadde, ma poi improvvisamente riprese a volare. Percorse i 40 chilometri che separavano il fronte dal campo base in 25 minuti. Una volta giunto a destinazione, i soldati che recuperarono il messaggio notarono qualcosa di veramente impressionante. Il piccione era stato colpito ad una zampa che era tenuta legata da un tendine al quale era rimasto attaccato il messaggio di aiuto e l'occhio accecato da una scheggia di proiettile che gli aveva trapassato il petto. Gli americani si lanciarono in soccorso dei soldati mettendone in salvo 194 dei 500 di cui era composto il battaglione all'inizio della battaglia. Al piccione, che poi risultò essere una femmina, i veterinari amputarono la zampetta sostituendogliela con una minuscola protesi di legno. Al termine della guerra venne decorata negli Stati Uniti con la Oak Leaf Cluster, mentre la Francia le attribuì la Croix de Guerre. Cher Ami morì il 13 giugno 1919. Imbalsamata, è ora esposta al Museo Nazionale di Storia Americana a Washington. La Francia le ha dedicato un monumento che si trova nella foresta delle Argonne[228].

Cher ami (Fonte: Pubblico Dominio)

[228] https://www.worldwar1centennial.org/index.php/communicate/press-media/wwi-centennial-news/1210-cher-ami-the-pigeon-that-saved-the-lost-battalion.html.

Diversa la storia del cane Stubby, razza Boston Terrier, che partì come mascotte del 102° Reggimento americano, alle dipendenze della 26^ Divisione.

Questo cane randagio, di circa 2 anni, si aggirava nei pressi delle cucine da campo della fanteria americana che si addestrava sui campi sportivi dell'università di Yale. Lì si cibava degli avanzi e sovente si avvicinava ai soldati che lo presero in simpatia, anche se lui prediligeva particolarmente il soldato venticinquenne Robert Conroy.

Restando vicino ai militari, il cane imparò a riconoscere i vari squilli di tromba che scandivano la giornata dei soldati, dalla sveglia al pranzo, dalla libera uscita alla ritirata, ma imparò pure a fare il saluto militare e fu gioia per tutti. Allorché il reggimento partì per la Francia, il soldato Conroy si imbarcò nascondendo il cane per evitare che i superiori gli impedissero di portarlo con sé. Quando giunsero in Francia lo avvolse in una coperta, ma qualche giorno dopo il comandante si accorse della presenza del cane Stubby che vedendo il suo amico umano posizionarsi sull'*attenti*, anche la bestiolina fece il saluto militare. L'ufficiale s'intenerì e acconsentì che il cane rimanesse con il soldato. Nel corso della guerra Stubby si adeguò agli spari, ai colpi di cannone e alle esplosioni che in un primo momento gli facevano tremare le zampe tanto da renderlo instabile.

Il cane si dimostrò molto presente nel segnalare la presenza dei gas ancora prima dei soldati e dare loro l'allarme, ma sviluppò anche un'altra abilità: quella di segnalare la presenza di soldati feriti, tornando in trincea e accompagnando i barellieri sul posto. Se invece individuava un soldato morente gli restava accanto fino a che non spirava.

Anche lui e il suo compagno Conroy, il 2 novembre 1918, nove giorni prima della fine della guerra, vennero colpiti dai gas e ricoverati nelle retrovie, ma riuscirono a guarire. Una volta tornati in Patria il cane, che in circostanze diverse venne incontrato da tre presidenti degli Stati Uniti d'America (Wilson, Harding e Coolidge), seguì il reggimento nelle sfilate. Stubby, fu nominato Sergent e insignito di medaglia dal Generale John J. Pershing in persona. Il suo amico umano, invece, gli donò tutte le sue medaglie che il Sergent Stubby esibiva sul suo cappottino.

Rimase fino al termine dei suoi giorni con il suo compagno d'armi, che nel 1926, dopo la sua dipartita, lo fece imbalsamare e lo donò all'American Red Cross. Attualmente si trova allo Smithsonian Museum di Washington[229].

---

229 http://www.libertybell.it/blog/sergente-stubby/.

Il sergente Stubby (Fonte: Pubblico Dominio)

Un altro amico dell'uomo che si distinse e venne promosso sul campo fu il cane *Turco*, al quale vennero concessi i gradi di caporale dal comandante della Brigata Umbria. «Si era in Cadore e si trattava di far arrivare l'acqua potabile alla truppa in trincea attraverso una zona scopertissima... l'incarico venne affidato a Turco che lo assolse a meraviglia. Egli partiva coi bidoncini pieni, attraversava come una freccia la zona pericolosa e ritornava con i bidoni vuoti, dopo essere stato ricevuto lassù alla mensa degli Ufficiali»[230].

Sul fronte del Carso, l'8 agosto 1916 a seguito della conquista di Gorizia, il sottotenente Vittorio Locchi, il poeta soldato, accolse e adottò un cane randagio al quale diede nome Isonzo. Questo cane era sempre in sua compagnia anche quando si spostava a cavallo da una trincea all'altra per portare le borse piene di lettere. Per i soldati era «seguito sempre dal suo cane che subito correva scodinzolando fra le gambe dei soldati in cerca di qualche carezza. [...] Locchi e il cane portavano una ventata di allegria, spezzando la monotonia e l'angoscia di quei giorni così freddi, così duri da sopportare»[231].

[230] https://www.anacgenova.it/FattiStorici/I%20cani%20nella%20grande%20guerra.pdf.
[231] S. FERRARI, *Vittorio Locchi e il cane Isonzo, Storia di un'amicizia nella Grande Guerra*, Robin Edizioni, Torino, 2021, p. 282.

L'ufficiale non soltanto recapitava e consegnava personalmente la corrispondenza, ma leggeva le lettere «a chi non era capace di farlo, così come talvolta declamava le sue composizioni poetiche, sempre divertenti e con la rima perfetta»[232]. Il cane rimase sempre in sua compagnia e lo portò con sé in licenza anche al suo paese, Figline Valdarno (Firenze) e lo riportò al fronte quando fece rientro al suo reparto di stanza a Cormons (Gorizia). Un giorno gli comunicarono che la sua richiesta di svolgere servizio all'estero era stata accettata e che il 12 febbraio 1917 sarebbe stato imbarcato da Napoli per raggiungere la Macedonia. L'ufficiale chiese ed ottenne di portare al seguito il cane Isonzo. Partirono da Cormons il 1° febbraio 1917 per Napoli passando per Figline e dare un saluto alla sua famiglia per poi il 5 seguente rimettersi in treno e raggiungere Napoli.

L'ufficiale, la sera prima di partire, nella sua camera da letto scrisse una lettera ad una sua amica. «Parto domani verso il destino che mi sono eletto. Può darsi che non torni e che neppure arrivi, ma entro sereno nel mare corso dei pirati, dimenticando la mia giovinezza e la mia speranza nel futuro. Se vivrò tornerò contento a battere di nuovo il mio triste cammino della vita borghese, con la mia muta volontà di non lasciarmi vincere dalle molte disgrazie. Se dovrò restare, credo che lascerò senza rimpianto la vita, servendo la mia patria. Non mi dimentichi: Le stringo devotamente le mani»[233].

Il giorno a seguire con lo zaino in spalla e con il fido Isonzo raggiunse la stazione ferroviaria, salì sul treno diretto a Napoli. Il 13 febbraio 1917 vennero imbarcati sul transatlantico Minas con destinazione Taranto e poi Salonicco. Il 15 febbraio 1917 l'imbarcazione venne silurata nei pressi di «Capo Mapatan, nel Mare Egeo, con due siluri lanciati dal sommergibile tedesco U39»[234], il tenente Locchi non volle abbandonare la nave e lo videro inabissarsi mentre il suo cane Isonzo nuotava verso di lui per fare «l'ultimo viaggio assieme»[235].

Su quella nave era imbarcato anche il soldato Brescia Francesco di Minervino di Lecce che come il tenente Locchi non riemerse e il suo corpo giace tuttora negli abissi del Mediterraneo. Sulla lapide del Monumento ai Caduti del suo paese il nome del caduto è seguito da Irrep. (Irreperibile).

---

[232] *Ibidem*.
[233] S. FERRARI, *Vittorio Locchi e il cane Isonzo*, op. cit., p. 315.
[234] http://www.tuglie.com/vittorio_locchi.asp.
[235] S. FERRARI, Vittorio Locchi e il cane Isonzo, op. cit., p. 338.

Il Tenente Vittorio Locchi con il suo fedele cane Isonzo (Fonte: Firenze Today)

Tra la variegata presenza di amici dell'uomo in guerra non poteva mancare quella del più somigliante agli umani: il babbuino. È insolito trovare un animale vestito da soldato, ma questo deve farci riflettere sull'enorme apporto degli animali al servizio bellico. Il soldato sudafricano Albert Marr prima di essere chiamato alle armi teneva in casa un babbuino di nome Jacke. Al momento dell'ingresso nella Royal Army Marr si presenterà con la sua mascotte che fu adottata dal 3rd South African Infantry Regiment. Alla scimmia diedero l'uniforme, vitto e si dice anche fosse stata inserita nel libro paga per le sue particolari attitudini in quanto utilizzata anche come sentinella. Era molto ben addestrata tanto che al passaggio degli ufficiali si poneva *sugli attenti* e salutava in forma militare. Il soldato Marr e la sua mascotte combatterono in terra di Francia e sopravvissero alla Battaglia della Somme, sebbene «Jackie venne ferito gravemente tanto che gli venne amputata una zampa e, alla fine della guerra, fu onorato con la Medaglia al Valore e la promozione da soldato a caporale (unico babbuino a riuscire nell'impresa). Jacke morì in un incendio nel 1921»[236].

Anche in Italia un babbuino di nome Dinks fu la mascotte dei soldati britannici che combatterono sull'Altopiano dei Sette Comuni. Il povero animale venne ucciso accidentalmente a Caltrano (Vicenza) da un soldato italiano nel 1918 e in quella località è stata rinvenuta una pietra con un epitaffio dedicato a

[236] https://www,combattentiereduci.it/notizie/il-caporale.jackie.

Dinks. «Inglesi e Scozzesi si affezionarono alla loro mascotte al punto di ergergli una tomba»[237].

Pure i cavalli e i muli ebbero notevole importanza, quest'ultimi furono largamente impiegati nel corso del conflitto. Tra animale e conducente c'era una vera e propria simbiosi. Non pochi sono i racconti, alcuni molto toccanti, che videro protagonisti muli e soldati al punto che vennero dedicate anche delle poesie e preghiere. Cosa dire, poi, del connubio tra il fante e l'animale a lui assegnato: un tutt'uno. «Ho visto un pacifico artigliere di montagna, sgranare una pagnotta militare col suo mulo. Un boccone all'artigliere, un boccone al mulo, con fraternità spontanea. Andavano sulla vetta del Pasubio»[238].

E ancora, «Tre volte cadde sulla mulattiera, poi la mitraglia al suolo l'inchiodò. Nell'occhio spento c'era una preghiera, il conducente in pianto lo baciò!»[239].

Al termine del conflitto diverse migliaia di cavalli vennero macellati per sfamare la popolazione austro-tedesca ed altri venduti agli agricoltori, mentre a «Londra dodici cavalli ebbero un destino diverso. Scelti tra i sopravvissuti al conflitto, trainarono a Westminster il carro con il Milite Ignoto inglese»[240].

Tra i tanti animali che vennero salvati, invece, ci fu anche chi divenne una star nel mondo cinematografico. Un cane lupo di nome Rin Tin Matapan e sua sorella Nanette vennero portati dalla Francia negli Stati Uniti dal soldato americano Lee Duncan che li adottò dopo che il canile dove si trovavano rinchiusi venne bombardato. Il lupo venne addestrato e grazie alle sue qualità utilizzato nel mondo cinematografico, interpretando decine di film. «Alla sua morte, nel 1932, attori famosi come Jean Harlow e Greta Garbo adottarono i suoi cuccioli»[241].

Come per i combattenti pure ai loro *valorosi e fedeli amici* sono stati riservati molti scritti, disegni e perfino monumenti. L'ultimo ad essere realizzato è stato il memoriale dedicato dalla Francia ai cani eroi civili e militari, inaugurato il 20 ottobre 2022 a Suippes, comune della Marna situato nell'area tra Verdun e lo Chemin Des Dames, teatro di grandi battaglie nel corso della Grande Guerra, mentre a Londra è stato eretto l'*Animals in War Memorial Found*, il monumento dedicato, simbolicamente, al *Soldato 2709*, un piccione

---

237 http://www.archiviostorico.info/libri-e.riviste/5677-grande-guerra-britannici-sullaltopiano-dei-sette-comuni.

238 G. PREZZOLINI, *Tutta la Guerra*, Longanesi & C. Editore, Milano,1968, p. 366.

239 https://alpinigenovaquarto.wordpress.com/il-mondo-degli-alpini/alpini-e-muli/.

240 F. QUILICI, *Umili Eroi*, op. cit., p.29.

241 *Ivi*, p. p.62.

viaggiatore morto in servizio e con l'intento di ricordare tutti gli animali caduti in guerra[242]. A questi eroi silenziosi, in occasione delle ricorrenze ufficiali, vengono deposte corone analoghe a quelle collocate ai piedi dei luoghi di memoria in onore dei Caduti. Oltre a questo onorato esercito di animali ce ne fu un altro meno nobile che nelle trincee fece molto soffrire i soldati: era costituito da topi, ratti, fastidiosissimi insetti come pidocchi e zecche che proliferavano in quegli ambienti malsani dove erano costretti a vivere i combattenti. La presenza dei topi in trincea era normalità. Infestavano quei luoghi dove erano attirati dalle precarie condizioni igieniche e si nutrivano di tutto ciò che li circondava, dai teli dei sacchetti di terra alle fasce dei soldati ai cadaveri insepolti, ma non lesinavano neppure di rosicchiare la carne dei soldati vivi, specialmente quando questi esausti si abbandonavano al sonno.

Vennero provati diversi esperimenti per uccidere o quantomeno tenere lontani questi sgradevoli roditori, ma tutto ciò che venne attuato sembrò essere solo un palliativo. D'altronde la sporcizia e il terreno fangoso era il giusto habitat per la proliferazione dei ratti. Se all'inizio la loro presenza in trincea era fonte di disgusto, con il passare del tempo venne vissuta come normalità tanto che i soldati non ci fecero quasi più caso, ma questo non valeva per tutti, ovviamente. Le testimonianze che seguono, infatti, danno sensazioni completamente differenti. Il fante Gisberto Mauro raccontò: «Dopo lunghe ore di marcia tra pioggia e fango, arrivammo in trincea. Stanchi ed esausti, molti soldati si abbandonarono al sonno lunghi e distesi a terra. Vidi dei topi che rosicchiavano le dita dei piedi che fuoriuscivano delle scarpe che, per l'acqua penetrata, si erano aperte in punta!»[243].

Il sottotenente Paolo Ciotti: «Ogni sorta di insetti più o meno schifosi mi molestavano. Anche i topi, alcuni grossi e mansueti come gatti, giravano attorno al giaciglio, e talora non era raro il caso, che io mi destassi all'improvviso con un sorcio sul viso e sulle mani. Mai giornate più brutte passai sul Carso!»[244].

Il soldato Giovanni Capacci: «Non potevo prendere sonno mentre i topi facevano le battaglie, stridendo correndo nell'appartamento [casupola dove i soldati hanno preso alloggio] Non mi ero trovato a simile contrasto a bestie così; mi credevo che mi volessero cacciar via di lì, come dicessero: "è casa nostra!" Mi grandinava calcinacci e rubbiccia sopra di me; spesso anche qualcuno di loro stessi. La carestia regnava fra loro, giravano dappertutto, come disperati,

---

[242] http://www.centenario1914-1918.it/it/2018/11/29/lesercito-parallelo-della-grande-guerra.

[243] Fonte: racconto personale di Fernando Mauro, che riporta l'aneddoto narrato dal nonno paterno, il soldato Gisberto Mauro.

[244] http://www.centenario1914-1918.it/it/2016/01/13/un-topo-da-mezzo-penny.

mi passavano addosso, nel viso, senza riguardo, passando la spezione al tascapane. Erano grossissimi, dal terzo piano calavano a basso; nella scaletta di legno si sentiva da uno scalino all'altro come un cristiano; si sentiva il suo ritorno per la medesima strada. Spesso facevo qualche gesto, qualche scherzo con la bocca, per fargli paura, ma niente giovava»[245].

Il tenente Luigi Gasparotto aveva annotato sul suo diario: «Questa notte fu la saga dei topo ... grandi come gatti, con code interminabili correvano sulle panche, passeggiavano sul viso, venivano a leccare le labbra ... Sbucano dai crepacci, guizzano, saltano, vi ripassano la coda sulla bocca»[246].

Il soldato Francesco De Peppo combattente sul *Trincerone*: «La prima volta che li ho visti mi hanno fatto impressione, e poi abbiamo cominciato a prenderli a fucilate. Ora non mi fanno più specie, e quasi sempre dormo con tre o quattro di queste bestie sul mio corpo!»[247].

Il caporale inglese Percy Webb combattente sulla Somme: «C'erano sempre ratti nelle trincee. Non direi che fossero grossi come gatti, ma come gattini. [...] Non ho mai visto bestie simili in Inghilterra. Si nutrivano di tutto ciò che scartavamo: dall'immondizia ai cadaveri [...]»[248].

Il fuciliere britannico Robert Renwick impegnato in Francia: «I ratti peggiori si annidavano nelle trincee che avevano rilevato ai francesi. [...] Quando si avvicinavano noi li infilzavamo. [...] Erano fastidiosi, lerci. [...] In un settore della prima linea dormivamo nei rifugi sopra i letti di metallo, e i ratti si infilavano nei nostri zaini per rubare le provviste»[249].

Il tenente inglese Norman Collins combattente sulla Somme (Francia): «Quando rientravamo per dormire, il rifugio era illuminato da candele e c'erano buschi di ratti ovunque. Spegnevamo le luci e subito dovevamo tirarci la coperta sopra il viso, perché, appena diventava buio, i ratti si precipitavano fuori per mangiare le candele»[250].

Il sergente britannico Charles Quinnell, combattente sulla Somme in Francia: «Non aprivi mai una confezione di latte o marmellata, perché sarebbero subito accorsi i ratti: facevi solo un buco in due punti diversi del coperchio, dopodiché soffiavi in un buco per far uscire il contenuto dall'altro. Eravamo metodisti primitivi»[251].

---

245 A. GIBELLI, *L'Officina della Guerra,* op. cit., pp. 189-190.

246 F. QUILICI, *Umili Eroi*, op. cit., p. 80.

247 http://www.centenario1914-1918.it/it/2016/01/13/un-topo-da-mezzo-penny.

248 J. LEVINE, *Somme*, op. cit., p. 104.

249 *Ibidem.*

250 *Ivi*, p. 126.

251 *Ivi*, p. 100.

Il tenente medico veterinario Giuseppe Carruba Toscano così descrive i ratti da lui notati in trincea: «Che razza di topi. Sono ognuno più di mezzo kg. Passeggiano alla sera quasi senza timore. Sono dei veri carnivori. Danno anche al vivo quando dorme. Fanno dei tappeti neri nelle vicinanze delle cucine e sui resti e avanzi che si buttano»[252]. Gli inglesi per arginare il fenomeno dei ratti in trincea, spesso portatori di malattie, arrivarono a pagare i soldati la somma di mezzo penny per ogni topo catturato. Anche i giornali si interessano del problema «Recentemente sulla stampa francese c'è stata qualche polemica in merito alle precauzioni adottate per proteggere gli uomini dai disagi e dalle difficoltà dell'inverno. Rispetto allo scorso anno è stato fatto molto per rendere la vita al fronte più tollerabile. Uno degli aspetti che maggiormente preoccupano è sicuramente la piaga dei ratti, poiché nei rifugi e nelle trincee - non importa dove essi vengano realizzati, sia nei boschi, che nei campi aperti, o sul lato della montagna – sono assaliti dai roditori. La peste stava raggiungendo notevoli dimensioni prima che si decise di affrontare il problema anche con l'aiuto dei cani. Treni pieni di Terrier sono stati spediti al fronte per organizzare battute di caccia regolari, con una ricompensa di mezzo penny per ogni topo ucciso. In questo modo, in un solo corpo d'armata, sono stati ammazzati 8.000 ratti in quindici giorni»[253].

Anche sui fastidiosissimi insetti, i pidocchi, sono stati riportati racconti ed episodi di prima mano di chi si trovò a subirli sulla propria pelle, ma se ne cita uno per tutti che dà l'essenza di come i combattenti vivevano la trincea ed è quella di un soldato australiano impegnato a Gallipoli, in terra turca, dove i soldati indossarono per diverse settimane le uniformi senza potersi mai lavare. La lunga permanenza con l'abbigliamento in luoghi insalubri fu per i pidocchi l'ambiente adatto alla proliferazione tanto che, una volta tolte le calze, osservò qualcosa di spaventoso che in una lettera comunicò a sua madre: «E, mamma, ti giuro che appena ho lasciato le calze sul pavimento le ho viste camminare da sole! Erano tutte una massa ribollente di pidocchi!»[254].

A quanto pare quegli spiacevoli insetti che proliferavano in tutti gli eserciti erano di colore diverso tra quelli della Triplice Allenza e quelli della Triplice Intesa. Nell'esercito austro-ungarico avevano la testina rossa, mentre quelli del nemico l'avevano di colore blu. Ci fu pure chi, in loro onore, scrisse una poesia dal titolo *I Piccoli Soldati della Notte*: «Per quanto tu ne ammazzi a centinaia, / scoprirai che ne restano migliaia,

---

[252] L. Del Boca, *Maledetta Guerra*, op. cit. pp. 147-148.
[253] http://www.centenario1914-1918.it/it/2016/01/13/un-topo-da-mezzo-penny.
[254] T. Deary, *Brutte Storie*, Salani Editore, Milano, 2022, p. 33.

perché sono abilissimi a nascondersi / e tra i capelli ed abiti a confondersi; / dal loro morso resti sbalordito / al pensiero di un simile appetito»[255].

Gli Alpini italiani dedicarono loro anche una canzone: «Di radersi la barba / il tempo è già passato / son tutto impidocchiato / e non mi lavo più. La barba non mi faccio / le fasce non mi slaccio / mi gratto tutto il giorno / non me ne importa un corno / séguito a grattar!».[256] E li citarono anche nella famosa canzone *Ta-Pum* che nella prima strofa riporta: «[...] Con la testa piena de peoci... [in lingua veneta pidocchi]»[257].

Diaristica

Nel corso della ritirata dalle montagne dolomitiche gli alpini giunsero al ponte del Piave in località Vidor (Treviso). Oltre ai soldati, c'era anche una lupa, la mascotte del Capitano Tommaso Berlese, Miss Bettly.

«Miss Bettly era una magnifica bestia. Aveva una testa fiera e dolce insieme, due orecchie tese come due foglie di giglio e un muso secco, angoloso che sembrava intinto nell'inchiostro. La solitudine della trincea gli pareva meno triste con quel cane fedele accanto. Quella lupa superba, cara e inseparabile amica di guerra del Capitano Berlese, gli rimase accanto anche sul ponte di Vidor, mentre pioveva a dirotto e la compagnia di riserva si apprestava a respingere un attacco sulla strada per Bigolino. Quando il Capitano Berlese rientrò al suo posto di comando, il cane non c'era più. Chiamò o fischiò più volte, ma gli risposero soltanto gli scoppi delle cannonate e le raffiche di mitragliatrici. "Camminava sull'argine in cerca di voi" gli disse un alpino "l'hanno colpita con una sventagliata di mitraglia". Berlese provò una stretta al cuore e un singhiozzo gli salì alla gola: Povera Bettly! Quando venne l'ordine di ritirarsi oltre il ponte, mentre a scaglione gli alpini lasciavano le colline e si portavano verso il Piave, mentre infuriava una tempesta di fuoco, un'ombra li raggiunse sulla strada e strisciando si avvicinò al capitano. Era la fedele lupa, stanca, ansimante, morente. Una pallottola doveva averle trapassato il ventre perché perdeva molto sangue. L'ufficiale si piegò per accarezzarla e Bettly prese per l'ultima volta la sua posizione preferita per giungere col suo muso, ad accovacciarsi ai suoi piedi tremando. Poi spiccò un salto e con uno straziante ululato si gettò nelle acque del Piave. E quella fu la sua tomba gloriosa»[258]. La sua guerra era finita.

---

[255] *Ibidem.*
[256] *Ivi*, p. 89.
[257] *Ibidem.*
[258] L. VIAZZI, *Le Aquile delle Tofane 1915-1917*, op. cit., p. 285.

Opera poetica

La battaglia presso Saarburg

«La terra marcisce di nebbia. / Plumbea incalza la sera. / Intorno, tra elettrici scoppi, / tutto, gemendo, va in pezzi. / Fumano come stracci / i villaggi all'orizzonte. / Io desolato giaccio / Nella trincea crepitante. / Molti ostili uccelli di rame / Mi fischiano intorno alla testa. / Lesto mi staglio sul grigio / E offro la fronte all'eccidio».[259] *(Alfred Lichtenstein)*

Alfred Lichtenstein, poeta, fu un soldato tedesco che venne chiamato alle armi allo scoppio della Prima guerra mondiale. La sua esperienza sui campi di battaglia purtroppo durò poco in quanto il 25 settembre 1914 fu colpito mortalmente allo stomaco nei pressi di Reims, nella Somme, (Francia). La Battaglia presso Saarburg fu la sua ultima poesia.

Cani adibiti a trasporto di materiali per il fronte (Fonte: associazioneapaca.eu)

[259] A. AMERIO, M. PACE OTTIERI (a cura di), *La Guerra d'Europa...*, op. cit., p. 161.

Soldato tedesco e cavalli con maschere antigas (Fonte: ansa.it)

Soldati inglesi e muli con maschere antigas (Fonte: animali.net)

Carriaggi di una compagnia di mitraglieri (Archivio: R. Carbonera)

I fedeli amici dei soldati (Fonte: lavocedeltrentino.it)

Elefante utilizzato dai soldati tedeschi sul fronte occidentale (Fonte: reddit.com)

Trincea – Soldato britannico con gatto (Archivio: R. Carbonera)

Un "Grigione" al fronte con bobina di filo scorrovole per telegrafo (Fonte: corriere.it)

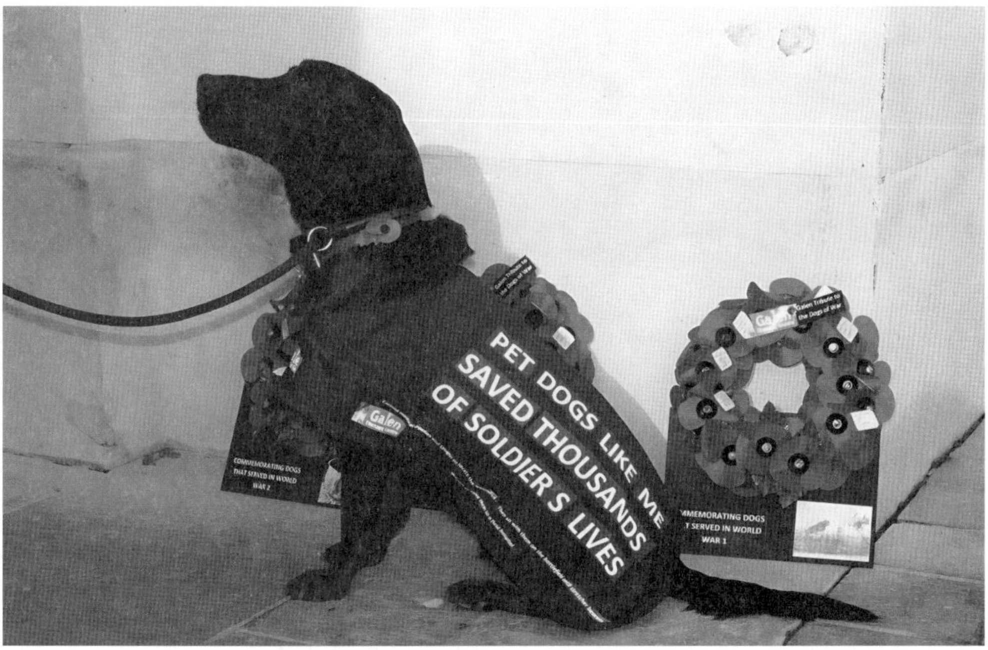

Un labrador, bardato, rende omaggio ai cani caduti (Fonte: dogcastradio.com)

Suippes (Francia) – Monumento al cane (Fonte: Il Secolo XIX)

Parigi – Monumento agli animali deceduti in guerra (Fonte: Il Sole 24 Ore)

Londra – Monumento agli animali caduti in guerra (Ph. L. Damiano)

«Non scorderò mai l'impressione profonda e dolce che lasciavano le Opere di Verdi ascoltate intere al grammofono, sul limitar proprio della linea di fuoco, al lampeggiar della morte. Ufficiali e soldati rimanevano ore e ore estasiati, cullati dall'onda armoniosa, come rapiti in un oblio di sogno. L'animo semplice, rifatto semplice e puro dai perigli supremi, s'apriva rapido, immediato alla suggestione musicale, si abbandonava riposato e lieto alla malia del canto»[260].

CAPITOLO XII

I CANTI DEI SOLDATI

La musica ha da sempre accompagnato i soldati nei campi di battaglia, fin dalle guerre dell'antichità, le canzoni di guerra, infatti, sono importanti testimonianze storiche che un conflitto lascia ai posteri; i temi sono i più vari, così come la loro funzione: sono canzoni con testi e melodie facili da memorizzare, composte per esorcizzare la paura e la morte, per rafforzare l'appartenenza al gruppo, per sollevare gli animi.

Al fronte gli uomini muoiono sui campi di battaglia ed ecco che il soldato cerca di farsi coraggio e dà sfogo alla voce attraverso la canzone: dare sfogo ai propri sentimenti e all'angoscia per raccontare degli amori lontani e dei propri affetti, della speranza di rivedere le persone amate oppure, talvolta, esaltare l'eroismo di chi combatte e si sacrifica per l'amor di Patria o semplicemente il testo descriveva i luoghi.

Il legame tra musica e soldati è stato da sempre parte integrante di coloro che si avviavano ad imbracciare le armi, soprattutto nella Grande Guerra.

Il modo di esporre il conflitto bellico con le note di uno spartito e utilizzare le note di uno spartito per sentirsi parte attiva nella guerra, rende l'idea di ciò che per il soldato rappresentava la musica al fronte, dove le emozioni e le paure si fondevano. Si cantava di frequente e volentieri, perché contribuiva in larga parte a mantenere il livello morale «in quanto in una celia bonaria o la gaiezza di una strofa fanno dimenticare il dolore di una situazione difficile. Ovvero il ritmo musicale rende più facile, o almeno prolunga, uno sforzo muscolare, come afferma una ben nota legge

---

260 A. Gibelli, *L'Officina della Guerra,* op. cit., p. 179.

psicologica, secondo la quale i movimenti muscolari compiuti ritmicamente costano minore sforzo»[261].

Addirittura il governo olandese decise di realizzare una raccolta di musiche militari, tanto che una commissione si dedicò alla selezione dei brani da includere nel canzoniere per le forze mobilitate e i soldati erano vincolati a partecipare alle lezioni di canto per accrescere l'attaccamento ai valori patriottici[262]. La musica era anche uno strumento di propaganda, i giovani che partivano per il fronte erano infatti accompagnati con le musiche di fanfare o di bande cittadine sotto gli scroscianti applausi dei compaesani, ignari dell'atrocità che da lì a poco quella gioventù avrebbe subito e non a caso ci fu chi, tornato dalla guerra, traumatizzato dagli orrori visti sui campi di battaglia, rifuggiva dal partecipare a qualsivoglia ricorrenza nella quale fosse presente una banda o una fanfara, seppur riguardasse i festeggiamenti del Santo Patrono.

Dalla variegata presenza di soldati in trincea nacquero delle canzoni patriottiche che tutt'ora sono intonate in occasione di ricorrenze nazionali o di eventi di carattere militare. Come dimenticare la canzone che unì gli eserciti nemici nella notte di Natale del 1914? I tedeschi intonarono *Stille Nacth* e gli inglesi *Silent Night* uscendo dalle trincee che distavano poche decine di metri per incontrarsi nella *terra di nessuno* fermando in quel modo le ostilità, anche se per poche ore, scambiandosi come dei vecchi amici auguri e doni, generando così le ire dei superiori.
Non c'erano solo canzoni religiose o patriottiche, vennero scritte e cantate anche canzoni di dissenso in cui il soldato esternava i maltrattamenti o le ottusità dei comandanti dando sfogo al malessere interiore con il quale era costretto a convivere. Pertanto le canzoni fanno parte di vari repertori, da quello religioso a quello patriottico, da quello ideologico a quello politico, fino a quello più personale con il quale veniva esternato il sentimento più intimo, quello riferito alla famiglia o alla persona amata.

Alcune volte era più in evidenza la Patria, altre il soldato, altre ancora le sofferenze, come la stanchezza dopo una notte insonne per l'udire i colpi di artiglieria o il crepitio di una mitragliatrice o del semplice colpo di fucile, l'aver trascorso un'intera giornata all'addiaccio, certo è che queste nacquero tanto tra il frastuono delle cannonate o tra il sibilo delle pallottole quanto «nelle pause della battaglia, dopo che i superstiti hanno ripreso

---

[261] A. GEMELLI, *Il Nostro Soldato*, Fratelli Treves Editori, Milano, 1917, p.191.

[262] https://www.europeana.eu/it/exhibitions/the-sound-of-the-trenches/musical-entertainment-in-wartime.

respiro, si sono contati, hanno raccolto i feriti e recuperato i morti, li hanno avviati a valle, o sepolti; quando, infine, mancando di acqua e per non lasciare traccia soffregano a lungo con una manciata di terra le mani sporche di sangue [...]. È l'ora, questa, è l'atmosfera in cui nascono le canzoni. Su un pezzetto di carta, su una cartolina in franchigia, nel retro di una busta usata. Senza pentagramma, certamente. Senza nozioni di poesia, nemmeno di sintassi, basta una matita, e il cuore»[263].

Il canto, dunque, diveniva terapia, manifestazione di liberazione, pur consapevole che quel tipo di sfogo avrebbe potuto portare a conseguenze di carattere disciplinare o di denuncia alla giustizia militare. Questa infatti interveniva sempre in modo poco clemente nei riguardi dei soldati che si fossero macchiati di inadempienze di natura penale e, quindi, imponeva la disciplina in modo esemplare, per evitare che ci fossero delle emulazioni. Spesso tutto questo cadeva nel vuoto, sebbene il rischio della denuncia fosse qualcosa di reale. «Mi osserva un ufficiale, che, anche quando si raccomanda ai soldati di starsene zitti, c'è sempre qualcuno che, senza alcuna malizia o malvolere, canticchia; interrogato, perché ha violato l'ordine, risponde, e gli si può prestare fede, di averlo fatto senza avvedersene»[264].

Sono note condanne molto severe per aver esternato con il canto la propria protesta. Il caporale V.P., di anni 30, della 117^ Compagnia mitragliatrici, venne condannato a 6 anni di reclusione militare e lire 200 di multa per aver cantato, quand'era in licenza, la canzone «Il Generale Cadorna faceva il carrettiere e per asinello aveva Vittorio Emanuele. Dagli Ufficiali siamo maltrattati e dal governo mal nutriti, ecc. Vigliacchi quei signori che hanno fatto il prestito nazionale ed in fin di guerra saranno massacrati»[265].

Nel caso di 7 giovanissimi contadini della provincia di Belluno, in cui due vennero condannati a 5 anni e 7 mesi di reclusione ordinaria, cinque a 2 anni, per subornazione dal Tribunale militare di guerra in quanto la sera del 21 gennaio 1917 intonarono ad alta voce la canzone «Prendi il fucile e gettalo a terra, / vogliamo la pace / e non più la guerra»[266]. Il canto e la musica come un dogma, «si intrecciano nell'aria o si rinforzano in cori improvvisati, stornelli toscani, meste nenie siciliane, monotoni canti lombardi che si fondono in una dolcissima armonia. Ogni soldato ne impara di nuovi; cosi se ne diffonde la conoscenza e l'uso. Ma, accanto a queste

---

[263] G. BEDESCHI, *Dove sei Stato mio Bell'Alpino,* in Storia Illustrata, n. 132, Anno XII, Arnoldo Mondadori Editore, Milano, *Novembre* 1968, pp. 56-58.

[264] A. GEMELLI, *Il Nostro Soldato*, op. cit., p. 191.

[265] E. FORCELLA, A. MONTICONE, *Plotone di Esecuzione...*, op. cit., p. 306.

[266] *Ivi*, p. 109.

rievocazioni di canti borghesi, sorgono i veri canti militari, fioriti sulle labbra di qualche anonimo poeta e trasmessi da gruppo a gruppo. Si verifica anzi a questo proposito quello stesso fenomeno che ho notato a proposito del gergo e delle superstizioni e delle leggende.

Per la natura della guerra attuale, mentre sono frequenti le comunicazioni fra truppe che occupano un medesimo fronte, più difficili, e più rare riescono le comunicazioni fra truppe di fronti diversi; vi è così, anche a riguardo dei canti, una diffusione, nell'interno di ciascuna armata, di canti che sono sconosciuti a truppe di altre armate»[267].

Le canzoni venivano anche rielaborate in base alle circostanze del tempo e degli avvenimenti e potevano essere accompagnate utilizzando mezzi di fortuna come casse di legno, bossoli di artiglieria o semplici pezzi di legno riadattati e lavorati. Tutti i brani venivano reinterpretati ad eccezione di quelli nazionalistici, poiché l'orgoglio patriottico era comunemente sentito tra i soldati soprattutto all'intonazione dell'inno nazionale e quindi nulla poteva manipolarlo; ne dà testimonianza l'allora Presidente del Consiglio, On. Orlando, nella sua visita al fronte alle truppe italiane: «Era la notte, una notte molto cupa, e le prime linee dei nostri nemici erano avvolte da quel silenzio gravido di mistero e di minaccia, che incombe su due eserciti che stanno di fronte. Agli avamposti austriaci c'era un reparto dove erano molti czechi.

Ad un tratto, nella profonda oscurità, si elevò un canto. Omero solo avrebbe potuto descrivere la solennità suggestiva di quel momento. Erano le note dell'inno czeko e allora si videro le vedette rettificare la loro posizione, i soldati delle trincee erigersi in piedi, scoprirsi il capo e rimanere sino a che l'inno non cessò. Nulla di più semplice e più profondo: passava nella notte veramente un soffio di epopea.

Questa gente ha innanzi a sé il nemico, il quale, perché ignaro, può prenderla di fronte sotto il suo fuoco; che ha dietro di sé un altro peggiore e più deciso nemico, che allo spettacolo di una così audace, magnifica affermazione della coscienza di popolo potrebbe anche fucilarla proditoriamente alle spalle, ebbene, questa gente non ha temuto né il pericolo palese né quello nascosto, e alla voce della patria è balzato in piedi a capo scoperto, ascoltando l'inno nazionale, il simbolo più caro per essa»[268].

La lettera che segue venne è stata inviata dal capitano *N. D.*, musicista, al Maestro Léon Jehin, direttore dell'Opera di Monte-Carlo ed è stata tratta

---

[267] *Ivi*, p. 193.

[268] E. Mercatali, G. Vincenzoni, *La Guerra Italiana*, Cronistoria Illustrata degli Avvenimenti, periodo settimanale, 21 aprile 1918, n. 25., p. 399.

dalla pagina 4 de *"Le Figarò"* del 30 novembre 1914: «12 novembre. Caro amico, vedo sui giornali che Litvinne canta a Montecarlo e che tu ci sei: e sono venuto a darti le mie notizie, e a custodire i miei ricordi per tutti i tuoi amici. Finora sono passato tra le gocce, per così dire, e alcuni giorni va bene. Non vi dirò quali momenti, duri o piacevoli, abbiamo vissuto e stiamo ancora attraversando; ma il morale è sempre ottimo e la fiducia assoluta nel risultato finale, se non prossimo. Ho ottimi cavalli, e ho potuto, soprattutto in una circostanza, vedere l'utilità di essere ben cavalcati. Ma parliamo di musica. A imitazione dei suoni della battaglia. A imitazione dei rumori della battaglia, tutto ciò che è stato fatto finora in musica, anche in Renaud, non ha alcuna somiglianza con la realtà, e non sarebbe male che i compositori venissero ad ascoltare le varie modulazioni e gli accordi fatti dal "petassons" di diversi calibri con cui questi maiali Boches ci inondano di una prodigalità che li porta alla rovina - sembrano già risparmiare denaro; È un rumore infernale, con fischi e russamenti a cui non basterebbe nemmeno il mostro di Sainte Marie. Adesso, in trincea, è un'altra cosa: armonica, fisarmoniche, flauti, oboi e strani strumenti, e canti che non hanno nulla a che vedere con i canti tristi o sentimentali che escono dalle cantine Boche - a 15 metri di distanza. Abbiamo musicisti qui: Wolff, il direttore dell'Opéra-Comique, è tra i barellieri, ha una bella voce baritonale; e il figlio di Féraudy, altro collezionista di scolari rigidi, ha una vena di tenorino molto piacevole. Facciamo un po' di musica, e ragazzo, il giorno di Ognissanti, abbiamo avuto un Alleluia gregoriano, che non era Engelberg, ma era già troppo bello per essere apprezzato dal pubblico. Infine, ci prendiamo cura di noi stessi e spesso ci divertiamo anche molto. L'unica cosa che mi fa schifo è la mancanza di sole: se potessi mandarmene un po', non ti vergognare. Mia moglie e i miei figli sono soli alla villa, meno allegri di me.

Se vai a Nizza, dai una svolta al loro morale. In allegato una foto scattata al posto di comando, durante la battaglia, mentre sovrintendevo ad un interrogatorio, da parte di interpreti, di un prigioniero; orrore! Fumo la pipa. Saluti a tutti e congratulazioni a Litvinne per i suoi compatrioti: se continuano ci libereranno da qualche cadavere! Affettuosamente»[269].

---

[269] Traduzione a cura di ELISA DAMIANO.

LE FIGARO — LUNDI 30 NOVEMBRE 1914

JOURNAL DE CAMPAGNE

UN PROPHÈTE

LA GRANDE DATE

Échos

LETTRE DE COMBATTANT

POUR NOS SOLDATS

LA MÉDAILLE

LE MONDE RELIGIEUX

La renaissance religieuse en France

LE CLERGÉ ET LA GUERRE

A L'ÉGLISE POLONAISE

Le Monde & la Ville

Pagina 4 de "Le Figarò" pubblicata il 30 novembre 1914

Molti musicisti di professione erano attivi sia come interpreti che come compositori. Il compositore tedesco Paul Hindemith, di stanza sul fronte belga, eseguì il Quartetto per archi di Debussy. August Däne (1880-1920) era un soldato professionista tedesco sul fronte belga, la sua posizione di *Kapellmeister* (direttore d'orchestra) gli permise di rimanere nelle retrovie, dove suonava per i soldati tedeschi feriti.

Maurice Ravel

Il "Quartetto" – Paul Hindemith è il 2° da sinistra (europeana.eu)

Non si saprà mai quanti furono i talenti che parteciparono alla Grande Guerra, come pure quelli che non tornarono più a casa; uno di questi fu André Devaere, pianista e compositore, partito per la guerra, venne ferito in combattimento il 10 novembre 1914 nei pressi di St. Joris-aan-de-Ijzer, a sud di Nieuwpoort, in Belgio. Morì a causa delle sue ferite alle prime luci del 14 novembre. Aveva appena 24 anni[270].

Possiamo citare anche grandi nomi della musica come Maurice Ravel che, malgrado fosse in età avanzata e più volte dichiarato inabile, riuscì comunque ad entrare a far parte dell'esercito francese.

Egli fu destinato come autista militare dove rimase fino al 1916 quando venne ricoverato in ospedale perché profondamente indebolito, lì suonò il pianoforte per intrattenere i soldati convalescenti negli ospedali militari e compose pure una musica *Le Tombeau de Couperin* in onore dei suoi compagni caduti in guerra[271].

---

[270] https://www.europeana.eu/it/exhibitions/the-sound-of-the-trenches/musical-entertainment-in-wartime.

[271] https://www.meer.com/it/20064-maurice-ravel-un-musicista-in-guerra.

Lo stesso Claude Debussy rimase colpito nel vedere i suoi concittadini profughi e dedicò loro «*Noël des enfants qui n'ont pas de maison*» *(Natale per i bambini che non hanno una casa).* Dalla canzone traspira chiaramente molta rabbia. In quel periodo, Debussy era preoccupato non solo per la sua salute, ma anche per il destino della sua famiglia che si era dovuta trasferire più volte a causa della guerra»[272]. Egli morì prima che la guerra finisse. Nel marzo del 1918, Paul Hindemith, mentre era impegnato nell'esecuzione del Quartetto di Debussy, ricevette la notizia della morte del compositore e annotò: «Era come se lo spirito fosse stato rimosso dal nostro modo di suonare, ma ora abbiamo sentito per la prima volta quanto la musica sia molto più che semplice stile, tecnica ed espressione di sentimenti personali. Qui la musica ha trasceso tutte le barriere politiche, l'odio nazionale e gli orrori della guerra»[273].

Musica di intrattenimento al fronte (*Fonte: europeana.eu*)

[272] https://www.europeana.eu/it/exhibitions/the-sound-of-the-trenches/after-the-war.
[273] https://www.warcomposers.co.uk/hindemith.

In tutti gli eserciti i canti furono una componente importante. D'altronde cosa poteva fare un soldato della Prima guerra mondiale, appassionato di musica, durante le ore anguste e infinite in trincea? Semplice: comporre. È quello che fece Ernst Brockmann, bloccato per mesi a Verdun, dove scrisse un canto ispirato a ciò che vedeva tutti i giorni. Era tragico e desolante insieme. Il Lied si intitolava *Bald Allzubalde*, cioè *Presto, troppo presto*, e metteva a confronto il fiorire dei boschi e il ritorno della primavera con la morte vicina di un giovane. Poi il soldato morì, ucciso nella trincea. Il testo e lo spartito vennero pubblicati in un libretto di canzoni di guerra del 1917 e subito dimenticato. Venne ritrovato, per caso, in una vecchia bancarella da due musicisti. E loro, dopo una rapida visione, capirono di avere incontrato un piccolo capolavoro. «Decidono subito di arrangiarlo e farne delle esecuzioni pubbliche, utilizzando strumenti dell'epoca: una chitarra del 1911, una fisarmonica e un clarinetto. Per la prima volta, quella musica solo immaginata in una fredda trincea francese, sarebbe stata ascoltata da qualcuno. Il lied narra di un luogo desolato, una pietra nel bosco, una lapide e una fanciulla lì vicino che piange. Sono tutti temi tipici di un romanticismo decadente ancora in voga nel periodo. Ma è la musica, in realtà, che prevale. Il fatto poi che la storia raccontata e quella dell'autore finiscano per coincidere, aggiunge pathos a tutta la vicenda. Come nota Patricia, una dei musicisti che fece la scoperta, "leggere quelle note era come ascoltare bisbigli che venivano dalla tomba". Quei morti, sembra suggerire, avevano ancora qualcosa da raccontare»[274].

Nelle trincee francesi iniziarono ad essere intonate canzoni che riguardavano la quotidianità come la canzone *«Il Grido del Peloso»*, in virtù della scarsa igiene che vigeva in quei luoghi malsani dove era impossibile radersi. Contemporaneamente, sul fronte austroungarico, venne coniata *La Canzone della Trincea* non dissimile nei contenuti da quella dei francesi, perché riguardava la medesima difficoltà di vivere in quei posti insalubri. Non mancarono poi gli scritti per canzonare i superiori, ma quelli che colpiscono di più nell'animo sono i testi dedicati agli amici caduti: la *Chanson de Craonne*, scritta durante la battaglia dello Chemin des Dames, rientra tra quelle più toccanti.

C'era però anche lo svago come avvenne per la canzone *Quand Madelon* che riguardava l'incontro di una giovane ed avvenente cameriera conosciuta in una taverna di campagna: nei suoi riguardi venivano utilizzati

---

[274] https:/www.linkiesta.it/2019/02/ascolta-la-musica-composta-da-un-soldato-della-prima-guerra-mondiale-m/.

dei toni garbati, non consoni per quel particolare periodo storico dovuto alla guerra. Questo motivetto divenne da semplice canzone di trincea a quasi un inno patriottico che a distanza di oltre un secolo continua ancora ad essere canticchiato. Al termine della guerra *Quand Madelon* venne sostituita dalla canzone *La Madelon de la Victoire*, in virtù della vittoria della guerra dei francesi sui tedeschi. Proprio nell'esercito tedesco le canzoni maggiormente cantate erano *Argonnerwaldlied* (Canzone della foresta delle Argonne) e la *Wildgänse rauschen durch die Nacht* (Le oche selvatiche sfrecciano sibilando nella notte). Per i britannici le canzoni di trincea che andavano per la maggiore erano *Keep the Home Fires Burning* (Tieni acceso il fuoco del caminetto) e *Colonel Bogey March.*

Soldati-musicisti francesi (Fonte: europeana.eu)

Allegoria di soldati austro-ungarici (Fonte: fassa.com)

Incredibilmente si cantava pure negli ospedali, la V.A.D. Vera Brittain, già citata, in una lettera al fidanzato scriveva: «Da un lato c'è tanto lavoro da fare con urgenza Dall'altro, il mescolarsi di grammofoni e persone che urlano o si lamentano dopo un'operazione ti esentano dall'obbligo di muoverti con passi silenziosi, perché sommerge tutto»[275]. L'uso del grammofono in ospedale non solo serve a coprire le urla dei soldati, ma viene utilizzato da essi in base all'arto che gli è rimasto integro, «Così un giovane gallese, confinato al letto perché ha perso una gamba, gira la manovella del grammofono tutto il giorno, chi ha perso un braccio con quello rimasto scegli i dischi da suonare, e gli altri – se non possono aiutare diversamente – battono il tempo e cantano in coro. La musica popolare, allora, quella stessa che magari i soldati cantano nelle loro parodie più o meno oscene raccolte nei Tommy's Tunes, tra i feriti può avere una funzione terapeutica rasserenante [...]»[276]. Tutto ciò trova conferma nei versi dedicati dall'infermiera britannica Eva Dobell in Musiche dal Grammofono: «Non avranno più lo stesso suono / per il lungo reparto il grammofono / emette i suoni nasali e graffianti: / "Dove hai trovato quella ragazza?" urla. / I pazienti ascoltano tranquilli, / in nuvole di fumo di tabacco forte: il grammofono piace sempre. / Il ragazzo gallese l'ha vicino al letto, / (ha una sola gamba – l'altra gli è saltata via.) / Sta là appoggiato ai cuscini / e gira la manovella per mezza giornata. / Il suo vicino, con un braccio distrutto, / sceglie i dischi da fargli suonare. / Jok batte il tempo con le stampelle; / il cannoniere, con la testa fasciata, / ascolta con un sorriso paziente e perplesso: / (trauma da proiettili – non sente nulla.) / Gli altri si uniscono dai loro letti, e fanno un coro che si diffonde»[277].

Grammofono Decca (Fonte: europeana.eu)

[275] R. MULLINI, *Più del Bronzo*, op. cit., p. 103.
[276] *Ivi*, p. 105.
[277] *Ibidem*.

Soldati-musicisti tedeschi invalidi (Fonte: europeana.eu)

Piccolo concerto di soldati-musicisti rimasti colpiti da cecità (Fonte: europeana.eu)

Anche con l'ingresso dell'Italia nel conflitto ci fu un consistente repertorio, canzoni come *Ta-pum*, *La Tradotta*, *Monte Grappa tu sei la mia Patria*, *O Surdato 'nnammurato*, solo per citarne alcune, furono dei veri capolavori e nacquero proprio dalle esperienze di trincea, per poi finire con *La Leggenda del Piave*, l'opera eccellente di A. E. Mario. Complementare ai canti erano anche le fanfare che accompagnavano i soldati nelle marce o alleviavano la vita nelle retrovie.

Il sottotenente degli Alpini Piero Jahier descrive in modo particolareggiato dell'importanza nel reparto della *sua* fanfara: «Finalmente è uscita la nostra fanfara; si è messa alla testa della compagnia silenziosa; ha preso il "March" dal vecchio Pedol un po' imbarazzato; tutte le labbra si sono premute amorosamente a cercare la nota; e il n. 1 è venuto fuori "pulito". Allora ho capito perché volevano tanto la fanfara.

È lei che ci fa essere uniti; che esige questo passo uguale, e dietro al passo un'anima uguale, paziente, intonata; è lei che ci costringe a entrar nei lacci della cadenza di dove non si può più uscire. E ci fa prigionieri felici nella disciplina. Tutti i plotoni vorrebbero esserle vicino; bisogna alternare questo privilegio. perché ci porta, lei, quando suona.

Oggi tocca al secondo a farsi portare. Ora vogliamo molto bene alla nostra fanfara. È lei che sveglia inesorabile prima della fabbrica, prima del prete, prima del sole, perché noi prima del sole arriviamo. E tutte le finestre si debbono aprire, e tutte le porte si debbono dissertare; e tutti i fuochi debbono divampare. Ci saranno delle musiche belle nei luoghi di pace. C'è l'arte: tanto bella che non può servire a qualcosa.

Queste musiche, invece, vogliono servire noi militari. Sanno che bisogna camminare. Noi amiamo la musica che rallegra. Ogni volta che ha finito, la nostra fanfara ci ha detto una buona parola. Non lascerà penetrare negli occhi del sudore. Non ci lascerà ripiombare nelle stanchezze e afflizioni. Ci accompagnerà dappertutto. Dove è passato il fucile passera il suo trombone. È la nostra fanfara alpina che dappertutto ci può accompagnare. Via via che ci innalziamo, qualche altra ci abbandona. Ma questa non ci può abbandonare. Suona sui ghiaioni, in discesa, anche se il bombardino è scomparso a gambe levate; suona quando ci sgraniamo uno per uno, franando con bastone; suona, appena sottovento, sulla cima. E suonerà ancora – coi suoi ottoni terrosi – nella notte tremenda finché dura l'assalto, siccome ha detto il capitano Rossi della 96^ «Monte Antelao»: "ora aiutate i vostri compagni a morir bene" non sono morti nei ringhi delle palle tedesche. Sono morti negli squilli delle trombe italiane. Riposano nell'Inno degli Alpini»[278]. Il direttore di quella fanfara era il sergente maggiore Giuseppe Sacchet, che alla vigilia di ogni importante azione, intonava una marcia. Le note acustiche risuonavano tra le valli dolomitiche, riscotendo il plauso anche dei soldati austroungarici che beneficiavano di quelle musiche. Quelle note fecero presa anche tra i prigionieri che dissero che la composizione di quelle note ebbe un'influenza emotiva sull'esito del combattimento.

Il Maestro Eugenio Palazzi di Trino (Vercelli), invece, fu richiamato alle armi. Con il grado di capitano resse il 2° Nucleo di Centurie del Comando Genio della 3^ Armata, combattè sull'Adamello, sul Tonale e nel Basso Piave e lì musicò *Valore Alpino*, canto militare tratto da una canzonetta francese introdotta e insegnata ai soldati del battaglione *Susa*. Quella semplice aria divenne uno dei canti più popolari degli Alpini nella Grande Guerra per poi diventare la loro *marcia d'ordinanza*[279].

Pure il maestro Arturo Toscanini fece visita al fronte per allietare i nostri fanti con la sua musica. Egli stesso raccontò la vicenda in una lettera alla moglie Carla, datata 1° settembre 1917: «Carissima Carla, hai ricevuto la breve nota che ti ho scritto dal Monte Santo? Fui lassù quattro giorni e quattro notti. Vidi alcune cose straordinarie, tanto che il mio cuore batte con violenza al solo ricordarle...

La sera stessa che discesi dal Monte Santo, ricevetti una chiamata da sua Eccellenza il generale Capello, invitandomi ad essere in un certo posto – ora non posso dirti dove – il giorno seguente alle 10. Pensavo che volesse parlarmi dell'orchestra che voleva mettere insieme nella sua Armata. Ci arrivai tardi, perché gli autisti non conoscevano bene il posto; il generale mi aveva atteso per una mezz'ora. Mi condusse ad un enorme spiazzo, dove una magnifica brigata di Bersaglieri [...] aveva appena finito una manovra in sua presenza, e proprio là, con i bersaglieri che presentavano le armi, appuntò una medaglia d'argento al valore sul mio petto e mi baciò su entrambe le guance.

Puoi immaginare la mia sorpresa e la violenta emozione che ne seguì. Piansi come un bambino, e davanti al generale mi mostrai stupido come un'oca. E mi sentii confuso da questo alto simbolo di onore che non credo di meritare. Che cosa vi era di più umile e semplice che portare alcuni strumentisti ed un po' di musica sul Monte Santo in mezzo a quei cari

---

[278] L. Viazzi, *Le Aquile delle Tofane 1915-1917,* Mursia, Torino, 1976, pp. 207-208.
[279] F. Crosio, B. Ferrarotti, *Il musicista trinese Eugenio Palazzi*, Tipografia AGS – Gallo Arti Grafiche Trino (Vercelli), 2023, pp. 13-14.

soldati…?»[280]. Quell'esibizione per i nostri soldati trasformò una giornata di festa in un'altra tragedia «I nemici, indirizzati dalla musica, orientarono verso quel punto una scarica di proiettili. non si sa quanti soldati morirono»[281].

Il maestro Arturo Toscanini al fronte (Archivio: R. Carbonera)

Il nostro esercito fu denominato ironicamente dai nemici *popolo di mandolinisti* ma dimostrò il suo valore sui campi di battaglia ed anche per il suo gusto per il canto e per la bellezza della sua anima. La canzonetta dedicata a *Cecco Beppe* per le sue confidenze a *Guglielmo* ne è la dimostrazione: «Questi Italiani, ch'io credevo mandolinisti / e chitarristi, / sono dannati musici nati / e concertista di prima vista; / e il concertino comincia a sentirsi vicino a Gorizia. / Mio caro alleato Guglielmo, / aiuto mi sento mancar. / L'Italia, la gran traditora, / Coi suoi mandolin, / Coi suoi concertin, / Mi manda in malora. / L'Italia, la gran traditora, / coi suoi mandolin, / m'ha già rotto fin / i miei chitarrin. / I bersaglieri, come son fieri, colla loro cornetta, / vanno in fretta. / E i fantaccini, che son più piccini, colla baionetta: / oh che disdetta! / Ci sono gli alpini, sul mio confine, dell'Alpi in vetta; / i pifferi suonano, e a Monte Sai Basi già stanno a ballar. / Rit. L'Italia, la gran traditora… / Ci son gli artiglieri, che suonan davvero come tante bestie! / ma ben moleste!... Con i tromboni e con i cannoni van per le leste / Per via Trieste. / Oh povero me, / che mi voglion suonare, / ma ben, per le feste; / il concerto italiano, m'ha rotto i timpani e i chitarrin. / Rit. L'Italia, la gran traditora…»[282].

---

280 A. D'Ambra, *Memorie della Grande Guerra: Toscanini sul Monte Santo*, in https://www.historiaregni.it/toscanini-sul-monte-santo/.

281 L. Del Boca, *Maledetta Guerra*, op. cit., p. 185.

282 A. Gemelli, *Il Nostro Soldato,* op. cit., pp. 212-213.

Concerto al fronte (Archivio G. Anzanello)

Soldati italiani in un raro momento di svago (Archivio G. Anzanello)

Si pone inizio alla narrazione dei canti con il testo della canzone *La marcia Reale* che accompagnava i soldati al fronte. A questa seguirà *La Ragazza Neutrale*, si tratta di un testo scritto nel 1914 e che rappresenta l'Italia come una signorina nei confronti della quale le nazioni della Triplice Alleanza e quelle dell'Intesa fanno dei corteggiamenti, ma ella non cede perché vuol essere neutrale e *O surdato 'nnamurato*, una canzone di trincea conosciuta da tutti i fanti. Il brano, che nacque all'inizio dell'entrata in guerra dell'Italia, pose in evidenza la tristezza del soldato al fronte, che è angosciato dal fatto dover star lontano dalla propria donna. Le strofe della canzone, però, possono anche richiamare non solo la persona amata, ma riguardare pure i famigliari e tutte le persone care abbandonate per la chiamata alle armi.

La Marcia Reale

«Evviva il Re! Evviva il Re! Evviva il Re! / Chinate o Reggimenti le Bandiere al nostro Re / La gloria e la fortuna dell'Italia con Lui è / Bei Fanti di Savoia gridate evviva il Re! / Chinate o Reggimenti le Bandiere al nostro Re! / Viva il Re! Viva il Re! Viva il Re! / Le trombe liete squillano / Viva il Re! Viva il Re! Viva il Re! / Con esso i canti echeggiano / Rullano i tamburi le trombe squillano squillano / Cantici di gloria eleviamo con fervor / Viva l'Italia, l'Italia evviva! Evviva il Re! / Viva L'Italia, evviva li Re! Evviva il Re!!! / Viva l'Italia! Viva il Re! Viva il Re! / Tutta l'Italia spera in Te, crede in Te, / gloria di nostra stirpe, segnal di libertà, / di libertà, di libertà, di libertà / Quando i nemici agognino / i nostri campi floridi / dove gli eroi pugnarono / nelle trascorse età, / Quando i nemici agognino / i nostri campi floridi / dove gli eroi pugnarono / nelle trascorse età, / finché duri l'amor di patria fervido, / finché regni la nostra civiltà. / L'Alpe d'Italia libera, / dal bel parlare angelico, / piede d'odiato barbaro / giammai calpesterà / finché duri l'amor di patria fervido, / finché regni la nostra civiltà. / Come falange unanime / i figli della Patria / si copriran di gloria gridando libertà»[283].

La Marcia Reale d'ordinanza o *Fanfara Reale* scritta da Giuseppe Gabetti nel 1831 su incarico del Re Carlo Alberto di Savoia, è stata l'inno di casa Savoia e italiano fino all'avvento della Repubblica, che adottò provvisoriamente il Canto degli Italiani di Goffredo Mameli. Dal 1922 al 1943 a ogni esecuzione pubblica della Marcia Reale faceva seguito l'inno del Partito Fascista, *Giovinezza*[284].

---

283 https://www.anmisarzana.com/inno-di-mameli-marcia-reale-inno-regno-due-sicilie/.
284 https://www.anmicarrara.it/Testo_Marcia_reale.html.

La Ragazza Neutrale

«Son tanti i giovanotti a me d'intorno / che ne potrei formare un reggimento. / Son caldi tutti come il pan nel forno / e per avermi vengono a cimento. / Chi vuol farmi ballar Valzer viennesi / Chi a Nizza poi m'invita a Carnevale. / Ed io rispondo a tutti: "son neutrale / Rigodindondà finché durerà la neutralità! / L'un dice: "Bella vien con me a Berlino!" / e l'altro: "Stella, io soni parigino!" / Io faccio a tutti un bell'inchino. / Preferisco già ouì, yes, ja, ja, la neutralità! / Lo so che sono bella come un fiore, / che vale dei milioni il mio amore: / che per avermi m'offron mari e monti, / ed io che sto a sentir poi faccio i conti, / sorrido a tutti e non rispondo male, / ma tengo tutti in là col mio stivale, / e dico: V'amo sì, ma son neutrale! / Rigodindondà fin che durerà la neutralità! Rit. L'un dice…! / Coi pretendenti io so fare l'artista, / nessuno potrà far la mia conquista... / A chi gironza intorno alla mia mano, / io glie la fo' veder, ma sempre invano / Io sono un'Italiana bella e altera, / nessun mi può comprare e ne son fiera: / sol marcio all'ombra della mia bandiera! / Rigodindondon al momento buon sparerà il cannon. / Rit. L'un dice…»[285].

La ragazza neutrale (Fonte: Turismo FVG)

[285] https://www.aclorien.it/archiviocantipatriottici/song.php?id=5965.

'O surdato 'nnamurato

«Staje luntana da stu core, / a te volo cu 'o penziero / niente voglio e niente spero / ca tenerte sempe a fianco a me! / Si' sicura 'e chist'ammore / comm'je so' sicuro 'e te… / Oje vita, oje vita mia / oje core 'e chistu core / si' stata 'o primmo ammore / e 'o primmo e ll'urdemo sarraje pe' me! / Quanta notte nun te veco, / nun te sento 'int'a sti bbracce, / nun te vaso chesta faccia, / nun t'astregno forte 'mbraccio a mme. / Ma scetannome 'a sti suonne, / mme faje chiagnere pe' te… / Rit. Oje vita… / Scrive sempe e sta' cuntenta: / io nun penzo che a te sola / Nu penziero me cunzola, / ca tu pienze sulamente a mme. / 'A cchiù bella 'e tutt'e bbelle, / nun è maje cchiù bella 'e te…/ Oje vita, oje vita mia / oje core 'e chistu core / si' stata 'o primmo ammore / e 'o primmo e ll'urdemo sarraje pe' mme!»[286].

O Gioventù d'Italia

«O gioventù d'Italia, / è l'ora di partir... / Ricordati! Ricordati! / O vincere o morir. / La gloria già l'ammalia, / Sorride l'avvenir, / La Patria, la Patria / Per te si vuol morir. / Trento e Trieste / Siete italiane... / Vi sia veste / Il tricolor. / Figlie lontane, / Che amiamo tanto, / Vi giunga il canto / Dei nostri cuor! / O bersaglier va tu, Ricordati! Ricordati! Tu devi andar laggiù. / Uniti tutti quanti / Avremo la virtù / Di vincere! di vincere! /L'imperatore fu! /Trento e Trieste Siete Italiane... / Vi sia veste / Il tricolor. / Figlie lontane, / Che amiamo tanto. / Vi giunga il canto / Dei nostri cuor! / Fratelli del Trentino / A voi il nostro man, / Stringetela! Stringetela! / Insieme andrem lontan... / Il sangue Triestino / Versato non fu invan: / Giuriamolo! Giuriamolo! / Nel nome di Oberdan! / Rit. Trento e Trieste…»[287].

Kaiserhymne

«Kaiserhymne Gott erhalte, Gott beschütze Franz

Gott erhalte Franz, den Kaiser, / Unsern guten Kaiser Franz! / Lange lebe Franz, der Kaiser, / In des Glückes hellstem Glanz! / Ihm erblühen Lorbeerreiser, / Wo er geht, zum Ehrenkranz! / |: Gott erhalte Franz, den Kaiser, / Unsern guten Kaiser Franz! / Laß von seiner Fahne Spitzen / Strahlen Sieg und Fruchtbarkeit! / Laß in seinem Rate Sitzen / Weisheit, Klugheit, Redlichkeit; / Und mit Seiner Hoheit Blitzen Schalten nur Gerechtigkeit! / |: Gott erhalte Franz, den Kaiser, / Unsern guten Kaiser Franz! / Ströme deiner Gaben Fülle / Über ihn, sein Haus und Reich! / Brich der Bosheit Macht, enthülle / Jeden Schelm- und Bubenstreich! / Dein Gesetz sei stets sein Wille, / Dieser uns Gesetzen gleich. / |: Gott erhalte Franz, den Kaiser, / Unsern guten Kaiser Franz!»[288]

---

[286] https://www.napolifans.it/musica/o-surdato-nnammurato/.
[287] http://www.ildiscologoro.altervista.org/inniPRIMAguerra.htm.
[288] https://lyricstranslate.com.

Inno imperiale Austro-Ungarico

«Iddio salvi l'Imperator Francesco, / il nostro buon Imperator Francesco! / Viva a lungo l'Imperator Francesco, / Nel lustro più brillante di felicità! / Fioriscano per lui i fiori d'alloro / Ovunque lui vada, come una ghirlanda d'onore! / Iddio salvi l'Imperator Francesco, / il nostro buon Imperator Francesco! / Possa dalle cime della sua bandiera / Irradiar vittoria e fertilità! / Possa nei suoi concili / Seder Saggezza, Prudenza, Onestà, / e con un fulmine di Sua Altezza / possa solo regolar la giustizia! / Iddio salvi l'Imperatore Francesco, / il nostro buon Imperatore Francesco! / Scorra la ricchezza dei tuoi talenti / sopra di lui, la sua Casa e l'Impero! / Rompa la forza la malvagità, / scopra ciascun mascalzone ed imbroglione! / (Sua) Volontà sia sempre la Legge, / Questa Legge vi sia subito a tutti. / Iddio salvi l'Imperatore Francesco, / Il nostro buon Imperatore Francesco! / Che egl'ammiri felice del suo paese, / dei suoi popoli il più alto fiorir! / Li veda, sol cosa grazie alla fratellanza, / spiccar prima di tutti gli altri! / Ed ascolti sul bordo / della tomba il cor dei nipoti. / Iddio salvi l'Imperatore Francesco, / Il nostro buon Imperatore Francesco»[289].

Alla morte dell'Imperatore Francesco Giuseppe la marcia venne integrata con le seguenti strofe: «Iddio serbi, Iddio protegga / il nostro Imperatore, la nostra terra! / Forte grazie all'aiuto della Fede, / Ci guidi con mano sapiente! / Che la corona dei suoi padri / Ci difenda da ogni nemico! / Intimamente rimane unito col trono d'Asburgo / il destino d'Austria!»[290].

Das Lied der Deutschen

«Deutschland, Deutschland über alles, / Über alles in der Welt, / Wenn es stets zu Schutz und Trutze / Brüderlich zusammenhält, / Von der Maas bis an die Memel, / Von der Etsch bis an den Belt – / Deutschland, Deutschland über alles, / Über alles in der Welt! / Deutsche Frauen, deutsche Treue, / Deutscher Wein und deutscher Sang / Sollen in der Welt behalten / Ihren alten schönen Klang, / Uns zu edler Tat begeistern / Unser ganzes Leben lang – / Deutsche Frauen, deutsche Treue, / Deutscher Wein und deutscher Sang! / Einigkeit und Recht und Freiheit / Für das deutsche Vaterland! / Danach lasst uns alle streben / Brüderlich mit Herz und Hand! / Einigkeit und Recht und Freiheit / Sind des Glückes Unterpfand – / Blüh im Glanze dieses Glückes, / Blühe, deutsches Vaterland!»[291].

La canzone dei Tedeschi

«Germania, Germania, al di sopra di tutto, /al di sopra di tutto nel mondo, / purché per protezione e difesa / si riunisca fraternamente. / Dalla Mosa fino alla Memel / dall'Adige fino al Belt: / Germania, Germania, al di sopra di

---

289 https://lyricstranslate.com/it/kaiserhymne-gott-erhalte-gott-besch%C3%BCtze-god-keep.html.
290 https://it.wikipedia.org/wiki/Kaiserhymne#Versione_originale_(1797).
291 https://www.viaggio-in-germania.de/inno-nazionale1.html.

tutto, / al di sopra di tutto nel mondo. / Donne tedesche, fedeltà tedesca, / vino tedesco e canto tedesco, / devono mantenere nel mondo / la loro vecchia, buona fama. / Che ci ispirino a gesta nobili / per tutta la nostra vita / Donne tedesche, fedeltà tedesca, / vino tedesco e canto tedesco. / Unità, giustizia e libertà / per la patria tedesca! / Lavoriamo tutti per questa meta, / col cuore e con l'azione fraterna! / Unità, giustizia e libertà / sono la garanzia della felicità. / Fiorisci nello splendore di questa felicità, / fiorisci, patria tedesca!»[292].

Marcia e canto (Fonte: europeana.eu)

Noël des enfants qui n'ont pas de maison

«Nous n'avons plus de maisons! / Les ennemis ont tout pris, / Jusqu'à notre petit lit! / Bien sûr! papa est à la guerre, / Pauvre maman est morte / Avant d'avoir vu tout ça. / Qu'est-ce que l'on va faire? / Noël! petit Noël! n'allez pas chez eux, / N'allez plus jamais chez eux, / Punissez-les! / Vengez les enfants de France! / Les petits Belges, les petits Serbes, / Et les petits Polonais aussi! / Si nous en oublions, pardonnez-nous. / Noël! Noël! surtout, pas de joujoux, / Tâchez de nous redonner le pain quotidien. / Nous n'avons plus de maisons! / Les ennemis ont tout pris, / Jusqu'à notre petit lit! / Ils ont brûlé l'école et notre maître aussi. / Ils ont brûlé l'église et monsieur Jésus-Christ! / Et le vieux pauvre qui n'a pas pu s'en aller! / Noël! écoutez-nous, nous n'avons plus de petits sabots: / Mais donnez la victoire aux enfants de France!»[293].

---

[292] https://www.viaggio-in-germania.de/inno-nazionale1.html.

[293] https://mathias-charton.canoprof.fr/eleve/Ressources%20Classe%20Chantante/Debussy,%20Claude%20-%20Noel%20des%20enfants_prof/res/Debussy_NoelDesEnfants_-_Partition_compleLte.pdf.

Natale per i bambini che non hanno una casa

«I nemici hanno preso tutto, / Fino al nostro lettino! / Certo! papà è in guerra, / La povera mamma è morta / Prima di vedere tutto questo. / Cosa faremo? / Natale! piccolo Natale! / Non andare da loro / Non andare mai più da loro. / Puniscili! / Vendica i figli di Francia! / I piccoli belgi, i piccoli serbi, / E anche i piccoli polacchi! / Se ne dimentichiamo qualcuno, perdonaci. / Natale! Natale! soprattutto niente giocattoli, / Prova a darci di nuovo il nostro pane quotidiano. / Non abbiamo più case! / I nemici hanno preso tutto, / Fino al nostro lettino! / Hanno bruciato la scuola e anche il nostro insegnante. / Hanno bruciato la chiesa e il signor Gesù Cristo! / E il povero vecchio che non poteva scappare! / Natale! ascoltaci, non abbiamo più zoccolini: / Ma dai la vittoria ai figli di Francia!». (Traduzione Elisa Damiano)

Soldati-musicisti francesi (Fonte: europeana.eu)

Quand Madelon

«Pour le repos, le plaisir du militaire, / Il est là-bas à deux pas de la forêt / Une maison aux murs tout couverts de lierre / "Au tourlourou" c'est le nom du cabaret / La servante est jeune et gentille, / Légère comme un papillon. / Comme son vin son œil pétille, / Nous l'appelons la Madelon / Nous en rêvons la nuit, nous y pensons le jour, / Ce n'est que

Madelon mais pour nous c'est l'amour / Quand Madelon vient nous servir à boire / Sous la tonnelle on frôle son jupon / Et chacun lui raconte une histoire / Une histoire à sa façon / La Madelon pour nous n'est pas sévère / Quand on lui prend la taille ou le menton / Elle rit, c'est tout le mal qu'elle sait faire / Madelon, Madelon, Madelon! / Nous avons tous au pays une payse / Qui nous attend et que l'on épousera / Mais elle est loin, bien trop loin pour qu'on lui dise / Ce qu'on fera quand la classe rentrera / En comptant les jours on soupire / Et quand le temps nous semble long / Tout ce qu'on ne peut pas lui dire / On va le dire à Madelon / On l'embrasse dans les coins. Elle dit: "Veux-tu finir..." / On s'figure que c'est l'autre, ça nous fait bien plaisir. / Quand Madelon vient nous servir à boire / Sous la tonnelle on frôle son jupon / Et chacun lui raconte une histoire / Une histoire à sa façon / La Madelon pour nous n'est pas sévère / Quand on lui prend la taille ou le menton / Elle rit, c'est tout le mal qu'elle sait faire / Madelon, Madelon, Madelon! / Un caporal en képi de fantaisie / S'en fut trouver Madelon un beau matin / Et, fou d'amour, lui dit qu'elle était jolie / Et qu'il venait pour lui demander sa main / La Madelon, pas bête, en somme, / Lui répondit en souriant: / "Et pourquoi prendrais-je un seul homme / Quand j'aime tout un régiment? / Tes amis vont venir. Tu n'auras pas ma main / J'en ai bien trop besoin pour leur verser du vin." / Quand Madelon vient nous servir à boire / Sous la tonnelle on frôle son jupon / Et chacun lui raconte une histoire / Une histoire à sa façon / La Madelon pour nous n'est pas sévère / Quand on lui prend la taille ou le menton / Elle rit, c'est tout le mal qu'elle sait faire / Madelon, Madelon, Madelon!»[294].

«Per il riposo, il piacere del militare, / C'è laggiù a due passi dalla foresta / Una casa con i muri coperti d'edera / Au tourlourou si chiama il cabaret / La cameriera è giovane e gentile, / Leggera come una farfalla. / Come il vino è il suo occhio scintillante, / Noi la chiamiamo la Madelon / La sogniamo di notte, la pensiamo di giorno, / Non è che Madelon ma per noi è l'amore / Quando Madelon ci serve da bere / Sotto la pergola accarezziamo la sua sottana / Ognuno di noi le racconta una storia / Una storia alla sua maniera / La Madelon con noi non è severa / Quando la stringiamo alla vita o al mento / Lei ride, è tutto il male che sa fare / Madelon, Madelon, Madelon! / Tutti noi abbiamo al paese una compaesana / Che ci attende e che noi sposeremo / Ma lei è lontana, troppo perché le si possa dire / Quel che si farà quando la classe ritornerà / Contando i giorni sospiriamo / E quando il tempo ci sembra lungo / Tutto ciò che non possiamo dirle / Andiamo a dirlo a Madelon L'abbracciamo negli angoli. Lei dice: «Finiscila...» / Ci immaginiamo che sia l'altra e questo ci piace. / Quando Madelon ci serve da bere / Sotto la pergola accarezziamo la sua sottana / Ognuno di noi le racconta una storia / Una storia alla sua maniera / La Madelon con noi non è severa / Quando la stringiamo alla vita o al mento / Lei ride, è tutto il male che sa fare / Madelon, Madelon, Madelon! / Un caporale con un kepì di fantasia / Se n'è andato a trovare Madelon un bel mattino / E, pazzo d'amore, le ha detto che era bella / E che era venuto per chiederle la mano / La Madelon, mica scema, tutto sommato, / Gli ha risposto sorridendo: / «Perché dovrei prendere un uomo solo / Quando io

[294] https:/lyricstranslate.com/it/quand-madelon-quando-madelon.html.

amo tutto un reggimento? / I tuoi amici vogliono venire. Non avrai la mia mano / Mi serve per dar loro da bere». (Traduzione a cura di Alcida Padovan)

La chanson de Craonne

«Quand au bout de huit jours, le repos terminé / On va reprendre les tranchées, / Notre place est si utile / Que sans nous on prend la pile / Mais c'est bien fini, on en a assez / Personne ne veut plus marcher / Et le cœur bien gros comme dans un sanglot / On dit adieu aux civelots / Même sans tambours, même sans trompettes / On s'en va là-haut en baissant la tête / *Adieu la vie, adieu l'amour, / Adieu toutes les femmes / C'est bien fini, c'est pour toujours / De cette guerre infâme / C'est à Craonne sur le plateau / Qu'on doit laisser sa peau / Car nous sommes tous condamnés / Nous sommes les sacrifiés* / Huit jours de tranchée, huit jours de souffrance / Pourtant on a l'espérance / Que ce soir viendra la relève / Que nous attendons sans trêve / Soudain dans la nuit et dans le silence / On voit quelqu'un qui s'avance / C'est un officier de chasseurs à pied / Qui vient pour nous remplacer / Doucement dans l'ombre sous la pluie qui tombe / Les petits chasseurs vont chercher leurs tombes / C'est malheureux de voir / Sur les grands boulevards / Tous ces gros qui font la foire / Si pour eux la vie est rose / Pour nous c'est pas la même chose / Au lieu de se cacher, tous ces embusqués / Feraient mieux de monter aux tranchées / Pour défendre leur bien, car nous n'avons rien / Nous autres les pauv' purotins / Tous les camarades sont enterrés là / Pour défendre les biens de ces messieurs-là / Ceux qu'ont le pognon, ceux-là reviendront / Car c'est pour eux qu'on crève / Mais c'est fini car les trouffions / Vont tous se mettre en grève / Ce sera votre tour, messieurs les gros / De monter sur le plateau / Car si vous voulez faire la guerre / Payez-la de votre peau!»[295].

La canzone di Craonne

Quando, dopo otto giorni, il riposo terminato, / si ritorna giù in trincea, /Il nostro posto è così utile che senza di noi, saremmo duramente sconfitti / Ma ora è finita, se n'ha abbastanza / Nessuno vuole più marciare / E col cuore gonfio come in un singhiozzo / Si dice addio ai civili / Anche senza tamburi, anche senza trombe / ce ne andiamo laggiù a testa bassa / Addio alla vita, addio all'amore, addio a tutte le donne / È finita, è per sempre, questa guerra infame / È a Craonne sul altopiano che si deve lasciare la pelle / Perché siamo tutti condannati. Siamo i sacrificati / Otto giorni di trincea, otto giorni di sofferenza / Eppure abbiamo la speranza che stasera verrà il cambio / Che aspettiamo senza tregua / All'improvviso, nella notte e nel silenzio, si vede qualcuno che avanza / È un ufficiale di "cacciatori a piedi"/ della fanteria, che viene a sostituirci / Dolcemente nell'ombra, sotto la pioggia che cade / I piccoli "cacciatori" vanno a cercare le loro tombe / Fa pena vedere, sui grandi viali, / Tutti quei borghesi che fanno la festa / Se per loro la vita è rosa, per noi non è la stessa cosa / Invece di nascondersi, tutti quegli agguati, farebbero

[295] https://lyricstranslate.com/it/la-chanson-de-craonne-la-canzone-del-craonne.html.

meglio a scendere in trincea / Per difendere i loro beni, perché, non abbiamo nulla, noialtri poveracci / Tutti i compagni sono sepolti lì, per difendere i beni di quei signori / Quelli che hanno i soldi torneranno, Perché è per loro che si crepa / Ma ora basta, perché i soldatini entrarono tutti in sciopero / Sarà il vostro turno, grassi borghesi di salire sull'altipiano / Perché se volete far la guerra, pagatela con la vostra pelle!». (Traduzione di Brigitte Dirat)

It's a Long Way to Tipperary

«Up to mighty London / Came an Irishman one day. / As the streets are paved with gold / Sure, everyone was gay, / Singing songs of Piccadilly, / Strand and Leicester Square, / Till Paddy got excited, / Then he shouted to them there: / It's a long way to Tipperary, / It's a long way to go. / It's a long way to Tipperary / To the sweetest girl I know! / Goodbye, Piccadilly, / Farewell, Leicester Square! / It's a long long way to Tipperary, / But my heart's right there. / Paddy wrote a letter / To his Irish Molly-O', / Saying, "Should you not receive it, / Write and let me know!" / "If I make mistakes in spelling, / Molly, dear," said he, / "Remember, it's the pen that's bad, / Don't lay the blame on me! / Molly wrote a neat reply / To Irish Paddy-O', / Saying "Mike Maloney / Wants to marry me, and so / Leave the Strand and Piccadilly / Or you'll be to blame, / For love has fairly drove me silly: / Hoping you're the same!» [296].

È lunga la strada per Tipperary

«Nella mitica Londra / un giorno arrivò un irlandese, / le strade erano ricoperte d'oro / e perciò tutti erano felici! / E cantavano canzoni di Piccadilly, / dello Strand, di Leicester Square, / fino a che Paddy si emozionò / e gridò loro: / È lunga la strada per Tipperary, / è una lunga strada da percorrere. / È lunga la strada per Tipperary, / per andare dalla ragazza più dolce che conosco! / Arrivederci Piccadilly, / addio Leicester Square! / È lunga la strada per Tipperary, / ma il mio cuore è là. / Paddy ha scritto una lettera / alla irlandese Molly O' / dicendole: "Se non dovessi riceverla, / sappiamelo dire!" / "Se sbaglio la grammatica, / cara Molly", disse, / Ricordati che è colpa della penna, / e non prendertela con me. / Molly scrisse una bella lettera di risposta, / all'irlandese Paddy O', / dicendogli: "Mike Maloney vuole / sposarmi, quindi / lascia lo Strand e Piccadilly, / altrimenti la colpa sarà tua, / in quanto l'amore mi ha fatto girar la testa abbastanza, sperando lo stesso per te!». (Traduzione a cura di Fabrizio di Bello)

Tipperary, cittadina irlandese, divenne famosa proprio in virtù della canzone di trincea.

Colonnello Bogey March (1914)

Questa canzone è stata adattata dagli inglesi ad ogni evento bellico successivo alla Grande Guerra e risulta essere tra quelle non oscene.

[296] https://lyricstranslate.com/it/its-long-way-tipperary-%C3%A8-lunga-la-strada-tipperary.html.

«Rallegrati, e lo stesso per te! / Buona fortuna, in ogni cosa che fai! / Rallegrati, i cieli si schiariranno! / E i ragazzi della Gran Bretagna torneranno a casa ancora una volta! / Ecco un saluto ai ragazzi in blu navy! / Anche l'Esercito e l'Aeronautica! / Ecco un saluto alle Donne Volontarie, / meritano tutti tre calorosi applausi!»[297].

Argonnerwaldlied Liedtext

«Argonnerwald, um Mitternacht, / Ein Pionier stand auf der Wacht. / Ein Sternlein hoch am Himmel stand, / Bringt ihm 'nen Gruß aus fernem Heimatland. / Und mit dem Spaten in der Hand / Er vorne in der Sappe stand. / Mit Sehnsucht denkt er an sein Lieb: / Ob er sie wohl noch einmal wiedersieht? / Und donnernd dröhnt die Artill'rie. / Wir stehen vor der Infanterie. / Granaten schlagen bei uns ein, / Der Franzmann will in unsere Stellung 'rein. / Er frug nicht warum und nicht wie, / Tat seine Pflicht wie alle sie. / In keinem Liede ward's gehört, / Ob er geblieben oder heimgekehrt. / Bedroht der Feind uns noch so sehr, / Wir Deutsche fürchten ihn nicht mehr. / Und ob er auch so stark mag sein, / In unsere Stellung kommt er doch nicht 'rein. / Der Sturm bricht los, die Mine kracht, / Der Pionier gleich vorwärts macht. / |: Bis an den Feind macht er sich ran / Und zündet dann die Handgranate an. / Die Infantrie steht auf der Wacht, / Bis daß die Handgranate kracht, / Geht dann mit Sturm bis an den Feind, / Mit Hurra nimmt sie dann die Stellung ein. / Der Franzmann ruft: Pardon Monsieur! / Hebt beide Hände in die Höh, / Er fleht uns dann um Gnade an, / Die wir als Deutsche ihm gewähren dann. / Bei diesem Sturm viel Blut auch floß, / Manch junges Leben hat's gekost' / Wir Deutsche aber halten stand, / Für das geliebte, teure Vaterland. / Argonnerwald, Argonnerwald, / Ein stiller Friedhof wirst du bald! / |In deiner kühlen Erde ruht / So manches tapfere Soldatenblut»[298].

La Foresta delle Argonne

«Foresta delle Argonne, a mezzanotte, / Un pioniere fa la guardia. / Una piccola stella stava alta nel cielo, / Gli porta un saluto dalla lontana patria. / E con una vanga in mano, / Lui stava davanti nella trincea. / Con nostalgia lui pensa al suo amore: / La rivedrà ancora una volta? / E l'artiglieria ruggisce /fragorosamente. / Siamo davanti alla fanteria. / Le granate colpiscono vicino a noi, / Il francese vuole entrare nella nostra posizione. / Lui non chiese perché e non come, / Ha fatto il suo dovere come tutti loro. / In nessuna canzone si udì, / Se è rimasto o è tornato a casa. / Il nemico ci minaccia ancora molto, / Noi tedeschi non lo temiamo più. / E non importa quanto forte possa essere, / Ma nella nostra posizione lui non entra. / La tempesta scoppia, la miniera si spacca, / Il pioniere subito va dritto. / Si fa strada fino al nemico / E accende poi la bomba a mano. / La fanteria fa la guardia, / Finché la bomba a mano esplode. / Va allora con la tempesta fino al nemico, / Con evviva prende poi la posizione. / Il francese grida: Pardon Monsieur! / Alza su entrambe le mani / Poi ci supplica per pietà, / Che noi come tedeschi poi gli /concediamo. / In

[297] https://www-ceder-net.translate.goog/recorddb/lyrics.php?LyricsId=2105.
[298] https://lyricstranslate.com/de/military-music-germany-argonnerwaldlied-lyrics.html.

quella tempesta scorreva / anche molto sangue. / È costato molte giovani vite. / Ma noi tedeschi resistiamo, / Per l'amata, cara patria. / Foresta delle Argonne, Foresta delle Argonne, / Presto sarai un tranquillo cimitero! / Nella tua fredda terra riposa / Il sangue di tanti soldati coraggiosi». (Traduzione a cura di Nicola De Giuseppe)

Concerto per i soldati tedeschi *(Archivio: R. Carbonera)*

Concerto per soldati austro-ungarici *(Fonte: Das Interessante Blatt)*

Wildgänse rauschen durch die Nacht Liedtext

«Wildgänse rauschen durch die Nacht / Mit schrillem Schrei nach Norden – / Unstäte Fahrt! Habt acht, habt acht! / Die Welt ist voller Morden. / Fahrt durch die nachtdurchwogte Welt, / Graureisige Geschwader! / Fahlhelle zuckt, und Schlachtruf gellt, / Weit wallt und wogt der Hader. / Rausch' zu, fahr' zu, du graues Heer! / Rauscht zu, fahrt zu nach Norden! / Fahrt ihr nach Süden übers Meer – / Was ist aus uns geworden! / Wir sind wie ihr ein graues Heer / Und fahr'n in Kaisers Namen, / Und fahr'n wir ohne Wiederkehr, / Rauscht uns im Herbst ein Amen!»[299].

Le oche selvatiche sfrecciano nella notte

«Oche selvatiche sfrecciano nella notte / Con un grido squillante verso nord / Brutto viaggio! State attente, state attente! / Il mondo è pieno di omicidi. / Marciate attraverso il mondo avvolto dalla notte, / Squadroni di cavalieri grigi! / Un pallido lampo lampeggia e il grido di battaglia risuona, / Per lungo tempo il litigio continua e risuona. / Corri, và, tu grigio esercito! / Corri, và al nord! / Voi andate al Sud attraverso il mare / Che cosa ne è diventato di noi! / Noi siamo come voi, un esercito grigio / E andiamo nel nome dell'imperatore / E andiamo senza ritorno, / Sussurrateci un amen in autunno!». (Traduzione a cura di Nicola De Giuseppe)

Marcia dei fucilieri siberiani

«Nel freddo e nella carestia, / per le città e per i campi, / al richiamo di Denikin, / marciarono i partigiani bianchi, / tagliando le truppe bolsceviche, / radunando gli Atamani. / Nelle loro epiche campagne, / stavano dando la caccia al tremante Trotsky. / È per una Santa Russia, / per le antiche tradizioni, / per la gloria e la patria, / che questi battaglioni stavano combattendo. / La tua gloria è immortale, / volontari e ufficiali bianchi, / e la nostra crudele agonia, / la vergogna dell'ovest»[300].

Giovinezza

«Del pugnale al fiero lampo / della bomba al gran fragore / tutti avanti, tutti al campo, / qui si vince oppur si muore! / Sono Ardito fiero e forte, / non mi trema in petto il core, / sorridendo vo' alla morte / pria di andare al disonor! / Giovinezza, Giovinezza, / primavera di bellezza / della vita e nell'ebrezza / il tuo canto squilla e và. / Allorché dalla trincea / suona l'ora di battaglia, / è la prima fiamma nera / che terribile si scaglia: / Rit. Giovinezza… / Col pugnale nella mano, / con la fede dentro il core, / ei s'avanza e va lontano / pien di gloria e di valor. / Rit. / Di Pontida il giuramento /feci un dì per la mia terra,

---

[299] https://lyricstranslate.com/de/military-music-germany-wildg%C3%A4nse-rauschen-durch-die-nacht-lyrics.html.

[300] https://www.antiwarsongs.org/canzone.php?lang=it&id=3029.

/ esclamando: «Guerra! guerra!» / all'austriaco invasore! / Farem libera la terra / dal nemico traditore / ed a Fiume il tricolore Fiamma Nera pianterà. / Rit. / Dell'Orsini ho qui la bomba, / ho il pugnale del terrore: / quando l'obice rimbomba / non mi trema in petto il cuore. / La mia splendida bandiera è di un unico colore: / è una fiamma tutta nera, che divampa in ogni cuor! Rit. / Sotto braccio di una bambina, / una piccola smorfiosa / trecce d'oro e labbra rosa / occhi azzurri come il mare. / Se ne va malinconia, / si dimentican gli affanni, / siamo giovani, / abbiam vent'anni / l'avvenire non temiam. / Giovinezza, Giovinezza, / primavera di bellezza / della vita e nell'ebrezza / il tuo canto squilla e và»[301].

Questa canzone, composta da Giuseppe Blanc nel 1909, adattata da Marcello Nanni per essere il canto della vittoria degli Arditi, fra le trincee divenne una canzone popolare e una dei canti più amati soprattutto dagli Alpini del 5° Reggimento. Al termine del conflitto Salvator Gotta la modificò per farla diventare l'inno del partito fascista[302].

Sui Monti Scarpazi

«Quando fui sui monti Scarpazi / "Miserere" sentivo cantar. / T'ò cercato fra il vento e i crepazi / Ma una croce soltanto ò trovà. / Oh mio sposo eri andato soldato / Per difendere l'imperator, / Ma la morte quassù hai trovato / E mai più non potrai ritornar. / Maledeta la sia questa guera / Che mi ha dato sì tanto dolor. / Il tuo sangue hai donato a la tera / Hai distruto la tua gioventù. / Io vorei scavarmi una fossa, / Sepelirmi vorei da me / Per poter colocar le mie ossa / Solo un palmo distante da te»[303].

Era una notte che pioveva

«Era una notte che pioveva / e che tirava un forte vento; / immaginatevi che grande tormento / per un alpino che sta a vegliar! / A mezzanotte arriva il cambio / accompagnato dal capoposto / "Oh sentinella torna al tuo posto, / sotto la tenda a riposar!". / Quando fui stato nella mia tenda / sentii un rumore giù per la valle, / sentivo l'acqua giù per le spalle, / sentivo i sassi a rotolar. / Mentre dormivo sotto la tenda / sognavo d'essere con la mia bella / e invece ero di sentinella / fare la guardia allo stranier»[304].

---

301 http:/www.lorien.it/X_INNI/Fonti/Garzanti/Garzanti_BI_Canti-della-Grande-G-1-2.html.

302 G. Nascimbeni (a cura di), *Poeti, Montale va alla guerra,* Storia Illustrata, n. 8/9, Mondadori, 1996, pp. 84-85.

303 Fonte: https:/www.musixmatch.com.

304 http://www.ildiscologoro.altervista.org/inniPRIMAguerra.htm.

La tradotta che parte Novara

«La tradotta che parte da Novara / e va diretta al Montesanto, / e va diretta al Montesanto, / il cimitero della gioventù. / Sulle montagne fa molto freddo / ed i miei piedi si son gelati, / ed i miei piedi si son gelati / e all'ospedale mi tocca andar. / Appena giunto all'ospedale / il professore mi ha visitato: / O figlio mio, sei rovinato / ed i tuoi piedi li dobbiam tagliar. / Ed i miei piedi mi hanno tagliato. / due stampelle mi hanno dato, / due stampelle mi hanno dato / e a casa mia mi han mandà. / Appena giunto a casa mia, / fratelli e madre compiangenti / e tra i singhiozzi e tra i lamenti: / O figlio caro, tu sei rovinà. / Mi hanno assegnato una pensione / di una lira e cinquantotto, / mi tocca fare il galeotto / per potermi ben disfamar. / Ho girato tutti i paesi / e tutti quanti ne hanno compassione, / ma quci vigliacchi di quei signori / nemmeno un soldo lor mi hanno dà»[305].

La Tradotta

«La tradotta che parte da Torino / a Milano non si ferma più / ma la va diretta al Piave, / cimitero della gioventù. / Siam partiti siam partiti in ventisette, / solo in cinque siam tornati qua / e gli altri ventidue son rimasti a San Donà. / A Nervesa a Nervesa c'è una croce, / mio fratello l'è disteso là, / io ci ho scritto su "Ninetto" / che la Mamma lo ritroverà. / Cara suora cara suora son ferito, / a domani non ci arrivo più; / se non c'è qui la mia mamma, / un bel fiore me lo porti tu»[306].

Ta-Pum

«Venti giorni sull'Ortigara / senza il cambio per dismontà / ta pum ta pum ta pum... / ta pum ta pum ta pum... / E domani si va all'assalto, / soldatino non farti ammazzar, / rit. ta pum... / Quando poi si discende a valle / battaglione non hai più soldà. / rit. ta pum... / Nella valle c'è un cimitero, / cimitero di noi soldà. / rit. ta pum... / Cimitero di noi soldà / forse un giorno ti vengo a trovà. / Rit. ta pum... / Ho lasciato la mamma mia, / l'ho lasciata per fare il soldà. / Rit. ta pum... / Quando portano la pagnotta / il cecchino comincia a sparar. / Rit. ta pum... / Battaglione di tutti i Morti, / noi giuriamo l'Italia salvar. / Rit. ta pum...»[307].

A creare *Ta-pum* fu l'ardito bombardiere volontario Nino Piccinelli, classe 1898 di Chiari, ottimo musicista e valoroso combattente

---

[305] http:/www.inutilestrage.it/canto-la-tradotta-che-parte-da-novara-v-gigante/.
[306] https:/ildeposito.org/archivio/canti/la-tradotta-che-parte-da-torino.
[307] https:/tapum.it/chi-siamo/la-canzone.html.

sull'Ortigara che a fine guerra confidò come ebbe a sorgere il famoso inno. «L'ordine era di conquistare quota 2105. La nostra trincea distava poche decine di metri da quella austriaca..., diedi una nota ad ogni sospiro della mia anima, nacque così l'accorato e disperato canto, tra i lugubri duelli delle artiglierie, il balenio spettrale dei razzi di segnalazione e il gemito dei feriti. Dal tiro infallibile dei cecchini nemici che riecheggiava a fondo valle scaturiva il micidiale Ta-pum, Ta-pum. Furono venti giorni d'inferno, senza che nessuno ci venisse a dare il cambio, l'inno venne cantato in quei giorni dai miei commilitoni»[308]. Dalle memorie del Piccinelli si ricava che il famoso Giacomo Puccini una sera del 1922 ebbe a dire: «Darei il secondo atto della mia Bohème per aver scritto Ta-pum!».

La penna nera

«Sul cappello, sul cappello che noi portiamo, / c'è una lunga, / c'è una lunga penna nera, / che a noi serve, / che a noi serve da bandiera/ su pei monti, / sui pei monti a guerreggiar! / Oilalà! / Su pei monti, / su pei monti che noi saremo, / pianteremo, pianteremo l'accampamento. / Brinderemo, brinderemo al Reggimento: / Viva il Corpo, / viva il Corpo degli Alpin! / Oilalà! Su pei monti, su pei monti che noi saremo, / coglieremo, coglieremo le stelle alpine, / per donarle, per donarle alle bambine, / farle pianger, farle pianger e sospirar! / Oilalà! Farle pianger, farle piangere e sospirare. / Nel pensare, nel pensare ai begli Alpini, / che tra i ghiacci e gli sdrucciolevoli scalini/ van sui monti a guerreggiar! / Oilalà! Su pei monti, su pei monti che noi saremo, / pianteremo, pianteremo il tricolore, / Friuli, O Cadore del mio cuore, / vi verremo, vi verremo a liberar! / Oilalà! / Evviva, evviva il Reggimento, / evviva, evviva i baldi Alpin!»[309].

Trenta mesi che faccio il soldato

«Trenta mesi che faccio il soldato / e una lettera mi vedo arrivar. / Sarà forse la mia amorosa / che ho lasciato sul letto ammalà. / A rapporto, signor Capitano, / se in licenza mi vuol mandar. / In licenza ti mandria/ purché ritorni da bravo soldà. / Quando giungo vicino al mio paese/ le campane io sento suonar. / Sarà forse, la mia amorosa/ che la portano a sotterrar. / O becchino, che porti la bara / per favore riposati un po'. / Se da viva non

[308] http:/lagrandeguerra.net/ggaudioitalia.html.
[309] https:/anadomodossola.it/musica/testi%20canzoni/testi%20canzoni%20Alpini/La_Penna_Nera.htm.

l'ho mai baciata / ora ch'è morta, la voglio baciar! / La sua bocca ora sente la terra, / mentre prima odorava di fior!»[310].

Inno al fante

«Cuor d'acciaio in fronte / Di baldanza e invitta fede / A vittoria o a morte incede / Il tuo fante gagliardo, Italia ognor! / Città possenti, borghi operosi, / passano i fanti, passano i fanti! / Un solo motto: Avanti, Avanti! / Savoia, un grido, avanti ancor! / Fior del sangue d'ogni contrada / Che tra l'Alpi e il mar si stende, / se il nemico l'Italia offende, / a vendetta, a vendetta insorgi ognor! / Città possenti…! / Là sulle Alpi, laggiù sul Carso, / là nelle ambe desolate / del suo sangue abbeverate, / splende l'orma del fante impressa ognor! / Città possenti…!»[311].

Le Campane di San Giusto

«Per le spiagge, per le rive di Trieste / suona e chiama di S. Giusto la campana. / L'ora suona, l'ora suona non lontana / che più schiava non sarà. / Le ragazze di Trieste cantan tutte con ardor: / o Italia, o Italia del mio core / tu ci vieni a liberar! / Avrà baci, fiori e rose la marina, / la campana perderà la nota mesta, / su San Giusto Sventolar vedremo a festa / il vessillo tricolor. / Le ragazze di Trieste / cantan tutte con ardor: / o Italia, o Italia del mio core / tu ci vieni a liberar!»[312].

Maledetto sia il Pasubio

«Maledetto sia il Pasubio / Che l'è stato la mia rovina / Con quei tubi di gelatina / Con quei tubi di gelatina / Maledetto sia il Pasubio / Che l'è stato la mia rovina / Con quei tubi di gelatina / Tutti in aria faceva saltar / E voialtre vedovelle / Ai mariti non state a pensar, / che ci siamo noi soldati / che ci siamo noi soldati! / E voialtre vedovelle / Ai mariti non state a pensar / che siamo soldati / per poter consolar!»[313].

Monte Grappa tu sei la mia Patria

«Monte Grappa tu sei la mia Patria, / sovra a te il nostro sole risplende, / a te mira chi spera ed attende / i fratelli che a guardia vi stan / Contro a te già s'infranse il nemico / che all'Italia tendeva lo sguardo, / non passa un cotal baluardo / affidato ad italici cuor / Monte Grappa tu sei la mia Patria, / sei la stella che addita il cammino / sei la gloria, il volere, il

---

310 *Ivi*. p. 110.
311 http:/itinerarigrandeguerra.it/Inno-al-Fante-Canzone-Della-Prima-Guerra-Mondiale.
312 Aa.Vv., *Ricordo del Ventennale della Vittoria*, Casa Editrice Cornaro, 1939, p. 147.
313 http:/itinerarigrandeguerra.it/Inno-al-Fante-Canzone-Della-Prima-Guerra-Mondiale.

destino, / che all'Italia ci fa ritornar! / Le tue cime furon sempre vietate / per il piè dell'odiato straniero. / Dai tuoi fianchi egli ignora il sentiero / che pugnando più volte tentò. / Qual candida neve che al vento / ti ricopre di splendido ammanto / tu sei puro ed invitto col vanto / che il nemico non lasci passar. / Monte Grappa tu sei la mia Patria… / O montagna per noi tu sei sacra, / giù di lì scenderanno le schiere / che irrompenti a spiegate bandiere / l'invasore dovranno scacciar. / Ed i giorni del nostro servaggio / che scontammo mordendo nel freno / in un forte avvenire sereno / noi ben presto vedremmo mutar. / Monte Grappa tu sei l mia Patria…»[314].

I brani di questa canzone furono scritti dal Generale Emilio Del Bono, comandante del IX Corpo d'Armata. Si narra che prese spunto dalle scritte apparse sui muri di una casa della Val Cismon, occupata dall'esercito austriaco: Monte Grappa tu sei la mia Patria. A musicarla fu l'allora il maestro Antonio Meneghetti, Capitano dei *Lupi di Toscana* che la scrisse di getto il 5 agosto 1918 presso Villa Dolfin Boldù di Rosà (Vicenza). La mattina del 24 agosto 1918, alla presenza del Re Vittorio Emanuele III, l'inno fu cantato per la prima volta dai soldati italiani[315].

La leggenda del Piave

«Il Piave mormorava / Calmo e placido al passaggio / dei primi fanti, il ventiquattro maggio: / l'Esercito marciava / per raggiungere la frontiera, / per fare contro il nemico una barriera. / Muti passaron quella notte i fanti: / tacere bisognava, e andar avanti! / S'udiva, intanto, dalle armate sponde, / sommesso e lieve il tripudiar dell'onde, / era un presagio dolce e lusinghier. / Il Piave mormorò: / "Non passa lo straniero!" / Ma in una notte trista si parlò di tradimento, / e il Piave udiva l'ira e lo sgomento… / Ahi, quanta gente ha vista / venir giù, lasciare il tetto, / per l'onta consumata a Caporetto! / Profughi ovunque! Dai lontani monti, / venivan a gremir tutti i suoi ponti. / S'udiva, allor, dalle violate sponde, / sommesso e triste il mormorio de l'onde: / come un singhiozzo, in quell'autunno nero, / Il Piave mormorò: / "Ritorna lo straniero!" / E ritornò il nemico / per l'orgoglio e per la fame: / vedeva il piano aprico, / di lassù: voleva ancora / sfamarsi e tripudiar come allora… / "No!" disse il Piave, "No!" dissero i fanti, / "Mai più il nemico faccia un passo avanti!" / Si vide il Piave rigonfiar le sponde, / e come i fanti combatteva le onde… / Rosso con sangue del

[314] http:/itinerarigrandeguerra.it/Monte-Grappa-Tu-Sei-La-Mia-Patria-Canzone-Della-Prima-Guerra-Mondiale.
[315] http:/italianiinguerra.wordpress.com.

nemico altero, / Il Piave comandò: / "Indietro va, straniero!" / Indietreggiò il nemico / fino a Tieste, fino a Trento, / e la vittoria sciolse le ali del vento! / Fu sacro il patto antico: / tra le schiere furon visti / risorgere Oberdan, Sauro, Battisti, / onda cruenta e il secolare errore / infranse, alfin, l'italico valore. / Sicure l'Alpi… Libere le sponde… / E tacque il Piave: si placaron le onde … / Sul patrio suolo, vinti e torvi Imperi, / la Pace non trovò né oppressi, né stranieri»[316].

S. Croce del Montello (Treviso) – Monumento al Maestro E. A. Mario

[316] Scritta la notte del 23 giugno 1918 da E. A. MARIO, pseudonimo di Giovanni Ermete Gaeta (1884-1961).

"Piave calmo e placido" (Ph. Pil. L. Damiano)

"Si vide il Piave rigonfiar le sponde" (Pil. E. De Nardi – Ph. L. Damiano)

"E tacque il Piave: si placaron le onde" (Ph. Pil. L. Damiano)

Piave Indulò

Nei luoghi della Grande Guerra, verso la fine del conflitto, i soldati dell'impero austro-ungarico intonarono delle note e liberarono le loro voci nel cantare una canzone di trincea dal titolo *Piave Indulò*, a firma del maestro Franz Lehar e allietarono con quell'*aria* le storiche rive fluviali. L'inno magiaro precedette quello della *Leggenda del Piave* del maestro E. A. Mario. Il giovanissimo generale imperiale Anton Lehar, schierato sulla linea del Piave all'altezza di Oderzo, considerato che il morale delle truppe era molto basso e viste le sorti della battaglia che non volgevano al meglio, scrisse una lettera al fratello Franz, l'autore de *Vedova Allegra*, chiedendogli di comporre una marcia su testo ungherese e di fornirgli gli strumenti per formare una banda. Il maestro non si fece attendere e da lì a poco inviò uno spartito dal titolo *Piave Indulò* (Marcia del Piave) e i relativi strumenti musicali per organizzare una piccola orchestra che suonò la composizione da caserma, redatta per ottoni e tamburi.

A differenza della *Leggenda del Piave* che si limitò a suggellare la vittoria e che venne scritta a più riprese fra giugno e ottobre, quella magiara era cantata già dagli inizi della primavera del 1918[317].

«Avanti, all'attacco, forte esercito combattente! / Avanti, per la vittoria, esercito eroico! / Avanti, per fatti antichi, gloriosi! Avanti stirpe scita, avanti tutta! / Avanti, addosso al nemico, vincerete, vincerete! / Che venga distrutto, che crolli il mondo malvagio! / Avanti, addosso al nemico, vincerete, vincerete voi! / Fanti ungheresi, che risuoni e sia nota la nostra vittoria! / Devi andare a morire, antica stirpe dei Kuruc dal valoroso sangue! / Non ti ha distrutto il sanguinoso attacco: Le onde feroci ti aggredirono. / Il sapore del bacio del fiume grigio ti accompagnerà nella morte! / Reggimento prode e temuto, attraversasti il fiume: tuona la canzone, la canzone dei vincitori. / Avanti Ungheresi, avanti! / L'inferno aggredì i Magiari, ma la schiera non cedette. / Forse tremò la terra, le sue fiamme uscirono… mentre combattevano distruggendo le porte dell'inferno! / La tua sciabola antica, la veloce spada di Attila che porta con sé il fuoco e la gloria dei secoli. / L'hanno temuta Turchi e Tartari e il mondo intero lo vide. / Un millennio viene ora ad osannare la stirpe ungherese. / Avanti, solo avanti, vincerete, vincerete voi! / Che vada distrutto, che crolli il mondo malvagio! / Avanti, addosso al nemico, vincerete, vincerete! / Fanti

[317] https:/ricerca.repubblica.it/repubblica/archivio/repblica/2004/11/07/qunado-il-piavemormorava-anche-per-soldati.html.

ungheresi, che risuoni e sia nota la nostra vittoria. / Ascolta Magiaro, ascolta, ascolta come scorre via il fiume muggente»[318].

La Mamma del Soldato

«O mamma, già lo squillo / di guerra odo sonar, / e l'italo vessillo / sull'Alpi ho da recar! / Figlio sei le mie lacrime / non so più trattener / però tu devi compiere / da forte il tuo dover. / O mamma, questo bacio / che in fronte ora ti dò, / dal campo, nelle veglie / sempre lo manderò! / Dì e notte, al campo, o figlio, / ti seguirà il mio cor, / e teco nel periglio / mi sentirai ognor. / E se per la vittoria / dovessi anche perir, / o mamma mia, l'Italia / dovrai tu benedir! / E se cadrai con gloria / saprò nel mio dolor, / come da forti cadono / d'Italia i difensor!»[319].

La Licenza

«Trenta mesi che faccio il soldato / 'na letterina mi vedo arrivar. / Sarà forse la mia morosa / che si trova sul letto ammalà! / A rapporto signor Capitano / Trenta mesi che faccio il soldato / 'na letterina mi vedo arrivar. / Sarà forse la mia morosa / che si trova sul letto ammalà! / A rapporto signor Capitano / se in licenza mi vuole mandà. / La licenza l'hai bell'è firmata / basta che torni da bravo soldà! / Glielo giuro signor Capitano / che mi ritorno da bravo soldà! / Quando arrivo vicino al paese / campane a morto sentivo sonar. / Quando fui vicino alla chiesa / un funerale vedevo passar! / Sarà forse la mia morosa / che ho lasciata sul letto ammalà. / Portantina che porti quel morto / per favore fermatevi un po'. / Se da viva non l'ho mai baciata / ora ch'è morta la voglio baciar. / L'ho baciata che l'era ancor calda / la sapeva di rose e di fior! / e in licenza mi vuole mandà. / La licenza l'hai bell'è firmata / basta che torni da bravo soldà! / Glielo giuro signor Capitano / che mi ritorno da bravo soldà! / Quando arrivo vicino al paese / campane a morto sentivo sonar. / Quando fui vicino alla chiesa / un funerale vedevo passar! / Sarà forse la mia morosa / che ho lasciata sul letto ammalà. / Portantina che porti quel morto / per favore fermatevi un po'. / Se da viva non l'ho mai baciata / ora ch'è morta la voglio baciar. / L'ho baciata che l'era ancor calda / la sapeva di rose e di fior!»[320].

---

[318] https://www.difesaonline.it/evidenza/punti-di-vista/laltra-canzone-del-piave.

[319] http:/www.lorien.it/X_INNI/Fonti/Garzanti/Garzanti_BI_Canti-della-Grande-G-1-2.html.

[320] http://www.ildiscologoro.altervista.org/inniPRIMAguerra.htm.

Adamello

«Adamello Suruc Adamello, / per venirti a conquistar / traversando i larghi Pian di Neve / sotto il fuoco, mitraglia e cannon. / Traversando a poco a poco / Una palla mi sento a ferir, / soccorretemi compagni portaferiti / ed in quattro mi portan all'ospedal. / All'ospedale appena arrivato / l'infermiere mi addormentò / e dopo il sogno mi son risvegliato / ed una gamba mi sento rimancar. / Compiangetemi signore e signori, / gamba di legno non può camminar, / sui vent'anni ero un buon minatore / ora adesso son belle rovinà»[321].

Monte Nero

«Spunta l'alba del sedici giugno, / comincia il fuoco l'artiglieria, / il Terzo Alpini è sulla via / Monte Nero a conquistà / Monte Nero, Monte Nero, / traditor della vita mia, / ho lasciato la casa mia / per venirti a conquistà! / Per venirti a conquistare / abbiamo perduto tanti compagni / tutti giovani sui vent'anni: / la loro vita non torna più / Il colonnello che piangeva / A veder tanto macello: / "Fatti coraggio Alpino bello, / che l'onore sarà per te!" / Arrivati a trenta metri / dal costone trincerato, / con assalto disperato / il nemico fu prigionier / Ma Francesco l'imperatore / Sugli Alpini mise la taglia, / egli premia con la medaglia / e trecento corone d'or... / A chi porta un prigioniero / Di quest'arma valorosa / Che con forza baldanzosa / Fa sgomenti i suoi soldà. / Ma l'Alpino non è vile / Tal da darsi prigioniero: / preferisce di morire / che di darsi allo straniero! / O Italia, vai gloriosa / Di quest'arma valorosa / Che combatte senza posa Per la gloria e la libertà / Bell'Italia, devi esser fiera / Dei tuoi baldi e fieri Alpini / Che ti danno i tuoi confini / Ricacciando lo stranier»[322].

Cambio di comando

Nei due anni di conflitto a guida del Generale Luigi Cadorna, vennero defenestrati tantissimi comandanti che il cambio di questi avveniva quasi un avvicendamento ogni due mesi. I soldati sottoposero a scherno i comandanti coinvolti: *«'Nu fesso è partito / 'nu fesso è arrivato / sarà silurato / senza pietà»*[323].

Madelon de la victoire

«Après quatre ans d'espérance / Tous les peuples alliés / Avec les poilus de France / Font des moissons de lauriers / Et qui préside la fête? / La joyeuse Madelon, / Dans la plus humble

[321] https://www.alpinicrocetta.it/altri-canti-degli-alpini.html.
[322] https://www.turismofvg.it/it/112091/monte-nero.
[323] http://www.ildiscologoro.altervista.org/inniPRIMAuerra.htm.

guinguette / On entend cette chanson: / Oui Madelon ! / À boire et du bon! / Madelon, emplis mon verre, / Et chante avec les poilus, / Nous avons gagné la guerre / Hein! Crois-tu, on les a eus! / Madelon, ah! verse à boire / Et surtout n'y mets pas d'eau / C'est pour fêter la victoire /Joffre, Foch et Clemenceau! / Sur les marbres et dans l'histoire / Enfants vous verrez gravés / Les noms rayonnants de gloire / De ceux qui nous ont sauvés / Mais en parlant de vos frères / N'oubliez pas Madelon / Qui versa sur leur misère / La douceur d'une chanson / Chantez Madelon / La muse du front! / Madelon, emplis mon verre, / Et chante avec les poilus, / Nous avons gagné la guerre / Hein! Crois-tu, on les a eus! / Madelon, ah! verse à boire / Et surtout n'y mets pas d'eau / C'est pour fêter la victoire / Joffre, Foch et Clemenceau!»[324].

La Madelon della Vittoria

«Dopo quattro anni di speranza / Tutto il popolo alleato / Con i poilus_l_di Francia / Miete gli allori / E chi presiede la festa? / La gioiosa Madelon, / Nella più umile trattoria / Si sente questa canzone: / Sì Madelon! / Da bere e di quello buono! / Madelon, riempi il bicchiere, / E canta con i poilus, / Abbiamo vinto la guerra / Vero? Credi, li abbiamo fregati! / Madelon, ah! Versa da bere / E soprattutto non metterci dell'acqua / È per festeggiare la vittoria / Joffre, Foch_e Clemenceau! / Sul marmo e nella storia / Ragazzi sarete scolpiti / I nomi raggianti di gloria / Di quelli che ci hanno salvato / Ma parlando dei vostri fratelli / Non dimenticate Madelon / Che versò sulle loro miserie / Il dolore d'una canzone /Cantate Madelon La musa del fronte! / Madelon, riempi il bicchiere, / E canta con i poilus, / Abbiamo vinto la guerra / Vero? Credi, li abbiamo fregati! / Madelon, ah! Versa da bere / E soprattutto non metterci dell'acqua / È per festeggiare la vittoria / Joffre, Foch e Clemenceau!»[325].

Canzoni contro la guerra in cui c'era rabbia e disperazione

«Traditori, signori ufficiali / Che, la guerra, l'avete voluta, / scannatori di carne venduta / e rovina della gioventù»[326].

Canzonetta intonata da soldati inglesi sul fronte occidentale

«Voglio andare a casa, / voglio andare a casa. / Non voglio più andare in trincea / dove i cannoni rombano e fischia la mitraglia. / Portatemi oltremare / dove il tedesco non mi può agguantare. / Cristo, / Non voglio morire, / a casa voglio andare»[327].

[324] https://lyricstranslate.com/it/la-madelon-de-la-victoire-la-madelon-della-vittoria.html.
[325] https://lyricstranslate.com/it/la-madelon-de-la-victoire-la-madelon-della-vittoria.html.
[326] L. Del Boca, *Maledetta Guerra*, op. cit., p. 127-128.
[327] N. Gladden, *Al di là del Piave*, Aldo Garzanti Editore, Milano, 1977, p. 256. Si tratta di filastrocca canticchiata dai soldati inglesi per ottenere la sospirata licenza.

Gallipoli

«I remember the day / it stands clear in my mind / We went down to Dun Laoighaire to wave you goodbye / Your ma was quietly weeping, there was a tear in my eye / your sailing to Gallipoli to die / You looked so young as you stood there with a glint in your eye / and you sang rebel songs as the streamers flew high / Your ma she turned away and I heard her sigh / you are sailing to Gallipoli to die / You were all that we had, your mammy and me / when you marched head erect you were proud as could be / but it killed your poor ma and it slowly killing me / when you were blown to kingdom come on the shores of Gallipoli / We got only one letter we knew right away / It said deepest regrets your son was bold and he was brave / you were only 19 yet your mammy and I / let you sail to Gallipoli to die / You were all that we had, your mammy and me / when you marched head erect you were proud as could be / but it killed your poor ma and it slowly killing me / when you were blown to ingdom come on the shores of Gallipoli / You fought for the wrong country you fought for the wrong cause / and your ma often said that it was Ireland's great loss / all those fine young men who marched to foreign shores to fight the war / when the greatest war of all was at home / You were all that we had, your mammy and me / when you marched head erect you were proud as could be / but it killed your poor ma and it slowly killing me / when you were blown to kingdom come on the shores of Gallipoli»[328].

«Ricordo quel giorno / Chiaramente nella mia mente / Andammo giù a Dun Laoighaire per salutarti / Tua madre stava piangendo sommessamente / C'era una lacrima nei miei occhi / Stavi salpando per Gallipoli e andavi a morire / Eri così giovane e stavi lì / Con un luccichio nell'occhio / E cantavi canzoni ribelli / Mentre le stelle filanti volavano alte / Tua madre si allontanò / Ed io sentii il suo sospiro / Stai salpando per Gallipoli e vai a morire / Tu eri tutto ciò che avevamo tua madre ed io / Mentre marciavi a testa alta eri più fiero di quanto si possa essere / Ma uccisero tua madre e lentamente anche me / Quando tu fosti fatto saltare sulla spieggia di Gallipoli al Regno dei Cieli / Abbiamo solo una lettera e la ricevemmo subito / Diceva: "Sentite condoglianze, tuo figlio era audace e coraggioso" / Tu eri solo un diciannovenne / La tua mamma ed io / Ti lasciammo salpare per Gallipoli ed andare a morire / Combattesti per il Paese sbagliato / Combattesti per la causa sbagliata / E tua madre diceva spesso che fu la più grande perdita dell'Irlanda / Tutti quegli eleganti giovani uomini / Che marciarono per spiagge straniere / Per combattere in guerra / Quando la più grande guerra di tutte era a casa»[329]. Traduzione di Eleonora Damiano

I versi della canzone Gallipoli furono scritti dal padre di un soldato irlandese morto in guerra a Gallipoli (Turchia).

---

[328] https://antiwarsongs.org/canzone.php?id=12343&lang=it.

[329] https://antiwarsongs.org/canzone.php?id=12343&lang=it.

Lamento di una madre

«Questa tomba racchiude la spoglia / di quel figlio che più non vedrò / questa tomba i sospiri raccoglie / di quel figlio che tanto t'amò / Lo levai fra gli stenti e gli affanni / ma el suo destino poi è stato così / che non appena compiti i vent'anni / tra gli austriaci innocente morì / Compatite una povera madre / che perse il figlio sul fior dell'età / e il dolor del vecchio suo padre / che anche ai sassi farebbe pietà / Ogni madre che ai figli vuol bene / quanto soffre il mio cor lo saprà / e sarà morto fra orribili pene / il mio figlio sul fior dell'età / Quando all'alba il cancello si apre / io son sempre la prima ad entrar / là dove regna severa la morte / dov'è dolor per un figlio pregar / Ma se senti, perché non rispondi / a tua madre che prega quaggiù / e le tue labbra di vita feconda / non potranno baciarmi mai più / Se potessi scavarmi una fossa / Mi vorrei seppellire da me / Per poter collocare le mie ossa / Ma solo un passo lontano da te / Questo marmo da te mi divide / e spezzarlo nessuno potrà / per una madre che grida vendetta / per un figlio che più non vedrà / Quando a sera il cancello si chiude / e il guardiano m'impone di uscì / io son costretta a lasciar questa terra / ma il mio cuore però resta lì»[330].

Questo ingloba e racchiude in modo ermetico il dolore di ogni mamma che venne privata del proprio figlio e alcune anche più di uno come accadde, a titolo esemplificativo, alla signora Maddalena Giovanna Carrara di Aviatico (Bergamo), che per il fronte partirono 5 dei 6 figli maschi. Essi erano: Elia (classe 1883), Agostino (classe 1886), Fermo (classe 1896), Enrico (classe 1897) e Bernardino (classe 1899), un *«Ragazzo del '99»*. Negli scontri e nelle operazioni connesse nei confronti dell'esercito austro-ungarico caddero in ordine cronologico: Fermo, alpino, il 2 agosto 1916 sulle Alpi Giulie e aveva 20 anni. Il secondo fu Enrico, anch'egli ventenne, fante, colpito da una granata sul Monte Santo il 14 maggio 1917. Poi toccò al trentaduenne Agostino, alpino, il 23 giugno 1918, colpito alla nuca da un cecchino austriaco nel parco dell'Adamello intanto che era impegnato in rifornimento di acqua, mentre Elia, sergente degli alpini, rimase gravemente ferito e al ritorno a casa era molto indebolito nel fisico per le ferite subite e nella psiche per la perdita dei tre fratelli, più giovani di lui; egli *«salì in cielo»* a 49 anni. L'unico ad avere salva la vita fu Bernardino, il *«Ragazzo del '99»*, anch'egli alpino[331].

---

330 G. PREZZOLINI, *Tutta la Guerra...,* op. cit., p. 414.

331 L. FURIA, *Scritti... con la divisa*, in l'Alpino, 2/2022, Rotolito, Cernusco sul Naviglio (MI), 2022, pp. 44-47.

Stelle alpine

«Se tu vieni quassù fra le rocce, / là dove mi hanno sotterrato, / c'è uno spiazzo pieno di stelle alpine; / dal mio sangue è stato bagnato / Come segno, una piccola croce / è scolpita lì sulla roccia, / fra quelle stelle nasce l'erba, / sotto loro io dormo tranquillo. / Cogli, cogli una stella alpina: / essa ricordo il nostro amore. / Tu dalle un bacio / e poi posala sul seno. / Quando a casa tu sarai sola, / e di cuore tu preghi per me, / il mio spirito ti aleggia intorno: / io e la stella siamo con te». (Traduzione Angela Biasin)

Questa canzone venne scritta e musicata da Arturo Zardini di Pontebba (Udine) mentre si trovava profugo nel 1917 nella città di Firenze e la sua esecuzione tra le truppe avvenne nel 1918. Il cantante Francesco De Gregori, traducendo e ampliando in italiano i versi di Zardini, creò una sua canzone[332].

Di qua, di là del Piave

«Di qua, di là del Piave / ci sta un'osteria. / Là c'è da bere e da mangiare / ed un buon letto da riposar. / E dopo aver mangiato, / mangiato e ben bevuto. / Ohi bella mora se vuoi venire, / questa è l'ora di far l'amor. / Mi sì che vegnaria / per una volta sola. / Però ti prego lasciami stare / che son figlia da maritar. / Se sei da maritare / dovevi dirlo prima. / Sei sempre stata coi vecchi Alpini, / non sei figlia da maritar. / E dopo nove mesi / è nato un bel bambino. / Sputava il latte, / beveva il vino, / l'era il figlio del vecio Alpin»[333].

La canzone trae lo spunto dalle osterie *Alla Scimmia d'Oro* e la *Pasini*. La prima era ubicata nel comune di Grisolera, la presente Eraclea (Venezia), sulla Sinistra Piave, l'altra nel comune di Cavazuccherina, l'attuale Jesolo, sempre nella provincia lagunare, ma sulla sponda destra del Piave. La distanza tra i due locali, in linea d'aria, era di circa 350 metri. *Alla Scimmia d'Oro* alloggiavano gli ufficiali che lì soggiornarono fino all'arrivo degli austro-tedeschi dopo la rotta di Caporetto, mentre alla *Pasini* c'era la truppa. La *Bella Mora*, citata nella canzone, era riferita alla giovane Annetta De Negri che era alla figlia dei gestori del locale *Alla Scimmia d'Oro*, mentre le parole e la lirica *«erano state coniate dai soldati all'interno dell'osteria Pasini»*[334].

---

[332] A. FONTANELLA in *Stelutis alpinis, la canzone più bella che l'Italia volle stravolgere perché "manca la Patria"* in https://www.serenissima.news/stelutis-alpinis-la-canzone-piu-bella-che-litalia-ha-stravolto-perche-senza-patria/.

[333] https:/www.ana.it/wp-content/uploads/2022/01/Canti_degli_alpini.pdf.

[334] Fonte: MAURO PASINI, pronipote dei gestori dell'osteria Pasini.

Annetta De Negri *(Fonte: Il Gazzettino)*
La "bella mora" della canzone "Di qua e di là del Piave"

Eraclea (Venezia) – "La Scimmia d'Oro" negli anni '50. Struttura ora demolita.

Cavazuccherina, ora Jesolo, (Venezia) In basso a sinistra, veduta aerea dell'ex Osteria Pasini, situata sulla riva destra del Piave, fiume Sacro alla Patria, con sullo sfondo Grisolera, attuale Eraclea (Ph. L. Damiano - Pil. Piero Sepulcri)

Non poteva mancare un doveroso ricordo per l'Eroe Ignoto al quale vennero dedicati dei toccanti versi.

Inno al Soldato Ignoto d'Italia

«Il Carso era una prora, / prora d'Italia volta all'avvenire, / immersa nell'aurora, / con il motto in cima "Vincere o morire!" / E intorno a quella prora si moriva, / quando la nave arrise la vittoria / ma il nome di ogni Fante che periva / passava all'albo bronzeo della storia... / Soldato ignoto, e Tu? Sperduto fra i meandri del destino, / mucchio senza piastrino, / eroe senza medaglia, / il nome Tuo non esisteva più!... / Finita la battaglia / fu chiesto inutilmente… / nessun per te poteva dir: PRESENTE! / Il Piave era una diga: / file d'elmetti e siepi di fucili, / zappe e chitarre in riga, / - No, Generale, i Fanti non son vili! / La morte li freddò coi suoi miasmi / li strinse a mille nelle tra le ossute braccia, / li rese inconoscibili fantasmi, / ne disperdeva fin l'ultima traccia… / Soldato ignoto e tu? Sperduto tra i meandri del destino! / mucchio senza piastrino, / eroe senza medaglia, / il volto tuo non esisteva più!... / Finita la battaglia / tua madre inutilmente / tra i morti intatti ricercò: l'ASSENTE! / La gloria era un abisso, / che s'estendeva dallo Stelvio al mare, / ma l'occhio ardente e fisso / non si distolse: si doveva passare! / E la chiodata scarpa vi passava! / Tritò l'impervio Carso a roccia a roccia, / pigiò nel Piave sacro che arrossava / sangue nemico tratto a goccia a goccia… / Soldato ignoto, e Tu? / Ritorna dai meandri del destino! / Brilla il tuo bel piastrino / fregiato della palma; / tu sei l'eroe che non morrà mai più… / E solo la tua salma, / ch'è volta ad oriente, / da Roma può rispondere: PRESENTE!»[335].

Ancora oggi c'è chi dedica delle canzoni a quei soldati delle trincee ed anche i versi utilizzati sono toccanti come quelli degli improvvisati cantori che vissero sulla propria pelle il dramma umano della Grande Guerra.

Esempi di queste dediche sono di cantanti come Francesco De Gregori con La Guerra, oppure Paul McCartney che si rifà alla Tregua di Natale, Eric Bogle, cantautore scozzese, con la canzone Willie McBride, ma anche conosciuta con il titolo di Green Fields of France, componimento nato dopo una visita al Cimitero militare del Commonwealth di Authuille, nei pressi della Somme, in Francia. Alan Brydon e il maggiore Gavin Neill Stoddart scrissero e musicarono la canzone On the Road of Passchendaele, inno creato per celebrare l'inaugurazione del monumento ai soldati scozzesi suonatori di cornamusa.

Anche il cantante belga Willem Vermandere, dopo una visita ai caduti scrisse Vladslo, in memoria degli oltre 25.600 soldati tedeschi che riposano nel Cimitero militare di Vladslo, piccola cittadina delle Fiandre, sconvolta dai combattimenti della Grande Guerra e ancora gli Iron Maiden che hanno dedicato un ricordo con la canzone Paschendale.

Pipes of peace (Paul McCartney)

«I light a candle to our love / in love our problems disappear / but all in all we soon discover / that one and one is all we long to hear. / All 'round the world / little children being born to the world / got to give them all we can 'til the war is won / then will the work be done. / Help them to learn / songs of joy instead of burn, baby, burn / let us show them how to play / the pipes of peace / play the pipes of peace. / Help me to learn / songs of joy instead of burn, baby, burn / won't you show me to play / the pipes of peace / play the pipes of peace / What do you say? / Will the human race be run in a day? / Or will someone save / this planet we're playing on? / Is it the only one? / What are we gonna do? / Help them to see / that the people here / are like you and me / let us show them how to play /the pipes of peace / lay the pipes of peace. / I light a candle to our love / in love our

[335] AA.VV. *Inni e Canzoni Patriottiche*, Legione Territoriale Carabinieri Reali – Bologna, Tip. Leg. CC. Reali di Bologna, 1936, pp. 12-13.

problems disappear / but all in all we soon discover / that one and one is all we long to hear»[336].

«Accendo una candela al nostro amore / in amore i nostri problemi scompaiono / ma dopo tutto scopriamo presto / che uno e uno è tutto quello che desideriamo sentire / In tutto il mondo / vengono messi al mondo bambini / dobbiamo dargli tutto quel che possiamo / finché la guerra non è vinta / poi avremo fatto il nostro dovere. / Aiutiamoli a imparare / canzoni di gioia invece di "*burn, baby burn*" / mostriamogli come suonare / i flauti di pace / suoniamo i flauti di pace. / Aiutami a imparare / canzoni di gioia invece di "*burn, baby burn*" / mi farai vedere come suonare (come suonare) / i flauti di pace (flauti di pace) / suoniamo i flauti di pace. / Che ne dici? (Che ne dici) / La razza umana sarà spacciata in un giorno? / (in un giorno?) / O qualcuno salverà questo pianeta / sul quale viviamo? / È l'unico che abbiamo. / Cosa abbiamo intenzione di fare? / Aiutiamoli a vedere (aiutiamoli a vedere) / che le persone qui / sono come te e me (come te e me) / mostriamogli come suonare (come suonare) / i flauti di pace (flauti di pace) / suoniamo i flauti di pace. / Accendo una candela al nostro amore / in amore i nostri problemi scompaiono / ma dopo tutto scopriamo presto / che uno e uno è tutto quello che desideriamo sentire»[337]. *(*Traduzione a cura di Alberto Marcon*)*

The Green Fields Of France (Eric Bogle)

«Well how do you do, Private William McBride? / Do you mind if I sit here down by your graveside, / And I'll rest for a while in the warm summer sun? / I've been walkin' all day long, and I'm nearly done. / I see by your gravestone you were only 19 / When you joined the glorious fallen in 1916 / Well, I hope you died quick, and I ope you died clean, / Or Willie McBride, was it slow and obscene? / Did they beat the drums slowly, / Did they sound the fife lowly, / Did the rifles fire o' ye as they lowered you down? / Did the bugle sing The Last Post in chorus? / Did the pipes play the Flowers of the Forest? / And did you leave a wife or a sweetheart behind / In some faithful heart is your memory enshrined? / And though you died back in 1916, / To that loyal heart are you always 19? / Or are you a stranger without even a name, / Forever enshrined behind some glass pane / In an old photograph, torn and tattered and stained, / And fading to yellow in a brown, leather frame / Well the sun's shining now on these green fields of France; / The warm wind blows gently and the red poppies dance. / The trenches have vanished long under the plough / No gas and no barbed wire, no guns firing now. / But here in this graveyard that's still No Man's Land / The countless white crosses in mute witness stand / To man's blind indifference to his fellow man, / And a whole generation who were butchered and damned. / And I can't help but wonder, no Willie McBride, / Do all those who lie here, know why they died? / Did you really believe them when they told you 'The Cause?' / You really believe

[336] https://www.infinititesti.com/2016/05/30/paul-mccartney-pipes-of-peace-testo/.

[337]https://www.infinititesti.com/2016/05/30/paul-mccartney-pipes-of-peace-testo/.

that this war would end wars? / The suffering, the sorrow, the glory, the shame, / The killing, the dying, it was all done in vain, / For Willie McBride, it all happened again, / And again, and again, and again, and again! / Did they beat the drums slowly, / Did they sound the fife lowly, / Did the rifles fire o' ye as they lowered you down? / Did the bugle sing The Last Post in chorus? / Did the pipes play the Flowers of the Forest? / Did the bugle sing The Last Post in chorus? / Did the pipes play the Flowers of the Forest?»[338].

I verdi campi della Francia

«Oh come stai, giovane Willy McBride / Ti dispiace se mi siedo qui al lato della tua lapide? / E mi riposo un po' nel caldo sole d'estate / Ho camminato tutto il giorno e ho quasi finito / E vedo dalla tua lapide che eri solo diciannovenne / Quando ti sei unito alla grande caduta del 1916 / Be' spero tu sia morto in fretta / E spero tu sia morto in modo pulito / Oh Willy McBride, era lento e osceno? / Hanno suonato lentamente i tamburi? / Hanno suonato piano il piffero? / Hanno suonato la marcia funebre mentre ti abbassavano giù? / La banda ha suonato "the last post"? / E le cornamuse han suonato "flowers of the forest"? / E hai lasciato dietro di te una moglie o una cara ragazza / In qualche cuore leale la tua memoria è custodita? / E anche se sei morto nel lontano 1916 / Per quel cuore fedele sarai sempre un diciannovenne / O eri uno straniero senza nemmeno un nome? / Per sempre custodito dietro qualche vecchia lastra di vetro / In una vecchia fotografia ritorta, chiazzata e ossidata / E schiarita al giallo in una cornice di pelle marrone / Hanno suonato lentamente i tamburi? / Hanno suonato piano il piffero? / Hanno suonato la marcia funebre mentre ti abbassavano giù? / La banda ha suonato "the last post"? / E le cornamuse han suonato "flowers of the forest"? / Il sole sta splendendo su questi verdi campi di Francia / Il vento caldo soffia gentilmente e i rossi papaveri danzano / Le trincee sono svanite da tempo sotto l'aratro / Nessun gas, niente filo spinato, nessun fucile che spara / Ma qui in questo cimitero è ancora terra di nessuno / Le infinite croci bianche stanno immobili in muta testimonianza / Alla cieca indifferenza dell'uomo per il suo compagno uomo / E a un'intera generazione che venne massacrata e dannata / Hanno suonato lentamente i tamburi? / Hanno suonato piano il piffero? / Hanno suonato la marcia funebre mentre ti abbassavano giù? / La banda ha suonato "the last post"? / E le cornamuse han suonato "flowers of the forest"? / E io non posso far nulla fuorché pensare, oh Willy McBride / Che tutti quelli che giacciono qui sappiano perché son morti? / Tu davvero gli credevi quando ti spiegavano i motivi? / Tu davvero credevi che questa guerra avrebbe

[338] https://www.bellsirishlyrics.com/green-fields-of-france.html.

terminato le guerre? / Be' la sofferenza, la tristezza, la gloria e la vergogna / Le uccisioni e la morte, tutto fu invano / Oh Willy McBride è successo di nuovo / E ancora, e ancora, e ancora, e ancora / Hanno suonato lentamente i tamburi? / Hanno suonato piano il piffero? / Hanno suonato la marcia funebre mentre ti abbassavano giù? / La banda ha suonato "the last post"? / E le cornamuse han suonato "flowers of the forest"?». (Traduzione di Fabrizio Di Bello)

Ninna nanna della guerra

«Ninna nanna, nanna ninna, / er pupetto vo' la zinna, / fa' la ninna, dormi, pija sonno / che si dormi nun vedrai / tant'infamie e tanti guai / che succedeno ner monno / tra le bombe e li fucili / de li popoli che so' civili. / Ninna nanna, tu nun senti / li sospiri e li lamenti / de la pora gente che se scanna, / che se scanna e che s'ammazza / a vantaggio de la razza, / de la gente che se scanna / per un matto che comanna / e a vantaggio pure d'una fede / per un Dio che nun se vede / ma che serve da riparo / ar re macellaro che / sa bene che / la guera è / un gran giro de quatrini / che prepara le risorse / pe' li ladri delle borse. / Ninna nanna, ninna nanna… / Fa' la ninna, fa' la nanna, / fa' la ninna che domani / rivedremo ancora li sovrani / che se scambieno la stima, / boni amichi come prima. / So' cugini e fra parenti / nun se fanno i comprimenti: / torneranno ancora più cordiali / li rapporti personali. / Senza l'ombra d'un rimorso / sai che ber discorso / ce faranno tutti insieme / su la pace e sur lavoro / pe' quer popolo frescone / risparmiato dar cannone! / Ninna nanna, ninna nanna…»[339].

La Guerra

«C'è un soldato in mezzo al campo / E una casa nella valle / E attenzione, soldatino / C'è il tramonto alle tue spalle / Sei una sagoma nel sole / Un bersaglio in mezzo al fuoco / E per prendere la mira / Basta niente, serve poco / Occhi neri di carbone / Bocca scura di corallo / E attenzione, soldatino / Muore il giorno e canta il gallo / Nella casa c'è una sposa / Con il cuore disperato / Dio, non dorme da quel giorno / Che il suo amore partì soldato / Resta sempre sola sola / Nel suo letto abbandonato / Occhi neri di carbone / Sono pronti per l'agguato / Abbiamo preso la campagna / Abbiamo perso la città / Abbiamo preso l'innocenza / Abbiamo perso la pietà / Per essere partiti / Chi ci ringrazierà? / Per essere tornati / Chi ci saluterà? / Per essere partiti / Chi ci ricorderà? / Per esserci salvati / Chi ci

---

[339] Versi scritti da TRILUSSA nel 1914 all'inizio della Prima Guerra Mondiale e cantata da CLAUDIO BAGLIONI.

perdonerà? / E ripensa il soldatino / Al suo rancio disgraziato / All'odore della notte / E del sangue che ha versato / Quella volta che la morte / Gli è passata proprio accanto / Lo ha guardato di traverso / E se n'è andata zoppicando / Sotto il seno della sposa / Batte un cuore innamorato / Canta forte e ride piano / Mentre stende il suo bucato / Scotta il sole a mezzogiorno / Sulla casa in mezzo al campo / C'è una sposa disarmata / E il soldato non ha scampo / Abbiamo preso la campagna / Abbiamo perso la città / Abbiamo preso l'innocenza / Abbiamo perso la pietà / Per essere partiti / Chi ci ringrazierà? / Per essere tornati / Chi ci saluterà? / Per essere partiti / Chi ci ricorderà? / Per esserci salvati / Chi ci perdonerà?»[340].

*Vladslo (*Willem Vermandere)

«In 't Praetbos buiten Vladslo, / van God en mens verlaten, / ligt de jonge Peter Kollwitz, / in een massagraf van soldaten / en ik ken geen vrediger wereld, / van roerlozer bomen, / geen schoner kathedrale, / om te bidden en om te dromen. / Je mag er ook nootjes rapen, / of stilletjes mediteren, / als z'op uw rechterkake slaan / moe'j de linker ook presenteren, / daar komen soms kinders spelen / en geliefden heel teder vrijen, / want 't mos is daar zo zacht, / om te slapen en om te schreien. / Schaam je maar niet om je tranen, / je mag daar ook nereknielen, / en prevel de dode namen / van de dertigduizend zielen, / ze kwamen uit Duitsland de moeders / en de vaders in grote getallen, / om zwijgend 't hoofd te schudden, / 'ach mein Kind ist hier gefallen.' / Voor al dat nutteloos sterven, / al dat afgeknakt jong leven, / waar is die God van den hemel, / die ons hier vrede kan geven, / waar zijn nu de dwaze officieren, / al die leugens zo lelijk gelogen, / niets dan versteende vaders / en moeders diepe gebogen. / In 't Praetbos buiten Vladslo, / op dat massagraf van soldaten, / staan nu Käthe Kollwitz's beelden, / van God en mens verlaten / en ik ken geen heviger wereld, / geen menselijker bede, / dan die twee donkere stenen, / die zo diepe schreien om vrede»[341].

«Abbandonato da Dio e dall'uomo, / Giace il giovane Peter Kollwitz, / In una fossa comune di soldati / E non conosco un mondo più pacifico, / Di alberi immobili, / Nessuna cattedrale più pulita, / Pregare e sognare. / Puoi anche raccogliere noci / O meditare in silenzio, / Come schiaffeggiare la mascella destra / Deve presentare anche quello di sinistra, / A volte i bambini vengono a giocare lì / E gli amanti fanno l'amore molto teneramente, / Perché il muschio è così morbido lì, / Dormire e piangere. / Non vergognarti delle tue lacrime / Puoi anche inginocchiarti laggiù, / E mormora i nomi dei morti / Delle trentamila anime, / Sono venute dalla Germania le madri / E i padri in gran numero, / Per scuotere la testa in silenzio, / Oh mio figlio è caduto qui. / Per tutto quell'inutile morire, / Tutta quella giovane vita spezzata, / Dov'è quel dio del cielo, / Chi può darci la pace

[340] Canzone di Francesco De Gregori.

[341] http://www.inutilestrage.it/canzoni-contro-la-guerra-vladslo-willem-vermandere/.

qui, / Dove sono ora gli ufficiali stolti, / Tutte quelle bugie così brutte mentite, / Nient'altro che padri pietrificati / E il profondo inchino della madre. / Su quella fossa comune di soldati, / Ora stanno le statue di Kathe Kollwitz, / Abbandonato da Dio e dall'uomo / E non conosco mondo più feroce, / Non più preghiera umana, / Poi quelle due pietre scure, / Che piangono così profondamente per la pace». (Versione italiana di Riccardo Venturi)

Paschendale (Iron Maiden)

«In a foreign field he lay / Lonely soldier, unknown grave / On his dying words he prays / Tell the world of Paschendale / Relive all that he's been through / Last communion of his soul / Rust your bullets with his tears / Let me tell you 'bout his years / Laying low in a blood filled trench / Kill time 'til my very own death /On my face I can feel the falling rain / Never see my friends again / In the smoke, in the mud and lead /Smell the fear and the feeling of dread / Soon be time to go over the wall / Rapid fire and end of us all / Whistles, shouts and more gun fire / Lifeless bodies hang on barbed wire / Battlefield nothing but a bloody tomb / Be reunited with my dead friends soon / Many soldiers eighteen years / Drown in mud, no more tears / Surely a war no-one can win / Killing time about to begin / Home, far away / From the war, a chance to live again / Home, far away / But the war, no chance to live again / The bodies of ours and our foes / The sea of death it overflows / In no man's land, God only kno /ws Into jaws of death we go / Crucified as if on a cross /Allied troops they mourn their loss / German war propaganda machine / Such before has never been seen / Swear I heard the angels cry / Pray to god no more may die / So that people know the truth / Tell the tale of Paschendale / Cruelty has a human heart / Every man does play his part / Terror of the men we kill / The human heart is hungry still / I stand my ground for the very last time / Gun is ready as I stand in line / Nervous wait for the whistle to blow / Rush of blood and over we go / Blood is falling like the rain / Its crimson cloak unveils again / The sound of guns can't hide the ir shame / And so we die on Paschendale / Dodging shrapnel and barbed wire / Running straight at cannon fire / Running blind as I hold my breath / Say a prayer symphony of death / As we charge the enemy lines / A burst of fire and we go down / I choke a cry but noone hears / Feel the blood go down my throat / Rit. Home, far away… / Rit. Home, far away… / See my spirit on the wind / Across the lines, beyond the hill / Friend and foe will meet again / Those who died at Paschendale»[342].

«Giace in un campo straniero / Solitario soldato, milite ignoto / In punto di morte prega / raccontate al mondo di Passchendaele / Rivive tutto ciò che ha passato / L'ultima comunione della sua anima / Arrugginisce i proiettili con le sue lacrime / Lasciate che vi parli degli anni in cui ha vissuto / Sono disteso in una trincea piena di sangue / Ammazzerò il tempo finché non morirò / Sento la pioggia che cade sulla mia faccia / Non vedrò mai più i miei amici / In mezzo al fumo, al fango e al piombo / Annusa la paura e la sensazione della violenza / Presto arriverà il momento di andare

[342] https://canzonimetal.altervista.org/paschendale-traduzione-iron-maiden/.

oltre il muro / Il fuoco di fila ci farà morire tutti / Fischi, urla e ancora spari / Corpi senza vita sono appesi al filo spinato / Il campo di battaglia è una tomba insanguinata / Presto mi riunirò con i miei amici morti / Molti soldati di diciott'anni / Annegano nel fango, non piangono più / Di sicuro è una guerra che nessuno può vincere / Il momento del massacro sta per iniziare / Casa, è lontana dalla guerra, / un'opportunità di vivere di nuovo / Casa, è lontana, ma la guerra, / non dà possibilità di vivere di nuovo / Il mare della morte sommerge / I nostri corpi e quelli dei nostri nemici / Solo Dio sa cosa succederà nella terra di nessuno / Andiamo nelle fauci della morte / È come se fossi crocifisso su una croce / Le truppe alleate piangono le loro perdite / Non si è mai visto prima niente di simile / alla macchina propagandista della guerra tedesca / Giuro di aver sentito gli angeli piangere / Pregando Dio che nessuno dovesse più morire / Quella gente sa la verità / E può raccontare la storia di Paschendale / La crudeltà ha un cuore umano / Ogni persona ha la sua parte / Abbiamo paura degli uomini che uccidiamo / E il cuore umano ha ancora fame / Mi alzo in piedi dal terreno per l'ultimissima volta / Il fucile è pronto e sono in formazione / Aspetto nervosamente il suono del fischietto / Un sanguinoso attacco e saltiamo su dalle trincee / Il sangue sta cadendo come la pioggia / Il suo mantello rosso intenso si mostra ancora / Il suono delle armi non può celare la vergogna / E così morimmo a Paschendale / Schivo granate e il filo spinato /correndo dritto verso il fuoco dei cannoni / correndo ciecamente mentre trattengo il respiro / Dico una preghiera, una sinfonia di morte / Mentre carichiamo contro le linee nemiche / Una raffica e cadiamo in molti / Soffoco un grido ma nessuno mi sente / Sento il sangue che scende lungo la mia gola / Casa, è lontana dalla guerra, / un'opportunità di vivere di nuovo / Casa, è lontana, ma la guerra, / non dà possibilità di vivere di nuovo / Casa, è lontana dalla guerra, / un'opportunità di vivere di nuovo / Casa, è lontana, ma la guerra, /non dà possibilità di vivere di nuovo / Vedo il mio spirito nel vento / Lungo il fronte, dietro la collina / Gli amici e i nemici si incontreranno di nuovo, / Coloro che morirono a Paschendale». (Traduzione Alberto Marcon)

An Irish Airman Foresees His Death

«I know that I shall meet my fate / Somewhere among the clouds above; / Those that I fight I do not hate / Those that I guard I do not love; / My country is Kiltartan Cross, / My countrymen, Kiltartan's poor, / No likely end could bring them loss / Or leave them happier than before. / Nor law, nor duty bade me fight, / Nor public man, nor cheering crowds, / A lonely impulse of delight / Drove to this tumult in the clouds; / I balanced all, brought all to mind, / The years to come seemed waste of breath, / A waste of breath the years behind / In balance with this life, this death»[343].

Un aviatore irlandese prevede la sua morte

«Io so che andrò incontro al mio destino / lassù, tra qualche parte tra le nuvole, / io non odio quelli che combatto, / non amo quelli che difendo. / La mia patria è Kiltartan Cross, / i miei compatrioti la sua povera gente. / La mia fine improbabile non farà loro alcun danno, / né li renderà più felici di prima. / Nessuna legge o dovere mi spinsero a combattere, / o uomo pubblico o folla plaudente. / Un solitario impulso di gioia / mi spinse a questo tumulto tra le nuvole: / ho soppesato, valutato tutto, / gli anni futuri solo fiato disperso, / fiato disperso gli anni alle spalle / in equilibrio con questa vita, questa morte. (Traduzione di Eleonora Damiano)

Questa poesia venne scritta da William Butler Yeats dopo la morte del pilota scozzese William Robert Gregory e tradotta in note sia dai Waterboys che da Angelo Branduardi.

William Robert Gregory fu un maggiore del *Royal Flying Corps* nel corso della Grande Guerra ed anche uno dei primi piloti irlandesi a fregiarsi del titolo di Asso. Sebbene avrebbe potuto essere dispensato dal servizio militare non intese avvalersi di tale opportunità e venne dapprima incorporato nel *4° Connaught Rangers*, unità di fanteria di linea irlandese inquadrata nell'Esercito inglese e poi chiese ed ottenne di frequentare il corso di pilota di caccia e venne inserito nel *40° Squadron* del *Royal Flying Corps*. Pilota molto abile iniziò a combattere nei cieli del fronte occidentale e per i meriti aviatori venne insignito dal Governo Francese del Cavalierato della Legione d'Onore, mentre dal comando inglese ricevette la *Military Cross*. Dopo la Rotta di Caporetto venne trasferito sul fronte orientale il 40° *Squadron* venne utilizzato al rinforzo delle linee lungo il fiume Tagliamento e il fiume Piave e rischierato in quel di Padova divenendone poi il *66° Squadron*, dislocato a Grossa, piccolo comune a circa trenta chilometri a nord di Padova. Il 23 gennaio, il suo velivolo si schiantò al suolo nei pressi di Monastiero: sua moglie, Margaret Perry, a Galway ricevette un laconico telegramma del Comando britannico che la informava che suo marito era stato ucciso in azione e che fino ad allora aveva avuto all'attivo otto vittorie confermate. Di lui restano oggi due elegie,

[343] https://lyricstranslate.com.

composte dopo la sua morte dal Poeta William Butler Yeats, amico di Robert Gregory, che lo consacrarono per sempre nella memoria di tutti gli irlandesi. Il suo corpo, recuperato dalle lamiere contorte del velivolo, venne poi sepolto con tutti gli onori militari all'interno del piccolo riquadro destinato ai soldati inglesi all'interno del Cimitero comunale di Padova[344].

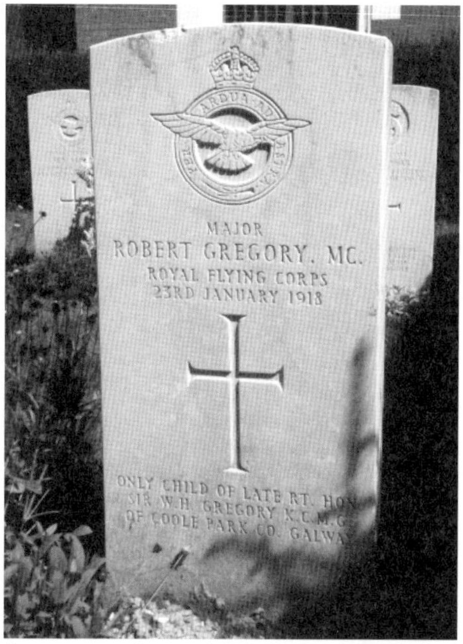

Il Maggiore William Robert Gregory e la sua tomba nel Cimitero di Padova (Fonte: segretidellastoria.wordpress.com)

Pitiè, Mon Dieu

«Pitié, mon Dieu! C'est pour notre Patrie / que nous prions au pied de cet autel; / les bras liés et la face meurtrie, / Elle a porté ses regards vers le ciel. / Dieu de clémence, ô Dieu vainqueur, / sauve, sauve la France au nom du Sacré Coeur! / sauve, sauve la France au nom du Sacré Coeur! / Pitié, mon Dieu! La Vierge immaculée n'a pas en vain fait entendre sa voix; / sur cette terre ingrate et désolée, le fleurs du ciel croîtront comme autrefois. / Rit. Dieu de clémence… / Pitié, mon Dieu! Car notre sol de France / a dû subir les pas de l'étranger; / pourtant nostre âme a gardé l'espérance: / Dieu des combats, tu sauras nous venger. / Rit. Dieu de clémence… / Pitié, mon Dieu! Car notre sol de France / a dû subir les pas de l'étranger; / pourtant nostre âme a gardé l'espérance: / Dieu des combats, tu sauras nous venger. / Rit. Dieu de clémence… / Pitié, mon Dieu! Car nostre cause est sainte, / nous n'avons pas provoqué l'ennemi; / nous défendons notre patrie atteinte, / et nous vaincrons quand tu l'auras permis, / Rit. Dieu de clémence… / Pitié, mon Dieu! Pour nos frères en armes! / Leur sang versé d'un coeur si généreux, / nous te l'offrons Seigneur, avec les larmes / que notre amour

[344] https://segretidellastoria.wordpress.com/2021/07/26/robert-gregory-dallirlanda-ai-cieli-di-padova/.

a répandues sur eux. / Rit. Dieu de clémence… / Pitié, mon Dieu! Que notre sacrifice / fasse la France un pays très chrétien, / nous bénissons la douleur rédemptrice / rends-nous l'Alsace et le pays lorrain! / Rit. Dieu de clémence…»[345].

Pietà mio Dio

«Pietà, mio Dio! È per la nostra Patria / che noi preghiamo ai piedi di questo altare. / Le braccia legate e la faccia contrita, / Ella ha innalzato gli occhi verso il cielo. / Dio di clemenza, o Dio vittorioso, / salva, salva la Francia nel nome del Sacro Cuore! / Salva, salva la Francia nel nome del Sacro Cuore! / Pietà, mio Dio! La Vergine Immacolata, / non invano fece udire la Sua voce; / sulla nostra terra ingrata e desolata / i fiori del cielo cresceranno come prima / Rit. Dio di clemenza… / Pietà, mio Dio! Perché il nostro suolo di Francia / ha dovuto subire i passi dello straniero; / eppure la nostra anima ha conservato la speranza: / Dio delle battaglie, tu saprai vendicarci. / Rit. Dio di clemenza… / Pietà, mio Dio! Perché la nostra causa è santa, / non abbiamo provocato il nemico; / difendiamo la nostra patria colpita, / e vinceremo quando lo permetterai. / Rit. Dio di clemenza… / Pietà, mio Dio! Per i nostri fratelli in armi! / Il loro sangue versato da un cuore così generoso, / te lo offriamo Signore, con le lacrime / che il nostro amore ha versato su di loro. / Rit. Dio di clemenza… / Pietà, mio Dio! Che il nostro sacrificio / renda la Francia un Paese molto cristiano, / noi benediciamo il dolore che salva / ci renda l'Alsazia e i paesi della Lorena! / Rit. Dio di clemenza…» (Traduzione di Pasut – Spadotto Yvette Rose).

Questa implorazione veniva vocalizzata dai fedeli francesi nel corso della Grande Guerra e continua ad essere cantata come avvenuto a L'Isle-Jourdain, in Francia, al termine della funzione religiosa in suffragio dei soldati francesi caduti, in occasione della ricorrenza del 109° anniversario dalla fine del Primo conflitto mondiale.

Great War (Sabaton)

«Where dead men lies I'm paralyzed, my brothers' eyes are gone / And he shall be buried here, nameless marks his grave / Mother home, get a telegram and shed a tear of grief / Mud and blood, in foreign land, trying to understand / Where is this greatness I've been told? / This is the lies that we been sold / Is this a worthy sacrifice? / Great war / And I cannot take more / Great tour / I keep on marching on / I play the great score / There will be no encore / Great War / The war to end all wars / I'm standing here, I'm full of fear, with bodies at my feet / Over there in the other trench, bullets wear my name / Lead ahead, as the captain said and show them no remorse / Who am I to understand what have I become? / I do my duties,

[345] http://storico.org/storia_societa/ultima_invocazione.html.

pay the price / I'll do the worthy sacrifice / I know my deeds are not in vain / Great war / And I cannot take more / Great tour / I keep on marching on / I play the great score / There will be no encore / Great War / The war to end all wars / And feet by feet / We pay the price of a mile here / Though men are falling, we see Heroes rise / We face the heat / As we are fighting until the dawn / So follow me and we will write our own history / Great war / And I cannot take more / Great tour / I keep on marching on / I play the great score / There will be no encore / Great War / The war to end all wars»[346].

Grande Guerra

«Dove giace il morto, sono paralizzato, gli occhi dei miei fratelli se ne sono andati / E lui sarà sepolto qui, senza nome segna la sua tomba / Casa madre, prendi un telegramma e versa una lacrima di dolore / Fango e sangue, in terra straniera, cercando di capire / Dov'è questa grandezza che mi è stata raccontata? / Questa è la menzogna che siamo stati venduti / È un sacrificio degno? / Grande Guerra / E non ne posso più / Grande tour / Continuo a marciare / Suono il grande punteggio / Non ci sarà il bis / Grande Guerra / La guerra per porre fine a tutte le guerre / Sono qui, sono pieno di paura, con corpi ai miei piedi / Laggiù nell'altra trincea, le pallottole portano il mio nome / Andate avanti, come disse il capitano e mostrate loro nessun rimorso / Chi sono io per capire cosa sono diventato? / Faccio i miei doveri, pago il prezzo / Farò il degno sacrificio / So che le mie azioni non sono vane / Grande Guerra / E non ne posso più / Grande tour / Continuo a marciare / Suono il grande punteggio / Non ci sarà il bis / Grande Guerra / La guerra per porre fine a tutte le guerre / E piedi dopo piedi / Paghiamo il prezzo di un miglio qui / Anche se gli uomini stanno cadendo, vediamo che gli Eroi si alzano / Affrontiamo il caldo / Come stiamo combattendo fino all'alba / Quindi seguimi e scriveremo la nostra storia / Grande Guerra / E non ne posso più / Grande tour / Continuo a marciare / Suono il grande punteggio / Non ci sarà il bis / Grande Guerra / La guerra per porre fine a tutte le guerre». (Traduzione di Eleonora Damiano)

Ai soldati in trincea, come quelli nelle retrovie, l'ordine della fine di quell'immane conflitto avvenne a mezzo del trombettista che con i suoi squilli informata il termine delle ostilità. In quell'occasione i fanti intonarono: *«Cessate il fuoc / Cessate il fuoc / Finì la guerra / Cessate il fuoc / Cessate il fuoc / Fe' zaino a terra»*[347].

---

[346] https://it.musinfo.net/lyrics/sabaton/great-war.

[347] M. RIGONI STERN, *Tutti a Casa allo Sbando*, in Veneto 1915-1918…, op. cit., p. 201.

Fuoco e mitragliatrici

«Non ne parliamo di questa guerra / Che sarà lunga un'eternità / Per conquistare un palmo di terra / Quanti fratelli son morti di già! / Trincea dei razzi, maledizione / Quanto fratelli son morti lassù / Finirà dunque ‘sta flagellazione / Di questa guerra non se ne parli più / Fuoco e mitragliatrici / Si sente il cannone che spara / Per conquistar la trincea / Savoia, si va! / Fuoco e mitragliatrici / Si sente il cannone che spara / Per conquistar la trincea / Savoia, si va! / Fuoco e mitragliatrici / Si sente il cannone che spara / Per conquistar la trincea / Savoia, si va! / Da Monte Nero a Monte Cappuccio / Fino all’altura di Doberdò / Un reggimento più volte distrutto / Al fine indietro nessuno tornò / Non ne parliamo di questa guerra / Che sarà lunga un’eternità / Per conquistare un palmo di terra / Quanti fratelli son morti già / Fuoco e mitragliatrici / Si sente il cannone che spara / Per conquistar la trincea / Savoia, si va! / Rit. Fuoco e mitragliatrici…»[348]. (Autore ignoto)

Il Testamento del Capitano

Questa lirica è stata cantata da Mina e l’audio registrato con la tecnica della sovraincisione che ne moltiplica la voce e la dipana in un riverbero di suoni fino a sedici volte, per riprodurre lo stile del coro degli alpini ed è stato fatto ascoltare al Sacrario di Redipuglia (Gorizia) in occasione della ricorrenza del Centenario dell’inizio della Prima guerra mondiale. Per quella circostanza l’artista aveva anche registrato un video nel quale venivano riportati dei passaggi tratti dal *Giornale di Guerra e di Prigionia* del S. Ten. Emilio Gadda[349].

«Il capitan de la compagnia / e l’è ferito sta per morir / e manda a dire ai suoi Alpini / perché lo vengano a ritrovar. / I suoi alpini ghe manda a dire / che non han scarpe per camminar. / “O con le scarpe, o senza scarpe / i miei Alpini li voglio qua”. / Cosa comanda siòr Capitano / che noi adesso semo arrivà. / “E io comando che il mio corpo / in cinque pezzi sia taglià”! / Il primo pezzo al Re d'Italia, / il secondo pezzo al Battaglion, / il terzo pezzo alla mia mamma / che si ricordi del suo figliol. / Il quarto pezzo alla mia bella / che si ricordi del suo primo amor. / Il quinto pezzo alle montagne / ché lo fioriscano di rose e fior»[350].

---

[348] https:/musixmatch.com.

[349] https://www.quotidianodipuglia.it/spettacoli/mina_redipuglia_inedito_audio_video-1341456.html.

[350] https://www.ana.it/lalpino/il-testamento-del-capitano/.

Valore Alpino

«Dai fidi tetti del villaggio / I bravi alpini son partiti / Mostran la forza ed il coraggio / Nei loro volti franchi e arditi. / Son dell'Alpe i bei cadetti / Nella robusta giovinezza / Sul loro maschi e forti petti / Brilla un'indomita fierezza. / Valoroso Alpin / Rimani ognor sulla frontiera / E là sul confin / Conserva intatta la Bandiera. / Sentinella all'erta / Per il suol nostro italiano / Dove amor sorride / E più benigno irradia il sol. / Là in mezzo ai picchi ed ai burroni / Sulle montagne, ghiacci e nevi / Vanno piantando i lor picconi / E le vie rendon più brevi. / Risplenda il sole, o scenda l'ora / Che reca in ciel l'oscurità / Il bravo alpin vigila ognora / Pronto a gridare il "chi va là!" / Valoroso alpin / Rimani ognor sulla frontiera / Difendi sempre la frontiera / E là sul confin / Conserva intatta la bandiera. / Sentinella all'erta / Per il suol nostro italiano / Dove amor sorride / E più benigno irradia il sol»[351].

Diaristica

«Passano ambulanze cariche di feriti, barelle cullanti corpi infermi, visiti stravolti, maschere tragiche, impastate di terra e di sangue. Un lamento lieve esce da bocche deformi, rosa grumi di sangue ribollono in orrida schiuma bavosa. Gruppi che sorreggono un compagno straziato grondante sangue da cento ferite e lo accompagnano, feriti anch'essi, al posto di medicazione.

Quanto sangue, mio Dio! Rigagnoletti rossi segnano sulla polvere della strada grovigli e piccole pozzanghere raggrumate di sangue generoso indicano l'ultima tappa del sacrificio offerto. Cadono i morti, e i feriti fra schianti e urla, invocano aiuto con voci disparate; noi proseguiamo fra tanto sfacelo, con il cuore in mano, la disperazione dipinta sul volto, l'anima in gola. La dea Morte ci ha ghermito e ci trascina nel gorgo, nel braciere immane, perché dia esca a nuovo sangue la nostra fede ardente, rabbiosa di noi, del nostro disprezzo, esasperata dal nostro ardire eroico. Morti amati, addio a presto, a pochi istanti forse. Feriti gloriosi che scendete rigettati dalla battaglia, lasciando rivoli di sangue nella terra sacra al vostro martirio, guarite e tornate al nuovo battesimo, con fervore nuovo. La terra trema; si ha l'impressione che la strada precipiti nel fiume, squassata dalle fondamenta. L'Isonzo nel fondo scorre limpido, madreperla colata, gorgogliante fra i massi levigati e canta la sua canzone Italica. Quanti posti di medicazione, quanti gemiti!

---

[351] F. Crosio, B. Ferrarotti, *Il musicista trinese Eugenio Palazzi*, op. cit., p. 23.

Saliamo in silenzio, esterrefatti, con sguardo vuoto, smarrito. Il bombardamento stordisce. La strada è martoriata di corpi. Io fumo una sigaretta dietro l'altra con avidità. Con sforzo poderoso cerco di apparire calmo per far calmi i miei soldati, ma il mio cuore batte alle tempie affrettatamente. La battaglia divampa per ogni dove e il monte è un vulcano in attività. noi entriamo a far parte della sua eruzione, con veemenza. Due morti mi cadono ai piedi, un terzo rotola lungo la riva del fiume, un quarto dentro la fognatura, gli occhio aperti, dorme il suo ultimo sonno, guarda il suo ultimo slancio»[352].

Arte poetica

Giro nella zona calma

«Allora la mia guida in paltò azzurro / si mise a quattro zampe. / Entrò, come un cane da caccia, in una buca / e mi fece segno di seguirlo. / La tana crollerà? / Sarò sepolto? / Le mie spalle / toccano ai due lati. La testa spunta da una specie / di cavità trapunta, / che conteneva due uomini e la guida. / Io non ci stavo in piedi. / Udii un nuovo silenzio. / Perché, a dodici metri, / il silenzio tedesco cominciava. / Tra i due, cresce la sterpaglia / di fil di ferro in cui si impennano / i cavalli di frisia. / È il viale in cui si muore, / il suolo che uccide, / se ci si incammina, / Come sulla rotaia rossa della metro. / La banda mista, la zona / Che folgora, / perché in cima alle piccole torri / del periscopio, / l'occhio si è appollaiato, solo sui sacchi, / come un uccello azzurro che gira / la testa da ogni lato. / Noi la chiamiamo: Via della Pace. / Attraverso l'Europa / i venditori sul marciapiede di sinistra / e quelli sul marciapiede di destra / da uno spiraglio / si sorvegliano. / Nessuno attraversa la strada / Se non nei giorni di battaglia, / Dove, fra i tanti, qualcuno la scampa; / relitti che tornano / con la marea. / Allora ha passato il braccio nella trincea / E tirato l'impermeabile di Amette; / Non ci volevo più stare. / Non sopportavo più questa zona / piena di una falsa dolcezza. / perché spesso i Tedeschi cantano / i venti della mia infanzia / che cantavo con mio fratello e sorella: / Oh Tonnenbaum, Il Re degli Olmi. / Come faccio, Amette, / odiare i Tedeschi? / Martedì, i fucilieri della postazione d'ascolto al Mamelon Vert, / hanno invitato i due tedeschi / a giuocare a carte. / L'ammiraglio li condanna a morte. / Rientriamo per la

[352] L. FABI (a cura di), *Lebel Bruschelli, A Cavallo della Morte*, Mursia, Milano, 2007, pp. 185-186.

Venezia / dei sogni, l'Algeri vuota, / l'Herculaneum delle trincee. / Incrociamo arabi blu / gente di cenere, gondole blu».[353] *(Jean Cocteau)*

Jean Cocteau, sebbene riformato, volle comunque partecipare al conflitto mondiale e venne così arruolato nell'esercito francese ed incorporato nella Croce Rossa, operando nella zona della Somme, per poi passare all'Ufficio di Propaganda fino al mese di luglio 1918 quando venne definitivamente riformato.

Soldati musicisti (Archivio G. Anzanello)

Il Cap. Eugenio Palazzi (il secondo da sinistra) che musicò Valore Alpino (Fonte: A.N.A. Alpini Vercelli)

[353] A. AMERIO, M. P. OTTIERI, *La Guerra d'Europa 1914-1918...*, op. cit., pp. 155-158.

«Da principio furono solo i sassi e le sporgenze naturali a proteggerci dopo la breve follia dell'assalto. Poi si innalzarono piccoli muretti, tra le buche delle granate; poi arrivò il sacchetto di terra, amico fedele del combattente. Poi si scavarono le trincee, poi solo alla fine vennero le caverne. I comandi al principio erano contrari perché ritenevano che il soldato in quelle cavità al riparo si invilisse!!!»[354]

CAPITOLO XIII

L'ARTE NELLA GRANDE GUERRA

Agli inizi del Primo conflitto mondiale non solo una parte della politica e degli intellettuali, ma anche una parte degli artisti si adoperò per sostenere il riarmo e convincere le masse di giovani ad arruolarsi volontariamente per la grandezza della Patria.

Cartoline illustrate e manifesti murali furono i mezzi più utilizzati per veicolare i giovani a vestire l'uniforme e questo anche grazie agli artisti che con i loro disegni favorirono enormemente la propaganda bellica e si impegnarono a far sì che la guerra fosse un evento più attraente, senza enfatizzare i pericoli che un conflitto creava al fine di invogliare anche i più reticenti ad imbracciare le armi. «Per capire quanto fosse sentita l'idea che la guerra avrebbe portato a risolvere l'annoso problema di Trento e Trieste basterà riflettere al fatto che persino "L'Asino", d'indubitabile fede socialista, non poté resistere alla tentazione di trasformarsi in interventista. Il giornale rifletteva davvero il sentire della gente [...] non per nulla, il sottotitolo della testata spiegava chi fosse "l'asino": "È il popolo: utile, paziente e bastonato". [...] Quando deflagrò il conflitto in tutta Europa e coinvolse l'Italia, il tema bellico irruppe all'interno della pittura futurista. Infatti, da ideale programmatico, la guerra divenne azione concreta»[355], ecco allora che artisti affermati utilizzarono le "proprie armi" per spingere i giovani a correre e battersi per la Santa e Purificatrice Guerra, in quel modo molta gioventù vestì l'uniforme e partì a guerreggiare; si può dire che quel modo di reclamizzare il conflitto bellico fu il primordiale inizio della pubblicità.

---

[354] A. SCRIMALI, F. SCRIMALI, *Graffiti e Iscrizioni della Grande Guerra*, S.M.E., Stilgrafica, Roma, 2007, p. 127.

[355] M. BUSSAGLI, *L'Arte e la Prima Guerra Mondiale*, Giunti Editore, Prato (Firenze), 2015, pp. 15-22.

Al fronte i volontari ebbero modo di conoscere alcuni degli stessi artisti che li invogliarono ad imbracciare le armi e oltre ai disegnatori e pittori si aggiunsero suonatori, poeti e scrittori e lì continuarono la loro opera di sostegno morale alle truppe. Ogni nazione aveva nel proprio esercito un piccolo gruppo di artisti, ma quei giovani che partirono esultanti e che affrontarono la realtà come fosse un gioco, ben presto realizzarono che la trincea non era la guerra che loro avevano desiderato: morti, feriti, gente impazzita li fecero ricredere, ma oramai era troppo tardi, anche perché il conflitto da breve, com'era stato previsto, durò ben 4 anni. Ecco, allora, che i soldati nelle trincee in attesa di un attacco o nelle retrovie a riposo, non solo fecero ricorso alla corrispondenza, ma fissarono i loro ricordi nella diaristica, nella poesia, nei disegni, nella pittura come pure sulle pietre rocciose, diventando loro stessi degli artisti.

China su carta – Attività in trincea (Fonte: Istituto Luce)

Non di rado, frequentando i luoghi della Grande Guerra, si possono trovare scalfiti all'ingresso di gallerie, all'interno delle stesse, lungo i camminamenti oppure sui resti di trincee, simboli dei reggimenti, brevi frasi o semplicemente dei nomi che con ogni probabilità erano stati creati con le punte delle baionette. Era un modo per omaggiare la natura con la loro arte, lasciando così un segno tangibile alle future generazioni dei luoghi di battaglia. In Francia, in un sotterraneo che venne utilizzato sia dai francesi, inglesi, americani che dai tedeschi, durante la perdita e la riconquista del terreno dove era ubicato il ricovero, le pareti furono incise da stemmi dei reparti di appartenenza, avvenimenti bellici, nomi di soldati. In quel ricovero fu realizzato anche un altare. Sia gli alleati che il nemico non distrussero quello che era stato creato dagli altri, lasciando così indelebili nella storia le *opere* di coloro che le realizzarono. «Questi "artisti" fissarono incancellabilmente le loro sculture in un periodo tristissimo della loro esistenza e magari qualcuno, non tornando più a casa, sia rimasto lì a vigilare quel museo nascosto»[356].

Altare creato in un sotterraneo in terra di Francia (Ph. Dr. Jeff Gusky)

[356] L. DAMIANO, *1914-1918 Un Mondo in Subbuglio*, op. cit., p. 214.

Ad inizio del XX secolo non c'erano radio-notiziari che potessero informare i cittadini di ciò che succedeva al fronte. I giornali erano gli unici mezzi che a larga scala erano in grado di far conoscere ciò che accadeva in quel particolare momento in zona di guerra, ma come già anticipato nel capitolo dedicato alla censura, tutto avveniva in modo edulcorato, altrimenti non sarebbe stato possibile pubblicare. «La guerra per alcuni è un sollievo: per i borghesi è chiamata a sciogliere la questione sociale, per qualche esaltato futurista rappresenta "suprema igiene del mondo", per i grandi agrari sarà una salutare "vendemmia di contadini". Per i più sarà una chiamata a cui rispondere, per il dovere di sempre. Rassegnàti. Torneranno anche dalle Americhe per arruolarsi, quando sarà la volta dell'Italia in quel maggio "radioso" per il poeta ma subito luttuoso per tante famiglie»[357]. Ecco, allora, che i molti artisti-soldati che si arruolarono, raggiunto il fronte, iniziarono ad elaborare con penne e pennelli ciò che di persona osservavano. I loro scritti e i loro disegni arricchirono le pagine dei quotidiani con dei supplementi settimanali. Tra i più importanti si citano *L'Illustrazione Italiana* e *La Domenica del Corriere*; i disegni testimoniarono l'alba e lo sviluppo del giornalismo per immagini. Su quelle riviste erano riportate le tavole dei fasti eroici dei soldati, dei marinai e degli aviatori impegnati nella Grande Guerra ricavate da riproduzioni eseguite a mano.

Pubblicizzare il conflitto per invogliare i giovani ad abbracciare le armi si rilevò essere l'unica via percorribile, ma c'era bisogno di stimolare la massa con scritti e disegni che fossero in grado di confermare ed accrescere il patriottismo. Da qui la realizzazione di manifesti, scritti, cartoline postali in cui il nemico era rappresentato con il barbaro, l'orco, l'uomo crudele che rubava nelle case e uccideva la gente inerme, al fine di indottrinare le masse sull'utilità della guerra e sulla doverosa corsa all'arruolamento volontario per la difesa della Patria e della famiglia.

Scrittori, fumettisti, disegnatori pittori come Tommaso Marinetti, Otto Dix, Umberto Boccioni, Henri Gaudier-Brzeska, Carlo Carrà, Egon Schiele, Anselmo Bucci, Antonio Sant'Elia, Thomas Mann, Mario Sironi, George Grosz, Achille Funi, Oscar Kokoschka, Carlo Erba, Giuseppe Montanari, Gaetano Previati, Guillaume Apollinaire, Bert Thomas, Ugo Piatti, Franz Marc Wilhelm Moritz, Plinio Nomellini, Muirhead Bone, Luigi Russolo, Bruce Bairnsfather, solo per citarne alcuni, presero parte

---

[357] U. BERNARDI, *Le Tracce della Follia,* in *La Nostra Guerra 1914-1919*, Edizioni del Gazzettino, op. cit., p. 357.

alla propaganda, indossarono l'uniforme e raggiunsero il fronte. In particolar modo per i disegnatori/pittori l'esperienza della guerra «fu decisamente formativa per l'artista che dovette adattarsi a tutte le esigenze e sperimentare tutte le soluzioni che andarono dalla china alla xilografia, al collage, all'olio e alla tempera su carta, dando vita a una produzione ampia e varia».[358] Alcuni di questi morirono sui campi di battaglia, altri rimasero feriti e diversi riportarono danni permanenti soprattutto a livello psichico. Le tavole che perlopiù rimasero impresse nel collettivo popolare furono quelle di Achille Beltrame, perché le sue illustrazioni arricchirono le pagine de *La Domenica del Corriere*, immortalando le vicende epiche di quella guerra come pure quelle di Vittorio Pisani.

Le illustrazioni a colori sulle pagine dei giornali, che fino a quel momento erano in bianco e nero, diedero un tocco originale e allo stesso tempo meno cupo agli articoli che parlavano per la quasi totalità delle pagine di eventi bellici. La sua esposizione si dimostrò abbastanza realistica perché, da inviato al fronte, poté osservare «da vicino i luoghi e le persone, le montagne, le trincee, i fiumi e i paesi: egli poté raccogliere infinite scene e situazioni e caratteri. Sulla linea del fronte, insomma, caricò la memoria e l'album da disegno di soldati e armi, di crocerossine e tradotte, ogni particolare registrato a futura memoria»[359].

Il suo modo di raccontare la guerra attraverso i disegni la rendeva meno crudele, si potrebbe dire quasi interessante. In virtù della sua tecnica di comunicazione, che consisteva nell'essere pittore e cronista, comportò che le sue innumerevoli tavole divennero una raccolta, come fossero parte integrante di quel conflitto di cui si voleva tenere e mantenere memoria, come poi accadde. A tutt'oggi quei documenti sono ancora ricercati e pure oggetto di collezione. Le rappresentazioni non sempre erano di taglio positivo ad esempio l'olandese Louis Raemaekers, vignettista del *De Telegraaf* di Amsterdam, quando la Germania invase il neutrale Belgio non lesinò sul disegnare caricature contro il Kaiser e l'esercito tedesco, tanto che venne messa una taglia sulla sua testa e venne costretto ad emigrare in Inghilterra da dove continuò la sua attività presso il *Daily Mail*[360].

[358] M. BUSSAGLI, *L'Arte e la Prima Guerra Mondiale*, op. cit., p. 34.
[359] I. PRANDIN, *Un Illustratore al Fronte*, in *La Nostra Guerra 1914-1919*, Edizioni del Gazzettino, Mestre-Venezia, 1988, p. 85.
[360] http://Italiawiki.com.

LA DOMENICA DEL CORRIERE

	NEL REGNO	ESTERO
Anno	L. 5 –	L. 10 –
Semestre	» 2,50	» 5 –

Si pubblica a Milano ogni Domenica
Supplemento illustrato del "Corriere della Sera"

Uffici del giornale:
Via Solferino, N. 28
MILANO

Per tutti gli articoli e illustrazioni è riservata la proprietà letteraria e artistica, secondo le leggi e i trattati internazionali.

Anno XVII. — Num. 22. 30 Maggio - 6 Giugno 1915. Centesimi 10 il numero.

Una scena indimenticabile, nell'ora del cimento: il Re, dal Quirinale, sventola il tricolore e grida "Viva l'Italia!".

(Disegno di A. Beltrame).

Disegno di A. Beltrame – Entrata in guerra dell'Italia (Museo d'Oltremare di Bari)

Carabiniere Domenico Della Giorgia caduto il 19 luglio 1915 sul Podgora (Gorizia)
(Fonte: Museo Storico Arma dei Carabinieri)

I giornali di trincea

Al fronte, ma soprattutto nelle retrovie, i soldati fruivano di giornali composti di pochissime pagine, genericamente chiamati *Giornali di Trincea* in quanto ideati e preparati in quei luoghi stanziali che erano le trincee ma, parimenti alla corrispondenza, sottoposti alla censura. Erano redatti dagli stessi combattenti, spesso scritti a mano e completati da disegni che occupavano ampi spazi per canzonare il nemico. *«L'ironia, del resto, ebbe un ruolo importante nella diffusione del messaggio politico legato alla propaganda delle idee che sottesero le ragioni della prima guerra mondiale»*[361].

Analogamente avveniva negli altri eserciti, perché anche lì i soldati creavano e fruivano di quel genere di informazioni.

Ci fu pure chi venne condannato per aver scritto contro la guerra come avvenne per una copiatura di una canzone anonima trovata su foglio in trincea e che riportava: «Gli assassini dei signori / Ha voluto far la guerra / E noi altri tutti a terra / E loro a spasso per la città. Là ci mandano al macello / Tutti i signori stanno a guardare / E noi altri ci tocca andare / In quei monti che son lassù / Or si sa che questa guerra / Non è fatta per vantaggio, / loro a posta l'hanno fatta / per distruggere la gioventù / Il governo italiano / prepotente come un cane, / in altre terre vuole andare / di cui i tedeschi son padroni". Per questa canzone D.G.C., soldato del 21° artiglieria, venne condannato a due mesi di reclusione militare per averla inviata il 1° aprile 1918 ad un altro soldato. Il testo della canzonetta venne giudicato disfattista perché, a parare del collegio militare giudicante, conteneva espressioni di denigrazione sulla guerra e i suoi fini, come pure sul morale dell'esercito e del paese»[362].

Soprattutto dopo la disfatta di Caporetto quei *quotidiani di reparto* incominciarono a circolare con maggiore frequenza, anche sulla spinta dell'Ufficio di Propaganda del Regio Esercito, con l'intento di sollevare il morale dei soldati. Vennero perciò create tutta una serie di testate, ad elevata tiratura, che avessero come riferimento la singola Armata.

La politica venne sottoposta alla goliardia da trincea in due modi: «sotto forma di contraffazione gigantografica dei vizi e delle colpe dei nemici e, per contro, delle nobili virtù degli amici: i popoli e gli Stati, sottoposti ad

[361] M. BUSSAGLI, *L'Arte e la Prima Guerra Mondiale*, op. cit., p. 28.
[362] E. FORCELLA, A. MONTICONE, *Plotone di Esecuzione...*, op. cit., pp. 307-308.

antropomorfizzazione e a un parallelo processo di infantilizzazione, sono ridotti alla stregua di Carletti e Pierini»[363].

Da quel momento non solo i giornali di trincea più conosciuti come *La Tradotta, La Ghirba, L'Astico, La Giberna*, solo per citarne alcuni, ma anche altri giornali fecero la loro comparsa, divenendo quasi una pubblicazione di reparto dattiloscritta. L'elenco che segue riguarda ciò che i soldati fruirono in quel contesto storico: *L'Astico, L'Attesa, Gli Avvenimenti, La Baionetta, Il Bollettino del Soldato, La Bomba a Penna, Candelù, La Cornata, Dalla Trincea, L'Eco Caricaturista, Il Fante, La Ghirba, La Giberna, Il Grappa, Il Montello, Il Lapis del 222°, La Marmitta, Il Mitragliere, La Notizia al Fante, L'Osum, Un po' di Riso, Il Postino, La Potenza dei Fanti e dei Fantoni, Il Provino, Quadrifoglio, Il Respiratore, San Marco, Savoia, La Scintilla Caricaturista, Sempre Avanti, Si Combatte, si Lavora e.....si Ride, La Tradotta, Il Tredici, La Trincea, La Trincea Quotidiana, Varietas, La Vittoria: numero unico dell'ottava Armata, La Vittoria: numero unico della seconda Armata, La Voce del Piave, La Voce del Tagliamento, La Voiussa, Per voi Soldatini, Il Prete al Campo, Il Razzo, La Scintilla, Signor sì, Il Soldato, Il Cuore di Gesù ai soldati, L'Eco della trincea, La Gagliarda, Il Gazzettino del Soldato della IX Armata, Il Ghibli, La Giberna dei Lettori, Il Giornale del Soldato, Il Grigio Verde.*[364]

Vanno citati anche *La Scarica, Il Ragno, L'Elmetto", La Buffa", La Bomba, La Fifa*, che era un giornale dall'ingegnosità contro i superiori, redatto in copia unica su un foglio di carta molto resistente per passare di mano in mano in trincea, *"Il Fante di Bastone"* che si presentò in questo modo: «Sono nato all'alba del 25 giugno '18. Il mio babbo si chiama Montello, la mia mamma Piave. Ho ereditato gli istinti di mio padre che, con un calcio ben assestato nelle parti che non vedono il sole, scaraventò un mascalzone, che faceva l'intraprendente con la mamma mia, a molte miglia di distanza e lo rovesciò per terra»[365].

---

[363] M. ISNENGHI, *Giornali di Trincea (1915-1918)*, Torino, 1977, p. 7.

[364] http://www.bsmc.it/grandeguerra/doc/giornali%20per%20soldati.htm#:~:text=Con%20la%20definizione%20di%20%22giornali,pochi%20esemplari%2C%20tra%20le%20baracche.

[365] F. DETOTTO, *"Anastasia" non Va al Fronte*, in Veneto 1915-1918 La Guerra in Casa, La Tribuna di Treviso, Editoriale Quotidiani Veneti di Giorgio Mondadori & Associati S.p.A., Treviso, 1988, p. 80.

Caporale del Regio Esercito con la copia de La Tribuna Illustrata (Fonte: Rocolor)

Giornale di Trincea Signorsì (Archivio: R. Carbonera)

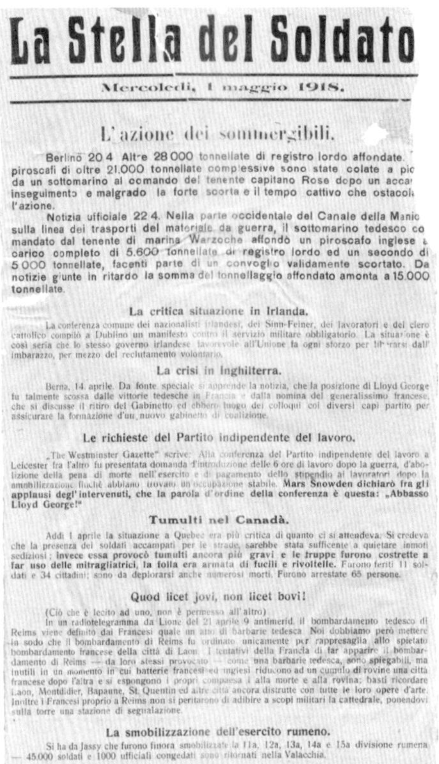

La Stella del Soldato

Mercoledì, 1 maggio 1918.

L'azione dei sommergibili.

Berlino 20 4 Altre 28 000 tonnellate di registro lordo affondate. piroscafi di oltre 21.000 tonnellate complessive sono state colate a pic da un sottomarino al comando del tenente capitano Rose dopo un acca inseguimento e malgrado la forte scorta e il tempo cattivo che ostacol l'azione.

Notizia ufficiale 22 4. Nella parte occidentale del Canale della Manic sulla linea dei trasporti del materiale da guerra, il sottomarino tedesco co mandato dal tenente di marina Warzoche affondò un piroscafo inglese a carico completo di 5.600 tonnellate di registro lordo ed un secondo di 5 000 tonnellate, facenti parte di un convoglio validamente scortato. Da notizie giunte in ritardo la somma del tonnellaggio affondato amonta a 15.000 tonnellate.

La critica situazione in Irlanda.

La conferenza comune dei nazionalisti irlandesi, dei Sinn-Feiner, dei lavoratori e del clero cattolico compilò a Dublino un manifesto contro il servizio militare obbligatorio. La situazione è così seria che lo stesso governo irlandese favorevole all'Unione fa ogni sforzo per liberarsi dall' imbarazzo, per mezzo del reclutamento volontario.

La crisi in Inghilterra.

Berna, 14. aprile. Da fonte speciale si apprende la notizia, che la posizione di Lloyd George fu talmente scossa dalle vittorie tedesche in Francia e dalla nomina del generalissimo francese, che si discusse il ritiro del Gabinetto ed ebbero luogo dei colloqui coi diversi capi partito per assicurare la formazione d'un nuovo gabinetto di coalizione.

Le richieste del Partito indipendente del lavoro.

„The Westminster Gazette" scrive: Alla conferenza del Partito indipendente del lavoro a Leicester fra l'altro fu presentata domanda d'introduzione delle 6 ore di lavoro dopo la guerra, d'abolizione della pena di morte nell'esercito e di pagamento dello stipendio ai lavoratori dopo la smobilizzazione finchè abbiano trovato un occupazione stabile. **Mars Snowden dichiarò fra gli applausi degl'intervenuti, che la parola d'ordine della conferenza è questa: „Abbasso Lloyd George!"**

Tumulti nel Canadà.

Addì 1 aprile la situazione a Quebec era più critica di quanto ci si attendeva. Si credeva che la presenza dei soldati accampati per le strade, sarebbe stata sufficente a quietare i moti sediziosi; **invece essa provocò tumulti ancora più gravi e le truppe furono costrette a far uso delle mitragliatrici, la folla era armata di fucili e rivoltelle.** Furono feriti 11 soldati e 34 cittadini; sono da deplorarsi anche numerosi morti. Furono arrestate 65 persone.

Quod licet jovi, non licet bovi!

(Ciò che è lecito ad uno, non è permesso all'altro)

In un radiotelegramma da Lione del 21 aprile 9 antimerid. il bombardamento tedesco di Reims viene definito dai Francesi quale un atto di barbarie tedesca. Noi dobbiamo però mettere in sodo che il bombardamento di Reims fu ordinato unicamente per rappresaglia allo spietato bombardamento francese della città di Laon. I tentativi della Francia di far apparire il bombardamento di Reims — da loro stessi provocato — come una barbarie tedesca, sono spiegabili, ma inutili in un momento in cui batterie francesi ed inglesi riducono ad un cumulo di rovine una città francese dopo l'altra e si espongono i propri compaesani alla morte e alla rovina; basti ricordare Laon, Montdidier, Bapaune, St. Quentin ed altre città ancora distrutte con tutte le loro opere d'arte. Inoltre i Francesi proprio a Reims non si peritarono di adibire a scopi militari la cattedrale, ponendovi sulla torre una stazione di segnalazione.

La smobilizzazione dell'esercito rumeno.

Si ha da Jassy che furono finora smobilizzate la 11a, 12a, 13a, 14a e 15a divisione rumena — 45.000 soldati e 1000 ufficiali congedati sono ritornati nella Valacchia.

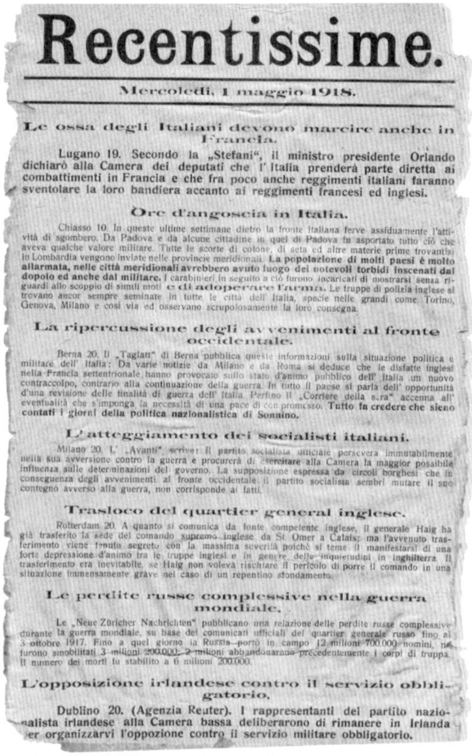

Recentissime.

Mercoledì, 1 maggio 1918.

Le ossa degli Italiani devono marcire anche in Francia.

Lugano 19. Secondo la „Stefani", il ministro presidente Orlando dichiarò alla Camera dei deputati che l'Italia prenderà parte diretta ai combattimenti in Francia e che fra poco anche reggimenti italiani faranno sventolare la loro bandiera accanto ai reggimenti francesi ed inglesi.

Ore d'angoscia in Italia.

Chiasso 10. In queste ultime settimane dietro la fronte italiana ferve assiduamente l'attività di sgombero. Da Padova e da alcune cittadine in quel di Padova fu asportato tutto ciò che aveva qualche valore militare. Tutte le scorte di cotone, di seta ed altre materie prime trovantisi in Lombardia vengono inviate nelle provincie meridionali. **La popolazione di molti paesi è molto allarmata, nelle città meridionali avrebbero avuto luogo dei notevoli torbidi inscenati dal popolo ed anche dal militare.** I carabinieri in seguito a ciò furono incaricati di mostrarsi senza riguardi allo scoppio di simili moti **e di adoperare l'arma.** Le truppe di polizia inglese si trovano ancor sempre seminate in tutte le città dell'Italia, specie nelle grandi come Torino, Genova, Milano e così via ed osservano scrupolosamente la loro consegna.

La ripercussione degli avvenimenti al fronte occidentale.

Berna 20. Il „Taglatt" di Berna pubblica queste informazioni sulla situazione politica e militare dell'Italia: Da varie notizie da Milano e da Roma si deduce che le disfatte inglesi nella Francia settentrionale hanno provocato sullo stato d'animo pubblico dell'Italia un nuovo contraccolpo, contrario alla continuazione della guerra. In tutto il paese si parla dell'opportunità d'una revisione delle finalità di guerra dell'Italia. Perfino il „Corriere della sera" accenna all'eventualità che s'imponga la necessità di una pace di compromesso. **Tutto fa credere che sieno contati i giorni della politica nazionalistica di Sonnino.**

L'atteggiamento dei socialisti italiani.

Milano 20. L'„Avanti" scrive: Il partito socialista ufficiale persevera immutabilmente nella sua avversione contro la guerra e procurerà di esercitare alla Camera la maggior possibile influenza sulle determinazioni del governo. La supposizione espressa da circoli borghesi che in conseguenza degli avvenimenti al fronte occidentale il partito socialisa sembri mutare il suo contegno avverso alla guerra, non corrisponde ai fatti.

Trasloco del quartier general inglese.

Rotterdam 20. A quanto si comunica da fonte competente inglese, il generale Haig ha già trasferito la sede del comando supremo inglese da St. Omer a Calais; ma l'avvenuto trasferimento viene tenuto segreto con la massima severità poichè si teme il manifestarsi di una forte depressione d'animo tra le truppe inglesi e in genere delle inquietudini in Inghilterra. Il trasferimento era inevitabile, se Haig non voleva rischiare il pericolo di porre il comando in una situazione immensamente grave nel caso di un repentino sfondamento.

Le perdite russe complessive nella guerra mondiale.

Le „Neue Zürcher Nachrichten" pubblicano una relazione delle perdite russe complessive durante la guerra mondiale, su base dei comunicati ufficiali del quartier generale russo fino al 3 ottobre 1917. Fino a quel giorno la Russia portò in campo 12 milioni 700.000 uomini, ne furono smobilitati 3 milioni 200.000; 2 milioni abbandonarono precedentemente i corpi di truppa. Il numero dei morti fu stabilito a 6 milioni 200.000.

L'opposizione irlandese contro il servizio obbligatorio.

Dublino 20. (Agenzia Reuter). I rappresentanti del partito nazionalista irlandese alla Camera bassa deliberarono di rimanere in Irlanda per organizzarvi l'oppozione contro il servizio militare obbligatorio.

Giornali rinvenuti in una trincea del Basso Piave (Archivio L. Damiano)

La fotografia e le immagini in movimento

Se i giornali con i loro disegni e i pittori con i loro quadri impressionavano la carta stampata e la tela, un altro modo di esporre la guerra era la fotografia, che rendeva più realistico ciò che si verificava sui campi di battaglia. Quelle immagini, quindi, testimoniavano il rapporto tra l'uomo e la guerra, pertanto fonte di storia del conflitto stesso.

Paesaggi distrutti, filo spinato, trincee conquistate, soldati feriti o caduti, prigionieri catturati, esodi di civili, venivano immortalati pure con la macchina fotografica, un prodotto della rivoluzione industriale dal quale scaturiva la fotografia di guerra, sia in campo terrestre che in quello aviatorio. Infatti, il suo utilizzo avvenne anche su dirigibili, sui palloni frenati come pure sugli aeroplani; quest'ultimi furono quelli che maggiormente vennero utilizzati per immortalare i movimenti e le posizioni nemiche, grazie al personale militare preparato alle riprese aeree.

Questa nuova *arma* che utilizzava il mirino per inquadrare il soggetto da mettere a fuoco, si poteva assimilare al mirino del fucile, ma con una differenza non di poco conto: uno veniva impiegato per immortalare, l'altro per uccidere. Con il fucile si poneva fine alla vita, mentre con la macchina fotografica si *fermava il tempo*. Quegli scatti, poi, ebbero anche una valenza di propaganda alla pari delle cartoline o dei manifesti, perché quelle foto erano riportate sui giornali a corredare o a testimoniare quanto veniva scritto o dichiarato e quindi illustrare la guerra. Ecco che la fotografia, che fino a qual momento era utilizzata per ritrarre singoli soldati o gruppi di commilitoni, ebbe l'evoluzione e divenne mezzo operativo e parte integrante del materiale per impiego bellico, un attrezzo del quale non si poté più fare a meno.

Anche Re Vittorio Emanuele III ne era dotato, e l'aveva sempre con sé. Molti furono i suoi scatti al fronte e nelle retrovie. Questa comunicazione visiva, quindi, fu usata sia come utensile da lavoro, ma anche come strumento per immortalare i momenti di svago nelle retrovie o per la foto ricordo da inviare alla famiglia, pertanto allacciata ad episodi personali.

Il Re soldato con la sua inseparabile macchina fotografica

Grazie a quegli *scatti* e a quelle lastre fotografiche che oggi, ad oltre un secolo di distanza, possiamo *godere* della vita al fronte, dei civili in viaggio forzato, dei luoghi violati dalla frenetica macchina bellica e della vista di caduti insepolti, in quegli ampi spazi, che da pascoli divennero *cimiteri a cielo aperto*, ma anche di animali domestici, dal cavallo al mulo, dal vitello al maiale, dal cane al gatto, dal pollame ai piccioni, con un pensiero anche a chi quelle foto le scattò e che magari non ebbe salva la vita e che, grazie al suo lavoro, ci permette di guardare al passato e vedere indietro nel tempo.

Quel prezioso materiale, come già detto, servì per implementare i giornali e le riviste nei loro articoli e dare così enfasi a ciò che pubblicavano. Gli articoli in questo modo assumevano con la fotografia un qualcosa di realistico e quindi più coinvolgente per il lettore, perché era certo che ciò che l'articolista pubblicava era provato anche dalla fotografia e quindi credibile, inoppugnabile. La macchina fotografica con il Primo conflitto mondiale non fu solo lo strumento per realizzare un ricordo, ma anche e soprattutto per fissare le immagini delle fasi di un attacco, esibire una cattura di prigionieri, evidenziare i resti di una città o di un campo di battaglia dopo uno scontro con il nemico, oltre all'attenzione ai particolari come lo squarcio di una chiesa, un campanile senza campane, un ponte fatto brillare, un panificio danneggiato con le ceste del pane da poco sfornato e ricoperto di detriti, una fabbrica colpita da una bomba, un Cimitero stravolto da una granata, uomini mescolati in mezzo ai monconi di alberi, oppure le tante case distrutte, tanto che ogni foto assumeva un'importanza iconica.

Quelle immagini, delle quali non si conoscono gli autori (a differenza delle stampe degli articoli giornalistici che riportavano nome e cognome dell'artista o dell'articolista), divennero parte integrante delle battaglie, testimoni indelebili delle atrocità belliche che fecero perdere l'identità alle persone coinvolte, rassegnate agli eventi, tanto da essere relegate al mutismo, visto che era del tutto incredibile ed inconcepibile ciò che accadeva in nome della Patria.

La fotografia al fronte fece crescere la curiosità tra i soldati, tanto da farlo divenire un hobby che poi, a guerra ultimata, per qualcuno sarebbe diventata la propria attività come accadde al soldato Attilio Barbon di Varago di Maserada sul Piave (Treviso) che al fronte apprese la tecnica fotografica che lo portò ad esercitare l'attività di fotografo ambulante. «Al termine della guerra ritornò a lavorare la sua terra. Il suo sogno però era quello di aprire uno studio fotografico, mettendo a frutto quello che aveva appreso e che era diventata la sua passione: di soldi pero ce n'erano pochi! Con l'aiuto economico del fratello maggiore capofamiglia (i genitori erano morti), riuscì ad affrontare le prime spese: una macchina fotografica, acidi, lastre, ecc. Allestì una camera oscura in una baracca adiacente la sua abitazione e cominciò a lavorare come fotografo. Inizialmente i suoi primi clienti furono parenti e amici. Ben presto però venne conosciuto ed apprezzato non solo a Varago, il suo paese, ma anche nei paesi limitrofi»[366].

In trincea alla macchina fotografica si aggiunse la macchina da presa ed ecco che ciò che era in quel momento un qualcosa di statico, si trasformò in movimento. Questo rese ancora più *avvincente* il teatro bellico, anche se le riprese prima di essere divulgate subivano il classico processo di manipolazione per evitare di impressionare la gente che non conosceva la realtà del fronte. Se quanto ripreso fosse stato visto in modo integrale avrebbe confermato ciò che i soldati raccontavano ai famigliari durante la licenza, o tramite la corrispondenza, qualora non fosse stata individuata e censurata.

Fagarè (Treviso)

[366] T. RAGUSA, *Fotografare la Grande Guerra*, Grafica 6, Zero Branco (Treviso), 2001, p. 56.

Con l'introduzione del cinematografo sui campi di battaglia si venne a creare una nuova figura, quella dell'operatore di guerra, che era svolto da «persone che lavorano rischiando la vita per fornire le immagini necessarie ad una rappresentazione visiva della guerra. Il loro ruolo rimarrà però sempre oscurato dalle case cinematografiche le immagini da essi prodotte grazie a rischiosissime riprese hanno da sempre offerto ad ampi pubblici la possibilità di entrare in contatto con l'esperienza della guerra, ma i loro nomi restano ignoti, come se la cinepresa avesse registrato da sola quella crudele realtà.

Gli operatori al fronte della "Grande Guerra" si trovano dinnanzi impedimenti di differente natura, primo tra tutti l'impossibilità di accedere alla linea di fuoco, violando in diretta il tabù della morte.

I limiti tecnici, segnati dall'utilizzo di telecamere Lumière pesanti ed ingombranti, sono aggravati dalla tecnica militare caratteristica di questo conflitto, la guerra di trincea, altamente rischiosa per gli operatori.

Altrettanto limitative si mostrano le prescrizioni dell'apparato militare, tante e tali che agli operatori non sembrava dato di poter vedere e mostrare quasi nulla; gli Stati Maggiori delle varie armate avevano predisposto una serie di interdizioni alle quali nessuno poteva sottrarsi. [...] La rappresentazione della morte viene accuratamente evitata, anche per non traumatizzare il pubblico; l'operatore giunto al fronte si deve dunque accontentare di mostrare "il lato umano della guerra", raccontando piccole storie di vita quotidiana, o riprendendo i soldati nei momenti di riposo nella trincea, negli spostamenti, nelle marce.

Dinnanzi all'impossibilità di filmare la guerra molti operatori si ritrovano "costretti" a ricorrere a strategie di falsificazione di una realtà alla quale non potevano avvicinarsi troppo, tentando di ingannare il pubblico, ricorrendo a procedimenti di messa in scena di cui erano soliti servirsi nell'ambito delle case cinematografiche in cui avevano lavorato prima della guerra. Cercando di riprodurre l'effetto del reale, essi dirigevano i soldati nelle riprese in modo che risultassero il più possibile naturali. Ma spesso era fatica sprecata; nonostante i loro sforzi perché i soldati si comportassero come se la cinepresa non fosse presente, i loro tentativi si traducevano in immagini così palesemente contraffatte che praticamente nessuno credeva nel loro realismo»[367].

---

[367] http://www.federica.unina.it/sociologia/etnofotografia-e-ricerca-di-campo-in-antropologia/il-documentarismo-di-guerra-tra-politica-e-informazione/.

Pioniere nel filmare le truppe in assalto fu il franco-tunisino Albert Samama Chicky che filmò le truppe di colore delle forze coloniale mandate a combattere sul fronte occidentale. Egli, nel 1916, si arruolò nell'esercito francese per realizzare reportage sulla guerra. L'offensiva di Verdun del 20 agosto 1917 fu il suo primo cortometraggio-cinegiornale di guerra che «contiene intrappolata nel pigro scorrere di 16 fotogrammi al secondo, una carrellata di volti senza nome, che rivivono sullo schermo a distanza di un secolo. [...] non na bisogno di cartelli, è il linguaggio cinematografico che parla, è l'immagine che racconta, emoziona, ricorda. L'atto stesso di filmare diventa rischio e catarsi, morte e immortalità. Sullo schermo, l'effetto è ancora più straniante, emozionante, vitale. Ci permette, cent'anni dopo, di capire davvero cosa è stata la Grande Guerra, di provarne sulla pelle la paura e la distruzione»[368].

I graffiti

Il fante, in attesa del suo ultimo supplizio, utilizzando quello scarno arnese a disposizione che era la baionetta, si adoperò per creare scritti e disegni su pietre, su rocce, all'interno di caverne utilizzate come ricoveri nella Grande Guerra.

Sul territorio carsico, come anche sul fronte occidentale, non poche furono le opere artistiche che ci tramandarono quegli artisti-soldati che espressero la loro genuina arte in un momento particolare della loro esistenza, esternazione di emozioni per favorire e sviluppare ogni sforzo anti belligerante. «La convivenza con la morte, che sul piano fisico si sviluppava nello stare giorni e giorni a contatto con cadaveri insepolti, portava inevitabilmente ad una convivenza psicologica per cui il pensare alla propria morte non equivaleva più ad una manifestazione di distacco dalla vita ma, al contrario, ad una modalità per continuare a vivere in quel contesto così particolare quale era quello della trincea. [...] Sul fronte italiano, tra il 1915 ed il 1918, si può dire che fosse nata una vera e propria "codificazione" della morte, quasi a volersi attribuire, da parte dei combattenti, la garanzia di non essere uccisi due volte: dal fuoco nemico e, negli anni che sarebbero venuti, dall'oblio del proprio paese. Ed ecco, allora, il nascere dei graffiti [...] la testimonianza tangibile di una presenza [...] un grosso significato simbolico [...] per assurgere ad una affermazione "morale" dei luoghi dove essi caddero [...]. I fregi, le targhe e le iscrizioni dei vari

---

[368] M. ROMAGNA, *Africa, la Memoria del Pioniere che Filmò i neri "Carne da Macello" nella Grande Guerra,* in https://www.repubblica.it.

reparti rinvenuti sulla linea del fronte [...] tracciati con la punta della baionetta e racchiudenti in loro un che di timido, di impacciato, di appena accennato, come a volersi scusare di tale "ardire" per voler lasciare traccia di sé, costituiscono le testimonianze più toccanti di una comunità di combattenti del cui isolamento fisico dal resto del Paese loro stessi erano stati sovente i creatori e di cui percepivano limiti e regole. Sofferenza e morte formavano un tutt'uno con la vita del fronte [...] sia come luogo fisico che come luogo dell'anima»[369].

Settore Carnia (FVG) – Grido di speranza (Fonte: graffitidiguerra.it)

[369] L. E. Longo, in *Graffiti e Iscrizioni della Grande Guerra*, Stato Maggiore Esercito, Roma, 2007, pp. 7-8.

Graffiti attribuibili al fante disertore Giovanni Celli (Fonte: graffitidiguerra.it)

I segni lasciati dai soldati sono veramente innumerevoli. Grazie ad appassionati che hanno destinato e riservano il proprio tempo libero per individuare e riportare alla luce quelle *opere d'arte dei musei a cielo aperto*, oggi noi possiamo ammirare e fruire di quei capolavori.

Tra questi ricercatori si è annoverato Antonio Scrinali, figlio del reduce Eugenio, che per oltre sei decenni si dedicò alla ricerca e catalogazione di quelle scritte che testimoniano la vita e la morte dei combattenti sull'altopiano del Carso. Egli raggiunse quei luoghi di battaglia per la prima volta quand'era bambino, accompagnato dal padre, combattente, il quale tornò dalla guerra notevolmente cambiato.

Malgrado fosse passato diverso tempo dal suo rientro a casa il figlio ricordava: «La Grande Guerra era finita già da vent'anni eppure mio papà di notte si svegliava ancora di soprassalto, sentivo le sue urla provenire dalla camera da letto accanto alla mia, "chi va là? chi va là? dai! dai! all'assalto!" e la mamma che cercava di calmarlo»[370], un incubo che lo

---

[370] S. LORENZETTO, *Graffiti, poesie, incisioni. Sul Carso ho trovato testamenti dei nostri soldati*, in http://il giornale.it.

accompagnò per tutta la vita. Antonio Scrinali spesso si recava sui luoghi di battaglia, finanche a Vodice, in Slovenia, e gli capitava di fermarsi fino a tardi se non addirittura a restare fuori l'intera notte e nel rientrare a casa diceva alla sua signora: *«Non mi lasciavano venire via»*[371].

Quei luoghi sacri fanno sentire ancora la presenza invisibile e implorante dei Caduti che invitano ad evitare il ripetersi di simili catastrofi, ma le loro invocazioni continuano ad essere inascoltate dai sordi potenti della terra.

Graffito Austro-Ungarico (Fonte: graffitidiguerra.it)

Ex voto

I fanti *miracolati*, al rientro dalla guerra, nel raccontare della loro presenza sui campi di battaglia, riferivano della devozione alla Madonna e ai Santi che imploravano prima di un attacco o mentre ricevevano delle *offese* da parte dei nemici. L'enorme quantità di testimonianze ispirarono molti artisti a ritrarre su tavole quei particolari momenti che riguardavano vicende dal folto delle battaglie, i trionfi dopo un acerrimo scontro col nemico, ferite meno gravi di quelle che avrebbero potuto essere in ordine allo scontro cruente. Tutte avevano in comune l'immagine sacra della protezione senza la quale si sarebbe andati incontro a sicura morte. Dipinti semplici, ma nello stesso momento di alto significato. Non era inusuale entrare in casa di un reduce e trovarsi appeso al muro una di quelle stampe raffiguranti un determinato episodio nel quale egli si riconosceva per *grazia ricevuta*: si ritiene fossero tenute esposte affinché non cadessero nell'oblio

---

[371] S. LORENZETTO, *Graffiti, poesie, incisioni. Sul Carso ho trovato testamenti dei nostri soldati*, in http://il giornale.it.

i racconti collegati alla richiesta di grazia e perché non si ricorresse ancora alla guerra. «Le figure si susseguono sempre con lo stesso tratto pittorico e nello stesso stile un po' naif. [...] L'affascinante tematica dell'interpretazione storico-antropologia degli ex-voto [...] le immagini della Grande Guerra: montagne, armi moderne, trincee, esplosioni, e ancora affondamenti di super corazzate, sale operatorie. Tutto ciò non apparteneva a una esperienza consolidata, tuttavia si poteva giovare del confronto con le immagini diffuse da riviste illustrate come "La Tribuna Illustrata" o "La Domenica del Corriere", oppure delle foto che conobbero allora una prima grande diffusione»[372].

Ex voto (Fonte: avvenire.it)

[372] B. Caruso, M. T. Di Blasi (a cura di), *Miracoli al Fronte*, Grafiche Monforte, Catania, 2017, pp. 10-14.

Ex voto (Archivio: Federica Torselli)

Alle stampe illustrate si sommavano anche le promesse fatte dai famigliari che chiedevano grazie promettendo impegni qualora il congiunto fosse rientrato salvo in famiglia. Suor Maria Abbondanza Mauro di Minervino di Lecce (Lecce), fu una di queste. Al fronte aveva i fratelli Gisberto e Ottaviano e fece voto al Signore che «Se avesse salvato dalla morte i suoi cari, avrebbe preso i voti»[373]. Entrambi, sebbene feriti, fecero ritorno a casa. La sorella tenne fede al giuramento, lasciò l'amato fidanzato e venne consacrata suora.

[373] L. DAMIANO, *Aneddoti, Scritti e Immagini da Fronte*, op. cit., p. 253.

Suor Maria Abbondanza Mauro, il giorno della Prima Comunione delle nipoti Giovanna e Palma (Archivio: L. Damiano)

Corrispondenza

Lo scritto che segue si può considerare veritiero nel contenuto in quanto non sottoposto a censura poiché recapitato alla destinataria da un soldato, compagno d'armi del mittente, che si era recato in licenza. Nel dettagliato racconto, con dovizia di particolari, viene posta in evidenza la crudeltà alla quale venivano assoggettati i soldati al fronte.

«20 dicembre 1917.
Mia dolce Teresa, sono passati alcuni giorni da quando ti ho scritto, ma, vedi, qui in trincea, fa freddo. Le mie dita sono tutte insensibili, riesco a malapena a gestire il mio fucile. Le condizioni di vita per soldati come me sono diventate insopportabili. Ogni secondo dobbiamo combattere la fame, il freddo, il sonno e la paura. Perché sì, abbiamo paura. Paura di vedere i tedeschi spuntare in qualsiasi momento. L'interno delle trincee è solo fanghiglia. Questo fango è ovunque, anche nel pane che mangi dopo averlo toccato. Ha anche un sapore piuttosto sgradevole. Ma non ci è permesso essere esigenti poiché il cibo sta diventando sempre più scarso. Anche i topi hanno invaso le nostre trincee. Sono enormi e sono persino più brutti di quelli che ho visto in fattoria. E più malvagi. Non molto tempo fa, hanno ucciso un cane e l'hanno mangiato. Uccidere è diventata un'abitudine per me. È orribile da dire ma è la verità. Questi tre anni di guerra hanno reso mostri me e tutti i miei compagni. Le grandi battaglie come quella di Verdun dell'anno scorso che ha ucciso oltre 680.000 persone ne sono la prova formale. Tutti abbiamo rinunciato alla speranza che il massacro finisca un giorno. Quando me ne sono andato, anche se lasciarti è stato un dolore per me, sorridevo perché credevo allo Stato quando ci diceva che sarebbe stata solo una questione di mesi, che saremmo presto tornati per trovare la nostra piccola vita tranquilla. Tutti i soldati gli hanno creduto. Il fatto è che è il terzo Natale che passo lontano da te e che più della metà degli uomini con cui sono rimasto sono già morti. Tutti avevano parenti, amici, familiari, alcuni erano persino padri. Non rivedranno mai più i loro cari. E tutti questi bambini cresceranno soli, perché il loro padre è partito per morire per la patria. Ma lo Stato è colpevole di una menzogna ancora più grande. Uno dei nostri compagni è tornato dal congedo alcune settimane fa. Ci ha portato dei giornali per mostrarci cosa diciamo ai civili sulla guerra. I proiettili nemici non avrebbero alcun effetto su di noi. E poi il figlio del vicino, come è morto? Un altro articolo parlava anche di Verdun proprio. Quindi, i rifugi avevano tutti i comfort necessari, come il riscaldamento o l'elettricità? Secondo il soldato, quando voleva contraddire

questa raccolta di menzogne, i civili non gli credevano. Erano convinti che ciò che era stato scritto non era altro che la verità. Come può essere così? Spero che tu non sia una di queste persone o che questa lettera ti farà cambiare idea. Alcuni dei miei compagni, perché non potevano vivere lontano dalle loro famiglie senza vedere crescere i loro figli, ricorsero alla mutilazione volontaria. I nostri superiori l'hanno notato e questi soldati saranno fucilati stasera. Come può lo Stato fare questo? Tutti questi soldati combattono per uomini di rango superiore che stanno al caldo sviluppando pseudo strategie. Tuttavia, al minimo segno di debolezza, non appena si sente il desiderio di smettere di uccidere, il governo non esita a uccidere questi soldati, quando saranno gli uomini della sua terra natale che sarebbero stati pronti a dare la vita per la Francia! Lascia che si prendano cura di questi maledetti tirapiedi che ci sparano dalla mattina alla sera! È come l'affare dei martiri di Vingrè. Questi poveri uomini non si erano resi colpevoli di nulla se non quello di cercare di fuggire dal nemico. Ti starai chiedendo perché ti sto dicendo tutto questo oggi quando, nelle mie lettere precedenti, mi sembrava di essere felice. Il motivo è questo: la censura sta guardando. Legge l'ultima delle nostre lettere e, non appena una lettera è un po' pessimista, viene distrutta. Il governo ti fa credere che vinceremo questa guerra, che i soldati muoiono felici per la loro patria, che mangiamo sempre il nostro pieno e che non soffriamo il freddo. Questo è tutto falso e voglio che tu sappia la verità. Ma so che riceverai questa lettera perché il figlio del fornaio ha il permesso. Gli ho chiesto di darti questa lettera. Puoi ringraziarlo cucinando qualcosa per lui? Hai sempre avuto un regalo per cucinare. Spero che nostro figlio stia bene. L'ho visto solo due volte da quando è nato. Spero che presto avrò un altro permesso per poterti visitare. Tutto il mio amore in questa lettera per te e nostro figlio.

Renè»[374].

Opera poetica

Il reparto tedesco

«Quando gli anni di conflitto saranno finiti e il mio ricordo svanirà / Dei reparti in cui ho lavorato per settimane, / vedrò ancora, come visioni che sorgono tra le ombre del tempo di guerra, / Il reparto in Francia dove giacevano i feriti tedeschi. / Vedrò i volti pallidi e gli occhi semi sospettosi, / udrò i gemiti amari e il respiro affannoso, / E ricorderò i lamenti forti e le grida stanche e noiose, / E le immagini e gli odori del sangue e delle

[374] https://centenaire1418hautlimousin.jimdofree.com/lettres-des-poilus/lettres-de-poilus-et-des-familles/.

ferite e morte. / Vedrò le valigie del convoglio, ricoperte di coperte sul pavimento, / E guarderò iniziare il pesante lavoro sulla barella, / E il luccichio di coltelli e bottiglie attraverso la porta aperta del teatro, / E i pazienti operati portati dentro. / Lo farò vedi la Sorella in piedi, con la sua forma di grazia giovanile, / E l'umorismo e la saggezza del suo sorriso, / E il racconto di tre anni di guerra sul suo viso magro ed espressivo / La stanchezza di molti periodi pieni di fatica. / Penserò a come ho lavorato per lei con i nervi, il cuore e la mente, / E mi sono meravigliato del suo coraggio e della sua abilità, / E come la sua tenerezza avrebbe trovato il nemico morente / Sotto la sua sprezzante energia di volontà. / E ho imparato che la misericordia umana si rivolge allo stesso modo all'amico o al nemico / Quando l'ora più buia di tutte si avvicina, / E coloro che hanno ucciso i nostri più cari, quando le loro lampade erano basse, / Trovarono aiuto e pietà prima di venire a morire. / Così, anche se molto sarà dimenticato quando il suono dell'allarme della Guerra / E i giorni della morte e del conflitto saranno passati, / vedrò sempre la visione dell'Amore all'opera tra le braccia / Nella corsia in cui giacciono i prigionieri feriti».[375] *(Vera Brittain)* (traduzione di Elisa Damiano)

Traino di artiglieria italiana (Archivio: R. Carbonera)

[375] V. BRITTAIN, *Verses of a V.A.D.*, Erskine McDonald, Ldt., W.C.I, London, 1918, pp. 38-40.

Convivenza con la morte in trincea austro-ungarica (Archivio F. Gottardi)

Soldati italiani su Cima Grappa (Archivio F. Gottardi)

Malgrado le urla e l'eco dei bombardamenti risuonasse ancora nelle trincee, in altre parti del mondo si dava inizio ad analoga catastrofe!
(Luigi Damiano)

CAPITOLO XIV

FINE DELLA GUERRA

Il 3 novembre 1918, alle ore 15.15, a Villa Giusti di Padova, la delegazione austriaca e quella italiana firmarono l'armistizio che sarebbe stato operativo 24 ore dopo, ma che per una mera incomprensione da parte austriaca, che lo ritenne immediatamente esecutivo, provocò la simultanea resa degli austriaci che vennero catturati dall'Esercito italiano. Quindi il 4 novembre 1918, dopo 4 lunghi anni di sofferenze, l'arma della ragione ebbe il sopravvento sull'arma della follia, della morte e della distruzione e che tracciò anche il cammino per la fine del conflitto per l'Europa e il mondo intero. In quelle ultime ore di belligeranza e fino all'ultimo istante di quella catastrofe continuarono ad esserci scaramucce tra i due eserciti. Queste fecero sì che ci fossero altri caduti e quindi aumentarono i lutti di quella *Inutile Strage* e non solo tra i soldati, ma anche tra la popolazione che ebbe anche l'infausto regalo di essere annientata non solo dal nemico ma anche dal cosiddetto *fuoco amico* come accadde a Lorenzaga di Motta di Livenza (Treviso) quando mancava solo qualche giorno alla fine della guerra. Alle ore 15.00 di quel 4 novembre finalmente gli spari cessarono, il rombo dei cannoni cessò e al loro posto si udirono il suono delle campane e le urla di gioia dei combattenti e della popolazione, ma la guerra fuori dai confini italiani era ancora in atto ed anche lì c'erano dei nostri combattenti. Nel Veneto, come in Friuli e pure nel Trentino, le colonne dei soldati austro-ungarici erano interminabili, come pure consistente era la fiumana di vecchi, donne e bambini in giubilo che salutavano i Fanti, i quali speravano di poter tornare presto a casa per riabbracciare le persone care. Mentre le campane suonavano a festa la fine della guerra e la gente sbandierava i vessilli italiani, lungo le strade restavano comunque i segni di morte e distruzione. Infatti oltre ai cannoni, proiettili, fucili, carriaggi e attrezzatura varia lasciata dall'esercito sconfitto, c'erano anche le case danneggiate e gli animali abbandonati, così come si era verificato dopo la rotta di Caporetto, ma l'immagine più atroce era quella dei soldati caduti e insepolti che giacevano ai lati delle strade o sui campi di battaglia.

Lorenzaga di Motta di Livenza (TV) – Ponte sul fiume (Archivio: R. Carbonera)

Anche per il nemico la fine di un incubo (Archivio: R. Carbonera)

L'EPOCA

ANNO II — N. 305 — Lunedì 4 Novembre 1918

ROMA - Via Tritone, 61-62

EDIZIONE

ABBONAMENTI

Viva l'Italia!

Trento e Trieste italiane

Lo sbarco a Trieste

L'Agenzia Stefani comunica:

Nostre truppe di terra e di mare sono sbarcate oggi a Trieste.

I primi particolari

Per radiotelegramma da TRIESTE, 3.

Il convoglio che portava a Trieste i nostri bersaglieri e le rappresentanze delle truppe alleate che combattono sul nostro fronte, era formato degli stessi piccoli vapori che facevano una volta il servizio fra Venezia e Trieste.

Il convoglio era scortato da cacciatorpediniere e da torpediniere.

Il contingente era al comando di un generale che è stato ferito a Monastir e si è poi illustrato grandemente nella prima battaglia per il Piave, operando lo sgombro fra la vecchia Piave e il corso principale del fiume.

Abbiamo immediatamente sbarcato viveri e soccorsi.

Le nostre truppe hanno trovato il tricolore già issato sulla torre di San Giusto.

L'emozione degli abitanti era enorme. Al giubilo per la ricuperata libertà si aggiungeva il senso della salvezza materiale assicurata, giacchè Trieste era ormai allo stremo delle provvigioni e pativa letteralmente la fame.

Lo sbarco è avvenuto oggi all'una dopo mezzogiorno.

Trento ed Udine liberate

COMANDO SUPREMO, 3.

La cavalleria è entrata ad UDINE.

Punte di bersaglieri ciclisti hanno raggiunto TRENTO dalla VALSUGANA.

Queste notizie sono state affisse nei corridoi della Camera. Le aveva telegrafate il Presidente del Consiglio all'on. Marcora.

La conferma del Comando Supremo

COMANDO SUPREMO, 3 novembre (ore 20).

Bollettino di guerra N. 1267.

Le nostre truppe hanno occupato TRENTO e sono sbarcate a TRIESTE.

Il tricolore italiano sventola sul Castello del Buon Consiglio e sulla torre di San Giusto.

Punte di cavalleria sono entrate in UDINE.

DIAZ

IL TONALE E' STATO FORZATO

Si combatte ancora sul Tagliamento

100 mila prigionieri e 2200 cannoni

COMANDO SUPREMO, 3 novembre 1918.

La VII.a e la I.a Armata sono entrate nella lotta assalendo con grande impeto le antistanti difese nemiche ancora intatte.

La VII.a Armata, infranti gli sbarramenti avversari alla SELLA DEL TONALE, procede in Val VERMIGLIO.

Truppe della I.a hanno occupato ROVERETO e MATTARELLO in Val LAGARINA; hanno forzata la VALLARSA e preso il COL SANTO a nord del PASUBIO.

Sugli altipiani di TONEZZA e di ASIAGO, in Val SUGANA, nelle Valli del CISMON, del CORDEVOLE, del PIAVE e nella pianura l'avanzata delle altre armate continua irresistibile.

Sul TAGLIAMENTO, la cavalleria, validamente appoggiata dalle batterie a cavallo e dai bersaglieri ciclisti, sostiene e vince gloriosamente aspri combattimenti contro l'avversario che, sorpreso di qua dal fiume, si batte con grande accanimento.

La 2.a brigata coi reggimenti «Genova» cavalleria (4) lancieri «Novara» (5) e il reggimento «Saluzzo» (12.) si sono particolarmente distinti per l'ardimento e il valore dimostrato. Meritano l'onore della citazione il 1.o gruppo di cavalleggeri di «Padova» (21) della IV Armata, il 4.o gruppo alpino ed il 29.o riparto d'assalto del XXIX corpo d'armata, primi entrati in ROVERETO, ed il reggimento esploratori Czeco-slovacchi (39.o- che dal marzo combatte a fianco delle nostre armate.

Gli aviatori nostri ed alleati mantennero brillantemente invariata la loro eccezionale attività.

La cifra totale dei prigionieri accertati raggiunge i 100.000; quella dei cannoni supera i 2200.

DIAZ

La Patria si completa

La città liberata

Una intervista con Attilio Hortis

Asquith inneggia alle vittorie italiane

LONDRA, 3.

Verso le città liberate...

COMANDO SUPREMO, 3, ore 12.5.

Buggelli

Il Re

COMANDO SUPREMO, 3, ore 12.5.

Buggelli

Carlo d'Absburgo in esilio

PARIGI, 3, ore 8.55.

Polastri

L'accordo degli Alleati è completo

PARIGI, 3.

La guerra è finita (Archivio: R. Carbonera)

Il 3 novembre 1918, i nostri Cavalleggeri e gli Alpini, nelle prime ore del pomeriggio, tra le ali entusiaste della folla, entrano a Trento e issano il tricolore sul castello del Buon Consiglio quasi ad omaggiare i martiri irredentisti Damiano Chiesa, Fabio Filzi e Cesare Battisti. Quasi in contemporanea i Bersaglieri e Fanti entrano a Tieste tra un delirio di gioia della popolazione e issano sulla torre di San Giusto la bandiera italiana con un ricordo agli altri irredentisti giuliani e dalmati, da Carlo Stuparich a Scipio Slataper, da Francesco Rismondo a Marco Prister, da Antonio Bergamas a Nazario Sauro. Sui castelli delle città simbolo, come pure su quello di Gorizia, il tricolore svetta e sventola ai quattro venti per rendere il doveroso e sentito omaggio a tutti i Caduti.

Nel Trentino e nella pianura del Veneto la nostra offensiva non è più ostacolata. Una fiumana dell'esercito austro-ungarico in ritirata è l'unica barriera inoffensiva che i fanti incontrano. Non solo quell'esercito era stato annientato, ma lo stesso stato d'animo di quei soldati sconfitti che viaggiano a piedi, stanchi, mal nutriti e cenciosi dà l'essenza comunque dell'ansia di tornare a casa a riabbracciare i propri cari. Quel triste spettacolo della rotta nemica che avrebbe portato al disgregamento dell'Impero dava un'altra certezza all'Italia e cioè che, oltre alla vittoria della guerra, non sarebbe stata tra le ultime potenze europee, ma solo dietro a Francia e Gran Bretagna. Il Bollettino della Vittoria, a firma del Capo di Stato Maggiore Armando Diaz, sintetizza, quasi fosse una *istantanea*, ciò che accadde in quei quasi quattro anni di guerra. La frase finale dà un forte significato a quello che era il suggello della vittoria: «I resti di quello che fu uno dei più potenti eserciti del mondo risalgono in disordine e senza speranza le valli che avevano discese con orgogliosa sicurezza».

Con *Vittorio Veneto* l'Italia realizzò il sogno che ebbe inizio con il Risorgimento, quello di annettere Trento e Triste al territorio nazionale, e per cui molti hanno considerato la Grande Guerra combattuta dall'Italia come la "quarta guerra d'indipendenza". Questo fu il vero e unico risultato positivo, perché ciò che era stato concordato con la Triplice Intesa non venne mantenuto nel corso della Conferenza di Pace che si era tenuta a Versailles (Francia), tanto che per quel trionfo Gabriele D'Annunzio coniò il motto di *Vittoria Mutilata*. Questo diede inizio ad un'altra critica fase per la nostra Patria, che andò dall'impresa di Fiume al ventennio fascista, passando per le imprese coloniali e culminando con lo scoppio della Seconda mondiale.

Trento – Ingresso dei soldati italiani (Fonte: Rai Cultura)

Trieste – Folla festante sulla banchina accoglie il Re Vittorio Emanuele III (F. Rai Cultura)

La fine della guerra a livello mondiale si concretizzò e si rese operativa alle ore 11.00 dell'11 novembre 1918, a seguito del trattato di fine ostilità firmato nel vagone ferroviario nella foresta di Compiègne (Francia) tra le potenze di Francia, Inghilterra e Stati Uniti d'America da una parte e la Germania dall'altra. Con quelle firme si pose termine a quasi cinque anni vissuti nell'angoscia delle trincee, nel sacrificio delle rinunce, nelle atrocità degli assalti e dei bombardamenti e alla follia della guerra.

L'ECHO DE PARIS

L'ALLEMAGNE A CAPITULÉ

L'ARMISTICE EST SIGNÉ

M. Clemenceau acclamé à la Chambre

LES CONDITIONS DE L'ARMISTICE

La Gloire de la France

I firmatari dello storico avvenimento e la notizia apparsa in Francia

Si conclude questo capitolo con la narrazione di due eventi figli della brutalità della guerra. Il 28 ottobre 1918, gli austriaci incominciarono a ritirarsi dal Piave e ripiegarono verso la Livenza.

In località Quartarezza di Lorenzaga di Motta di Livenza ci abitava la famiglia Filipet, un nucleo di 30 persone tra donne e bambini. Il capofamiglia Antonio si trovava in guerra e aveva lasciato sua moglie Celestina, i figli, l'anziana madre e i parenti alle cure del fratello Giuseppe, non idoneo per età alle fatiche di guerra. Quel giorno Giuseppe dispose di mangiare alle 11.30 anziché alle 12.00 in modo tale di terminare prima dell'arrivo dei soldati nemici in ritirata e avere così più tempo a disposizione per cercare un nascondiglio sicuro per tutti. Quella scelta fu infausta perché mentre erano radunati in casa per mangiare, la cucina venne colpita da una granata italiana che centrò il comignolo ed esplose nell'abitazione causando una strage: morirono 7 persone e 9 rimasero ferite. L'obbiettivo era la villa dei conti Wiel, situata nel territorio comunale di Meduna di Livenza (Treviso) e al confine con la regione Friuli Venezia – Giulia, in quanto occupata e utilizzata come Comando dagli austro-ungarici e posizionata, lateralmente, a meno di 300 metri rispetto all'abitazione colpita. Tra le persone morte ci fu anche una donna incinta di due gemelli che pur facendo parte della stessa famiglia di origine non abitava lì ma si era unita a loro per il pranzo su insistenza dei parenti. La poveretta venne scaraventata dall'onda d'urto contro la parete interna della casa restando appiccicata al muro come fosse un quadro. Dopo lo spavento e lo sgomento iniziale tra urla, pianti, disperazione e imprecazioni il capo famiglia portò via i corpi esanimi nella stalla, adagiandoli sul pavimento dove aveva deposto del fieno, mentre i feriti vennero sistemati su un carro agricolo per portarli all'ospedale di Treviso che distava quasi 40 chilometri da Quartarezza. Quel giorno, che doveva preannunciarsi quasi come una giornata di festa per la ritirata degli austriaci, si trasformò in un evento luttuoso.

Mentre bambini e adulti piangevano i loro morti, giunse un drappello di cavalleggeri. L'ufficiale che li comandava rivolgendosi ai presenti con un sorriso beffardo, disse: «Piangete perché i vostri amici austriaci si stanno ritirando?». Giuseppe, non più abile per le fatiche di guerra ma forte per quelle della terra, si avventò contro l'ufficiale lo prese per la giubba e lo scaraventò giù da cavallo, dicendogli: «Vieni a vedere cosa avete fatto?». L'ufficiale si recò con i suoi uomini nella stalla dove ebbero modo di verificare la carneficina. Sebbene sorpresi non dissero nulla, non una parola di scuse, nemmeno un gesto di solidarietà, di vicinanza al dolore o di incoraggiamento per quanto provocato dall'artiglieria italiana, si rimisero a cavallo e intrapresero la strada per San Vito al Tagliamento per inseguire gli austro-ungarici in ritirata.

I feriti vennero trasportati all'ospedale di Treviso ma ci arrivarono solo dopo tre giorni a causa delle strade dissestate dai bombardamenti, dal viavai dei soldati italiani e per i ponti fatti saltare dagli austriaci in ritirata sul Livenza, il Monticano ed il Piave[376].

La dimora da allora ha assunto l'appellativo di *casa della bomba*. Questi i nomi dei *caduti* seppelliti nel Cimitero di Lorenzaga di Motta di Livenza: Peloso Augusta, di anni 70, Lucon Domenica di anni 42, Filipet Maria di anni 20 con le sue 2 creature in grembo, Filipet Vittorio di anni 10, Filipet Arturo di 3 anni e Mucignat Giovanni di anni 7. L'arciprete don Besa che celebrò le esequie così riportò sul registro dei defunti: *«misere*

---

[376] Dal racconto di Regina Sgorlon, figlia di una delle persone rimaste ferite.

vittime della guerra, mentre stavano mangiando, raccolti nella propria cucina della casa posta in via Quartarezza al n. 112 furono colpiti da una granata il I Novembre alle ore 12 meridiane».

Quella strage si unì all'altra accaduta il giorno prima, ancora una volta a Motta di Livenza e sempre all'ora di pranzo. Una granata cadde nel bel mezzo della piazza dove si trovavano prigionieri 15 soldati italiani ed anche in quella circostanza la morte venne provocata dall'artiglieria italiana[377]. In due giorni ben 22 esseri umani posero fine alla loro esistenza per *fuoco amico*.

60 (tre) 2 Novembre 1918
Pelosa Augusta fu moglie
di Filipet Giovanni di anni 70;
61 Lucon Domenica di Sante moglie
di Filipet Bortolo di anni 42
62 Filipet Maria di Giuseppe e di Santarossa
Giulia di anni 20
63 Filipet Vittorio di Antonio e di Ra-
schiotto Celeste di anni 10
64 Filipet Arturo di Bortolo e di Lucon
Domenica di anni 3
rimasero vittime della guerra, mentre

66 Li 3 Novembre 1918
Mucignat Giovanni fu Giovanni e di
Ester all'età di anni 7, colpito dalla
bomba scoppiata in casa Filipet (come sopra)
morì ieri alle ore 9 pom. ed oggi venne seppel-
to in questo comunale cimitero alla presenza
di me sottoscritto.

Registro dei morti della parrocchia di Lorenzaga di Motta di Livenza (Treviso)

---

377 A. De Faveri, Le Vicende di Motta di Livenza, Zoppelli Editore, Treviso, 1994, p. 46.

Motta di Livenza – Veduta aerea della "Casa della Bomba", in basso. Sullo sfondo, villa Wiel (Ph. L. Damiano – Pil. Piero Sepulcri)

Chiesa di Lorenzaga di Motta di Livenza (Treviso) dove si celebrarono i funerali delle vittime della Casa della Bomba (Archivio: R. Carbonera)

Anche a Brische di Meduna di Livenza (Treviso) accadde qualcosa di similare e sempre per fuoco amico. La casa dove abitava la bimba Emilia di appena 3 anni, si trovava in linea d'aria a quasi due chilometri e mezzo da villa Wiel.

La mattina del 1° novembre 1918 anche in quella zona c'erano delle truppe Austro-Ungariche in ritirata e l'artiglieria italiana non lesinò di cannoneggiarle, era la guerra, la brutalità della guerra, si continuava ad uccidere non solo il nemico, ma anche l'inoffensiva popolazione italiana. «Battiston Emilia era l'ultimogenita di Battiston Giuseppe e di De Benetti Teresa ed era sorella di Battiston Vittorio, detto Emilio (classe 1906), il papà di mia madre, Battiston Teresa, e mio nonno. Emilia era nata nel 1915 ed è morta a causa di una granata entrata nella sua casa di Brische di Meduna di Livenza il 1° novembre 1918. La bambina si trovava in casa assieme alla sorella Maria (nata nel 1900) e ad una loro zia molto più anziana che era impossibilitata a muoversi, gli altri componenti della famiglia erano fuori o in altri locali.

La casa si trovava – e si trova ancora – a ridosso della strada provinciale via Dante Alighieri, incrocio con via Argentina, a circa 150 m. dalla chiesa di Brische. Siamo alla fine della 1^ Guerra Mondiale ed il periodo era quello della ritirata Austro-Ungarica dal Piave. Ad un certo punto la casa viene centrata in facciata (rivolta a sud, quindi verso Meduna – il Livenza – il Piave…) da una granata sparata probabilmente da oltre il Livenza sulle truppe A.U. in ritirata verso nord dal nostro esercito che avanzava. Emilia (detta Milieta) muore sul colpo, la sorella Maria riporta diverse ferite da schegge su varie parti del corpo e la loro zia anch'essa rimase ferita. Maria si porterà una scheggia piantata in una mano per il resto della sua vita, la loro zia una profonda ferita sulla fronte (un "buco"...).

Il segno della granata che era entrata in casa è rimasto impresso come una lunga bruciatura di striscio, su una trave del solaio in corrispondenza della porta d'entrata e mia mamma Teresa se lo ricorda ancora bene ed era rimasto visibile fino a quando non hanno messo un controsoffitto in arelle, come in uso al tempo»[378].

---

[378] Dal racconto di Claudio Isola, tramandato dalla madre Battiston Teresa che sarebbe divenuta nipote della piccola Emilia.

Brische di Meduna di Livenza (Treviso) – Alle spalle del corteo nunziale la casa che venne colpita dalla "granata amica" (Archivio: C. Isola)

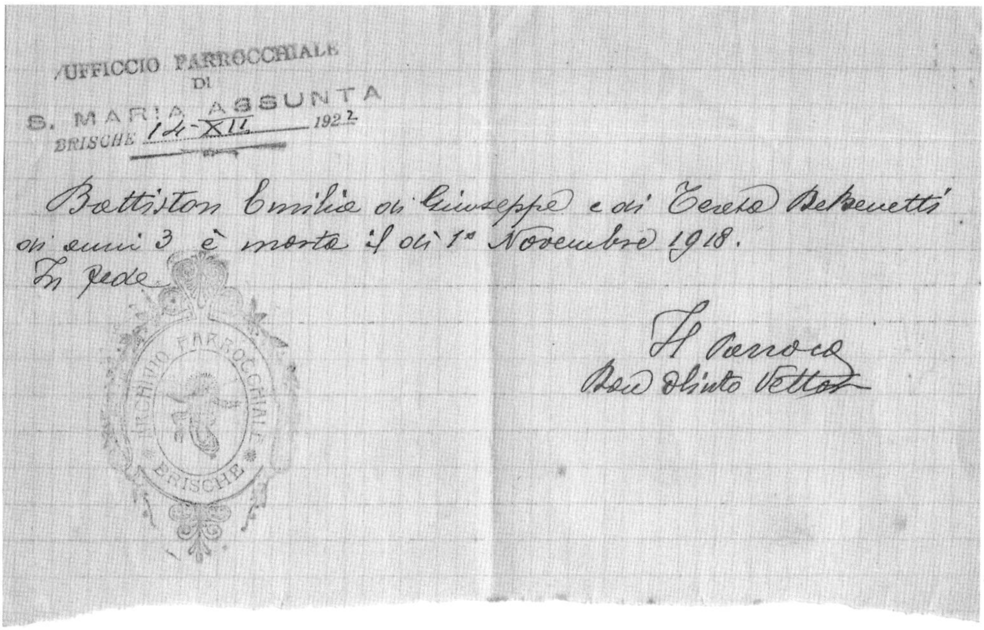

UFFICCIO PARROCCHIALE
DI
S. MARIA ASSUNTA
BRISCHE 14-XII 1922

Battiston Emilia di Giuseppe e di Teresa Bettenetti di anni 3 è morta il di 1° Novembre 1918.
In fede

Il Parroco
Sac. Olinto Vettor

ARCHIVIO PARROCCHIALE BRISCHE

Il certificato di morte di Battiston Emilia (Archivio: C. Isola)

Cunegonda Bozzetto – Roman di Piavon (Treviso), territorio quasi al limite territoriale a Motta di Livenza così annotava sul suo *Diario della Paura e della Fame nell'Anno di Occupazione 1917 – 1918* quegli ultimi drammatici giorni di fine ottobre 1917: «Ecco giorno 27 ottobre sagra di Piavon grande bombardamento in cielo e in terra che non vi posso dire con molto cambiamento di truppa, dimani partenza del mio buon ufficiale vero Italiano, che mi fecce dare la carne quasi ogni giorno, finche non starò bene e mi diede sempre conforto col dicendomi che presto viene a casa Marco e tutti, tanto vero mi chiama per Marco. Giorno 28 partenza del magazino e la entra subito 16 cavalli con cari carichi di barconi che ritornano dal fronte, e quindi il mio cuore comincia aprirsi perche vedo che la ritirata è per farsi. Allora i pensieri si agrava per pericolo della vita sentendo che tanti mi consigliano di ritirarmi perche può darsi del grave pericolo, pensate a quanto o fatto per salvare qualche cosa e adesso devo fugire? Nò resto se credo di morire. Ecco entrare una moltitudine di artiglieria il quale parve che vogliano piazarmi due canoni quì vicino la mia casa figuratevi come bolie il mio sangue, perche se qui piazzano i canoni gli italiani rispondono proprio sulla mia casa. Fortuna a voluto che se la vedeva che era tutto tempo perduto che tornava conto il suo fuggire, ma tutto rapiva come l'aquila grifagna. Giorno 29 sera tanto io come Matilde si erano rasegnate di morire sotto il bombardamento che le granate miagolavano sopra e scopiavano vecino. Si vedevano grande incendi da tutte le parti davano fuoco a magazzini a grandi depositi di monizioni, siche era una veduta da spavento. Alla notte grande passagio ma sempre in sorich (sta per zurich – indietro). Alla mattina del 30 abiamo sentito i salti dei ponti sul Livenza e del Monticano e poi tutto in silenzio, niente più si vide, ma circa alle 9 e mezzo le berrettine rosse venire. Eviva eviva le lacrime di consolazione»[379].

Non c'è nulla di migliore della pace da difendere sempre e a ogni costo, perché basterebbe nominare Caporetto per far rabbrividire i soldati italiani, Verdun per far sussultare quelli francesi, Passchendaele per far sobbalzare i britannici e Argonne per far inorridire gli americani; e questo solo per riferirsi ai vincitori, ma se poi si pensa a quelli che, invece, furono gli sconfitti vanno aggiunte le sensazioni dovute all'assurdità per aver scatenato una guerra mondiale, alla follia per averli portati al disgregamento degli Imperi e alla vergogna per aver ridotto alla fame i propri sudditi.

---

[379] C. BOZZETTO – ROMAN, *Diario della Paura e della Fame nell'anno di Occupazione 1917 – 1918*, Grafiche FG Ponte di Piave (Treviso), 2007, pp. 65-69.

Ciò che rimase di tangibile dopo quella *Inutile Strage* fu quello di osservare croci in cimiteri sparsi tra quei terreni che una volta erano rigogliosi di frumento, granoturco, vigneti o semplici orti. E ancora case distrutte, costruite con il sacrificio di una vita e per quelle rimaste relativamente intatte private di tutto quello che in fretta e in furia avevano dovuto abbandonare. Ora si era pronti, sì, pronti a ricominciare da capo perché non c'erano più i nemici invasori, ma molte famiglie erano state private dei proprio cari, sia essi mariti o figli che non avevano fatto ritorno a casa. Per alcuni di questi i loro cari non poterono neppure portare un fiore sulla loro tomba perché seppelliti in luoghi lontani o a loro sconosciuti oppure i loro resti mai ritrovati.

Anche la piccola comunità di Varago di Maserada sul Piave (Treviso) situato sulla riva destra del *Sacro Fiume* conobbe l'infausta guerra, tanto che era stata ridotta ad un cumolo di macerie, ma la chiesa che presentava alcune *ferite* e la frontestante Croce non erano state *mutilate*.

La Croce, che prima del conflitto era stata il luogo di ritrovo per i cittadini varaghesi, fu un punto di riferimento anche per le truppe in guerra e di questo ne ha lasciato traccia negli scritti l'ufficiale e poeta americano Harold Speakman. Nella trascrizione delle sue memorie circa la Grande Guerra, indicò proprio la Croce di Varago come il luogo in cui si insediarono temporaneamente. L'ufficiale, infatti, annotò: «La lunga colonna si mise in marcia nel buio squarciato dai lampi e dal rombo dell'artiglieria. Raggiungemmo Varago alle prime luci dell'alba, vi era un indescrivibile ammassamento di uomini, barconi, carriaggi che furono sorpresi dal fuoco di sbarramento austriaco. Un pallone frenato italiano mandava segnali luminosi e si abbassò fulmineamente al sopraggiungere di un aeroplano austriaco. Stavano arrivando grupponi di prigionieri, molti dei quali caddero colpiti da granate austriache. Nella piazzetta del paese, ridotto a un cumulo di macerie, si ergeva solitario un umile monumento capolavoro di arte popolare, un crocefisso con tutti i simboli della Passione di Cristo. Il battaglione ricevette l'ordine di accamparsi e i militi vi trascorsero una notte relativamente tranquilla intorno a quel monumento»[380].

---

[380] G. FABRIS, *Varago, Un Po' di Ieri e un Po' di Oggi*, Arti Grafiche Conegliano (Treviso), 2022, p. 25.

Varago – Chiesa con ferite di guerra
(Fonte: Varago, Un Po' di Ieri e un Po' di Oggi)

La Croce

Il comunicato inglese:

Il passaggio della Livenza

LONDRA, 2.

Un comunicato del comandante delle truppe britanniche in Italia dice:

Le truppe della decima armata hanno passato la Livenza fra Motta e Sacile e sono ora occupate a lanciare ponti sul fiume. Durante recenti combattimenti la cavalleria del Northamptonshire si è impadronita, tra l'altro di un bottino di dodici cannoni da montagna e di quindici mitragliatrici.

Si segnala che la 48. divisione operante sull'altipiano di Asiago ha avanzato la sua linea di due chilometri a nord del monte Katz, ma incontra ancora resistenza da parte delle mitragliatrici in vicinanza del monte Rasta e del monte Interrotto.

Articolo tratto dal quotidiano L'Epoca del 2 novembre 1918 (Archivio R. Carbonera)

Diaristica

Di seguito si riporta il racconto dell'alpino Ettore Giovanelli tratto dal suo memoriale La mia vita militare (1915-1918) e riportato da Atlas Gruppo Ricerca Storica Adrara S. Martino (Bergamo).

«Intanto che si aspettava il rancio, mi decisi di scrivere a casa. Tutto era quieto. Appena finito, sto per mettere la firma che un sibilo e uno scoppio proprio sopra la testa, poi un altro mi mise un fuoco al bombardamento. Subito cercammo un ricovero come potemmo. Io presi un sasso ma era un riparo da niente. Allora, con un lavoro disperato, con le unghie potei procurarmi un buco; ma lo scoppio delle granate, che scoppiavano proprio sopra, non mi riparava niente. Dovetti stare fino alle due in questa pena. Alle due cessa un po' [...] dieci minuti ricomincia più di prima [...] E lì una granata, poi un'altra quando mi battono davanti le schegge. [...] Il fumo cominciava a serrarmi la gola che mi faceva temere a qualche gas asfissiante. Qui non mi vergogno a dirlo: invocavo le preghiere di mia madre e mi ricordavo di tutti i morti e tutti i santi. Comincia ad imbrunirsi l'aria e questo inferno non cessa. Non potevo più respirare. Quando sentiamo gridare l'adunata e ci dà l'ordine di prendere tutte le cartucce nel tascapane perché dobbiamo portarci in trincea. [...] Allora mi avviai verso le trincee; ma, fatti appena quattro passi, mi prende in pieno il suo riflettore e subito mi bersaglia con le sue artiglierie. [...] Andiamo avanti fin là dove troviamo i nostri compagni pronti a qualunque attacco. Lì c'era una piccola trincea e lì passammo la notte senza nessun attacco. Alla mattina, allo spuntar dell'alba, avemmo l'ordine di ritirarci e subito saltammo fuori. Non appena fatto quattro salti che si grida: - Fermi, fermi che siamo attaccati. Allora l'artiglieria e la fucileria era proprio un inferno. [...] Trincea con alpini italiani. Continuammo fino alle dieci, con fuoco accelerato quando sentimmo un gridare aiuto di fianco. Era un ferito. Il mio compagno mi disse: Prendiamo questo e portiamolo alla medicazione. [...] Allora ho potuto vedere lo spettacolo della guerra. Lì alla medicazione c'erano otto o dieci feriti che perdevano sangue da tutte le parti. La strada era piena di feriti, muli morti, feriti e un odore di sangue e di morte».

Opera poetica

Ho un appuntamento con la morte

«Ho un appuntamento con la Morte / Su qualche contesa barricata / Quando la Primavera torna / Con la Sua tremula ombra / E i fiori di melo riempiono l'aria / Ho un appuntamento con la Morte / Quando la primavera riporta / giorni azzurri e chiari. / Forse prenderà la mia mano / E mi condurrà nella sua scura terrà / E chiuderà i miei occhi e fermerà il mio respiro / O forse passerò oltre ancora. / Ho un appuntamento con la Morte / Su qualche pendio sconvolto o quota battuta, / Quando la primavera ritorna ancora quest'anno / E il primo fiore di campo compare, / Iddio sa se stanno meglio nel profondo, / Fasciati di seta e profumati / Là dove 'Amore vibra nel sonno dorato, / Stelo accanto a stelo, respiro con respiro, / La dove prementi risvegli sono cari / Ma ho un appuntamento con la Morte / A mezzanotte in qualche città in fiamme, / Quando la primavera va verso nord ancora quest'anno / E per quanto vera sia la mia parola / Non mancherò a quell'appuntamento.[381] (Alan Seeger)

Alan Seeger, statunitense, cadde il 4 luglio 1916 a Belloy-en-Santerre (Francia). Egli si era arruolato nella Legione Straniera Francese, desideroso di combattere contro gli Imperi centrali, visto che gli Stati Uniti entrarono in guerra a fianco dei francesi e dei suoi alleati nel 1917. Alla fine del conflitto il padre si recò in Francia per ritrovare la tomba del figlio, ma la ricerca fu vana. Allora decise di acquistare una campana, che fece incidere con il nome del figlio caduto, e donò alla chiesa di Belloy-en-Santerre. «La voce del giovane poeta, dunque, risuona ancora: canta l'Angelus due volte al giorno»[382].

Ricovero con pezzo di artiglieria, armi e munizioni abbandonate (Fonte: veneto.it)

[381] http://web.tiscali.it/legionestraniera/seeger.
[382] http://web.tiscali.it/legionestraniera/seeger.

ANNO XL — N. 299

EDIZIONE DEL MATTINO

Il Messaggero

Martedì 29 Ottobre 1918 — Mercoledì 30

Roma - Bufalo 125

I primi comuni liberati fra il Piave e il Monticano

Gli austriaci scacciati dall'Albania - Il convegno degli Alleati a Versailles

Lo sfondamento delle prime linee nemiche

40 mila austro-ungarici fuori combattimento

Commenti parigini

Sei divisioni semidistrutte

Lo spirito combattivo dell'esercito austro-ungarico

Il Governo tedesco risponde a Wilson

che attende le proposte per l'armistizio

La resistenza nemica spezzata

Oltre 9000 prigionieri e 51 cannoni catturati

San Polo, Santa Lucia e Vazzola tornano all'Italia

Comando supremo, - Ore 20

Gli Italiani in Albania occupano Alessio

e marciano su San Giovanni di Medua

Un proclama di Carlo I

all'esercito e alla flotta

I comunicati inglesi

"Diffidente riserva"

La nota a Washington

Il convegno di Versailles

Verso la vittoria finale (Archivio: R. Carbonera)

Caporetto – Infausta sorte toccata ai soldati italiani (Archivio: R. Carbonera)

Verdun – Soldati tedeschi in azione sotto il fuoco dell'artiglieria (Fonte: it.topwar.ru)

Verdun – Soldati francesi all'attacco sotto il tiro delle artiglierie tedesche (F: Rai Cultura)

Passchendaele – Soldati mitraglieri canadesi nel fango (Fonte: Pubblico Dominio)

Argonne (Fonte: difesaonline.it)

Cimitero di soldati americani in terra di Francia (Fonte: imagazine.it)

Francia – Sepoltura di soldati tedeschi (Fonte: Bibliothèque Nationale de France)

Doberdò (Gorizia) – Tombe di soldati austro-ungarici (Archivio: C. Malagola)

ANNO XL - N. 313

EDIZIONE DEL MATTINO

Il Messaggero

Società «L'Editrice» proprietaria — Martedì 12 Novembre 1918 s. Diego - Mercoledì 13 s. Omobono — Roma - Bufalo 125 - Telefono 3-43

L'esultanza in Francia e in Inghilterra per la firma dell'armistizio

L'ultima capitolazione

La Germania accetta incondizionatamente

PARIGI, 11.

L'armistizio è stato firmato alle sei di stamane.

Le ostilità sono state sospese alle ore 11.

Le ostilità sospese su tutti i fronti

In seguito alla firma dell'armistizio con la Germania le operazioni di guerra sono state sospese su tutte le fronti alle ore 11 di oggi 11 novembre. DIAZ.

L'annunzio in Inghilterra

Grandi manifestazioni di gioia

Il giubilo di Parigi

Feste in tutta la Francia

L'appello alla generosità del nemico

Le ultime operazioni prima dell'armistizio

Il regime democratico in Germania

"Novus ordo"

Anche il re del Wurtemberg ha abdicato

Il re di Sassonia deposto

La repubblica d'Assia

La strana situazione politica nella quale si trova la Germania

La fusione dei socialisti

L'appello di Ebert al popolo

Sommosse da per tutto

L'ex-Kaiser ad Arnhem in Olanda

Dopo l'abdicazione del Kaiser

Commenti inglesi

L'ordine torna in Baviera

Dove si è rifugiato il Re

Alla Camera

Alla Camera dei Comuni

Un discorso di Lloyd George

Al Senato

Nei dintorni di palazzo Borbone

Le navi italiane nei Dardanelli

La stampa riporta la firma dell'armistizio in Francia (Archivio: R. Carbonera)

«Questa non è una pace, è un armistizio di vent'anni»
(Generale Ferdinand Foch)

CAPITOLO XV
IL TRATTATO DI PACE

Il 3 novembre 1918 venne siglato l'armistizio con l'impero austro-ungarico a Villa Giusti di Padova, l'11 novembre 1918 venne firmato l'armistizio a Compiègne, in Piccardia, all'interno di un vagone ferroviario, da parte della Germania.

Il 18 gennaio 2019, a Parigi, Stati Uniti, Gran Bretagna, Francia e Italia, potenze vincitrici della Grande Guerra, rappresentate rispettivamente da Woodrow Wilson, David Lloyd George, Georges Clemenceau e Vittorio Emanuele Orlando aprirono la conferenza di pace che doveva rideterminare i territori e la mappatura politica dei Paesi coinvolti in quel grande conflitto mondiale.

La base dell'intesa partiva dai 14 punti valutati dal presidente americano. L'accordo, senza non poche avversioni (visto che l'Italia in dissenso abbandonò la conferenza per 15 giorni) si concluse dopo 5 mesi e 77 sedute. Il documento venne firmato nella Galleria degli Specchi del Palazzo di Versailles il 28 giugno 1919, conosciuto come il *Trattato di Versailles* e culminò con una severa condanna nei confronti della Germania, perché ritenuta la causa scatenante della Prima guerra mondiale.

I quattordici punti del presidente Wilson, che Clemenceau commentò sarcasticamente con: «Mi dà ai nervi coi suoi 14 punti, quando lo stesso buon Dio si è contentato di dieci», prevalsero e la Germania venne fortemente penalizzata, anche perché, come per gli altri sconfitti, erano ammessi ai colloqui senza diritto di replica e obbligati alla firma del documento stilato dai vincitori. «Se la pace fu teoricamente senza vincitori, i "vinti" ci furono eccome. [...]. Alla Germania, costretta a sottoscrivere il trattato finale fu inoltre tolto ogni possedimento coloniale e furono imposte grosse restrizioni in ambito militare: la leva obbligatoria era sospesa, l'esercito fu ridotto a 100 mila unità (altre limitazioni riguardarono la marina, mentre l'aviazione fu eliminata) e furono messi al bando gli armamenti pesanti. [...] Il capitolo più pesante fu, tuttavia, quello delle riparazioni di guerra: lo Stato tedesco fu obbligato al pagamento di ben 132 miliardi di marchi in oro, cifra smodata la cui entità gettò il Paese in uno stato di angoscia e di inquietudine, alimentando una profonda crisi economica e i peggiori proposito di vendetta»[383]. Questa umiliazione gettava le basi per un'altra guerra e mai affermazione risultò più profetica di quella del generale Francese Ferdinand Foch che commentando il trattato del 1920 disse: «Questa non è una pace, è un armistizio di vent'anni»[384]. Infatti, vent'anni dopo, l'Europa si ritrova di nuovo in guerra e la prima vittima illustre fu proprio la Francia che venne costretta ad opera dei tedeschi a sottoscrivere la resa nello storico vagone dove l'11 gennaio 1919 fu firmato l'armistizio da parte della Germania.

Questi i quattordici punti:

1 - Pubblici trattati di pace, stabiliti pubblicamente e dopo i quali non vi siano più intese internazionali particolari di alcun genere, ma solo una democrazia che proceda sempre francamente e in piena pubblicità.
2 - Assoluta libertà di navigazione per mare, fuori delle acque territoriali, così in pace come in guerra, eccetto i casi nei quali i mari saranno chiusi in tutto o in parte da un'azione internazionale, diretta ad imporre il rispetto delle convenzioni internazionali.
3 - Soppressione, per quanto è possibile, di tutte le barriere economiche ed eguaglianza di trattamento in materia commerciale per tutte le nazioni che consentano alla pace, e si associno per mantenerla.
4 - Scambio di efficaci garanzie che gli armamenti dei singoli stati saranno ridotti al minimo compatibile con la sicurezza interna.
5 - Regolamento liberamente dibattuto con spirito largo e assolutamente imparziale di tutte le rivendicazioni coloniali, fondato sulla stretta osservanza del principio che nel risolvere il problema della sovranità gli interessi delle popolazioni in causa abbiano lo stesso peso delle ragionevoli richieste dei governi, i cui titoli debbono essere stabiliti.

---

[383] M. Liberti, *Il Frutto Avvelenato,* In Focus, Storia, N° 145, Verona, 2018, p. 39.
[384] *Ivi,* p. 41.

6 - Evacuazione di tutti i territori russi e regolamento di tutte le questioni che riguardano la Russia. Il trattamento accordato alla Russia dalle nazioni sorelle nel corso dei prossimi mesi sarà anche la pietra di paragone della buona volontà, della comprensione dei bisogni della Russia, astrazione fatta dai propri interessi, la prova della loro simpatia intelligente e generosa.
7 - Il Belgio – e tutto il mondo sarà di una sola opinione su questo punto – dovrà essere evacuato e restaurato, senza alcun tentativo per limitarne l'indipendenza di cui gode al pari delle altre nazioni libere.
8 - Il territorio della Francia dovrà essere completamente liberato e le parti invase restaurate. Il torto fatto alla Francia dalla Prussia nel 1871, a proposito dell'Alsazia–Lorena, torto che ha compromesso la pace del mondo per quasi 50 anni, deve essere riparato affinché la pace possa essere assicurata di nuovo nell'interesse di tutti.
9 - Una rettifica delle frontiere italiane dovrà essere fatta secondo le linee di demarcazione chiaramente riconoscibili tra le due nazionalità.
10 - Ai popoli dell'Austria–Ungheria, alla quale noi desideriamo di assicurare un posto tra le nazioni, deve essere accordata la più ampia possibilità per il loro sviluppo autonomo.
11 - La Romania, la Serbia ed il Montenegro dovranno essere evacuati, i territori occupati dovranno essere restaurati; alla Serbia sarà accordato un libero e sicuro accesso al mare, e le relazioni specifiche di alcuni stati Balcani dovranno essere stabilite da un amichevole scambio di vedute, tenendo conto delle somiglianze e delle differenze di nazionalità che la storia ha creato, e dovranno essere fissate garanzie internazionali dell'indipendenza politica ed economica e dell'integrità territoriale di alcuni stati balcanici.
12 - Alle regioni turche dell'attuale impero ottomano dovrà essere assicurata una sovranità non contestata, ma alle altre nazionalità, che ora sono sotto il giogo turco, si dovranno garantire un'assoluta sicurezza d'esistenza e la piena possibilità di uno sviluppo autonomo e senza ostacoli. I Dardanelli dovranno rimanere aperti al libero passaggio delle navi mercantili di tutte le nazioni sotto la protezione di garanzie internazionali.
13 - Dovrà essere creato uno stato indipendente polacco, che si estenderà sui territori abitati da popolazioni indiscutibilmente polacche; gli dovrà essere assicurato un libero e indipendente accesso al mare, e la sua indipendenza politica ed economica, la sua integrità dovranno essere garantite da convenzioni internazionali.

14 - Dovrà essere creata un'associazione delle nazioni, in virtù di convenzioni formali, allo scopo di promuovere a tutti gli stati, grandi e piccoli indistintamente, mutue garanzie d'indipendenza e di integrità territoriale[385].

All'Italia i confini verranno rinominati sulla base del precedente accordo con gli austro-ungarici, i quali avevano garantito quei territori qualora l'Italia non fosse entrata in guerra al fianco dei francesi e degli inglesi. Quindi una guerra doppiamente inutile per quei fini espansionistici che portarono a quell'immane disastro del quale ancora sono presenti le tracce frequentando i campi di battaglia, visitando i sacrari, soffermandosi davanti a un monumento dei caduti oppure di fronte ad un semplice cippo che ricordi un fatto d'arme.

Versailles (Francia) – Seduta della Conferenza di Pace (Fonte: I Grandi Fatti)

[385] http://www.storiacontemporanea.eu/nazione-e-nazionalismi/i-14-punti-di-wilson.

Nuovi confini italiani al termine della guerra

Ripristino provvisorio della linea ferroviaria Treviso-Motta di Livenza sul ponte del fiume Piave tra Fagarè e Ponte di Piave precedentemente distrutto dai bombardamenti (Fonte: alpinimilanocentro.it)

Ripresa aerea dei crateri sul fiume Piave all'altezza del ponte precedentemente distrutto e tuttora visibili ad oltre un secolo da quell'evento (Ph. Pil. L. Damiano)

L'impresa di Fiume

Con la firma del trattato rimase però sospesa la questione di Fiume e della Dalmazia che generò nei nazionalisti l'opinione che gli alleati volessero privare l'Italia dei frutti della vittoria che era costata la vita ad oltre 651.000 soldati e quasi 600.000 vittime civili, definendola una *«vittoria mutilata»*.

«Puntato su tale stato d'animo, diffuso soprattutto tra i combattenti, il poeta Gabriele D'Annunzio, che con la sua ardimentosa partecipazione alla guerra aveva acquistato ascendente grandissimo sui nazionalisti, cercò di risolvere la questione con un gesto di forza. Recatosi a Fiume con un manipolo di legionari, il 12 settembre [1919] vi istituì un minuscolo Stato che intitolò Reggenza del Carnaro; quest'azione doveva essere il preludio dell'occupazione della Dalmazia e dell'annessione delle terre adriatiche all'Italia. Le forze interalleate che presidiavano la città si ritirarono senza opporre resistenza. [...] Si creò in tal modo ai nostri confini orientali un'inquieta e assurda situazione dalla quale i ministri Giolitti, Sforza e Bonomi seppero ragionevolmente uscire un anno dopo, sacrificando in un accordo con la Iugoslavia (trattato di Rapallo, novembre 1920) le eccessive ambizioni dei nazionalisti più accesi. Fiume venne eretta in piccolo Stato autonomo (annesso poi all'Italia nel 1924 con successivo trattato con la Iugoslavia); la Dalmazia venne annessa alla Iugoslavia, a eccezione di alcune isole e della città di Zara, che passarono sotto la sovranità italiana.

Per indurre D'Annunzio allo sgombero di Fiume e permettere l'esecuzione del trattato, il nostro Governo dovette fare uso della forza. Dopo una breve scaramuccia i legionari abbandonarono la città. L'increscioso episodio, svoltosi nella notte tra il 25 e il 26 dicembre del 1920, fu battezzato dal poeta col nome di Natale di Sangue»[386].

Fu la Regia marina a sparare con i cannoni verso Fiume: alcuni colpi finirono contro il palazzo del Governo dove si trovava Gabriele D'Annunzio, il quale venne a sua volta ferito e, per evitare uno scontro fratricida, pose fine all'occupazione di Fiume. Dopo 16 mesi di illusione nazionalista, decadde la Reggenza del Carnaro, ma non senza conseguenze. Molti di coloro che si trovavano con D'Annunzio ed anche altri che ne condivisero *il colpo di mano*, poco dopo entrarono a far parte del Partito fascista e presero parte alla *«Marcia su Roma»*.

---

[386] S. MARTINELLI, *Il Cammino dell'Uomo*, III, Fratelli Fabbri Editori, Milano, 1959, pp. 305-306.

Opera poetica

In memoriam

«Così voi eravate il padre di David, / Ed egli era il vostro unico figlio, / E le torbe tagliate di fresco vanno marcendo / E il lavoro è lasciato incompiuto, / A causa di un vecchio che piange, / Semplicemente un vecchio in pena, / Per David, suo figlio David, / Che non tornerà più. / Oh, le lettere che vi scriveva, / Ed io posso tuttora vederle, / Non una parola sul combattimento / Ma soltanto le pecore sulla collina / E come voi avreste dovuto raccogliere le messi / Prima che l'anno si facesse più tempestoso, / E i Crucchi hanno avuto il suo corpo, / Ed io ero il suo ufficiale. / Voi eravate soltanto il padre di David, / Ma io avevo cinquanta figli / Quando balzammo nella sera / Sotto l'arco delle cannonate, / E tornammo al crepuscolo / – O Dio – Li sentivo implorare / aiuto e pietà da me / Che non potevo proprio soccorrerli. / Oh, mai vi dimenticherò / Miei uomini che in me avevate fiducia, / Più figli miei che dei vostri padri, / Perché essi poterono veder e soltanto / I bimbetti indifesi / E i giovanotti nella loro fierezza. / Essi non poterono vedervi morenti, / E sostenervi mentre spiravate. / Lieti e giovani e prodi, Essi videro andar via i loro primogeniti, / Ma non le forti membra spezzate, / Ed i bei ragazzi abbattuti, / I miseri corpi che si contorcevano, / Essi urlavano, "Non mi abbandoni, Signore." / Perché essi erano solo i vostri padri / Ma io ero il vostro ufficiale».[387] *(Ewart Alan Mackintosh)*

Il tenente inglese Ewart Alan Mackintosh caduto il 21 novembre 1917 a 24 anni, nel corso della Battaglia di Cambrai (Francia)[388], scrisse la poesia *In Memoriam* in ricordo del soldato D. Sutherland ucciso in azione nella trincea tedesca il 16 Maggio 1916 e degli altri che morirono nel corso della stessa battaglia.

---

[387] https://allpoetry.com/poem/8562349-In-Memoriam-by-Ewart-Alan-Mackintosh.

[388] https://www.chch.ox.ac.uk /fallen-alumni /lieutenant-ewart-alan-mackintosh-mc.

D'Annunzio, con mille volontari, sbarca a Fiume

" Quella di domattina sarà una bella alba "

scrive il Poeta e dall'Adriatico salpa per il riscatto della Gemma del Quarnero.

Dallo scoglio di Quarto a Fiume...

(per telefono al "Corriere delle Puglie")

Il comunicato ufficiale

Un telegramma dalla città delirante

(Per telefono al "Corriere delle Puglie")

ANCONA, 17

Lettere dalla Dalmazia italiana

Ritaglio di stampa sull'impresa fiumana *(Fonte: lameziaterme.it)*

Fiume (Croazia) – Gabriele d'Annunzio e i suoi volontari *(Archivio: G. Anzanello)*

. Tornarono a casa ma gli incubi di quei lunghi anni trascorsi trascorsi nelle trincee li accompagnarono per il resto della vita e in alcuni casi divennero veri tormenti che trasformarono la loro esistenza in un quotidiano inferno!

(Luigi Damiano)

CAPITOLO XVI

I REDUCI

Per l'Italia, dopo quasi quattro anni, la guerra finì ma non per il reduce che ebbe modo di riflettere sui dolori sofferti in quegli anni e sognava di rincasare in un mondo felice, dopo esser stato per un lungo periodo a contatto diretto con gli orrori che una guerra produce. Con il rientro, però, il reduce ebbe un graduale peggioramento a partire dal tanto agognato ritorno a casa. Egli constatò che nel corso della guerra anche la famiglia era cambiata. Pure a quell'importante nucleo la guerra aveva minato l'integrità. A questo si aggiunse il difficile reinserimento nel mondo del lavoro. Ciò che era stato loro garantito non veniva mantenuto e quindi subentrò la convinzione che non solo erano stati ingannati, ma anche che vivevano un'ingiustizia e molto spesso questa inquietudine sfociava in violenza.

I reduci, che non erano più le stesse persone di quando lasciarono le loro case per essere avviati al fronte, erano carichi di rancore che manifestavano in modo particolare nei confronti degli imboscati ma soprattutto nei confronti di coloro che furono riformati per non andare in guerra e che proprio oltre a non aver goduto dei *privilegi* riservati al personale inviato al fronte, avevano potuto mantenere il posto di lavoro se non addirittura migliorarlo, andando a ricoprire posti più prestigiosi lasciati vacanti dai precettati. Tutto questo aumentò il rancore e la sete di vendetta perché, oltre al danno, subivano anche la beffa di trovarsi disoccupati.

Alcuni ex combattenti, amareggiati per il trattamento loro riservato, non di rado presero parte a manifestazioni reazionarie. Ciò che avevano vissuto in quei tre anni di guerra, li aveva temprati ad agire in modo sfrontato e quindi non erano più gestibili come lo erano stati in tempo di pace.

Oltretutto, il reduce, davanti agli occhi della collettività, era visto quasi come un eroe, il veterano che aveva combattuto per la difesa della Patria, che non aveva lesinato le sue forze e la sua stessa vita per difendere la popolazione invasa dal crudele nemico.

Non di rado, però, ci furono alcuni che approfittando di questa *prerogativa* assumevano una posizione intollerante riguardo a qualsiasi limitazione sociale. Questo comunque era apparentemente sopportabile dal reduce stante il disagio che aveva dovuto subire in combattimento non solo affrontando il nemico, ma anche dall'essersi dovuto guardare dai superiori che per un nonnulla applicavano il regolamento di disciplina militare in modo assolutamente restrittivo e che ora, trovandosi libero da quelle fauci, mal digeriva dover ancora sottostare a leggi inique. Il soldato e l'uomo si fondevano e l'uno era inevitabilmente la parte integrante dell'altro. L'uomo che dovette essere violento vestendo l'uniforme e affrontando il nemico, si attaglia all'uomo civile e ne conserva l'aggressività che rivolge verso i propri compatrioti. In questo modo si confermò che la guerra aveva fatto regredire, forzatamente, il normale senso civico. Da quel periodo in poi, la tolleranza verso il prossimo venne sempre meno e ciò che ne conseguì fu che la storia, dopo brevissimo tempo, scrisse altre pagine di crudele sofferenza che portarono segni indelebili.

Il Tenente Carlo Emilio Gadda, nell'ultimo periodo di prigionia in Germania, mentre ascolta la messa, pensa a quello che sarà il suo futuro: il ritorno a casa e poi annoterà: «Non ho avuto amore, né niente. L'intelligenza mi vale soltanto per considerare e soffrire; gli slanci del sogno, l'amore della patria e del rischio, la passione della guerra mi hanno condotto a una sofferenza mostruosa, a una difformità spirituale che non ha, non può avere riscontri. Sentii in quel momento, con l'intensità d'un asceta, il vuoto, l'orribile vuoto della mia vita, la sua brevità, la sua fine. Che cosa avrò fatto per gli uomini, che cosa per il mio paese? Niente, niente. Morirò come un cane, fra dieci, fra trent'anni; senza famiglia, senza neppur aver goduto nel doloroso cammino di aver a lato mia madre, i miei cari fratelli. E nessun al di là mi aspetta poiché l'intima religiosità de' miei sentimenti non ha riscontro nel pensiero e nella ragione»[389].

Il reduce Eugenio Bicchielli aveva contratto una grave malattia ai polmoni che, ridotto in fin di vita, lo aveva portato ad essere congedato e mandato a casa. Riuscì a sopravvivere ma la sua esistenza fu irrimediabilmente segnata in quanto lavorava saltuariamente a causa della forte tosse che lo costringeva a letto. Per questa importante malattia chiesero il riconoscimento di una pensione come causa del servizio prestato al fronte.

---

389 http://www.viv-it.org/schede/giornale-di-guerra-e-di-prigionia-pagine-del-diario.

L'istanza era documentata dai certificati medici rilasciati dall'ospedale militare di Roma dov'era stato ricoverato e da quello di Gualdo Tadino (Perugia) dove era stato nuovamente assistito dopo la dimissione dal nosocomio militare. Quando la documentazione fu presa in visione venne detto al reduce che non si sarebbe dovuto ricoverare all'ospedale di Gualdo Tadino ma a quello di Spoleto e per di più misero in dubbio che la malattia fosse stata contratta a causa della sua permanenza al fronte.

Il reduce spiegò che era stato ricoverato nell'ospedale del suo paese com'era giusto che fosse, piuttosto che in un altro più lontano da casa, e che la malattia era stata diagnosticata dall'ospedale militare di Roma che gli concesse una lunga convalescenza. Ma il burocrate non sentì ragione e la pensione al reduce Eugenio Bicchielli non fu mai concessa[390].

Oltre al reduce, che la guerra l'aveva combattuta, c'era pure il profugo che il conflitto lo aveva subito e che come per il soldato che tornava a casa dopo l'esultanza per la fine della guerra, lo sventolio del tricolore e i canti patriottici per la fine della guerra, c'era l'incognita del futuro e quindi alla felicità di poter lasciare i paesi della forzata convivenza si univa il dubbio per il futuro che li attendeva.

Il rientro al proprio paese era pieno di incognite: come avrebbero ritrovato le abitazioni, le cantine, i granai, le stalle? Era tutto com'era stato lasciato oppure la fine di quell'incubo che li aveva tenuti lontani da casa si sarebbe trasformato in angoscia per quello che avrebbero trovato? Il rientro fu purtroppo doloroso, perché i luoghi occupati dal nemico erano stati ridotti a macerie, gli animali non c'erano più, le cantine e i granai erano inesistenti, ma la desolazione e lo sconforto fu la spinta per la ricostruzione, per poter tornare a dar vita a quei luoghi violentati dalla crudeltà della guerra e portarli allo splendore che gli apparteneva.

Diaristica

Il Granatiere Giuseppe Giurati di Santa Bona di Treviso rientrò dalla prigionia di 14 mesi trascorsa in Germania il 30 dicembre 1918 e, dopo diverse vicissitudini, giunse a Treviso il 16 gennaio 1919. Portava con sé gli unici suoi averi, un bastone ed una cassetta dove custodiva un libro panorama del campo di prigionia di Meschede, una forbice da regalare alla madre, il campanello della chiesetta della baracca del campo, una tazza tedesca, una cravatta tedesca, una razione di pane, il coltello e la bilancia in legno, la bacinella utilizzata per consumare i pranzi, un cucchiaio, il

[390] http://www.gualdograndeguerra.com/index.php/eugenio-bicchielli.

piastrino di riconoscimento, la corrispondenza, libri di preghiera, le fotografie dei parenti e una medaglietta di San Giuseppe trovata in trincea.

«Il treno era ormai Italiano ed era una tradotta. Era un freddo tremendo e si corre tutto il giorno, poi alla notte erimo in mezzo alle montagne piene di neve il treno faceva colpi, si sbatteva i piatti, ed un tratto si sente smettere la corsa e si ferma. Si apre la porta e non si vede né stazione e né macchina attaccata. Si era staccato il gancio ed era partito a metà il treno. Si è fatto giorno, siamo andati alla stazione vicina, si raccontò il fatto, ma è toccato aspettare fino alla sera un'altra corsa che ci spinse avanti e là fermi erimo in mezzo al ghiaccio e la neve. Erimo a Savoia. [...] Arrivato a Treviso alle 5 e preso la Via Trento Trieste e mi pareva tutto inverso, tutte cose nuove e nessuno mi conosceva, il mio sguardo era pallido, il passo lento, lento, e le gambe facevano giacomo, ma coraggio sempre per arrivare in famiglia. Avevo una cassetta in spalla e un bastone in mano, parevo un mendicante, arrivato a Porta Cavour trovai Rossi Antonio e gli domandai di mia famiglia e ripose tremando: "Bene". Allora ò fatto coraggio per un po' [...]. Arrivato fin da mio zio Biscaro Antonio e lui volle che mi fermi con lui anche a cena intanto lui ha mandato avvisare la mia famiglia, mio cognato Cesare.

Appena arrivato Cesare gli domandai: «Dov'è mio padre?». «Ti aspetta a casa». Allora io ho voluto partire, era verso le 7 di sera non vedevo l'ora di arrivare per abbracciare ancora una volta i miei genitori che tanto mi desiderano vedere. Ora ci mettiamo in cammino insieme collo zio e cognato, e loro mi portavano la cassetta, getto il bastone e mi presero per braccia e strada facendo incominciarono a raccontare quello che era successo a mio padre e mia zia Teresa che ormai erano morti il giorno 11 ottobre 1918 tutti e 2 in una notte dalle febbri spagnole»[391].

Opera poetica

San Martino del Carso

«Di queste case / non è rimasto / che qualche / brandello di muro. / Di tanti / che mi corrispondevano / non è rimasto neppure tanto. / Ma nel cuore / nessuna croce manca. / È il mio cuore / il paese più straziato. Valloncello dell'Albero Isolato il 27 agosto 1916»[392]. *(Giuseppe Ungaretti)*

---

[391] Associazione Nazionale Granatieri, Sezione Provinciale di Treviso (a cura di), Diario *di Guerra del Granatiere Giurati Giuseppe,* HEFTI Edizioni, Milano, 1996, pp. 83-87.

[392] https://www.orlandofurioso.com/grandi-autori/novecento/giuseppe-ungaretti/san-martino-del-carso.

Giuseppe Ungaretti, fervente interventista, si arruolò volontario e venne incorporato nel 19° Reggimento di fanteria della Brigata *Brescia*. Combattendo da soldato semplice sempre in prima linea «ha vissuto la terribile guerra di trincea e proprio nel fango delle trincee ha scritto le meravigliose poesie de Il porto sepolto. Letteralmente, a pochi metri dal nemico, ha scritto versi memorabili, che non parlano solo del contesto bellico, ma dell'uomo in quanto tale di fronte all'assoluto (la vita, la morte, il mistero che le avvolge)»[393]. Nella primavera del 1 *San Martino del* 918 si recò con il suo reggimento a combattere in Francia, nella zona di Champagne.

Resti di Asiago (Vicenza) – (Archivio L. Damiano)

[393] https://ildomaniditalia.eu/ungaretti-e-il-primo-conflitto-mondiale-il-riscatto-vitale-contro-lannullamento-delluomo/.

«I proiettili dilaniano i corpi, frantumano gli arti, distruggono i volti. La classe medica non ha mai visto simili devastazioni fisiche, al punto che i sanitari impegnati in prima linea trovano enormi difficoltà a fronteggiare gli orrori della guerra»[394].

CAPITOLO XVII
I MUTILATI

La Grande Guerra generò un esercito di soldati *segnati* da cicatrici indelebili, ma soprattutto visibili agli occhi di chi incontrasse quegli uomini che avevano conosciuto e sofferto la dura vita dei campi di battaglia. Questi erano i fanti mutilati che dovettero far ricorso ai centri specialistici istituiti in due centri chirurgici: uno a Mantova, per coloro che erano impiegati sul fronte interno e uno a Bari per coloro che operavano in Oriente. I trasportabili venivano ripartiti fra le 8 sezioni chirurgiche regionali (Torino, Milano, Genova, Bologna, Firenze, Roma, Napoli e Palermo), per un razionale trattamento che diminuisse la gravità dei postumi funzionali e per l'adattamento definitivo degli apparecchi di protesi. Da qui nacquero diverse colonie agricole e scuole di rieducazione professionale per l'addestramento dei mutilati a riprendere, nel limite delle possibilità, l'originario lavoro. Pure per le forme mediche si seguì il concetto di una ottimizzazione e quindi, pur nel concitamento di quella particolare situazione, si rese necessario distinguere i trattamenti di urgenza, come per i colpiti dal gas, per fare un esempio, da quelli meno gravi da inviare negli ospedali delle retrovie[395].

Infatti, i soldati mutilati, nel lasciare i luoghi di cura o di riabilitazione, venivano indotti a riprendere i lavori sospesi con la partenza al fronte, quasi come se nulla fosse accaduto. Queste invalidità dovevano essere considerate *menomazioni ornative* per evitare che i malcapitati richiedessero indennità risarcitorie perenni. Quindi alle ferite del corpo di questi eroi, si aggiungevano anche le ferite dell'anima che non tutti riuscirono a sopportare, finanche al compimento di gesti estremi.

---

[394] RAI CULTURA.

[395] F. FERRAIOLI, *Giornale di Medicina Militare,* op. cit., p. 512.

Non di rado si creò pure l'istinto di sopravvivenza. Alcuni fanti, perlopiù quelli di estrazione contadina, arrivarono perfino all'automutilazione pur di lasciare il fronte. Astuzie, come infliggersi la cecità, che procurarono effetti più gravi rispetto, ad esempio, ad un colpo di fucile o ad una granata. Quindi un martirio inutile, che significò la fine della guerra senza pensare che ne avrebbero cominciata un'altra interminabile: quella di vivere il resto della vita al buio.

La condizione di essere mutilato, in quel periodo storico, ebbe quasi la stessa riconoscenza del soldato caduto. Considerato che sulle loro carni erano impresse le indelebili ferite della guerra, questi reduci ricevevano il plauso e l'ammirazione di tutti coloro che venivano incontrati nelle manifestazioni e nelle parate ed era loro riservato il posto d'onore. «Fra i problemi che sorgono dalla guerra e che si impongono fin d'ora alla considerazione del mondo civile, uno dei più gravi, senza dubbio, apparisce quello dei soldati colpiti da invalidità, resi cioè mutilati, storpi o ciechi per effetto delle loro gloriose ferite. Il contingente di questi reduci sventurati non è stato mai così terribilmente alto, come nella guerra attuale: ciò che si spiega non solo a causa delle masse enormi di combattenti che vengono a conflitto, e della potenza e ferocia dei mezzi di distruzione messi in opera, ma anche, come una provvida antitesi, in virtù dei progressi raggiunti dalla chirurgia moderna, la quale riesce a conservare in vita un gran numero di invalidi, che nelle guerre passate soccombevano alle loro ferite»[396].

Il Caporale Giosuè Catapano da Melfi (Potenza) a maggio del 1915 con l'inizio del conflitto fu incorporato nel Regio esercito e venne mandato in prima linea. La sua permanenza al fronte ha fine il 28 luglio 1916 quando viene investito da un'esplosione. Così descrisse la sua tragica esperienza: «Verso le 9, mentre la mia mente volava ai miei cari di cui non avevo nuove da due giorni, mentre si presentava alla mia mente la cara immagine di una mia nipotina, una maledetta e rabbiosa granata, fendendo l'aria, fischiando e divorando l'orizzonte, mi colpì in pieno spezzandomi e portandomi via la gamba destra da qualche centimetro più su del ginocchio. È inutile dirvi dell'orribile ferita e del sangue che usciva a fiotti. Non fu possibile essere trasportato subito al posto di medicazione giacché v'era una vera grandinata di proiettili. Così, dopo poco più di mezz'ora, vedendo che s'era un po' calmata quella orribile tempesta, mi adagiarono pian piano in barella e in mezzo a più di trenta miei compagni e amici fui trasportato al posto di medicazione fra i pianti e lo sconforto di tutti. Mi baciai

---

[396] A. Gibelli, *L'Officina della Guerra*, op. cit., p.112.

ripetutamente con tutti quei bravi giovani che se ne ritornarono, piangendo, alle trincee»[397].

A seguito della ferita riportata venne ricoverato all'ospedale Rizzoli di Bologna da dove uscì dopo quattro anni con un arto di legno al posto della gamba che gli venne amputata.

Soldato mutilato (Fonte: Bologna Museo del Risorgimento)

Massacro pianificato

Molti soldati persero la vita o rimasero più o meno mutilati grazie all'incoscienza e brutalità *dei condottieri* che sembrava quasi godessero nel vedere quell'inutile spargimento di sangue. Ma per questi signori della guerra non ci furono capi di imputazione e di conseguenza neppure sentenze di condanna, anzi ebbero promozioni e decorazioni. Davanti alla storia restarono comunque colpevoli di quegli stermini programmati.

«La maggior parte di quei poveri ragazzi non tornava più indietro o – peggio ancora – tornava senza braccia e senza gambe, storpi, ciechi, con

[397] https://www.tgcom24.mediaset.it/cronaca/speciale-amarcord/memorie-dal-fronte-la-guerra-dei-nostri-nonni-il-diario-di-trincea-inedito-di-un-soldato-lucano-sul-carso_3173926-201802a.shtml.

la testa squarciata, con il tarlo della follia che non li lasciava riposare nemmeno lontano dal fronte. [...] La teoria di chi dirigeva era quella di avere a disposizione più soldati dei proiettili delle mitragliatrici avversarie. Se il fuoco non riusciva a fermare tutti gli assalitori, qualcuno sarebbe arrivato ala trincea nemica a disposizione. [...] Era come mandare i reparti a sbattere contro un muro»[398].

Alcune menomazioni modificano i soldati al punto tale da trasformarli in malviventi.

Un giovane sottotenente, durante un assalto ad una trincea, fu colpito da una granata e ferito gravemente in volto. Dal Carso fu portato all'ospedale oftalmico di Torino, operato e poi dimesso. Da persona onesta, rispettosa e irreprensibile divenne un delinquente.

Le sue anomalie comportamentali lo portarono ad essere processato per truffa. Si può leggere una sentenza in cui si dichiara il profondo cambiamento di personalità causato dal trauma cerebrale (era diventato anche tossicodipendente). Nel frattempo scappò in Francia e si dette alla bella vita come gigolò, ma venne arrestato e portato in manicomio. Quando i medici vollero dimetterlo, il padre si oppose perché «abbandonava la sorveglianza della famiglia per rubare dei francobolli, scrivere alle sue amanti in Francia e soprattutto per cercare cocaina. La granata aveva prodotto danni al lobo frontale sinistro dell'ufficiale»[399].

Di questi speciali regali furono insigniti un'infinita schiera di soldati. I loro racconti sono veramente raccapriccianti per chi li legge, figuriamoci per chi li dovette subire e vivere per il resto della vita e anche per coloro che si ritrovarono di fronte corpi informi, sia combattenti o barellieri. «Portavano sul corpo deformato le stigmate delle loro sofferenze. Erano giovani, miserandi avanzi di umanità. La loro vita non era stroncata, ma ridotta e divenuta oggetto di commiserazione. A chi mancava un braccio, a chi un piede, a chi una gamba o tutte e due le gambe, chi invece di braccia aveva solo i moncherini. Chi si trascinava con le grucce, e chi era trascinato dalle braccia, perché cieco. Tutti facevano pietà. E come se ciò non bastasse, erano così esasperati che non si riusciva mai a contenerli a pieno. Non vi meravigliate – mi disse una volta qualcuno di essi – se ci vedete così esasperati. Siamo dei poveri tronconi, dei poveri cenci umani, e così

[398] L. Del Boca, *Maledetta Guerra*, op. cit., p. 111.
[399] E. Smeraldi, *Brevi Lezioni di Psichiatria, Fatti e Luoghi della Mente*, Imprimatur, Reggio Emilia, 2016, pp. 16-17.

andremo alle nostre case»[400]. E ancora, «Improvvisamente, non mi so nemmeno io spiegare, sento un colpo tale alla testa, che credetti averla esportata dal busto. Caddi a terra come fulminato. Pensai subito: Son morto. Aspettai. Vedendo, però, questa signora morte farsi attendere troppo, aprii gli occhi. Ci vedevo. Dunque non ero né morto, né cieco. La testa mi doleva terribilmente. Provai con una mano a tastarmi, e fino al naso, ero sano. Provai la bocca. Gran Dio! Era un ammasso di carne e ossa infrante; tutta la mascella destra; mi pendeva, e dallo squarcio terribile usciva il sangue a flotti. Tutto il mento, posava sulla mia spalla destra. Ben 20 denti, erano volati per i campi sottostanti assieme alle ossa, gengiva, e mascella inferiore. Provai ad alzarmi; ma la spalla destra non mi serviva più. Quel maledetto Shrapnel, dopo avermi fatto quella bella funzione alla bocca, mi aveva passata anche la spalla, ed ero a terra come una bestia feroce in trappola. Mi feci forza, e a tre zampe come i cani feci due, o tre metri; ma poi caddi esausto»[401]

Opera poetica

Nel ricevere notizie di guerra

«Neve è una stana parola bianca. / Né il ghiaccio né il gelo / hanno chiesto alla gemma / o all'uccello il costo dell'inverno. / Questa terra d'estate conosce tuttavia ghiaccio / e gelo e neve dalla terra al cielo. / Nessuno sa perché. / È in tutti i cuori degli uomini. / Qualche vecchio spirito / ha trasformato con un bacio maligno / le nostre vite in uno stampo. / Rosse zanne hanno lacerato il Suo volto. / Il sangue di Dio è versato. / Lui piange dal suo luogo solitario i suoi figli morti. / O! antica maledizione cremisi! / Corrodi, consuma. / Restituisci a quest' universo / la sua originaria forma».[402] *(Isaac Rosenberg)*

Isaac Rosenberg era un poeta di guerra anglo-ebreo, si arruolò nell'esercito britannico e cadde il 1° aprile 1918 ad Arras (Francia), all'età di 28 anni.[403]

---

[400] C. CORTESE, *Diario di Guerra (1916-1917)*, Rubbettino Editore, Soveria Mannelli (Catanzaro), 1998, pp. 9-10.

[401] F. CECOTTI, *Trieste 1914-1915. Feriti, morti e scoperta della guerra moderna* in Quale Storia, Anno XLII, N.ro 1-2, Giugno-Dicembre 2014, Art Group Srl., Trieste, p. 126.

[402] https://alessandria.today/2022/06/06/ricevendo-notizie-della-guerra-di-isaac-rosenberg/.

[403] https://www.poetryfoundation.org/poets/isaac-rosenberg.

Soldati francesi rimasti sfigurati (Fonte: corriere.it)

Soldati ciclisti mutilati italiani (Fonte: storiaefuturo.eu)

Lecce – Monumento ai Caduti e Casa del Mutilato (Archivio: Nicola De Giuseppe)

«La guerra che aveva posto fine al commercio clandestino fece fiorire l'attività alternativa della raccolta dei residuati bellici. Era un lavoro molto più rischioso del contrabbando perché comportava il pericolo di restare dilaniati da un'esplosione»[404].

(Mario Rigoni Stern)

CAPITOLO XVIII

I RECUPERANTI

Con la fine della guerra c'era bisogno di bonificare i campi di battaglia, i paesi e tutti i luoghi coinvolti nel conflitto. Dopo quei quattro anni di guerra quelle zone erano piene zeppe di ordigni inesplosi, materiale ferroso, dai fucili alle mitragliatrici, ai cannoni e non per ultimo la presenza di cadaveri non immediatamente recuperati o finiti in luoghi accidentati e per questo nacquero i recuperanti, persone che venivano impiegate e retribuite dallo Stato per la bonifica dei territori oggetto degli scontri. A questi si unirono, in modo autonomo, anche i reduci che tornarono sui luoghi oggetto degli scontri, che conoscevano molto bene, per recuperare materiale ferroso, pentole, coperte e tutto ciò che poteva servire per sé stessi, per la famiglia oppure a scopo commerciale.

A coloro che abitavano i territori oggetto della bonifica era interdetto recarsi nei campi a lavorare, però le ristrettezze facevano sì che quelle regole venissero disattese e in qualche circostanza, per far fronte alla fame, gli sventurati saltarono in aria urtando ordigni inesplosi. L'episodio di seguito riportato si riferisce proprio ad un evento accaduto in provincia di Vicenza: «Un grande boato sconvolge Canove e scuote le baracche: tra la chiesa e il cimitero Luigi Ambrosini sta recuperando del filo spinato; il figlio Antonio di cinque anni, che segue il padre, è seduto come per gioco su una bombarda di trecento millimetri che per qualche ragione deflagra: i bambini scompare nella fiammata, il padre muore colpito al petto dalle schegge, altri quattro compaesani che erano nelle vicinanze sono gravemente feriti. [...] È sempre tragica e continua la presenza di tante armi abbandonate che venivano spregiudicatamente usate da adulti e ragazzi, e quella degli ordigni inesplosi che continuavano a provocare lutti e

[404] M. RIGONI STERN, *Nanòlo*, op. cit. p. 118.

mutilazioni, specialmente tra chi voleva riprendere l'attività agricola. [...] Ogni tanto, ancora oggi, ad un'esplosione improvvisa tra le montagne e i boschi fa seguito un lutto tra la gente dell'Altipiano»[405].

Di quei tristi eventi se ne verificarono in tutti i territori dove ci furono dei combattimenti. Anche Pravisdomi, allora in provincia di Udine, attualmente Pordenone, ci furono decessi per cause belliche dopo la fine della guerra. «Il 5 gennaio 1919 a Frattina muore il giovinetto Pietro Maronese di 8 anni per lo scoppio di una bomba a mano, rinvenuta nel terreno; il 10 settembre dello stesso anno una scheggia, provocata dall'esplosione di una bomba, colpisce a morte Luigia Buset di 59 anni; il 15 aprile 1919 la tragedia si abbatte su due famiglie: Antonio Basso di 12 anni e Luigi Maronese di 14 anni muoiono in seguito allo scoppio di una granata»[406].

Il lavoro del recuperante veniva svolto da persone di sesso maschile a cui spesso si aggiungevano anche bambini che con badili e picconi aiutavano gli adulti in quella pericolosa attività; molto spesso erano proprio i bambini le prime vittime, come accadde a un ragazzo di Canale (Vicenza): «Il padre ch'era con lui se lo mise in spalla e scese urlando dal monte, quasi che il suo grido avesse il potere di allontanare l'orrore dell'accaduto che invece gli si radicava sempre più nell'anima»[407].

Ecco allora che le coperture delle baracche, vettovaglie, rame, ferro, piombo, stufette da trincea divenivano bottino per la successiva fusione, ma capitava pure che mentre si cercavano materiali ferrosi, ci fosse il rinvenimento di resti umani che venivano segnalati alle autorità preposte e i recuperanti ricompensati con denaro per ogni ritrovamento. Per quei poveri resti furono necessari una decina di anni perché trovassero una degna sepoltura e poi vennero inumati negli ossari e nei sacrari che nel corso degli anni '30 vennero costruiti nelle adiacenze dei luoghi di battaglia.

Sul *Risorgimento* del 10 luglio 1919 venne pubblicata la seguente ordinanza: «È più che mai necessario che sugli Altipiani si rimuovano e si seppelliscano avanzi di cadaveri e carogne in putredine che a tutt'oggi appestano i luoghi contermini, l'aria e le vene d'acqua. È più che necessario che apposite squadre organizzate e numerose, contro le morti, le mutilazioni e i ferimenti continui, specialmente sull'Altipiano, percorrano con itinerario prefisso durante l'estate tutte le varie zone dell'Altipiano per la ricerca e la raccolta degli esplosivi disseminati»[408].

---

405 M. RIGONI STERN, *I Racconti di Guerra*, Einaudi, Torino, 2018, pp. 127-141.

406 G. STRASIOTTO, *Pravisdomini nella Grande Guerra,* Sagittaria, Pravisdomini (Pordenone), 2021, p. 112.

407 M. RIGONI STERN, *Nanòlo*, op. cit., p. 118.

408 M. RIGONI STERN, *I Racconti della Guerra*, op. cit., p. 120.

Per quanto riguarda le aree montane da bonificare, vista la necessità di procedere a risanare e rendere fruibile il territorio, quelle località furono «suddivise in zone e quindi assegnate a varie famiglie che acquisivano così il diritto di perlustrarle ed a raccogliere quanto rinvenuto. Il prezzo più alto era pagato per il rame, il piombo e il ferro.

Continuava pure l'opera dei soldati insepolti per i quali il Governo italiano pagava 5 Lire a chi ne avesse riportato le spoglie, una cifra notevole se si considera che allora la paga giornaliera di un operaio era di 10-20 lire. Mediante il lavoro dei recuperanti negli anni '20 e '30, furono ritrovati i resti di numerosi caduti, Italiani ed Austriaci»[409].

Don Sebastiano Ganz, parroco di Rocca Pietore (Belluno) registrava nel suo diario le modalità di riesumazione delle salme dei soldati. «Alla sera del 13 novembre si presentò in questa canonica un Cappellano militare, che disse di essere indirizzato verso Malga Ciapèla per l'esumazione delle salme di militari da quei cimiteri provvisori. Il lavoro di esumazione incominciò subito sotto la direzione d'un Tenente di Fanteria nel cimitero di Pian di Silere. Il lavoro procedeva così: squadre di sterratori, giovanotti e uomini di Rocca e Sottoguda, dovevano sterrare fino al rinvenimento della salma. Scoperta appena questa, cessava il lavoro di questi per dare luogo al lavoro dei soldati, i quali a mano nuda, levavano i resti dei cadaveri, mondandoli dal terriccio, e depositandoli in cassettine d'abete appositamente preparate»[410].

Il racconto che segue è quello di un fante di Ponte di Piave (Treviso), al quale, rientrato dalla guerra il 30 ottobre 1919 e incontrato casualmente il suo cappellano militare, venne proposto di lavorare come recuperante. Egli non esitò dal partecipare perché «c'erano tante bocche da sfamare, il primo raccolto sarebbe venuto dopo un anno e mezzo. Ma il buon Dio in cui ho sempre sperato e pregato durante tutta la guerra; questo prete era ancora sotto le armi e stava raccogliendo e sistemando le salme dei caduti nei cimiteri di guerra. Siccome il cimitero di guerra di Salgareda confinava con la nostra campagna, lo incontrai che portava a seppellire le salme di cui morti [...] Don Cesare mi chiese se volevo aiutare in quel lavoro che lui stava facendo nei vari campi di battaglia. Mi disse che sarei stato pagato con una buona decade. [...] Gli dissi subito di sì. Iniziai il lavoro il giorno dopo nel cimitero di Fossalta di Piave e li lavorai per circa due mesi. Poi ci siamo spostati sul fronte orientale in diversi luoghi e monti nei quali

[409] A. Vanni, K. Pari, *La grande Guerra sulla Marmolada,* Gino Rossato Editore, Novale – Valdagno (Vicenza), 2014, p. 96.
[410] *Ivi,* p. 97.

avevo combattuto: Oslavia, Piuma, Plava, Sabotino, Podgora, San Michele, Monte Santo e tanti altri ancora. Lavorai in quei posti con Don Cesare fino a tutto il giugno del 1922»[411].

Dal diario del S. Tenente Attilio Frescura, ufficiale territoriale, si evince quale immane proporzione di soldati morti e insepolti si trovasse sui campi di battaglia: «Nel ritorno ci siamo fermati sulle vecchie trincee dei Sei Busi, lo sterminato campo della battaglia di agosto. Da allora, da più di due mesi una interminabile processione di formiche umane opera il risanamento del campo di battaglia. I morti sotterrati, il materiale recuperato salgono a delle cifre impressionanti. Ma quando si arriva qui, in questo caos, dove regna la morte, si può disperare che il tempo cancelli la traccia della lotta feroce. Si vedono ancora questi caduti che nessuno aveva potuto raccogliere. Da più di due mesi di sotterra si rimuove si risana. Ma questi morti sono troppi»[412].

L'esperienza di un gruppo di tre ragazzi in escursione del maggio 1920 verso il monte Ortigara resterà un segno indelebile di quella terribile esperienza perché «ai loro occhi si presentò un'orrenda visione: tra le rocce giallastre sbriciolate, tra lenzuola di neve sporca, tra reticolati aggrovigliati a perdita d'occhio , resti di trincee e postazioni, caverne, brandelli di divise, elmetti sfondati, scarpe, armi rotte, gavette, zaini, maschere antigas, munizioni di ogni tipo, barattoli, casse, schegge di bombe di ogni calibro, stavano sotto il cielo primaverile centinaia e centinaia di cadaveri in decomposizione, scheletri, teschi, membra umane, ossa. E non un filo d'erba, non un fiore, non il canto di un uccello. [...] Andavano tra quelle cose con passo trepido, incerto, guardando dove poter appoggiare il piede, attratti e respinti da pietà e orrore»[413].

Diaristica

Don Cesare Bonini, cappellano militare nativo di Brescia, faceva parte di un gruppo impegnato a recuperare e dare cristiana sepoltura ai soldati morti. Una madre bresciana, sua conoscente, che aveva perso il figlio al fronte, gli scrisse chiedendogli di poter partecipare alla riesumazione delle salme che si trovavano sulla dolina Edera di Plava (Gorizia), luogo dove era caduto il figlio, al fine di poter ritrovare il proprio caro. Il sacerdote fece qualche resistenza motivando che i resti dei soldati non potevano dare certezza della loro identità, visto che i ruolini di carta custoditi sulla

[411] R. Toffoli, *Basta nono parlarme dea guera,* Giacobino Editore, Ponte di Piave, 2018.
[412] A. Gibelli, *L'Officina della Guerra*, op. cit., p. 111.
[413] M. Rigoni Stern, *I Racconti di Guerra*, op. cit., pp. 59-60.

persona e che riportavano i dati personali non avrebbero permesso di identificare il soldato perché non sarebbero stati più leggibili, ma per un gesto di pietà verso quella madre le permise di essere presente agli scavi.

Il primo giorno se ne stette muta, seduta su un masso, osservando le decine di salme che venivano portate via. Il giorno a seguire si mise a scrutare ogni scheletro che veniva portato alla luce e mentre osservava uno di questi si mise ad urlare: «Questo è mio figlio!» e, inginocchiata, incominciò ad accarezzare le ossa e a baciare il teschio, tra lo stupore del cappellano militare e dei presenti. I recuperanti ripresero a scavare e appena sotto dove erano stati trovati i poveri resti, venne scoperto un tascapane con dentro lettere e cartoline che proprio quella madre aveva inviato a suo figlio. Sulle buste erano ancora ben visibili sia l'indirizzo del destinatario che del mittente. La donna aveva portato con sé un lenzuolo che lei stessa aveva ricamato per quando lui si sarebbe sposato e, deposti i resti del suo povero figlio, lo annodò, se lo caricò sulle spalle e si allontanò con quel misero fagotto. Quelle erano le spoglie di suo figlio e la sicurezza le era stata data dalla voce del sangue[414].

Opera poetica

Il soldato

«Se dovessi morire, pensa solo questo di me: / Che ci sarà un angolo di un campo straniero. / Che sarà per sempre Inghilterra. / Ci sarà nascosta In quella terra ricca una polvere più ricca; / Una polvere che l'Inghilterra faceva nascere, formava, cresceva. / Che, una volta, gli offriva i suoi fiori ad amare, / i suoi sentieri ad esplorare. / Un corpo dall'Inghilterra che respirava aria inglese. / Lavato dai fiumi, benedetto dai soli di casa. / E pensa a questo cuore, liberato di ogni male. / Come un battito nella mente eterna, che ugualmente, / Da qualche parte, restituisce i pensieri donati dall'Inghilterra; / Le sue viste ed i suoi suoni, sogni felici come una giornata inglese; / E risate, apprese dagli amici, e la dolcezza, Dei cuori in pace, sotto un cielo inglese»[415]. *(Rupert Brooke)*

Rupert Brooke si arruolò nell'esercito britannico, ma la sua presenza alle armi fu di breve durata in quanto fu punto da una zanzara mentre si trovava sulla nave per il trasferimento delle truppe nella penisola di Gallipoli (Turchia). Egli morì di setticemia.

---

[414] R. TOFFOLI, *Basta nono parlarme dea guera*, Giacobino Editore, Ponte di Piave, 2018.

[415] http://inglese-per-italiani.blogspot.it.

I recuperanti – Resti di un fante italiano (Fonte: archeograndeguerra.wordpress.com)

Ordigni di grosso calibro rinvenuti sul Monte Grappa (Fonte: massicciodelgrappa.it)

Basso Piave – Reperti recuperati sui campi di battaglia (Archivio: L. Damiano)

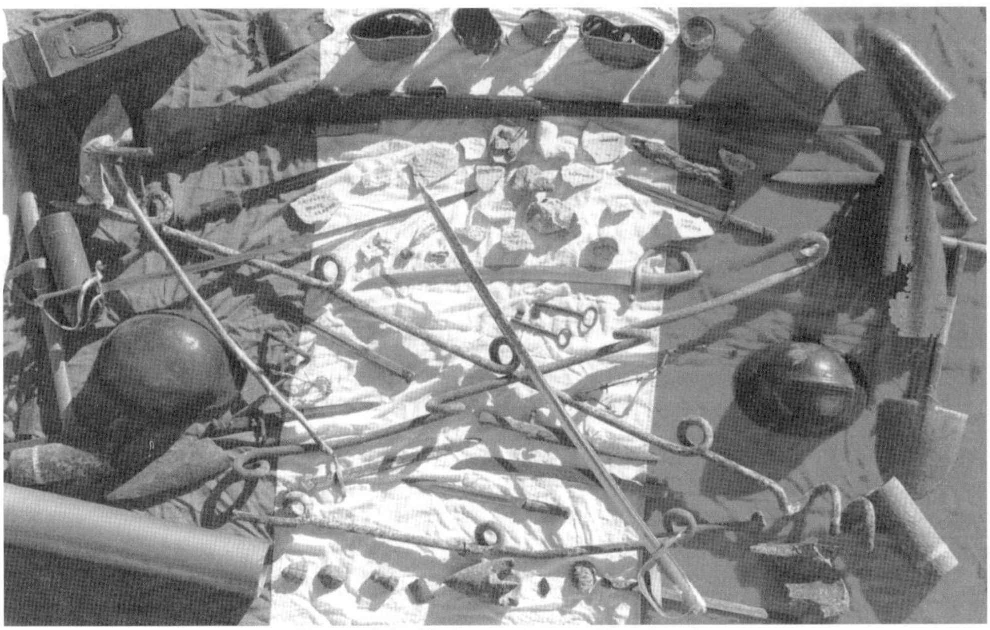

Reperti bellici (Archivio: L. Damiano)

«Ma Cristo, dove sei? È qua con noi sergente;
se è vero che aveva 33 anni è dell'84»[416].

CAPITOLO XIX

IL CINEMA

La Grande Guerra è stata la prima guerra delle immagini e per questo ebbe una eco talmente elevata che molti registi, sia nel corso del conflitto che a guerra ultimata hanno dedicato chilometri di nastri di celluloide per le riprese di film attinenti a quel particolare periodo storico.

In virtù della nuova figura dei fotoreporter da guerra, la *settima arte* fece ingresso nei territori degli scontri, con spazi opportunamente dedicati per le riprese: ecco che i luoghi delle battaglie, i soldati immersi in quell'inferno di ghiaccio e fango, le popolazioni con i loro esodi, come gli animali con la forzata transumanza, venivano ripresi per far comprendere le brutalità di cui è artefice l'essere umano, tenendo presente che quegli operatori rischiavano di volta in volta la loro incolumità perché l'unica arma in loro possesso era la macchina da presa.

L'obiettivo era quello di far conoscere gli aspetti della guerra, ma come sempre attraverso il filtro della censura. Il materiale veniva manipolato dalle autorità preposte, affinché il popolo non potesse osservare la guerra nel suo completo orrore, gli avamposti o territori occupati, i soldati fatti prigionieri, puntando sull'esaltazione della potenza bellica, mostrando appena solo qualche soldato rimasto ferito, ma soprattutto curato.

Nulla doveva trapelare su quanto accadeva sui campi di battaglia dove la morte era l'attrice principale. Infatti i filmati dedicati alle azioni sui campi di battaglia, una volta montati, venivano integrati da sottotitoli a mero scopo propagandistico; ecco che nelle rare immagini in cui si vedevano caduti o feriti, questi venivano posti in risalto come un degno sacrificio per l'amor di Patria. Il soldato, a prescindere dalla nazione di provenienza, diventa inconsapevolmente l'attore di quell'attività bellica e quindi un soggetto da emulare. Quelle immagini venivano fissate in modo

[416] Frase tratta dal film *"La Grande Guerra"* del regista Mario Monicelli.

granitico nella mente di chi le osservava e quindi generavano entusiasmo per la guerra; ovviamente la realtà, purtroppo, era ed è diversa.

La guerra distrugge l'uomo, il paesaggio, annienta tutto ciò che lo circonda e lo rende praticamente inservibile.

Il cinema iniziò a realizzare film su quell'immane disastro, scritturando addirittura l'attore comico Charlie Chaplin, che nel 1918, interpretò il film dal titolo *Charlot Soldato*, con uno scopo ben preciso: quello di tentare di sdrammatizzare la guerra in virtù della comicità di alcuni attori in chiara funzione antitedesca. Gli orrori della belligeranza diventano motivo di riso e gli spettatori più entusiasti di quel film risulteranno proprio i reduci che avevano provato sulla propria pelle il dramma della guerra[417].

Tutti i film prodotti hanno avuto un enorme successo, dai più datati a quelli più recenti, ma alcuni di questi hanno lasciato nel cinema un'impronta indelebile perché di inestimabile valore storico-artistico. Film del calibro di *Niente di nuovo sul fronte occidentale"*, di Delbert Mann oppure *La Grande Guerra*, di Mario Monicelli o *Uomini contro*, di Francesco Rosi, *Addio alle armi* di Charles Vidor, *La grande illusione*, di Jean Renoir, *Orizzonti di gloria*, di Stanley Kubrick hanno segnato un'epoca. Ma non meno importanti sono le altre pellicole delle quali si fa accenno e che sono state tratte dall'elenco stilato dalla Biblioteca di Saronno *Scene di guerra – Il cinema racconta la Grande Guerra* nel Centenario della Prima Guerra Mondiale, ma non solo:

Guglielmo Oberdan – Il Martire di Trieste, regia di Emilio Ghione, interpretato da Alberto Collo, Emilio Ghione, Vittorina Moneta, Ida Carloni. Italia, 1915, muto. Guglielmo Oberdan, già esemplare figura irredentista, poi cospiratore anti austriaco giustiziato per avere attentato alla vita dell'imperatore Francesco Giuseppe, divenne, nei giorni radiosi del maggio 1915, oggetto di un vero e proprio culto civile in una causa - quella appunto della questione risorgimentale - che si avviava ormai all'atto finale. Copia restaurata da Fondazione Cineteca Italiana nel 2009. Il profilo di patriota e la tragica vicenda personale di Oberdan ne facevano, all'alba della Grande Guerra, una icona quasi ineludibile anche per il cinema italiano, così sensibile, per parte sua, all'irredentismo superomistico di marca dannunziana[418].

---

[417] S. Cò, *La Macchina da Presa sul Campo di Battaglia*, in https://www.artegrandeguerra.it/2012/08/cinema-e-prima-guerra-mondiale-il.html.

[418] Fondazione Cineteca Italiana, *La Grande Guerra*, Rassegna cinematografica, Intesa Sanpaolo, Milano, 2014, p. 42.

Lacrime delle Dolomiti di Sesto, regia di Hubert Schönegger, 1917, con Thomas Prenn. È un film ambientato nelle Dolomiti di Sesto in Trentino-Alto Adige nel periodo in cui apparteneva all'Impero austro-ungarico e racconta la storia di due giovani ragazzi tirolesi arruolati nelle milizie dell'Impero austro-ungarico, durante la Prima guerra mondiale[419].

Per la Patria – J'Accuse, regia di Abel Gance con Romuald Joubé, Séverin-Mars, Maryse Dauvray, Maxime Desjardins, Angèle Guys. Francia, 1919, muto. Considerato tra i più all'avanguardia dei film dell'epoca, è il primo grande film pacifista: racconta la storia di Edith, una donna infelice sposata con un vecchio uomo, che si innamora di un giovane poeta. I due uomini si odiano profondamente, ma quando il destino li unirà al fronte stringeranno una forte amicizia. Nel frattempo Edith viene catturata dai tedeschi e mette al mondo un figlio. Una sequenza memorabile mostra i soldati francesi morti che marciano in parallelo ai sopravvissuti che sfilano in parata sotto l'Arc de Triomphe[420].

I Quattro Cavalieri dell'Apocalisse, regia di Rex Ingram con Alice Terry, Rodolfo Valentino, muto, USA, 1921. Tratto dal romanzo *Los quatros jinetes del Apocalipsis* di Vicente Blasco Ibáñez. Durante la Prima Guerra Mondiale, un ranchero argentino si reca in Francia per difendere il paese, e scopre che suo cugino si è unito alla fazione nemica tedesca.

La Grande Parata, regia di King Vidor con John Gilbert, Tom O'Brien, Claire McDowell, Rosita Martini, Karl Dane. Usa, 1925, muto. Jim Apperton è un ricco giovane americano che, all'annuncio dell'intervento Usa in Europa, dopo un'iniziale riluttanza, si arruola volontario e viene mandato in Francia. Qui fa amicizia con due commilitoni e amoreggia con una contadina. Da questa deve però staccarsi quando il suo reparto è inviato al fronte. Durante una marcia di trasferimento, Jim conosce la tragica realtà della guerra e assiste alla morte di un amico. Per reazione attacca i tedeschi e viene ferito. Tornato a casa scopre che la fidanzata, nel frattempo, lo ha tradito[421].

La Grande Sparata, regia di Frank Capra con Harry Langdon, Priscilla Bonner, muto, USA, 1926. Durante la prima guerra mondiale un soldato belga, Paul Bergot, dopo essere stato fatto prigioniero dai tedeschi, diventa assistente di un uomo cannone, Zandow il grande, che seguirà in America

---

[419] C. Uzzo, *I migliori film sulla Prima Guerra Mondiale da Niente di Nuovo sul fronte occidentale a 1917*, in https://www.gqitalia.it/show/article/film-guerra-niente-nuovo-fronte-occidentale-1917.
[420] *Ivi*, p. 33.
[421] FONDAZIONE CINETECA ITALIANA, *La Grande Guerra*, Rassegna cinematografica, op. cit., p. 23.

alla ricerca della sua madrina di guerra. Paul la troverà solo dopo innumerevoli peripezie, in una cittadina dove finirà per sostituire l'ubriaco Zandow.

L'Ultima Gioia, regia John Ford, interpretato da June Collyer, Leopoldo d'Austria, Earle Foxe, Albert Gran, Usa, 1928, muto. È la storia dei quattro figli di una donna bavarese, uno dei quali va in America, mentre quelli rimasti in Europa muoiono durante la Prima guerra mondiale. A conflitto terminato la madre raggiunge il figlio e la sua famiglia in America[422].

All'Ovest Niente di Nuovo, regia di Lewis Milestone con Lew Ayres, John Wray, Louis Wolheim, Arnold Lucy, USA, 1930. Tratto dal romanzo *Im Westen nichts Neues* di Erich Maria Remarque. La Prima Guerra Mondiale vista attraverso gli occhi di un gruppo di giovani tedeschi, arruolatisi con entusiasmo a causa dei discorsi di un professore esaltato e destinati a scontrarsi con gli orrori della trincea. Il film ha avuto vari seguiti e rifacimenti.

Westfront di Georg Wilhelm Pabst con Claus Clausen e Hans Joachim Moebis, Germania, 1930. Soldati tedeschi in trincea sul finire del Primo conflitto mondiale. Uno studente, dopo cruenti assalti all'arma bianca, passa una notte d'amore con una ragazza *nemica*. Karl, in licenza, trova la moglie a letto con l'amante; decide allora di tornare in prima linea e si offre volontario per una missione suicida. Un classico del cinema pacifista e del primo cinema sonoro[423].

Mata Hari, regia di George Fitzmaurice con Ramon Novarro, Lionel Barrymore, Lewi Stone, Greta Garbo, USA, 1931. Nella Parigi della Prima guerra mondiale, una bella e sensuale ballerina si presta a lavorare per il controspionaggio occidentale ma, invaghitasi di un aitante ufficiale russo, protegge in tutti i modi il suo amato e viene processata per alto tradimento.

Disonorata, regia di Josef von Sternberg. Sceneggiatore, Daniel N. Rubin. Interpreti: Marlene Dietrich, Victor McLaglen, Lew Cody, Gustav von Seyffertitz, Warner Oland. Usa, 1931. A Vienna, durante la Prima guerra mondiale, una prostituta bella e coraggiosa viene ingaggiata dai servizi segreti come spia: nome in codice X-27. Sfruttando la sua avvenenza, X-27 riesce a smascherare traditori e a ottenere importanti informazioni segrete, ma sulle sue tracce è un ufficiale russo, Kranau, deciso a neutralizzarla. In

---

[422] *Ivi*, p. 40.
[423] https://www.filmtv.it/film/8639/westfront/.

realtà, fra i due è nato l'amore, e quando Kranau sarà arrestato dagli austriaci, X-27 metterà in gioco la sua vita per farlo fuggire[424].

Il compagno B, di George Marshall e Raymond McCarey, 1932, con Stanlio e Ollio che tornati dalla guerra si impegnano a ritrovare una bambina figlia di un loro commilitone rimasto ucciso in battaglia dai tedeschi[425].

Le Vie della Gloria, regia di Howard Hawks con Fredric March, Lionel Barrymore, June Lang, USA, 1936. 1916, in Francia infuria la guerra di trincea. Il tenente Denet, uomo coraggioso e leale, è profondamente attratto dall'infermiera Monique, che a sua volta subisce il fascino del capitano Laroche, un uomo tutto d'un pezzo apparentemente senza cuore. Laroche ha perso le tracce del padre molto tempo prima e annega i propri dispiaceri nell'alcool e nelle medicine. La violenza della guerra sconvolgerà i loro destini, rimescolando le carte.

Cavalleria, regia di Goffreo Alessandrini con Anna Magnani, Mario Ferrari, Enrico Viarisio, Elisa Cegani, Italia, 1936. Il conte di Frasseneto rischia la rovina economica a causa di alcuni investimenti andati male. La figlia Speranza rinuncia all'amore del sottotenente di cavalleria Umberto Solaro per sposare un barone austriaco e salvare così la famiglia. Solaro diventa un celebre cavallerizzo istruttore di equitazione, ma quando il suo cavallo muore accidentalmente, si arruola nell'aviazione militare e muore eroicamente durante la Prima guerra mondiale.

La Grande Illusione, regia di Jean Renoir con Jean Gabin, Erich von Stroheim, Pierre Fresnay, Francia, 1937. Ambientato nei campi di prigionia tedeschi durante la Prima guerra mondiale il film descrive i tentativi di evasione di tre ufficiali francesi. A causa di questi tentativi i tre vengono portati in una fortezza speciale, da dove tenteranno ancora una volta di evadere: due di essi riescono a fuggire, ma il loro capitano muore, come è destinata a scomparire la stirpe aristocratica cui appartiene.

Il Sergente York, di Howard Hawks con Gary Cooper, Joan Leslie e Walter Brennan, USA, 1941. Il giovane York, contadino del Minnesota, aspira a divenire proprietario di un pezzo di terra ma, malgrado il duro lavoro cui si sottopone, non riesce a raggiungere il suo sogno e per soffocare l'amarezza che lo assale beve abbondantemente e in preda all'alcool si lascia andare ad azioni riprovevoli. Il pastore cerca di fare opera persuasiva presso di lui e riesce nel suo intento poiché York, preso da un fervore

---

[424] Fondazione Cineteca Italiana, *La Grande Guerra*, op. cit., p. 12.
[425] https://www.cinematografo.it/film/il-compagno-b-ekb2yc2n.

mistico, cambia completamente la sua vita. Sopraggiunge la guerra mondiale e il giovane, benché non sia obbligato, è invitato ad arruolarsi. Qui sorge in York una crisi di coscienza in quanto egli prende alla lettera il comandamento di non uccidere. Ma quando si trova sul campo di battaglia risolve la crisi nel modo migliore e le sue eroiche imprese assurgono a leggenda[426].

La Grande Illusione (Fonte: corriere.it)

Il Diavolo in Corpo, regia di Claude Autant-Lara. Con Philipe, Micheline Presle, Palau, Henri Gaultier, Richard Francoeur, Francia, 1947. Verso la fine della Prima guerra mondiale, Marthe Grangier, fidanzata con un combattente, è infermiera in un ospedale militare nei dintorni di Parigi. La giovane donna fa la conoscenza di un liceale diciassettenne, François, e durante un viaggio a Parigi ne diviene l'amante. Malgrado l'opposizione della madre, e benché nel frattempo Marthe si sia sposata, l'idillio tra lei e François non cessa, anzi si trasforma in un amore appassionato e travolgente. Finché la donna non rimane incinta, mentre la guerra volge al termine[427].

La Regina d'Africa, regia di John Huston con Humphrey Bogart, Catharine Hepburn, USA, 1951. Tratto dal romanzo *The African Queen* di Cecil Scott Forester Durante la guerra 1914-18 una zitella missionaria inglese e

---

[426] https://www.comingsoon.it/film/il-sergente-york/27541/scheda/.

[427] FONDAZIONE CINETECA ITALIANA, *La Grande Guerra*, op. cit., p. 11.

un ruvido marinaio discendono in battello un fiume africano con l'assurdo proposito di affondare una nave da guerra tedesca in un grande lago. Una storia d'amore tra un'ossuta quarantenne bigotta e un cinquantenne irsuto e alcolista.

Uomini alla Ventura, regia di John Ford con James Cagney, Dan Dailey, Corinne Calvet, USA, 1952. In un villaggio francese vicino al fronte è di stanza un battaglione americano durante la Prima guerra mondiale. Il capitano Flagg e il sergente Quirk hanno personalità troppo forti e diverse per non ritenersi avversari, e quando scoprono di essere innamorati della stessa ragazza, Charmaine, la loro sfida arriva ai tiri mancini.

Addio alle Armi, regia di Charles Vidor con Rock Hudson, Jennifer Jones, Vittorio De Sica, USA, 1957. Tratto dal romanzo *A Farewell to Arms* di Ernest Hemingway. Seconda versione del romanzo di E. Hemingway. Prodotto da David O. Selznick, marito di J. Jones, non ottenne lo stesso successo di critica e di pubblico rispetto alla versione di Frank Borzage del '32. Vittorio De Sica si guadagnò però la nomination all'Oscar come attore non protagonista. Fu girato in Friuli.

Addio alle Armi (Fonte: Libero Dominio)

Orizzonti di Gloria, regia di Stanley Kubrick con Kirk Douglas, Ralph Meeker, Adolphe Menjou, USA, 1957. Tratto dal romanzo *Paths of Glory* di Humphrey Cobb. Dopo il fallimento dell'attacco francese ai tedeschi un generale ordina come punizione l'uccisione di tre uomini scelti a caso, per dare l'esempio, e li accusa di codardia. Inutili sono i tentativi di un colonnello per salvare i condannati a morte perchè visti come desiderio di prendere il posto del generale. La verità però viene a galla: era stata l'impazienza del generale la causa della sconfitta francese. Un capolavoro del cinema antimilitarista, e il solo film hollywoodiano che analizzi la guerra e il militarismo in termini di classe. Fu distribuito in Francia soltanto nel 1975.

Orizzonti di Gloria (Fonte: re-movies.com)

La Grande Guerra" regia di Mario Monicelli con Alberto Sordi, Vittorio Gassman, Silvana Mangano, Italia, 1959. Durante la Prima guerra mondiale due giovani soldati opportunisti, Oreste Jacovacci e Giovanni Busacca, trascorrono la guerra nascondendosi, trafficando e vivendo avventure amorose. Ma quando vengono catturati dagli austriaci, però, pur di non svelare la missione che stavano compiendo, si fanno fucilare morendo da veri eroi. Leone d'oro a Venezia ex aequo con *Il generale Della Rovere* di Rossellini.

La Grande Guerra (Fonte: Libero Dominio)

Lawrence d'Arabia, regia di David Lean con Peter O'Toole, Anthony Quinn, Omar Sharif, Alec Guinness, Gran Bretagna, 1962. Durante la guerra 1914-18 il tenente Thomas Edward Lawrence, agente del servizio segreto britannico mandato in avanscoperta per saggiare le possibilità di una guerra antiturca, decide di appoggiare la causa dei beduini e li porta alla conquista di Damasco cercando anche di favorire la creazione di un'unica identità araba. Il film ottenne 7 premi Oscar e fu ripristinato nel 1989 dallo stesso Lean in un'edizione di 212 minuti.

Per il Re e per la Patria, regia di Joseph Losey con Tom Courtenay, Dirk Bogarde, Gran Bretagna, 1964.

Tratto dal romanzo *Return to the Wood* di James Lansdale Hodson e dal dramma Hamp di John Wilson. Nel 1917 il soldato volontario inglese Arthur Hamp viene processato per diserzione. Hamp, non si sente colpevole e crede che tutto si limiterà ad una punizione disciplinare. Lo difende il capitano Hargreaves. dapprima senza convinzione poi, però, con accenti nobili e persuasivi. Ma la necessità di una sentenza *esemplare* prende il sopravvento. È considerato, con Orizzonti di gloria (1957), il capolavoro del cinema antimilitarista del dopoguerra.

La Caduta delle Aquile, regia di John Guillermin con George Peppard, Ursula Andress, James Mason, USA, 1965. Tratto dal romanzo *The Blue Max* di Jack D. Hunter Bruno Satchel è un pilota dell'aviazione tedesca, è ambizioso e temerario, niente e nessuno sembra poterlo fermare. Bruno ha una sola meta, ed è disposto a tutto pur di ottenerla: conquistare *Blue Max*, la più alta decorazione militare. Anche quando si porterà a letto la moglie di un suo superiore, il pilota lo farà solo per raggiungere i suoi ambiziosi obiettivi.

Uomini Contro, regia di Francesco Rosi con Mark Frechette, Alain Cuny, Gianmaria Volonté, Italia-Jugoslavia, 1970. Tratto dal romanzo *Un anno sull'Altipiano* di Emilio Lussu. Sull'altopiano di Asiago tra il 1916 e il 1917 i soldati del generale Leone, dopo aver conquistato una cima strategicamente indispensabile, nonostante le numerose perdite ricevono l'ordine di abbandonarla. Poi l'ordine cambia e gli uomini devono nuovamente conquistare la vetta a costo della vita. Stanchi di essere mandati al massacro alcuni soldati organizzano una protesta. Il generale Leone ordina che vengano decimati. Neppure i due ufficiali Ottolenghi e Sassu riusciranno ad impedire un inutile massacro.

Uomini Contro (Fonte: Libero Dominio)

E Johnny Prese il Fucile, regia di Dalton Trumbo con Joe Bonham, Kathy Fields, Diane Varsi, USA, 1970. Tratto dal romanzo di Dalton Trumbo *Johnny Got His Gun*. Durante la prima guerra mondiale un soldato americano perde la vista, l'udito e rimane mutilato di tutti e quattro gli arti. Muovendo la testa riesce a comunicare con i medici che lo assistono.

Il film alterna al tragico presente del soldato i suoi ricordi e i suoi sogni. Il film fu diretto nel 1970 da Dalton Trumbo che nel '38 aveva scritto il libro e che successivamente è stato uno dei *dieci di Hollywood* incarcerati durante il maccartismo.

Per anni censurato ed ancora oggi piuttosto raro, il gruppo dei Metallica ha riportato questo film alla ribalta con il brano One utilizzandone delle sequenze per la realizzazione del videoclip musicale. E *Johnny prese il fucile* è uno dei più importanti manifesti pacifisti di tutti i tempi.

Il Barone Rosso, regia di Roger Corman Con John Philip Law, Hurd Hatfield, Barry Primus, Don Stroud, USA, 1971. Europa, Prima guerra mondiale. Sui cieli della Francia il barone Manfred von Richthofen, conosciuto come il barone rosso, asso germanico dell'aviazione da caccia, e il suo *fling circus* regnano sovrani. Nel frattempo, in Inghilterra, gli ufficiali delle forze aeree sono disturbati dall'arrivo di un giovane e sfacciato canadese: Ro Brown. A differenza degli aviatori del suo tempo, Brown non si attiene all'aristocratico codice di combattimento. I due rivali combatteranno nella battaglia che segnerà un prima e un dopo nell'aviazione di guerra.

Ci Rivedremo all'Inferno, regia di Peter Hunt interpretato da Lee Marvin, Ian Holm, Barbara Parkins, Roger Moore, Gran Bretagna, 1976. Nel 1913, nelle colonie europee dell'Africa orientale, il razziatore d'avorio Flynn Patrick O'Fean, americano d'origine irlandese, associa ai suoi traffici l'inglese Sebastian Oldsmith, col cui aiuto riesce a beffare in più d'una occasione il loro più accanito avversario, il commissario tedesco Flasher. Scoppiata la Prima guerra mondiale, gli inglesi vogliono che O'Fean scovi e distrugga un cacciatorpediniere tedesco, il Blucher, nascosto lungo un fiume in attesa di un convoglio britannico[428].

Niente di Nuovo sul Fronte Occidentale, regia di Delbert Mann con Ernest Borgnine, Dona ld Pleasence, Robert Thomas, Ian Holm, USA, 1979. Tratto dal romanzo di *Im Westen nichts Neues* di Erich Maria Remarque. Sei giovani studenti austriaci partono volontari per la Grande Guerra. Attraverso terrificanti esperienze, dalle esercitazioni brutali al contatto con

[428] Fondazione Cineteca Italiana, *La Grande Guerra*, op. cit., p. 37.

la morte violenta, dalla ricerca di cibo per sopravvivere allo spettacolo della distruzione, diventano soldati incalliti. Rifacimento di *All'Ovest niente di nuovo* del 1930.

Gli Anni Spezzati (Gallipoli), regia di Peter Weir con Mel Gibson, Mark Lee, Bill Hunter, girato in Australia nel 1981. Australia, 1915, due giovani con la passione della corsa, decidono di arruolarsi nel corpo di spedizione australiano che partecipa alla Prima guerra mondiale. Dopo una breve sosta di addestramento in Egitto, sbarcano sulla penisola di Gallipoli, dove le truppe australiane vengono massacrate dai continui bombardamenti turchi.

Porca Vacca, regia di Pasquale Festa Campanile con Renato Pozzetto, Laura Antonelli, Aldo Maccione, Italia, 1982. Arruolato per la Prima guerra mondiale, un cabarettista si trova a doversi difendere piú che dagli austriaci, da due contadini italiani profittatori e accaparratori che continua a trovarsi di fronte fino all'ultima eroica missione. È il tentativo, soltanto in parte riuscito, di buttare in farsa la tematica dell'antimilitarismo.

Cuore, regia di Luigi Comencini con Johnny Dorelli, Giuliana De Sio, Eduardo De Filippo, 1984. I volontari partono per la Grande Guerra e alla stazione si incontrano, ormai adulti, due allievi del maestro Perboni. Il primo fa il fuochista ed è contro la guerra, il secondo è in partenza per il fronte dove ritroverà altri due compagni di classe. Da lì ebbe inizio il ricordo di un lontano anno scolastico, di un periodo spensierato, quello della loro terza elementare.

Il Colonnello Redl, regia di Iztvan Szabò con Klaus Maria Brandauer, Armin Müller-Stahl, Gudrun Landgrebe, Ungheria-Austria-Germania, 1985. Tratto dal dramma *A patriot for me* di John Osborne. Ascesa e tragica caduta nell'esercito austro-ungarico di Alfred Redl. Grazie al suo zelo, alla sua astuzia e all'amore per un impero alle soglie dello sgretolamento, riesce a occupare incarichi sempre più importanti. Ma, insieme al declino dell'Impero austro-ungarico, si consuma l'ascesa e la caduta di un uomo in un mondo nel quale il confine tra lealtà e tradimento è sottilissimo.

Lighthorsemen: Attacco nel Deserto, regia di Simon Wincer con Jon Blake, Peter Phelps, Australia, 1987. Durante la Prima guerra mondiale, la cavalleria australiana prepara una carica contro la città di Beersheba (Palestina) tenuta da una agguerrita guarnigione di tedeschi. Tra gli altri componenti del commando di assalitori c'è una giovane recluta che non riesce ad accettare l'idea di dover uccidere degli esseri umani, suoi simili, sia pure per non essere ucciso.

Regeneration, regia di Gillies MacKinnon con Jonathan Pryce, James Wilby, Johnny Lee Miller, Gran Bretagna, 1997. Tratto dal romanzo *Regeneration* di Pat Barker. Nel 1917, il dottor William Rivers lavora nell'ospedale militare di Claiglockart, in Scozia, dove vengono accolti i feriti di guerra, non nel fisico ma nella mente. Lì si trova anche Sigfried Sassoon, poeta e già eroe di guerra, che scrive una coraggiosa dichiarazione in cui, pur non rinnegando i principi che hanno mosso il conflitto, ne denuncia l'inutile massacro di vite.

Capitano Conan, regia Bertrand Tavernier con Philippe Torreton, Samuel Le Bihan, Bernard Le Coq, Claude Rich, Francia, 1997. Nel settembre del 1918, durante la Prima guerra mondiale, l'esercito francese ottiene una decisiva vittoria e la resa della Bulgaria.

A distinguersi in quella battaglia sono gli uomini, tutti ex galeotti, comandati dal capitano Conan. Firmato l'armistizio, gli uomini di Conan, di stanza a Bucarest, si abbandonano a violenze e saccheggi. Viene inviato ad indagare sull'accaduto il tenente Norbert, buon amico di Conan. L'amicizia fra i due viene messa a dura prova dai risultati dell'indagine.

Ispirato all'omonimo romanzo verità di Roger Vercel, premio Goncourt 1934, Capitan Conan è un'opera esemplare, già un classico nella filmografia sul Primo conflitto mondiale. Lo sguardo sulla guerra di Tavernier è lucido e rigoroso, capace di restituire il misto di orrore e idiozia che sprigionano le truppe disperate e quei generali più attenti alla tavola che alle battaglie.

Un film di eccezionale fisicità, in cui gli zaini pesano, così come pesano le armi e i corpi che cadono senza un rumore durante azioni improvvise e spaventose. Premio Cesar 1996 per la miglior regia e la migliore interpretazione maschile (Philippe Torreton)

The Trench – La trincea, regia di William Boyd, 1999, con Ben Whishaw, Cillian Murphy e Daniel Craig che racconta della «catastrofica battaglia della Somme avvenuta nel luglio del 1916, considerata la più sanguinosa della storia per l'esercito britannico e una delle più grandi battaglie della Prima guerra mondiale, quando i soldati britannici e francesi cercarono di spezzare le linee tedesche su un fronte di 40 chilometri lungo il fiume Somme nella Francia settentrionale»[429].

Il Battaglione Perduto, regia di Russel Mulcahy, con Ricky Schroder e Phil McKee, 2001. Si tratta di un film in cui sono coinvolte delle truppe americane composte per lo più da immigrati o ex galeotti che vengono inviate nella foresta delle Argonne in Francia per un attacco suicida sul fronte occidentale.

Dopo l'attacco, un battaglione di circa 500 soldati della 77^ Divisione si ritrova intrappolato oltre le linee nemiche senza cibo, acqua, né munizioni o medicinali con la paura di un assedio tedesco sempre più imminente[430].

Una Lunga Domenica di Passioni, regia di Jean-Pierre Jeunet con Audrey Tautou, Gaspard Ulliel, Marion Cotillard, Jodie Foster, Julie Depardieu, Francia, 2004. Tratto dal romanzo *Un long dimanche de fiançailles* di Sébastien Japrisot Francia, 1919.

Mathilde, una ragazza di 19 anni rimasta claudicante in seguito alla poliomielite, ha perso in guerra il suo fidanzato Manech, partito due anni prima per il fronte sulla Somme.

La ragazza è convinta che lui sia ancora vivo nonostante le informazioni avute da un sergente che ha conosciuto Manech e che le confida di aver assistito alla fucilazione del soldato e di altri quattro commilitoni presso Bingo Crepuscolo. Incapace di accettare l'idea di aver perduto per sempre il suo grande amore, Mathilde inizia uno straordinario viaggio alla scoperta di ciò che è accaduto.

Joyeux Noël, regia di Christian Carion, con Diane Kruger, Benno Fürmann, Guillaume Canet, Gary Lewis, Lucas Belvaux, Francia, 2005.

Nel 1914 lo scoppio della guerra sconvolse l'esistenza di milioni di uomini. Arriva il Natale ma per chi indossa l'uniforme è difficile dimenticare l'orrore della guerra anche per poche ore. Ma un piccolo grande miracolo sta per accadere: durante la vigilia di Natale i soldati escono dalle trincee abbandonando i fucili per stringere la mano al nemico. E il destino di quattro persone cambierà per sempre.

---

[429] C. Uzzo, I migliori film sulla Prima Guerra Mondiale da *Niente di nuovo sul fronte occidentale* a *1917*, in https://www.gqitalia.it/show/article/film-guerra-niente-nuovo-fronte-occidentale-1917.
[430] C. Uzzo, *I migliori film sulla Prima Guerra Mondiale da Niente di Nuovo sul fronte occidentale a 1917*, in https://www.gqitalia.it/show/article/film-guerra-niente-nuovo-fronte-occidentale-1917.

"Joyeux Noël" (Fonte: ilsussidiario.net)

Giovani Aquile, regia di Tony Bill con James Franco, Jean Reno, Martin Henderson, USA-Francia, 2006. Un gruppo di giovani americani, gli *Escadrille di Lafayette*, si unirono alle forze francesi durante la prima guerra mondiale, prima che gli Stati Uniti entrassero in guerra. I ragazzi divennero così i primi piloti combattenti della storia statunitense.

War Horse, regia di Steven Spielberg con Emily Watson, David Thewlis, Peter Mullan, Niels Arestrup, USA, 2011. Tratto dal romanzo *War Horse* di Michael Morpurgo Inghilterra, prima guerra mondiale.

Il giovane Albert alleva e addestra il suo cavallo Joey. Il conflitto bellico li allontana quando Joey diventa un *War Horse*, un cavallo da guerra impiegato in azioni militari prima per i francesi e poi per i tedeschi. Lo straordinario legame che lo unisce ad Albert spingerà Joey a compiere un viaggio eroico, attraverso i duri scenari della guerra, che cambierà e ispirerà le vite di tutti coloro che incontrerà sul suo cammino. Albert intanto, con grande coraggio, si arruolerà per ritrovare il suo cavallo mai dimenticato.

Niente di Nuovo sul Fronte Occidentale (Fonte: larepubblica.it)

Torneranno i Prati, regia di Ermanno Olmi, con Claudio Santamaria e Alessandro Sperduti, Italia, 2014. Siamo sul fronte Nord-Est, dopo gli ultimi sanguinosi scontri del 1917 sugli Altipiani. Nel film il racconto si svolge nel tempo di una sola nottata. Gli accadimenti si susseguono sempre imprevedibili: a volte sono lunghe attese dove la paura ti fa contare, attimo dopo attimo, fino al momento che toccherà anche a te. Tanto che la pace della montagna diventa un luogo dove si muore. Tutto ciò che si narra in questo film è realmente accaduto. E poiché il passato appartiene alla memoria, ciascuno lo può evocare secondo il proprio sentimento[431].

1918 I Giorni del Coraggio, di Saul Dibb, con Sam Claflin e Asa Butterfield. Ambientato durante gli ultimi attimi della Prima guerra mondiale. Ci troviamo infatti nell'aprile del 1918, alla vigilia dell'offensiva di primavera: l'ultimo tentativo da parte dell'esercito tedesco di rovesciare le carte in tavola. La vicenda si svolge in una trincea sul fronte occidentale francese, ad Aisne, dove un manipolo di soldati inglesi attende in prima linea l'attacco della Germania. Lì si trovano a combattere nello stesso reparto due amici d'infanzia, un capitano e un tenente. Il tenente scopre che il suo comandante era diventato «un uomo molto diverso da quello di un tempo e che imparerà a conoscere di nuovo nei sei giorni di attesa prima dell'offensiva nemica»[432].

---

[431] https://www.cinematografo.it/film/torneranno-i-prati-mdyi78x8.
[432] https://www.comingsoon.it/film/1918-i-giorni-del-coraggio/59555/scheda/.

Tolkien, regia di Dome Karukoski, con Nicholas Hoult, Lily Collins, Colm Meaney, Anthony Boyle, Patrick Gibson, 2019. Il film racconta di un ragazzo orfano scampato alla Prima guerra mondiale, John Ronald Reuel Tolkien, che ripercorre in trincea la sua vita, ritorna sulla sua giovinezza, sugli anni degli studi, del primo amore e dei fedeli compagni di scuola. Risale il tempo fino alla stagione più bella, vissuta con immaginazione e interrotta bruscamente dalla guerra. La Grande Guerra distruggerà la *comunità* in cui Tolken si è forgiato così come si forgerà l'unico anello nell'immaginario dei romanzi a venire. Professore a Oxford segnato dall'inferno della Somme nel 1916, J. R. R. Tolkien sposa Edith Bratt e la fascinazione per il folklore germanico[433].

La Guerra e il Sogno di Momi, regia di Segundo de Chomòn con Stellina Toschi, Valentina Frascaroli, Enrico Gemelli e con la sceneggiatura di Giovanni Pastrone. Venne prodotto un film per bambini in cui un bambino sogna di salvare la vita al padre soldato impegnato al fronte. In una delle frequenti lettere che invia alla famiglia e al piccolo Momi, il papà, combattente al fronte, racconta l'avventura di Berto, un eroico bambino di montagna che salva la madre da un'incursione degli austriaci, correndo a chiedere aiuto alle truppe italiane. Momi rimane molto impressionato e si addormenta sul divano con i suoi pupazzi preferiti, Trick e Track, che, magicamente, insieme ai soldatini, cominciano ad animarsi e man mano scatenano una guerra totale, con attacchi di artiglieria pesante, armi chimiche e attacchi aerei sul paese di Lilliput. L'impeto è tale che finiscono per coinvolgere anche Momi, ancora addormentato, pungendolo con le baionette. Ma la battaglia era solo un sogno. Momi si sveglia e, insieme alla mamma e al nonno, prega per il ritorno del genitore[434].

1917, regia di Sam Mendes con Dean Charles Chapman e George MacKay, 2019. Tutto inizia il 6 aprile del '17 quando a Blake (Dean Charles Chapman) e Schofield (George MacKay), due giovani caporali britannici dell'8° Battaglione, di stanza nel territorio francese, viene affidata una missione suicida: attraversare le linee nemiche tedesche e consegnare entro 36 ore un messaggio *di non attacco* che potrebbe salvare la vita di 1600 uomini (tra questi anche il fratello maggiore di Blake). Da qui la lotta contro il tempo da parte di questi due giovani caporali, raccontata appunto *in tempo reale* con un solo inedito piano sequenza. Ad ispirare la trama di

[433] https://www.mymovies.it/film/2019/tolkien/.
[434] https://www.cinemamuto.it/betatest/la-guerra-e-il-sogno-di-momi-1917/.

"1917", il regista prese spunto dai racconti del nonno: «La prima volta che ho capito cos'è una guerra è stato quando mio nonno mi ha raccontato la sua esperienza nella Prima guerra mondiale. Ma questo film - sottolinea - non esplora certo la sola storia di mio nonno bensì lo spirito dell'epica, gli eventi vissuti da quegli uomini, i loro sacrifici, cosa voleva dire credere in qualcosa che andava al di là di sé stessi»[435].

Charlot Soldato, regia di con Charlie Chaplin. Charlot sogna di catturare da solo il Kaiser e di porre così fine alla guerra. La riuscita dell'impresa è legata al desiderio di riscatto degli uomini inviati al fronte nei confronti dei loro stessi governi, che li costringono a combattere una guerra che non è la loro. Questi uomini pensano più a salvare la pelle che a combattere il nemico, ma dopo tutto, alla fine, si sentono comunque veri eroi. I fotogrammi di pellicola censurati, sia nella parte iniziale del film sia in quella finale, mostrano difatti tutti i potenti del mondo esposti al ludibrio. La scenografia e la cinematica del film fanno dell'opera di Chaplin un'autentica prima ridicolizzazione della guerra, dove bombe ed esplosioni vengono sostituite da fuochi d'artificio e girandole[436].

A queste splendide opere d'arte non si può omettere di aggiungere *Good Morning Babilonia* di Paolo e Vittorio Taviani, il *Piave Mormorò* di Guido Guerrasio e Vico D'Incerti, *Sempre nel Cuor la Patria* di Carmine Gallone, *Maciste Alpino* di Giovanni Pastrone, *Il Canto della Fede* di Filippo Butera, *Le tappe della Gloria e dell'Ardire* di Silvio Laurenti, *La Nostra Patria* di Emilio Ghione, *Le Scarpe al Sole* di Marco Elter, *La Sentinella della Patria* di Chino Ermacore, *Piccolo Alpino* di Oreste Biancoli, *Mino* di Gianfranco Albano, *Il Caimano del Piave* di Giorgio Bianchi, *La Ragazza e il Generale* di Pasquale Festa Campanile e *Malamore* di Eriprando Visconti[437].

Come non ricordare *Civilization* di Thomas Harper Ince, *E la Nave Va*, di Federico Fellini, *L'Affondamento della Lusitania* di Winsor Mc Cay, 1918 di Ken Harrison, *I 5 dell'Adamello* di Pino Marcanti, *I Fucilieri delle Argonne* di William Keighley, film molto toccanti. Allo stesso modo non ci si può dimenticare del film *I Recuperanti*, regia di Ermanno Olmi, con Antonio Lunardi, Andreino Carli, Alessandra Micheletto. Italia. Il film girato sull'Altipiano di Asiago e che tratta il recupero di residuati bellici

---

[435] https://www.ansa.it/sito/notizie/cultura/unfilmalgiorno/2020/01/18/1917-lorribile-meraviglia-della-grande-guerra_261ccba8-1fab-4778-bf15-153d56000cec.htmlAnsa.

[436] A. GUALTIERI, *La Grande Guerra 1914-1918*, in https://www.lagrandeguerra.net/ggilcinemasulla-grandeguerra.html.

[437] F. ZANGRANDO, *Battaglie in Fotogrammi,* in *La Nostra Guerra* 1914-1919, op. cit., p. 277.

metallici della Grande Guerra sulle montagne e venne premiato al Festival della Montagna di Trento.[438]

Ad integrare i film vennero girati e trasmessi molti documentari che rappresentavano la realtà delle truppe al fronte. Quei filmati, oggi fruibili soprattutto tramite web, ci danno l'idea di come si svolgeva la vita al fronte. In quelle riprese si possono comprendere i sacrifici e le sofferenze dei soldati nelle umide e fangose trincee o sulle montagne innevate come pure la convivenza con i commilitoni morti e insepolti sui campi di battaglia. Da quei preziosi documentari cinematografici ci si può immergere in quella terribile storia che fu la Grande Guerra.

I titoli sotto indicati sono stati tratti dal programma delle proiezioni della Fondazione cineteca italiana, edito in occasione della rassegna cinematografica sulla Grande Guerra, tenutasi nel periodo gennaio – luglio del 2015 a Milano, Napoli e Vicenza.

Bandiera Bianca, regia di Giovanni Enrico Vidali con Maria Gandini, Emilia Vidali, Giovanni Enrico Vidali. Italia, 1915. Film di intento pacifista che, sullo sfondo della Prima guerra mondiale, racconta la storia di un ricongiungimento famigliare.

La battaglia dall'Astico al Piave, regia di Silvio Laurenti Rosa, 1918, muto. Quarta e ultima parte di un documentario di montaggio dedicato all'Esercito italiano impegnato in diversi scontri durante la Prima guerra mondiale. Si vede il volo su Vienna, la resa degli Austro-ungarici e l'annuncio della vittoria da parte di Diaz. Il film intreccia immagini di repertorio a scene ricostruite.

Guerra sull'Adamello, regia di Luca Comerio, 1918, muto. Affascinato dall'idea di progresso e dalla tecnologia militare, Luca Comerio, pioniere del cinema italiano, seguì al fronte le truppe italiane durante la Prima guerra mondiale.

Liberazione di Udine, Anonimo, 1918. Il film mostra alcune immagini della liberazione di Udine avvenuta il 4 novembre 1918.

I martiri d'Italia, regia di Domenico Gaido. 1927, muto. Inizia il 15 maggio 1915 con la partenza dei soldati per il fronte e si conclude con i discorsi di Mussolini e la marcia su Roma. Particolare rilievo viene dato al sacrificio degli uomini in nome della Patria.

---

[438] Fondazione Cineteca Italiana, *La Grande Guerra*, Rassegna cinematografica, op. cit., p. 29.

Scemi di Guerra, regia di Enrica Verra, 2008. Il documentario parla della Prima guerra mondiale da una prospettiva raramente indagata: usando i diari dei combattenti e le cartelle cliniche dei dottori, servendosi di materiale raro e spesso inedito, e repertori d'archivio. Racconta la nascita dello *shellshock*, una malattia fino ad allora sconosciuta di cui un gran numero di soldati soffrì e che si pensava di poter curare con gli elettroshock. Uno sconvolgente documentario su una pagina misconosciuta della storia del primo conflitto. Un film senza veli che fa uso di materiale d'archivio raccolto nei musei di tutta Europa.

Realtà e finzione crearono capolavori, ma la concretezza e la simulazione non cambiarono l'essenza delle atrocità che subirono soldati e gente comune, i veri attori di quelle battaglie trasformate in fotogrammi di quella che fu la logica della follia umana. Tutte le opere, dai film ai documentari, possano trovare un posto nel cuore di tutti per evitare che quel genere di tragedie umane non possano più accadere.

Diaristica

La riflessione che segue è quella di un ufficiale francese che relazionava riguardo e poneva in evidenza quale fosse lo stato psico-fisico dei soldati in attesa di lasciare la trincea per correre incontro alla morte.

«Siamo pronti, gli uomini sono schierati, sempre in silenzio con il soggolo dell'elmetto al mento e appoggiati con una statuaria immobilità ai loro fucili. Lo sguardo e i loro volti contratti, pallidi, gravi. Non sono soldati: sono uomini. Non sono degli avventurieri, né dei guerrieri fatti per il macello. Sono lavoratori e operai, che si riconoscono dalle uniformi. Sono civili sradicati. E sono pronti. Essi attendono il segnale della morte e della carneficina: ma si vede, osservando i loro volti illuminati dai gelidi metallici riflessi delle baionette, che non sono eroi di un altro mondo votati al sacrificio estremo, bensì semplicemente uomini. Ognuno sa che offrirà la propria testa, il proprio petto, l'intero proprio corpo, nudo, ai fucili già puntati, alle granate, alle bombe, ma soprattutto alla metodica e quasi infallibile mitragliatrice prima di trovare altri soldati che dovrà uccidere. Essi comunque non sono incuranti della propria vita come banditi, né accecati di collera come i selvaggi. Malgrado la propaganda, che tende in tutti i modi a condizionarli, non sono eccitati: sono al disopra di ogni spinta irrazionale, istintiva. Non sono ubriachi, né materialmente, né moralmente. È in piena coscienza che essi si ammassano là per svolgere ancora una volta una specie di folle ruolo, imposto ad ogni uomo dalla follia del genere umano. È facile intuire tutto ciò che di sogno, di paura e di commiato v'è nel fondo del loro silenzio e della loro immobilità, nella maschera di calma che stringe sovrumanamente il loro viso. Non sono il genere di eroi che si crede, ma la loro consapevolezza del sacrificio che si accingono a compiere ha più valore di quanto potranno mai immaginare coloro che non li hanno visti. La fine del giorno spande ormai una luce cupa su questa massa immobile di viventi, di cui solo una parte sopravvivrà fino a notte»[439].

Opera poetica

Pasubio

«Morto. Lacerato. Smembrato. / Mamma, cosa ne dici? Il figlio ti hanno preso! / Tu non lo vedrai mai più. Neppure il suo cadavere. / Forse oggi riceverai una lettera: / «Sono sano, sto bene». / Poter piangere, gridare, urlare! / Più non posso mandare giù tutto ciò, non ci riesco più! / Più non posso stare qui seduto tranquillo! / Tutto finisce. Tutto ha un limite. / Lanciarsi con la testa contro questa roccia, / fino a stramazzare al suolo, fino a perdere conoscenza».[440] *(Robert Skorpil)*

Robert Skorpil fu un ufficiale austriaco che durante il Primo conflitto mondiale fu protagonista degli scontri avvenuti sul Monte sul Pasubio. Egli faceva parte II Battaglione del 1° Reggimento Kaiserjäger.

Charlot Soldato (corriere.it)

L'eroe Aníbal Augusto Milhais (Fonte: Pubblico Dominio)

[439] Documents d'histoire vivante de l'antiquitè à nos jours, 1848-1917, Editions Sociales, Paris, 1971.
[440] https://digilander.libero.it/vallarsa/arte/pasubio2.htm.

«Fu come l'ala che non lascia impronte,
il primo grido aveva già preso il monte»
(Gabriele D'Annunzio)

CAPITOLO XX

ELABORAZIONE DEL LUTTO – I SACRARI

È immaginabile che all'inizio del conflitto nessuno di quei giovani partiti volontari per il fronte avrebbe ponderato che un giorno il suo nome sarebbe stato impresso su un pezzo di marmo o su lastre di rame o bronzo e invece fu la sorte che toccò a un'infinita schiera di fanti, volontari e non, che lasciarono nella disperazione le persone più care.

La guerra portò distruzione e carestia, ma soprattutto fu una fucina di lutti: molte furono le famiglie che vennero private oltre che dei mariti anche dei figli che caddero sui campi di battaglia, o morirono a causa delle ferite o delle malattie contratte al fronte. In nome di una morte gloriosa *accettata*, proprio per il sacrificio per la Patria, nacquero i monumenti a memoria dei Caduti, non solo nelle città o in territori di guerra, ma in tutto il Paese, fino alla più piccola frazione, a ricordo di quegli eroi. In questo modo si accettava con meno dolore la perdita dei propri cari che era avvenuta per una nobile causa. Infatti, così facendo, attribuivano a quei Caduti la peculiarità di una morte speciale rispetto a quella toccata a coloro non in divisa e quindi degna di venerazione. Questo, però, non è servito a lenire il distacco perpetuo dai famigliari, ma era una riconoscenza da parte del Governo, che dava maggiore risalto al sacrificio compiuto dai caduti fino alla morte: venivano così commemorati in forma solenne e ricordati alle future generazioni con le annuali ricorrenze. In questo modo lo Stato si sentiva meno colpevole di quelle assurde atrocità a cui erano stati sottoposti quei giovani e meno giovani, nel corso di quegli interminabili anni di guerra e celebrava il sacrificio come una nobile causa con sacrari, monumenti, lapidi, cippi e ogni altro tipo di opera che possa essere di riferimento a quel particolare periodo storico. Così facendo il Governo assecondava le giuste aspettative di famigliari, parenti e amici che chiedevano un segno tangibile di riconoscenza perpetua ai Caduti.

Il monumento per eccellenza resta quello del Milite Ignoto che riposa nel sacello situato all'Altare della Patria di Roma, poi ci sono i Sacrari militari e i Cimiteri di guerra, quest'ultimi sorti nelle zone più immediate dei luoghi sia oggetto dei combattimenti, ma anche in aree lontane dal fronte, specialmente dove operavano gli ospedali coinvolti a ricevere i feriti provenienti dai luoghi di battaglia. I resti dei nostri Caduti riposano anche in territori esteri, oltre ai teatri di scontro, come pure nelle località dove i soldati catturati vennero mantenuti in prigionia e non pochi di questi perirono sia per le ferite causate durante i combattimenti, nonché per malattia e, purtroppo, anche per fame.

Sepolcreti dove hanno trovato riposo i soldati in territorio italiano[441]:

Aquileia, Arsiero, Asiago, Belluno, Benevento, Bolzano, Brennero, Brescia, Bassano del Grappa - Cima Grappa, Cortina d'Ampezzo, Feltre, Legnano, Livinallongo del Col di Lana, Malles, Mantova, Milano, Monte Grappa, Monte Pasubio, Nervesa della Battaglia, Oslavia, Padova, Ponte di Legno – Passo del Tonale, Portogruaro, Redipuglia, Roma, Rovereto, Salò, San Biagio di Callalta – Fagarè della Battaglia, Treviso - Santa Maria Ausiliatrice, San Candido, Santo Stefano di Cadore, Schio, Tonezza, Torino, Trento, Udine, Valdidentro – Passo dello Stelvio, Valli del Pasubio, Venezia Lido, Verona e Vicenza.

Località italiane e numero inumati

Aquileia (Udine), nel Cimitero di guerra, sono sepolti i resti di 224 caduti e che lì riposano insieme a Maria Bergamas, *Madre del Milite Ignoto.*
Arsiero (Vicenza), nel Cimitero militare italiano, si trovano le salme di 1.447 caduti;
Asiago (Vicenza), Sacrario militare, riposano 33.086 fanti;
Bassano del Grappa (Vicenza), nel Tempio ossario taliano, ci sono tumulati 5.402 soldati;
Bari, Sacrario dei Caduti d'Oltremare sono tumulati i soldati morti in terra albanese;
Belluno, nell'Ossario militare di Mussoi, ci sono i resti di 411 soldati;
Benevento, nel Cimitero comunale, sono sepolti 143 caduti;
Brennero (Bolzano), all'interno del Sacrario militare di Colle Isarco, si trovano sepolti 87 caduti;

[441] FONTE: MINISTERO DIFESA ITALIANO.

Brescia, nel Sacrario militare del Cimitero comunale, sono inumati 3.235 fanti;
Cima Grappa, nel Sacrario militare, riposano i resti di 12.615 soldati;
Cortina d'Ampezzo (Belluno), Sacrario militare di Pocol, sono inumati 9.711 caduti;
Feltre (Belluno), nel Sacrario militare ubicato all'interno del Cimitero comunale, si trovano 1.072 soldati;
Legnano (Milano), all'interno del Sacrario militare del Cimitero comunale, sono sepolti 50 caduti;
Livinallongo del Col di Lama, all'interno del Sacrario militare, vi sono seppelliti 5.370 Caduti;
Mantova, nell'Ossario militare, sono sotterrati 50 soldati;
Milano, nel Sacrario militare, riposano i resti di 3.617 caduti;
Nervesa della Battaglia (Treviso), nel Sacrario militare, sono inumati 9.931 fanti;
Oslavia (Gorizia), nel Sacrario militare, vi sono le salme di 9.136 soldati;
Padova, dentro all'Ossario militare nel Tempo della Pace, riposano 5.345 caduti;
Paluzza – Tempio Ossario di Timau (UD), sono raccolti i resti di cui 298 fanti;
Ponte di Legno – Passo del Tonale (Brescia), all'interno del Sacrario militare italiano sono seppelliti 994 caduti;
Portogruaro (Venezia), dentro al Sacrario militare, riposano 10 caduti;
Redipuglia (Gorizia), Sacrario militare italiano, sono custoditi i resti di 100.187 caduti;
Roma, all'interno del Sacrario militare del Cimitero comunale sono seppelliti 2.957 fanti;
Rovereto (Trento), nel Sacrario militare, si trovano sepolti 11.455 soldati;
Salò (Brescia), all'interno dell'Ossario militare del Cimitero comunale, si trovano i resti di 994 caduti;
San Biagio di Callalta (Treviso), nel Sacrario militare di Fagarè della Battaglia, sono sepolti 10.542 caduti;
San Candido (Bolzano), all'interno del Sacrario militare, ci sono 218 caduti;
Santo Stefano di Cadore (Belluno), nel Cimitero militare, riposano 845 soldati;
Schio (Vicenza), all'interno del Sacrario militare, sono seppelliti 5.057 caduti;

Tonezza (Vicenza), dentro al Monumento Ossario, sono sotterrati 1.210 fanti;
Torino, nell'Ossario della Chiesa Gran Madre di Dio, riposano 3.851 caduti;
Trento, dentro all'Ossario militare, ubicato all'interno del Cimitero, riposano 3.244 soldati;
Treviso, nell'Ossario militare della Chiesa Santa Maria Ausiliatrice, sono custoditi i resti di 946 caduti;
Udine, nel Tempio Ossario, si trovano 21.528 fanti;
Valdidentro – Passo dello Stelvio (Sondrio), nel Sacrario militare, sono inumati 64 caduti;
Valli del Pasubio (Vicenza), nel Sacrario militare del Pasubio, si trovano i resti di 5.017 soldati;
Venezia Lido, nel Sacrario militare italiano Santa Elisabetta, riposano 2.689 caduti;
Verona, nel Sacrario militare, all'interno del Cimitero monumentale, si trovano le spoglie di 3.925 militari;
Vicenza, nell'Ossario militare Italiano, ubicato nel Cimitero, sono sotterrati 1.499 caduti.

Sepolcreti in terra straniera dove riposano i nostri soldati[442]:

Anderlecht (Belgio), all'interno del Cimitero comunale, 4 spoglie di Caduti;
Anversa (Belgio), sono raccolte 41 salme di fanti;
Aschach (Austria), nel Cimitero militare internazionale, sono presenti 423 salme di soldati;
Bastogne (Belgio), nel Cimitero comunale di Recogne, si trovano i resti di 5 caduti;
Belgrado (Jugoslavia), nel Cimitero militare italiano, riposano 1.063 corpi di soldati;
Berlino (Germania), nel Cimitero militare d'onore di Stahndorf, sono sepolti 1.658 caduti;
Bligny (Francia), dentro il Cimitero militare italiano, si trovano 4.421 Caduti di cui 1.360 ignoti;
Bratislava (Repubblica Slovacca), nel Monumento Ossario italiano, all'interno del Cimitero comunale, sono presenti 59 caduti;

---

[442] FONTE: MINISTERO DIFESA ITALIANO.

Braunau Am Inn (Austria), nel riquadro Italiano del Cimitero internazionale riposano 636 caduti;
Brookwood, nel Surrey (Inghilterra), nella sezione britannica del Cimitero militare, sono sepolti due soldati italiani, i fanti Giuseppe Fulgoni e Michele De Francesco;
Bruxelles (Belgio), nel Cimitero comunale Dim Ixelles, sono sepolti 8 caduti;
Bucarest (Romania), dentro al Cimitero militare italiano, si trovano 2.074 soldati;
Budapest (Ungheria), nel Cimitero Comunale di Rakoskeresztur, riquadro Italiano, riposano 1.529 caduti;
Caporetto (Slovenia), nel Sacrario militare, riposano 7.015 salme di soldati;
Colonia (Germania), nel Cimitero militare italiano d'onore del Cimitero comunale, sono sepolti 1.915 caduti;
Danimarca, in 5 Cimiteri urbani si trovano le spoglie di 13 caduti;
Feldbach (Austria) nel Cimitero militare internazionale ci sono 189 fanti;
Fiume (Croazia), nel Sacrario militare internazionale riposano 506 caduti;
Frauenkirchen (Austria), nel Cimitero militare internazionale sono presenti 50 caduti;
Freistadt (Austria), nel riquadro Italiano del Cimitero militare internazionale, si trovano 22 caduti;
Gand (Belgio), dentro al Cimitero comunale, riquadro italiano, 24 fanti;
Graz (Austria), nel riquadro italiano del Cimitero militare internazionale, ci sono 458 caduti;
Grodig (Austria), nel Cimitero militare internazionale, riquadro italiano, 161 soldati;
Hashendorf (Austria), dentro al Cimitero militare internazionale, sono presenti 94 caduti;
Houthulst (Belgio), all'interno del riquadro italiano del Cimitero comunale, si trovano i resti di 81 caduti;
Innsbruck (Austria), nel Cimitero militare internazionale di Amras, riposano 595 soldati;
Istambul (Turchia), nel Cimitero comunale di Ferikoi, si trovano 64 Caduti mentre nel Cimitero di Huzun Cayir altri 10 fanti;
Knittelfeld (Austria), nel Cimitero militare internazionale sono presenti 108 caduti;
Klagenfurt (Austria), nel Monumento ossario internazionale si trovano i resti di 271 caduti;

Liegi (Belgio), nel riquadro italiano del Cimitero comunale, ci sono 350 caduti;
Lienz (Austria), nel riquadro italiano del Cimitero internazionale, si trovano 66 soldati;
Limburgo (Belgio), nel Cimitero comunale di Lommel, 5 caduti;
Linz (Austria), nel riquadro del Cimitero militare internazionale di Santa Barbara, riposano 119 Caduti, mentre in quello di Urfahr altri 21 soldati;
Lubiana (Slovenia), nel Cimitero comunale, riquadro italiano, 1.171 caduti;
Lione (Francia), nel Cimitero comunale di Guillotiere, riquadro militare italiano, 71 Caduti, mentre nel riquadro militare italiano del Cimitero comunale di La Doua, altri 66 soldati;
Marchtrenk (Austria), nel Cimitero militare internazionale, riquadro italiano, riposano 1.453 caduti;
Milovice (Repubblica Ceca), nel Cimitero militare italiano, sono sepolti 5.169 caduti;
Monaco di Baviera (Germania), nel riquadro italiano del Cimitero comunale di Waldfriedhof, si trovano 3.249 Caduti;
Namur (Belgio), nel riquadro italiano del Cimitero comunale, sono sepolti 15 caduti;
Ostffyasszonyfa (Ungheria), nel Cimitero militare internazionale, riquadro italiano, sono presenti 930 fanti;
Ostrava (Repubblica Ceca), nella Cripta del Cimitero comunale sono presenti resti di 320 caduti;
Parigi, nel riquadro militare italiano del Cimitero comunale di Ivry, sono sepolti 37 soldati;
Pola (Croazia), nel Sacrario militare italiano, si trovano i corpi di 236 caduti;
Recogne (Belgio), nel Cimitero comunale, vi sono le tombe di 5 soldati;
Rodi (Grecia), nel Sacrario militare del Cimitero Cattolico, sono presenti resti di 406 caduti;
Salonicco (Grecia), nel Cimitero italiano, riposano 2.758 caduti;
Samorin (Repubblica Slovacca), nel Cimitero municipale, riquadro italiano, sono tumulati 1.600 caduti;
Sigmundsherberg (Austria), nel Cimitero italiano, riposano 2.365 soldati;
Sofia (Bulgaria), nel riquadro italiano del Cimitero militare internazionale, sono sepolti 210 caduti;
Soupir (Francia), dentro al Cimitero italiano si trovano 588 caduti;

St. George Am Ybbsfeld (Austria), nel Cimitero militare internazionale, riquadro italiano, riposano 147 caduti;
St. George Am Streinfeld (Austria), nel Cimitero militare internazionale, riquadro italiano, sono inumati 135 caduti;
St. Mandrier (Francia), nel Sacrario militare del Cimitero comunale, giacciono sepolti 973 soldati;
Steyr (Austria), nel riquadro Militare Italiano del Cimitero comunale, sono seppelliti 39 caduti;
Utrecht (Olanda), nel Cimitero militare Monumentale, riquadro italiano, sono sotterrati 30 fanti;
Varsavia (Polonia), nel Cimitero militare italiano di Bielany, riposano 868 caduti;
Vienna (Austria), nel riquadro militare italiano del Cimitero centrale, sono sepolti 456 soldati;
Villach (Austria), nel Monumento ossario italiano, riquadro militare, giacciono 139 caduti;
Virton Bellevue (Belgio), nel riquadro italiano del Cimitero comunale, si trovano i resti di 28 fanti;
Wegscheid (Austria), nel Cimitero militare internazionale, riquadro italiano riposano 1.363 caduti;
Wels (Austria), nel Cimitero comunale, riquadro internazionale, sono seppelliti 46 soldati;
Wieselburg (Austria), nel Cimitero militare italiano, sono tumulati 158 caduti;
Wroclaw (Polonia), nel Cimitero comunale, area militare italiana, sono inumati 1.017 soldati;
Zagabria (Croazia), nell'Ossario del Cimitero di Mirogoj, si trovano i corpi di 40 fanti;
Zara (Croazia), nel Sacrario militare Italiano del Cimitero comunale, sono presenti 89 caduti.

Soldati stranieri inumati in Italia

Nei Sacrari italiani, oltre ai nostri Caduti, sono custoditi anche i resti dei Combattenti degli altri eserciti coinvolti negli scontri. Molti altri sono inumati in Cimiteri militari in varie zone d'Italia.

Sepolcreti di:

Arsiero, riposano 736 Austro-Ungarici;
Asiago (Vicenza), nelle località Monte Moschiag, Bassa Gruba e Val Gamara, sono seppelliti 2.335 soldati stranieri;
Barenthal, nell'Altipiano dei Sette Comuni, nel Cimitero militare, riposano i corpi di 121 soldati britannici;
Benevento, nel Cimitero comunale, sono sepolti 5 soldati austro-ungarici;
Bolzano San Giocomo, dentro al Cimitero Comunale, sono sepolti 1.502 austro-ungarici, 241 tedeschi e 48 russi;
Bondo (Trento), nel Cimitero militare, ci sono i resti di 698 austro-ungarici;
Brazzano di Cormons (Gorizia), sono sepolti 151 soldati russi morti durante la prigionia in quel territorio e in una tomba collettiva riposano i resti 282 austro-ungarici;
Brunico (Bolzano), sono inumati 634 austro-ungarici;
Cassino (Frosinone), nel Cimitero militare di Caira, sono sepolti 700 caduti austro-ungarici;
Cima Grappa (Treviso), nel Sacrario militare, si trovano seppelliti 10.295 austro-ungarici;
Cortina d'Ampezzo (Belluno), Sacrario militare di Pocol, sono sotterrati 37 austro-ungarici;
Dobbiaco (Bolzano), nel Cimitero militare, sono sepolti 820 austro-ungarici;
Dueville (Vicenza), nel Cimitero militare, sono seppelliti 135 soldati inglesi;
Feltre (Belluno), nel Cimitero militare tedesco di San Paolo, sono inumati 222 soldati tedeschi e 68 austro-ungarici, mentre in quello di Santo Spirito riposano 2.744 soldati austro-ungarici;
Fogliano Redipuglia, nel Sacrario militare italiano, sono sepolti 14.376 soldati austro-ungarici;
Fogliano Redipuglia, nel Cimitero – Sacrario militare austro-ungarico, riposano ulteriori 14.550 caduti;
Folgaria (Trento), nel Cimitero militare, sono inumati 2.285 austro-ungarici;
Genzano di Lucania (Potenza), nel Cimitero comunale, sono sepolti 214 soldati austro-ungarici;
Granezza – Boscon (Vicenza), all'interno del Cimitero militare, riposano 166 soldati inglesi;

Lavarone, dentro il Cimitero militare, sono seppelliti 696 Austro-Ungarici;
Legnano (Milano), nel Sacrario, sono custoditi i resti di 83 soldati austro-ungarici;
Levico, nel Cimitero Comunale, riposano 1.148 soldati austro-ungarici.
Livinallongo del Col di Lana (Belluno), nel Sacrario militare, sono inumasti i corpi di 19 austro-ungarici;
Lusiana (Vicenza), nel Cimitero militare, sono seppelliti 142 soldati inglesi;
Merano (Bolzano), nel riquadro militare del Cimitero comunale, sono sepolti 1.528 soldati austro-ungarici;
Milano, nel Sacrario militare, sono seppelliti 51 soldati francesi;
Montecchio Petralcino (Vicenza), nel Cimitero militare, sono presenti i resti di 439 soldati inglesi;
Quero (Belluno), nel Cimitero militare, sono sepolti 863 austro-ungarici e 2.596 soldati tedeschi e di altre nazionalità;
Roana (Vicenza), nel Cimitero militare di Magnaboschi, sono inumati 175 soldati inglesi;
Roma, nel Sacrario militare, riposano i resti di 271 caduti austro-ungarici;
Rovereto (Trento), nel Sacrario militare, giacciono i corpi di 8.674 soldati austro-ungarici;
Sluderno (Bolzano), nel Cimitero militare, riposano 83 soldati austro-ungarici;
San Michele al Tagliamento (VE), all'interno del Cimitero comunale, rispossano 483 caduti asburgici[443];
Santo Stefano di Cadore (Belluno), nel Cimitero militare, sono seppelliti 79 soldati austro-ungarici;
Trento, nell'Ossario militare Tombone, si trovano seppelliti 6.000 soldati austro-ungarici;
Valli del Pasubio (Vicenza), Ossario militare, dove si trovano i resti di 60 soldati austro-ungarici;
Vigo di Fassa (Trento), Cimitero militare, in cui riposano 663 soldati austro-ungarici.

A questa lunga sequela di luoghi della memoria, non si può dimenticare l'estremo sacrificio dei Marinai che riposano idealmente abbracciati nel più grande Sacrario, il Mare Mediterraneo, acque nelle cui profondità giacciono i resti di navi, cacciatorpediniere, torpediniere, incrociatori,

---

443 http://www.itinerarigrandeguerra.it/code/28099/Cimitero-austro-ungarico-di-San-Michele-al-Tagliamento.

sommergibili, piroscafi, dragamine e motosiluranti. Nel Sacrario militare ubicato nel Cimitero di Otranto (Lecce), oltre ai soldati italiani, riposano i resti di aviatori e marinai britannici.

A tutti gli *Eroi senza volto*, a prescindere dagli Eserciti, Armi e Nazionalità per cui combattevano, va il medesimo rispetto, perché davanti all'estremo sacrificio della vita a tutti i caduti dev'essere tributata uguale riconoscenza. Tutti combattevano per lo stesso ideale, tutti avevano lasciato le persone care per guerreggiare un conflitto da loro non cercato e sicuramente evitabile, ma da cui non potevano esimersi dal partecipare. «Onore a tutti i Caduti!»

Corrispondenza

Lettera spedita dalla signora Amelia Giorgi a al cappellano militare Don Giovanni Rossi per avere notizie circa il luogo di seppellimento del figlio Ugo, morto in battaglia.

«2 maggio 1917 Egregio signore, il figliolo mio chiamavasi Ugo Giorgi ed apparteneva al 1 Granatieri, 1 Compagnia, come caporale; è morto il 13 agosto [...] Mi si è detto che è stato seppellito a Gobrie di fronte alla chiesa [...] Le sarei infinitamente grata se ella potesse fornirmi schiarimenti, poiché dopo la guerra desidererei portare qua la salma della mia creatura; e se, si potesse, verrei pure costà per vedere, senza paura alcuna della morte.

Essendo morto fuori di combattimento non so capire come mai non debbasi ritrovare la tomba; ma spero che lei sarà tanto caritatevole di occuparsene e dirmene qualche cosa. [...] io come madre ho diritto di sapere, egli fece il suo dovere ha dato il suo sangue per la patria, la sua vita, ed è giusto che questa patria si occupi un po' di lui. È morto facendo il suo dovere, da eroe come tanti, come gli ufficiali anche; e tutti sento dire che hanno la sua tomba, le famiglie sanno dove sono; dunque pure io ho lo stesso diritto. [...] Dicesi che i buoni vanno in paradiso, ed il figlio mio era buono e obbediente per tutti. Ha dato la vita per la patria, ed io voglio ritrovare la sua tomba; si vivrebbe più tranquilli ritrovandola, mentre così non si dorme, non si mangia, è uno strazio continuo»[444].

---

[444] G. Borella, D. Borgato, R. Marcato, *Chiedo notizie o di vita o di morte.* Lettere a don Giovanni Rossi cappellano militare della Grande Guerra, Museo Storico Italiano della Guerra 2004, Memorie 9, edizioni Osiride, Rovereto (Trento), 2004, p. 78.

Opera poetica

Nei campi delle Fiandre

Nei campi delle Fiandre sbocciano i papaveri / tra le file di croci / che segnano il nostro posto: e nel cielo / volano le allodole, cantando ancora con coraggio, / appena udite in terra tra i colpi d'arma da fuoco. / Noi siamo i morti. Solo pochi giorni fa / eravamo vivi e sentivamo l'alba e vedevamo il tramonto splendere / e amavamo ed eravamo amati, e ora giacciamo qui, / nei campi delle Fiandre. / Continua la nostra lotta col nemico /a te, con mani tremanti, passiamo / la fiaccola. Falla tua e tienila alta. / Se non mantieni la parola con noi che moriamo / non troveremo riposo, anche se i papaveri continuano a fiorire / nei campi delle Fiandre».[445] *(Joe McCrae)*

La poesia venne scritta il 3 maggio 1915 dal medico Tenente Colonnello canadese Joe McCrae dopo aver assistito – tra l'altro – alla morte di un caro amico, il Tenente ventiduenne Alexis Helmer che si trovava tra i soldati colpiti. L'ufficiale medico si ammalò di polmonite e morì di malattia a Boulogne-Sur-Mer (Francia) il 28 gennaio 1918.

A seguito del carme *«Sui campi delle Fiandre»* nacquero negli Stati Uniti spille a forma di papavero per la raccolta di fondi destinati agli orfani di guerra. «L'idea fu ripresa in Francia da madame E. Guérin che iniziò a vendere papaveri artificiali fatti a mano per raccogliere offerte, nel giorno dell'Armistizio, per i bambini poveri delle zone d'Europa devastate dalla guerra. Nel 1921 l'ex comandante in capo dell'esercito inglese, Earl Haig, rimase così impressionato dall'attività di madame Guérin che decise di appoggiare entusiasticamente l'utilizzo delle medesime spille per una campagna della Royal Legion inglese, allo scopo di racimolare fondi per i veterani poveri e invalidi. Da allora i Red Poppies, i papaveri rossi, sono per tutta la cultura anglosassone indissolubilmente associati al Remembrance Day, come simbolo unificante del ricordo dei caduti in battaglia»[446].

---

[445] https://www.combattentiereduci.it/notizie/poesie-nei-campi-delle-fiandre-in-flanders-field.
[446] http://www.magicamente.net/c/85257/281/sui-campi-delle-fiandre.html.

Il papavero – Fiore del ricordo (Archivio: L. Damiano)

Serravalle di Ala (Trento) – Cippo del luogo dell'incontro tra austro-ungarici e italiani per la proposta di armistizio (Fonte: ildolomiti.it)

Lapide commemorativa al fante Andrea Risolo (Archivio L. Damiano)

Sigmundsherberg (Austria)
Monumento ai soldati italiani *(Archivio: C. Malagola)*

Sacrario di Caporetto *(Fonte: nabeelrashid.com)*

Galatina (Lecce) – Lapide al Carabiniere Della Giorgia Domenico (Ph. L. Damiano)

Oslavia (Gorizia) – Sacrario militare (Fonte: cadutigrandeguerra.net)

Redipuglia (Gorizia) – Ripresa aerea del Sacrario (Pil. S. Mazzero-Ph. L. Damiano)

Altra veduta aerea del Sacrario con le spalle rivolte al Carso (Ph. Pil. L. Damiano)

Altre riprese della Zona Sacra di Redipuglia (Gorizia) (Ph. L. Damiano)

Sacrario del Monte Grappa (Treviso) – Veduta aerea (Pil. Michael Gèczy - Ph. L. Damiano)

Sacrario militare di Asiago (VI) – Veduta aerea (Pil. Michael Gèczy - Ph. Luigi Damiano)

Sacrario militare del Pasubio (Vicenza) – (Ph. L. Damiano)

Ortigara (Vicenza) – Colonna Mozza (Fonte: gulliver.it)

Sacrario di Nervesa della Battaglia (Treviso) – (Ph. Pil. Luigi Damiano)

Pederobba (Treviso) – Cimitero dei Caduti francesi (Ph. L. Damiano)

Barron (Francia) – Cimitero militare (Ph. F. Di Bello)

Bligny (Francia) – Cimitero militare italiano (montalcinonews.com)

D'Aix-Noulette (Francia) – Monumento ai Caduti (Ph. E. Damiano)

Budapest – Piazza degli Eroi (Ph. C. Gombos)

Vimy (Francia) – Memoriale Nazionale Canadese (Ph. E. Damiano)

Brookwood (Inghilterra) – Cimitero di guerra. Nel settore inglese sono sepolti 2 fanti italiani della Grande Guerra. Nell'area riservata all'Italia riposano i resti di altri 347 soldati caduti nella Seconda Guerra Mondiale (Fonte: Pietre della Memoria)

Salettuol di Maserada sul Piave (Treviso)
Monumento inglese e cippi italiani (Ph. L. Damiano)

Fagarè della Battaglia (Treviso)
Cippo ai Ragazzi del '99

Sacrario di Fagarè della Battaglia (Treviso) – Veduta aerea (Ph. Pil. Luigi Damiano)

Cervignano del Friuli (Udine) – Monumenti ai Caduti (Ph. F. Forlin)

Aquileia (Udine) – Tomba di Maria Bergamas e di dieci Militi Ignoti (Ph. L. Damiano)

Quero (Belluno) Memoriale tedesco *(Ph. L. Damiano)*

Moriago della Battaglia (Treviso) – Isola dei Morti
Cippo piramidale agli Arditi – (Ph. L. Damiano)

Cortina d'Ampezzo (Belluno) – Sacrario di Pocol (Archivio L. Damiano)

Bari – Sacrario dei Caduti d'Oltremare (Archivio L. Damiano)

Minervino di Lecce (Lecce) – Monumento ai Caduti (*Ph. L. Damiano*)

Londra – Cenotafio (*Ph. F. Di Bello*)

Sacrario militare di Trento (Ph. R. Campobasso)

Rovereto (Trento) – Sacrario militare (Ph. A. Rizzo)

Edimburgo (Scozia) – La Chiamata 1914
Memoriale dedicato agli scozzesi-americani (Ph. E. Damiano)

L'Isle-Jourdain (Francia) – Monumento ai Caduti (Ph. L. Damiano)

Washington DC – Tomba del Milite Ignoto (Ph. M. Gaiotto)

Londra – Tomba al Milite Ignoto britannico

Parigi – Arc de Triomphe (Ph. Alexia Tcheng)

Roma - Altare della Patria (Fonte: Pubblico Dominio)

Stampa già esposta nell'atrio del Comando della Stazione dei Carabinieri di Motta di Livenza (Treviso) a memoria della ricorrenza del IV novembre

«L'uomo, monotono universo,
crede allargarsi i beni, e dalle sue mani
febbrili non escono senza fine che limiti!»
(Giuseppe Ungaretti)

CONCLUSIONI

«Scoppiata la pace», i sopravvissuti ritornarono a casa segnati dalla tragedia della trincea e quasi incapaci di attendere alle normali occupazioni. Molti di questi trovarono sfogo nella stesura di memorie e nell'arte, lasciando ai posteri grandi scritti e disegni, veri capolavori, perché gli strazi, le urla, le invocazioni di aiuto, la vista di tanti amici e commilitoni smembrati lasciati sul terreno del conflitto, rimasero indelebili nella loro mente, accompagnandoli per il resto della vita.

La morte falciò migliaia e migliaia di soldati, marinai e aviatori che, in base alla propria specialità o Arma di appartenenza, «sostarono per sempre» nelle trincee fangose, tra le pietraie, sui freddi monti, nei fondali dei mari con i resti delle navi, oppure incastrati tra i relitti di aeroplani come anche nei campi di prigionia a dormire lo stesso sonno eterno a cui l'infausta sorte condannò pure il popolo inerme, tutti si immolarono sull'altare del sacrificio comune a causa dell'onnipotenza di pochi che avevano nel loro cuore indurito il nefasto orgoglio di passare alla storia e scrivere in questo modo una pagina insensata della loro presenza terrena nella quale resta impressa la nota indelebile di aver contribuito ad aver portato al macello milioni di essere umani, alla disgregazione degli Imperi e creato nuovi confini territoriali.

Quel palcoscenico disarmonico nel quale gli affanni, i respiri, le paure, le speranze, i pensieri verso i propri cari, le grida o le esclamazioni di aiuto soffocate nel momento in cui erano colpiti a morte, quel tributo di sangue e le tante sofferenze patite da quei soldati, dalla popolazione civile nel suo insieme e che hanno distrutto gli animi di tanti poveri innocenti, grandi e piccini, possano essere linfa e ossigeno per tutti i «mediatori di conflitti», affinché attuino in modo intelligente ogni sforzo al fine di poter vivere in un mondo senza tensioni, ma soprattutto senza ulteriori guerre che porterebbero ad inutili spargimenti di sangue, come quelle in atto ancora una volta nei Balcani e in Medio-Oriente, affinché le nuove generazioni possano coesistere accomunate sotto il «Vessillo della Pace», unica bandiera in grado di unire tutti i popoli della terra.

A conclusione di questo voluminoso testo riportiamo un fatto di storia che vide protagonista il soldato inglese Henry Tandey che nel 1918, in Francia nella «terra di nessuno», si trovò di fronte un combattente tedesco ferito e disarmato. Non ebbe il coraggio di ucciderlo, ma quel gesto di bontà fu la disperazione che lo accompagnò fino al resto dei suoi giorni e poco prima di morire «ripeté il suo rammarico totale per non aver premuto il grilletto in quel giorno del 1918».[447] Quel soldato «graziato» si chiamava Adolf Hitler, un uomo del quale la storia e l'intera umanità ne avrebbero fatto volentieri a meno.

In conclusione riporto la frase che usava ripetere il fante Ottaviano Mauro, *«Mai più Guerre!»*.

Si torna a sorridere (Fonte: lavocedelpatriota.it)

---

447 B. GHERNER, *Finalmente ho Capito la Storia della Grande Guerra*, Antonio Vallardi Editore, Milano, 2020, p. 77.

Vimy (Francia) – Trincee (Ph. F. Di Bello)

Terra di Francia – Pascolo tra i crateri delle granate della battaglia della Somme (Ph. F. Di Bello)

Carso – Trincea con feritoie sul Monte Sei Busi (Ph. Luigi Damiano)

Monte Hermada (Trieste) – Trincea con sacchetto di sabbia solidificato (Ph. L. Damiano)

L'Eroe che non fece ritorno a casa (Archivio: L. Damiano)

RINGRAZIAMENTI

ARDITO Riccardo
BARDELLOTTO Marcella
BERTO Maestra Giusy
BIASIN Prof.ssa Angela
BATTISTON Teresa
BONFIGLIO Luca
CAMPOBASSO Romanino
CARBONERA Dott.ssa Elena
CARBONERA Riccardo
CENON Don Davide
DAMIANO Maria Adele
DE GIUSEPPE Prof. Nicola
DE NARDI Ennio
DI BELLO Rag. Fabrizio
DIRAT Dott.ssa Brigitte
FORLIN Dott. Franco
FURLAN Pier Carlo
GASPARI Fiora
GÈCZY Michael – Col. Pil. U. S. Air Force
ISOLA Geom. Claudio
MALAGOLA Dott. Claudio
MARCELLO Prof.ssa Mariella
MARCON Alberto
MARGIOTTA Prof.ssa Maria Rosaria
MARINI Prof. Lazzaro
MARZULLO Michele
MAURO Giovanna
MAZZERO Sergio – Magg. Pil. Aeronautica Mil. It.
MERCURIO Pietro Maurizio – Col. Arma Carabinieri
MERICO Chiara
MORETTIN Aldo
MORO Luca
ONOR Ermano
ORTEGA Don Raymonde
PADOVAN Prof.ssa Alcida
PASUT – SPADOTTO Yvette Rose
PESCE Dott. Antonio
(Amm. Delegato ONDULKART)
RIGATO Mario
RIZZO Arturo
PASINI Mauro
ROMAN Prof. Giacomo
SARTORELLO Dott. Riccardo
SARTORELLO Rag. Paolo
(Amm. Delegato SME)
SEPULCRI Pil. Piero
SGORLON Regina
TCHENG Alexia
TARANTINI Giampiero
VESENTINI Maestra Cristina
ZANELLA Giuseppe
ZANUTTO Maurizio
e a tutte le persone che, qualora non citate per mera dimenticanza, in qualche modo hanno contribuito alla realizzazione di questo volume.

BIBLIOGRAFIA

AA.VV., *San Donà di Piave, Storia Immagine Costume,* Casa Editrice Legal, Padova, 1979.
AA.VV., *Inni e Canzoni Patriottiche*, Legione Territoriale Carabinieri Reali – Bologna, Tip. Leg. CC. Reali di Bologna, 1936.
AA.VV., *A cento anni dalla Grande Guerra Volume 3: Fra diplomazia e Stati Maggiori*, Firenze University Press, Firenze, 2017.
AA.VV., *L'Alfabeto della Grande Guerra*, 1915-2015. Cento anni dopo, in Primapersona, semestrale della Fondazione Archivio Diaristico Nazionale – Onlus, Pieve Santo Stefano (Arezzo), n. 28.
AA.VV., *La Grande Guerra, Verso il Conflitto*, Hobby & Work Publishing, Centro Grafico Ambrosiano, San Donato Milanese (Milano), 2002.
AA.VV., *La Prima Guerra Mondiale di Pio Rossi,* Edizioni Biblioteca dell'Immagine, Pordenone, 2014.
AA.VV., *La Prima Guerra Mondiale, Le Strategie del Generale Cadorna*, S. Di Fraia Editore, 2001, Brugherio (Milano).
AA.VV., *Ricordo del Ventennale della Vittoria*, Casa Editrice Cornaro, 1939.
AA.VV., *San Donà di Piave, Storia Immagine Costume.*
ALESSI R., *Dall'Isonzo al Piave*, Arnoldo Mondadori, Verona, 1966.
AMERIO A., OTTIERI M. P., *La Guerra d'Europa 1914-1918 Raccontata dai Poeti*, Nottetempo, Roma, 2014.
ANTOLINI P., in *Animali al Fronte. Protagonisti oscuri della Grande Guerra.* Museo Civico del Risorgimento di Bologna.
ANTONELLI Q., LEONI D., MIORELLI A., PONTALTI G. (a cura di), *Scritture di guerra*, n. 5, Museo storico in Trento, Museo Storico Italiano della Guerra, 1996.
ASSOCIAZIONE NAZIONALE GRANATIERI, Sezione Provinciale di Treviso (a cura di), Diario *di Guerra del Granatiere Giurati Giuseppe,* HEFTI Edizioni, Milano, 1996.
BATTISTELLO S., in *Forte Rivon,* Numero Unico, Tipografia Operaia Menin, Schio (Vicenza), 2009.
BAÙ A., *Tre storie lunghe cento anni*, in "*Asiago ieri, oggi, domani...*", n. 141-142, novembre-dicembre 2017 in http://www.inutilestrage.it/fratelli-non-solo-a-natale-a-bau/.
BEDESCHI G., *Dove sei Stato mio Bell'Alpino,* in Storia Illustrata, n. 132, Anno XII, Arnoldo Mondadori Editore, Milano, *Novembre* 1968.
BENINATTO A., A. MERLO A., *Molino della Sega 16-17 novembre 1917 – La prima vittoria sul Piave dopo Caporetto*, Grafiche Tintoretto, Treviso, 2007.
BERNARDI U., *Le Tracce della Follia,* in *La Nostra Guerra 1914-1919*, Edizioni del Gazzettino, Mestre-Venezia, 1988.
BERTOLDI S., *Badoglio*, Gruppo Editoriale Fabbri, Milano, 1983.
BIANCHI B., *La follia e la fuga. Nevrosi di guerra e disobbedienza nell'esercito italiano*, Bulzoni Editore, Roma, 2001.
BORELLA G., BORGATO D., MARCATO R., *Chiedo notizie o di vita o di morte.* Lettere a don Giovanni Rossi cappellano militare della Grande Guerra, Museo Storico Italiano della Guerra 2004, Memorie 9, edizioni Osiride, Rovereto (Trento), 2004.
BOZZETTO – ROMAN C., *Diario della Paura e della Fame nell'anno di Occupazione 1917 – 1918,* Grafiche FG Ponte di Piave (Treviso), 2007.
BRAGADIN M. (a cura di), *Prima Guerra Mondiale, La più audace impresa del controspionaggio italiano,* in Storia Illustrata, n. 142, Anno XIII, Mondadori, 1969.

BRITTAIN V., *Generazione Perduta,* Giunti Editore, Firenze, 2015.
BRITTAIN V., *Verses of a V.A.D.*, Erskine McDonald, Ldt., W.C.I, London, 1918.
BRUNO M., *Donne in Guerra*, in http://mariobruno.net/tag/donneinguerra.
BUSSAGLI M., *L'Arte e la Prima Guerra Mondiale*, Giunti Editore, Prato (Firenze), 2015.
CANCIAN S., *Fossalta nelle pagine di Monsignor Chimenton*, in Inpiazza, San Donà e Dintorni: un arcipelago da scoprire, anno 6, numero 20, dicembre 2019.
CARUSO B., DI BLASI M. T. (a cura di), *Miracoli al Fronte*, Grafiche Monforte, Catania, 2017.
CAZZULO M., *La Gioconda di Salita San* Rocco in https://cazzulo.altervista.org/la-ragazza-di-salita-san-rocco-a-genova-dalle-lunghe-trecce-e-con-un-desiderio-nel-cuore/.
CECOTTI F., *Trieste 1914-1915. Feriti, morti e scoperta della guerra moderna* in Quale Storia, Anno XLII, N.ro 1-2, Giugno-Dicembre 2014, Art Group Srl., Trieste.
CERVONE P., *La Grande Guerra, Le cause, gli eventi, i protagonisti*, in Quaderni di Storia n. 2, Arti Grafiche Boccia S.p.A., Salerno, 2019.
CESCUTTI G., *La Grande Guerra nello Spilimberghese*, Tipografia Menini, Spilimbergo (Pordenone), 2014.
CIMMINO M., *Patria, Amore, Dolore Clelia, la Mamma di Calvi e di Tutti gli Alpini. http://www.bergamonews.it/.*
CÒ S., *La Macchina da Presa sul Campo di Battaglia*, in https://www.artegrandeguerra.it/2012/08/cinema-e-prima-guerra-mondiale-il.html.
CORTESE C., *Diario di Guerra (1916-1917)*, Rubbettino Editore, Soveria Mannelli (Catanzaro), 1998.
COTICHELLI G., *Note Storiche sugli Infermieri durante la Prima Guerra Mondiale, in* https://letteredallafacolta.univpm.it/note-storiche-sugli-infermieri-durante-la-prima-guerra-mondiale/.
CROSIO F., FERRAROTTI B., *Il musicista trinese Eugenio Palazzi*, Tipografia AGS – Gallo Arti Grafiche, Trino (Vercelli), 2023.
D'AMBRA A., *Memorie della Grande Guerra: Toscanini sul Monte Santo*, in https://www.historiaregni.it/toscanini-sul-monte-santo/.
D'ANTONA G., *Soldati d'Italia di Stanza a New York, in* https://www.linkiesta.it/2015/05/soldati-ditalia-di-stanza-a-new-york/.
D'ANTONI E., *Storia della Prima Guerra Mondiale 1914-1918*, voll. 3, III, Mario Stavolta Editore, Pordenone, 1980.
DAMIANO L., *1914-1918 Un Mondo in Subbuglio - Curiosità, orrori e idiozie nella Grande Guerra,* Skillpress, Fossalta di Portogruaro (Venezia), 2022.
DAMIANO L., *1915-1918 Aneddoti, Scritti ed Immagini dal Fronte*, La Piave Editore, Ponte di Piave (Treviso), 2018.
DE FAVERI A., Le Vicende di Motta di Livenza, Zoppelli Editore, Treviso, 1994.
DEARY T., *Brutte Storie*, Salani Editore, Milano, 2022.
DEL BOCA L., Maledetta Guerra, Pickwich, Milano, 2015.
DETOTTO F., *"Anastasia" non Va al Fronte*, in Veneto 1915-1918 La Guerra in Casa, La Tribuna di Treviso, Editoriale Quotidiani Veneti di Giorgio Mondadori & Associati S.p.A., Treviso, 1988.
Documents d'histoire vivante de l'antiquitè à nos jours, 1848-1917, Editions Sociales, Paris, 1971.
FABI L. (a cura di), *Lebel Bruschelli, A Cavallo della Morte*, Mursia, Milano, 2007.
FABI L., *Gente di trincea. La Grande Guerra sul Carso e sull'Isonzo*, Mursia, Milano, 2014.
FABRIS G., *Varago, Un Po' di Ieri e un Po' di Oggi*, Arti Grafiche Conegliano (Treviso), 2022.

FERRAIOLI F., *Giornale di Medicina Militare,* Anno 118, Fascicolo 6, Novembre-Dicembre, Servizio Sanitario dell'Esercito, Roma, 1968.
FERRARI S., *Vittorio Locchi e il cane Isonzo, Storia di un'amicizia nella Grande Guerra*, Robin Edizioni, Torino, 2021.
FILOSI E., in Pieve di Bono Notizie 22, Anno IX, N° 1, Pieve di Bono (Trento), 1989.
FONDAZIONE CINETECA ITALIANA, *La Grande Guerra*, Rassegna cinematografica, Intesa Sanpaolo, Milano, 2014.
FONTANELLA A., in *Stelutis alpinis, la canzone più bella che l'Italia volle stravolgere perché "manca la Patria"* in https://www.serenissima.news/stelutis-alpinis-la-canzone-piu-bella-che-litalia-ha-stravolto-perche-senza-patria/.
FORCELLA E., MONTICONE A., *Plotone di Esecuzione*, I processi della Prima Guerra Mondiale, Editori Laterza, Bari, 2014.
FRANZINA E., *Corrispondenze popolari fra le Americhe e l'Italia durante la prima guerra mondiale*, in https://www.asei.eu/it/2016/01/corrispondenze-popolari-fra-le-americhe-e-litalia-durante-la-prima-guerra-mondiale/.
FREGONESE A., *Maestra col Cuore sulla Linea del Fronte*, settimanale l'Azione Illustrata, n. 53, Vittorio Veneto (Treviso), 2008.
FRESCURA A., *Diario di un imboscato*, Edizioni Trabant, Brindisi, 2015.
FULANO SQUERI G., *I Profughi,* in mensile OGGI, numero da collezione, RCS Periodici Editore, Milano, 2018.
FURIA L., *Scritti... con la divisa*, in l'Alpino, 2/2022, Rotolito, Cernusco sul Naviglio (MI), 2022.
GALLAS E. C., Lettere dal fronte 1915-1918, Tipografia editrice Temi, Trento, 2015.
GALLON G. – CONTE M., *La mente e la trincea. La malattia mentale nella Grande Guerra. Il manicomio di San Servolo*, Edizioni Gino Rossato, Valdagno (VI), 2020.
GAMBAROTTO S., RAFFAELLI E., *Sognavo la mia Casa Lontana, La Grande Guerra del Soldato Antonio Silvestrini sui Fronti del Friuli e del Veneto 1915-1919,* ISTRIT, Treviso, 2008.
GASPAROTTO L., *Rapsodie – Diario di un Fante,* Treves, Milano, 1925.
GEMELLI A., *Il Nostro Soldato*, Fratelli Treves Editori, Milano, 1917.
GIBELLI A., *L'officina della guerra. La Grande Guerra e le trasformazioni del mondo mentale*, Bollati Boringhieri Editore, Torino, 2015.
GILBERT M., *La grande storia della Prima Guerra Mondiale*, Mondadori, Milano, 1999.
GLADDEN N., *Al di là del Piave*, Aldo Garzanti Editore, Milano, 1977.
GUALTIERI A., *La Grande Guerra 1914-1918*, in https://www.lagrandeguerra.net/ggilcinemasullagrandeguerra.html.
I.A.T. SENTIERI DI PACE, *Donne nella Storia sul Carso della Grande Guerra*, pieghevole, Fogliano Redipuglia (Gorizia).
IL MONTELLO, Giornale dell'Ottava Armata, numero straordinario, novembre 1918.
ISNENGHI M., G. ROCHAT, *Le Guerre degli Italiani,* La Grande Guerra 1914-1918, RCS Mediagroup, 2019.
ISNENGHI M., *Giornali di Trincea (1915-1918)*, Torino, 1977.
JORI F., *Il Centenario*, L'esodo disperato dei trentini in poche ore l'addio a tutto, La Nuova Venezia, 30 gennaio 2015.
JORI F., *Il Sud del Nord*, in Dietro il Fronte i Borelli, in http:/www.tribunatreviso/archivio/tribunatreviso/2012/12/12.
JORI F., *Ne Uccise Più la Fame*, Edizioni Biblioteca dell'Immagine, Pordenone, 2014.
LEED E. J., *Terra di nessuno. Esperienza bellica e identità personale nella prima guerra mondiale*, Società editrice Il Mulino, Bologna, 1985.
LEVINE J., *Somme, Voci dall'Inferno*, Giunti Editore, Firenze, 2016.

LIBERTI M., *Il Frutto Avvelenato,* In Focus, Storia, N° 145, Verona, 2018.
LONGO L. E., in *Graffiti e Iscrizioni della Grande Guerra*, Stato Maggiore Esercito, Roma, 2007.
LORENZETTO S., *Graffiti, poesie, incisioni. Sul Carso ho trovato testamenti dei nostri soldati*, in http://il giornale.it.
MALNI P., *Fra due Patrie, Profughi trentini e giuliani nella Grande Guerra*, in http//media.agiati.orgt.
MARTINELLI S., *Il Cammino dell'Uomo*, III, Fratelli Fabbri Editori, Milano, 1959.
MATTEI A., *L'amore al tempo della spagnola*, in La Loggetta, Notiziario di Piansano e Tuscia, Anno XXII, n. 1, Editore Associazione Culturale "La Loggetta", Piansano (Viterbo), 2017.
MENEGON A., in L'Azione Illustrata, Settimanale della Diocesi di Vittorio Veneto, L'Emozione, n. 53, L'Artegrafica, Casale sul Sile (Treviso).
MERCATALI E., VINCENZONI G., *La Guerra Italiana,* Cronistoria Illustrata degli Avvenimenti, periodo settimanale, 21 aprile 1918, n. 25.
MESSENGER C., *Il Secolo delle Guerre,* Time Life Books, Amsterdam, 2000.
MINISTERO DIFESA ITALIANO.
MIRIJELLO S., *1914-18 Parole dal Fronte*, Attilio Fraccaro Editore, Bassano del Grappa (VI), 2014.
MOLTENI M., *Zeppelin – I Giganti del* Cielo, in Storie di Guerre, n. 47, IBN Editore, Roma, 2023.
MONTE E. (a cura di), *Memoria*, 1914-1917, Fondazione Museo Storico del Trentino, Trento, 2015.
MULLINI R., *Più del bronzo. Voci della poesia della Grande Guerra*, Oakmond Publishing, Deutschland, 2018.
NASCIMBENI G. (a cura di), *Poeti, Montale va alla guerra,* Storia Illustrata, n. 8/9, Mondadori, 1996.
PANERAI A. E., *Che stress! Effetti sulla salute, consigli pratici, terapie*, Tecniche Nuove, Milano, 2002.
PASQUALI C., *Irredenti in Tirolo*, Società Storica della Grande Guerra Bolzano, Bolzano, 1999.
PASQUALINI M. G., *Intelligence, Storie di Servizi Segreti, Fräulein Doktor, una donna avanti nei tempi*, in http://www.osservatorioanalitico.com/?p=8676.
PERIN A., *I fronti dell'inutile strage*, Voll. 2, II, Dario De Bastiani Editore, Godega di Sant'Urbano (Treviso), 2017.
PERSEGATI N., *Il volto di Medusa, Vol. I. L'abisso quotidiano delle trincee*, Gaspari, Udine, 2005.
PETACCO A., M. FERRARI, *Caporetto, 24 ottobre-12 novembre 1917: Storia della più grande disfatta dell'esercito italiano,* Oscar Mondadori Editore, Milano, 2017.
PITAMITZ A., *Plotone d'Esecuzione Italiano per gli Eroi della "Catanzaro". A Colloquio con gli Ultimi Testimoni,* in "Storia Illustrata", n. 279, Arnoldo Mondadori Editore, Milano,1981.
PRANDIN I., *Un Illustratore al Fronte*, in *La Nostra Guerra 1914-1919*, Edizioni del Gazzettino, Mestre-Venezia, 1988.
PREZZOLINI G., *Tutta la Guerra*, Longanesi & C. Editore, Milano,1968.
QUILICI F., *Umili Eroi, Storia degli Animali nella Grande Guerra*, Mondadori Libri, Elcograf S.p.A., Cles (Trento), 2016.
RAGUSA T., *Fotografare la Grande Guerra*, Grafica 6, Zero Branco (Treviso), 2001.

RAI CULTURA.
RAI *Voyager, Centenario della Vittoria, Le 52 Gallerie del Pasubio*, puntata del 28 agosto 2017, tratto dalla tesi di laurea sostenuta alla Cà Foscari di Venezia da ROMINA DARMAN.
RIGONI STERN M., *I Racconti di Guerra,* Einaudi, 2018, Torino, 2018.
RIGONI STERN M., *Nanòlo*, T.E.T., Treviso, 1986, Einaudi, Torino, 2018.
RIGONI STERN M., *Tutti a Casa allo Sbando*, in Veneto 1915-1918 La Guerra in Casa, La Tribuna di Treviso, Editoriale Quotidiani Veneti di Giorgio Mondadori & Associati S.p.A., Treviso, 1988.
ROMAGNA M., *Africa, la Memoria del Pioniere che Filmò i neri "Carne da Macello" nella Grande Guerra,* in https://www.repubblica.it.
SANFRANCESCO A., *In Viaggio nei Luoghi della Tregua di Natale*, in https://www.famiglia-cristiana.it/articolo/in-viaggio-nei-luoghi-della-tregua-di-natale.aspx.
SCARTABELLATI A., *Dalle trincee al manicomio. Esperienza bellica e destino dei matti e psichiatri nella Grande Guerra*, Marcovalerio editore, Torino, 2008.
SCRIMALI A., SCRIMALI F., *Graffiti e Iscrizioni della Grande Guerra*, S.M.E., Stilgrafica, Roma, 2007.
SMERALDI E., *Brevi Lezioni di Psichiatria, Fatti e Luoghi della Mente*, Imprimatur, Reggio Emilia, 2016.
STOTE M., *Revealed: Secrets of 1914 Christmas truce,* Daily Express, 28 aprile 2009.
STRASIOTTO G., *Pravisdomini nella Grande Guerra,* Sagittaria, Pravisdomini (Pordenone), 2021.
TOFFOLI R., *Basta nono parlarme dea guera,* Giacobino Editore, Ponte di Piave, 2018.
TONUSSI P., *War Poets - Nelle trincee della Prima guerra mondiale*, Edizioni Ares, Industrie Grafiche Geca, San Giuliano Milanese (Milano), 2022.
UZZO C., *I migliori film sulla Prima Guerra Mondiale da Niente di Nuovo sul fronte occidentale a 1917*, in https://www.gqitalia.it/show/article/film-guerra-niente-nuovo-fronte-occidentale-1917.
VANNI A., PARI K., *La grande Guerra sulla Marmolada,* Gino Rossato Editore, Novale – Valdagno (Vicenza), 2014.
VIAZZI L., *Le Aquile delle Tofane 1915-1917*, Mursia, Milano, 1976.
VOLLMAN A., CRESTANI M., *Freya e Vera,* Priamo, Grafiche Basso, Cassola, 2014.
ZANGRANDO F., *Battaglie in Fotogrammi,* in *La Nostra Guerra 1914-1919*, Edizioni del Gazzettino, Mestre-Venezia, 1988.

SITOGRAFIA

http://alternativity66.rssing.com.
http://espresso.repubblica.it.
http://frontedelpiave.info.
http://iancastlezeppelin.co.uk.
http://inglese-per-italiani.blogspot.it.
http://italiawiki.com.
http://picocavalieri.org.
http://storico.org.
http://web.tiscali.it.
http://www.allacciatilestorie.it.
http://www.anaroncegno.com.
http://www.archiviostorico.info.
http://www.bsmc.it.
http://www.centenario1914-1918.it.
http://www.comprensivosavio.gov.it.
http://www.gualdograndeguerra.com.
http://www.ildiscologoro.altervista.org.
http://www.inutilestrage.it.
http://www.itinerarigrandeguerra.it.
http://www.libertybell.it.
http://www.magicamente.net.
http://www.piemontetopnews.it.
http://www.storiacontemporanea.eu.
http://www.sulleormedeinostripadri.it.
http://italianiinguerra.wordpress.com.
http://www.tuglie.com.
http://www.viv-it.
http://www.worldwebnews.it.
http://itinerarigrandeguerra.it.
http://www.inutilestrage.it.
http://www.lorien.it.
https://aemmedi.it.
https://alessandria.today.it.
https://alpinigenovaquarto.wordpress.com.
https://antiwarsongs.org.
https://canzonimetal.altervista.org.
https://centenaire1418hautlimousin.jimdo-free.com.
https://diesisebemolle.wordpress.com.
https://digilander.libero.it.
https://docplayer.it.
https://ediletteraria.wordpress.com.
https://edithcavell-org-uk.
https://en.wikipedia.org.
https://ildomaniditalia.eu.
https://it.wikipedia.org.
https://lyricstranslate.com.
https://mathias-charton.canoprof.fr.
https://www-ceder-net.translate.goog.
https://www-poetryfoundation-org.trans-late.goog.
https://www-westernfrontassociation-com.
https:/anadomodossola.it.
https:/antiwarsongs.org.
https:/ildeposito.org.
https:/lyricstranslate.com.
https:/ricerca.repubblica.it.
https:/tapum.it.
https:/www.ana.it.
https:/www.linkiesta.it.
https:/www.musixmatch.com.
https://segretidellastoria.wordpress.com.
https://www.combattentiereduci.it.
https://www.aclorien.it.
https://www.alpinicrocetta.it.
https://www.ana.it.
https://www.anacgenova.it.
https://www.anmicarrara.it/
https://www.ansa.it.
https://www.antiwarsongs.org.
https://www.armietiro.it.
https://www.bellsirishlyrics.com.
https://www.chch.ox.ac.uk.
https://www.cheminsdememoire.gouv.fr.
https://www.cinemamuto.it.
https://www.cinematografo.it.
https://www.combattentiereduci.it.
https://www.combattentiereduci.it.
https://www.comingsoon.it.
https://www.corriere.it.
https://www.difesa.itx.
https://www.difesaonline.it.
https://www.europeana.eu.
https://www.giornalismoestoria.it.
https://www.iancastlezeppelin.co.uk.
https://www.infinititesti.com.
https://www.lagrandeguerrapiu100.it/.
https://www.lastampa.it.
https://www.le3.it.
https://www.meer.com.

https://it.musinfo.net.
https://www.museodellaguerra.it.
https://www.mymovies.it.
https://www.napolifans.it.
https://www.nrscotland.gov.uk.
https://www.nurse24.it.
https://www.orlandofurioso.com.
https://www.pietredellamemoria.it.
https://www.poetryfoundation.org.
https://www.quotidianodipuglia.it.
https://www.raicultura.it.
https://www.storicang.it.
https://www.tgcom24.mediaset.it.
https://www.trentinograndeguerra.it.
https://www.turismofvg.it
https://www.unive.it.
https://www.vesuviolive.it.
https://www.veterans.gc.
https://www.viaggio-in-germania.de.
https://www.worldwar1centennial.org.

FONTI MATERIALE FOTOGRAFICO

Accaddeoggi.centenario1914-1918.it
Aeronautica Militare
Alpinimilanocentro.it
A.N.A. Vercelli
Animali.net
Archeograndeguerra.wordpress.com
Archivio ANZANELLO Giuseppe
Archivio CAMPOBASSO Romanico
Archivio CARBONERA Riccardo
Archivio DAMIANO Elisa
Archivio DAMIANO Luigi
Archivio DE GIUSEPPE Nicola
Archivio DI BELLO Fabrizio
Archivio FORLIN Franco
Archivio GAIOTTO Marco
Archivio GOMBOS Nicola
Archivio GOTTARDI Franco
Archivio ISOLA Claudio
Archivio TORSELLI Federica
Archivio MALAGOLA Claudio
Archivio PASINI Mauro
Archivio RIGATO Mario
Archivio RIZZO Arturo
Archivio TCHENG Alexia
Archivio ZANELLA Giuseppe
Associazioneapaca.eu
Avvenire.it
Badigit.comune.bologna.it
BBC News
Beni Culturali
Bergamo News
Bibliothèque Nationale de France
Bologna Museo del Risorgimento
Cadutigrandeguerra.net
Calendesercito 2008
Capitallcolections.org.uk
Cazzullo.altervista.org
Cefalunews
Civitatis.com
Co-ex.it
Comune.rivadelgarda.tn.it
Corriere.it
Daily Mirror
Das Interessante Blatt
Difesaonline.it
Dogcastradio.com
Engramma.it
Esquire.com
Europeana.eu
Fameja Alpina
Firenze Today
Fiumefil.it
Focus.it
Fondo Anna Maria Pala 2.1/2359
Giornaledibarga.it
Goodmorninglile.org
Graffitidiguerra.it
Gulliver.it
I Grandi Fatti
Il mattino.it
Ilfoglio.it
Ilfrontedelcielo.it
Illustrazione Italiana
Il Secolo XIX
Ilsole24ore.it
Ilsussidiario.net
Imagazine.it
Inediti della Grande Guerra
(G. Corni, E. Bucciol, A. Schwarz)
InternetPoem.com
Istituto Luce
Istituto Savio Montalcini Capurso (Bari)
It.topwar.ru
It.churchpop.com
Jeff Gusky
Jiuguang Wang
L'Arena
Larepubblica.it
Lavocedelpatriota.it
Lavocedeltrentino.it
Le Pays de France
Leccenews
Linkesta.it
Massicciodelgrappa.it
Milanomanifesti.it
Montalcinonews.com
Museo d'Oltremare Bari
Museo Storico Arma dei Carabinieri
Nabeelrashid.com

Notizie.comuni-italiani.it
Pietredellamemoria.it
Quibrescia.it
Rai.it
Redcross.org.uk
Reddit.com
Reggio Today
Re-movies.com
Report Difesa
Rocolor
San Servolo Servizi
Scriiipt.com
Sorrisi.com
Stato Maggiore Esercito
Storiaefuturo.eu
Storia Illustrata
Storico.beniculturali
Storiediguerra.it
Tempi.it
Terzaclasse.it
Triesteallnews.it
Twitter.com/Joannes Buckler
Unsetirol24
Vanillamagazine.it
Vicenzareport
Veneto.it
Vita.it

Alcune foto prive del nome dell'autore fanno parte dell'archivio di Luigi Damiano e per quelle che non è stato possibile individuare la fonte si resta a disposizione di eventuali diritti.

INDICE

Finito di stampare
nel mese di ottobre 2024
presso
Grafiche De Bastiani
Godega di Sant'Urbano (TV)